“十三五”國家重點圖書出版規劃項目

2011—2020年國家古籍整理出版規劃項目

2020年度國家出版基金資助項目

國家社會科學基金重大項目“國家圖書館藏未刊稿整理與研究”（13&ZD107）

國家出版基金項目
NATIONAL PUBLICATION FOUNDATION

國家圖書館藏未刊稿叢書

·

日記編

主編

劉玉才 陳紅彦

張叔未日記（外六種）

（清）張廷濟等 著
陳紅彦 樊長遠 整理

鳳凰出版社

圖書在版編目（CIP）數據

張叔未日記 ： 外六種 / （清）張廷濟等著 ； 陳紅彦等整理. -- 南京 ： 鳳凰出版社, 2020.12
（國家圖書館藏未刊稿叢書 / 劉玉才, 陳紅彦主編. 日記編）
ISBN 978-7-5506-3360-5

Ⅰ. ①張… Ⅱ. ①張… ②陳… Ⅲ. ①日記－作品集－中國－清代 Ⅳ. ①I264.9

中國版本圖書館CIP數據核字(2020)第227141號

書名	張叔未日記(外六種)
著者	(清)張廷濟 等 著 陳紅彦 等 整理
責任編輯	孫 州
裝幀設計	姜 嵩
出版發行	鳳凰出版社(原江蘇古籍出版社) 發行部電話025-83223462
出版社地址	江蘇省南京市中央路165號,郵編:210009
出版社網址	http://www.fhcbs.com
照排	南京凱建文化發展有限公司
印刷	金壇古籍印刷廠有限公司 江蘇省金壇市晨風路186號,郵編:213200
開本	718毫米×1005毫米 1/16
印張	27.25
字數	412千字
版次	2020年12月第1版
印次	2020年12月第1次印刷
標準書號	ISBN 978-7-5506-3360-5
定價	128.00圓

(本書凡印裝錯誤可向承印廠調換,電話:0519-82338389)

大清嘉慶九年歲在甲子正月辛卯朔

子刻起西北風天明後風大有微雪

晨起盥手點香佛前佛堂家堂竈堂點香燭

下半夜日出天晴　時至三自下回家辛處坍帳

二更開船到瓜洲渡口朝生趙二爺兩種之船讓木生至崑崙可種之極

初二

天晴明開船飯後先到美容宅基作美容兄已到馬宅　到丁宅

兄丁吴林親家又訪姪婿及三大姐女宴茶宴後至新開船點鄉

到長木橋作朱綠橋同年　朱葆翁封翁都出門不值

二更到家　天晴

初三

答拜當未晚到常樓譚

天晴

更飯開船到　家善自新建後天雨程英再同船到新建

初四

下雨　到家善兄處沈孝青老叔　大嫂三嫂　孝春送出城見

見孝寧　到文瑞兄吳秋崖甲母都　田善來　到家酌本堂

見珠浦姨姊　到六舅兄孝姪　大嫂二嫂　觀美吉老一飯

更後開船楊陵里宿

《張叔未日記》第一册（一）

見君侯得寫出來

閱過一、

草稿先仰此先人之出書手錄吴辰見舒詩

卷八張

叔未何日書

廿日

誤處乃不了、

十二月初六日

卿堂二一章[illegible]朝[illegible]

[illegible]慎難[illegible]講說家[illegible]多疏拜作時文者亦說[illegible]評

尤難[illegible]江慎修氏[illegible]卿堂圖考[illegible]詳[illegible]精到又撰卿堂

[illegible]編[illegible]送卿堂文補編[illegible]讀[illegible]卿堂[illegible]

會[illegible]由集後江氏補編而文[illegible]以閱經者皆[illegible]者[illegible]執[illegible]

[illegible]亦在江氏下是[illegible]有卿堂文[illegible]篇中[illegible]

首[illegible]而補江之補編[illegible]不[illegible]七[illegible]見[illegible]四子書有一三[illegible]

詳摘江氏說[illegible]數[illegible]間[illegible]說附[illegible]于經傳之[illegible]全[illegible]

後之長大後[illegible]學研經[illegible]漢[illegible]疏以[illegible]

平人之[illegible]作文[illegible]不[illegible]根之[illegible]文[illegible]

[illegible]說[illegible]甲子十月廿日隔下三鼓[illegible]記

見[illegible]時[illegible]

見[illegible]大[illegible]三[illegible]文[illegible]學[illegible]古[illegible]

[illegible]詩[illegible]十[illegible]

未[illegible]不作詩[illegible]以[illegible]

《張叔未日記》第二册（二）

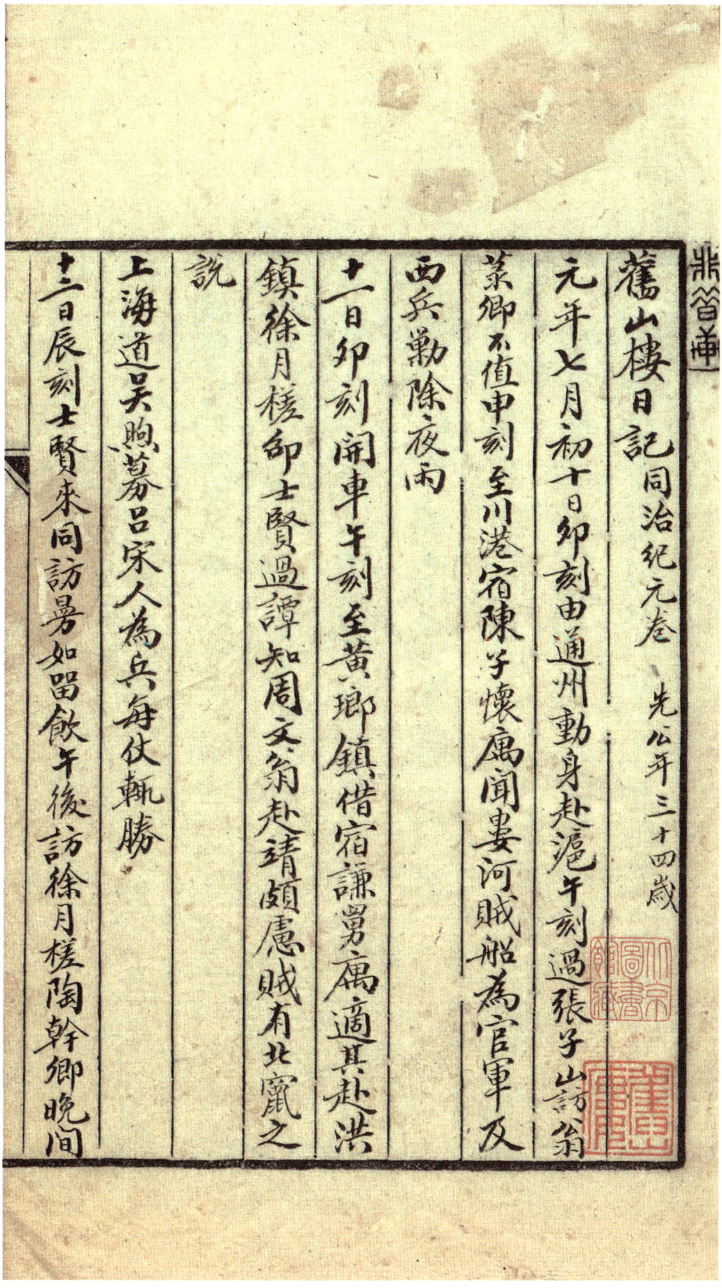

舊山樓日記同治紀元卷 先公年三十四歲

元年七月初十日卯刻由通州動身赴滬午刻過張子山訪翁

萊卿不值申刻至川港宿陳子懷處聞婁河賊船爲官軍及

西兵勦除夜雨

十一日卯刻開車午刻至黃埭鎮借宿謙舅處適其赴洪

鎮徐月槎邵士賢過譚知周文翁赴靖頗慮賊有北竄之

說

上海道吳煦募呂宋人爲兵每仗輒勝

十二日辰刻士賢來同訪昜如留飲午後訪徐月槎陶幹卿晚間

《舊山樓日記》卷端

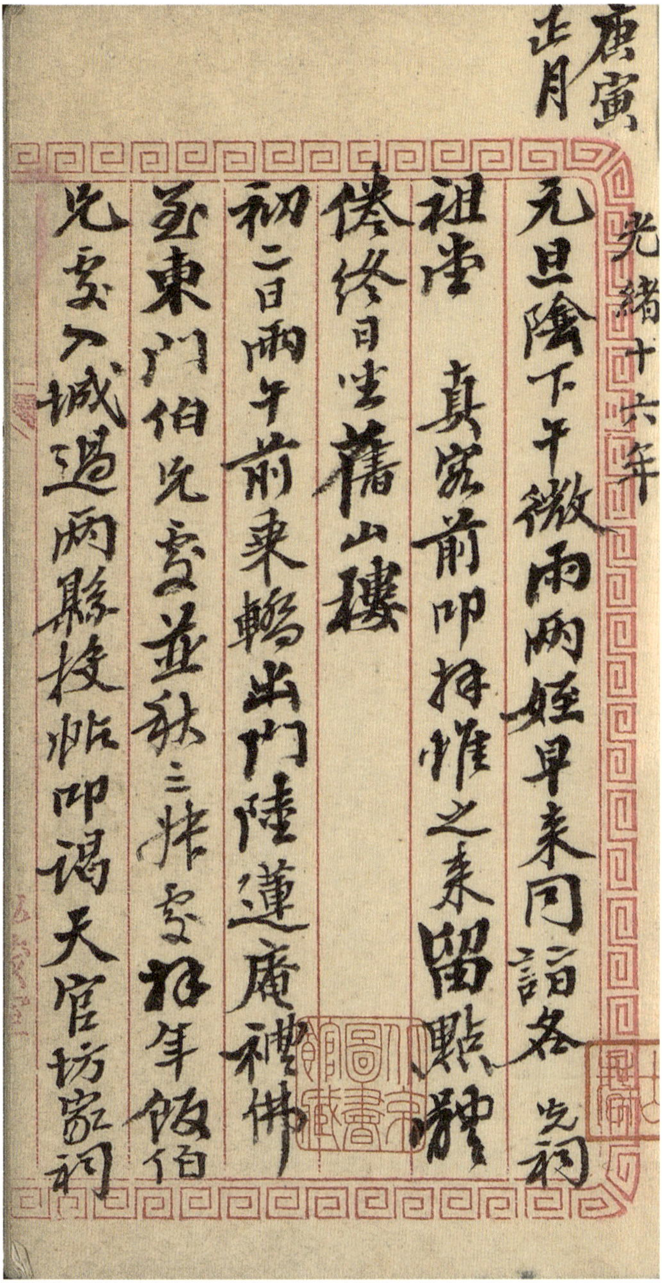

庚寅 光緒十六年
正月
元旦陰下午微雨兩姪早來同詣各 先祠
祖塋 真容前叩拜惟之來留點[illegible]
像終日坐舊山樓
初二日雨午前乘轎出門陸蓮庵禮佛
至東門伯兄處並秋三姪處拜年飯伯
兄處入城過兩縣拔貼叩謁天官坊家祠

《非昔居士日記》卷端

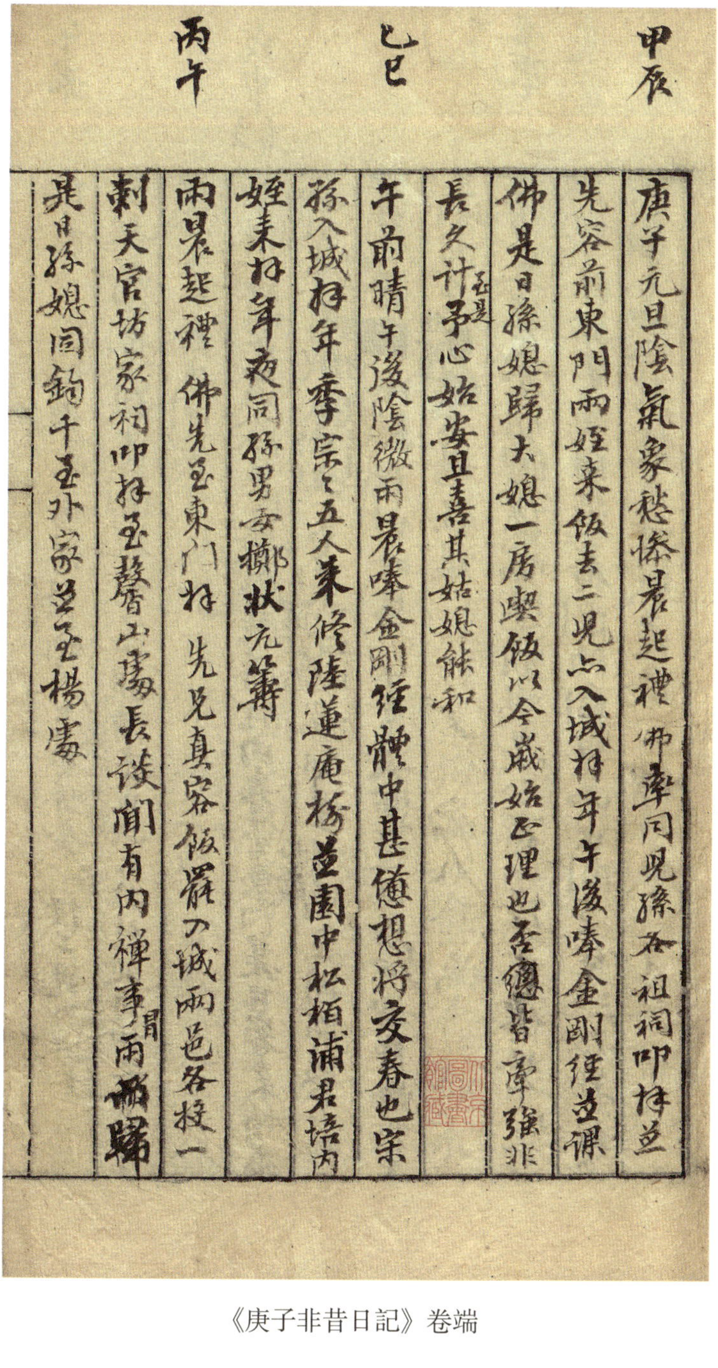
甲辰

庚子元旦陰氣象愁慘晨起禮佛率同兒孫各祖祠叩拜並
先容前東門兩姪来飯去二兒亦入城拜年午後誦金剛經並課
佛是日孫媳歸大媳一房與飯以今歲始正理也吾總皆率強非
長久計予心正是始安且喜其姑媳能和

乙巳

午前晴午後陰微雨晨誦金剛經體中甚倦想將交春也宗
孫入城拜年季宗二五人来修陸蓮庵橋並園中松柏浦君培内
姪来拜年夜同孫男安擲狀元籌

丙午

雨晨起禮佛先至東門拜先兄真容飯罷入城兩邑各投一
刺天官坊家祠叩拜至馨山處長談聞有内禪事冒雨而歸
是日孫媳同鈞千至外家並至楊處

《庚子非昔日記》卷端

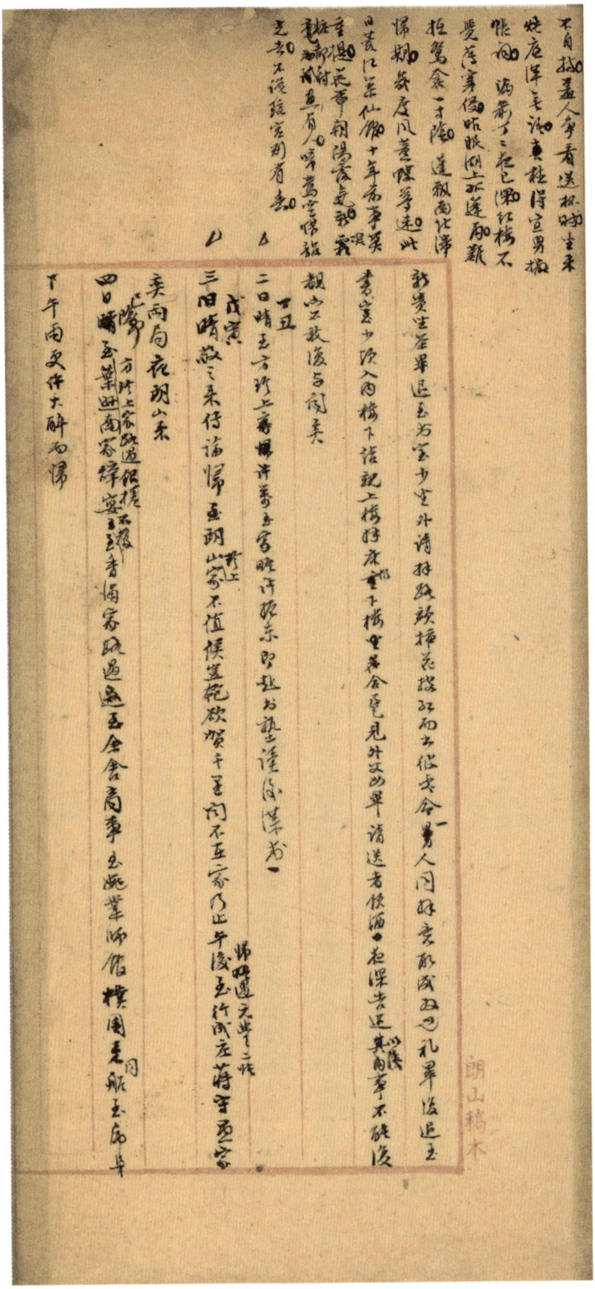

《壺中日記》内頁

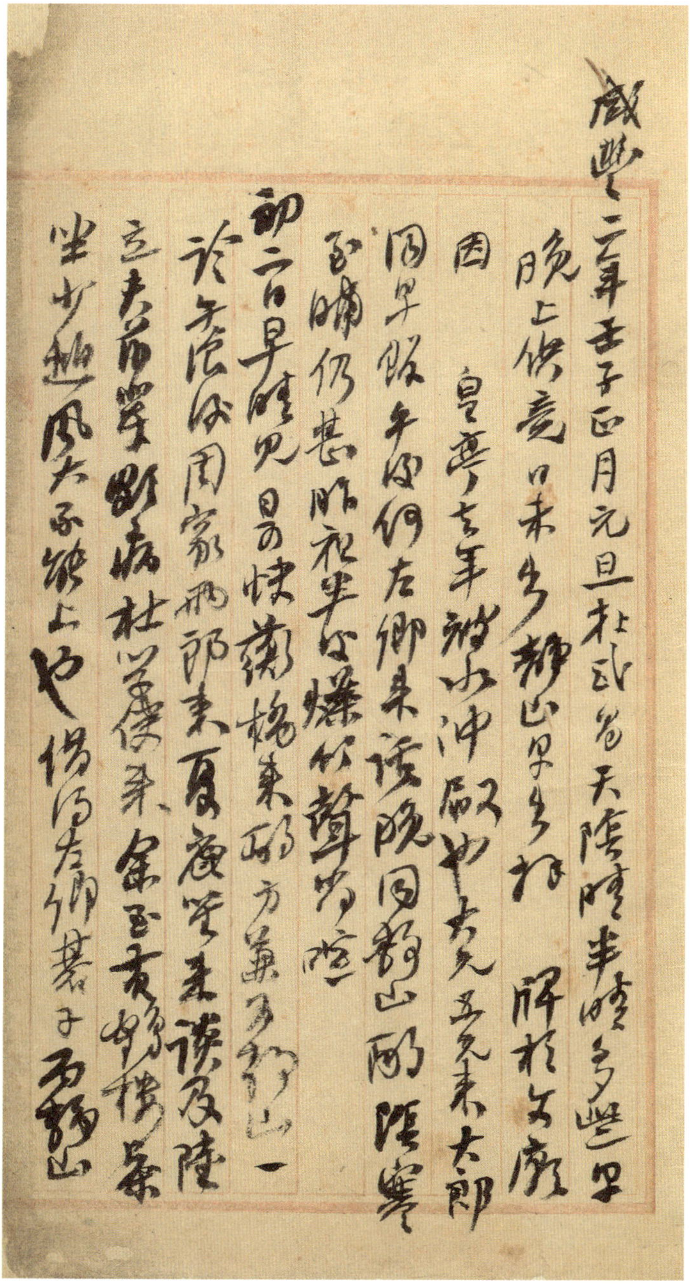

《東洲草堂日記》卷端

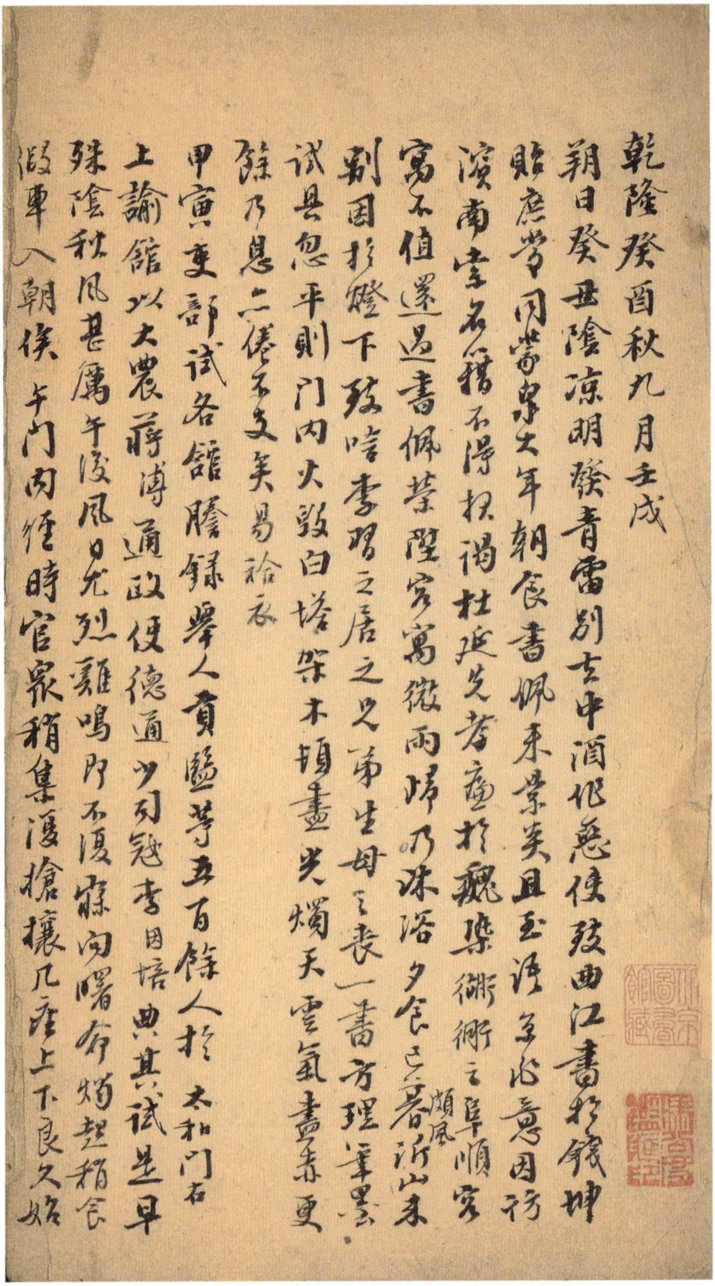
乾隆癸酉秋九月壬戌
朔日癸丑陰涼明發青雷別去中酒猶急使致曲江書於錢坤
貽庶常同嵩泉大年朝食書佩來棠矣且玉任年心意因行
演南索名稿不得扶謁杜延先若齋於魏染衚衕之阜順寓
寓不值還過書佩草堂寓微雨歸乃沐浴夕食之暮頻風沂山來
對周於燈下致嗜李理之居之足弟生母之喪一書方理筆墨
試县忽平則門內火毀白塔架木頃盡火燭天雲氣盡赤更
餘乃息二僕未支矣易袷衣
甲寅吏部試各館謄錄舉人貢監等五百餘人於太和門右
上諭館以大農蔣溥通政使德通少司寇李因培典其試是早
殊陰秋風甚厲午後風日兒烈雞鳴即不復寐向曙命燭起稍食
假車入朝俟午門內徑時官衆稍集復搶攘几座上下良久始

《顏脩來日記》卷端

《國家圖書館藏未刊稿叢書》編委會

序

中國國家圖書館以庋藏中國古籍善本宏富著稱，其中宋元舊槧、珍稀印本，向爲學界推重，頗獲利用。相較之下，約佔館藏善本總量三分之一的寫本類文獻，利用還遠遠不够，堪稱有待發掘的文獻寶藏。國圖藏寫本文獻以著作稿抄本爲主，兼及日記、書札、題跋、校語、文書檔案等類文字形式，因多爲唯一傳本，故有别於刊印文獻，具有獨特的文物、藝術和文獻價值。根據館方專家調查，[①]館藏宋元抄本即有十五部，明抄本則多達一千二百四十六部，其中一百七十餘部爲内府所抄。如宋仁宗親撰《洪範政鑒》，僅此一部内府抄本秘藏宫内，從無刊刻傳抄，彌足珍貴。明嘉靖間《永樂大典》抄本，世存殘卷亦以國圖收藏最夥。許多早期抄本與原本成書年代接近，而原本或有亡佚殘缺情形，抄本遂具有無可替代的校勘與輯佚價值。國圖所藏明清抄本中，著名學者、藏家抄本佔有相當比例，許多是影抄宋元舊本和珍稀本，僅毛晋汲古閣影抄本即有近八十部。在清抄本五千餘部中，還包括有盧文弨、鮑廷博、吴騫、翁方綱、陳鱣、黄丕烈、焦循、管庭芬、楊守敬、王國維等名家手稿本。著作類稿抄本之外，國家圖書館還藏有明清以至民國一百五十餘家日記稿抄本，三四百種書札文獻，數千款金石題跋，以及數量不菲的圖卷題詠、批校文字、文書檔案等類寫本文獻。上述寫本文獻，除部分著作抄本之外，大多未經刊行，均可歸爲未刊稿之列。

寫本文獻存量稀罕，往往具有孤本性質，加之多數未經整理，字迹辨識不易，閲覽亦不方便，這都成爲限制其發掘利用的重要原因。有鑒於此，我們組織國家圖書館古籍館與北京大學中文系合作的學術團隊，在對館藏寫本文獻全面調查的基礎上，首先選擇具有重要

① 陳紅彦《國家圖書館藏抄本述略》，《國家圖書館學刊》，2016 年第 4 期。

學術價值、讀者利用不便的未刊文獻，予以整理刊布。並在國家社科基金申請設立“國家圖書館藏未刊稿整理研究”重大課題，以保證整理研究工作的實施。經過課題組同人的共同努力，陸續完成部分階段性成果，今擬分作日記、書札、金石題跋、題贊手卷、中法漢學研究所、著作諸編，依次予以刊布。

《日記編》整理收録顔懋价、葉鈞、張廷濟、何紹基、趙宗建、黄彭年、江標七位清人未刊稿本日記。其中如黄彭年、江標，不僅參與過重大政治活動，在學術領域亦有較高成就，屬於政學兼通的重要歷史人物。黄彭年《黄陶樓先生日記》、江標《笘誃日記》，所載均長達數十年，可稱一生行迹的詳盡記録，涉及朝章典故、交遊見聞、日常讀書生活等諸多内容，極其豐富。張廷濟《張叔未日記》、顔懋价《顔脩來日記》、葉鈞《壺中日記》、何紹基《東洲草堂日記》，雖然記述時間不長，但是内容各有所長，據之不僅可以考察日記主人的生平交遊，還可豐富清代學術史的場景。晚清藏書家趙宗建的《舊山樓日記》《非昔居士日記》《庚子非昔日記》，内容跨越清同治元年(1862)至光緒二十一年(1895)共三十多年的時間，記録了趙氏的日常生活、藏書收購及與衆多友人交遊情形，還有對圍剿太平軍的見聞記述，頗能反映江南地方士人的生活與眼界。

《書札編》從館藏各類書札文獻中選取黄彭年、趙宗建、張蔭桓、袁昶、王懿榮、吴重憙、繆荃孫、葉德輝等十餘家往還書札，予以整理刊布。因所涉人物都是晚清、民國間重要官員和學術文化界名流，書札内容豐富，且未經前人揭示，具有無可替代的文獻價值。如《黄子壽先生遺札》收録清光緒年間黄彭年在江蘇布政使任内與按察使朱之榛之間往來信件六十七通，涉及漕運與海運之流弊、來蘇流民之安置、正誼書院並藏書樓之籌建等諸多政務。黄彭年著述宏富，但大多未經刊布，本課題同時整理其日記、書札，預期將會推動學界對黄氏的深入研究。《趙宗建友朋書札》收録趙宗建光緒年間所撰詩歌、隨筆、抄經、墓志銘、祝壽帖及其友人李芝綬、季錫疇的書札共一百四十餘件，不僅内容豐富，還可與《日記編》所收趙氏三種日記互相參照，促進學界對這位重要藏書家的全面研究。《袁昶友朋書札》收録劉履芬、丁丙、馮煦、孫詒讓、楊守敬、沈曾植、戴望、張謇、李文田、孫衣言、張鳴珂、張之洞、陸潤庠、王頌蔚、王懿榮、翁同龢等人信札二百餘通，袁昶親自整理粘貼爲十二巨册，涉及歷史人物衆多，堪稱是晚清學者的群體資料。《王懿榮往還書札》收録王懿榮與師友、親屬往還書札數百通，基本可以反映其後半生的主要經歷與交遊關係。王懿榮光緒年間授翰林院編修，三任國子監祭酒，博覽書史，精於鑒藏，與當世金石學者來往密切。書札所涉人物包括潘祖蔭、陳介祺、繆荃孫、吴大澂、盛昱、汪鳴鑾、孫汝梅、黄紹箕、吴重憙諸名流，以及女兒女婿等家人。書札内容多爲討論金石碑拓釋讀、古籍收藏、科舉學問，以及時務政治、爲人處世、家務瑣事，據之可以考察同光時期精英士大夫鑒藏金石之風尚，以及業餘生活趣味的豐富細節。《藝風堂同人尺牘》是晚清著名學者繆荃孫的友朋書札稿本集，收録惲祖翼、繆朝荃、劉炳照、吴慶坻、陳慶年等人致繆荃孫書札一百餘通。書札的撰寫時間多在光緒時期，内容比較廣泛，除家常瑣事之外，還涉及刻書、詩詞交往、方志編纂等方面，是研究繆荃孫學術交遊、晚清政治與文化教育的重要資料。葉德輝致松崎鶴雄書札(《郎園手札》)是著名學者葉德輝1910年至1920年間致日本學者松崎鶴雄的書信，涉及研治經學、小學等多方面内容，可稱現代中日學術交流史的重要文獻。

《書札編》收録書札出自名家之手，書法用箋考究，文獻價值之外，兼具有藝術觀賞價值，故採取録文整理與選擇影印結合的方式予以刊布。此外，我們還特邀白謙慎先生、薛龍春先生精選館藏十餘種名家尺牘，製作法書字帖，集爲《國家圖書館藏清代名家尺牘法書選刊》，以饗書法愛好者。

國圖收藏金石拓本豐富，題跋數量衆多。如宋元合璧拓本《廣政石經》即有名家題跋、批校百餘款，宋拓《嘉祐石經》亦有吴昌碩、丁晏、葉昌熾、沈曾植、羅振玉、陳寶琛、楊守敬、曹元忠、繆荃孫、柯劭忞等多人題跋和批校。《金石題跋編》甄選館藏金石題跋七十餘種，以拓本爲單位，撰寫提要，著録題名、拓本、裝幀、行款、書體、責任者、遞藏源流等項信息，並對題跋文字進行輯録整理，可爲金石證史、拓本源流研究、金石學者交遊研究提供全新的資料。

《題贊手卷編》率先刊布長達十六餘米的《明渤海孫氏積善堂題贊手卷》,該手卷是河北滄州孫楷第家族世守之寶,彙集明代前期朝廷重臣、翰苑侍從、書法名家四十三人的題贊墨迹,爲明代文化史、文學史、書法史研究的重要實物與文獻。諸家題贊,書法風格各異,可稱難得的藝術珍品。其中如明代第一大和尚姚廣孝的題贊,可能是其唯一的傳世手迹;而明初賢相"三楊"(楊士奇、楊榮、楊溥)和書法大家"二沈"(沈粲、沈度)的墨迹傳世甚罕,手卷所存可謂吉光片羽,彌足珍貴。此次刊布改卷裝爲經折裝,採用原版影印與題贊釋文相結合的整理方式,前半部分展示手卷原貌,後半部分爲題贊釋文、印章釋讀及題贊者小傳,既能滿足學術界對此珍貴文獻的研究需求,又可據之勾勒明初京師文化圈的面貌。

中法漢學研究所是法國中法教育基金委員會 1941 年在北京資助成立的漢學研究機構,設有民俗學組、語言歷史組、通檢組、圖書館、法文研究班等部門,開展文獻搜集整理和研究、翻譯工作。該研究所 1953 年撤離中國時,部分申請出關的圖書資料被中國政府徵購或没收,輾轉存藏於國家圖書館。《中法漢學研究所編》對其中曾毅公《五十年來之甲骨學》、陸翔《敦煌學著述考》、傅惜華《漢代畫像全集》三編、徐宗元《古今本竹書紀年合校》、柯昌泗《漢晋石刻略録》、羅常培《蒙古字韻跋》、魏建功《完全本王仁昫刊謬補缺切韻初次的討論》等未刊論著稿本以及神禡相關資料,進行整理研究,以求揭示這批珍貴稿本資料的學術價值,豐富敦煌學、甲骨學、民俗學等專題學術史,爲深入瞭解中法漢學研究所的學術活動,探究現代漢學研究史,提供文獻幫助。

著作稿抄本在國圖館藏寫本文獻中數量居多,近年頗有影印出版,加之閱覽方便,已漸爲學界所關注,因此未列爲本課題重點對象。不過考慮到有些著作稿抄本學術價值很高,甚至關涉重要學術論争,有必要予以刊布揭示,更便利學界研究,我們選擇方邁、王鳴盛、周廣業、孔廣栻、吴騫、王念孫、王引之、姚文田、李鋭、李文田等清代學者稿抄本予以影印,并分别撰寫研究解題。其中如李鋭《周易注疏校勘記》殘稿,是阮元主持纂修《十三經注疏校勘記》的重要文獻見證，有助於釐清當年校勘工作的緣起與修訂過程。《經義述聞》，涉及王念孫、王引之父子著作權的争議，是清學研究界關注的熱門問題。爲便於展開深入研究，我們將國圖館藏《經義述聞》初刻、二刻、三刻所據稿本及《校書録》稿本合併影印。其餘諸家稿抄本，亦精彩紛呈，各有可觀。

以上未刊文獻，雖然形式有别，但是日記、書札、題跋及著作稿抄本内容多有關聯，甚至可以相互印證，子課題實際都是總課題的有機組成部分。我們希望通過對這批未刊文獻的發掘整理，爲學界提供第一手的資料，以推動明清以至近現代學術史研究的深入。在整理過程中，根據文獻樣式的不同，我們分别採取釋讀、點校、輯録、影印、解題、小傳等整理研究形式，以期最大限度地發揮未刊文獻的功用。因爲未刊文獻的隨意書寫特性，文字辨識、内容整理難度很高，整理成果想必仍有不少訛誤，期待學界同人不吝指正。此項整理研究工作得到國家圖書館古籍館、北京大學中文系的大力支持，浙江大學文化遺産研究院白謙慎先生、薛龍春教授在文字釋讀方面給予無私的幫助，鳳凰出版社慨允出版，謹表衷心感謝。

北京大學中文系、中國古文獻研究中心　劉玉才

二〇一八年五月

目　録

張叔未日記

（清）張廷濟 著
陳紅彦 樊長遠 整理

整理説明

張廷濟(1768—1848),浙江嘉興新篁人。清著名金石學家、書法家。原名汝霖,乾隆五十一年(1786)初夏更名廷濟,乾隆六十年(1795)夏定字叔未,又字順安、説舟,號竹田,又號海嶽庵門下弟子,晚號眉壽老人。少得海鹽吴懋政啓蒙,四十九年(1784)十七歲即爲嘉興縣學官弟子第二名,嘉庆三年(1798)三十一歲舉浙江鄉試第一名。此後屢試不中,遂絶意仕途,以研究金石自娱。世居嘉興新篁里,收藏各類古器物甚富,金石交遊範圍廣泛,雅玩金石古器時間亦很長,精於鑒賞考證。父張鎮,岳父沈寬夫,妻沈慎儀,長子邦梁、次子邦榮。

張廷濟於詩文、金石皆有著述,詩文集有《桂馨堂集》《清儀閣詩稿》《清儀閣文稿》《清儀閣雜咏》《竹裏耆舊詩》《張叔未編年詩》《嘉興祥雲集碑記》《思陵宰輔録》《順安詩草》等。金石印學著作則有《清儀閣所藏古器物文》《清儀閣藏器目》《清儀閣藏碑目》《古磚瓦當目》《清儀閣古印偶存》《清儀閣錢譜》《清儀閣印存》《張叔未印存》《秦漢印存》《古印綴存》《古泉》《石鼓全文十硯》《眉壽翁跋語》《張叔未先生題跋》等。輯有《宋拓晋唐小楷十一種》《明孝廉李巢二先生圖咏》等;摹有《百研齋主人集》《焦山周漢鼎銘》等。有《張叔未日記》《清儀閣日記》《張叔未日記雜稿》等分藏國家圖書館、上海圖書館等處。後人整理著作有徐同柏《清儀閣古印考釋》等。

生活在清嘉道年間的張廷濟,雅玩金石六十餘年,不僅與阮元、翁方綱等坐而論道,更憑一手好字,遊走於各地文人學者、金石藏家及古董商販之間。此次整理的國家圖書館藏《張叔未日記》嘉慶九年、二十一年、二十二年,和道光一、二、三年的部分日記,其内容一是記録親人朋友間往來費用、日常生活諸事,還有與重要人士往還書信的草稿或抄録稿,一些自作的詩文,也在日記中加以抄録。涉及的金石、收藏的朋友圈很多是其師長和當時名家、大家,如大興翁閣學覃溪先生,以及宋芝山學博葆淳,趙謙士司農秉冲,趙潤甫大令秉淳、翁宜泉秋部樹培、孫古雲襲伯、儀征阮芸臺師阮元,還有嘉興李遇孫、戴松門、葛杖坡、王天自;嘉善吴秋崖、姚維舟;海鹽黄椒升、陸雲中;澉浦畢梧、姜怡亭;秀水文鼎;平湖葛春嶼、錢夢廬;桐鄉方鐵珊;仁和趙魏;武林王檢叔;湖州汪載庚、嚴含章;嵊縣葛素如;順德温遂之等。題寫匾額、題跋藏品、藏品交换贈購、詩文唱和俯拾皆是,日記内容全面豐富,記録詳實,寫作嚴謹細緻,不厭其煩地在每項條目下記録器物購買的經過、時間、仲介人、價格,以及歷來收藏者的情況。其一手資料的特質爲今人研究金石古器等重要文物的遞藏以及當時器物資料的價格提供了極大的便利。

此次將《張叔未日記》予以整理標點,原空及暫未識出之字用"□",原稿殘缺或漫漶不清之字用"■",天頭地脚文字移入注脚;原稿有雙行小字夾注,在正文之後用圓括號"( )"括出;避清諱"玄""弘""曆"等字,徑改爲正字;原稿曾經收藏者裱爲册頁,裝訂時頁次頗有錯亂,整理時儘量依文意乙正,其不能繫年月者,依原頁碼次序録於書末。

日記字體行草居多,中間修訂亦多,裝訂和流傳中有不少闕字,加之時間跨越,前後延續,辨識難度較大,陳紅彦録文整理後,樊長遠進行了細緻的核校,糾正訛誤。因整理水準有限,誤認及標點錯誤仍有不少,祈請方家教正。

第一册

浮簽：

張叔未親筆日記共七册　登記號爲 27776

第一册　四十四開　實計四十二開

第二册　二十四開　實計二十三開

第三册　四十一開　實計四十開

第四册　卅四開　實計三十三開

第五册　廿二開　實計二十一開

第六册　六十開　實計五十九開

第七册　廿八開　實計二十七開

共二百五十三開　共二百四十五開

嘉慶九年正月

大清嘉慶九年，歲在甲子，正月辛卯朔。子刻起西北風，天明後風大，有微雪。晨起，盥手點天香，佛前、佛堂、家堂、竈堂點香燭。下半晝日出天晴，徐老三自乍回，知章處坍帳。二更落船到風山，項望朝坐趙二官所摇之船，讓木坐王崑崙所摇之船。

初二。天將明開船，飯後先到萬家宅基候萬名兄，兄已到馬宅，到馬宅見馬呈林親家、心魏侄婿及三大侄女，喫茶喫酒。酉刻開船點鐙，到長木橋，候朱綵橋同年、朱華初封翁，都出門，不值。二更到家。天晴。爹娘尚未睡，到堂樓譚。

初三。天晴。更餘開船，到嘉善，過新豐後天雨，程老再同船歸新豐。

初四。天雨。到嘉善，見岳母、沈老素、老榖、大嫂、三嫂，老泰適出城見見老搴，到文瑞見吴秋崕、田後邨、田善弟，到前酌古堂見珠浦姨姊，到仁昌見老維、大嫂、二嫂，觀善堂飲，更許開船，楊陵里宿。

初五。晴。到新坊，戴先生靈前拈香行禮，香燭錢六十文。拜師母年,見發叔、寅弟,訂寅弟元夕到古郙館。船饭。到高家埭,見五姊,知竹岑歲暮事,因不在家過年,中飯後歸家。

初六。同王齡一游六如庵,看天啓丙寅年倪文初端所繪六幅,又唐東嵒岳所繪六幅。

初七。稱人,吾稱百五斤,二男四十三斤,三男四十斤,四男三十斤。沈季木來,日中回去,吴秋崖、田後郙來,吴將晚回去,同田至田郙,即回善。酉刻雨起。

初八。天晴。馬心魏侄婿歸寧,飲於淳鄉草堂。曹亭三侄婿來拜年,以鈞字古銅印贈之。嘉善老維來拜年,二更回善。

《石鼓文》,乾隆壬子,陸雲中以刻石經到京精拓贈叔未三弟解元藏本。嘉慶甲子人日,燕昌題。

《瘞鶴銘》,乾隆甲寅,蓬園四弟明經手拓貽叔未三弟解元本。嘉慶九年太歲在甲子正月辛卯朔越六日丙申,燕昌題。

右文魚題吾家所藏《石鼓文》《瘞鶴銘》,朝鮮紙,二囊籖,壽莊從海鹽帶回。

馬侄婿來。

(嘉興張廷濟字叔未行三乾隆戊子生嘉慶戊午科浙江鄉舉第一)高勉齋大兄所鐫。

初九。心魏來見,王寰韓兄來。

初十。海鹽朱鳴正暨高心魏飲于淳雅堂,年酒共八席。金容度表弟來。知鍾海六翁病甚危,奈何。

十一。春暉草堂招飲酒,五席。新坊戴二叔、二弟來。

十二。秀水陳似農甥婿來。陳住北門石條街盛家衖,移棹可至,與錢譪人孝廉間壁。

與文魚

壽莊徐甥回,知尊候安好爲慰。所題《石鼓文》《瘞鶴銘》二籖甚善,感極。知二兄將欲到舍,想念之至,但未審於何日惠然耶?改歲來,椿蘐以下率俱安善,弟十六七以前亦無他適。兹因申兄巖葛事到府之便，專此附問近履不宣。

十三。天雨。徐谿南招飲，以雪廬來，不果。徐雪廬同年、監陸二兄并徐公子自平湖來。

與徐愛山

去冬拙書二紙、候書一封，託葛春嶼兄奉寄，想呈清鑒。今晨雪廬枉顧，悉吾大兄于蔡氏山莊得古甎十品，其中太興、咸和紀元最多，本有見惠數品之意，欣喜無比。兹持奉書託雪廬緘寄，萬望賜惠，必得有紀元而字全者，多多益善。若全甎不可多得，則殘者亦祈拜賜。然不可輕寄，恐致損壞耳。匆匆附書，不盡欲言。

愛山大兄先生閣下。

尊大人老伯尊前祈轉致賤意不宣。弟張廷濟頓首。正月十三日。

再與文魚

昨夜作札，託見岳兄帶致，而見岳以雨未解維，適徐雪廬同歲枉顧，將到府奉訪，因再奉書左右。前題二籤已領到，妙極。若蒙兄顧，則數日間，弟亦無他書，望適我也。此啓

文魚二兄孝廉。

戴昆玉先生小引

戴茂才宫桂，字登蟾，號昆玉，嘉興新坊人。年十三，錢文端公讀其文，奇之，賦三詩書扇以贈，有“吾年如汝日，街巷亦争傳”之句。補博士弟子員，屢爲宗工所賞，常教授篁里珠谿間，著《昆玉詩鈔》。

張廷濟曰：昆玉先生人品甚高，故用筆不落凡響。卒于爽谿館舍，詩稿散落，兹所餘諸篇皆其中年館余齋，授廷濟經時所作，猶未足罄先生之藴也。①

以戴先生《昆玉詩鈔》及洪天游子、王仲昭、王澹庵三君小引并詩三首付徐雪廬带去彙總采選。

贈徐年侄莒刀一、平陽幣一、沈郎錢一。雪廬云，積古齋所藏泉范係武康古銅谿中流出，的係沈郎泉范，雪廬以八千大錢購得，送與中丞師者。雪廬許做《新篁里仙根分種圖》時壺諸題識。雪廬云，武康山中若唐宋元紀元之甎尤多。又云，武康山中有建文、程濟二象，一僧廬、二道觀，

---

① 此處有兩枚閑章，一爲“廷濟”，一爲“廷”“濟”連珠印。

建文有手植五色牡丹一叢,每開,總不到千朵。程濟有手植桂一株,大數抱,一半金桂一半銀,每年交互開,則《從亡隨筆》諸書未可盡非也。又云,中丞師於乍浦李潛夫祠寫有"龍湫高隱"一扁。

上阮中丞師

謹稟者,廷濟於朱同門處領到老夫子大人所賜漢畫象殘石、齊造象石兩硯拓本,精妙無比,感謝之至。玆惟歲籥更新,時和年豐,天麻疊連,遥祝靡窮。知《積古齋鐘鼎款識》已成數卷,欣躍難喻。謹奉呈舍弟沅所新得者女尊文一紙,上呈台鑒。專此具稟,恭請崇安。廷濟謹稟。

與朱右甫　試鐙日

去臘在高齋翦鐙夜話,頗極清曠之致。獻歲以來,唯安履安善爲慰。明月泉、永安五銖錢各一枚奉送。又祖辛敦、諸女尊兩拓本奉到,均係季勤舍弟沅所藏,幸采入《積古齋鐘鼎款識》中爲感。餘候續寄。前蒙許賦新篁詩長篇,想極。又前所賦《八甎精舍詩》雖已刻入《筆譚》,然猶望寫示一紙爲光寵也。今日徐雪廬同年來,款譚半日,知貽大雅以陽嘉大興數甎,健羡之至,望以數者并佛塔仁壽甎拓寄一一也。中丞師處有一稟,伏祈帶呈。其吟館之八甎文,便中乞寄全副。草此具啓,不盡欲言。

吴侃叔翁於去冬立春日化去,金石古歡少一人矣,悲哉。

愚弟張廷濟頓首。

右甫先生同門。

去冬十二月寄《瑯嬛仙翰》八本、新篁里扁拓本一紙,且辛敦文一紙,從嘉興縣尊處寄呈中丞師。吾先生到館時,便中求一問及。

與何夢華

獻歲以來,唯吾夢華三兄先生動履安善爲慰。所輯《兩浙金石志》已得若干卷,鴻裁巨筆,健羡難名。玆奉到且辛敦、者女尊兩拓本,俱係季勤舍弟沅所藏者,器之顔色極精,得采入《志》中,是所厚幸也。弟今年思專力八股,然未知懶惰性成,得果此愿否也。專此,具啓。順請台安。過諸舊雨,均祈道意不宣。

弟張廷濟頓首　十四日

與秋樵同年

椒華頌後，唯吾三兄同年侍奉年伯、年伯母兩大人新履萬安爲慰。邇聞諸城相國已薨、費年伯進秩副相之説，未知果否。如果，則九月中所寄求書之扁恐未能如願矣，奈何。弟今年思力於時文，然見在年事放紛，加以病妻病極，心緒不堪，而懶惰又復性成，未審能果諸書之願否也。專此，具啓。順請新禧。聽泉先生均候不一。弟廷濟頓首。

秋樵三兄同年侍史，元夕前二日。遣萬福送去，飯食錢九十六文。

十四日。天雨。集飲東皋草堂。

十五日。天雨。與竹岑信并寄還蘇詩。店中陳二官兄贈平安通寶錢一枚。戴老蔚到館。萬福自平湖送信回，知秋樵、椒堂昆季俱陪迎娶到嘉興，秋樵之信士周年伯拆封，椒堂之信其尊閫夫人手收。萬福云，萬福趁船買飯喫共錢九十六文。

三更後雷雨竟夜，雷聲隱隱。

十六日。雨。曹六表叔招午飯。葛見巖自海鹽帶回文魚兄信來。文魚寄秦二十九字殘石拓本見貽。飲戴蔚堂兄于古郙，兩席。竹岑廣文信來，以《秘戲泉考》見借，寄贈嘉泰當五錢一枚。

十七。不雨不晴。

十八。雨。

十九。晚同老戴仲緩船到乍浦。雨。

二十。雨。到乍浦道觀橋池亭，楊氏望錫翁太親家下，並候楊紹衣三兄。韓桐上明經維鏞來晤，隨候桐上觀古泉，得契刀圖法、太和五銖共二種，許桐上乾封泉一枚。候張德成翁、章禹源兄，潘雪子兄字笙明，名晨暉，潘雪堂兄字，章大德兄字相堯，行五，施禹堂兄喬梓，廖竹友兄。

廿一。章禹源兄來答。竹友來。雨，雷。

廿二。施禹堂兄來，同老戴面説，俟吾回家後送來。雪堂來，隨看二雪所藏古泉。德成翁面談，如施君言，在潘宅。出城，赴竹友招，宿於竹友對山樓。尚源送海參一斤、玻璃竟一。雨，雷。

廿三。飯後，仲緩、老再、徐上思共四人回舟，天雨，有雷，隨落雪泡如蠶豆大，兼似冰塊，二更到家。

廿四。到大房,與沈廣文姊夫譚,沈借來《治河方略》一本。晴。

廿五。弟爲春寒所中,時患小疾,草草未盡欲言,諸惟珍重不宣。廷濟頓首。

席上自立,衣冠容貌,居處備豫,不竇近人。

委之特立,可親剛毅,忠信自立,畝仕。

今人憂思,博學寬裕,内稱舉賢,聞善任舉。

澡身特立獨行,上不臣規爲,合者交友,温良尊讓。

不隕穫

一上

嘉慶九年二月

初六。

初七。王心耕六弟招夜飲,陪西席畢皆木兄。

初八。老再來古郵譚。

初九。萬福來,正月廿六回去,以前工錢都已付清,以後從今日算起。

十二。送太平寺主僧本覺兼管迎龍庵,庵中留吃齋,送者共數十人。

十三。張德成以二千六百匹布來。

十四。精舍前種柏樹一株。肝病發。

十五。肝病痛甚。陶大寶以皇宋通寶、元豐通寶兩面錢見貽。案:皇宋,宋仁宗錢,元豐,宋神宗錢,其間隔仁宗康定、慶曆、皇祐、至和、嘉祐,英宗治平、神宗熙寧數種錢,而兩面合鑄者係皇宋泉範流傳至元豐時,而匠者合鑄之,故當入元豐泉中。

十六。祝樵雲兄來,將赴省于撫臺署中當差,送余墨筆一大幅、梅華一中幅,余答以《琅嬛仙翰》帖一。錢孔彰兄來,不晤。晚上德哥招飲。

十七。馬老心來。

十八。作時文一首,題目"子温而厲"一節。

廿一。爹、四弟、廷濟邀同畢老皆、壽莊、心石、讓木清儀閣小飲,賞玉蘭。

廿二。潘雪子(晨暉)二兄、雪子三兄暨其令侄、令郎晨到見訪。雪子贈余和同開鉨一、三韓重寶一、靖康元寶篆書一、建文通寶一、人面錢

一、金世圓寶一、常平通寶背文户四一〇錢一、將馬馬錢一、寬永通寶背文水波文錢一，共九錢。余贈以十貨一、莒刀一、安陽幣一。雪堂贈余大泉五十、兩面同文倒合錢一、永安五珠四出小品錢一、鵝眼朱五錢一，余答以莒刀一、梁邑幣一。

雪子云，海鹽（謬）[繆]文祺兄在乍浦開錢莊，有三銖錢一、長命富貴錢一，可代硯。又見一桃山馬錢，可代硯。雪子處尚有小大義錢、中大唐錢，精，直百五銖錢，大興朝錢數種。雪堂有本命星官大錢一品，曾許。雪子又云，乍浦有一大大觀，背有"必定如意"文者，有一面泰昌一面天啓者。雪堂處有一皇建錢。雪子之四出五銖極精。雪子云，桐上之南無阿彌陀佛錢亦係城外一道士之物。雪子之兩面大泉五十爲桐上要去。

泉範目録

阮中丞師藏沈郎五銖泉範一，四陽四陰。

姚蘆涇侍御藏貨泉範一，二陽二陰。

吴江金瑶岡藏契刀範一，無字之面列右，有字之背列陰。

王蘭泉司寇藏大泉五十范一，二陽二陰。

西鄰葛見巖弟藏大泉五十范一，二陽二陰。

翁宜泉刑部藏貨泉範一，二陽二陰；又藏貨泉範一，二陽二陰，字模糊；又藏五銖範一，二陽二陰，字不清；又藏大泉五十範一，二陽二陰，背鎸母字，古篆；又藏貨泉範二，二陽二陰，背有雙鹿，似有三字；又藏大布黄千範一，無字之面列右，有字之背列左。

錢獻之十六長樂堂所載大泉五十範一，三陽三陰，背"富人大萬"四字，真拓本。又大泉五十泉範，背有"大吉二"八分書二（余未有拓本）。

瞿木夫拓本，大泉十五泉範一，二陽二陰。（此傳形者。）

大泉五十泉範一，三陽三陰，背有四格，記亦是宜泉之物，但記不清。若此品爲宜泉物，則前列六種範中有一種貨泉非翁所藏。甚矣，予之善忘也。

大泉五十範一，二陽二陰，未知何人所藏。

澉浦陳九虹明府（玉垣）藏五銖範一，背有"日利"二篆字，面未拓。

宜泉所貽拓本

半兩泉范，圓如鏡，有字之背九種，吾以方兄拓本，未詳藏者。

五錢范一,四陽四陰,文魚拓本,未詳藏者。
大泉五十範一,二陽二陰,未詳藏者。
貨泉範一,二陽二陰,未詳藏者。
右共二十種拓本,連吾家所藏者共廿二種。

五銖泉範跋

右廷濟家藏五銖泉,面背具全範,陽範泉四,無字,陰範泉四,有字,共重今等十四兩六錢。陰範背篆細如懸針,青緑重掩,惟卌可辨,盖作泉者之紀數也。昔人以泉之有字處爲陰,無字處爲陽,與鏡陰之有款識、器物之識必書于底同義。今紀數之字正在陰範之背,又一證也。北平翁詹事覃谿先生跋是範曰,作泉之器,朱竹垞有《大泉五十範跋》。倪氏《六藝之一録》引《漢・食貨志》注:"鎔,形容也,作錢模也。"此宜名錢鎔。按,泉笵"笵"字不僅因其與"範"通也。《禮運》:"範金合土。"孔疏:"范金,謂爲形范以鑄金器。"陸氏《釋文》無音,則范即笵字。有此《禮運》疏,亦不必改鎔矣。廷濟案:胡道周《續泉志》有新莽泉笵,厲樊榭序之,謂爲泉模,而趙誠夫序中載道周曰:"此新莽貨泉之鎔也。"又曰:"馬衎齋有大泉五十泉鎔,朱竹垞題之曰范。"古之冶器者以木曰模,以土曰型,以金曰鎔,以竹曰範,範與范通。《禮・少儀》云:"祭左右軌范乃飲。"《太玄經》云:"矩范之動,成敗之效,皆取法式之意。"云云。是胡氏之説,亦以謂鎔爲范爲通。今詹事據《禮》疏以證朱氏命范之義,則其説蓋有徵矣。詹事令子宜泉秋部博稽古泉,曠軼前哲,與廷濟甚洽,謂此範具面背文者未易得,玆文魚家孝廉哲兄重定《金石契》,因書此以質。時嘉慶甲子清明前二日,張廷濟書于清儀閣。

廿四。顧五兄之子喜官攜視數十古泉,挑得乾元中大錢一枚,送以錢卅文。王萬青大官來,又有進境。

大泉五十泉范跋

右廷濟家藏大泉五十泉範,重今等十兩。錢泉面背各三,肉好周正。大泉字皆作方折,張台《泉志》所載"大泉五十泉有字畫俱方"者,此也。背有"直萬泉"三字,篆法遒勁。余所見泉範背文"宜泉吉利""富人大萬""日利大吉",是皆語取吉祥。存而别之,亦可作鍾官一故實矣。嘉慶甲子二月張廷濟書。

永寧甎跋

乾隆乙卯，余于海鹽先後得漢晋甎八，因名予齋曰八甎精舍。此永寧甎，蓋即家文魚孝廉舊所刻入《金石契》中"永寧元年六月十九日，淳字僅存小半之甎"之一種也。唐憲宗名淳，詔姓淳于者改姓于，吾禾有于姓，無淳于姓，得此其亦可備嘉興郡氏族略之一證矣。昔岳金□勸農使，永寧元年甓載《桯史・古冢盆杅記》。今後倦翁數百年，而又得是種，且足徵吾鄉故實，不尤可寶貴耶。嘉慶癸亥二月廿一日張廷濟跋于武林客寓。

臨安府銅錡牌跋

張廷濟曰：《西湖志・外紀》引太平興國詔，民間緡錢定以七十七爲陌，故名省錢，以是牌省字當矣。然漢隱帝時王章爲三司使，令入者八十，出者七十七，謂之省陌。省錢之稱似始於是也。至面背之分，孔行素以臨安府字爲背，錢貫文爲面；金忠淳證以淳祐當百糾孔氏背面倒置。廷濟按，謂昔人謂錢有字爲背，無字爲面，自加鑄地名、紀年數及折十當百之類，則紀元爲面，而紀年、紀地、紀數爲背文，固也。若此之臨安府，乃用紀地也；準幾伯文，省紀數也。則果孰爲面背乎？竊意别以孝建四銖，顧烜《錢譜》謂一邊爲四銖，一邊爲孝銖，不前以面背，則是牌亦當曰一邊爲臨安府行用，一邊爲準幾伯文省，義更允當。

與文魚

日承二兄大人枉顧，韬褻爲罪。嗣蒙來札并索寄古錢，備作開元鏡囊，譬之一軨古月助以五色慶雲，心索賞之，拜賜多矣。拙跋四首呈政，幸改就入板。墨林書案銘，寄二式之紙求書，或刻案之緣，或刻案之陰，未有定也。前說起有銖鈔，想念之至，未審可見寄否。武林之行定于何時？弟掃墓後意往長興，春夏之交思一過省，會日上分課温經，心地尚好。前日有友人貽靖康、建文、相珍、三韓諸錢數種，古圜法中少有進益，然猶不值大雅一笑也。率此奉書，并請台候文魚孝廉二兄大人手足。弟廷濟頓首。

家嚴、慈並健，命筆候安。

《金石契》之刻，如吾二兄自己付梓，將來可少助綿力也。

與潘雪子

日承賜顧，未獲信宿款洽爲歉。歸舟後，弟細玩尊賜數品古泉，實深銘感。蒙許覓三銖錢、桃山馬錢以贈，想念之至，望知己有以慰弟之饑渴也。更有請者，尊藏中大興朝錢、小大義錢弟處尚缺，未審可寄惠否？當有以奉報也。草此奉書并問興居，臨紙馳念之至。雪子二兄先生大雅。弟張廷濟頓首。

與潘雪堂

日者行舸光臨，兼有古泉之賜，感謝靡窮。然猶悵歸舟匆遽，未獲作平原十日飲也。本命星官錢弟處已有數種，而尊藏者之生肖尚未有得，前承許賜，幸緘好見寄。再各種圜錢，有奇異者，奉託細細留神，必當有以報瓊也。專此奉札，順請台候。雪堂三兄先生大雅。令子回舟，康健并問。弟張廷濟頓首。

廿六。上墳。午前上齊樂亨橋墳，午後上六如菴西墳，逢原當祭。晨走候魏松濤表姑丈、梅里本家。泗水大兄字學詩到四房來，晚同席。

廿七。見巖至自嘉興，知松門得六文銅牌一品、三十錢一品、直百五銖有爲字一品，俱得于杭州。

金用吾表兄來信，屬寫挽額，知汪赤符表妹丈病故後，鏡表妹于是月廿四亦故，悲哉。

吾將安仗，哭挽景炘妹丈先生靈次，愚弟金三俊頓首。

心悼左芬，哭挽胞妹汪孺人靈次，胞兄金三俊頓首。

留魏松濤明府于古郙夜飲，海鹽周萊辨同年適來，同席。松翁講丹徒挑河事，云六年一大挑，每年一小挑，每年十一月初十後即打壩，至十二月初十後開壩。

廿九。上伯伯墳，桐山當祭。請喫夜飯。

嘉慶九年三月

三月初一。小月 庚寅日

文魚來信，寄影宋鈔《賓退録》十卷，竹垞藏本，王文恪公濟之銅印，象牙小合，瑪瑙書籤，欲售五六洋錢作盤費。

初二。

與文魚

來教領悉。舍下今年生理更淡，家大人心緒多端。弟因于書畫嗜好漸漸屏除，知吾二兄需用先措寄銀錢二枚，而《賓退録》諸件未即奉璧者，弟日上亦正將出門，意欲帶諸行笈，或有機緣，當轉爲吾兄謀之耳。墨林書案銘承修正，謝謝，俟彼此歸來後細商寫于何方也。兹因畢皆兄之便，率復，不盡欲言，臨紙歉疚之至。文魚二兄大人孝廉手足。

[與世長]

尊大人遽爾仙去，十數載忘年契好，金石論交，竟不獲再見矣。悲何如哉！正月中所以未來躬奠者，意欲遲至禁煙一展生芻之誼，奈日上適有長興之行，未果。鄙意先具一緘申敬，改日親來泥首并當謹製挽詞，縷述積年託契也。吾考兄世長先生，至性過人，萬望節哀自重，弗至毀瘠爲望。兹因畢皆兄之便，率奉考兄世長先生純孝。

初三。畢皆木兄、王心耕弟、天目弟同到海鹽，候文魚徵君，觀《明吳南溪方伯哀辭》《顧孝子木母發聲題辭》兩卷。從文魚買得漢鐙一款，"黄山第四"四字，文魚云帳上可退去六洋。

付文魚四洋，其《賓退録》四件，俟改日面筭。文魚處中飯、夜飯。鐙後開，二更後到家，爹爹、阿母尚未上樓。買豆腐干兩把送沈老，卅文。

鐙

《博古圖》載一器作錠，《前漢書》有扶風槐里縣有黄山宫，孝惠二年起。莽曰槐治。

初四。潘雪子寄小大義、大興朝兩錢，潘雪堂寄本命星官馬生肖來。胡六官檢出紹熙鎮同五開禧鐵同二兩錢來見貽。

與文魚

昨者修禊高齋，啗鮮、酌醴鮮，重三令節，樂事宜人，兼蒙出視吳、顧兩卷，孝弟之心油然而生。出城後，戴新月，歸舟到家，時堂上兩大人尚未就睡。廷濟前奉漢鐙共賞，白首怡然，真令人歎人間第一樂事也。王心耕六弟昆季荷蒙雅愛，藉請寶書兼之書款數語，酌斟盡善，俾肯構之譽，無改弦之咎，足徵孝思錫類。君子之用心固宜如是也。蓬園兄所索寫諸件爲中間稽留，于昨晚收到。再心耕請書之對，渠意能得製一聯寫贈，尤感雅意。心耕至性甚好，年雖輕而作事務實,兼嗜學古法書,曾訪出元時兩橋柱,皆其作録者也。弟二三日中即欲出之長興矣。草此奉書,順候台安。初四日。

初五。王太暉三兄以其子老進所藏中五行大布背文龜蛇雙劍錢見贈。

飯後坐關船同讓木到白苧里宣振西親家宅晤,并晤七兄親家,并七兄之令子老大、老二,俱已進學。

中飯後,移船至馬御六翁家。馬翁年六十七,晤,出觀古錢:

節墨之吉化、齊吉化、策馬幣二、當三、平陽安陽等小幣約五六枚、十貨一、大布黄千一、寶貨小品、孝建四銖(舊爲文魚所贈,精)、大泉當千(小品)、永通萬國(精)、周元通寶(較大,背有衆鳥形隆起)、乾封泉寶、乾元重寶(重輪大品)、唐國通寶(大字,背有一大星)。崇寧通寶、大定通寶兩面顛倒爲文,的係合鑄,奇。千秋萬歲背有龍文,甚舊。龍文泉一面無文,舊。東國重寶、海東通寶(少蝕)。裕民通寶背文浙一錢。右圜錢十四種,俱拓得。其他如大泉五十背文龜蛇劍星大小種、五行大布背文龜蛇劍星大小種、布泉懸針玉筯、小泉直一、小半兩、明月一月之類,無甚精奇,因不拓。一月錢有五六品,有一小乾元錢,亦重輪,惜未及拓。

白苧里歸來,喫夜飯。

收到烏鎮顧思泉大兄信,信于一月廿二日發,在葉元順處稽留。信中云夢庚于二月進京,夢庚爲思泉之弟名,字寧世。信上索寫條幅三件,扇面一個。

程勉之叙秦漢瓦圖記

黄山瓦。右黄山瓦一,俞太學得自興平。考《漢·地里志》槐里有黄山宫,孝惠二年起,此即其宫瓦歟。《長安志》云:興平,漢黄山宫,在縣西南十里。

初六。葛春嶼杖陂[redacted]來,春嶼將到杭州天竺進香。

初七。寫扁:"務本堂。嘉慶甲子爲景裳尊兄先生屬,張廷濟。"邀壽莊來裝款,三本。

改至明日同程老載開船由嘉至湖。

初八。裝磚瓦鏡泉雜物款識。晚同程老載開船到新坊,邀同顧崑玉。

初九。晨到由拳里,候同昌本家雪舫三兄。

繼祖母王太孺人節孝案卷具結，浙江嘉興府嘉興縣里十一下四莊，里長顧文高、左鄰戴宏裕、右鄰汪沛元、親陳鑄洄、族張泰乾隆四十三年三月具結。

朱藝蘭帳

葷點六斤　一百九十

素點四斤　百六十

書匣十箇　百四十

豆豉六缾　百四文

十錦菜六缾　百四文

蜜棗三斤　百廿

雪片半斤　四十二

計足錢二千〇七十二文，洋錢作七百廿文。

付去洋三元，找來錢八十文。

買書匣四個　五十六文

候轎坊里沈二世兄，以陸景裳兄屬扁（書務本堂）交門上施二官手。

候程海六，病，于卧榻前譚良久。

候沈景瀾，付裝數件。

積古齋周鍾文一，蘇米齋周鍾文一，紙嵌上下加長共二倍。

《分種圖》付以馬腦書籤。

《瑯嬛仙翰帖》十部。

朱拓本一部，用楠木板，墨本九部，用藍紙面，内二部缺梅華詩。

檀板三副，裝三册頁，廿四章一本，有一界方在内。

候沈芳杜兄，候金楚珍兄，候曹思黄三兄、曹心傳六兄。

《潛邱劄記》一部，决價七錢。《尚書大傳》一部，决價一錢。

答木行李興兄，以上省不晤。

候車半林學師譚。李老師適出門，因不去候。

于縣前古董沈肆買長生無極瓦研一，價二百八十文。到毛家橋候褚菘塍同門，不值。晤浦二槎。

到倦圃，候吴八翁喬梓餘山出門。

出西門，過西麗橋殷家南貨店内，候殷雲樓，餘山尋來同譚。雲樓出石林中人瓦壺一品，與季勤弟所藏適符，以吴雲卿與契陽契兄之尺牘易得英札,舊時松門賣來。

餘山云,海寧一友有永通萬國兩面同文者。

回到毛家橋,菘塍譚。到後山齋,文後山留夜飯,觀擇石齋所藏《明人尺牘初集》六厚册,大半經擇石翁手跋,真精品也。贈後山高江邨、葛無奇兩尺牘,後山出贈邢子愿先生臨《裹鮓帖》一長幅,并帶回畫與季勤弟之絹本立幅。

落船已二更矣,作家信。

初十。于揮雲閣買箋紙。

條箋八匣,每匣百番。寸箋八匣,每匣百番。對箋六匣,每匣一翰。買對箋匣八個。

廿錢一千八百,洋錢作七百。付以洋錢三元,找來錢三百零十文。

到秀成橋,候朱慶長、逵吉兩兄昆季。觀磬錢一,係康顧先生物;契刀一,尚未開孔,不甚精,直百五錢;泉三枚。候慶兄之三令伯。

飯後開船,申刻到烏鎮,候顧嘉翁喬梓。

送思泉大兄高麗紙條幅一。

送顧嘉翁小菜一缾、葷點一匣。

顧嘉翁留喫夜飯,知夢庚大兄于初九日開船至京,徐青茗同年乏盤費,尚未動身。

顧景贈乾元大泉一枚,其十匣重出,觀拓其嘉名錢輪錢兩種。更餘下船。

十一。申刻到湖州,由東門至西門内停舟,到南街太平巷候王八兄同年,出去掃墓,不值。到府中問邢師上府與否。

訪卓兼山兄,索觀諸名人與火傳翁尺牘,俱已破損之至,無甚精者,并中有《傳經堂圖》數幅,其題咏尺牘甚多而不精,主人亦不肯全去。座中遇沈茂才,字倍千,名鸞□,住■街華樓巷,其族弟字嘉聲,住蘇家巷,在東門,講究書畫古董,約回來過湖時會。卓氏相交甚廣,琉球、日本閨秀俱有尺牘,有本子目録。

十二。送邢師禮:

惠泉酒兩甕

金華腿兩隻

葷點四匣

蜜棗四匣

十錦菜四缾

豆豉四缾

詩箋四匣

對箋四匣

與門上豆豉一缾、糕二匣。

榻于邢定持三叔、施小雲兩房之中，即牧之胡兄房中間。

午後到長興，晤胡韻樓同門、胡施吴諸友、邢三叔、錢少詹年伯。

酉刻見老師，以杭信二繳還，送上子愿先生條幅、影宋鈔《賓退録》《石鼓讀》《師説》，吴老師不見，蔣老師見并譚起廷濟。敝門生張叔未解元家業布莊，被乍浦章動源大德弟兄等負欠并會項幾三千金，俱有錢摺□□爲憑，屢索不還，欲圖吞并，非艱窘可比。爲此，索弟札，奉致閣下，并令敝門生面扣高齋，謹述一切，或章姓能先歸若干。即少有拖欠，則敝門生亦不敢有塵清神；倘空欠太多，一無情理，則不得仰扣尊前。伏望推屋烏之愛，特加比追，感不獨張生已也。

錢年伯令子三：

老大名東垣，字既勤，戊午同年，考取《會典》館校録，今冬滿可得議叙，年卅七歲，戊子年三月十二日生。

老二名繹，字以成，年卅歲。

老三名侗，字同人，年廿七歲，在蘭泉司寇處校書。

老二老三俱收羅古泉。

十三。送施小雲先生五幅箋一章、寸箋一匣。送錢可廬年伯寸箋二匣、條箋一匣。候方先生係名卓然公之孫。錢年伯云瞿木夫年亦卅餘歲。

與瞿木夫

屢于師友處得讀木夫先生著述，并觀所藏金石款識，鑒藏之富、鈎稽之確，欽佩異常。以常時不客吴門，未瞻芝範，然積想殊難已也。兹客長興官齋，得拜見可廬年伯，緬懷大雅，馳念益深。先奉到家藏吉金款識六種、秦漢瓦當文十種、古錢文廿二種，爲神交之贄，伏望郵筒惠寄，魚雁時通。再，尊藏中如古印、古錢、古甎，諸伏望拓寄一一。弟尚有古金之款及甎瓦鏡錢之款，未帶諸行笥者，統俟續寄。來札可仍從邢佺山師處轉寄,或寄至海鹽家文魚處,亦極妥便也。專此奉啓。順請台安。

與錢以成

年愚弟張廷濟頓首啓以成二兄大人閣下:

久欽雅範,未獲瞻韓。兹客長城,得拜見年伯大人,荷蒙推愛,教誨,勤拳并備。悉藏弆古金并古錢精品,馳念益深。謹先奉寄家藏古器、古瓦、古泉款識之帶在行篋者,藉訂神交,餘俟反棹時再當緘寄。尊藏之品,伏望拓寄一一。來札可從長城緘寄,或從家文魚兄處轉寄,亦極便耳。

與錢同人

愚弟張廷濟頓首啓同人三兄大人閣下:屢于友人處獲悉雅材,以未得一瞻芝宇爲悵。兹客邢房師官署,得進謁年伯大人,藉悉種種清興,馳念益深。先緘寄古器、古錢文字卅八種,藉訂神交,尚有未帶諸行篋者,統俟續寄。伏冀瑶函惠寄,時領薔芬,并尊藏吉金貞石并古泉精品,俱望拓賜一一,或從長興官署,或從海鹽家文魚兄處轉寄,率俱妥便耳。

瓦十件

中佳彝、惠敦、建安弩、祖辛敦、豐敦、父乙尊。

古泉

淳祐當百、千秋萬歲、太和五銖、三韓重正、常平通。金世圓、大曆、靖康元正、永通花文、白檕、八角崇正。東國重正、永安四出、五銖有郭、大觀有龍、■■、太平百錢、得臺、四銖、寬永水文疏密兩種、臨安準五百,廿二件。

十四。送錢可廬年伯《石鼓讀》一部。錢年伯見題古器款識一頁、《瘞鶴銘》款兩行。給汪碧岑詩箋三匣,一條、一寸、一烏絲。

拜張年伯,見知小軒還粉坊琉璃街。張年伯請喫酒,辭。邢師見贈《潛研堂跋尾》第四續一卷。打子十錛一匣、薛鏡兩面、纓子一個、京頂一個。

師觴廷濟于琴韻花香,吴匠門寧、持三師叔同席。

師贈盤費二千文,給徐陞一洋。師付謝公信、褚同門信,即告辭。師再三留,甚殷勤,并訂再來。

朱跟班送至河頭，索錢，出言怪，可惡。給轎夫錢二十文、擔上十四文。落船一鼓。

《泰山銘》師尚未有。師云將來開所已有之碑帳來，如未備者，好代買。

今日午前獨坐，見雛鷄屢飛立母鷄身上，依依不舍，想到人子依傍父母之樂，更有何物可以易得，忍言無故遠遊耶？思思令人下淚。

刑名胡紹興，錢穀陸杭州，徵比陶湖州，書象施小雲湖州，朱筆吴雲塘（元棟）老二，嘉興澹川先生令子，雜務胡匠門孝廉（榕），壬子門生湖州代頭。胡牧之、張栐雲已辭回去。

辛楣先生今年七十七，子二。

可廬年伯今年六十一，子三。老大戊午同年，老二附監，老三廩生。在朱家谷王司寇處坐館。

可廬年伯住嘉定西門外，稱詹事，亦曰辛楣先生。

十五。早飯到合谿，飯後雇竹轎上烏瞻山，候趙南州三翁，不值。午後到法濟寺，土僧智明（亦老實人）、泰叙。見泰之弟子得遵，亦吾里人，姓蔣。又有四官、五官。由合谿至寺計十四里，泉聲百道，松竹滿路，遍山俱鵑花，雲霧出没無常，真好景也。寺所業有千畝松竹，寺到宜興四十里，到太湖亦四十里。寺中有吾里計五官開醬園者住其中，已半年奇。寺中有合谿沈茂才讀書，適下山。浴堂洗浴，極爽快。宿寺中，沈床沈被。

送智明、泰衆人各糕一匣、小菜一缾。

十六。是日萬福回嘉興，從篁里去。雨，轎夫不來，看滿山雲霧，爲僧書字，智明款。“路滿竹松，真覺山居幽寂；茶亯雲霧，方知禪味清凉。”“但覺人行蒼樹杪，不知身到白雲中。”“數聲鍾磬來雲岫，一路松杉引竹輿。”白雲深處八分書。法濟寺在烏瞻山頂，凝雲滃鬱，變幻無窮。嘉慶甲子三月望，籃輿登此，書以額之。嘉興張廷濟。

一就山中宿，長深世外心。

禪餘有味，雲出無心。

山雲滃滿户，澗華香流衣。

堂前樹古留僧臘，竹裏泉清净客心。

右俱製句。

拜主佛、觀音、吕祖、衆立堂瑞祖。泰衆遣工人掘鵑華數本見贈。再宿寺中。

十七。飯後乘輿下山,泰衆同到合谿,山中人肩華二籃,籃輿同行,一路灣琊曲折,惟有松竹流泉,真絶妙景色,將來描繪一《合谿訪舊圖》。

趙翁行三,字南州,邀進留住,甚殷勤,其表侄張[redacted]住湖州南門内(即王老八之隔河)。啓亭侍御之年侄、孫鷺亭太史之友婿家有銅器有字不全者、富貴昌宜款玉洗,並有古泉。喬梓同見,其郎年十八,已進學,出其時文《舜有臣五人而天下治武王曰》題一篇、《麥浪賦》見示。

趙翁處喫點心話别,泰叙送至船别。

寺内香燭錢一百文,給送華工人酒錢一百,轎夫酒錢四十。其進出轎錢泰叙堅意要送,允之。趙翁有子六人,其婿章翼曾教習同年友也。寺中讀書之沈茂才,趙翁之孫婿也。

申刻到長興,倉前遇戲文將做,停船看戲。

老師之隨人方全福、葉某二人遇,知師未即上府。夢華十五到長興,説吾之信將到。看戲半本,天晚,開船。事難預知,各有機緣,如是如是。

張兄云,家有武成年間所寫之經,在佛塔中,係其祖宦蜀時所得。即諸銅器及古泉亦蜀中大樹坍出時所出者。

張兄約三月底來。

十八。黎明到湖州。候王果峰兄。候沈夢湘到袁觀館,不值。佛老三赴覺羅教習之師陳制軍大文之館,不值。華樓橋候沈倍子,上墳去,不值。候單兼三,上墳去,不值。

買舊端研,有眼,一方,一百卅;楠木匣一,卅文;直華鉼一,六十文。遇古歡齋裝潢匠李志鰲兄,譚起有府廟前萬元店廣貨之主人沈鉩堂兄(年五十餘),講究古錢及銅器。李志鰲裝潢店中遇汪敬堂大兄(府學生),向幼在倦圃讀書,人頗好。敬堂同到船。敬堂同到城隍廟前管姓古董肆中,于肆中遇嚴寅威談。同敬堂至潮音橋訪嚴含章,觀銅器。

鼎,中作旅車鼎,價二百。卣,,蓋不配,蓋中鎏金,索價三百。紹興至德壇鍾,價二十四金。至元彝,價一百,底蓋有款。劍,一脊斷去。

爵，（子父己），在瓣中，價十六金，還至十洋成。本擬送以八洋，以二洋謝敬堂兄。

敬堂兄以建文元年應天府造小銅權見貽。敬堂汪兄約明日再譚。

汪敬堂兄云，張塗山係東巖先生之孫，青芝先生之子，東巖甲榜出身，官至道，青芝乙榜出身，官至府。塗山之兄，號古山，淡于功名，善醫。塗山捐主簿，分發江西，曾辦過二差。塗山住尚書橋。敬堂兄年四十餘。

十九。飯後過王果峰同年處，果峰處喫中飯。

果峰大令子今年十歲，次令子今年六歲，大女十三歲，已定親，幼女今年兩歲。果峰云，淩午亭同年焯于去年六月以痢故。萬元廣貨店主人沈鉌堂兄積古泉，現患風病，到北幹山去看病。果峰之侄驤材兄爲鉌堂之侄婿，因同到城隍橋鉌堂家去看古泉，不獲，看緣有待也。

中飯後嚴含章兄邀看古器，府廟前古肆管彤標，攜銅器二至嚴屋看。一觚，款在底，真，索價五十金，還八洋，不成。一角截足移瓣，僞色，不問價，汪載賡兄云，即錢啓行觀察所遺之物也。又管彤標帶龍鳳通寶錢一枚，索五百文，還至二百四十，不售。

汪茂才名國觀，字載賡，號敬堂，府學武生，住壽星橋關帝廟前。嚴含章住潮音橋一衖嚴氏松板行，其族人所開也。

送汪載賡一洋。舉棹舊館過夜。

二十。酉刻到嘉興。還澄意堂硃箋二對，紙錢二百十文。沈石泉赴杭進香，不值，交張表兄手。

候朱逵吉兄、金禮兄、陸大世兄（柳塘師令孫），褚大兄晤，降槎不值。候李興兄杭州未同■。買馬刻《五經》一部，價未算。候車老師，師送《六書音韻表》一部，喫夜飯，過夜，與李梧生先生譚。王老雙亦會。

車師屬爲徐司馬賦《楊花關中少伶》詩，楊花能以白驢借徐司馬，脱教匪之難，而執鞭以拒匪，爲匪所得，令之行酒，不肯，駡賊，被殺。

姚郡尊鐫《壽萱録》。

阮師近爲段茂堂山長刻《説文注》，師有記一則，段勒諸石。

阮大世兄對寶應劉君台拱之女、台斗之侄女,段作媒。

梧生先生屬賦《碧梧齋詩》。

買西畯真賞牙章一、檀界方一對,價一洋。

(西畯真賞)

廿一。候錢順甫帶回所刻諸名印。候文學匡喫中飯。

候黄嘉彙,不值。到黄黼兄買古錢幣共十種,價五洋錢。

候沈向之世兄,知三十之泉及直百有爲淳錢俱爲松門易去。

取沈向之天佑叁字錢、元通寶錢、鄒氏幣,許以平陽幣、不知年代品錢并天佑,價四百文。

訪葛春嶼三兄,不值,回棹,到家門已五更矣。

廿二。馬心魏來,送大房三兄每房筍二株,鏡有錦囊者二面,分與兩侄女。

廿三。在東墨書樓晚飯,天雷雨。母親起瘧疾。

廿四。

廷濟見古泉范及古泉范拓本,若阮中丞師所藏沈郎五銖泉范一,王蘭泉司寇所藏大泉五十泉范一,吴仁金瑶岡所藏契刀范一,大興翁宜泉所藏大布黄千范一、大泉五十泉范一、五銖泉范一、貨泉范二(一背有雙鹿文),嘉興黄省吾所藏大泉五十泉范(背有六字篆章一),澉浦陳九虹所藏五銖泉范(背有"日利"二篆字),蘆涇侍御姚氏所藏貨泉范一(背磨平如鏡,付御因以"范鑒"名齋),蘇州瞿木夫所拓傳形大泉五十泉范一,嘉定錢獻之《十六堂古器款識》所載大泉五十泉范背有"富人大萬"四篆字、大泉五十泉范背有"大吉二"八分書字一,不知何人所藏。而僅有拓本者,半兩泉范圓如鏡者一、大泉五十泉范二、五銖泉范一、貨泉泉范一,又家藏五銖泉范面背具全者一,大泉五十泉范背有"日萬泉"三篆字。夫泉範自竹垞朱氏以前,似未見著録,百年以來搜羅日出,以廷濟耳目之隘,已得如干品,不知天下更有幾何。然列之案頭,總覺古意可愛,較之藏鏹巨萬者要自有間。

見岩老弟所藏舊爲童二樹物，童子固山陰博雅士也，兹歸谿陽詩屋，亦可爲是范慶所進矣。甲子三月廿四日，張廷濟識。

獨有同心葛稚川，比鄰分占一谿煙。日長人静無它事，共檢奇文話莽泉（見岩與廷濟同藏有大泉五十泉范）。此去年五月九日爲見喦老弟書扇詩也，兹再附録于册。廷濟又記。

廿五。與沈老素信。看葛見喦病。

廿六。以齒痛不能到平祝朱伯母壽，俟補祝。

記開巳日之馬錢。

兩面馬，無字，一面有人騎。千里、德勝、驃騎、白槊、白駒、山子、將馬、渠黄，合家清吉，又。

母親于廿三日起患瘧疾，廿九日遣船邀老素來看病。

德哥、四弟同禱于肅夢廟大王尊前。

嘉慶九年四月

四月初一己未日。是月大月。沈老素來。

初二。母親瘧第五回，同四弟再禱于大王尊前，敬許神戲一臺、裝從人一位，瘧較輕。

養心能去病，修德可延年。

初三。朱右甫孝廉來信并寄徵壽詩啓。朱老伯母今年三月廿六日六十生辰。

初四。

初五。沈老素回去。母親病平安。見喦病亦有起色。

京中趙潤甫孝廉來信，學生趙子啓寄來亦有信。潤甫于去年十二月二十日發寄來懸針布泉一枚、古泉拓本數十紙，又索古泉一單。子啓云去年曾肅稟函，然未之見也。

計趙潤甫所得古泉寄拓本來者

重合（篆小平）、重合（正小平）、共字、大曆、寶慶、太平百錢、大泉（當子小品）、布泉（懸針孔下有出），泉貨（孔上右有出）、貨泉（兩面同文順同）、五銖（背孔左十字）、五銖（兩面同文面背）、大泉五十（面背四出）、大泉五十（兩面同文）、大開元（元字左挑）、大大觀（兩面同文）、天定（小平之略大）、小品大元通寶（異古文）、一面雙龍

一面四雀、甲(兩面同文)、大定(背文半分)、梵書小平錢、大泉五十("大泉"二(十)[字]向右,"五十"二字向下)、風調雨順小平錢(背孔右有一字甚舊)、常平通寶(户重,趙注云:此泉英司農奉使朝鮮時帶歸者)、永通萬國、五銖(有郭)、千里馬錢(朱拓)、白駒馬錢(兩面同文)、五銖(背四出)、朝鮮、千秋萬歲(背盤龍)、豐貨、常平通寶(户入口,趙注:此泉英大農使朝鮮時攜歸者)、至■通寶(背孔上下有二字,錢小,字不清)、大泉五十(背孔上福字,下左右有龜文花文)、隆興元寶(篆略大之品)。

初六。到平湖補祝朱老伯母壽,分銀一兩四分,朱處喫早飯。晤陳仲恬鴻豫,以吉金款識一本,有錢可廬年伯跋者,交莪堂手跋,知趙氏方鼎及簠已歸積古齋。朱發使舟九十四文。候士周年伯并祁泉、秋樵,同候琴堂五先生觀古泉,一更時歸家。

初九。萬福晚刻從嘉興來。萬福帳應從四月初十筭起。

張琴堂先生所藏古泉

契刀、十貨、安邑、齊刀、豐貨、兩面大太平通寶、兩面大大觀、兩面寬永、五行大布龜蛇雙劍(小)、五行大布龜蛇星劍(小)、正元通寶、大明背帥字、洪武背十福。

又于琴翁處見重熙通寶錢拓本。椒堂處見一簠,有款字三行,余疑爲宋元時器。

與翁宜泉

晚生張廷濟頓首宜泉仁兄老先生座右:去冬之杪,奉到來書,欣得老大人賜書清儀閣扁額,并各拓本及題吉金款識、《[遺]山年譜》,已致艺堂,欣喜之至,感激之至。老大人寶墨當今罕匹,廷濟何幸得此,敬俟明春到京後稱贄拜見,一遂瞻韓之愿也。姜怡亭復書一通,謹呈上,南宋甎俟細覔。再,去年秋中,從邢房師處奉寄蜀師甎研材一,今年晤邢師,知已送到,想呈鑒矣。廷濟去秋至今所得古泉甚少,[吉]金更少,偶有數種已拓得者,略奉尊鑒。家藏八甎是乾隆乙卯年所得,載《定香亭筆譚》中,爲永寧、元康、太康、泰和、萬歲、萬字、吴氏、蜀師諸種,久不影拓,今夏拓出,即行奉寄。吾老先生所得想日益富有,歆慕之至,恨不得縮地一敘。蒙寄所藏鐘文全形者已被友人取去,勞再寄一紙全形。知全形實在難拓,或止拓其文字,勞多寄數本也。再,所藏簠鬲諸器以及佛象魚符、元明諸權、秦漢唐宋元明官私印、秦漢瓦當暨精品古泉、古幣、泉範諸拓本(秘戲泉、宜官秩泉多乞幾紙)得蒙郵寄,感念逾常。今年入春以來,家嚴尚健,精神已不如去年,家母多病甚重,三月中廷濟醫藥祈禱,日上少就平安,廷濟自己亦頗多病。據醫者云,將來虞成開隅,所以心緒甚不好。閉門静處,不欲出門,是以金石古泉所得亦少。吾老先生日新月益於古泉,可稱大成美備,未審見在所未得者若何種款,望細細開來,當效愚者一得之勞也。今日趙學生信來,知即欲進京,匆匆裁書奉寄,未盡欲言,餘俟續佈。又故人吴侃叔係廷濟至好,其遺書先刻得《石鼓讀》數種,謹寄一本奉看。臨書神馳之至。廷濟謹啓。老大人尊前先祈此稟請崇安,并謝。不敢冒昧陳稟,伏寄箋紙。

寄拓本

丹經　硯匣　金石阮簽　寫竹几　建文二年權　延祐權　建文元年權　永樂五年權　漢黄山鐙　西畯牙印　開通錢竟　張鑪伯和父尊　承林爵　漢器蓋　竹垞用寄印　時壺至正器

漢并天下　永受嘉福　豐敦二副　且辛敦　父巳爵　潤甫鏡諸母尊　父輩鑃　漢印

安幣　芸　淳祐當百　臨安府伍百文　永安土　大泉五百五行午時　天佑参　寬永水文　大曆　崇正八角　白豹　白爨　乾封　金興圜　銅紹熙春三　直白　三韓重　太和五　大開元　大千秋　四銖　和同開珍　靖康元正篆　建文　常平　將高　人面永通　契刀

寄古泉

慶元小四　咸淳小四　嘉定小元　皆舊帳上所託尋者。

答趙潤甫

三月杪接吾三兄先生十二月二十日所發信并布泉一枚、拓本數十紙,謝謝。吾三兄搜羅日新月益,可羡之至。即所寄諸拓本、諸泉中亦甚精美。其中如重和、寶慶、大曆、大開元、永通、豐貨之類,倘再遇著,祈代爲弟購得,必不敢虚領盛意也。今年家母多病,弟亦多病,心緒甚不好,所得古泉亦少。今將拓本奉看(有數種係舊藏者),再吉金及器物拓本呈看,不值一笑也。吾先生所藏鐘鼎款識甚富,倘蒙見寄數種,必有奉報。今奉到壽昌元寶一枚、淳熙(背捌九)、嘉定(背十三)、皇宋(背六),共四小平錢,皆來目上所未有者,希收之。再弟前接宜泉信,知三兄近字潤甫,易"圃"爲"甫",大好大好。弟去年適購得一古鏡,背有"潤甫"二八分書,鏡背古潤,文字精好,審爲唐人物。今先拓文奉看,俟明年進京時帶奉雅材也。今日接子啓書,知即欲赴都,草草奉書以復。二大人尊前未敢上瀆饒節,□請崇安。梅圃頓赴重泉,可傷可痛。旅櫬南歸,未曉何時孤露西華,知三兄必爲之所也。翁信一封,祈轉致之。四月廿五日,張廷濟頓首。

唁黄山甫(基仁)

久不得尊大人手書,正深就想。今晨接山甫二世兄信,知尊大人頓遭異變,傷哉痛哉!何吾人之薄命一至於此耶!弟酉戌二載,與尊大人處想是幾同骨肉,一聞此信,那禁哭之失聲。然究思修短有定,望節哀自重也。旅櫬歸來南,未審何時吾世兄少年孤露歸來,萬望小心自重。

弟若能今年歸里,務望寄信通知,使弟放心。今年家母多病,弟亦多病,一切功名視同嚼蠟。吾世兄住京日久,諒亦知京華滋味,將來耕田奉母,弟看來當有餘味,未審尊意以爲何如耶。匆匆灑涕裁書,書何能悉。四月廿五日廷濟頓首。白銀四兩,聊申賤意。自愧菲薄,慚怍無窮。

答童萼君

門年愚弟張廷濟頓首啓:

萼君七兄大人閣下,今晨接手書,領悉一切。梅圃遽遭異變,傷哉痛哉。何吾黄郎薄命一至於此哉。現在旅櫬僧廬,東華孤露,此皆吾等友人之事,弟遠隔燕吴,無能爲力。吾七兄到京後大力周章,俾死者存者兩俱得所,無煩弟之贅辭。黄世兄長厚異常,弟看來亦非居京所宜,定應早扶櫬歸南爲要。弟具分四金託子啓致之,并託子啓照拂之,然尤祈兄一切周旋之也。弟今年心事甚惡,且因侍家母疾病而近亦得病,明春未知能進來與否也。匆匆。謙士先生前祈代請安。四月廿五日,張廷濟頓首。

與趙子啓

三月盡,接手書并令叔手札,以侍家母病,未即奉復。今晨接手書并萼君先生暨黄世兄信，領悉一切。萬事變遷，一至於此，殊難爲懷也。尊大人三日陞通政，令伯大人卓異到都，吾弟進京時闔門荆會，人間福澤如老弟有幾人耶！黄梅圃二兄之變，弟聞之甚酸心鼻，老弟到京後，諸望周旋黄世兄妥當南還，此大盛德事也。吾弟品格氣韻將來正未可量，得可以援手處，幸勿錯過也。弟寄黄信一封，有分銀四兩；又答令叔信一封，有古泉五枚，是令叔託覓者；又翁信一封，有古泉三枚。諸期致之。弟今年多病，心緒甚惡，明春入都與否尚未有定。老弟由省進京，嘉興在所必過，弟家鄉居新篁里，去嘉興五九路，迂道而來，往還不過多費一日工夫，倘蒙同令僕來光過，得話悉一切，尤所願也。如必無餘晷，亦弗敢强。然信如收到，必須賜一回音，以便弟放心也。此信今日恰有一杭州便人，趕緊寫寄。書未能悉。尊大人、令伯大人均、令叔大人暨箌山令兄均祈代請崇安，不另瀆。四月廿五日，張廷濟頓首。

四月廿五日。黄山甫基仁二世兄京信來，知黄梅圃明經二兄於三月初六日卒于護國寺趙通政宅，可傷可感。即日復書并寄分銀四兩去。趙子啓來信，知即欲進京。董萼君來信，知即日同子啓進京。答翁秋部、趙孝廉、趙公子、童孝廉、黄公子五信，作一大封。適杭州朱曙兄來買布，託其帶送、索回音。周老分來淳雅堂彈唱《白蛇傳》，廿一日唱起，共五日。葛老書出東（五洋）。

廿六日。

跋王琴泉所藏伯和父銅方尊

右方尊，王琴泉三兄得于吴門故家，銅質，五色斑爛，光采耀目。文在腹，“惟王命元年正月初吉丁亥，伯和父若曰乃稽首，敢對揚皇君休，用作其萬年，子子孫孫永寶用”卌七字，重文二。一底、上下兩側，共三方，皆同文。余去年於阮中丞師積古齋見爛銅一片，文字正與此同。案薛氏《鐘鼎款識法帖》卷十四《師毀敦》“惟王元年正月初吉丁亥，伯和父若曰師毀乃且考”云云，又“毀拜稽首，敢對揚皇君休，用作朕文考乙仲䵼敦毀其萬年，子子孫孫永寶用享”云云。此則無師毀文，僅有“伯和父若曰”，則命之曰“伯和父尊”可也。琴泉于去年得商立戈人癸圜尊，余既爲之題識，又得此品，洵乎物聚所好也。余于壬戌之春得商尊于京師,文曰“册斑作父乙寶尊彝”,亞形中横戈,字法精美,爲吉金中至精之品。去年冬日,余弟季勤得一尊,文曰“諸女舉尊彝”,朱碧爛然,係中州出土之物。琴泉與余家隔谿而居,世交親串,情誼綢繆。今日亦得方圓二尊,良辰佳日,恃此傳觀,於古金文字緣不可謂不厚已。余姊子徐壽莊(大椿)茂才通篆學,能識古文奇字,畢蓖園、吴依叔、家文魚俱深重之。琴泉舉此以示,知壽莊亦必有連説也。甲子四月廿六日,張廷濟記于清儀閣。

廿八。卯時,葛見巖大弟澂仙去。見嵒少余二歲,庚寅生,居比鄰,做人聰慧,比年更老成,交益密。余自壬戌南還後,幾無日不相晤。不意于去冬起病隨發隨止,頃三月廿三,余歸自湖州,猶抱疾坐谿陽詩屋一談,廿四日夜裏大吐血後,遂不落床。病中余視之六七回,其身後事終未忍一言。自廿三谿陽一晤,至廿八,共三十五日,嗚呼竟長别矣。將來擬爲之立傳一篇。

赴王琴泉會酌立志堂。陸根堂先生爲階老先生書兩鐘銘,《瑯嬛翰》十部,一朱拓,楠面六,全部三閡梅花詩。

廿九。看戲。葛春嶼三兄舟次一見。几山寄印本來。

嘉慶九年五月

余寡德,不能妄立遺訓,惶惶祖誡,亦云備矣。聊闡述最要數則,以相勉勵云。

小詩六章哭挽見嵒先生仁弟(甲子五月初七,鐙下具草)

夢幻俄驚卅五春,如君薄命果酸辛。繐帷那見兒三尺(君無子,并無爲之後者),血淚空揮母六旬(君尊慈今年六十)。最痛扶床徒有女(君遺二女,一十歲,一四歲),可憐舉案舊如賓(君德配爲朱家浜朱氏賢媛)。茫茫萬事歸泉路,淚灑行人也滿巾。

一盞孤鐙幾卷書,斷腸猶話授經初。可堪課讀圖方就(君三歲失父,太夫人王守節撫孤,君去年索馮秋鶴繪《秋鐙課讀圖》,蔣丹林老師書額,丁小鶴明經、家文魚孝廉題詩,廷濟爲作記,君自亦有記),争奈稱觴願尚虚(君今年擬徵詩文爲母壽)。服賈心勞終爲母(君因家貧無以養母,始就市),養生計盡始憐渠(君運蹇,連年爲人所累,生計日落,心由此益瘁矣)。最傷治櫬辜兒志,埋骨千年恨有餘(君數年前擇美材,爲母治壽器,頃病亟,親友謀移用之,君聞之大感,孝思亦可悲矣)。

一夜啼痕共血痕,母妻相對待朝暾。空聞後會期泉壤,忍説承祧少子孫(君于三月廿四夜嘔血數升,病遂不支,四月廿七復嘔血一夜,自度臨危,思俟天明,請叔念臺、兄星海、渭川,託以身後事,數問天明否,比日出後,叔及二兄至前,息已奄奄,惟説“陰間會”三字,淚如泉涌,不能更出一語,氣隨絶,目不瞑,爲四月廿八卯時)。想去真多難了事,算來應有未招魂。即今料檢資群從(君死後,族子枚陂茂才爲之經理),異日零丁可再論。

斷墨飄零字幾行,一椽詩屋冷谿陽。古緣句好張徵士,隸法書神趙奉常(君于去年闢谿陽詩屋,扁爲上海趙謙士太常八分書,去冬十一月方刻竣,家文魚孝廉題詩云:“谿陽多君子,頗味詩書旨。況有英儁才,教養出母氏。所結古人緣,時泛春水船。嗜好既殊俗,清暇鋪吟箋。字字出至性,高歌《白華》篇”)。縱見邑書傳姓氏(君藏大泉五十泉范,載《嘉興縣志·金石補遺》),誰編家集等琳琅(君擬輯其先世遺文付刻)。請看谿水濃於舊(錢潤甫茂才贈君句,有“谿水如雲濃欲突,叢篁低地碧無痕”一聯),空送銘旌到北邙(君于五月初八日殯于小篁里之葛家邨)。

總角論交交最深,從今真少一知心。秋宵猶記當窗語(壬戌七月初九,廷濟自京歸家,時已四更,君從樓上隔窗問“叔未回耶?途中安否?”云云,喜聲可覺。今而後,此音可再得聞哉),春日空餘絶筆吟(去年□日,君爲廷濟購得建文二年銅權,各賦詩紀之。頃三月廿三日,廷濟歸自吴興,過谿陽詩屋,君抱病出談,廷濟示以新得建文元年銅權,僅數語,廷濟以他事歸,君自此進内,不再至詩屋矣。昨檢君遺稿,得君爲廷濟賦建文元年權詩,蓋自君病後,廷濟走視六次,俱未曾道及也)。何限琴尊同對席,幾多風月共題襟。那期訣别三旬速,欲制愁腸淚不禁。

十年師友悵凋殘(胡綺園、吴蘭陔、顧涑園、戴崑玉、蔣霽園諸師,王若香、金金粟、王雲農、畢莨園、吴侃叔、黄梅圃諸友),春草秋風淚未幹。埋玉痛君心更苦,斷金憐我鼻尤酸。朝餐不覺經時損,遺集何勘子細看(君遺稿率多散失)。記取他年文筆進,好傳芳躅付雕刊。

初八。送見嵒殯于葛家邨,春嶼回去,沈季木來。

初九。季木回去,杖陂來,申刻去。

初十。文魚來自杭州開回。敬悉中丞師台安、山舟先生安。晋齋處有開石門頌一章,並有題名,索價一千;文魚云晋齋處有秦漢印五六方,索價十洋。

十一日。

上梁山舟先生

去年晋謁崇階,備承清誨,今春本擬上省,以侍家母病未果。頃艺堂家兄回里,敬悉太老伯大人起居安善爲慰。卓氏傳經堂無高翰墨十本,廷濟去年所得惜多殘闕。今附艺堂轉呈,倘尚可采擇,伏祈鑒留。又卓氏有一支遷居湖州,藏有尺牘,廷濟近曾訪過,破損之至,亦少精者。聞吴東臺兄已選買過數次矣。再尺牘目録一紙呈看,亦廷濟所藏,有合意者祈示知,以便續奉。專此具禀,謹請順安。山舟太老伯大人尊前。世愚再侄張廷濟頓首。

十一日。文魚回鹽。

十二。附録葛見嵒弟《谿陽詩屋吟草》所賦時大彬壺二首

時大彬方壺,澂母家王氏藏之百數十年矣,辛酉秋日,過隱泉訪安期表弟,出此瀹茗,并示沈竹岑廣文詩,即席次韻

隱泉故事話高人(隱泉,一名高士泉),況有名陶舊絶倫。煮茗肯辭甘草癖,成詩底買玉壺春。賓朋聚散空多感,書卷飄零此重珍。記取年年來一呷,未妨桑苧目茶神。

叔未三兄解元得時大彬方壺于隱泉王氏,賦四詩見示,即疊辛酉題是壺詩韻一首(癸亥十月)

移向牆東舊主人,竹田位置更超倫。瓦全果勝千金注,時好平分滿座春(周高起曰:陶肆謡云,壺家妙手稱三大。蓋謂時大彬及李大仲芳、徐大友泉也。余爲轉一語曰:明代良陶讓一時)。石乳石林真繼美(叔未令弟季勤藏宜興壺二,一陳鳴遠製,底鐫“石乳泛輕花”,一方壺,底陽文“石林中人”四篆字,係天啓時吴萬化物也,二品俱余爲作緣),寶尊寶敦合同珍(叔未藏商尊一,文曰“册斑作父乙寶

尊彝”,藏周敦二,一曰豐侯即作朕皇考尊敦,一曰惠作朕文考率伯尊敦)。從今聲價應逾重,試誦新詩句有神。

十三。關王重誕,到太平寺拈香。天大雨,俗謂關王磨刀水,所以驅斬瘳疫鬼也。

又録見碞葛君《谿陽詩屋遺稿》爲余賦建文權詩

太平橋東泊鑄銅物船,有建文二年湖州府銅權將付鎔冶,叔未三兄亟屬余購得之,賦四詩見示,并索拙句成一律

葛　澂

瞥驚遜國賸頑銅,未入洪鐘一炷中。七字半封苔蘚碧,百年空話劫灰紅。懸來猶帶滄桑恨,耦去終教銖兩公。總是革除除不得,詔書何事太匆匆。

建文元年應天府銅權(甲子三月十八湖州汪載賡茂才所贈,賦寄宜泉翁秋部)

昔得建文二年權,湖州府字識一邊。今權得自湖州府,建文紀元字獨全。權重□兩形橢圓,惟時元年、唯府應天,七字鑄就非雕鎸。吾思應天府治明初實都此,街衢洞達,闤闠且千,賣絲糶穀,課税數錢,泉權纍纍應高懸。鼙鼓動地來冀燕,景隆賣國開金川。火急革除建文號,十行詔下何喧闐。空山百尺之碑猶拽倒,何况市中寸銅寧不付鎔煎。斯時泉權何處避,字脚刻露猶依然。石峰古權十五編,記題此品何精研(壬戌春日,大興翁宜泉出示石峰草堂十五權墨本,内建文元年應天府銅權。覃谿先生題云:昔顧亭林《金石文字記》載,霍山中鎮廟建文元年二月碑,謂建文一代事迹無可考證,存一石刻,猶愈于野史之無稽者,况此權正是應天府物,使亭林得見之,其爲快幸,更當何如耶)。世間無物不有偶,對此寧弗歎古緣。因作此詩寄宜泉,報章重遲瑶華篇。

附録

甲子三月廿二日,叔未三兄自吴興歸棹,枉過谿陽詩屋,出示所得建文元年應天府銅權,紀元字迹未損,深可寶賞,力疾成此

葛　澂

遜國君收第二權,教人重話革除年。遺文猶認元和脚,平準誰工姹女錢。王氣易愁歌玉樹,天心難解失金川。病夫不管興亡恨,載筆空餘楮墨緣。

右見嵒遺稿,余于見嵒故後從谿陽詩屋廢屋破紙中檢出,是見嵒之絶筆吟也。附録于此,可勝傷感。五月十三日廷濟記。

十七。

與芑堂

前顧回舟,唯興居安善爲慰。東里草堂扁已定局補寫,心耕上舍款(心耕信附看),倘連年月及書者姓名重寫在一章,俾泯添寫痕迹尤好。祈即致書求得,以了一段公案也。子父己爵,弟手自精拓一紙奉寄。許惠卯敦文想極,望檢寄,亦當覵精品款識以報也。葛見巖兄齎志没地,弟近細檢其遺稿有製詩實可采録,倘蒙錫及挽章,勝祭酒炙鷄多矣。日上梅雨連朝,想静坐著書自多逸趣,閒時或棹過新谿作數日盤桓,尤所願耳。專此,奉芑堂孝廉兄翁。

前蒙惠嘉善唐友所對聯,謝謝。余以五月五日生,故名鎮字起也。是小時業師姜先生所取,極得古人命名立字之意。若芑、墅二字無甚意思,嗣後倘蒙惠筆墨,務書"起也"二字爲要。此啓芑堂吾宗。愚鎮頓首。

漢黄山宫鐙跋

右漢鐙,海鹽芑堂孝廉兄所藏,甲子上巳歸于余。高建初尺□寸□分,上盤承膏處高□分。柱痕三道,純素無華。重今等□两□钱□分。鑿款"黄山第三"四字,在下盤之上面,隨勢爲之,古趣天成。考《漢·地里志》,右扶風槐里縣有黄山宫,孝惠二年起,程勉之《秦漢瓦圖記》載前太學得黄山瓦于興平,此鐙其亦爲孝惠離宫中物無疑矣。昔(集)[歐]陽集録古文,未得林華館[宫]行鐙、谷口銅甬時,每以無西漢字爲恨。廷濟十數年來屢得商周彝器,今又獲此品,棜相對,得摩挲西京文字,不可謂非厚幸也。因濡脱其文而并識之。五月十九。

至正□年曹邨經橋柱

延祐四年

右二柱王心耕六弟訪出。

泰定元年郭橋柱

右王天自八弟訪出。

廿一。戌時,妾王氏舉一子。

寄嘉善信

今晚戌時,側生一子,知岳母大人曁三位内兄關切懸念,特此奉聞。但弟已有承繼兒子邦棟居長,此子不照頭生排場,並不設湯餅之會,一則省費,一則省許多烹宰罪過,望三位内兄將此意細細稟知老太太,斷斷不必拘世俗做滿月之兒必須破費鈔爲要好。此則家嚴、慈曁弟夫婦真心實意,非泛談客氣也。

丹林、古香、季木三位内兄均此。三位内嫂均健。弟張廷濟頓首。

廿二。天晴。

廿三。雨。

廿四。雨。

廿五。雨。水滿門前,階上水深五寸。

廿六。小雨,水少退。

廿七。晴。

吴侃叔題孫愛山明經《琴榻九喜圖》詩

造化生萬物,芸芸□亭毒。人爲萬物靈,患在不知足。河海有時盈,維滿方寸欲。人欲一以熾,天機日以牿。非蛾火乃投,不蠶絲自縛。堂堂丈夫身,或甘妾婦辱。山水空復佳,不入勞者目。詩書有至味,苦爲科名瀆。幸不墮先疇,即憾所遺薄。威如昧反身,安識閨房樂。豈無賢友生,無奈自貽獨。高天厚地中,多見其局促。唯君姿稟醇,端居濟以學。境遇豈殊人,灑落遂超俗。無懷葛天民,異世乃同躅。所以耳順年,兩頰若丹渥。旨哉古人言,能者養以福。静立人極根,澹爲世情幅。一榻涵太和,蠡斯爲君卜。

又

丹青能畫君容喜,難畫到君寧静心。莫道畫師苦多事,淵微都付與瑶琴。

五言二章奉題愛山詞丈先生《琴榻九喜圖》

事事令公喜,都緣心太平。易空人我相,難忘水山情。曲古琴俱静,神恬夢與清。不知塵世上,何者是枯榮。鬢白顔逾赭,春風滿座含。更無方却老,自有草宜男。千卷君還讀,百峰吾舊諳(廷濟曾客溆浦一年)。相關同樂意,對榻遲高談。

甲子夏五廿七日嘉興張廷濟頓首。

雙魚僊迹圖(吴芸父東發畫)

天地間萬物皆氣所爲也,而魚之得氣爲尤正。故《詩》云:"衆維魚矣,實維豐年。"此其徵矣。而鄭康成箋《詩·南有嘉魚》,亦謂時和年豐,萬物有餘之意也。然則此地有雙魚紋者,其天地之所結聚而形焉者與?或以爲僊迹者,何也?《説文》鱻鱻皆古文鮮字,鮮與僊聲同,假借而■,太極之象也,仙家所謂"玄之又玄,衆妙之門"者歟。

古文以遷爲僊,見漢碑。芸父吴東發篆并記。

晋孝子祠,里人敬慕吴真人猛而作也。又稱醫靈道院在吾溆青山之麓,庭中常現雙魚形,并長尺餘,有規文環繞其間。魚若對飲于盤盎者然,鱗鰭宛肖,躍躍欲動,然必現于將晴將雨之候,平時則泯然耳。歷詢野老,知其繇來尚矣。近所甃鵝卵石漸圮,其形尤顯。廟祝曾戲以钁頭深鑱四五尺,絶無痕迹,復以土掩之,不彌月仍如故。余甚疑焉,嘗數往而悵未一覩。歲庚申春杪,與茂才王純同遊其地,獲親見之,不勝歎異。考常、董二志皆不載,或當時未有也。抑或韜隱泥中,爲石所蔽耶?爰賦短章,補仙蹤之未備。耘父表兄見之,爲繪圖,且繫之以紀,冀博雅者有所詳審焉。是歲新秋,永湖釣叟方豐偶記于環山面海之紫芒書捨[1]。

嘉慶七年秋七月巧夕,愛山老人録于延爽齋課讀處。

題《雙魚僊迹圖》(甲子夏五廿八,應孫愛山明經之屬)

吴真君祠青山陽,宋開熙建志常棠。雙魚規文庭中央,目驗得之方(豐)與王(純)。延陵圖記何彰彰,徵詩維魚非荒唐。衆乃蝝省字説詳,蝝載《説文》蝝《公羊》。水盛蝗化魚洋洋,五穀大熟歌倉廂。溆浦湖田高且良,紅蓮烏糯箭子黄(見《溆水志》)。歲以水澤卜豐穰,聖人在上時雨暘,見霈霖雨水泱泱。今年定有農夫慶,僊詞顯迹應光昌。瑞應豈止山海鄉,維魚維魚大吉祥。

嘉興張廷濟稿。

---

① 捨,疑當作"舍"。

答孫愛山明經(字載中,名映煜,澉浦人)

廷濟十六年前讀書澉上,欽大雅材久矣。頃接手書,過承奬借,慚怍殊甚。委題尊照及《雙魚圖詩》,以長城返棹後侍家母疾數十日,遂稽報命。今題就奉寄,祈是正爲幸。廷濟敝居新篁里,水竹成邨,頗資吟料,中丞師儀徵公爲書扁額,賦詩見贈,衆友人贈言亦有數十章,倘蒙寵賜鴻篇,尤深銘感。專此奉復,順請台安。愛山詞丈先生閣下。弟張廷濟頓首。

嘉慶九年六月

甲子夏五廿一日酉時妾舉一子,喜賦四章(六月初一)

羅薦蘭湯報浴嬰,温和氣候正長嬴。紫荆樹喜纔分種(之隴切),紅荔枝欣又側生。但願交柯聯棣鄂,敢誇英物試啼聲。牀頭笑向山妻語,莫學苗君竟倒綳。墮地應緣夢覺遲,暫教呱矣緩經時(醫家言以小兒墮地未即啼者爲夢生)。相看肖子生同物(廷濟乾隆戊子生,今年甲子,生肖同物),不是添丁有異姿。安惡休徵金屋事,兒嬌憑賦玉谿詩。還欣舊句重提起,伯氏吹壎仲氏箎(去年立繼邦棟兒子詩有"復如舉子壎箎叶"句)。

尊前白髮話諵諵,爲喜孫添第五男(季弟沅已舉四子)。鳩杖扶來看一一,雁行排去恰三三(兄子上林行一,兆行二,弟子邦材行三,兄子元桂行四,兒子邦棟行五,弟子邦樞行六,邦本行七,兄子魁梧行八,此兒行九)。稚枝總藉松陰盛,老境應逾蔗味甘。記取桑弧懸次第,壽星歲歲照弧南。

潘郎憔悴鬢成霜,學夢熊羆第一場。漫説冰盤湯餅滑,看裁錦褓翦刀忙。豚兒那有譽騰驥,騷客知無寫弄麞。慚愧傳家留長物,五車書卷滿樓香。

【倒綳孩兒】晏殊戲苗振語,見《倦遊録》。

【弧南】老人一星在弧南,《史記·天官書》張守節注。

【説】吴均《餅説》:"爕爕曉風,凄凄夜冷,臣當此景,唯能説餅。"

初一。大雨。水復漲,階前水五寸。接邢老師信、錢侗人三兄信。嘉興姚太尊之公子澂吉兄寄《享茶洗硯圖》索題。

初二。大雨,水益漲,門前水深八寸。

初三。晴,水少退。

初四。晴,水少退。到净相寺西南殿下兩房采檇李三斤。

初五。遣徐陞送李與張士周年伯,有回信。葛春嶼來。

初六。

初七。三男宿于余房。

初八。候補縣丞東洞庭金寄樵兄(思元)以平糶事來。春嶼回去。

初九。議平糶。

初十。寫捐米先到,雨尚未定。

十。秋樵遣人送禮來,絹肚兜、金劍、銀釧、銀印,信謝之。

十八。季勤四弟作竈。

十九。沈老素來看二男病。

二十。父親、母親兩大人命廷濟弟兄三人分爨。飯一籮,腫腸各一,俗謂之掘藏。是夜莊史邨、徐容可家始搶米打船打門,徐宅雇船六個欲載米出境,本地奸民糾合無賴約百人打船打門,搶去米數十石,近地打搶之風從此起矣。

廿一。請母舅吴載衡翁、姻親陳鳴六兄、婦兄沈素存兄、戴蔚堂先生、本家繡組兄、西房兄弟侄輩共六人,共三席,在厢飲酒。定邦棟承繼,告弟兄分爨,看邦梁滿月剃頭,以荆茘聯芳八詩與諸親族看。嘉善沈老國信來,并送禮來。徐容可家到里中來,邀打手以保家。是夜,搶者人衆,打門拆屋,什物貲財罄搶一空。

廿二。里中奸民聞徐容可家消息,刁風大扇,邪氣群興,人心惶惶。傍晚逢原開船到嘉興,一則繳册,一則請縣尊彈壓。南星橋頭頗有糾號聚搶者。是夜,附近搶者數家,招提與高家係同里之西圩,亦被搶,獲搶犯一人,姓葛。五男病利害。

六月廿二。

題姚澂吉公子小照

千卷名書一道泉,平原風調果翩翩。陰濃祖竹慈雲净,日滿喬松華蓋圓。看長魚苗飛硯■,憑分鶴俸有芝田。鵲華山色鴛湖水,分付奚囊第幾篇。

澂吉公子老先生雅照。醉里張廷濟。

復邢老師

謹禀者：春三晋謁，荷蒙老夫子大人誨愛殷拳，感縈寤寐。月之上旬接手書，遵承存注，敬悉台候萬安，感慰之至。日前雨淫水漲，嘉郡被水頗多，有諸多艱難景象。廷濟自扣别回里，適家母患瘧疾，侍奉月餘，始獲安痊。嗣後分析之事。又奉曹老夫子經綸注有手自有妙裁，曷勝遥頌。近襄辦里中施米。于讀書功課殊深自愧，惟賤體託庇粗安。五月杪，側生一子，連去年以弟之子爲嗣者，已有二雛，知蒙台愛，并此奉聞，順請鴻禧不戩。廷濟謹禀。六月望日。

公處曾未走謁，錢同人三兄信已領到。

清晨，遣徐陞到平湖，託秋樵請戈少懷先生看五男病。以銅器寄存秋樵：斑尊、豐敦、惠敦、淮彝、黄山鐙。

廿三。清晨，聞夜間諸處邪耗，刁風更熾，正心更危。飯後同心耕、王六弟、周東杠孝廉三人開船到嘉興，請縣尊親臨，請佐貳駐里以彈壓邪氛。由莊史邨轉到嘉善里許，將近萬里堰，天大雷雨。將近由拳，遇逢紙船，知縣尊許來，東杠以不帶雨具不進城，同心耕先到學，即去見縣尊，呈以禀（已點鐙，見于拳石山房），并求委員駐劄。縣尊訂于明日見府尊後定計，即動身。心耕回船，予宿于車老師署中，有心事，睡頗不安。

具呈舉人周汝珍、張廷濟，監生王福田爲禍難切膚，叩請親臨禁約，兩全民命事。切蟻等世居臺治下新行鎮之東圩，現遵憲諭平糶，以有極貧之户，無錢糴米，議得給粥米，大口每日四合，小口每日二合，業將册呈報在案。奈有不法棍徒，糾合無賴奸民，千百成群，于本月二十、廿一兩夜在莊史邨打門、破壁、拆屋、抄搶，廿二夜間又于同鎮西圩高宅折搶，聲言廿四、五夜焚搶新行。蟻等痛切剥膚，不得不窮呼父母。爲此，祈叩父師太爺。伏祈憲節親臨，雷霆大奮，俾蟻等不至被災，即可遵諭給米，以戢閭閻，而奸民不釀大案，即愚民不罹重解，闔境戴德，激切上具。

廿四。[1] 候戚茗田晟。郡伯公祖以名帖見招至署，座中趙父臺、車學師、陳少府。郡伯獎借備至，並諭以團練鄉勇一事，説見諭趙太爺臨到外一文一武，委駐新行里，倘再不平安，年兄寫一條子來，待弟自來。

---

① 此日以下至七月九日數葉内容原誤裝訂於第二册，兹移録於此。

日中開船,傍晚到家。是夜人心甚惶惶,奸民在里中窺探風聲者甚多。三房忽見一賊在屋上,喊捉賊之聲一起,滿屋都有人捉賊,人心惶懼,閙至二更餘始静,由始喊捉賊者之無識也。

是夜,附近被搶住平邑境者六家。縣尊是夜在停水橋過夜。

廿五。清晨起來,接縣尊,縣尊帶沈少府(泰)、劉外司(萬年)、楊外司(士榮)、范外司(□□)臨太平寺,西圩中無知之徒先將册並稟呈縣尊,講捐米。日中後,縣尊再坐堂諭衆,申郡伯大老爺諭,言發兵開鎗各備鄉勇之諭。縣尊即發書於平湖縣尊會營。留楊外司維太平寺,范先生、沈、劉護縣尊出塘。是夜,東圩備鄉勇數十人,楊外司點名同行巡綽,合錯一圍。劉于子丑時回里,駐迎龍庵。是夜有訛言,兇懼之至。

廿六。發信致車半林師。四哥來商陳家浜請官之説。同楊外司由太平寺至迎龍庵會劉外司,沈少府随到,喫劉公飯。飯後,沈、楊帶兵役到陳家浜,劉留里,平湖邑尊路公到里,比去謁見,已開船矣。随同仲緩二兄王终將學生舟至鳳皇,過船謁見。回舟,將至太平橋,遇海鹽邑尊張通房老師由里而來,即過船拜見。沈、劉到陳家浜,適搶者千人蜂擁而來,官兵開鎗拏七犯解縣,逢原亦同至郡城。劉在太平寺諭鄉勇數語,即乘舟往鄉野巡緝。平湖主簿譚公來拜,不晤。

廿七。五鼓,裝絲五厢寄嘉善,託吴老竇存當,晚上船回。

廿八。五鼓,沈老素回嘉善,船裝絲五箱、季勤衣箱二隻、内子衣箱二隻,寄嘉善。曹地山字送還七内侄。又一船,徐升壓至平湖,寄存秋樵老房,衣箱二隻、叔未衣箱一隻、畫箱一隻,又畫六件、銅器一板匣,有細賬;季勤衣箱二隻、古錢一袱包,有回信。趙太常臨《韭花帖》送秋樵。

沈、楊到太平寺,即再到陳家浜。太平寺補票。

廿九。太平給票。沈、楊俱到太平寺晤,譚公亦來答之。費阿大酗酒肆罵四兄,沈公遣人鎖去。

嘉慶九年七月

初一。太平寺發米,沈、楊、劉俱在寺後,費阿大脱逃,曹阿四調戲女人,沈公責卅板。

初二。沈、楊至竹林廟拏人。竹岑、廣文有信來。文漁孝廉有信來。卓册寄還,梁信未有。通袁孫再中明經信來,索寫《雙魚圖》款及索還稿本。

初五。答文魚信。

初六。太平寺給米第二期,沈、楊二君來邀至古郇中飯。沈君名泰,字蔭堂,行一。楊君名士榮,行四。

初七。沈立中兄回會鹽,給妾家米五斗。五十文買蓮蓬十個。子愚招晚飲。

初八。

答沈竹岑

六月二十日,奉高堂命兄弟分爨,雖聚首依然,讀春鳴之詩,未嘗不興感也。二十一以後鄰近郇圩各處告警,訛言沸騰,廿三、廿四兩日弟面謁府尊、縣尊,告明一切情形,蒙當事恩威並用,廿五日縣尊親臨篁里,外又有沈少府(泰)、蔭堂大兄、楊、劉兩外司派駐鄙里,廿六日陳家浜藉以安全,嗣後漸臻寧謐矣。是時尊處亦有被災者,府上清門素著,固然天祐人乎,然戒嚴之心想亦聊復爾爾。未遣人存問,用是歉然耳。日上尊處田禾若何?今年望歲之心較從前更切,聞川楚頗熱,嘉興米船近到過四五十號,又初一日沈少府、祝中丞師已奏買官米三十萬銀,日上稻蟲少減,東路花田尚好,此皆是好消息也。專此奉復。

初九。嘉興南門内南宫前濮桐園兄十三、六、九到篁里行醫,寓天和堂,同金家浜、金心求兄來候。濮與張景度兄相好。

潤甫鏡　瘞鶴銘　硃堂對絹箋

仙根圖　兩鐘文　毛邊貢紙

六吉紙　筆(舊存者)　瑯玡臺秦刻

資獻研　井田研　舊拓本《石鼓文》

古錢

綿

椒堂寓揚州鈔關門内北河下小缺口春和旗汪店,正月十六七以前可會晤。

第二册

嘉慶九年八月[①]

嘉興學師李梧生先生從軍圖

嘉慶元年，黔苗王囊仙以邪術惑衆，糾粤苗二軍，西隆州苗龍登連、黄相等受僞封，帥苗猓攻州城，兩廣總督覺羅吉公征之，李公爲記室。夏六月，龍登連投誠，未幾，黄相自首，西隆平。上加公太子太保銜，賜雙眼翎、上方珍物，命公平粤後即赴黔會勦。七月二十五日漏下，二公令四將分路北渡，炮聲如雷，賊營盡撲。八月二十三日，收後册"亨"者，永豐州同分防處也，自二月十二日城陷凡二百十二日，官兵始踐其地，枯骸遍地，毒霧漫空，公具牲醴祭被難官民，葬其骨殖。是時，總督勒公解永豐圍，王囊仙、韋朝元等咸就縛。重九日班師，十七日渡江入粤，十一月回廣州。李公蒙恩授嘉興學訓導，共事者張明經淦、茂才迎煦父子，仁和人。右李梧生《自叙志略》，廷濟摘録之。

聖澤遍寰區，頑苗敢負嵎。指揮歸上將，談笑自名儒。露布連三捷，持籌敵萬夫。風雲生盾鼻，未擬薄撫觚。

草檄傳貔虎，由來馬上成。元瑜能佐記，公瑾本書生。墨帶捉戈筆，吟酣擊鼓聲。論功酬苜蓿，何事請長纓。

尺五氊廬地，荒煙暗落暉。帳寒依月立，馬疾逐雲歸。秋老霜侵鬢，兵酣血濺衣。聞鼙猶奮志，太息此心違。

接榻依蓮幕，停雲瀰粤城。花田香十里，鈴閣月三更。猶記論兵日，誰深贈策情。羨君榮省覲，秉燭話軍營。

芑湞二兄以《從軍圖》索題，時余將隨吉有齋宫保赴都，芑湞亦南旋赴補，率成五律四章，兼以志别。壺山弟張經田。

---

① 此日以下至"嘉慶甲子十一月七日"數葉内容原誤裝訂於第三册，兹移録於此。

八月十三。萬福自嘉興來。萬福住嘉興石排煙堆之西佛肚亭，有兄，亦出長工在人家。

題胡玉峰姻丈墨蘭爲其長君作梅兄賦(廿一韻)

凛秋暑退清風來，節物淒緊蠲纖埃。玉鴉又展玉峰畫，高人遺墨珍瓊瑰。先生大隱隱於市，侯門戟第羞自媒。淡巴菇香入肆賣，韓康定價人無猜。扁舟來往臨平道，青山高下窮崔嵬。净相僧房時信宿，彈琴聲徹般若臺。一時高會盡遺老，龐眉華鬢大雅材。鑒識書畫窮茁髮，掃除僞體歸别裁。就中最珍煮石筆(玉峰藏有王元章墨梅，今歸桐山三兄處)，暗香浮動蟠石梅。衡山字幅亦精好，不比凡眼贋本堆(玉峰藏有文待詔字，今歸廷濟)。難弟八公真長者(玉峰令弟雄飛翁行八，人品甚古雅)，十年前記春風陪。吾家老圃有花竹，拄杖敲門日幾回。孟翁(振儒)顧翁(霈蒼、禹瞻)共促席，狂吟放膽倒冬醅。有時拾薪掃落葉，如拳老芋地爐煨。如此風味近有幾，三徑寂寂冷莓苔。今觀此幀佳且好，芳蘭幾本山之隈。連障疊巘不知數，百道飛泉奔瀠洄。想見落筆世綱絶，古墨研出千章灰(玉峰藏有宋研，鑒古家謂之“千章灰”，今歸廷濟)。故應筆筆得生趣，畫苑粉本例倒推。從來人重畫亦重，頭銜有無何論哉。再拜三歎重題句，木樨又報谿堂開。姻愚弟張廷濟稿。

題王澹庵先生畫蘭爲其次君心耕六弟上舍賦(十九韻)

澹庵先生吾父執，翳余銜恩尤靡窮。總角謂余丹穴物，提攜獎借異諸童。過從得陪謝家樹，珍物惠好何豐隆。十七余補弟子員，先生喜色形于中。語余舉業從此始，會當漸陸如飛鴻。歲在壬子余廿五，受經吴師發其蒙。先生過寓重敦勗，故書熟讀勤厥功。嗚呼先生苦不壽，是夏化去何忽忽。克家幸有三令子，文章才調競稱雄。儲端巨手作墓志(謂錢竹汀詹事)，貞石鐫刻争磨礱。盛德之事究未悉，桑梓還能述始終。獨余雖忝鄉舉首，作賦猶虚聲摩空。感先生語重自愧，晨鍾深省面發紅。玆觀先生蘭一幅，紙上拂拂生春風。先生寫蘭尚餘事，用筆已到所南翁。行書署末歲乙未，廿九載倏等飄蓬。次君寶之逾球壁，牙籤玉軸光玲瓏。吾今題詩語冗長，言雖不文實由衷。讀罷不覺淚盈把，傷心豈在紅蘭叢。愚兄張廷濟頓首。

鳴珂記里,積笏連牀,數十世書香傳晝戟;作緼衣寒,傾囷食餓,幾百家淚雨灑窮簷。

【積笏】《唐書》:崔琳每歲時宴于家,以一榻置笏,重積其上。

【作緼】《後漢書·崔寔傳》:寔出爲五原太守,五原土宜麻枲,而俗不知織績。寔之官,斥賣儲峙,爲作紡績、織紝、練緼之具以教之,民得以免寒苦。

【鳴珂】《唐書·張嘉貞傳》:嘉貞昆弟每上朝,軒蓋騶導盈里巷,時號所居坊曰鳴珂里。

製 挽

述庵先生老世伯靈右,世愚侄張廷濟頓首。

傾囷倒廪炊千竈,剔蘇籮苔訪二橋。(《説文》:"籮,拘擊也。"朱太史《曹倦圃挽詩》有"苔碑處處籮"。)

心耕六弟上舍曾訪得至正曹邨經橋、泰定茆橋以訂核圖經,今年因米價騰貴,餼里人粟,風斯古矣,爰製句以贈。時嘉慶甲子。

中秋望前一日愚兄張廷濟拜手題海鹽何瑞青表叔遺照

孤松洪濤響,野梅暗香飄。太湖石幾稜,伊人坐逍遥。絶塵網,山林性所饒。簪纓溯弈葉,珂里小虹橋。臨組寧肯絏,雲鶴扼風標。丹青隨手得擅[1],不假粉本描。音容記疇昔,賤子尚垂髫。扁舟來新谿,翦燭相招邀。電光過眼駛,往事空寂寥。克家有令子,阿龍故是超。讀書奉母氏,掄材秀自翹。清門宜有後,世澤豈殘雕。秋窗爲點筆,桂馨來山椒。八月十四日表侄張廷濟。

十五。置酒清儀閣,請父親、母親兩大人、德哥、四弟賞月,德哥不來,酒一席,二男、三男、四男同陪。

十六。本圩代粥米第十期發米收票,德哥爲粥以食乞丐米二石五斗。乞丐米每人半升。又給棉花本錢,無論大小口,六十文一人,吾家出錢廿五文一人,共錢四十五千,合里總共壹百貳拾千。是日發代粥後日已過中,然後給發乞丐,而逢原兄又細細對賬、對票,只發到四五百人,日已没矣,遠方婦女留寺者三百餘人,乘夜回去者數百人。

十七。清晨,先給寺中過夜諸婦女飯,後再照票給發。清晨知郭仲

① "擅"字爲衍文。

垂同窗于昨日午刻在光塘村舟中落水身死。昨夜二更報來，邀郭二弟回去，吾于己酉在澉浦吴氏似竹齋讀書，金於竹以垂、高慎與吴五世兄及紳垂兄皆故，今惟余與桐鄉朱耕南廣文在耳，嗚呼！

題李梧生廣文先生《碧梧齋圖》（八月廿三）

梧桐茂，賢才衆，雝雝皆皆來鳴鳳。（《爾雅·釋訓》："藹藹萋萋，臣盡力也。"郭注："梧桐茂，賢才衆，地極化，臣極忠。"）鳳鳴兮聲長，先生有母壽而康。鳳鳴兮聲清，先生有子儁且英。先生小年生梧州，龍門百尺棲鸞儔。壯歲投筆揖諸侯，提戈走馬五嶺秋。如舟學舍闢數椽，元瑑書記何翩翩。奉物來禾今鄭虔，碧梧舊巷圖經傳。緑陰如雲照几筵，談説五經腹便便。方今明詔下求賢，朋飛鳳舉弟子員。吉人吉士相駢聯，瑞應應咏《卷阿》篇。此桐此齋長年年。嘉興張廷濟拜手。

廿三。畢老皆來自澉浦，説起吴六世兄暨五世兄之小阿郎及管山頭陳家世姊（吴先生之愛）之承繼阿郎與郭老紳俱于數日中相繼而亡。六世兄僅存一最小之子，家亦窮極。吁可悲也。

廿四。答魏松濤明府表丈信，再寄去恤嫠會錢一千一百文。以《碧梧齋圖》先寄歸李梧生廣文先生，四兄帶去。

與平湖秋樵同年

夏間衣物存貯，劇費清神，七月末又蒙三兄親來存問，惠愛勤拳，有逾骨肉，感何可量。即日秋色清華，知年伯大人、年伯母大人頤養萬安。令兄二兄大人文闈得意，指日飛騰；三兄孝友宜家，文章華國，可勝健羡。弟早擬叩謝，一切謹俟二兄齊捷時敬登堂稱賀，并申謝悃。目前田禾大熟，米價日賤，世事戩寧。前蒙代寄存典中五衣厢外，又畫箱一，及畫一袱、大銅器、小銅器、古銅錢，謹遣徐陞乘船到府，望三兄檢付其典中錢一千文，係極省之至，今并繳，感極。其古銅錢一包，三兄不妨打開一看，看後只消三兄加封交與徐陞可耳。此啓，并請近安，不一一。秋樵三兄同年如胞。弟廷濟頓首。

尊紀勞極，奉有煙束，一笑。

"七經詩帖還勤寫，幾道棋枰總示知。"甲子八月廿六製，贈王天自八弟，廷濟。

廿八。秋樵信來，所存物徐陞俱帶存，當費及賞下人錢秋樵俱不受。

與沈老素信,取回存物。與老穀信,問買妾事。

甲子八月廿九日奉題廣文李芑汭先生《從軍圖》

幕府談兵日,披圖此重論。戈鋋横粤嶠,鈴柝響軍門。魚鳥千山出,貔貅萬竈屯。此時籌筆處,古驛月黄昏。旬日苗來格,天家勝算操。餝車推吉甫,草檄用枚皋。露布馳飛騎,霜華拭寶刀。凱歌重九唱,風雨暗征袍。[1]

詔許褒書記,先生官廣文。娱親毛義檄,餽客魯侯芹。禾郡新詩卷,蠻江舊陣雲。酬恩此身世,愁説故將軍(謂覺羅吉太保)。

冰署逢青眼,傾心大雅材。酒香揚子宅,華夢越王臺。筆陣千軍掃,炊煙萬井開(先生今年奉郡伯命,襄理賑事,全活多人)。經綸資巨手,那便老雄才。張廷濟拜手。

三十日。昨汪老瑞來,説起嘉興城隍廟前有伍佰文銅鎊牌一,適葛老振來,即託其到嘉時買之。而今日又超來,知已買得,價二洋,即與之買轉,又買契刀圜法一枚,價二百八十文。

嘉慶九年九月

九月初一。

復邢房師

謹禀者:八月廿八日,禾中寄到老夫子大人誨函,敬悉台候萬安,闔署迪吉。兼知發倉平糶一月有餘,四境騰歡,閭紀寧澹。聖澤軫念民瘼,欽仰難名。廷濟住居篁里,地接海平。六月之杪,鄰邨肆掠,廷濟面謁郡伯、邑尊禀呈一切,蒙姚公祖恩威并用,趙父臺安良禁暴,即日親臨,海、平兩父臺相繼惠然,人心始戢其鐃。貧户之粟,自七日初起計五十日。日上禾苗豐茂,米價漸平,可望有年。廷濟全家仗福庇粗可,日上尚能静坐温書,祇以鈍根弱植,既鮮妙悟,又苦善忘,惟有勉竭魯愚,以冀仰副垂愛至意于萬一也。專此具禀。恭請崇安,伏惟鈞鑒不宣。廷濟謹禀。九月朔旦。張廷濟謹請師母大人頤安,世兄文祉。

嘉興輀坊里務前橋元壇菩薩籤最靈驗。丁巳春日,廷濟以補廩事留

---

[1] 浮簽:此頁以下均爲嘉慶九年。

輜坊沈秋塘家，爲廪事往求三籤，俱上上：一籤“待缺”，云：“乘興揚帆泛五湖，風雲際會勝前圖。鰲步進步成名日，衣錦榮歸天下無。”一籤“木”，云：“芳梅耐雪占韶春，翠竹青松又作鄰。驗取今年新運好，勝游喜到曲江潯。”又一籤“今”，籤語已忘記。是年廷濟于端午日補實廪後，九月中即考第二名，上名係孝廉方正，次年即鄉舉第一。

廿六。秋樵來，申刻開船回去。

廿七。菘塍、雲壽來信，薦沈隆來。沈五十三歲，進京過四次，曾隨錢宗伯于繩匠胡同，又曾作錢漁莊員外門上數年。

復褚菘塍同門

杪春晤後，念殊切也。接手書，悉大兄門丈孝履安善爲慰。沈紀係君家舊人，人果妥當誠謹，玆蒙諭及，謹領一切。但弟自三月自長興歸棹後，侍家母疾月餘，嗣後家中分析，繼以荒景紛如，筆墨棄捐，名心灰冷，長安之行，尚在未定。而家中僕人已有萬福、徐陞二人，又有小童浦平安，故不能再添。今與沈紀已面語，一切且俟萬福（萬福日上回家去，初頭上來）定局，脱來再寫信通知吾大兄耳。弟五月中妾舉一子，連去年定局所立繼弟之子，算有二雛，然皆豚犬，不足譽也。專此奉復菘塍大兄大人門丈。家嚴命筆候好。愚弟張廷濟頓首。

復錢雲壽同年

別久念深，筆難盡述，衹以迂懶日增，致疏衹候。接手書，知三兄大人侍奉年伯、年伯母大人慶壽萬安爲慰。弟今年正月二日興會尚好，且能静心温書。三月中有長興之行，歸棹後侍家母疾月餘，繼以家中分析，且多病者，比又以荒景紛如，筆墨亦坐是荒落。春明浪遊尚屬未定，而家中稚僕徐陞外又有浦平安、萬福，其勢不能再添。蒙諭來沈隆，人果純謹，今與之面話，一切且俟萬福將來定局。脱來或作札奉三兄處再邀之。或別處有頭緒，當無不留心轉薦之也。弟去年定繼一子，今夏又側生一子，然豚犬庸材耳。專此奉復，餘俟到城時面晤。不一。雲壽三兄同年侍史。年愚弟張廷濟頓首。

廿九。

張五弟贈常平通寶錢一枚，背，又出翁、趙所藏諸品外。

題海鹽劉氏十三修家乘(嘉慶二年劉導淮修)三十四韻

海鹽劉氏系大梁,至正卜居大易鄉。(劉氏始祖世昌先生名衍,河南開封陳留縣浚儀鄉人。子仁山先生名洵,以元明經擢第,仕鹽學正,因家焉。)廷佐垂髫遇兵亂,潛育吾鄉瑯玡王。(廷佐名用,幼聘嘉興里仁鄉王氏,時兵擾,舉家被害,廷佐方垂髫,刃傷遍體,混叢尸中,獲存殘喘,賴鄰嫗送至外家潛育之,及長,畢姻,歸訪舊迹,恢復故業,生三子,曰鳳、鶴、鵬,傳世久遠,宗族繁盛。)三株樹森派繁盛,鳴珂懸印韻鏗鏘。蒙齋繡衣首持斧,憂時振筆書疏狂。(蒙齋先生名泰,字世亨,正統甲子鄉舉,景泰辛未進士,簡入翰林院庶吉,仕至河南道監察御史。行事詳莆田柯狀元潛《墓志》、秀水吕文懿公原《墓表》、毗陵王學士㒜《傳》、海監禮科給事中張靖之寧《行狀》。臨没時賦詩,有"清白肯圖兒女計,疏狂曾爲國家憂"句。又詳《海鹽文獻志·直諫傳》。)霜臺繼美有拙逸,鹽漕利濟人綏康。(拙逸先生名瑋,字公奇,蒙齋從子,成化庚子舉人,甲辰進士,歷仕廣西道監察御史,升廣東按察司副使。行實詳江西布政司參政一山沈煉《墓志銘》《嘉興府志》《海鹽文獻志·吏治傳》。拙逸奉敕督理兩淮鹽法,兼治河道,又築高郵湖堤,號康濟河,大利涉者。)嫉閹辭官寄詩酒,養真識量何汪汪。(養真先生名演,字文敷,拙逸從子,成化丙子舉人,弘治癸丑進士,授南兵部職方清吏司主事,陞刑部貴州司郎中,值逆瑾用事,飄然南還,瑾誅,薦補四川參議,疾,卒於家。浙江布政司參議江西容昶志其墓,文闕。)石屋今政數難悉,爲周行藝漢循良。(石屋先生名朮,字汝沖,養真從子,本劉姓,祖贅于錢,請改未果,後熙臺先生始復姓焉。石屋,嘉靖壬午舉人,癸未進士,任威縣知縣,升工部營繕司主事。行實備妻弟鄭端簡公淡泉曉《墓志銘》,又《廣平府志》《威縣志》《嘉興府志》《海鹽縣志》。鄭《銘》辭有云"爲周行藝,爲漢循良"。)暨三御史鬌公顯,講堂譚經聲琅琅。(東沙先生名熠,字元麗,石屋從子,嘉靖庚子鄉魁,仕國子監博士,擢授雲南道監察御史,與諸生明經講義。詳鄭端簡公《墓志銘》及《海鹽縣志》。)熙臺山人官清白,名宦西江及貴陽。(熙臺先生名炌,字元白,號熙臺山人、石屋子,嘉靖癸卯舉人,庚戌進士,仕至江西右布政使,祀江西名宦及大功祠,又貴陽名宦。詳御史大夫沈思孝《墓志銘》、京山李維禎

《傳》、《海鹽縣志·人物篇》《南京工部志·雜志》。)《井圖銘》授鄭端簡,慎齋立號意深長。(慎齋先生名世埏,字敬修,熙臺長子,萬曆丙子舉人,丁丑進士,仕至南京刑部河南司主事。未發時,鄭端簡見其文,大奇愛之,字以敬修,復手書《彭祖觀井圖銘》授之。詳南京刑部尚書陳道基等《奠辭》、大司成馮夢禎、黄《海鹽縣志·名賢傳》、《南京刑部志》。)閩清公真强項令,譏刺不畏奸飛章。(廣乘先生名世教,字少彝,熙臺三子,萬曆庚子舉人,仕閩清縣知縣,時有中使高宷乘傳過閩,郡縣不堪,公不爲屈,爲公危者,謂彼不露章薦君即飛章刺君矣,卒不屈。諸臺使者聞之,歎曰,吾不識劉閩清何以强項至是。詳朱茂暉撰《碑銘》、《海鹽縣志》。)徐清忍饑苦誦經,永明禦寇兵氣揚。(徐清先生名渾,字爾蒙,東沙曾孫,萬曆丙午舉人,仕永明縣知縣。少與弟浤忍饑讀書,宰楚永明,厚結蠻猺以禦流寇張獻忠。)備兵淮徐理河漕,緋袍白馬十四郎。(長源先生名浤,字正澄,東沙曾孫,萬曆乙卯舉人,己未進士,仕至河南布政司參政,整飭淮徐兵備。初,朱宜人生公時,姑適孫氏,歸寧,夢城隍神鼓吹華幢,送一衣緋袍乘白馬兒至,稱十四郎。迨登第、鄉會俱十四,知兆早著云。行實詳瀛海吕纘祖撰《傳》、嘉興徐石麒撰《墓志銘》。)終明之世甲科十、鄉貢十六蜚膠庠。其他行修名不顯,韋布之士媲圭璋。郝鍾閫法亦並美,名媛彤管紀芬芳。今傳二十又二世,千户萬竈衡宇望。墓田數頃展時祀,尊卑齒序分班行。爲問慶門致何自,景儀公實發其祥。永樂癸卯瀕海警,公獻備禦策綦詳。海寧防禦蘇松接,沈家門險歎望洋。十死一生到官戍,哭聲相繼悽斷腸。公遣其子請朝右,九里三砦置海防。百口保百年無事,水軍免溺誠慈航。更議掌賦民苦重,夏税帶徵于秋糧。至今千萬人尸祝,此事寧非功無量。(景儀先生名鳳,廷佐長子,獻防海策,境弗致寇,奏罷。沈家門海戍,請夏税于秋糧中帶徵。盛德甚多。生九子,第七子即蒙齋先生,爲鹽官劉氏科名之始。)又况孝友傳家法,緩齋詩垂同春堂。(緩齋先生名傑,字季俊,景儀第六子,成化改元,纂修《英廟實録》,爲同甲會以合親友,爲松楸同春會以合本宗,有《緩齋集》。《題同春堂詩》二十韻,所以勸導子姓者甚至。)至情至性字字浹,孝弟油然生豆觴。光于前者裕于後,固宜世世常熾昌。烏呼高門自古有,王謝崔盧著晋唐。聲勢赫弈不足貴,要在清德垂縹緗。吾禾族望十數姓,吕錢朱沈魯衛常。焦莫婁監聞人氏,惟君家實相頡頏。積善從來有餘慶,家乘請視劉家莊。

賀姚今韓

沈季木兄來,得悉二兄大人賢書懋舉,欣忭難名。明年再捷南宫,木天妙選,應爲閣下操左券矣。弟今年瑣事放紛,居稽鮮暇,長安之行,尚未有定。吾二兄榮行想在春初,奉袂之思,渴縈寤寐。高文梓就,伏望惠讀,以牖愚衷也。專此肅賀,敬請崇禧,不一一。愚弟張廷濟頓首。

知桐雨又得一子,福分之宏,健羡無已。并望致候近安。

令嗣大兄、二兄文祉懋嘉,均候。

九月廿三日。春嶼來,留精舍。春嶼送阿彌陀佛錢一枚。

廿四日。春嶼出《秋舫尋詩圖詩》見示,余和以一詩:

聽放南湖一葉舟,七君子盡舊朋疇。悔余未掛西風席,不作平原十日留。

廿五日。余以壬戌春日在京中所得軍司馬印送春嶼。

廿八日。翁宜泉秋部來信,寄贈拓本并大中濟十大錢一枚、乾隆通寶阿克蘇錢一枚。其信于八月廿日修,託趙潤甫寄,從沈方來寄者。

秘戲泉(甲子九月廿八鐙下)

錢文異品翠墨鮮,誰歟鑄出歡喜緣。徑强一寸重輪隱,中無函方外則圜。辨是番品非漢制,東陽論説真便便(沈向齋姻伯明府著《秘戲泉辨》)。余雖涉論昧經義,佐證可得一二焉。雌雄不乖興于鳥,《關雎》獨首三百篇。釐降豈有誨淫物,撒帳錢説何其愆。古泉原有宜男説,布泉篆文如鍼懸。漢壓勝品亦可數,長宜子孫志綿綿。長毋相忘千金入,大泉五十福背全。子孫官秩兩宜爾,上辟兵暨下玉泉(長宜子孫、長毋相忘、日入千金、大泉五十背有福字、宜子孫、宜官秩、辟兵、玉泉諸精品漢壓勝錢,皆友人所藏者)。五男二女貨布象,莽制縱歎班漏編。范錢總致吉羊語,鍾官何至以淫宣。番制銀錢雖各别,飛馬掣劍乘風船。髮如旋螺面面異,殊方别體難悉詮。佞佛應效羅什技,召魔或類摩登纏。此錢此論識超衆,删詩留鄭義精堅。我友宜泉翁彙考(宜泉翁主事著《古泉彙考》),钩稽更勝潘精研。郵筒亦寄此錢景,形模彷佛孔可穿。合裝二圖並題後,晏安作鑒凛冰淵。要使獨寢衾不愧,貪癡例刪野狐禪。何爲同夢甘不醒,並頭交頸空年年。

嘉慶九年十月

十月初九日。月建乙亥,日在甲子。是日,兩大人請到吴載衡二母舅、葛振華三兄,徐瀛州、沈紀鴻兩姊夫,大房嶼深、泉如、逢原三兄,謹在淳雅堂家祠前供設香案,拈福禄壽三鬮分田,命大房三弟兄以次代德容二兄、楚白四弟暨廷濟所受分之田,嶼深兄代德容兄拈得禄字號,泉如兄代廷濟拈得壽字號,逢原代楚白弟拈得福字號,父親即時親將福禄壽三本租簿、三本糧帳當親友前填寫分授某某。冬月甲子爲天赦日,日爲大吉羊。

初十日。父親更親筆寫筆據五紙,是夜親友族將分單六本、筆據五章,同家大人一同畫押。嶼德未畫,泉一本未畫,分單筆據俱寫十月初九日。田每股約三百六十石。

十一日。春嶼、紀鴻午後回去。

嘉慶九年十一月

挽孫述庵(杖陂手來,春嶼手去)

風雨如晦聞鷄鳴,善人爲善心堅貞。奚橋孫翁洵善者,善德實本真性情。尚書門第簪笏盛,韋家花樹弈世榮。蚤歲讀《詩》慶《蓼莪》,哀號墓木凄先塋。老人鬚髮孺子慕,春秋霜露實蟀鶊。孝思錫類推閭黨,如流之端與衡平。餓者食之爲糜淖,奉食不發嗟來聲。寒者衣之爲絮緼,綈袍不止故人情。所以《鵩鳥》一賦罷,里舂不相出中誠。吾友(謂春嶼)僑寓比翁第,竭來談讌飛籌觥。過從清話偕群從,花甎不覺晷影更。響山傑閣兩登陟,煙翠飛浮眼倍明。經畬堂古寒山篆,芸香書留晏子楹。盥手快讀圖雅會,如此同胞真弟兄。世間如翁家有幾,可憐兄弟遜友生。德門樹德德益厚,況有令子千人英。作詩聊當生芻束,繐帷颯颯秋風清。世愚侄張廷濟。

與褚菘塍

別久念深,惟吾菘塍先生同門孝履安善爲慰。尊紀沈姓弟日前以家僕萬福定局脱來上覆,今萬福以家中舊人必欲跟進京爲請,弟因即用之爲從。而弟又因陋就簡,合車進去,勢不能再用沈姓。弟本擬冬閒出城,沈姓面薦于味蔗,而昨日徐似穀兄來云,味蔗已進京叙,未知果否。如未動身,而■人未定,弟意尚可薦去,或尊紀已另有頭緒,則更妙矣。弟自六月出城後,總在家枯坐,不覺又過一年。會試之事,明知無益,而家父必令一行,只得再□思浪走一回。然家父明年七十歲,家母明年六十九歲,白髮鬅鬙,晨昏難侍,預想到長安道上空去空回,真何興味。恃在知己,舊臘中必擬細譚以吐情愫耳。沈紀頭緒弟却甚爲察劃,如已有就頭,望示知也。十一月初一。

十一月初一。迎龍菴有魯得之畫四幅、葛方夏先生字二幅,辛酉年僧人售于季勤弟,弟以二字贈春嶼,今本覺從春嶼、季勤乞得,又屬余記之,將于初七日在庵雅集,記有七百餘字,又屬余代製請客小引。

啓者:錢唐竹史,畫法湖州;句漏仙翁,書珍苹水。溯自衣傳先世,六幅高懸;邇者雲散前年,兼金莫贖。乃蒙珠谿韻士、竹里高人,同金施于祇園,竟珠還于合浦。風幡依舊,勝小薰脩,筆墨如新,皆大歡喜。爰詹仲冬七日,祈居士之惠臨,聊烹苦茗一杯,作僧家之清供。豈色相難空于故紙,抑合離易結夫新緣。伏願椽筆留題,錦箋賜咏。香温茶熟,别開蓮社名圖;地勝人賢,永作竹田佳話。謹書台篆,佇候高軒。衲〇〇啓。

右記因字數多草,另存。

又饘粟記書于施米册上,亦因字數多草另存。

與萬福説定,進京若不中而五月出京,則正月至五月一千錢一月,又出進兩月,再賞錢二千,照五月筭,共七千錢。

十月廿四。徐堅木外甥成昏,在徐九房廂上晚飯。落一齒。

"籀風學童徵尉律,雅歛田畯譜農官"。壽莊秀才外甥能識篆籀,今年耕田宅畔,製此聯以粘農舍。甲子六月十九日,愚舅氏張廷濟。

"墨戲雜篆籀,古癖寶甗甎。"長水侍郎錢先生舊藏咸和甎,甎今屬文孫順甫大兄。順甫以篆法寫竹,世其家學,嗜好古刻,殊俗酸鹹。廷濟不通畫理,而頗嗜讀鐘鼎古文,又收録漢晋古瓴甋,于順甫有同嗜焉。製句以贈順甫,或不■棄乎。時嘉慶甲子中冬六日,古履仁鄉筻里張廷濟識。

“寫蘭筆灑三清露，贈扇詩揚肆好風。”文之趙兄嗜寫蘭，頃蒙以海外紙扇及雅什投贈，製句以奉。甲子十月三日張廷濟。

“署户援元志，研經訪曲臺。”四弟延戴人虎世兄先生于古邨授兒子經，廷濟製句補壁。

初七日。本覺僧以魯畫、葛字珠還龍庵，請施主雅集，樂飲竟日。家大人、嶼深、泉如、逢原、德容、季勤、又超、讓木、錢麂山、葛春嶼、王子愚、王樹堂、王心耕、王天自、王裕成、徐壽莊、張世欽、曹正方，連廷濟共十九人。

“園林塔景梁天監，兄弟文章漢建安。”古興善寺雙塔，梁天監時造。塔頂緑寶石葫蘆大逾車輪，光彩耀目。余曾仰觀之，洵奇寶也。曹親家静言兄翁宅鄰初地，籬落蕭森，仿髴顧氏塔景園。令嗣三君子俱能文章，鄴下才華，聲名鼎峙。中子鴻升秀才，余兄之子之婿也，持紙屬書，爲製句並記之。時嘉慶甲子十一月初九日，古履仁鄉張廷濟叔未拜手。

與姜怡亭　初九日

別久甚深馳念，惟怡亭二兄先生台候安吉爲慰。翁秋部來信一緘，今奉到，祈檢收。閣下近得幾何精品，望拓示，以慰渴懷。弟今年頗多冗事，所得古泉亦甚少，兹奉到拓本數種，然不足觀也。匆匆具書，未盡欲言。晋齋、松泉二先生見時候安。不一一。

與王檢叔

敝友葛杖陂五兄秋試回，得悉檢叔五兄先生台候清吉爲慰。又聞閣下近得古泉、古權甚多，且省古權可以多贈友人者，未識可見寄一二否？弟或奉原值或購吾五兄所欲得者以報也。弟今年惟一至吴興，於嚴含章兄處得一爵，常時枯坐家居，一無所得，清興亦少。匆匆奉書，未盡欲言。

上阮中丞師

謹禀者：久睽函丈，積念殊深，兼知公事繁多，未敢屢呈蕪禀，惟老夫子大人台候懋吉爲祝。日上聞節鉞巡看海塘，有不法之徒逞蠻無禮，良民聞之，莫不惶遽，不特廷濟深受師恩，倍增髮指也。吾老夫子慈惠及民，今夏雨後所以輪恒之者已無不至，而目無法紀者膽敢至此,此固非饑民求生活者比也。廷濟家新篁里,本里人情尚好,惟地連海鹽、平湖,頗多奸民棍徒。乾隆五十一年、六十年,俱於正月間白晝打搶附里殷實之家,經營兵縣役捉拏充發數十人、杖斃數十人而後止。頃六月初旬,業奉縣尊諭,各圩輸辦平糶施米之事,於七月初一發起,而二十日夜間,奸徒於莊史村徐家搶起,千百成群,拆屋焚掠,日甚一日,廷濟同里亦有被搶。廿三日,廷濟面見邑尊,廿四日,廷濟面謁郡伯,稟陳一切,蒙郡伯、邑尊體察備至,邑尊即於廿四夜間到新篁里彈壓,廿五日於篁里之太平寺嚴諭衆人,並留沈少府(泰)、楊外司(士榮)、劉外司(萬年)駐里彈壓。廿六日,搶犯到陳家浜有數千人,幸沈、楊二君前去開鎗,拏獲八人而後散。是日平、海兩邑尊亦俱過篁里。二十起至廿六、七之數日,篁里附近之十數里被槍者數十家。老夫子德威所被,俾閭閻幸獲安全也。再平糶之事,廷濟所住新篁里,里有兩圩,廷濟之里爲里十一下四(號東圩),又一圩爲里十中四(號西圩)。東圩之事,蒙邑尊諭家父暨王履亨董之,而廷濟兄弟輩共執其役,議以有極貧之家並無錢可糴米,因案寫貧給代粥之米,每日大口四合,小口二合,不取價,價並作五日一發,七月初一日發起。東圩捐米之數,幾及三百石,除幫西圩米五十五石之外,約可給五十日之數。西圩亦稱是。將來即需給至六十日,亦尚可勉力勸捐,惟鄉村窮圩,其爲米數或一二十日者甚多。濟以官庾之粟總不能到五六十日,而目前田中多蟲,私棉花又貴,布又賤,廷濟弟兄數房,日日給乞丐米者一石,數十日惟賴私心籌畫善策,終無老夫子福星朗照,威以鋤奸,惠以安良,自然年書大有、民獲豐綏也。專此呈稟,敦請福安。餘俟續稟,不一一。廷濟頓首。七月二十日。

右稟託老繡帶至省,并有信與車學師。

嘉慶甲子十一月七日,本覺和尚以魯孔孫四畫幅、葛方夏二字幅復歸龍庵,招同錢順甫、葛振華、王裕成、王履亨、慶餘、心耕、天自昆季、曹正方、徐壽莊、張世欽集庵中,兄之子潮淮、灝子沆、廷濟、沅,從孫上林、作楠侍,賦詩紀之

曲水叢篁遶古庵,短笻扶我入精藍。不妨少長聯新會,從指風旛護舊龕。瘠土最難田稼稔(今夏雨水淹田,斂里中粟於庵中,書貧者户口。入秋後轉歉爲豐,今得見農家打禾蘉米,豐稔有象,深可欣幸),老懷容易酒杯酣。歸來燒燭重題句,報道街頭鼓又三。李亭老人張鎮起也氏手稿,時年六十有九。

侍家大人暨諸同人集龍庵精舍,用昌黎《山石》詩韻賦,應本公和尚之屬

石彴逼仄谿流微,寺門風緊槲葉飛。佛香一縷引屐入,牆角樹老薝蔔肥(庵中有梔子一樹)。書畫六幀義壁看,聚散離合謂古稀。炊粳白兼凍醪碧,誦經且勿歎忍饑。團坐寒節變妍暖,冬曦如綿照南扉。延寺隊行聯少長,指點招提掩林霏(于庵旁隔谿望招提寺)。古淒舊湮今喜濬,曲水抱庵如帶圍。當頭新月出皎皓,趁趕走送僧緇衣。鄉園良會洵可樂,吁嗟鑾觸虛名鞿。愿言愛日日長好,敢滯遠遊輕遄歸(時廷濟將入都)。張廷濟叔未手稿。

【招提】《增輝記》:"招提者,梵言拓鬥提奢,唐言四方僧物,後人傳寫,以拓爲招,又省鬥奢二字,止言招提,即今十方住持寺院是也。"

【薝蔔】《酉陽雜俎》:"諸花少六出者,惟梔子花,六出,即西域薝蔔花也。"蔔,《唐韻》:同菔,薝蔔,花名。薝,音膽,薝蔔,花名,見佛經。陸龜蒙詩"薝蔔冠諸香"。槲,音斛,木名,與櫟相類。幀,豬孟切,音倀,張畫繪也。

自熱鑪香餞此君,故山無恙恣重■。從今夜半風旛動,驗取蕭齋舊墨痕(余嗜寫竹,魯孔孫畫幅留余爲竹寫真之室,計已四載,今日珠還庵内,洵有墨緣)。

西風落葉滿庵前,瓨面新開酒似泉。古佛一龕容我醉,笑它蘇晋愛逃禪。

侍家大人暨諸同人集龍庵賦,請本公和尚正。張沅季勤稿。

十一。孫春霆兄來謝吊。李南人、祝文之兄來訪。谿南邀飲。見海鹽新親朱氏昆季,係堅木甥之婦兄,行一,字壽堂,兄相好,領其言論,知學問好,行二,字頑仙,行四,字未取。與朱補堂翁談。南人、文之兩君索《清儀閣法帖》二部去。

十二。錢順甫、葛春嶼自平湖來,邀同至郡,三更到奚橋草堂。

十三。吊于錢氏。所晤者張濟殷、褚菘塍、沈珊亭倬兄,丁少鶴、葛素如藕漁、錢雲壽、陸大世兄,王芸舟、李老師。謝縣尊,去接郡尊,不在署。候兩學師,作吊未歸。飯于後山齋。晤孟寅初五兄,爲作字一幅。

十四。後山來,同候曹甲叔,不值。晤陸雲中兄。到轎坊里晤沈向之,乘輿。知秋塘將回家。同後山、春嶼看伯矩作室尊彝,“伯矩作室”一行,“尊彝”一行,字器俱精。候鍾海六翁,翁病甚,含淚以詩集見託。到沈景瀾兄處算裝潢帳,九洋加一百〇五文,今年所裱者六五折,又石田翁畫一幅,裱千六百文,不打折,俱清訖。回奚橋草堂。

十五。拜會馮鷺亭太史,觀《秋槎觴咏圖》卷。齋中見胡春帆舊友天星湖侯大太爺,蒙贈天下和平、開元福字、明德通寶、乾亭重寶四錢。到城隍廟前張行兄處買大中十福、洪武五福、大泉當千、雙龍兩面萬曆五錢。候車師。馮太史來答看,見贈《樊川詩注》一部。同程老戴叫船到嘉善。

十六。送岳母糕二匣、嘉香肉四斤,送老穀糕四匣、嘉香肉六斤。岳母耳聾復甚。沈宅諸親都健。候俞珠浦。

十七。候王南巖。進城,候沈春圃兄,飯于敦仁堂。寫字。

十八。到文瑞住一日,寫字。

十九。寫字。寫擇存堂扁,爲浩青朱表内兄。

二十。沈丹林邀中飯。寫字。幼清内侄經手,從姚友處買“王禹私印”漢印一方。

廿一。俞珠浦邀中飯。姨姊見。寫字。晚上開船。與姚今韓信并賮二洋,託沈老穀寄去。

還春間裱畫錢九洋,又找錢百五十文。

送松江姚撝則兄賮儀二洋。

錢太史家奠儀二洋。

沈太史家奠儀一洋。

孫思翁吊禮百四十文。

右五件該公帳。

茶食錢二百五十七。

紙錢二百六十。

買《地理正傳》百四十。

全帖錢六文。

煙錢六文。

渡船錢二文，小船錢十五文。

密釀糕錢四十二。

燭錢二十文，古印錢四百廿文。

右九百四十八文又四百廿文，共一千二百六十八文。

轎坊里沈向之手古泉錢一洋。

又古泉錢二洋（城廟前）。

送岳母二洋。

送八新娘娘見面錢一洋。

右六洋。

廿二。晨。到家，上樓問兩大人安。萬福回嘉興去，其工錢從八月十一算起，至今日恰一百日，算給之。

玉軸牙籤萬卷儲，清門長物是經畬。自從紗幔親傳後，畫荻丸熊也不如（令子鹿蘋、景裳兩兄鑒藏書册甲于禾郡，俱承太孺人指授）。

東陽才子舊知心，聽説芳蔚匪自今。會爲殷夫人志墓，豐碑七尺待生金（友人沈秋塘孝廉爲太孺人之侄，廷濟向聞述盛德事甚悉，故用顔魯公爲姑錢唐縣丞殷君夫人撰碑并書爲例。）

恭挽陳老伯母沈太孺人靈次。愚侄張廷濟頓首。

廿四。

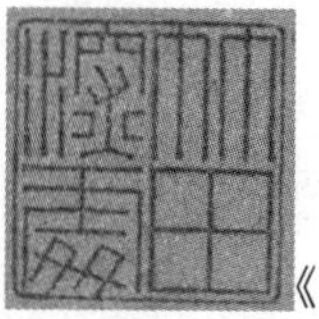《説文》："篁，竹田也。"叔未解元居新篁里，覃谿翁先生署其户曰"竹田深處"，秀水文鼎爲篆刻其印並記。

朱笛漁先生之印，張廷濟藏，文鼎勒款。

文後山、錢蔭廬自郡來訪。

謹禀者：右甫來新篁里，敬悉夫子大人綰綍永福，政通人和，曷勝欣忭。《積古齋鐘鼎彝器款識》于右甫行笈中盥手敬讀，乃星羅雲爛，括古囊今，直從前吕、薛諸家所未能夢見者。廷濟所藏諸件具蒙采録,瓦缶得附鍾鏞,以視劉原父先秦古器得入歐陽《集古》之録奚翅百倍,萬幸何如。廷濟定于歲初動身進京會試,本擬叩翰稟辭,以歲冗未得祈侍函丈,歉仄奚似。專此具稟,并請台安。臨稟無任瞻溯之至。廷濟敬稟。十一月廿六。

廿六。葛春嶼來。朱椒堂、錢夢廬來訪。夢廬見贈董碑一本、漢瓠一件。椒堂送來《積古齋鐘鼎彝器款識》一部,又寄賣一部,余付以四洋錢去。椒堂題余《清儀閣古器銘》册頁,又許贈余周公望鍾全形拓本,訂留秋樵處。與秋樵信一準合車,夢廬帶去。椒堂賦二詩、又墨井几銘、又漢瓠尊銘見贈。中飯後夢廬去,晚飯後椒堂去,春嶼留閣。《積古齋彝器款識》見在只有七卷,予所藏而采入者:班尊、豐敦、惠敦、癸鑼、已解中雎敦;四弟所藏而采入者:諸女彝、且敦。

廿七。早飯後春嶼去,余付以《復齋鐘鼎款識》一本,退去前春嶼代應沈庶常家奠儀之一洋。

爲平湖錢夢廬七兄題《柴蝴蝶華圖》,集玉溪生詩句

莊生曉夢迷蝴蝶(《錦瑟》),冶葉倡條遍相識(《燕臺春》詩)。不知元是此花身(《木蘭花》),羅屏但有空青色(《河陽詩》)。

弟張廷濟走筆。

《左傳》《周禮》《爾雅》(孔刻)《瑯嬛仙翰》

《困學》《鄉教兩齒録》 篁里竹田 古郫谿陽

《通考纂要》《紀元彙考》 甎文

《詩韻》《時憲書》 錢文

吉金文(另開細目) 鄉試硃卷(帶四本)

顧聲振翁家説話(舊年夢庚兄所開之地頭)

廿九。春嶼自平湖來,攜視鮴敦,蓋失,器甚精。公初二將至平湖。

題文漁畫蘭扇,爲錢子嘉屬

凍雲靄庭樹,春風展輕素。不知香滿衣,身到泰山路。

跋烏目山人王石谷畫卷,爲王吟舫作(■夫■■錢夢廬之親)

嘉慶甲子中冬,廿六日,朱右甫、錢子嘉過余清儀閣,出視吟舫尊兄所藏烏目山人畫卷。結構茂密,大有千巖競秀、萬壑争流氣象。廷濟家近澉、乍二浦,常時天氣晴朗,于閣上望玄湖,堧遠山,如螺如黛,情爲之移。昔年己未,登泰山日觀峰,爲章爲璣,爲岡爲密,爲盛爲隸，爲□□垺𡹎，爲翠微𡸖㞗。正正怪怪奇奇，無一不有，斯時恨不攜石谷一管筆作一粉本也。今者臘殘春近，又將書驢券，入都飽看燕齊山色，然半塵蓬勃，求如水邨清曠之趣又不可得，安得坐忘名心，閉户讀書作畫，領略清緣。世復有如石谷其人者乎？吾將奉筆息景而事之。

與錢子嘉

廿六日，承子嘉尊兄過訪竹田，歸棹匆匆，未得奉款爲歉。委題諸件如命。先得三者以報，其印譜俟徐題之也。再，是譜係分韻編集，知當時是人所集，尚有官印數册、私印數册。吾兄處已全有歟？或僅止此四册歟？如此四册外，尊前尚有幾册，可一併付來作跋。如止有此四册，亦祈札示明也。專此奉書，書未能悉。尊慈老伯母大人尊前祈致廷濟敬請懿安不一。愚弟張廷濟頓首。卅日。

與朱右甫

日蒙右甫仁兄過話，殊愜素心，究以發棹匆匆，積忱未罄。遺有茶爐一件，遣僕專送，不及舟次，數日得毋相如病渴乎？今蒙上揚州寓館，伏希寫示。再所題《清儀閣古器款識》册、所許贈周公望全形鍾拓本，想念之至，幸即寄惠，拜賜靡窮矣。《積古齋鐘鼎彝器款識》中間有一器而兩見者，俟徐開出奉聞。不一一。尊慈老伯母大人尊前幸致廷濟拜請懿安不一。弟張廷濟頓首。卅日。

嘉慶九年十二月

十二月初一日。

《鄉黨》一章，講説家向多疏舛，作時文者承譌襲謬，尤難悉舉。江慎修氏《鄉黨圖考》詳覈精到，又撰《鄉黨文正編》、選《鄉黨文補編》，學者舍是末由矣。後江氏《補編》而文足以闡經者，則《制義類編》中所載山左梁鴻翥數執，亦不在江氏下。廷濟舊有《鄉黨》時文十數篇中，見讀四子書，有一二首似可補江之《補編》，餘不足存也。弟子祁材因摘江氏説數條，間存他説，附鈔于經傳之後，令其童而讀之，長大後能致力研經，由漢注、唐疏以窺聖人之道，則受題作文庶不謂無根之言矣。嘉慶甲子十一月卅日漏下三鼓，廷濟記。

見巖《時壺詩》跋

見巖葛大弟小余二歲,少失父,事母極孝。好學嗜古,昕夕坐谿陽詩屋,嘯歌吟咏,與余幾無一日不相見。嘗言知心難,叔未若遠出,吾不作詩矣。去年冬以憂勞成疾,今年春病劇,四月廿七夜,大嘔血不止,竟于廿八日天明後仙去。五月初八日,殯于葛家邨。家道中落,田數十畝,僅供老母,寡妻、二弱女饘粥。近支丁男少,又無爲之嗣者。余哭以七律六章,有"繐帷不見兒三尺,血淚空揮母六旬。服賈心勞終爲母,養生計盡始憐渠。空聞後會期泉壤,忍説承祧少子孫",蓋實録也。所著有《谿陽詩屋稿》,零章殘幅,都未整頓,後日有餘閒,誓必序而梓矣。今日北風凛冽,落葉滿階,回思與見嵒烹茶共話,何可再得,三復其詩,不禁淚爲之墮。十二月朔日,廷濟又筆。

幼扶先生係廷濟繼祖母王太孺人之曾祖,諱士麟,順治庚子舉人,辛丑進士,甲辰殿試,官江南青浦縣知縣,有惠政。廷濟今住之宅即先生生長之地。

初二。嘉興金四兄同門孝枚來送卷,寄送春嶼杖陂卷。芑堂來,晚飯後去。"薄田可耕,遺經可讀;布衣得暖,菜根得薌。"起也叔父大人命句,侄燕昌分書。

與沈竹岑

前月初六日,老姊丈以嘉興事匆匆發棹,侍奉慈雲康廋永福爲慰。弟二旬之内來往蓮華社,不得陶長官□□,終未快也,别後惟鶴湖鴛水,衆以賓朋過訪,心緒甚粗。委題老伯遺照,尚未得就,一得齋心,僅當咏歌雅範對聯一副先精心寫奉呈看。再奉上"遣字鼪以其友作邵男王嫗鬵彝"款彝一章,載中丞師《積古齋鐘鼎彝器款識》内。又秦舉契,文曰"平陽封宫",載翁詹事《兩漢金石記》,係杭州殳湘芷孝廉家藏物,謹奉清賞。弟日上搜羅款識之興甚濃,未審尊藏款識中有鷄形之一紙,可見賜否?今奉到壽莊前時模本一紙,如可惠下,則留此模本,以拓本見擲,感極感極。弟當可再奉三種拓本以報。如不忍割愛,則望仍以模本封還也。專此,奉竹岑姊丈先生知己。弟張廷濟頓首。

桃葉之事未審已有成言否?弟聞見在平湖價甚廉,并聞。不一一。

初三。

題向齋沈太親家東洲釣叟遺象

今東洲里古東周(《至元嘉禾志》履仁鄉管里五,三東周),勝地遞産賢達儔。高太常後人代出(太常名遜者,字嗇菴,靖難師入,走永嘉山中餓死),向齋沈先生殊尤。八歲讀《易》論乾坤,真識蚤契喜與鯈。辟如名駒骨權奇,不待齒長顯驊騮。南宫弟五魁蕊榜,江西冀北賢諸侯。東陽氏志夷庚愛(宰上高時劃界埠嶮路,民稱爲沈公嶺),盗弭法無庸僕區。頭銜特荷主恩賜,講學生從來數州。濼源書苑山左最,白鶴白雪群英收。問答卷著十有二,古訓紬繹如絲抽。鵲華山頭芙蓉秀,蓮子湖邊楊柳秋。歲庚戌年五十四,華髮滿鏡歎白頭。回首東洲釣遊地,安得歸去竿絲投。圖成不曾著一字,鄉心萬縷隨波浮。歸來客杭復客閩,群公幣聘争挽留。比主鴛水將赴講,痰疾徙作難遽瘳。依竹草堂成高卧,有穀貽孫聊優悠。誰知孫枝忽摧折,老淚點滴愁更愁。己未九秋廿六日,文筆遽赴天上修。等身書在身何在,東洲清波空如油。先生令子吾妹夫,經史金石頗研搜。遺書編纂成部帙,如歆繼向固繼彪。賤子託契廿余載,忘形忘機曾鷺鷗。記過從聽先生訓,一一溯之心煩憂。講舍相比親朋熟(壬子),泉攜研安八咏樓(癸丑)。辨析禮制振墜義,以經解經沈可鈎。謂文如山須凹凸,奇峰變化幻十洲。於戲君子老思死則教,教人憂思思無休。先生少長老有業,曲臺舊指解揣侔。况我親串親聞誨,匪徒仕學歎兩優。空鈎意釣神宛在,展對不禁雙淚流。瓣香熱更寒泉薦,先生之靈其來游。

初四。春嶼來信,知龢敦已以九十洋錢得之矣。夢廬、椒堂俱有信來,椒堂寄款識册來,并以周公望鍾全形者拓本見贈。

與沈竹岑

昨既寫信,而又超以他事,不獲到府,因賦一長篇,謹題老伯大人遺照。今奉到其《治河方略》一書,俟正月初奉歸并聞。不一。

題喉醫王三兄南巖象

治喉病醫不易得,王君南巖妙入神。歲庚戌年秋八月,南星石橋橋鼎新。中間題識要三字,磨墨邀余走逡巡。余時畏寒方抱疴,當風揮筆勢淩振。歸來仰卧喉病作,頃刻爛舌兼焦唇。六日痰作至十一,疾日加劇喉幾堙。痛如戈椿徹心膂,略唾漸涸玉池津。費、盧(二醫者)走視俱罔效,全家禱卜紛禳禋。白衣異物若隱見,目瞀心亂空吟呻。芒鞵布襪君來至,蒼然古貌泛小綸。解襆出藥吹一管,紛紛玉屑遍齒齗(齗與齦同,齒根肉也)。兩頤頓舒開閉遂,吐辭便可語誾誾。更出上藥和人乳,齊以靈草調治親。飲既半盞痰盡出,悶去神静息息匀。不一二時病如失,糜淖漸進羹煮蒓。君飄然返鶴湖去,廉身更不算錢緡。感君之德訪君宅,老桂撑庭幹輪囷。索余題額契平仲,飲余家釀甕頭醇。君技既奇妙,君貌尤樸淳。和墨書舊事,會合歎夙因。彈指電光又五載,梅華破臘窗前春。

初五。錢恬齋來,知於吴興得大大泉五十有四出文者一枚,又繩甫藏有寶貨、豐貨等共數十種。恬齋借《詞律》一部去,云還於春嶼處。姚芳淑湘信來,薦張大椿筆客,買十管,付以一洋。

初七。文魚信來。何天微信來。秋樵信來,訂初六。春嶼來。陳耐庵昆季寫豐橋草堂扁與之。

初八。新坊沈柳溪、秀才胡葦塘來,柳谿之尊人字寶菜,今故。

初九。

春日登堂,瞚将改歲,惟老伯大人壽履綏康,闔第戩穀爲慰。令侄夢庚大兄到京以來,未審邸寓何處,想多安善。廷濟定於正月初動身會試,現以堂上年高,試而不中,擬即歸家,然補教習在恰好之期,或逗留京師,未免少有旅費,于缺少時欲向夢庚大兄告借銀兩,多則二三百,少則數十之數。在夢庚兄高誼深情,固希慨託,然必得老伯大人一書致夢庚兄處,更徵慎重。廷濟在京借後,即寫信到家,還於府上。其利自京中借銀之日算起,至到府繳銀之日爲止,利之若干,隨老伯及夢庚兄斟酌示下。種叨厚誼,感戢靡窮。專此具禀,伏望華札惠頒,以便帶致。其札可託令友帶于杭州,面交于繡組二家兄爲穩妥。外《錢録》一册寄繳,祈檢收。春間蒙惠二古錢,并謝不一。壽翁老伯大人尊前。思泉大兄均吉并候不一。

與秋樵

接手書,知吾三兄同年侍奉萬安爲慰。北上之事領悉一切,由嘉至清江之船特費三兄一人清神,感極感極。行期弟敬觀時憲書,于初六日著有不宜出行字,而初七係大通大吉之日,弟意定於初七,想三兄亦可以爲稱意也。

札云帶一常用之童，想即十數歲之童耶？弟思之再四，似以爲未可，蓋見在擬四人兩車，伴侶尚少，僕人更要能幹纔好。在桐谿二公之僕未知能否若何，而弟之僕人萬福則固至愚至質之人也，雖出過門，而老實異常，一切雇車、看店及駕幫車夫之事克多，恐未必稱意。在尊紀賦情巧敏，自然克勝斯任，然年輕未曾遠出，加以早行暮宿，風霜可畏，容或有艱難之景，弟意三兄处相與至廣，既有薦者，必有中者。廣爲■之，慎以擇之，到底要出進至回京，説得來京説話，駕馭得來車夫，使三兄自然省費許多心，此種費亦不過增十數金，而路上受益却亦不少。願三兄上禀年伯大人，暨與聽泉二兄再商酌之也。至行旅從簡，則此論確不可易，弟亦有同心也。至會聚之地俟再彼此寫信定局。

十二。

來諭領悉。但雇車等事，弟固素欽三兄才略，不至假手下人，然跟車及駕馭車夫則全須健僕任之也。小僕萬福據其自言入都過一次，然非隨公車進京，而才地極拙，凡百都不明白，若四人所用之人盡如小僕，知路上當未必快意。況尊用之童，據弟看來，年紀又輕，又不曾出門，則是吾三兄反要多一番照應，心思未免太費，此童萬不能勝任，何以堪之。弟祈三兄另簡壯盛而諳練者，原不必定意在盛春元一人耳。厚承契誼，有逾骨肉，若心以爲可而爲饒舌，與心以爲不可而故爲緘，皆非弟心。上答知己，愿三兄再俯以蒭論，熟思之也。信來後，適家兄蓬園已開船，故再從航船寄書奉達。年伯、年伯母兩大人台安，二兄近祺。

十三。

上邢房師

謹禀者：九秋函禀請安，諒呈鈞覽。兹惟嘉平紀月，臘鼓鳴春，恭稔老夫子大人政通人和，康虔永福，忭悦靡窮。廷濟入冬以來，課誦如常，惟肝疾時發，飲食差減。今擬于月初入都，既經分家，粗有歲務，衆理行裝，未獲叩辭講帷，實深歉念，惟愿仗庇得雋才進，庶酬厚期。若仍下第，則以堂上年高當□，□即南旋，未擬補當教習耳。專此具禀，敬請崇安。老夫子大人函丈。張廷濟謹禀。

竹垞對殘本

竹垞先生真迹，讓木侄得于梅里李氏。全氏十，殘字四，署款全氏九。如讀兩漢古刻零章賸句，俱徵典重，讓木其子孫永寶用。嘉慶甲子臘月十三日，廷濟題。以象牙印覿與讓木。

上車學師

仲冬晋謁，瞚又三旬，維老夫子大人綰綽眉壽爲慰。廷濟入都之期，擬在正初，所同伴已與平湖同年相訂，而日上肝疾時發，飲食差減，心緒甚不快也。長興師處有安禀一封，懇老夫子郵致爲感。再段懋堂先生處册頁，伏祈便中催致，銘戴靡窮。種費清神，面謝一一，專此具禀，順請台安。廷濟謹禀。李艺洀師臺希致候不一一。

十四。

漢印四册跋

右《漢私印譜》四册，嘉慶甲子中冬夢廬錢先生過訪，出以索題。《譜》系分韻，而“真”“文”以前甚略，疑此尚非全本。予姊子徐壽莊、兄子讓木以所過眼之印及它印本對勘，疑此册爲蘇爾宣輩仿刻者。然予諦視篆法，或方正，或流動，正兩漢矩矱。大興翁先生《兩漢金石記》中論漢官印如部曲將、部曲督之類豈無仿造，仿造而其字皆古質可愛，亦猶秦中所得古瓦，其所拓文無不入古者，正不必復以孰爲仿造别白之矣。云今此册中容或數印爲後人仿造，然正不得執此短之也。予藏漢印少，而經眼者亦止數百品，眇見淺識，無當雅材，夢廬鑒藏鈎稽俱臻絶妙，而顧下問及，固夢廬之謙也，予因漫書此以歸之。

十五。

“同舍年光懷總角，傳家經術重仔肩。”

人虎世兄先生世其家學，能讀遺書，今年館余齋，論文談藝，舊雨古歡，回數少同研席時不幾二十六年矣，繁□正時嘉慶甲子嘉平月望日。張廷濟頓首。

“釀冬且飲淵明酒，清夏曾過惠遠房。”

今年夏偕皆木畢兄衆弟天目借榻龍菴，與本公和尚晨夕相於，頗深禪悦。兹□冬七日，公以魯畫、葛字六幀重還庵中，邀同人雅集精舍，賦詩以記其事，廬山新社洵有清緣。愢余非陶長官，空負蜜湯見欽耳,因製句并跋,而倩叔未張兄書之以爲贈。時嘉慶九年太歲在甲子王福田記。

十八。

與沈秋塘

前月在玉山草堂得悉,二兄大人已請假,將返里門,瞻望之私,莫可名喻。日上有人自郡來,知文旆遄歸,途次安穩,弟即擬趨候興居,而以今年已經分爨,略有家務,且擬于正月初附平湖伴入都,此刻又須料理行裝,未獲到府,意歉如也。舍下今年遭乍浦空帳三千餘金,生意蕭條特甚,於是遂不得不分家,以使各知省穡。夏間荒景擾攘,繼以皜粟施米,諸費浩繁,堂上兩大人精神亦不大如前,所以弟今年甚不快意,日上冬令肝氣尚時時發作。今此進京,興會索然,倘得仗庇得雋,固屬邀倖萬一,否則以父母年高,亦不擬補當教習,把晤之期,當在榴紅艾緑時耳。味蔗自去年夏間叙後,僅于途次一晤,今年未獲一見,未知幾時動身,同伴何人?湘帆遽爾化去,深可悲悼,弟明年出京後當作一詩哭之也。老伯母大人懿安,老嫂閫福,令子老二、老四均吉。外平陽幣一品寄致令侄老向,望付之。

與錢恬齋

日承枉顧,輶褻爲罪,即日惟孝履安善爲慰。廷濟擬于人日同平湖伴入都,日上歲務、行裝兩須料理,是以未獲走候。近來又得幾何古錢?想念之至。前所云大泉五十有四出文者,未審可作粟布之易否?又閣邊祥符錢,望多拓數紙見寄。再繩父兄所藏精品,懇亦拓數枚見示(每錢須拓二三紙)。雲壽未審幾時動身,作伴何人,并望示知,倘得一路同行,尤所望也。

與錢几山

奚橋夜話又一月矣,惟几山仁兄近履安善爲慰。弟擬於正初附平湖伴入都,歸晤之期當在榴紅時候。日上以料檢行裝未得至郡,而肝疾發作,飲食殊減,蓋以數千里之行,仰視堂上年高,椿萱年老,何能放懷。此□致惟吾仁兄暨春嶼諸君子知之耳。晤後山道意不一。

上士周年伯

年愚侄廷濟謹稟請年伯大人台安、年伯[母]大人懿安。今年夏間,荷蒙寵錫多儀,而廷濟寄存物件又蒙費心費錢,銘感無可言喻。早擬叩謝,遲遲至今,日上又肝疾發作,不能出門。正初蒙三兄同年提挈入都,廷濟謹擬于郡北門外祇候,疎節之愆,恃年伯以猶子之誼原于格外也。《瑯嬛仙翰》一部,自去歲張成皋兄回平後未曾濡脫,今倩友人拓奉,特未裝,不便檢閱耳。又奉上夫祝子一穗、再前奉皮安椅一座,望留之是荷。三兄過舍,得悉年伯有賜咏檇李詩一首,倘蒙寫示,得爲仙根珍重,尤深感佩。專此具禀,諸惟鈞鑒。廷濟謹禀。

與秋樵

日前有札,想呈鈞覽。即日經三兄同年侍奉萬安爲慰。新春入都,弟擬于人日點鐙後在北門外御花園前祇候台旌,故特奉聞。外,夢盧囑廷濟漢印册一套,又廷濟信一函,乞致之。此奉秋樵三兄同年。年伯、年伯母兩大人敬肅安禀,祈謹呈奉。二老叔、三老叔、五老叔均請安。金昆子俱健。

與錢夢廬

委題漢印册,細讀之,真精品也。謹題就奉繳。弟擬于新正人日在郡城北門外,候秋樵船來,過船同進京。日上大發肝疾,不能走府告辭,諸蒙鑒原。弟今此入都,以堂上年高,一不中,擬即南轅。把晤之期,當在石榴花開後耳。專此具啓,順請台安。

二十。

十八日既作札請二兄大人安,而友人船遽開去,不及奉寄。今晨接手書,領悉一切。弟見在正措行裝,満擬意下作官。九兄回來,得霑餘潤。今華札下頒,寅愁滿紙,豈冷官故事,必當如是耶?然弟終不肯怒,來札如是云云,遂不希分苜蓿餘甘也。吾先生聞之,得毋發一軒渠乎。味蔗得蒙同行,心願之至。但弟僻處鄉郵,諸事總隨人作計,今此入都,弟附平湖本家同年秋樵兄爲伴。上月中已與秋樵訂定合車。初六日秋樵來信,知連桐鄉沈、葉兩同年四人一船兩車之局,于新正人日成行。此刻弟却不能更易前議。今既蒙味蔗挈伴厚意,則或味蔗同一船去,到雇車出發時,遇有至好,即合坐,而爲六人三車旱路同行之局,或預先于本鄉約定合車之友同時開船,同到王營即合車同行。或味蔗行李從其至簡,則同船去而味蔗獨雇一轎車。然此數議弟却不能預斷，以未知秋樵所雇之船大小何如耳。今擬于明晨即寫信到樵處，問看其所雇之舟可容幾人，當即奉聞。

與秋樵

本月初，沈秋塘兄自處州請假歸家，今晨信來，説其弟味蔗九兄湘（庚申科）同窗必欲與弟合車云云。弟已作書復之，告以弟附吾三兄作伴，已訂定合車，不能易議，或同船去而再擇合車之伴，然必俟三兄定其可否云云。專此奉聞。三兄未審所雇之船可容幾人，望即示音，以便再復沈處。

廿一日。

與虞角山

愚弟張廷濟頓首啓角山仁兄閣下啓者：賢書高舉，忭慶難名。早思登登函賀，而以今年舍下多事，心緒頗雜，偶一出城，匆匆返棹，遂稽走謁，并未裁辭，抱歉多矣。榮行想在正初奉袂春明良晤伊邇，弟擬偕平湖伴入都，而日上肝疾發作，飲食頗減，興會蕭然，殊不堪爲知己先也。殿試卷四本、銀錢一品奉送，留之是荷。老伯、伯母兩大人尊前謹懇呼名肅賀，即請崇安。老嫂閫福。金昆季均安。不一一。

委書朱采之對早已寫好，今奉到，特有墨痕，垂如玉筯，奈何。

萬福回嘉興去，十二月之工錢八百文，支算清，給之。萬福明年進京出京，自正月至五月算，講定工錢八千文，今預支四千文。家大人賞萬福一千文作進京賞錢。寄文後山古篆對一副，萬福帶去，匆匆，不寫信。

與沈景瀾兄信，催查静山字幅。午刻候高勉齋。晤金興兄。

廿三日。秋樵信來，知長船尚未雇，俟正初雇，通知廷濟于人日到嘉興，可到雷公橋廣裕、益生兩店内打聽便知。平桐消息，車簾已備，油布衹帶一張，又及。

“北闕捧天題，膝下三台同分壽；南江開韋幔，侍間八座共迎恩。”恭祝劉師母大人、顔太夫人九衮大慶，門下士錢唐梁同書頓首。

“奕葉贊綸扉晝閣雲露施翟服；期頤開壽寓錦堂絲竹頌文宣。”恭祝誥封一品夫人晋封一品太夫[人]劉母顔太夫人九衮大慶，世再晚生汪志伊。

“夫爲宰相，哲嗣爲宰相，備六官之賢孫亦將爲宰相，八座起居冠海内;帝祝期頤,卿士祝期頤,聚三世之門下亦共祝期頤,九旬慈壽在江南。”恭祝劉太師母太年伯母顔太夫人九旬榮壽。門下晚生年再侄揚州阮元頓首拜。

(玉音)萱暉頤祉

諸槐坡進士來(贈以賻儀五錢四分),廷濟先到書�廬候之。吴榕國世兄(寧)來(贈以《瑯嬛仙翰》),廷濟到清和堂答之。諸吴讀壺隱荆荔兩册詩。看班尊、五銖範。子愚以乾隆通寶、安南所鑄錢見贈。

與沈季木

季木三内兄先生閣下:即日唯侍奉慈雲安善。廷濟謹奉上銀錢二枚求岳母大人留,外籃一隻奉送三兄。然此特表心念,實非饋歲,三兄千萬不必遣人賜答。再弟擬於歲初成行,辱在至親,固無不通知之理。然弟係第三次入都,第四次應試,顔厚已甚。今又與友合車入進去,行李從簡,所以諸親友處,概不通知。毋論以銀錢相貽,固分毫不受,即食物如糕餅圓棗之類,亦斷不領情,金昆季斷斷不必仍有餽遺,以免弟多增顔甲。且弟擬一不中即行南轅,不受親友餽物,亦省一番買答人情之心思。此弟至真至實之語,望三内兄轉至大兄、二兄,俯從弟請,便感佩難名矣。專此奉書,諸惟鈞照不宣。

前信已領悉。朱浩兄許覸古泉見貽,極感。如渠于此中如不甚明,只問幼清便不差,否則渠出重價相購,而弟實視爲平平,反累渠多費也。專此奉書,餘請弟與季木札中。前所云重和錢可商否?念念。

與吴秋崕

牛乳移已盆已收到,費心,謝謝。廷濟今要發二家兄會錢准足錢捌千五佰文,欲于行中友取,望即檢付與程載兄帶來。此致秋崕先生。張廷濟頓首。

令子驤兄文祉。

後邨日佳。

廿四。沈秋塘信來,説味蔗不必同行矣。王夢漁自安徽當塗來信,説回信可寄在宣公橋朱鳴和煙店内。夢漁信嘉平月初四日發。朱鳴和,王之表弟也。杭州姜怡亭信來,知省中吴姓得一壯布。

與趙子啓

朱右甫來，得接手書，知尊大人、令伯大人鴻禧懋集，忭慶無窮。吾弟到杭，途次安善爲慰。蒙惠藥餌四品，感謝。弟日上肝氣病發，諸事興會蕭然。現在雖擬在新正人日入都，然仰維堂上年高，若一不中，定計南轅，不思補充教習省垣。握手良晤非遥。專此奉書，順候日佳。

都中邸第何處，望回信開明，即送到至通江橋黄子春布店内家繡組兄帶歸，愚到京後便走請潭安也。子啓仁弟足下。醉司命日。

與姜怡亭

接手信，知起居安善爲慰。蒙惠拓本，謝謝。弟今年舍下多事，肝病時發，非惟精神就減，并耳目聰明亦頓就衰，知己聞之必見憐也。擬于新正人日動身入都，初十左右過蘇，擬走候閣下，并欲拜識瞿木夫兄。未審二兄居停何處，新正初十已到蘇否？望即示回音，并木夫兄居第開明，以便弟走謁雅材。即閣下曾有信到京中，亦攜帶極便也。奉上安陽刀泉、臨安牌兩拓本，係弟所新得者；又敤敦，敦舊在平湖，近歸同履仁鄉葛春嶼至契處器，今亦拓奉一紙。吾先生有精品，亦望拓寄也。

弟昨日得一乾隆通寶，錢背有“安南”二正字，俟拓出續奉。檢叔處聞有銅權可審可讓轉一二，當奉原值，如可，乞代説之，交家繡組兄，極便。

得王夢漁(敬曾)自當塗寄懷第二札，賦以却寄(夢漁，武林人)

千里裁書墨未乾，多君兩度問平安。新詩仍遣洪喬誤(夢漁有見懷八詩，兩次見寄，多不達)，舊雨真憐范叔寒。煙水有盟尋蠟屐(庚申與夢漁訂交于嘉興縣署)，樓臺無恙屬吟壇(夢漁秋間寄書，説近作有“吴楚千帆分上下，江山半壁屬樓臺”之句)。南州九井多形勝，慫與琅邪放眼看。

復王夢漁

八月廿八，王萬青省試回，得接夢漁先生自皖省□院有玉橋所封寄之手札，萬青并述見懷盛意，感謝之至，即欲爲一書以復，而萬青已赴書館，恐郵寄未當，仍如前此之寄而未達，遂爾稽遲。今晨，朱令親處寄到仁兄于本月初四日自當塗縣封寄之札，深感念舊情深,情辭淳摯。謹即賦一章,一寫横卷,一寫立軸,聊申積悃于萬一,祈大雅材進而教之。至札云前遣雙思寄上平安,附去《奉懷里言》八章,想蒙青注,未獲珠船,臨風悵悵云云,則豈中秋後一日信後復有見寄詩信而仍被浮沉歟?抑仍謂前此從車半林師處見寄而未得拜讀之詩信耶?弟幽棲徑僻,處□容過,慣愛書來,每獲贈言,寶逾球璧,乃蒙雅愛如吾先生,兩寄鴻章,終未得盥手一讀,何鄙人緣慳一至於此耶。弟今年生理日促,家中多事,肝疾時發,視聽步履方壯而衰,興會蕭然,大殊疇曩。現雖定于新正人日自嘉入都,而仰惟椿萱年老,若一不中,定計南旋,未擬補當教習。日上家務、行裝兩須料理,心緒粗疏,更無可喻。草草奉書,并請吟安。臨紙不勝神馳之至。夢漁先生二兄翁閣下。小弟張廷濟頓首。甲子醉司命日。

來訊稱謂太謙,讀之令人汗浹襟背。老先生大文增晚學等字樣,今敬謹奉璧,嗣後吾二兄致書,務望以弟見待,勿致見外之辭,則尤感故交厚誼爲不淺耳。《清儀閣贈言》以篇什尚少,未付梓人。大作八章如有的當便鴻,務望仍行寫惠爲感。今先奉到家刻《瑯嬛仙翰帖》一部,聊以伴函,伏祈鑒入。廷濟再頓首。

敬送竈神。

廿五。發王夢漁信。嘉善寄金錯刀頭泉來,平字尚留一畫。

廿六。文之詞兄行篋。張廷濟銘曰:驎士寫書,安世默識。是通人之積文,非齊紈之棄笥。《南史》:沈驎士年過八十,手寫細(手)[書]滿數十篋。《漢書·張安世傳》:武帝幸河東,嘗亡書三篋,詔問莫知,惟安世識之,具記其事,後購求得書以相較,無所遺失。《論衡》:"通人積文十篋以上,治國肥家之術,制世(識)[譏]俗之言備矣。"班婕好詩:"新製齊紈扇,團團似明月。棄捐篋笥中,恩情中道絶。"

耕養研銘

文之詞兄畫蘭研銘曰:寫香草,真大好,趙王孫,其永寶。張廷濟作。

既耕且養,負耒偕往,乃亦有秋,翳爾是仗。嘉慶乙丑人日張廷濟作并書。

資獻研銘

徐日獻,中心愿,資言難,且磨鈍。嘉慶甲子十二月廿六張廷濟銘并書。

《漢書・梅福傳》:"爵禄束帛者,天下之砥石,高祖所以厲世磨鈍也。"唐庚《研銘》:"研之壽,以世計。"豈非鋭者夭而鈍者壽耶?

陸游《甎硯銘》:"古名研以瓦,今名研以甎。瓦以利于用,甎以全其天。甎乎甎乎,寧鈍之用,而保其全乎。"①

與芑堂

江陰歸棹,惟近履康虔爲慰。奉上銀錢二枚,聊佐歲酒之資,哂留是荷。弟擬于新正人日成行,思欲得尊齋所有孫觀察余義鐘拓本二紙(鐘係兩面有文,二紙實一鐘也)并大作"宜子孫"之印以爲行裝生色,未審可慨賜否。如得拜嘉貺,將來亦必購一鐘鼎精拓本以報。此啓。順請潭安。不一一。

廿八。春嶼來,後山寄朱昆田、周旼日兩信,欲易王虚舟、何義門二信,受朱信,以王信一付之,王信即"昆翁昨夜去矣"之紙。以煙靄耕硯還春嶼。米家舫來紙數種,不合用,因勉買數種。毛邊貢紙二章,每章擬百文。紅清璧二,每擬百文。料半朱對二,每擬百五十文。單料朱對二,每擬百文一副(王天自處)。文漁信來,余義鍾拓本不肯,贈其洋錢,受矣。

廿九。蓬園至自郡,會試咨文領到府朝銀五兩□錢□分,領到文書一角并結(在内),外批一紙,十一月十八日移山字捌拾伍號。縣尊結一里鄰,親族結親供一,俱十月中文書,十一月十八日迎字捌拾伍號。

除夕。又超送天下太平四出文古錢一枚。酉刻祭先供佛。

二十年來親戚師友屢登鬼籙,春草秋風不勝九原之痛,暇日當各哭以一詩。

吴觀周翁外祖(乾隆壬子冬)

王澹庵翁寄伯(乾隆壬子夏四月廿一辰時故)

胡綺園業師(乾隆壬子秋)

吴蘭陔業師(乾隆癸丑)

王谷香弟(乾隆甲寅春)

沈寛夫翁婦翁(乾隆甲寅七夕)

金金粟表兄(嘉慶己未正月)

---

① 此處有陰文方印"張叔未"。

王雲農同年(嘉慶辛酉□月□日歿于京寓)
畢崑園先生(嘉慶辛酉十一月十五丑時故)
戴昆玉業師(嘉慶壬戌四月十八辰時,年五十八歲)
抱娘張氏(嘉慶壬戌七月□日)
黄宸樞世叔(嘉慶壬戌□月□日)
孟振儒世伯(嘉慶壬戌□月□日)
蔣霽園老師
吴侃叔世兄(嘉慶癸亥十二月廿四)
黄梅圃校書(嘉慶甲子三月廿八歿于趙通政寓)
葛見巖弟(甲子四月廿八卯時故)
顧涑園業師
王玉成世伯(嘉慶己未)

第三册

嘉慶二十一年正月

正月初一，己丑朔，月小，晴。

初二、三、四日，俱晴，初四夜小雨。

初五。候王子愚病。

劉緩齋同春堂詩(載《劉氏家乘》。劉氏之六世)

一氣流行泰道亨，乾坤六子遂相成。要知屋底春風布，須自胸中和氣生。利在錙銖終勿較，地由才寸且留耕。友于情篤天倫重，和樂家肥大義明。花萼陰連間白晝，藻蘋香暖藹新晴。然萁句捷心猶切，夢草吟成趣益清。寧對塤篪諧律吕，未容桃李起紛争。鶺鴒有急勤三省，百舌毋勞聒五更。日永庭空思雁序，夜闌風雨想雞鳴。共存甘苦閒時樂，莫羡輕肥隊裏行。進退步趨循矩矱，笑譚詞氣出和平。乃衣乃食知常足，爰處爰居戒自盈。先隴埽松敬歲祀，小窗繼晷翫遺經。孩提涵養常無誑，童冠修爲慎一誠。閨閫自緣來異族，瑟琴應效叶同聲。休聽慈語千般巧，只護荆花一樹榮。勿謂稜耡懷德色，好持箭矢喻支撑。摘花須惜連根蔕，觀柳恒舒青眼睛。瓜瓞綿綿滋弈葉，蘭芽勃勃萃群英。年年點簡門前事，更喜東風不世情。

劉熙春浚闈述遺訓(劉之十四世)

凡末世族人之釁，皆起於錙銖必争。《詩》云："民之失德，乾糇以愆。"是也。我緩齋公《同春堂詩》曰："利在錙銖終弗較，地由方寸且留耕。""勿較"二字真藥石也。古人斗粟之謠、豆萁之歎，豈非以計較起釁乎？凡屬同宗登同春之堂者，願無忘《同春》之詩。近世陋規多尚聯譜冒宗，我麓坡公遺訓獨敬冒姓，至引歐陽巽翁之言曰："吾祖非六一，若祖六一，無吾祖矣。"夫六一，宋代賢者，尚不肯妄認，况其它耶。凡屬吾宗，宜守此戒。

世風之壞，未有不起於奢侈。范希文讀書，亦甘虀粥；盧懷慎作相,尚食葫蘆。豈可染世風,逐華靡耶? 麓坡公惓惓子孫以勤儉,至剌及博弈相戲、酒食相逐、清談放浪,譚人隱微之事,起人爭訟之端,可謂切中今時輕薄之病矣。戒之哉。

凡家門之爭,多開于戾而泥于和。昔江州陳氏族七百口,内外和睦,世號義門。張公藝九世同居,書忍字百餘以對高宗。我華峰公有訓族以和爲主,而比訟于殘賊之道。子姓相勉□□則兩姓不難到也。

古云教子義方,凡子弟不才,皆自父兄養成。華峰公訓曰:"子孫多方蒙蔽父祖,而父祖又自以子孫爲賢,家門之敗實由於此。"公蓋痛乎言之矣。陶母封鮓還子,敬母、戒子、省刑,有此賢母,何患子孫不肖哉。

嘉慶二十一年二月

與褚菘塍親家

前訂接回亡聘媳柩位,今擇於三月初十日子時在尊處起棺請位,是日未時到吾里,升棺祭地,即於是時祭位入祠。其船前訂在嘉興雇,甚妥。船到吾處時,吾備有音樂、僧人,謹遵台諭,不事張皇可耳。其木主寫"亡聘媳某氏神主",想舊已辦好,並船并脚役對一一送奉也。弟賤體既不甚健,而荆妻於二月十三日發血病,日上甚劇,心緒忙亂,到期病人痊可,弟或親扣譚府,否則僅遣僕人叩接,府上送者何人,祈先行示知。專此具緘。懇即雇定船夫,弟處初九日遣人到尊處也。奉託於姚貢兄購阿膠,千萬留意爲荷。丙子二月晦日。

嘉慶二十一年三月

與菘塍

接四令愛舊位之議,今定於是月初十日子時在尊處起棺,是日未時到吾里,升棺祭地,即於是時祭位入祠。其大船懇大兄於嘉興代雇,吾處備僧人樂部在敝處候接。其全寫"亡聘媳某氏神主",其費及嘉興船工脚役例當吾處承辦,有代應者,有代講者,均俟一一繳付。不事張大,悉如前諭。老妻病血現重,數日來得痊,弟當親來,否則遣僕叩接，其(扣)[叩]接者初九日到府，府上送者何人，望先示下。右諸説謹於二月卅日具札寄航船交縣前俞順源錢鋪，託俞根亭兄字根盤遣紀速送，未知已入覽否，故再一一奉聞也。昨初一日，接來信並阿膠兩包，其姚處阿膠封内鯨波有一片紙，云去年鍋巴膠洋五洋，現在清膠一斤計洋六元，共該洋錢十一元云云。弟當改日遣僕送府，以便轉致。其金處阿膠十二兩，今即行奉繳，祈轉還去。其陳望持兄委寫小扁，俟心寬時行寫奉陳，何別號亦乞寫示。專此再啓，並候日安。不一一。丙子三月二日。

與海鹽徐田玉

令弟姻事已諧卜否？春和景麗，思一作月老模樣，波眄佳音，不能無望風引領耳。爰命采箋，幸頒華札。田玉先生至契。前黍一斤已領到，祈如樣再寄下一斤，又及。

與梁振時兄

舊冬文旆過敝里，賜治唐紹乾、王琴泉兩敝親之病，以俗冗未得趨陪，然奉讀尊方，實深敬佩。兹啓者，山妻今年五十，舊有血症，今二月十三日發起，至今未愈，敬乞台駕過舍一治，菲聘一緘(番銀四餅)，先祈哂留。此啓，即迓不備。振兄老先生閣下。■吉在制。張廷濟稽首，丙子三月三日。外聘番銀四餅。

三月三日。屬愈樂茶船請，四日晚上凌君來。君名雲，號傅巖，乾隆壬寅年入學嘉興邑庠生，今年五十七歲。

附録凌傅巖兄所定方並案：

病已有年，屢次失血，絡虚陰傷，脾虚不能攝，腎虚不能藏，年已五旬，經先期太甚，衝脉血熱妄行也。血隨火升，宜壯水以制之；陽生陰長，宜温養以培之。左脉耎弱少神，右覺弦芤不静，營衛空虚，全賴胃氣以爲資生之本。養正和中，引血歸經，庶有回春之望。

砂仁拌炒熟地四錢(切薄片)　天冬二錢　淮牛膝二錢　東洋参五錢(生用)　苡仁四錢　川貝母二錢(去心不可研)　川鬱金一錢(若真而好者用三分)　白芍七錢(生用)　黑山梔二錢(酒炒)　炙鱉甲二錢(酒浸洗)　加鮮藕節四個　冬桑葉三章　上阿膠和蒸藥汁

人参每服五六分，平旦可單服，不必同藥。服食忌甜，如桂圓、南棗、甘蔗、冰糖之類。凡時鮮發氣熱辣酸斂之品皆忌。可服者：燕窩、海參、甲魚、鰻鱺、扁魚、均耳、洋菜、青果、細嫩龍井茶。

每日煎藕切片代茶,肥白茅根去衣煮湯代茶。

凌傅巖兄是夜回去,船錢一千文,從者二百文。謝傅巖兄洋錢三枚。

畢既明先生八分書大幅跋

溆浦畢既明先生爲篆隸之學四十年,於寰宇所存周秦漢魏石刻殆無所不窺其佚者,如夏涿華山碑皆得真本鈎摹臨仿,故用筆結字,神與古會,無一點時俗習氣,國朝八分書無第二手。蔣湘帆老人稱先生書陽冰斂手,雖屬過情之語,然足徵傾倒之致。若王虛舟吏部謂谷口後一人,猶未足定先生之書品也。時閲百年,書迹漸少,此幅系基聞世珍之物,是先生用孔尹二宙筆法,而參以《王稚子闕》者。廿年前先生孫莨園丈曾帶視齋中,余用素箋句得,以爲圭臬,慈丈之令嗣琴川三兄又館余齋,攜諸行笈,俾得旬日坐卧其下,鐘鼎尊彝,虹光盡吐,百峰兩湖秀氣胥入吾清儀閣上矣。異時礱一大石,用硬筆鐫之,以存漢京遺法,其快更何如也。時嘉慶丙子三月六日。

董九廿七末記宫平之陷,陵寢之焚,是六月十一叔名正望與其侄之札,後有跋云:“思翁叔逝于是月廿八日,此爲絶筆。神氣如常,時年八十三矣。侄宸識。”

與畢皆木

董思翁尺牘一册,計廿七通,是毗陵趙味辛舍人之弟之物,四年前弟遊海寧,同陳受笙、蘇花農兩孝廉觀于安瀾園主人齋中,趙其所親也。爾時趙索價廿洋,原思摘其數札,因不獲購,閒時曾與令弟言之也。今蒙寄視,如逢故友,足徵大兄之愛我至矣。第此册今不知爲誰之物,尊信所云似嫌價太貴,因將原册託令弟帶繳,如番銀廿餅肯售,竟祈代爲購得,外當奉閣下二札爲買采之資也。此外復有所見否? 札示是幸。

與濮院鍾杏邨秀才(丙子三月十九)

春初晤李作舟兄,知閣下好古搜奇,日增月益,漢唐石刻不下千數卷,又得鍾鼎文字拓本數百紙,心馳目想,令人夢罷劬勞,惜未獲造訪一觀,藉話數年離緒耳。弟瑩廬照處,煢疚堪憐,加以蒲柳蚤零,常親藥裹,而山妻又時發咳血之症,多費多憂,愁城日坐。月之三日,曾邀阿里凌傅巖大兄來舍治病,兄晤時便可知弟之近狀也。

所幸金石書畫夙結奇緣，晨曝宵鐙，時加點對，而朋輩郵筒寄示，亦殊不寥寂。去年鳩匠裝潢，其鼎彝銘文及金石小品已得千種，今春裝友人見貽詩札，計自梁不翁、翁蘇齋、阮儀徵諸鉅公、衆朋儕如貴親家李金瀾昆季，共計亦六七百紙，摩挲展視，藉以忘憂。吾大雅同心古癖，倘蒙一櫂新溪於時□□道古可勝，傾企之至。至款識若干，萬望順攜見示，以慰渴思，抑或緘寄金瀾兄或文後山處，寄致敝里，亦穩當便易也。專此稟啓，順請。

與褚菘塍親家（丙子三月十九）

接柩之舉，損費舟役，次君匆匆回郡，又未能住宿奉款，惶歉多矣。亡聘媳生卒年月日時，主後想填寫明白，是日未曾啓視，今已入祠，不便驚動，乞開一條子，以便付著陰册也。山妻病雖少減，然日須參藥，少減便有變症，費既難支，而蒲柳賤體亦坐是日衰。倦石之扁，先行寫奉，其條幅，容續寄上。心緒不忘，動輒灰心，萬不如前，此其一也。春嶼之信已寄去，有復音來，當即奉聞。

與葛春嶼

兩蒙遣使存問，藉悉尊候萬安。以花甲之年遘此重症，而仍得康强平復，惠迪則吉，作善則祥，此處大有憑據，痛定思痛，益覺可怕可喜。何時來敝齋作數日談期，夜闌更秉燭，相對如夢寐，此情此景，知交中更有幾人耶。山妻病少減，然日須重喫蔘藥，一擬裁減便有變，病費既不支，而蒲柳賤體亦坐是日衰，煢疾之中重增累苦，而爲長太息矣。日以接褚氏亡聘媳之柩，菘塍親家留札，弟處屬候左右，兼欲募輸修學容之費，今特緘寄，伏祈裁定示下。

與畢琴川西席（丙子三月十九）

别又數月，想侍奉慈闈起居曼福，定符遥頌。董思翁尺牘一册，前與令兄皆兄先生信所云廿番銀廿餅，并謝作緣者二餅，未審成否，今將遣舟奉還銀餅共廿二枚，交舟子崔七老帶上。如已妥轉，望即交易帶示。

嘉慶二十一年四月

丙子四月四日。收到廉方齋紙：行涇縣曹藍田字號兩刀，每刀九十四章，共百八十八章；市涇縣汪六吉字號兩刀，每刀九十四章；行扇料天一宋記兩刀,每刀九十四章,其貨低,今留用廿章,餘當夜退换;正昌連四紙兩刀,每刀九十八章。

丙子四月四日。吴近龍表兄至自杭州,云丁雙湖業師燾已作古人,嗚呼痛哉。

四月五日。孟曉坪先生來信,時先生爲選司正郎,丁憂家居。三月廿七,文後山兄來信并寄所藏梁大同甎文二紙。四月五日,後山又有一信,即封寄孟信來。

丙子三月十日,接亡聘媳褚氏孺人柩位,有信遣王馨到褚氏勤補堂叩接。子時嘉興啓棺,未時到吾里六如庵西一畝三上厝棺,後即于是時祭位入祠。吾處備僧六,念《金剛經》一日,音樂六,炮手一。其大船上費褚親家出。褚二姻兄送柩來,留中飯回去。亡聘媳係菘塍親家之女,行四,生于嘉慶甲子三月廿一日子時,殤于嘉慶甲戌正月初九日亥時,年十一歲。最聰慧,已讀完《禮記》《詩經》,其楷書已方正可觀。惜不永其年,亦見吾家無福。

"三斗鋗齋"

後山上舍得漢元延鋗以名齋,屬北平翁方綱題。嘉慶己巳三月。

宣和曾弆梁山銅,元康不比長安供。此後元康五十載,斤逾十五三斗容。未見其器讀其字,螭扁之體光熊熊。款識何區孝宣世,偏傍漫假薛尚功。元延之初大書紀,緑綈方底屏風東。唾花廣袖啼不食,浴蘭七箸廚誰充。此鋗爾時職何所,署名不與梁山同。三十枚中獨存一,牛官儻見[憐]曹宫[1]。小盆鐺銚紛訓故,唇銘補入古鼎鐘。圓旋半規鏡銘樣,拓窗皎月來秋空。

嘉慶己巳春三月望,爲後山上舍題所藏漢元延元年鋗,此是乾隆癸卯爲姚巽齋所作舊稿也。北平翁方綱,時年七十有七。[2]

丙子四月初十日。句曲繡墅堂裴敬修二兄來信,十八日收到。

丙子四月初十。立夏日。山西宋言山自杭寓來信,十八日收到。

十七日。葛春嶼三兄來。兄自去秋七月到余齋,八月遊天台,九月患腦疽,甚危。今幸康强無恙,故人重叙,不勝欣快。

---

① "憐"字原脱,據《復初齋詩集》卷二十六補。

② 此處摹有方印"彝齋"。

十七。晚上，瀓水畢皆木兄來。

十八。飯後，同畢皆兄船到海鹽。詣故人俞信伯文學號可齋家，痛可齋已于去年病故，年六十八歲。昔九年荒後，余曾詣其齋，相與快譚，今對靈座，不能無感，一揖吊之。其次子號雪夫出陪，出所藏書畫索售，僅檢得曹倦圃字一幅，價番銀一餅。

廿日。盧孔昭丈來，年六十一歲，求余書字六幅，送余對箋三幅、番銀一餅，意甚懇繫，勉寫與之。

廿一日。海鹽徐田玉兄來，借去洋錢四百五十八枚，每照馬恒餘典價每元多十文，又找以錢百六十六文，計四百千足白錢。徐帶存屋契一紙、田契一紙，計價五百千左右，留吾處爲信。訂明日金老範到海鹽取店錢票，利案月一分貳厘五毛，對年爲期。

棧房一所，價三百十二千文，已印。海田十四畝四分，價貳百七十三千，未印。

廿三日。玉容甫學仲借去洋錢百十四元，洋照馬恒餘當價多作十文，今作八百七十三文，又付王四百七十八文，合白足錢百千文，明年對期還，利案月一分二厘半，連閏共十三個月。

丙子四月廿八。申刻，珠家濱葛三嫂嫂，遣天天寶來借洋錢或百卅元，云已爲葛三兄買得妾陸氏，看好日期，即日過門，故即欲借云云。因配齊用印，遣徐陞送進當面交付葛三太太手内。更餘徐陞回，知葛三姨娘、陸娘娘已到葛家。

四月廿九。天天寶來，云三太太邀吾進去代勸葛春嶼三兄從喜之説。余因開船進去，送葛三兄桂元早子兩品。午刻到珠濱，與春嶼談于小樓，即送其喜飯于月射書齋，查芸閣同飯。

卅日。

與春嶼

老嫂此舉，實是不得已之苦心，弟輩贊成亦擇至穩，故亦當之良策。弟昨談有未罄處，兹札爰頗整陳。吾三兄望自保重，生歡喜心，勿生煩惱心，作自在想，莫作掛礙想，奪命固屬難事，然或者命中所有。論年同逾壯時，然年齡之尚富，從來老生晚逢，一榜中總有幾人。此後枯楊生梯，兩年間定□此例。專此奉啓，順候日禧。

嘉慶二十一年五月

跋漵浦畢明經莀園先生八分書大幅

漵浦畢明經莀園先生，績學君子也。乾隆戊申之冬，余始識先生于吴蘭陔業師齋中。壬子、癸丑，余同祖兄中孚蓬園延先來課從子上林兆楠衆甥徐大托。甲寅、乙卯，先生館余婦翁嘉善沈寬夫外舅家，嘉慶丙辰以後先生館余同里葛杖陂茂才家，辛酉冬。

右跋語不全，已書于念丈大幅字上矣。

鬱岡山有萬松，陶貞白隱居之地爲乾元觀，前離一里許爲紫陽觀。鬱岡之西約四里爲玉晨觀。元静先生碩碑本在紫陽觀，張從申碑亦在紫陽觀，今斷賓衆碑在玉晨觀大殿天井西面，尚全(貞觀三年)。

《金石萃編》云，顔書玄静先生碑在茅山玉晨觀右，裴敬修説非。

道光四年二月十二日叔未。(鈐朱文方印“張叔未”)

五月二十日。豐山朱鳴謙兄來爲余定方：

肝氣一症，腎水下虧，失于涵木，肺氣上虚，無以制木，而肝氣中發，必侮胃土，吸傷胃家陰液，土薄木摇而肝氣屢震矣，必也。育陰養胃，怡説將軍之性，則愈矣。

粗参須五分　揀麥冬(去心)二錢　奎白芍二錢　雲伏神二錢　真阿膠牡蠣粉拌炒二錢　穭豆皮二錢　蛋黄炒刺蒺藜二錢　金鈴子肉去核五錢　醋炒延胡索五錢　炙甘草一錢　加淮小麥一百克　紅棗肉二錢。清水煎。

五月一日。仁和趙晋齋魏自揚州來余齋，傍晚回舟，貽余古金七種、碑文三種，贈以番銀四十餅，又王虚舟信二，又田黄凍石一方、田青凍石一方。

秦廿六年詔殘版一(計十二字)

漢□□將軍印(鑿龜鈕)

漢□□印

漢□□印

平等寺僧造像座(文云：平等寺僧可思爲亡者造永充供養，五月十八日)

右造象無紀年，審其製作、文字，當是唐物。

宋寳祐癸丑牛符

元萬户之印(旁款：萬户之印、灑字號、壬辰年四月日)

魏公卿將軍上尊號奏碑陰(“陛下即位”以下後十行)

漢裴岑紀功碑真本(整幅)

漢姜行本紀功碑真本(額全)

右二種抵消舊押借利錢,晋齋估價四銀餅。

五月三日。晚上,澉浦畢琴川西席回府,寄其令兄皆木兄番銀廿七餅,次日船上崔七帶回董思翁尺牘廿七通共一册。[①]

五月十八日。句容裴敬修兄來,贈余玄静先生碑殘石一方,云得於茅山之麓,得之日今年二月二日,同得者其中表兄駱君,住江寧府城内,廩膳生。[②]

馬學圃翁挽詩(馬谿南,恒餘典之主人,今年享年九十有四)

星彩弧南實,扶風失老成。西河推往哲,東國重耆英。飽德千家感,餘祥五世榮。歸神知是處,華髮到三清。三老聯交誼,趨陪記鯉庭,頻來仲蔚宅,幾叩子雲亭。騷首鬢今白,傾心眼舊青。臨風香一瓣,多少淚痕零。

周婦姑鼎　漢永平洗　金泰和姜邨商酒務記　元萬户之印　明豹牌　漢鷄鳴戟　漢奉(安)[山]宫行鐙　漢宜子孫鐙　金百佛象　唐顔魯茆山玄静先生碑殘石　《淳化閣帖》祖石殘刻　玉版十三行　秦始皇詔殘版　宋寶祐牛符　銅雀臺瓦研　明沈淳甫少保研　陸鶴田草疏研　文文山琴拓本　謝疊山琴拓本　趙寒山藏《石鼓文》拓本　董文敏雲山畫幅　吴侃叔横雲畫卷　郁文垂範卷　建初銅尺卷　嵩山畫象卷　天寶殘碑斷圭研　萬歲甎研　太康八年秋研　元康甎研　蜀書範　蜀主賜王承休妻粧鏡　《蘭亭》唐刻宋拓本　文衡山文稿　吴侃叔集釋鐘鼎款識册　周公瑕畫蘭卷

丙子五月廿二。山妻患咳血,邀克庵母舅來,處一方,傍晚適凌傅巖兄來里,余邀至精舍一治。

凌方案:夏至節候紅痰復見,右脉安静少力,正虚象也。左覺虚弦不和,木火浮動,水虧莫制,宜補陰清熱,血自歸經,可免上溢之患。

大生地四錢　薏苡仁四錢　茜草五錢　西洋參五錢　生白芍五錢

---

① 眉批:董廿七札。

② 眉批:顔碑殘石。

黑山梔五錢　淮牛膝二錢　伏神三錢　天冬一錢

加建蓮肉十立連心用　茅根二十莖去衣

另煎阿膠三錢和蒸汁肉二汁亦如是。

五月廿五。凌傅巖兄再來定方。

案:前方滋陰爲君,紅痰已止,左脉弦象亦平,右部安静少力,平素脾胃中虚,宜從補正一法以健脾,自能攝血也。

懷生地三錢　生白芍五錢　新會皮五錢　懷熟地三錢　伏神三錢　川貝母一錢去心不可研　西洋參五錢　苡仁四錢　黑山梔五錢

加建蓮肉十立連心敲　茅根二十莖洗去衣

煎取兩汁去渣加上貢阿膠三錢和煎分服。

傅巖云如見紅則服前方,紅止後服後方。

丙子五月廿二。凌傅巖兄爲余西席畢琴川兄定方。

案:鼻淵聞香即發,遺洩多年,三陰不足,近感時邪,間日發瘧,脉見右大左細,胃火作嘔,和解表裏,自漸安適,不足慮也。

薑製半夏五錢　陳皮五錢　蜜炒柴胡七分　川鬱金一錢　藿香五錢　酒洗上鱉甲二錢炙焦　薑汁炒厚樸一錢　川黄連四錢　加煨生薑二分　淡竹茹八分　紅棗二個

琴兄服此一劑而瘧愈。

丙子五月廿三。向敬修堂買犀角一枚,連鎊用者共重五錢八分。

凌傅巖兄爲畢琴川兄定方(丙子五月廿二):

鼻淵聞香即發,遺洩多年,三陰不足。近感時邪,間日發瘧,脉見右大左細,胃火作嘔,和解表裏,日漸安適,不足慮也。

薑製半夏五錢　陳皮五錢　蜜炒柴胡七分　川鬱金一錢　藿香五錢　酒洗上鱉甲三錢(炙焦)薑汁炒厚樸一錢　川黄連四錢　加煨生薑二分　淡竹茹八分　紅棗二枚

五月廿五。凌振兄再爲畢琴兄定方。

案:瘧止脉静,外感已清,耳鳴虚眩,補正自安。兹有鼻衄微見,鼻淵多年,外治可除。

陳皮五錢　薑製半夏一錢　酒洗上鱉甲三錢炙焦　茯苓二錢　焦穀芽四錢　純鈎藤三錢　藿香一錢　九蒸首烏五錢　川鬱金一錢　加紅棗二個　荷葉二角　漂細青黛六分　生龍骨八分　月石六分　蘆甘

石八分　藥珠一分　川黄一錢　石首魚腦石兩個煅研

右數味研極細末，每日吹鼻一二次。

與某兄

彼處以錢多而兼有人爲之提挈，無怪其旗鼓大興，然自此經紀人做不得生易，討不得賬目矣。所恃吾三兄屋烏推愛，視猶己事，並轉家孝廉兄處悉心料處，無致虧上加虧。感不獨本人身受之也。弟本擬到城，緣賤體及賤眷等病疾連續，不能如願，今本人親叩齋閣敬候指南，而家三兄亦因便至城，面託其到府商理。一切諸事悉仗大才，至重費清神處，本人知之，弟豈不知之耶。

與某兄

日前敝友回，敬悉吾大兄大人推愛指示，感同身受。今接某君信，知彼處大興旗鼓，本人因急叩齋閣，仰祈垂手一挈，俾維紀討帳者不至虧上加虧。此仁人君子之用心報稱自有地也。兹家三兄因便到城，弟亦細告其故，託其同某君到府一謁。至其中當若何做法，悉俟尊裁，弟則唯有將來率本人到齋鳴謝耳。

與某先生

前遣小僕上叩，知尊體偶抱清恙，日唯起居安適爲頌。兹有賃舍下房屋開店某友，其人實在、安分、正經，因向某處理討正經賬目，反被毆傷，而彼處又有人爲之提挈，反欲大興旗鼓。小本營生者，無財無勢，恐虧上加虧，所恃屋烏推愛，持一公平之論。賤以一門多疾，未獲到城，特屬家三兄走叩，面陳一切。賤唯將來敬率某人到齋面謝耳。

差持牌來看以押回而兼集訊，彼處定係賄通書差，將果係擾吵果係押回，或又以情虛避不到案爲禀，此一種辦法也。早晨之信想已入覽，今陸程九二弟去年起在舍下奴租爲夥，即彼處所控陸二觀者，其子三觀向時從余看文章，即彼處所控陸三觀者。程九因趁航船到府，必須煩兄於差及房中商訂，必須照事實禀，並無擾吵情事，此禀非錢不可。本人雖係窮漢，然病有功夫急有錢，亦處無可奈何之時，不得不然。吾兄可同家兄酌商辦妥，其費總在弟身上明白。至須將真實情事告明官府，亦須吾家兄料理其中，亦不可空費清神。弟亦當令本人恪遵此意，不過憐其貧而喫虧。諸事能省稽更妙，然亦不可爲友省錢,反令其又喫一場輸官司也。

上邢房師

日有人自郡來,詢知老夫子大人已自維揚歸寓,並知鈞候萬安,諸符遥頌。揚州産酒想已銷售,但得銷脱,贏虧不足分意耳。廷濟自去秋病後,諸事膽小,春初一擬郡後曾未一宿,篷窗恶室,杜門養病養拙,奈山妻咳血復發,幾瀕于危。兒女輩迭患時症,而賤體適又患瘧,家口七人,藥罐六個,可惱亦復可笑,唯冀凛秋暑退,上侍肅此,藉得一領訓言,此則伏枕之私願也。檇李今年絶少,統凈相一寺不過數斤,今送奉十二枚,野芹風味,少佐清暑之核耳。數十年來,敝箧所積師友詩札真本,現倶令工裝背,吾夫子鴻篇名翰謹已檢裝數十紙,特舊時所賜數詩率倶幕友所寫,意欲拜求真迹,未審可於閒中徐寫賜否。兹將裝本呈看,看後祈即付僕帶回。此則廷濟昕夕瓣香之册,不得蹔離几席也。

嘉慶二十一年六月

六月十四。邢師有信來,同日接車半林學師信、海寧吴亞白同門信。

六月廿一。王天自八弟送來朱小雲工部京信。天自八弟又送來平湖補糧票兩章。張起也公户拾捌年分漕南完柒石陸斗叁升捌合,雨字第百卅七號。張起也公户拾玖年分漕南完陸石玖斗貳升柒合,河字第百五三號。

朱次雲兄經手每石價洋錢三元五角,兩票共米十四石五斗六升五合。共洋五十元零九角八分,又加夫役票錢七角。

本月初,天自攜次雲信來,日當遣俞心樂送到天自處,洋五十元。今日面找付天自洋錢一元,又心樂送去錢等廿六文,清訖。

三壽堂

秋涯先生治新第於吉祥橋南,本清河慈壽舊堂也。合諸先生仁壽舊第,則三壽作朋,其預操左劵乎。爰書此而並識之。嘉慶丙子仲秋叔未張廷濟。

"庭桂階蘭閱甲第,香山洛社應辰台。"

嘉慶廿一年,太歲在丙子,秋崕先生新治三壽堂,奉句爲賀。叔未張廷濟拜手。

南匯夫子之世兄名字：大兄名權，號賡堂；八兄名模，號眉峰；三兄名□，號協雲；四兄名璨，號慶宸；五兄名藻，號淵如；六兄名馨，號德維；星兄名樞，號新齋（嗣與白華世伯）；七兄名沐，號石溪（世伯所出）。

賡大兄之郎名樹藩，號東垣；樹葑，號南田；樹葵，新兄之郎名；樹榮，號志厓。

祝如意，令公喜。（嘉慶庚午五月廿八日爲蓬園四兄壽，廷濟）

事老姑，相夫子，壽而昌，多受祉。（嘉慶庚午六月八日爲四嫂陳夫人壽，張廷濟）

谿南老翁生丁丑，今年六十健於舊。令子奉杖爲翁壽，乞書銘辭叔未舅。勸翁更進一杯酒。（嘉慶丙子十二月□日爲瀛州姊丈六十壽，即應壽莊甥之請，叔未弟張廷濟）

文章之樹枝長春，壽我伯姊年六旬。（嘉慶丙子□月□日爲老姊徐夫人壽，弟張廷濟）

嘉慶二十一年閏六月

丙子閏六月初一。秀水葉兩垞庶常來見，貽扇對二件。兩垞帶致其外舅鍾杏邨信並濮紬一端。杏邨屬書古柏堂扁一、對一、扇一，又屬題吉金款識册三。

於己巳年筆記檢出鏡文一紙，不知何友所藏，其文詞則精□□佳。鏡成獨好，上有山人不□□□□禮泉□□□浮□天下□□□壽數，金石爲國。□□□□□□□在□何好。

右在外層，圓折。

鏡清明，傳子孫，服此鏡，息大神，傳□身，休四陳，長富貴，無憂患。

右在中層，方折。

樂富貴，日有喜，宜酒食。

右在内層，圓折。

丙子春，得洪守愚同年信。洪現官吏部考功司，寓將軍教場下三條胡同中間路東。

沈半桐先生名可均，卒於嘉慶丙辰□月□日，年□。乾隆壬子八月始館于王氏肆雅樓，癸丑甲寅乙卯至丙辰患癱疽回竹林里卒。

王暎千大兄名惲章，乾隆戊戌年卒，年十七歲。

王福成七弟號愚亭,嘉慶己未十二月廿七卒,年十七歲。

丙子閏六月十四,楓涇謝中翰若農二世伯寄石刻蘇書小楷、成邸書二幅,又木刻完人尺牘兩册,交楊玉章兄手交來,其木刻屬貽讓木。

丙子閏六月十五(余記于之山札上作廿日),安至宋之山葆淳自杭州來信,並寄漢奉山宫行鐙一、大泉五十笵背有"富人大萬"字者一,又寄翁學士所摹刻《廟堂碑》唐本殘字一册。

丁雙湖業師故于丙子三月二日,享年五十六歲。世兄名慶恩,號又湖,六月十五訃來,擇日領帖。

曇華集目

王炳章,字暎千。

王福成,號愚亭。

奚大綬字印維,號繡紫,嘉善人,府學廪生,金桐侯觀察有傳。

王谷香,名蘭生。

葛潋,字見碞,號几齋。

沈恪曾,字幼青。

李□,字春漪,海鹽人。

趙灣,字文之,海鹽人。

吴本履,字考之,號少芸,海鹽澉浦人。

吴世基,字祖蔭,海鹽澉浦人。

陳□,號柳橋,海鹽人。

沈戴彬,字質君。

周□,字匠門,東在先生令郎。

張□,字世欽。

丙子閏六月廿日。葉兩垞太史來札。

丙子二月□日。山西安邑宋之山葆淳來。

丙子閏六月廿三日。仁和趙晋齋魏自杭來訪,越日回去。晋齋以秦漢唐宋墨刻本抵押洋錢四十元,利二月期一年,自書抵券。

秦泰山殘字立幅褾本、秦琅邪臺石刻立幅褾本、元拓會稽頌、漢耿勳碑、漢唐公房碑並陰、漢漢安年會仙友題字、西岳神道闕(幾不可辨字)、尹公闕、王雅子闕、楊公闕、公乘伯喬題名、貞女羅鳳墓題字、永初官墼、漢殘碑自然之性字、吴九真太守谷朗碑、徐鉉篆書許真人井銘、宋書淡山碞篆書、石人頂一馬字。

與晋齋買梁學士行書卷子，價六洋錢。與晋齋同來者方補堂名祖啓，買歸文休墨竹一幅、錢竹汀少詹八分一幅、丁龍泓行書詩一幅，價三洋錢。

（司馬氏）

玉印，黝如純桼，覆斗鈕。嘉慶丙子又六月廿三，晋齋帶視，印此。

新安吴素江，名景潮，明經，得宋謝文節公號鐘琴拓本，裝幅，分捐晋齋來索余詩。素江刻有《謝文節公琴圖並記》，又太平戚學標刻有《謝疊山琴圖叙》。

晋齋云，寶正銀龍簡文近已收入唐文内。

天寶七載子産廟碑"雪"字殘石一，計七字，晋齋贈一本。

晋齋又贈漢"萬歲"二字瓦當文、邵王之諲之饋鼎文、奉山宫行鐙文。

與宋之山

前接來信，並銅器二件（大泉五十泉范背有"富人大萬"四篆字，鐙有奉山宫行鐙並重四斤造九十千字，俱精妙無比，廷濟記），今如命寄到洋錢貳十貳枚，奉歸兩器之值。至唐虎符，望寄視以便歸值。山東之行定于何時？賤準于月盡月初要到省垣，如未遠出，領台教尤所願也。尊藏覃谿先生信札必甚富，懇檢惠數札，當有以報。

嘉慶丙子，里南市末新造通正橋，石柱對橋北有油車，土名油車橋，故朝東對下聯用俗諺"小滿動三車"語。叔未張廷濟句並書。

"壤接當湖，一道新谿通兩邑（此橋朝東）；鄉連仁里，幾村小滿聽三車。"

"山對紫微爽氣挹，東西硤石（《水經注》：淮水又北，徑三硤中，謂之硤石）；水迎白漾清光來，南北錢涇。"

右二對余所製書，刻於里南平湖境油車橋上。

古器款識（杏邨太翁先生屬題，陳傳均臯蘭）

史頌敦（此山西安邑老友宋芝山葆淳所得於揚州，以贈顔運生者，今在孫淵如觀察處。芝山云器失其蓋。余藏有頌鼎、頌壺墨本，外間流傳

較少。廷濟)

追虔敦

大馬小馬形(陽文,不知其器,或是符屬)

録旁仲駒敦(此壬戌之春曾留余京寓邸者)

象形父丁尊

郙遣敦

李道和衆妻解、女阿醜、息文昌、息延貴造像

齊承光元年丁酉正月乙亥朔十五日己丑張思文造像。

古器物款識(嘉興張廷濟八分書)

元和七年五月小楷書《陀羅咒》

大曆十四年茅山紫陽觀靈寶院鐘

廿八宿象(陽文)

高克尊(陽文。孫觀察題云:“星衍手打本並釋文,缺字用《博古圖》補之。”)

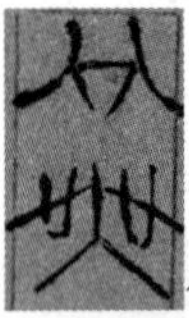公無(周公無鼎)　(摹“青浦王昶”“趙魏”印)

史僕壺蓋

(古戈柄文)

大泉五十笵(泉四)

□樂妻合真造像　趙女山妃造像

咸亨元年十二月廿二日李義豐造像,李義豐妻樂、男伏護造像

咸亨元年庚午二月趙儆供養造像

少長國爲(二行,行二字。)

我君君受遐年美(二行,行三字,行四字。)

扶病卒九北黄初五罃罃靡所瞻(三行,行三字,行四字,行五字。乾隆元年夏五既望,得於洽陽莘墅臨瀵圃藏。)

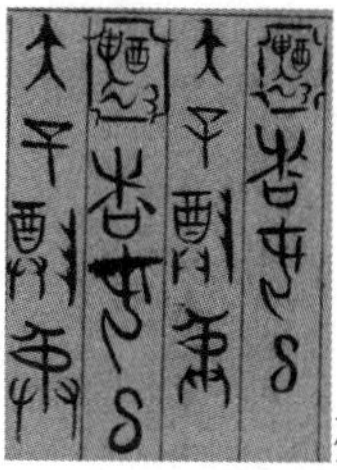殘碑數行。（正書，字甚磨滅，唯款里字可辨，割表者未詳。）

戈内處有圓文者。（題云："鳥篆戈，藏海宫吴葵里家。"）

此係甎文

壬午造坊僧

宗願澄淵檀越吴□戴仲□

一百同作可彌陀佛

"壬午"上闕三四字，陽文，正書三行，未詳，疑是甎文。

賀訃　陳叔噲薛唐二（内甎文數十，無佳者，不足計。）

古器圖款識（南屏澹人祥書。）

焦山鼎（羅文紙拓本，不精）

律石衡蘭

舉□

始建國元

一月癸酉

朔日敕

可白再槍（票作）

漢大吉宜鈴

宗周鐘

大小鏡文十四種

南康府提調二

都昌縣提調

總甲曹才一

第四册[1]

窑匠鄧(此一行應低於總甲半字。)

上谷府鄉墳壇

蜀師甎(二文者)

元始元年

咸康四年

長生未央瓦

鏡銘一種

林吉人小楷書《甘泉瓦記》(不真)

《漢甘泉宫瓦記》:瓦徑五寸强,厚一寸弱,圍一尺六寸弱,銘四字。

代邢房師挽斗房二老太太對

瑶池鶴馭飛三島,璚苑鸞章賁九天。

句挽張母沈太孺人靈次,知南安府事階州邢澍頓首拜。

嘉慶二十一年七月

丙子七月六日。二更餘,山妻咳血發,即屬俞心樂買舟往請凌振時兄。當夜服藥血減,往時月事二十三四日至,至之日盛,今閲卅日至,至少,余意是之故。

方案云:血熱則逆,逆則妄行,須立苦以降之。

頂小生地四錢、黑山梔三錢、伏苓三錢、鮮石斛三錢,茅根、藕節煎湯代水沖阿膠、童便。

七月七日。晨方照前方加桃仁二錢。傍晚,俞心樂回舟。凌有信來,以患痢未愈,屬其甥沈麗三來。二更餘,沈麗三來診,定方。

沈麗三兄定方并案

太太七月七日屢次失血,體元之虧損非一朝夕矣,根已有年(四

---

① 第四册,原書誤裝爲第五册,兹依正文内容乙正。

字可删）。今咳血數口，絡傷可知。且近中元節候，倘復再見，何以當之。脉候左耎弱，右虚大，非輕劑所能制，唯填補真陰，血自歸經，亦壯水制陽之古法也。

大生地四錢、大熟地六錢、粉丹皮五錢、酒洗上鼈甲三錢（炙黄）茜草八分、生白芍五錢、元参五錢、淮牛膝二錢、黑山梔五錢、鮮藕節五個、去毛枇杷葉兩章、阿膠四錢。

廷濟案：中元節不過如重三、重九之類，非二分、二至有關病人可比。沈君之案非是。

山妻年已五十，以氣虚不能攝血，所以屢次咳血，而月事每先期而至，且倍多而日久，頃多喫補藥幾劑，信間已一月，初六晨至，至甚少，而是夜即嘔血，此係血逆妄行，非絡傷也，故投以苦降信即多而咳止。

初八日。服方用沈定方而去丹皮，減熟地，用三錢。謝沈麗三兄二洋錢，船錢一千文，請醫費錢八百文。

爲鑪頭沈雲嵐題《疊山春曉圖》（丙子七月八日，宋書賈來乞，送余《蜀碧》一書）

嫩柳新桃露未乾，幾彎螺黛對晴巒。侍兒小語添衫子，簾外華陰尚蚤寒。

十一日。葉兩垞庶常來信，促題鍾杏邨翁諸件。

牛　符

嘉慶丙子夏五朔日，仁和金石老友趙晋齋魏歸自邗上，過清儀閣。出贈古金數種，内有宋牛符一，高二寸，修三寸，文刻腹下，曰“癸丑寶祐春鑄”。晋齋家寶祐坊寶祐橋，余戲語云：“此物君當家藏，好備坊橋故實。”晋齋云：“寶祐橋邊一老牛，今爲兒孫作馬牛，不得不爾牛來思矣。”余因續成一詩云：“寶祐橋邊半老牛，偶然騎鶴返揚州。從今穩卧書田上，真是山中萬户侯（時趙又投余元萬户之印）。”晋齋爲之一笑。廷濟。

河蜆湯

甲戌夏旱，米價騰貴，乙亥春，石錢半萬。正月十六，余以輸糧到郡，過項氏孝友堂裝潢匠程南邨老友寓中，款語移晷。程曰：“老米飯，河蜆湯，可一下箸乎?”余曰可。因贈以詩云：“一飯冬春河蜆湯，貧交團話項祠堂。如今飽喫譚何易，親見邨家兩頓糠。”今聞南郙物故,其家貧甚,寄以米二斗,并書此詩事,以志死生之感。丙子七月十一,廷濟。

銅印,壇鈕。丙子七月十一葛春嶼嵩寄視,當付還之。叔未張廷濟記。

漢甘泉宫瓦記

瓦徑五寸强,厚一寸弱,圍一尺六寸弱。銘四字。

右漢甘泉宫瓦,余家所藏也。甘泉宫址在今陝西淳化縣治山中,康熙辛丑,余兄同人與祝丈光遠自三原往游其地,見道旁耕夫鋤田,積瓦礫如邱阜,皆隱隱有文,多刓缺不可識,因憩樹下,見有小物墳起者,剔之,獲此瓦,甚完好,字畫獨全,亟懷以歸。考《三輔黄圖》,甘泉宫一曰雲陽宫,秦始皇二十七年作,周十餘里,漢武帝建元中增廣之,周十九里。師古曰,秦林光宫在磨石嶺,嶺側有甘泉,故漢武建甘泉即取爲名。其嶺高出他山,距長安三百餘里,而能望見長安城堞,宫表有通天臺,雲雨悉在臺下,山中宫闕臺觀略與建章相比,百官皆有邸舍。帝嘗以五月避暑,八月歸,每邊警,烽火通甘泉,以人主不常在長安,故兩通之也。今去漢二千年,宫觀淪没,人亦無有向荒山古道而流連憑吊者。家兄短衣匹馬,裴回於夕陽淪畝之間,田夫牧豎方且揶揄而怪訝之,乃適獲此瓦,以償其好事之愿。吁,亦異矣。余庚子生於三原,家兄獲此瓦時,余始二歲。稍長,家兄輒舉以相示,曰此不易得也。既壯,學書,知摹古文奇字,乃知是物可貴。庚午,學作詩,漫爲歌以紀,家兄亦從而賦之,頗聞於人,間有屬和者。又四方博雅之士,多欲摹其文以爲傳翫,因考圖記,詳夫得之始末,俾臨見者有徵焉。侯官林佶撰。

秀水葉兩垞庶常維庚題其婦翁鍾杏邨振富《秋夜校碑圖》(丙子前六月)

蒼頡石城廿八字,稷孠才能識十二。明昌不闢鈞魚池,匈濊誰聞魯世四。甘泉瓦研兆長生,同人得之淳化治。伊古碑文始東康,棗木漫漶亂真僞。唯翁耆古能鑒古,收羅石刻出精意。籀鼓殘闕岣嶁贋，甄别貫柳窺衣制。歐陽夾漈趙金石，冥索淵奥區涇渭。柴窑小枕卧窗南，庚子乃著《銷夏記》。何如林慮有懿德，小山山房妙遊戲。上揖冰斯下絳潭，含咀太羹嚼元胾。裝池作册薰必栗，長物何論金一笥。伏梁暗檻須關扃，竊柎防人乘酒肆。倩人重作《校碑圖》，金鎞刮目消塵翳。我到幽湖苦暑雨，炎歊蒸人心似醉。披圖恍入清凉國，紅葉满園風月霽。西來爽氣秋聲疏，古柏參天樓挹翠（軒前古柏黛色參天，余顔其樓曰挹翠）。納凉何須蹋層冰，尋碑便欲向野寺。漢隸宋拓認面貌，商盉周鬲考款識。幽影遍搴摭星娥，如此鑒古真非易。謂余不信言之私，竹田且訪張叔未（時叔未以書索閱石刻及古器物款識，余將訪篁里，翁即屬庚持去且以此詩就正）。

丙子七月十四。嘉興朱夫人孔樹香，名昭蕙，與山妻安信，王青士學友帶來。

復葉兩垞庶常

日蒙台旌枉顧，曾未泥首言謝，正深歉仄，兩接來書，謹悉動履休佳，感慰無似。鍾杏邨翁委寫數件，蚤已書就。其畫册四件亦將次斷手，唯恐緘寄有誤，是以未敢輕發。中元節後，鄙擬由梅里至濮川，拜觀古柏軒貯藏金石書畫，一申數年古歡積願。有信去乎，先道此意耳。麾幢北發，想在冬間，花黄露白，定當敬叩崇階。許惠一詩，俾竹田小聚得借寵榮，尤無任傾企之至。

鍾杏村秋夜校碑圖（鍾名振富，濮川人，藏石刻最富）

露满中庭月满樓，瑶華金薤满床頭。秋聲賦罷歐陽子，自剔银鐙細校讎。

故友山陰陳緫戎，麝煤零落對秋風。司農數紙從君换，願結清緣翰墨中（陳默齋緫戎藏有宗周鍾，昔年以墨本見贈，已轉贈趙謙士司農。今以司農所藏鼎彝文數本，乞换尊册中陳藏鍾文）。畫圖寓意李成季，朵（朵字應空一字）殿簪毫葉石林。竹屋水邨重道古，不妨風雨共題襟（令姻贅李金瀾明經、貴婿葉兩垞太史皆余舊友）。

小訊潁川處士家，一湖秋水漲菱華。從今/教乞得元常法，不數子荆關枇杷（擬移舟奉訪）。

宋李昭玘字成季，與晁補之齊名，自號樂静居士，寓意法書圖畫，以十囊貯之，曰“燕遊十友”。

《魏志》:鍾繇字元常,潁川長社人。羊欣《能書人名》:繇書有三體,銘石之書、章程書、行狎書,三法皆世人所善。

虞喜《志林》:孫子荆、關枇杷與鍾繇同時,繇與太祖、邯鄲淳、韋誕、孫子荆、關枇杷議用筆法。

枇,《唐韻》房脂切,又白居易《枇杷詩》"深山老去惜年華,況對東溪野枇杷",作入聲,讀音弼。

丙子七月十五。周東松四叔自遂昌訓導告病假回里,次日往候之。東松先生自丙寅正月出門,今十一年矣。髮白而精神甚健,可喜。

丙子七月十八日。爲畢雲章兄周六房四姑娘爲媒,是日到玉堂踵美行聘。

籥　匙

去年乙亥四月所得者有年款,九日所得者年款已磨去。一得于平湖肆中,價一洋錢,一側文"景泰七年南京兵仗局造",一側文"歲匙一萬九千一百四十六號",柄面文"重三兩"。一得于裝潢匠施彙佳手,梁兒買,價二百文,年款已磨去,唯柄面文有"天字八萬二千四號"。

大　明

銅厚四分,廣寸,長二寸,面鑄一鼠,底平,陽文二,曰"大明"。前年甲戌得于郡中市肆朱象九手,價二百文,是明時書押之物。或疑是劉宋武帝大明時物,恐未必然。

魏殘碑

王氏昶《金石萃編》卷二十二載魏殘碑云:碑共三石,第一石二行,行二字。"少得國爲"。第二石三行,其二石三行,首行三字,中末行皆五字。"疾病卒九以黄松五□滎靡所瞻",第三石二行,其三石二行,一行全字,二半字,一行四字。"我君君授遐年美"。今在郃陽縣許氏。又《雍州金石記》云:"乾隆初,土人取土,得碑土中,僅十二字,中有'黄初五'三字,故定爲魏碑。又有六字,與此碑如出一手,字之大小、行之疏密皆同,應同爲一碑。"王蘭泉司寇《金石萃編》載康强跋云:"魏殘碑在夏陽許孝廉秉簡家,乾隆初年許鄰人發土得之。《雍州金石記》云在屈氏,蓋從屈購得拓本,遂誤謂在屈氏耳。《關中金石記》所云是承《雍州金石記》之誤也。屈耕野先生,余之蒙師，許則余之表兄，故知其由來如此。”

十三字殘碑

《萃編》云：“石高廣各四寸許，文四行，今在郃陽縣康氏。”“耕弟故修德義休牧伯納康事以。”又載康强跋云：“十三字乃是夏陽人家支竈物，得之最後。”

丙子七月廿日。金老範到鹽收米帳，余與黄椒升信，帶來甎文兩册、瓦文一册、泉范文一册，然佳者頗少。

“琳琅金薤搜《蒼》《雅》，宛委瑶華補《志林》。”翁覃谿學士贈黄椒升都事對。黄，海鹽人，故用鄭端簡《鹽邑志林》書事。

“錦什編成風雅頌，寶章摹遍艸真行。”錢竹汀少詹贈黄椒升對。

與鍾杏邨文（七月廿二）

貴婿葉兩垞太史來，發讀手翰，并蒙嘉絹之贈，吾杏村先生宅心醇粹，純祐康虔，金石圖書，羅致左右，鈎稽貯蓄，兩擅勝長，感佩無似。太史又談及近購有林吉人所藏漢碑十册，各有題記真迹，異寶奇珍盡歸清閟，更爲十數年中仰企所未盡者。擬于日上秋暑少退，移櫂登堂，一抒積悃。前已於復太史札中備述鄙意，奈小兒現患時邪，病勢甚劇，心緒忙亂，用是中輟。月初省中小有應酬，當一詣武林桂香深處，或相晤于吴橋三竺間也。委題諸件書就奉繳，筆墨醜惡，知無當大雅一哂耳。《金石文》三册，率皆佳品，微嫌每葉上位置太密，部類不分，題識難施。異石分類更裝，或需三代兩漢器物款識，可開單賜下，舍下有副者盡可上致配裝，且葉各一器，當再效筆墨之役也。至中有鐘文一紙，賤特恃愛，妄請揭留舍下，故謹于小詩中及補裝數紙内備述鄙忱，想一笑許之也。率此奉復，未盡欲言，順請。

復葉兩垞太史（七月廿二）

前奉復言，諒呈記室。日上暑威稍退，準櫂過濮川，飫領尊外舅鍾杏邨翁大教，奈兒子梁現患時邪，病勢頗劇，未能抽身出門。所委題扁一、對二、圖一、金石册三，謹窮數日力一一書就繳上，乞覶便即行寄濮，或可趕趁潁川君赴省之前耳。晚八月中亦必須到省一次，此後過余郡，當專誠叩府謝賜教、謝賜咭。知大君子不以稽遲見罪也。

州隨愛日生書帶，蘭及春風兆筆花。堂符三壽仁斯溥，室集千祥德自徵。秋崕老叔營三壽堂于吉祥橋得句以贈。叔未張廷濟拜手。

丙子七月廿日。夜間，大兒九寶邦梁患身熱。

廿一。邦梁身熱不凉，夜間壯熱口渴。

廿二。梁身熱壯，晨請王作求五兄、吴克庵母舅看治。

王作求五兄定方案云：面油，渴飲不休，喜冷物，此暑濕内鬱，欲瘧不成，身壯熱，脉洪數，當先清理陽明，莫令嘔吐氣逆，用白虎湯意。

石膏五錢　新會皮五錢　白雲苓三錢　熟半夏五錢　肥知母一錢炒　黑山梔二錢　粉丹皮五錢　連翹二錢　白通草一錢　加竹葉廿片　粳米一撮

右方不喫。

吴克庵母舅定方：

細生地洗五錢　黑梔皮一錢　生母草梢四錢　木通七分　漂滑石三錢　鮮石斛去根蘆四錢　陳瓜蔞肉五錢　草鬱金切一錢　加淡竹葉十五片　絲瓜葉一章

梁服吴母舅定方，到晚熱更壯，至夜不省人事。二更後延季勤四弟來看，四弟以爲白虎湯法是，四弟定方：

石膏七錢　連翹心五錢　肥白知母二錢　石菖蒲六分　杏仁三錢去尖研　漂滑石四錢　熟半夏二錢　杜刮橘紅七分　川鬱金一錢　加竹葉十五片　鮮青蒿十四葉

三更後服此方。

廿三。次日晨服重煎之劑。服王作[求]五兄定方，用白虎湯，發譫語一夜。

廿四。日中服王五兄定方，仍用知母。晨梁身熱如昨，日中大解便一次，散神漸清。下午脉和平，傍晚身寒，蓋以絮被，寒不多，隨發熱，熱甚壯，更餘發狂。三更時，嘉善沈寶香兄號蘭亭到，看治時病狂正甚，蘭亭先用杜合抱龍丸兩立，燈心湯送服，服後漸有微汗，隨後睡，譫語略緩。

沈蘭亭兄定方(廿四日晚)：

案云：陽明伏蕴暑濕，凉風外來起即頭痛壯熱，口渴消飲，未經得汗，已現昏厥煩躁，頃午前熱退神清，午後微寒壯熱，仍有躁狂譫妄，大便糞出聲響，稍有腹痛，脉象浮弦而數，舌白罩黄，顯係暑風暑濕之邪鬱于陽明而不得伸洩，又不能傳出少陽，蒙蔽清神所致也。勢非輕淺，急以辛凉宣達分解二腑，佐以芳香利竅，以杜内陷變幻。

薄荷五錢(改去五分)　柴胡七分　粉葛五錢　連喬心二錢　赤茯苓三錢　生石羔一兩五錢(改去七錢)　枳殼炒五錢　淡黄芩五錢　泉州麯三錢　加硃砂六一散四錢(絹包綫紮)　犀角尖一錢鎊　鮮鮮細葉菖蒲

五更喫頭劑半小杯睡著。

廿五。天明後，服蘭亭兄上夜定方之頭劑，神漸清，喫粥一盞。飯後蘭亭兄定方後回嘉善，時已二鼓。梁于二更後身發熱。

廿六。梁身熱不退，日中後王作求兄來，同季勤弟定方，少少用滋養之藥。晚上遣船再邀沈蘭亭兄來看。

廿七。嘉善王心雄兄由乍浦來吾里，余邀來視梁病。梁身熱少減。三更後蘭亭船到，不上岸。

廿八。蘭亭、心雄兩兄同酌方，仍用柴葛等藥，服之嫌燥，晚上更方。蘭亭于二更後回善。

廿九。心兄留余家至初二日回善，謝以番銀四餅。

嘉慶二十一年八月

丙子八月朔以後，梁身時熱時凉，閱六七日，後臀左糞門邊腫痛發藏毒，連服黄芩、槐米等藥，毒破出血盞許，後邀平湖若溪外科醫家來看，用白玉膏貼之，用必勝散塗于毒上硬塊，更數日硬消口閉而愈。八月二十後漸服清補之藥，然不宜太補，至三十日，共喫參須僅一錢四分。九月朔日，梁出房門，拜竈、拜家廟。

八月廿七。余到海鹽徐田玉兄處，于其西席陳寧齋(今年七十二)借得其家譜傳三本，閲數日，遣俞心樂面送還。

嘉慶二十一年九月

九月初三。黄椒升兄來，帶視大宋研一，面之左側上方刻“文繡院藏寶”，正書，頗拙。借去洋錢卅元。

初四。安邑宋芝山自杭州來，喫中飯，晚至二更後解纜，將之山東。

芝山贈余漢壓勝錢,徑寸許,旁有兩耳,分許,方孔,一面"君宜子孫",一面"常樂未央",篆法甚精,與五銖貨泉埒。芝山贈余《玉版十三行》一紙,余贈芝山番銀三餅。

芝山云,翁蘇齋所摹《夫子廟堂碑》唐刻本係孫退谷所藏,後歸傅公爺衡府,近在江西李君中瀚處,芝山亦未曾見。

芝云,趙謙士司農家有《化度寺碑》,係内廷頒賜真宋本,前有明李東陽篆書題字四,黄紙籤頭,是本原有跋尾六家,今在翁覃谿學士處,係學士之門生某官寧波太守時購得以奉學士者。

芝云,乾隆時在京見陳無軒手鈎《石鼓文》宋拓本,原章整幅大册葉,有趙松雪手書釋文,跋亦有數家,索價僅四十金,後有人以六十金購之,送和相珅,和以貢高宗純皇帝,因有重排《石鼓文》之舉。

芝云,《淳化閣帖》祖石拓本曾見過一二本,墨光如鏡,筆鋒如新,原絶妙之刻,其翻本以肅府爲最。肅府本陝西亦有復本,亦石刻也,特遜于原刻耳。肅府所翻之祖本在芝安邑之鄰近去卅卌里某家,某家曾官甘肅時所得。芝往其家三次索觀,適俱外出,未曾看。某家藏一古研,天生成文理有梅花一枝,與是帖稱二寶云。

芝云,汪庸夫藏有《漢劉熊碑》,僅數十字,曾見過。

芝云,《夫子廟堂》唐刻本題跋,不知是《六研齋筆記》或《蒼潤軒帖考》《墨林快事》上載過。

芝云,周公華鐘是其所得于京師歸紀曉嵐先生者。

芝云,虢叔鐘,舊時曾見于天津衛,後在杭州人家,其男人出門,閨中無錢,託潘姓銷售,潘語何夢華,因攜以歸芸臺大中丞。中丞出銀二百兩,何得四十,潘得四十,某家得百二十金。

芝云,張師姓印之帶鈎亦其物,爲張瘦銅埴借去以贈于畢秋帆矣。

芝云,富人大萬之泉範、奉山宫鐙係杭州馬姓遊幕之陝西時所得。馬舊時有新摹虎符一,亦錢獻之所刻于長樂堂書者,馬未歸杭時,其弟賣去,價五十金云。

芝云,顧從義家藏縮摹石鼓文之研,有人攜至覃谿先生家,故有此拓本(芝已歸余),後已入内府矣。

芝云,建初尺舊時曾託顔運生處借看,故得手拓一紙,朱緑亦不甚厚。

芝云,《十六長樂堂》内所刻之安昌車釭亦其物。

芝山近住武林門内獅虎橋南燈心巷張沙弄,芝山之郎育于獅虎橋,故名橋,小名獅虎。

芝山云,宋榷場市得碑版,往往庫裝至數十本者,萬曆時曾用此折俸與臣下。此説曾見王覺斯跋某帖墨迹。宋老見余所藏東方先生顔碑,定爲宋拓宋裝,其覆背紙俱寶物。

芝云,小松所得王純等碑均係宋翻宋拓。

豹牌(丙子八月廿三叔未賦)

威武將軍起豹房,一時罩甲盡衣黄。團營鼓譟新家裏,宫禁鐘深内教場。行部霾輪誰白簡,掖庭當檻孰紅妝。寶和六店君王醉,合(共)[其]金魚付酒廊。

【威武將軍】《武宗外紀》:忽降手敕諭吏部,鎮國公朱壽宜加太師,又傳旨禮部,總督軍務威武大將軍總兵官太師鎮國公朱壽,令往南北直隸山東泰安州等處公幹。

【黄罩甲】同上:時諸軍悉衣黄罩甲,中外化之。

【豹房】同上:别構院籞,築宫殿數層,而造密室於兩廂,鈎連櫛列,名曰豹房。

【團營】同上:上初好武,特設東西兩官廳於禁中,比之團營。

【新宅】同上:上稱豹房曰新宅。

【家裏】同上:於宣府治行在,復輦豹房所儲諸珍寶及巡遊所收婦女實其中,上甚樂焉,每稱曰"家裏"。

【内教場】同上:江彬、許泰皆以邊將得幸入豹房,乃立内教場。

【寶和六店】同上:嘗遊寶和店,令内侍出所儲攤門,身衣估人衣,首戴瓜拉,自寶和至寶延凡六店,歷與貿易,持簿算,喧詢不相下。别令作市正調和之,擁至廊下家。廊下家者,中官住永巷賣酒家也。箏篌琵琶嘈嘈然,坐當壚婦於其中,雜出牽衣,蜂簇而入,濩茶之頃,周歷數家。

《後漢書·張綱傳》:漢安元年,選遣八使,徇行風俗,餘人受命之部,綱獨埋其車輪洛陽都亭,曰:"豺狼當道,安問狐狸!"遂奏大將軍冀十五事。

《漢書·孝元皇帝馮昭儀》:上幸虎圈鬬獸,後宫皆坐,熊出圈攀檻,欲上殿,昭儀乃當熊而立。及左右格殺熊,上問:“人情驚懼,女何故前當?”昭儀對曰:“夫猛獸得人而止,妾恐熊至御座,故身當之耳。”帝嗟歎,以此倍敬重之。

久不至郡,擬於明夜開船,所有應辦之事記以備忘:

請房師安。候車學師。候汪廣文,欲購參、三七。候褚親家,陳倦石有字件。買阿膠。候謝春江。候答沈典兄。候俞柏亭與黃省甫。表浦陽王畫梅,即候沈老景送程南村分。答謝葉兩垞送賻分。候答裴敬修。候文後山。候戴松門。買成方切用。嘉善寄賣之書當開賬問博古堂估價。還沈二房書價,并還大幅山水畫。

丙子九月七日。晚上開船。

八日。晨泊吴涇橋,候老友戴松門上舍光曾飯。觀明吴長卿所著《宋相眼叙册》,册黄石齋有叙、董文敏有鳩貲刻書之信,信陳眉公有助刻小記,其他同時諸君助刻者皆有小記,前有“相臣瀍鑒”四大字,在篆隸之間,此佳品也。觀《蘭亭叙》一,係定武木刻覆本,後裝張文敏臨本墨迹,亦仿本。與松門買隋右禦衛銅虎符一,價九洋錢。買豹房印記一,價三洋錢。買漢成相印、王閬印,價二洋錢。候沈清霞,以浦陽畫梅付其裝。送程南邨吊分二百文,即託沈代致。候曹種水。候車半林學師。候沈典彝,送其令子老彙學生喜分一洋錢。候春江兄于德馨堂。候俞柏亭。請房師邢佺山夫子。

安師云:“爾今日來得正好,明日余將邀吴思亭、褚崧塍在精巖寺小集,煮蔬喫麵,爲重九之會。晚將赴揚州。”候葉兩垞太史,謝咭謝卷,送以賻分二洋錢。回至裴戴亭染坊過夜。到博古候金楚珍在珩昆季,遇畢皆木兄。

九日。晨候褚崧塍飯。候吴思亭,觀朱竹垞、湯右曾、查夏重諸老《一峰草堂看花詩册》,觀《陰符經》舊拓本册,翁覃溪、宋之山、江鄭堂諸君有跋。同思亭到精巖寺赴邢老夫子之招,同叙者崧塍親家及主僧共五人,邢夫子爲主人。候文後山。買《十三行》一章,係覆本,又買萬曆磁碟一,係刻款,價百四十文,尚未付。更餘開船到嘉善。

十日。晨到文瑞,向吴秋崕封翁稱喜,翁今年六十八,子閑齋廣文甚績學,孫名文鼎,今年纔二十歲,已中鄉舉六十六名,誠偉器也。同秋崕到其新第三臺稱喜,飯晤沈克齋及王五兄同門。

到是亦堂。是日爲内兄沈白齋明經忌辰，具冥鏹一拜，不勝感痛。望二内嫂，歸以書價六洋錢，又藍瑛梅松册八章，價洋錢二枚，書價照博古估只四千百文，余以二嫂高寒，故少豐其值。望三内嫂，送以阿膠四大塊。樹荃内兄之女出閣，送分銀五錢。候梅墅内兄。候章于、八才昆季。候朱助月。

十一日。候歐二杏，同至查四房，觀甌香館畫册一、畫幅松竹梅一，有詩；查宫詹字二幅，其紙本寫仲長統《樂志論》者更精；鄒小山畫牡丹，爲查香雨畫者，設色頗好。

朱助月送余吴去塵所造墨二定，有崇禎年製款，又畫識一，又笪江上畫筏一、王石谷論畫一。

十二。晨，吴秋崖着人來通知，知家中遣人以老妻病追余回家，余即刻發棹到家，未到，妻聲音已變，面色甚衰，氣甚喘，服藥一劑，至酉時，妻竟仙去，可痛可痛。

妻名慎儀，字清樓，嘉善沈寬夫外舅諱璐，字鏡塘，號寬夫，又號南岡，晚號蹇翁之幼女也。長余一歲，乾隆丁酉正月望日聘定，乙巳九月三日歸于余。生三女皆殤，至丙寅，妻四十歲生子，名大豫，今十一歲矣。妻事吾父母翁姑孝，能得歡心，相余備遵禮法，待庶出子梁及二女皆如己出，御下寬而不縱，卅一年宗黨妯娌無間言者。嘉慶庚申春病，骨蒸幾殆，服烏雞骨丸而愈。壬申秋七月十六，患嘔血病，十二月廿八又發。甲戌九月，事吾母疾，至居喪，以勞苦甚，喘又發。今年二月十三起至三月三日嘔血二十日，精神自此益憊。七月七日、廿八、八月□日、九月八日血屢見，十一酉刻背脇卒痛，氣喘汗出，竟于十二日酉時溘焉長逝，距生于乾隆三十二年丁亥十月十一酉時，享年五十歲。

焚衣廿數件，皆妻今年春間手自揀好貯一箱者，爲一袱包，焚被褥共一大包。晚上不用尼姑念經，下雨日亦然，都不用僧尼。當夜，船到海鹽，唤匠者四名。

十三日。匠朱乾司務來，共四人，於舊所買下頭段京莊建木桃十一段，舊時已解好，厚五寸，包與寧波木匠汪姓解去，兩邊工錢五百六十文。

十四日。棺做就，木甚好。漆工夏姓，隨漆裏及外，約漆二斤，内用纖綿紙，漆俗名曰向。襝衣衾俱用布，蓋嘉善外家自太外舅定規襝止用布故也。布大服用黑色，以居姑之喪未闋也。首飾止用銀簪二，銀如意一。

十五日。卯時轉浴,俱妾王氏手。酉時小殮、大殮。用僧六,用音樂六,飯俱用蔬腐,中飯加酒。

十六。九月八日,戴松門云,新與武亭之銅虎符係王南陔大中丞兆蘭所得,出價五十金。

十七。夏漆工用磁砂漆一遍,約用三斤,以後當盤布漆。

廿三。陳南叔兄畫先室神像來。金老範手謝以三洋錢,又買神庭,價一洋錢。

丙子九月廿五。母親忌日,亡妻故已二七日。是日迎神。

廿七。濮院鍾杏邨丈于八月廿四日所發信,今日航船纔交來。

桂山圖(爲海鹽鄭桂山茂才賦。鄭君,端簡公裔孫也,與余同里,查芸閣孝廉親介,查屬題)

幾樹連蜷蔭碧邱,瓊樓玉宇不勝秋。吴剛月斧君操得,合占雲山最上頭。

丙子九月廿八。顯妣吴太孺人撤闈袝廟,用音樂兩部,酒菜包用平湖天順館。

嘉慶二十一年十月

丙子十月三日。又超侄當秋祭,廷濟以明日開吊,實不得躬祭,遂于家堂前叩頭十。

丙子十月四日。卯時祭元配沈孺人,用音升炮請柩安堂樓下,中間并正靈座,然後開堂設訃領帖。内侄沈章于、八才弟兄并内侄孫受穀、長巖來。

五日。飯後,命子邦梁、邦榮扶柩,安于亭橋墓祠之東間,用大船兩隻、神轎一具,喪車用金家濱金宅所置者,金老範經手借來,不出錢。回來喫中飯,安座後即封門。兩日行事約用洋錢百枚。

六日。妾及梁、榮到墓堂設祭,余謝同里之來吊者,東至谿,東南至倉基,北至宜蘭閣。

七日。候德馨當鋪管當賈梅巖先生病。謝同里之來吊者畢。

八日。廣文周東松表叔德配朱太孺人于十七年卒于遂昌學署。是日袝廟,余往送之,陪客一日,送袝敬一洋錢。周用知單以余出名。

九日。因培值祭先考府君之墓。海寧賈梅巖先生于日中身故，先生名敬承，字啓能，年七十五，與先考交，邇來極承推愛，可痛可感。

十日。到德馨典哭賈梅巖。賈定於明日成殮，即扶柩回里。句容裴老七信來。

“舉案卅年，失我閨中諍友；歸靈卌載，證卿天上飛仙。”嘉慶丙子十月三日哭奉元配例贈孺人沈孺人冥鑒，在制杖期，夫張廷濟稽首。

“雲天高義思耆舊，風雨歸魂哭寓公。”嘉慶丙子十月十一恭呈梅巖四老叔大人靈次，在制期愚侄張廷濟稽首。

十一日。吊賈梅巖丈，送其柩登舟。

十五。太平寺僧八人到家拜梁皇懺，三日讖，一日經，一日水讖。

句容裴藴豐，號松培，行七，帶視顔魯公《茅山玄静先生碑》，係其祖手自割裝者，與吾癸酉八月所得于澉浦吴侃叔明經之本相較，碑首已闕一角，第一行闕八字，其他亦有闕字，約闕數十字，然視今碎石所打本已多數百字，蓋碑已裂而未散，當是明時本。其價不過三四金，余因促其往家取來，往返有費，且藴老現今失業，衣服單寒，乃畀以洋錢十枚，渠欣然而去。

藴豐云，《許長史碑》，其族兄某之外舅金壇于君之親之物，頃秋中賣與丹徒王氏，價三十二千文。廷濟身無仙骨，難證仙緣，可惜可惜。

十月五日。葛春嶼三兄帶視周鼎文，曰王作中姬寶尊，鼎文爲青緑所掩，少剥落，中字尚未安，然筆畫總圓，到十五日壽莊拓十本送來。葛得于秀水殷雲樓上舍，價洋錢十五枚。

候馬芝亭、兩如昆季兩兄。

情生於文，文生於情；色即是空，空即是色。

寄丁古松三世叔（十月廿五）

禫期愚侄張廷濟稽首啓古松三世叔大人尊前：廷濟幼蒙老夫子大人教育，今卅有二年矣。相隔二百里，未獲時叩元亨，惟遇朋輩來自省垣，藉詢杖履安否。竊計服闋以後，借榻西子湖頭，一罄數年積悃。夏間忽接訃音，驚痛無似，涕淚與俱。凜秋暑退，準擬哭奠靈前，奈七八月中，小兒患染時病，幾瀕于危，秋九下旬，悼傷錦瑟，心緒惡劣，無可言喻，而兒輩稚齡失母，寢食相依。廷濟嚴而兼慈，勢不能登舟遠出，謹具楮敬一緘、綾額一掛，託吴近龍表兄帶上。廷濟惟有望空一拜，想老夫子在天之靈亦應鑒舊弟子薄命屯邅，垂憫而許宥之也。肅此具啓，順請近安，臨穎悚切。

嘉慶二十一年十一月

十一月一日。敬酬隨糧王神于太平橋西首集慶班唱戲一臺，戲甚佳。因冬天減價，計洋錢八枚外加錢四百文。

書館　鬧救　催試　秋江　判斬　見都　訪鼠　踏看　逼休　潑水　前金山　後金山　寫狀　勸妝　接吐　獨占

是日天冷，早上有雨，開場晚，失唱寫狀、接吐二戲，前金山改唱後索。

十一月四日短至。崇正井浚考堂前井，井堙舊，問陸峻三二兄，云明末時填塞。是日啓工發井圩石，見井甚小，僅容一人一瓢。當日僅浚四尺。次日，余令用荷葉槐並用挽篙以撥亂塼至一丈，及底，底用方塼，至八尺深，得崇禎錢五百文，方知淤于明末之言不誣也。崇正錢小平錢數十文，餘皆小錢。

十一月五日。嘉善吴秋崕封翁令其侄價藩兄來吊，欅茶楮儀二錠。嘉興車半林學師寄挽聯一、楮儀一、洋錢、信一，交王心耕弟帶來。

"同病倏驚炊臼夢，孤棲罷咏弋鳧篇。"叔未先生斷弦撰句，奉挽尊嫂夫人靈右。錢江愚弟車向滎拜手。

十一月六日。錢唐丁古松世叔來信并謝唁帖，知又湖世兄今年三月已婚，明年將遷居蒲葛巷，又寄楮儀來吊，銀一定，重一兩八分。

太平寺吕祖殿前有神戲，紫玉班大不如集慶，然天色晴和，觀者甚衆，才高不如闈高，於此亦見。曹正彦兄來，其友人松巖兄索書，潤筆洋錢四枚。余今年所得寫字之錢亦已將及二百金矣。杭州謝唁帖紙好四版，較嘉郡所行者小，謝字印在首葉。

十一月七日。平湖錢夢廬天樹來謝吊并吊，不多叙。新舉人海鹽鄭雲驅伯壎來，鄭今年四十，其尊人惺齋先生嘉慶丁卯年七月廿三卒，年七十四歲，長吾父兩歲。送雲驅賸銀一件，重二錢有零。昨晚吴老近自杭州帶小鹿一隻，余分得肉四斤，午前薦享祖廟。分鹿脯一盂，遣崔七送葛春嶼三兄，并有信與之。春嶼有回信。謝車半林學師信。答沈典彝兄信，爲王祥林事。

十一月八日。嘉善新孝廉西塘魏半石行漢闈，其友胡心鑒名長春來魏，贈余新墨卷并魏忠節《藏密齋全集》，又鹿糧送荃所撰梁侍講同書所書忠節祠堂碑，索余寫存笏堂扁，胡索寫珠林法界，爲僧人代求。

十一月十一日。沈典彝兄來，因風大，次日回去。

日蒙賜唁，具啓言謝。想□台覽。啓者，廷濟有海鹽舊佃户王祥林，近做木梳爲業，十月中從海鹽趁船到嘉，挾帶鹽十斤，以爲送東家踏菜之用，時被唤押在飯店，其母曾赴縣呈求，未蒙準釋，扶病來舍，號求申救。廷濟念其無知，雖屬罪所應得，然窮到徹骨，手一日不做，口便一日不度，被押以來，本身受累尚不足惜，惟其七旬外之老母凍餓無靠，却堪憐憫。伏乞大君子向趙父臺緩頰一言，如可邀格外施恩，與以釋放，固屬仰感鴻慈，否則蒲鞭即示，俾得還家傭工，養母度日，仁人之德，亦如天如海耳。至其時開船户當吴廷蘭帶有鹽若干，則與王祥林無涉，賤之所不知也。

昨午，海鹽某來，備述仁主矜全釋宥之至意，銜感之餘，涕淚交下。賤子竊伏下風，叨屋烏之推愛，唯有進焚九頓，祝吾侯眉壽無有□，俾百里窮□長被萬間廣廈之庇也。然非大君子齒牙餘論，則此情曷由上達。春風風人，夏雨雨人，陽和一綫，唯有梅華數點知耳。極欲趨叩東閣，實以稚兒失母，勢難出門，特先遣門僕齎□言謝，長者或寬而許之也。天候甚寒，諸惟珍重。臨紙不勝馳切之至。

元人《青松百鶴圖》之軸，絹本，雖少舊，然氣韻家數却自不凡。祈轉呈令君，麋壽無量，願如畫中意也。白粲十斗奉呈左右，冀一笑存之也。

禫期晚生張廷濟稽首啓珠泉先生閣下：廷濟幼耳鴻名，少遊玫里，時值宦游遠轍，未遂掃門。嗣翁宜泉秋部郵寄古金文字，中有大泉五十泉笵，背文“日利”一紙，標示尊名，謹悉儲藏美富，嚮往彌殷。頃畢皆木、琴叔兩昆季述知台節錦旋，康虔屯純。陶元亮彭澤歸來，猶存松菊；周公謹草窗賦就，自俱煙雲。帶水般般，時縈造謁。乃蒙牖迪爲懷。頒示大集，雒誦數過，覺性情真至，格律醇雅，真登唐宋大家之席，敬佩無似。湖南有吴鳳凰元年九真太守谷朗碑，讀尊集，知台旌曾逮耒陽，篋中空多打本，敢奉求一二，當奉氊蠟之費也。拙咏一册,託琴甫三兄呈政,務求大匠繩削爲幸。匆匆。

丙子十二月廿四日。金範吾從海鹽帶回黄椒升都事所寄來太康小甎研一、玉帽頂一、銅鼓拓本一,信上云作爲子金,如不合意,明年仍歸子金。

幽蹤誰識女郎身,銀浦前頭好問津。朝罷玉晨無一事,壇邊願作埽華人。

不信仙家也不閒,白雲春亂碧桃關。棋亭偶向茅君奕,一局未終華已殘。

華陽巾子碧絲環,紫府慊前舊押班。阿母筵頭争一擲,醉中輸却小蓬山。

夜深仙犬吠華關,私過雲英與玉環。天上看來婾律重,玉桃一顆落人間。

埽斷紅霞陌上塵,青鸞白鳳集仙真。吹笙擣藥皆厮品,要作蓬山罵坐人。

《仙家竹枝》五首,丙午春爲乾三賢侄書。弘述。

嘉慶丙子十二月廿一日,畢既明翁令曾孫琴甫茂才出此扇見示,爰臨寫而并識之。叔未張廷濟。[①]

"存笏堂",半石先生魏孝廉謹守其六世祖明忠節公所遺朝笏,令書此以述世德。嘉慶丙子十二月叔未張廷濟並識。

"珠林法界",嘉慶丙子臘月,見公大和尚。叔未張廷濟。

宣徽宗畫鷹,絹本立幅,高四尺,廣二尺許,鷹身約高二尺,立架上,毛羽用粉飾色,用墨筆勾出,霜眸炯然,洵妙品也。上頂有押,中用"御府之章",方可四寸,左書"御筆"二字,用璽,方可二寸許,右"宣和三年十月廿二日",行書,中左草書,題云:"鐵爪金睛雪作衣,架頭停立特生威。解縧欲奮青雲去,應是凡命不敢飛。臣何執中敬題。"嵇相國家物。丙子十二月廿二日,嘉善寄來,索洋錢廿枚。

寄魏半石

日蒙賜顧,未獲走謝爲歉。委書堂扁,謹書就繳上。末學拙筆,難正清門,惶惶愧愧。榮行起在正初,本應衹送河干,以稚兒失母,

① 以上五詩用隸書書寫。

遠出爲難，唯祝閬苑看華，木天妙選。請假錦旋，懇順購翁覃溪閣學《復初齋詩文集》《黄庭經》《樂毅論考》《蘭亭考》等書，弟當奉價以趨也。令友胡大兄所委書珠林法界扁亦順繳上，并候。不一一。

“階蘭庭桂三珠樹，甘露嘉禾五瑞圖。”屺堂父臺大人正句，治晚生張廷濟拜手。

寄車半林學師《青松百鶴圖》一軸，款對爲趙父臺頌，祈轉致，并謝不一。日前讓木侄回，領悉一切。今晨接俞友信，知舍下糧米派在正初。廷濟以内助無人，不能他出，是時當遣侄輩赴郡，專誠走叩耳。

第五册[1]

嘉慶二十二年正月

嘉慶廿二年太歲在丁丑(廷濟年五十)。

元旦。天晴。拜父母遺容,不禁痛哭。

二日。雨,夜雨。拜外祖吴觀周公象,思往事,不禁流涕。

三日。雨。清晨水漲三寸。

四日。

五日。

六日。

七日。

八日。

九日。

十日。

十一。屬金範吾、俞心樂、金賜書、侄讓木到嘉興完糧米。寄車半林師信。

十二。

十三。金、俞及讓木歸自郡,得車師回信,知有病。

十四。屬金範吾及侄讓木、子邦梁到海鹽完糧米。

十五。父親遺容移供于八甎精舍。

十六。金及讓、梁自海鹽回,知黄椒升都事、徐田曲上舍二兄俱健。

十七。

十八。畢琴甫先生到館。得陳珠泉明府玉垣信。皆木先生到宜蘭閣館。

十九。金範吾兄到嘉興糶麥已第二日,尚未回,想以昨雨所阻。金世珍裝背起工。

---

① 第五册,原書誤裝爲第四册,兹依正文内容乙正。

廿日。候畢皆木。

緑蘋風起泛崇光，快欲披襟納嫩涼。點筆寫生煙作態，增雲惟舊月霏霜。省栽甍斗春泥冷，待拂松對午夢長。儘掃俗情延勝侶，可以無事有清狂。（丁亥長夜爲宸翁姻長兄雅鑒。玉峰胡大年）

外舅嘉善沈寬夫先生爲西鄰葛見嵒所處藥方并案，嘉慶丁丑二月七日從見嵒所藏諸同人詩札真本録之：

大相公（初九日仝企兄、逢兄擬）體質素羸，有頭痛、腹痛，手心時熱，近以時感恙起，似瘧，寒少熱多，熱勢薰蒸，初由氣分，漸入血絡，致有疾。血牙宣邪在於陰，未易得汗，熱難驟解。曾服復脉湯加減粥，增汗出熱，有欲解之形。此症由邪少虚多，陰虚陽亢，故陰藥頗投，即景岳所謂"陽根於陰，汗化于液"也。脉數重按，軟，兩尺稍大，唇口略燥，右卧不適，仍擬養陰退熱，扶正退邪，以免反覆。録候政。

參條五分（另煎沖）　炙鱉甲三錢　炙草四錢

陳阿膠二錢（蛤粉拌炒）　地骨皮一錢（洗）　麥冬肉五錢

二元生地三錢（切片）　白芍五錢（炒）　川貝母八分（去心切片）

加枇杷葉三錢（刷去毛，蜜水炙）

如汗多，加南棗二枚、炒淮小麥一撮、地黄加重一錢，用熟，或加細石斛、茯神亦可。

右"如汗多"數語寫在紙背。

嘉慶二十二年二月

復廣東温遂之（嘉慶丁丑二月廿六，杭州仁和趙[晋]齋令郎遣使張姓送温九兄所寄墨刻來，因即作廣東復信）

愚弟期張廷濟頓首謹復遂之九兄先生閣下：壬申之冬，從趙晋齋處奉到手札，并晋甎墨刻并墨竹八幅之賜，頃二月初，杭州友人又轉寄示台札。今晋齋之子又專人寄至盛惠墨刻一包。惠愛殷拳，有加無已。廷濟昧道菅學，株守邨廬，自揣有何福分，敢辱大君子之見愛如是。祈一前此何以久稽，未肅謝者，思欲竭盡愚誠，賦數詩以志盛德，且欲將大筆墨勒石，貯之名山古刹，以垂久遠，俾數十百年後知廷濟不見棄于南海通儒，所謂附驥尾而名顯也。乃薄命顛连，己巳之冬，先父見背，甲戌之秋，又痛慈幃，去年九秋，又喪室人，哀毀傷悼,痛徹五中。中間弟更多病,藥裹纏綿,無一日得開笑口。現在,嵇氏幼男,左家嬌女,提攜誨育,料理無人,行年五十,須髮如霜。心緒既惡,吟咏無聊,何以辱愛如吾兄竟未修一寸函,雖千里知心,未必遽加呵斥,而撫衷惶悚,實難遣自外之愆矣。大作詩篇雋永,書法超逸,寫竹尤得此君三昧,遠繼文湖州,近掩王孟端,今數千里中,誰復有匹儔哉。讀尊撰老嫂墓銘,情生於文,文生于情,著作雅材,實堪不朽,尤不禁焚香下拜也。弟窮愁落寞中,唯考證古金石刻以作排遣之計,偶爾塗鴉,殊愧蕪拙。乃蒙愛忘其醜,過加獎譽。今以趙氏使者當晚即欲趁船回省,不能久稽,因先檢得舊存者四件,少表愚忱(又趕寫條幅八件),所委題識諸件,此後矢當洗心滌慮,竭數日之力,以遠正有道。且謹將妙畫勒之貞珉也。前寄晋甎四方,晋齋止以一見貽,言鐵塔及古石刻亦俱僅寄下一半,其鐵塔舊本又輾轉而獲,然拜嘉盛意,真感激靡有涯量。惜山水迢遥,未得叨陪末座,此心殊悵悵耳。示知葉雲谷先生風雅鑒藏,實深藏寫,但弟僻處篁里,客遊每多不便,自嘉興府城到敝止尚有六十里地,知雲谷一路北上,所以未獲把袂,相思徒切,且俟後緣何如耳。《瘞鶴銘》摹刻甚精,不減水前舊本。弟處亦有舊脱本,存字多寡不□,昔嘗爲之考證,嗣後當作跋語寄達也。

绿樹鶯啼春又深,海南書到故人心。千竿墨戲參三昧,箋紙雲腴抵萬金。繡鐵有華摹寶塔,貝多無葉問禪林。憐余同抱安仁痛,讀罷高文泪不禁。

寄趙晋齋兄信,晋齋現客揚州。寄復趙大世兄號椿祺信。給趙使人張姓回杭盤費錢六百文。

丁丑二月廿八。蘭舟四兒合一會,首會三百千,碰會式,余大兒、次兒合與一會,是日會,酌大兒去赴席,説定坐五十各半會。褚菘塍親家來,還來阿膠鍋巴上餘洋錢兩元。

丁丑二月廿七。馬兩如兄來。陸雲中兄、吴厚生兄來,吴贈余所勒明人蘭華八幅,視文魚家所刻之八蘭,各有佳處。周東松先生録詩七首見示。

廿九。遣徐陞至丁店寄信與菘塍,候其廬安。菘塍爲其尊人塋結籬,有一二日之留,三月朔可返郡矣。

嘉慶二十二年三月

嘉慶丁丑三月一日。并舊所存文銀廿四兩六錢一分，今年所收府額水程銀四兩四錢，大寶所積存文銀兩定計重十兩三錢四，二寶所積存二定三件文銀十一兩三錢四，共足漕平五十兩七錢，今夜當交四弟帶致俞柏亭七兄，託其代完廷濟名下嘉興縣本年條銀。

府額銀柏亭經手領來，領費一洋六錢一百八十文。據俞述，經承魏客光云，額銀定額四兩四錢八分庫平。今漕平四兩四錢，内有扣也。魏又云，領費定要一兩八十文，今所以多此一洋者，以余服闋在丙子十二月廿五，魏圖其利，故預爲起文，因思此銀而不得全占，故又索此一洋，此固不得爲領銀之例規也。

上邢佺山房師

日辱使臨，業即函禀恭謝，想呈鈞注。昨褚菘塍同門至，知繡閣有乘龍之慶，謹具薄物八種，伏祈賞入。特未獲隨送香輿，轉深歉臆。菘塍又述吴江程八兄攜有古鐘一枚，係所親託售者，尚在公寓，廷濟渴思一見。伏乞鼎言，付小僕帶下，并示價值，數日内當即奉復。若無文字，則不值錢耳。

鐘寄來無字。

三月中旬。將鐘帶歸邢師公寓，師有信。

三月卅日。沈典彝兄遺買大觀，帶還洋銀十七餅，還言臘所收若得二十六枚，尚該二十四本錢約六月。典兄寄金華冰壺洞飛白刻一紙來。

甲申五月朔，福王入南都，鳳督馬士英兼東閣大學士。士英一入朝，奉福王登帝位，改明乙酉年爲弘光元年。乙酉四月十五日，禮部尚書錢謙益選到淑女進元暉殿，上猶以爲樂，二十五日揚州城破，史閣部死焉。五月初九日，我朝兵渡江。

奉訓大夫左軍都督府經歷致仕吕君墓志銘

君姓吕氏，諱言，字伯時，嘉興之秀水人，故萬泉教諭累贈南京太常寺卿諱嗣芳之曾孫，文淵閣大學士贈禮部侍郎謚文懿諱原之孫，通議大夫南京太常寺卿諱常之子。正德甲戌，以太學生釋褐，拜太平府通判，丁繼母憂，改應天府通判，以奉訓大夫左軍都督府經歷致仕，五十有二。君名家子，生有令質，修正雅馴，不事表襮，雖弈世鼎貴而願謹自將，未嘗席寵恣逸。少受《尚書》于家庭，已而學《易》、學《詩》,皆能探竟大義,爲經義嫺麗而傅于理數。試有司不利,以父蔭入太學,再試應天,又不利,乃罷試就銓,始官太平,専督馬政。其政有孳牧,有備用,其凡有轉收、轉除、新收、正收,其弊甚繁,歲輸京師,吏費無隄,民困尤甚。君少侍太常,習知其故,故能悉心軓扶徽興壞,多所緒正。尤盡心民事,凡輸得膺積科讁任調審畫均平,不令偏重;所至未嘗以家自隨,服用纖悉不取於官,故視官甚輕;義之所在,直前不顧,(所)[故]民至今懷之。應天爲京輔,官雖内屬,固有司也,倅貳伏謁例参,君不爲屈,曰:"京輦之下,比肩事主,豈敢下同群吏,以辱朝廷。"諸曹雖不能屈,心寔銜之,其不合而去蓋亦坐此。會江右流民饑民流入境,君承檄賑視,受粥施糜,具有法程,而往來拊循,不憚勞勩,凡活數萬人,死者爲坎瘗之,亦以萬計。先是,嘉靖初元,詔免江南逋賦,而部使者征發如故,君執不從,曰:"如是,是格詔也,何以示信?"使者劾君抗違,朝廷雖不罪君,而君意已倦,竟日解去。嗚呼,君其庶幾以身殉道者耶。君家學淵源,卓有端緒,賦詩綴文,皆不肯碌碌後人,而不談名理,嘗言道貴明達操□,今滋違其真,其意雅不欲立門户。進士錢君德洪言,君晚歲潛心性理之學,自謂二十年不知讀書,今始有得,至欲外博洽、謝雕繪,以遊於聖賢,嗚呼,其果然耶? 憶在弘治間,先君官南京太僕丞,與太常同官澂明,與君寔同筆研,往來相知四十年于玆,不謂別去數年,而君乃□□,嗚呼,其果然耶! 君娶項氏,兵部尚書襄毅公之孫,江西參政經之女;子男一人,科娶沈氏,今爲秀水縣學生;女一人,適進士沈亜科以卒之。又明年己丑十一月□日卒,于君吴興乙山之新阡,先事奉錢君狀來乞銘,銘曰:

烈烈文懿,維時名臣。用不大究,發于嗣人。太常繼升,既德既令。後先相暎,有翼督府。維仁振振,維葉蓁蓁。乃宥斯民,民則有懷。身不可屈,舍旃來歸。維送之直,悰抑豈天則冥。胡命不淑,尚後不復。

江母周碩人墓志銘

長洲江君孟仁既卒之十有一年,其繼室周碩人卒,合葬邑中深雲里之原,於是其子晁奉郡學生陳君國詳所爲狀來乞銘。按狀,江、周皆長洲鉅族,始孟仁喪,其先配陳難其繼也,得碩人而宜之。于時江氏中落,孟仁方務振植訾省膺積,日関于外,而門内之事付之碩人，執饋飪、給供具，咸得其宜，而握勞操苦，以夜繼日，卒相孟仁起其家，軼先業而過之。孟仁既老而傳則助其子晁，俾益宏亢，視孟仁弗替而加隆，又率以子婦以勤而示之■範，俾弗墮棄。未幾，孟仁死，婦褚繼亡，遺孤累累，咸碩人撫之，保抱具訓，茹哀心情，迄植諸孫而立之，蓋終其身未嘗一日置家弗理，亦未嘗一日舍麻枲弗治也。或以爲言，則舉魯敬姜告之曰：“彼貴且爾，況我齊民乎？”性仁而厚，平居隨事，賑恤不肯苟利損人。年七十有八，嘉靖七年庚寅十二月庚申葬。碩人父文達，母陸，男一人，即晁，娶褚，繼沈，婿楊愷、沈諤，孫男四人，鰲、鯛、鱘、鯇，孫女一人。銘曰：

有巽今人，温恭維則。于歸于江，相攸以克。拮据孔艱，弗怠以閒。諸御閭閻，肇勵有家。亦式之子，始勤以終。維德之履，有窿幽宫。往從夫君，曰允有終。

嘉慶二十二年五月

丁丑五月三日。徐田玉兄帶視所新得書畫册子。

西京鍾梁詩

西村八十五翁朱朴贈許黄門詩

晦翁絶詩

劉天賓兑詩三章

陳則梁詩

吴麟振詩（印：“七不樓居士”）

丁元公畫、又詩一

張芳州黄門畫、《海門浴日圖》（印：“一笑山雪夜歸舟”，朱文長印）

張芳州黄門寧詩（印：“題畫”）

張芳州黄門《村居圖》（印：“一笑山雪夜歸舟”）

張芳州黄門詩，即《題村居圖》（印“靖之”“方州草堂”）

文衡山《秋溯帆影圖》

黄葉老人《秋山詩》

泉柳陶初臨蔡忠惠《水林椒帖》（崇禎二年）

文衡山《漁簑秋浦圖》

項子京《風竹》

項易庵松題小楷,左行十行,云:"余嘗游靈谷,有'松濤漢漢滔天緑'之句,兹己巳七月朔,秋暑始炎,偶憶其地,爲作此圖,以消煩熱,頓覺凉風從硯北颯然而至,記之。"

陳眉公《題三塔帆影閣詩與三界法友詩》云:"有箇詩僧住,林扉未得閒。夕陽鷗背外,秋思樹聲間。竹密疑無路,鐘清如在山。不因帆影過,誰道水西灣。"

沈石田翁詩:"百花洲上百花新,□□看花拂面塵。西子漫成傾國事,劉郎不是種桃人。青絲别酒匆匆客,紅雨離舟渺渺春。聞説公門遠勝此,我來亦欲問迷津。"

文休承跋石田翁蔬果畫卷并陸倉山觀款

吴匏庵跋石田翁蔬果畫卷(成化三年夏四月八日)

陳眉公六言詩:"修竹千个百个,啼鶯三聲兩聲。對局謙謙君子,逢花好好先生。"

吴肖仙《村厖吠乞圖》

謝遷詩(項子京藏本)

無名氏梅

袁長君卿系臨《十七帖》

王琦《騎驢圖》

石田畫兩幅(失名)

吴秋圃大中丞麟瑞草書與沈菁莪

吴曉岡甫及詩

薛明益詩

杜大綬詩

質封盲翁《行旅圖》

僞樗巷蘭

嘉慶二十二年六月

明嘉靖乙巳秋,大旱,海鹽錢東畬太守作《雩史》四卷,
賢裔孫寄視令題(大清丁丑六月十二)

焦枯滿眼憫山城,徵典修書發内楹。官閣風霜王獨坐,海邦鼓吹束長生。三吴門第聯才俊,十老瀛洲重姓名。饘粟幾回成往事,不堪竟讀淚縱横。(乾隆五十年乙巳,吾郡患旱。六十年乙卯、嘉慶九年甲子、十三年戊辰俱患水,米價騰貴,先君子起也公率先兄逢園、德容及廷濟饞粟以食里中餓者。十九年旱,里中復有斷食飢餓之氣,吾父及二兄俱下世矣。讀是書,不勝感愴。)

謝承《後漢書》:王閎遷冀州刺史,不發私書,不交豪族,賓客號曰"王獨坐"。

《晋書》:束晳字廣微,陽平元城人。太康中,郡界大旱,晳爲邑人請雨,三日而雨注,衆爲晳誠感,爲作歌曰:"束先生,通神明,請天三日甘雨零,我黍以育,我稷以生,何以疇之,報束長生。"

李義山所居永樂縣久旱,縣宰祈禱得雨,因賦詩:"甘膏滴滴是精誠,晝夜如絲一尺盈。秪怪閭閻喧鼓吹,邑人同報束長生。"

嘉慶二十二年六月

丁丑夏秋近遊記

自去年九月十二,妻沈故後,豫兒年稚相依,予不能登舟他出。今年夏,余宿于雙壽堂後之樓下,豫依妾王宿退思處,余乃得少少出門,而古物亦遂有所獲。九月廿九,詣竹林里,在舟中記。

六月十四夜。開船,詣嘉興,爲羅小老事也。羅小老係德高之孫,向亦箍箱爲業,近來蕩廢生事,六月十一西鄰河埠停泊外來箍箱船,羅向伊索錢,奪斧將船上老婦扭打,余止之,羅憎余,遂詈余。是晚船開去,十二、十三、十四羅連詈余四日,余不得已鳴諸官。

十五。到郡謁見趙縣尊,將羅小老拗詐狀子呈縣尊。是夜,縣差陸衡高、顧老應、承行俞掌綸、顧之夥伴王八弟開船到篁里。余主於學生沈光甫家。

十六。差拿羅小老到縣。

十七。

十八。

十九。

廿。顧差來云,縣語余歸家,傳余之鄰保一問。

廿一。余坐原船歸家。

此行以天熱且屢有雨,余總在沈宅坐,不多行動,所晤見者車半林學師、褚菘塍親家、郁春園大兄,是後予鄰葛老士(代念臺翁)、曹耕餘六叔、陳濟興大弟、崔老心衆、地保馮龍標到縣,禀後,蒙縣尊將羅小老審出實係酗酒詐擾,以詐未入手,從寬定枷杖罪。後羅之寄伯崔季常及其姊夫崔永四官赴縣呈保一次,後又羅之胞兄羅坤老赴縣具保。縣杖之而免其枷,釋回。羅到余家來開罪,余語以將來當守本分,給以大錢五百文,作小生易之資本。

嘉慶二十二年七月

七月廿四。夜,開船。

廿五。到嘉興郡城。

廿六。到嘉善。沈二太太到其妹家去,不見面。沈三太太在家,有足疾。候吴秋厓封翁,孫大倫兄將常樂亭侯佩印託吴帶視。

廿七。同沈章于茂才候查棗庵、歐二杏、王耀廷。

廿八。同章于候丁帶泉、丁老文。聞朱助月病,候之。

廿九。《玉版》魏水邨本之中葉始全。

《十三行》割裂裝本,陸冰修貽魏水邨,魏之後人歸丁方,爲丁之後人老文秀才所藏。昔年乙亥十月,余到嘉善,計容齋茂才語余云,是帖現在胡白山處,可得也。沈章于爲余以番銀十六餅向胡買得,既取以來矣,胡復來還價,不肯買,許以加,不可,余遂還之。既知丁質于胡,尚未買斷,胡將徐圖之也。十二月,章于向丁處説通,向胡處贖出,賣于余,不意胡狡獪將中葉取出,沈、丁俱不之檢,送之篁里,蓋臘月廿九事也。余亦不檢,將價付清,至晚方檢覺,隨遣王興攜帖送章于,屬其向丁索全帖留沈處。丙子正月,余至嘉善,章于將帖歸余,云此葉必定趕辦全璧,唯略須時日。九月十日、十一余至嘉善,章于仍辦不成,十二日知妻病,急趕回,而妻遂永訣。今又越一年矣。是日七月廿九,章于挽胡之外甥姚老德用番銀八餅,胡始將所盜出之中葉歸余。是帖之價到丁處計番銀廿二餅。

是日,向棗庵處購得宋槧印《仕學規範》八册,是書四十卷,今止卅二卷,并缺序目。又購得惲南田蔬果畫絹本一册,計十二葉。

右二件計價番銀廿二餅,廿到查,二爲王耀廷中間之資也。

棗庵索余寫對,貽余金粟藏經箋三紙。

是夜開船回家。是日買王耀庭兄所藏研一方,價一洋錢。

嘉慶二十二年八月

八月初一。到家，接梅里李金瀾明經遇孫信，云觀妙齋若谷所藏朱竹垞太史之半月硯，擬價廿二洋錢，可售矣。

初三。夜，開船。

初四。到梅里李金瀾兄處，同金瀾之叔三先生往候若谷，并其所藏之西畯圭鐘硯俱購得之。

半月研，價廿洋錢；圭鐘研，價十四洋錢。

又徽州人程友攜書畫到李氏杏花春雨山房，其元明人大幅絹本畫余不之取，僅買其林佶吉人小楷書《閒居賦》一册，價一洋錢。又買金瀾所藏徐貞木小像小幅，係項易庵補石者，價一洋錢，連項子京銅印一方。

初五。到家。嘉善姚維周兄攜視周編鐘一，連架迎得之價洋錢七枚。

初八。夜，開船。

初九。到郡城，候金果堂轡庭喬梓。申刻進城，主沈典彝兄家。

初十。于初學齋張氏購周編鐘一，去架價四洋錢。

十一。于湖州人舊書肆買《明大臣年表》一册，刻，係竹垞先生家藏本，又《續年表》抄本一卷。

十二。謁謝趙縣尊。

于湖州鑒古堂書坊買錢(曾)[遵]王《讀書敏求記》，價百四十文。

十三。盧孔昭丈來索拙字，贈余唐石經四十餘章，又唐宋碑十數種，又錢文端挽諸草廬詩絹本一幅，又蔣南沙贈諸庫廬對一副，又舊錦一大幅。

十四。蔣春雨先生令子邀看書畫，得春雨明經所藏三件。

姚雲東逸使字卷一，價十洋錢。姚雲東逸使《鸜鵒鳴春圖》直幅一，價四洋錢。明末國初諸名人與巢端明孝廉書札廿八通，爲一卷，有梁山舟先生題跋一紙，價十洋錢。送賀省三兄洋錢二枚。此數種係十八日所得。

買張劭梁沖泉、沈稺春詩箋數紙，價三百文。

買沈不負詩一幅，價百四十文。

送沈賓九翁錢七百六十文。

送賀省三兄錢六百文。

恤送賀金氏老娘娘洋錢一枚。

買宋刻《壽親養老書》,價二百文。

買《東都事略》一部,價一洋錢又一百文。又《鄭康成年譜》一本,價百文。

買《鄭康成年譜》一部,價一百文。

十五。朱象九兄代蘇卧雲索題詩册,送余王邁人字卷一。

十六。何郄堂兄邀看臺桂,到麻塘溪錢金圃兄家,登張劭秋水閣。

十七。從夏守白借讀《白犇山人集》。從車半林師借讀《張船山集》。

十八。邀李應兄爲邢師畫照。

十九。邀李應兄爲車師畫照。

廿日。沈石泉兄作緣,于嵇嘯峰家購得《群鴻戲海》卷中明人詩札十件:祝京作《摸魚兒》詞一通、文待詔信一、唐六如書簡一、唐荆川書簡一、王百穀詩一、劉麟信一、蔣鳴鳳信一、名二字不可識者信二,計價十洋。買王惺齋先生與其子稼洲家信三紙,又胡梁園許八先生(名嘉猷)與稼洲書簡約數十通,價二百四十文。

補十四日。候戴松門兄購得翁覃溪學士爲王惺齋明府八分書"祇平居"三字扁高麗紙本,價一洋錢。

補十三日。於湖州秀才書肆購得《太華玉函集》《後武林舊事》五卷,價二百文。

廿日。謝沈典彝兄洋錢十元。

廿一日。到家。

廿六。夜,開船。

廿七。到嘉興。邢佺山師委存洋錢一千枚,其利長年七釐,照陳貽豐當之出價,每元八百七十八文(照進價大三文)。廷濟親立洋票於老師處,又師妻銷翡翠如意一。是日飯後即開船到家。票書戊寅八月廿八期。

廿八。開船,紙範兄同舟過夜。

廿九。到馬橋,候馬兩如兄。芝庭往蘇州去,不得晤。候晤馬笙谷於笙谷齋中。晤海寧周梅坪思兼。晤兩如所出之郎晴湖。觀縐雲石。馬二槎、荻莊俱有恙,不晤。

翡翠如意,馬氏嫌水翠,不售。

卅日。到家。

嘉慶二十二年九月

嘉慶丁丑，九月一日。到嘉興北門内丁家橋邢房師佺山先生公寓，將翡翠如意交還。

在賀省三兄家於蔣三世兄購得方蘭士翁所著色畫檇李一枝，其果一，又錢籜石宗伯乾隆乙巳謝蔣明經畫檇李帖一，又宗伯丙午與明經札一，又宗伯與明經信籤一，又信封明經有題記一，將成與裝作卷子者，價二洋錢。

出東門候馬无庵，不值。

候張七弟飯。晤徐侯兄孝廉。

候許藏之兄，觀舊拓碑文數種，又觀艾葉均瓷器一，又觀臨安府得用準貳佰文省一。

二日。到嘉善，同沈章于内侄候丁南軒所購得者：國初朱查諸老詩箋一件爲一册、錢文端手簡三通爲一册、成親王與謝金圃宗伯信二紙、李穀齋老倬手簡三通爲一册、何義門字幅一、大泉五十一枚；有背文者永安五銖一枚，背有“土”字者。

右共價五洋。

三日。候公信錢莊鮑老與何購得者：全棕竹骨扇子一面、唐若營宇肩小楷書《秋興八首》一面、王廉州太守山水舊箋本、梁藥亭詩卷。

右共價五洋錢，越三日，鮑又請益二枚，給之。

四日。候周允文、周秉鈞二昆季，觀其尊人彙嘉翁所藏書畫，累數十種，僅得其書畫扇面百四十有奇，價十洋錢，又舊積紅瓶一，又舊哥窑水盂一，價二洋錢。

五日。候閔竺峰廣文所購得者：陳白陽著色華存十幀爲一册，前有白陽自題“漫興”二大字，後有白陽自跋一紙，陳流金、項聖謨跋共一紙，共十四紙爲一册，又連姚雲東《穀庵集》四本，又張應田對一副，價共十洋錢。

金雲莊比部家藏舊刻《宣示表》，用宋紙拓，後有朱春橋、趙味辛二君題跋，爲一册，價二洋錢。

六日。於鮑與家購得物計四十二洋錢，其物列後：

徐元玉詩箋，唐六如藏本。

曹倦圃司農詩，藏經紙本，古香樓藏，有藏印。

龔翔麟詩卷。

錢文端字幅。

閻古古詩卷。

龔翔篆玉八分書立幅。

程周量詩卷。

祝西澗喆畫蘭幅。

李敬堂字卷。

辨穀老民程瑶田爲白華吴世伯書脉望樓扁。

殳山卜居圖扁

鮑渌飲詩卷,後有金雲莊比部跋。

洛谿周文爆詩畫,乾隆壬辰爲闇老監兄四十壽。

梁山舟學題楊忠愍劾仇鸞疏稿,并獄中寄夫人與子手書之詩并跋。

家文魚小楷書卷。

陸筱飲飛畫山水幅。

嘉靖戊午建平玉臺仙吏瓠川漫敦宗訓伯昭父十賞閣圖歎。

朱春橋方靄玉蘭閣扁。

桐華小景册。

方蘭翁畫幅合景一幀。

方蘭翁畫扇三把。

明成化積紅鶴卵水盂一,係金雲莊比部得于汪氏古香樓舊物。

大宋紙一幀,白色,長三尺,廣尺有二。

小宋紙厚者四(尚可揭開),薄者六,又宋麻紙二。

宣德長鏡光箋一。

宣庫紙。

金粟華嚴宋藏經十一章。

金粟山藏經背紙五章。

金粟山藏經零紙五章。

庫宣零一章。

闊簾宋白箋十章。

鏡面高麗紙九章,五色者。

七日,於鮑家買物,十五洋錢,其物列後:

梁溪載泉圖(方蘭翁題額并圖,圖用宣德庫紙),朱春橋翁有圖并詩亦宣庫紙本。

汪退谷行楷立幅。

方蘭翁寫《同心蘭》。

《宣示表》《十三行》宋箋拓本。

潘蓮巢畫蘭,王夢樓有題。

羅兩峰畫《達摩面壁圖》。

翁覃溪行書《謝金雲莊贈曹景完碑詩》横幅。

於王家買水精獅子一、玉簪一、價九洋錢。

於吴閑齋處買得岳爵題咏卷,價六洋錢。

吴秋涯封翁於孫大倫處代購得漢常樂亭侯佩印一方,價六洋錢。

八日。晨,到家,知三侄邦棟於初二日因會文外感内勞致病,即作札請嘉善陸若盤孝廉治。

九日。到海鹽,候徐田玉兄、黄椒升兄。

十日。候錢柞溪三叔,叔今年八十有二,乾隆丙辰九月誕年,眠食如常,步履康彊,人中仙也。

椒升手攜蕤賓鐘一,連架,價五洋錢。

田玉舊收得明人書畫册歸於余,價十有四洋,計四十五種。

椒升手攜舊本《絳帖》三册,有俞兆晟題跋,價四洋錢。

柞溪丈觀余所得《十三行》陸冰修本,云希世之珍,八十年來第一回也。從丈借得沈椒園題《十三行》詩録本,係數年前丈之子寄坤於平湖借得沈本,丈於鐙下録出者。

更餘抵家,知三侄病仍不減,可憂可憂。

十四。王孟將友買舟邀到莊史里,候徐西園明經,譚至夜。

十九。沈典彝兄、何郗堂兄字林一來寓余東北樓。

廿日。同典兄、林兄到鳳喈橋,先觀郗堂所藏書畫,惟張瓜田畫扇作赤壁圖爲最。

到石佛寺,候邱麟臺、潘霞梯、吴杏園,得讀巢正園之子詩稿,杏園帶視巢正園像并手輯《巢氏家譜》。又觀止園八分書《哀殤兒詞》,余心繫三侄之病,甚不樂。

廿一。候章商尊兄,觀巢止園《匏尊歌》(七言古詩),旁有“廬墓終身"大圖書,甚精。

於商兄之弟處觀書數種。

回至何宅,余家更夫陸老至,知三侄病故,可痛。

潘霞梯攜視龍姓所藏陶集,係明刻明印本,而余心緒已惡,遽解維歸。屬典兄帶巢像,倩李應嘉摹出。

午後到家,哭三侄兒。

廿三。徐西園明經來。

廿四。三侄兒蓋棺。侄庚申生,今年十八歲。侄慧勤學,今年應童子試,已爲趙邑尊所賞,以身弱致病,可痛。

廿九。聞沈竹岑姊夫廣文病,至竹林里高家埭候之,攜吴侃叔所題跋焦鼎及父己鬲三册及竹林白駒書簡册,乞竹岑手跋,留佑竹堂。

補廿六日。王心耕六弟經手,與沈龍門名桐孫買今自南京于孫、倪兩處所拓回之古金款識,價六洋錢又半洋錢,時價若買古玩,每作千錢。

孫淵如觀察冶城山館所藏彝器:

周虢叔鐘(與阮儀徵師及陳受笙所得者同文而行數有異,□文不清)

周兮仲鐘

周余義鐘

周楚公鐘

周頌敦

周父癸角

虘彝

子孫卣

父癸爵

吉父甬

柏克尊(陽文,係僞作)

漢雁足鐙

隋大業七年造象

漢永平三年三月造大司農平合

漢永壽元年長安共廚銅器(文弱,當是僞款)

倪德灝所藏彝器:

周兮仲鐘

丁師卣器蓋全

婦卣，闕蓋

父癸盉（子文大者是蓋子，文略小者是鋬）

父癸匜

父乙爵

父癸爵

子孫爵

子孫父癸爵

象形瞿

王戾般

大吉洗

郭世吉羊洗

建寧元年劍（款僞）

右拓本分作二册。

周虢叔鐘

周余義鐘

周楚公鐘

周兮仲鐘

周元弄鐸

右五物皆孫淵如觀察所藏，文拓全形。

嘉慶二十二年十月

嘉慶丁丑十月一日。晚上，同蘭舟兄、俞心素開船到平湖。

二日。晨，到平湖，赴殳厚齋兄會酌。

候林梅隱，觀《秀餐軒》，係海昌陳氏所刻，中有蘇和仲小楷，澉水畢琴川兄所裝之蘇米小楷即此刻。余舊藏有米海嶽細書《西園雅集》，記昔年高翼雲兄所贈者，亦出于此。又觀《大觀帖》二卷，爲一册，拓雖舊而非致佳。候秋樵、聽泉。候琴五叔。候李小舟於財神廟。

題李小舟《載酒問奇圖》

商略姬彝子氏般，往來胸次與毫端。一瓻載向元亭問，方解人間識字難。

題醒瓢道士照

霜風水閣動寒林,句曲貞居舊素心。結習未忘難遣去,只攜秋士向詩尋。

三日。錢夢廬上舍招飲,同席者蘇州沈友、湖州施友、杭州斗山僧、嘉興□友能寫真者、梅里李小舟、家蘭舟兄,錢夢廬、蘙庵叔侄。

觀夢廬所藏者:

商父乙觚

宋睢陽五老册

元雪庵僧字卷

宋拓《淳化閣帖》,查梅壑題籤

宋拓《黄庭經》,孫退谷藏本

宋拓《十七帖》,有竹垞、譚左羽諸君子觀款

《東方先生象贊》,戲魚堂刻本,查浦所藏,有程啓陽、朱竹垞題記

宋拓蘇行書帖,有江村題數行

朱竹翁行書《近思録》,六紙爲一册,後有張勛跋

宋印《漢書》兩册,據云全

宋印《鍼灸活人書》,刻不精

宋印《三蘇文》

夢廬見余所藏《仕學規範》,歎爲至精之品,與余擬易。

夢廬云,宋槧印書籍較商周銅器及宋元字畫更難得,可寶。

李小舟爲余篆刻"蘭亭亭長"印。

嘉慶丁丑十月四日。祭庵西墓、亨橋墓,四弟當祭。

五日。祭亨橋墓,廷濟當祭。是夜開船詣澉浦。

六日。晨到角里堰,飯後買舟到澉浦,船因少錢百文。

到基聞堂,畢皆木大兄、琴川三兄、雲五兄俱晤。陳珠泉明府所藏五銖泉範,背有"日利"二篆字,琴兄借榻,得共快賞之。候陳珠泉明府。陳出門三十年,官湖南四十年,今年七十六矣,步履如少年,耳目俱聰明。德配王夫人,大興人,王敬哉相國之弟,貴州巡撫公之裔孫女也,今年七十有□,康健之至,容貌尚如五十外人。明府子四,正出者二,長官□□捕衙,今年故,長孫官□□捕衙,次官□□捕衙。側室湖南人,出者男二女四,俱側出。觀董文敏山水小幅,仿米家法,鬱鬱有生氣,絹本,明府得

于京師者。觀錢籜石宗伯所畫蘭竹石水仙幅，紙本，上書爲“仰山款在京師中畫”，仰山，明府舊號也。觀晋唐小楷二册：隱楠木面一册，據明府云是華氏賞面齋火前本，俟考；一册《宣示》《墓田》、歐書《心經》《尊勝陀羅尼咒》，並羅紋紙拓，係元明本。《樂毅論》沉著遒勁，中饒古韻，自是唐刻宋拓，與錢夢廬所藏《黄庭經》孫氏退谷本並駕稱雄，可寶可寶。惜湘南潢匠庸庸，中多翦割，爲之悒悒。

下午珠泉到明府來答，攜其尊人石齋先生官章邱時所禁開采女郎山刻石文并翟于九所撰《章邱書院記》屬題。訂明日小集。候吴香杜、吴棠園兩昆季小世兄。到石場友于堂，登清惠堂，候吴與言四丈，拜觀尚書、忠節兩官像。

七日。候方養庵叔侄，到城隍廟觀金心録大醮壇茶杯九件，當是明嘉靖時物。

陳珠泉明府集翠軒小集。觀英德石横作雲林畫景，座作老樹根，亦靈巧，架用楠木，亦渾樸，獨嫌角刓足多，不能照丌字式爲未臻古愔耳。觀《集翠帖》，帖係海寧楊自西司馬之孫晚研太史之子致軒太守所藏，集《汝帖》《淳化》《淳熙秘閣續帖》叢殘之品所成，有□□小楷跋、王虚舟行楷跋，明府因以“集翠”名軒。觀《淳熙秘閣續帖》，明府云靖海縣斗大一城，惟勵宗萬家是大家，昔年舟過其地，偶然遊覽，見地攤上有此帖，灰塵滿面，隨手倒煙口袋中，錢不五六十文，與之，攜以歸，令工裝治，零星約四十許葉。此元明舊拓本也，明府自有跋。《淳熙秘閣續帖》係宋孝宗所刻，載曾宏父《石刻鋪叙》。觀舊拓帖一册，無籤題，與吾家所藏《淳熙秘閣續帖》相同，當亦自《秘閣帖》。

八日。

嘉慶丁丑十月六日。珠泉明府陳世伯出示尊甫石齋太世伯官章邱時所禁開鑿女郎山石刻拓本，并附裝後令翟于九《(陽)[章]邱書院記》載石齋先生興理書院之事之文之册，次日置酒，邀觀楚南所得鶴壽異石，系以二詩

爲養雲根護女郎，豐碑一樹比甘棠。太邱身見章邱宰，珍重文翁舊講堂。

大令風流嗣右軍，南衡東岱訪奇文。即看案上元章石，猶擥湘江萬里雲。

叔未張廷濟稿并書于澉水畢氏基聞堂下。

畢琴川三兄攜册還陳明府,明府來譚致謝,屬序其所著《讀易求近編》二册。

惲、王畫貴重之由

南田、石谷畫本屬大家,漁洋、石坨諸老亟賞之。高宗時,諭各督撫爲傅忠勇公壽,各省大府俱備禮物,公語金玉錢繡一概不收,字畫只收本朝人筆墨,於是惲、王之畫每册貴至百金,南田身價尤重。此約在乾隆壬午年時事,陳珠泉明府云。

九日。吴香杜世侄以蘭陔師畫像屬題,屬爲傳,又帶視鄒小舟畫幅屬題。

吴穎伯兄之郎帶視舊拓原刻《麻姑壇記》,又王逸公甆壺一器,得之,價一洋錢又半。

陳珠泉明府屬其侄孫飴孫茂才來,以日利之五銖泉範及舊拓晉唐小楷有《樂毅論》之二册見歸,泉範開價廿番錢,帖二册開價十二番,余歸以廿四洋錢,酬飴孫三番,酬畢琴兄三番。陳明府又貽余楠木一段,長四尺許,徑三尺有奇,重約七八十斤,係楚南所得。

飯後同畢皆木大兄、琴川三兄出城登舟。

十日。抵家。王桂龍侄成昏,樹堂邀飲。

十一日。到樹堂家稱喜,又集飲。

廿一日。三房侄女歸平湖殷氏。接梅會里李金瀾明經初九日所發信。丁丑十月十四,梅里朱寄園墨林自秀水縣署來信,索竹坨先生集外詩文及拙書。

丁丑十月廿二。澉浦陳珠泉明府來,其如君魏及三子蔗生年十四、四子蓬生年七歲偕來,晚上回舟。

更許,趙晋齋自邗上來,帶視元延尺,係剿取三斗銷爲之者。又趙忠毅公方斗飲器,器鐵表裏簡金銀,底有"趙南星製"四字,錯金爲之。案:器之簡金銀,極精,係嘉、隆以前物,款四字錯工不如,係僞爲之者。

廿三。飯後,晋齋解維,明仍要至蘇。接徐田兄來信。

復徐田兄

來信、衆前信俱領悉。木香弟留之無用,費神銷之可也。弟古物時有所得，但苦囊羞澀耳。椒升未知幾時來，恐遲，遲則子金更增耳。冬底之説且看。

廿四。車伯雅世兄訃來，知半林學師於十月二十疾終，廿七、廿八領帖二日。

廿五。晨到嘉興，泊舟南門外。聞褚菘塍親家有病，先候之。菘塍病已愈，健如常矣，可喜，飯其齋。吴魚亭兄太夫人入祠，往拜之，分銀三錢。錢雲壽同年之母倪氏年伯母仙去，往吊之，分銀四錢。汪秋湄學師令子大昏，前有簡招飲，同稱喜，分銀三錢。吊春江孝廉兄分銀三錢，見其尊人，老伯今年八十六。吊車半林學師，分銀三番餅。託俞柏亭税契當交契六章，並推收；又一章，但税印而已，推收並反要推回王姓糧六分；又一章，要驗契而推還王洪源一畝。當付柏亭洋錢廿枚。晤沈典彝兄喬梓，托典兄買鞋一雙，付以一洋錢。晤金瀾李明經。晚上到吴涇橋候戴松門，金瀾亦至，飯其齋。

十月廿六。到嘉善，晤沈章于、王耀中、歐二杏。於周秉均家見摩圍閣老人山谷黄庭堅字卷，有明人題款四。泊舟敦仁堂河下，夜半閔竺峰廣文移舟來，朝知其到篁里回來，訂明日觀書畫。

廿七。觀鮑拙安所藏書畫，鮑索價廿四洋錢，余擬價廿洋至廿九，如其價，仍不諧。

錢沈信一册，又錢棻一信。方蘭翁畫卷。奚鐵生畫卷。金鶴年同人詩翰卷。方蘭翁風箏畫卷，又牡丹畫卷，又筍畫卷。白藏經紙三章。曹倦圃字卷。《秘戲鏡》。

到閔廣文樂順堂觀所售書畫，惟得其王麓臺宗伯《春山積翠圖》一幅，紙本，價番銀錢八枚，又錢文端四通，價二洋錢。觀陳眉公行書《梅花庵碑記》墨迹，卷後有曹慈山、翁庭棟跋。莫雲卿手卷，藏經紙本，其“金粟山藏經紙”之印不刓角，又一式也。

廿八。買閔廣文所售《思子圖詩》卷，洋錢一枚。

廿九。候孫輯齋五兄，其令子三人都見，其第五更俊，今年十五而文已可觀。輯齋明年赴周次立所延赴江都縣署。輯齋云，曾到焦山觀周鼎，鼎腹已破損如掌大一片，色黝，得拓本三紙。曾到金山觀坡公玉帶，玉相傳曾著火，故質已鬆。高宗純皇帝賜數玉補全，玉甚好，鎸御書詩於上，精美之至。外用金盒，盒内繪《金山圖》，黄綾本。閔廣文攜示莫雲卿劄二,一有款,一無款,索價四洋。候吴秋涯,望沈三舅嫂,即開船。

嘉慶二十二年十一月

丁丑十一月初一。到牙湖。晨到錢夢廬上舍齋,知其所藏《十七帖》及《東方先生象贊》俱爲沈姓攜去,可惜可惜,此一去,此生大□不能得矣。觀怡晋齋所贈謝金圃侍郎宋板宋印《論語集説》十卷。觀太子師簋,失蓋。觀父母丁尊,文在底。觀《淳化帖》宋拓本十册,吴焕所藏,其籤係查梅壑士標手題。觀新槧《太平御覽》,極精。觀明顧義《法帖釋文(孝)[考]異》二册,借歸。得其所藏朱竹垞太史書《近思》二十二則付稻孫之册,價八洋錢。得其所藏商父丁觶,價二洋錢。申刻到朱家浜,候葛春嶼三兄。兄在安素堂,尚健,示以父乙觶,兄心嗜之,遂留春嶼處。從春嶼借得朱太史《小長蘆釣魚師圖》。傍晚到家,知陳珠泉遣使來過,具札寄《淳熙秘閣續帖》三卷來。

丁丑十一月一日。

二日。

三日。

四日。陳珠泉明府來,余知其高寒,贈以番銀十餅。

五日。

題馬晴湖《春星帶草堂圖》

華星倒景入金尊,茶正濃時香正温。正是名花初睡穩,罷燒銀燭照黄昏。

六日。海寧徐壽魚、馬橋馬二槎來,示余惲南田設色桂花一幅,紙本,係文後山舊藏者,精好之品。又王石谷畫一小幅,有笪江上外史題者,亦至精之品。又王石谷畫一幅,紙本,上有沈宗敬、汪退谷、徐葆光三人題詩,亦好。壽魚係周松靄進士之弟子,能飛□書。

爲李金瀾明經遇孫題顧中郚重摹朱竹垞太史《煙雨歸耕圖》(嘉慶丁丑八月三日叔未稿)

先生心息漢陰機,妙畫通靈竟已飛。猶有虎頭老弟子,硬黄摹出舊蓑衣(顧仲清字咸三,號中郚,文學玘澂孫,邑庠生,例入國子監,爲竹垞太史入室弟子,少穎悟,工詩,凡書畫篆刻靡不精究,著有

《讀左》《説莊》等書，晚年養疴山中，又仿謝無逸《蝴蝶詩》五百餘首，尤膾炙一時，人呼爲“顧蝴蝶”云。見金瀾所著《天香録》)。

亭子坨南重建時，短橈秋水此題詩。廿年師友今雲散，惆悵潘郎鬢已絲(丁巳九月重建曝書亭，學使者今制軍阮芸臺夫子率門下士十餘人賦詩於亭)。

畫手前丁近擅場，大徐字法亦精良(余倩梅里丁夢松重摹是圖，徐甥壽莊爲影寫各家題咏)。耕漁我欲摹雙璧，合向珠溪問葛疆(太史《小長蘆釣魚師圖》，吾友珠溪葛春嶼所藏)。

吴兔床山人説劍圖

實鍔延陵字未湮，朱潘蟄室話前緣。鐵邨疑義欣同析，勝讀《南華》弟卅篇(北平孫少宰所藏周劍，竹坨、稼堂諸老審釋未確，山人與吴侃叔明經釋作“吴季子之子逞永用劍”，實爲突過前人。明經，澉浦鐵匠邨人)。丁丑十一月七日應山人之子蘇閣之教，叔未張廷濟。

金紫蘭女史畫幅(女史，閔竺峰廣文之室，畫師黄秋山繼祖，倪九山象占)

鉛粉胭脂盡掃除，分明一幅《富春圖》。圖成笑向卿卿語，可似雲林筆法無。

丁丑十月廿九叔未張廷濟書於嘉善寓齋。

丁丑十一月七日。晚，開船。

八日。到梅里。候李金瀾明經，付以周婦鬲觚、商析子孫父乙觶、漢永平弩機。中飯後，同金瀾開船到濮院。鐙後到濮院，候鍾杏邨、春潮兩昆季。杏邨之子鶴汀、春潮之子篤庵出見，俱佳子弟也，同金瀾宿於杏邨之樓。

以下九日。

觀杏邨所藏鐘鼎款識數册、古甎文、古瓦文諸册，俱乞余題之。又林吉人所藏漢碑數册，皆曲阜、濟寧諸碑。

觀仇實父《劍閣圖》，立幅，絹本，係汪氏古香樓藏物，人物工巧，奕奕如生，此纔是實父真本。

春潮出觀惲王合作山水、蔬樹各六幅，紙本册，王用小楷書款，精妙無比。惲有筍竹一幅，題云：“九龍山人有是圖，因仿爲之。”與吾齋所藏

《龍孫圖》相同。惲又作松一樹,左方作一石,相顧生姿,得松石相親意,真妙迹也。

又出觀方蘭士翁山水册六幅,每幅題一詩,係西湖古迹,如孤山、梅華、岳王墳、韓蘄王湖上騎驢,真精妙,儷以僧某之山水六幅,亦佳。

飯後同金瀾回梅里,宿李氏河干。

十日。吊李作舟故友,分金四錢。飯後發棹。

十一日。到嘉善,泊舟城内王氏河頭。

與鮑拙安買物(計價番銀廿八餅)

錢沈信册

錢中芳信一通

宋白藏經四章未揭背者

岳氏銅爵卷(此弟二卷也,計一題四詩)

方蘭翁畫合景卷子

奚鐵生山水贈方蘭翁卷子

方蘭翁筍卷

方蘭翁牡丹卷

方蘭翁風箏卷

金雲莊比部所集同人贈詩卷子

曹倦圃詩文卷(古香樓藏物)

與查買物(價番銀廿四餅)

周象鼎

琥珀朝珠

玉盆種珊瑚樹兩株

十二日。

與鮑拙安買物(價番銀十六餅)

宋文繡院所藏洮河石研

曹倦圃選鈔宋《水雲村泯詩》一册

谿默老人錢繼章家信

貝多葉十片

方蘭翁山水幅(寫贈金鄂巖比部)

奚鐵生山水幅(亦寫贈金雲莊比部,“莊”字係金公臨買時爪去)

程可則字卷

望三舅嫂，一茶即開船，三更到家。

十三。與李金瀾信，寄嘉興錢恒春轉寄。金譽庭世侄來。

廿日。答朱寄園信，遣王馨送至秀署。廿六馨回，云朱已歸家，因寄王店。

廿七日。到海鹽，候徐田玉兄、錢柞谿三叔、寄坤大兄，於徐處晤徐文廬。其炳諸、漱六兩兄。文廬善書，今年五十九，漱六博雅能道古。黄椒升爲友人家葬事，他出。質民侄到崇明去。與陳南叔譚，用太安三年小甎碑題其所藏款識册。涉園張氏藏有《閣帖》舊泉州本，南叔已鈎得，却有精神。又藏有《太清樓帖》，秘不肯示人，帖有題跋，南叔云。

洮河石研

余於嘉善鮑氏得洮河石研，縱五寸四分，横三寸二分，厚一寸三分，面緣闊三分，刻細華，磨墨處無華，近池處細刻樓閣，鎸"蓬萊"二小八分字，四側波浪中刻龍龜魚及水獸形，底窪深八分，上半鎸樹葉一片，八分字二行，一略大，曰"洮河之珍"，一略小，曰"文繡院藏寶"，文字極古拙，刻畫奇淺，幾不可拓。蓋桐鄉汪柯庭司城古香樓舊物，歸金雲莊比部桐華館，比部故後，其子歸鮑。鮑，市儈，不知珍也。昔金雷淵有《洮石研詩》云："緹囊深腹有滄洲，文石春融翠欲流。退筆成邱競何益，乘時直欲礪吴鈎。"趙希鵠《洞天清録》云，洮河緑石，北方最貴重，然石在臨洮大河深水之底，非人力所致，得之爲無價之寶，耆舊相傳雖知有洮研，然目所未覩，今或有緑石研，名爲洮者多，云云。案：余齋所藏及朋輩所弆緑石研，質燥而文理成片如歙州石者，知非洮水中産。如此質極細潤，發黑如熬油，而色澤淡緑，洵□春融滴翠之目。且數百年前背文題識灼然可證，文繡院意是宋官織造局□，鏤刻之像亦致精雅。去年海鹽黄椒升都事帶示一端溪石研，宋人舊製，面左角亦有"文繡院藏寶"，字極古拙，惜未能稽院之出據，異日更當質諸大博雅者。嘉慶丁丑十一月廿八日張叔未隨筆。

陸放翁詩"玉屑名箋來濯錦，風漪奇石出臨洮"注"張季長寄洮研"。

何元立寄蜀紙。

【臨洮】《漢書·地理志》：隴西郡臨洮縣。江淹《上建平王書》："西洎臨洮狄道,北距飛狐陽源。”高適詩:“殘更登隴首,遠別指臨洮。”李白詩:“發憤去函谷,從軍向臨洮。”

《廣輿記·臨洮府》:“《禹貢》雍州之域,天文井鬼分野,戰國西羌所居,秦漢曰隴西,晋曰狄道,宋曰武始,隋曰金城,唐曰臨洮,宋曰熙州。”國朝爲臨洮。臨洮領州二、縣三,狄道、渭源、蘭州、金沙州。洮河源出蕃地,經府城下,聲如雷。國朝甘肅鞏昌府下有洮州廳,邢佺山老師家階州與洮州同府。洮河三面臨蕃松潘連界,接蒙古邊境。

文衡山待詔文稿

沈嬪郭氏墓志銘

陳崇陽墓志銘

杭道卿文集序

東泉草堂記

題黄筌韓公教子圖

東泉記

跋施警盤微贈行卷

楊復莊墓志銘

答喬冢宰

贈翰林編修王君墓志銘

王母太孺人吴氏墓志銘

奉訓大夫左軍都督府經歷致仕吕君墓志銘(吕君言)

汪母周碩人墓志銘

右文待詔文稿十二首,丁丑十一月廿八沈書客攜《甫田集》來,檢視一過,此十二首皆集中所不載。

嘉慶二十二年十二月

嘉慶丁丑十二月朔日。海鹽黄椒升都事來,攜視金粟山廣惠禪院所藏《一切經音義》弟十卷,計十二紙,裝爲一卷者,其末一紙有“金粟山藏經紙”刓角長方印。

又宋晞范子、李駉子埜集解《王叔和脉訣》十二卷,爲六册,竹紙,宋版宋印,惜上下兩頭切之至狹,摺版亦有脱開者,其書《簡明目録》内不載。

姚公綬侍御集録張貞居詩文册跋

明楊儀部循吉志公綬姚侍御墓云，公卒於弘治八年四月十日，年七十四。案弘治八年歲在乙卯，則距公生當在永樂二十年壬寅。公《句曲外史集録序》云："吴郡張伯雨先生，元季碩儒，逃名方外，予嘗私淑其真行書，購求真迹，或卷或軸，長篇短章，又有其手書詩文稿各一帙，總若干篇，保若拱璧，藏之雲東仙人館，成化丁未六月，火，盡焚所積圖史，而先生之迹俱逝者十之八九。先生平生詩文甚多，梓行者尠，余所得一編僅百餘首，乃徐良夫倣序者，又余幼時先君子命抄録五七言八十餘首，今皆不存。余兹暇日就相知士大夫家搜訪其所作，若詩、若文、雜著，並余家煨燼之餘所僅存者番書于册，名曰《句曲外史集録》，俟既富而類析之，壽梓以行。"云云。案成化二十三年丁未，公年六十六，此集録句曲詩文之册計九番，筆墨勁老，删去姿媚，當是極晚年作書册。版刻是岸山房，于仙人洞、學易齋外更增一林居勝地歟。

嘉慶壬申余得此册于郡城舊肆，所（廢）［費］不過數十錢，乙亥之秋，命工裝就。月冷風清，朗吟數過，飄飄然有淩雲氣矣。公諱綬，字公綬，初號憶松，繼號醉樂居士，又號穀庵，又號丹邱子，又號蘭臺逸史，易爲雲東逸史，又號水竹邨主者，又自署爲上清僊吏，又號懶僊，易爲大雲真逸，晚號僊癖。丁丑十二月二日廷濟。

丁丑十二月初三。晚，開船到平湖，風雪頗盛。四日丑到。到平湖，泊舟南門外。

四日。舟泊錢七夢廬河干。夢廬吊朱鑒堂之妻之喪，余枯待于舟，朱訃至余舟，送去楮銀三錢，札與夢廬促之。

夢廬出視宋拓《東方先生畫像》，云實以四番銀錢又加以《六十家詞》一部，今蘇人還價卅洋錢，查澹餘還價卌二洋錢。又出視宋拓《十七帖》，云實以卅六錢與李作舟買得，云云。余愛之甚，因以六十二番錢買得二種，夢廬以兩洋賞余僕王馨。其宋拓《黄庭經》夢廬執意不賣。

夢廬錢七上舍所藏《黄庭經》《東方像贊》《十七帖》，皆宋帖精本，前人題識累累，俱人間稀有之寶。十七年壬申五月廿八，蓬園兄邀集同人於浄相寺，爲嘗李之會，夢廬攜三種至寺中純音堂。余曾小楷書四者于帖尾，往來於心，時縈寤寐，自得嘉善丁氏《玉版十三行》帖,思之益切,屢託徐壽莊甥致意于錢。錢近年來稍稍以物售人,因有移贈之意,但《畫贊》《十七帖》二種,共須百金。十月三日,索觀于味夢軒,議價數語。十一月一日,再至味夢軒,錢云十月三日君閱後,付蘇人沈湖人施帶外出售去矣。余深悔是日不即買斷,恐二寶非我有也。十二月一日,黄椒升自平來,云夢廬傳語,《東方畫贊》卌洋錢可賣。余深喜《畫贊》尚在,然未知《十七帖》何如也。三日,忽寒以去,捐六十二金,竟得二璧,與丁氏《十三行》可稱三絶品矣。異日必得勾勒上石,刻以行世。古物有知,定有精靈契合。嘉慶十二月五日叔未張廷濟隨筆。

吴蘭陔師舊有小照,是乾隆四十七八年時陸某所畫,師故後乃陸所畫照作此官象。

記於平湖錢夢廬味夢齋所見書畫

蔣公廷錫墨竹大幅,絹本,三竿遠竹用澹墨,一竿近竹用濃墨,下布小石,飄飄有摇風弄月之趣。上有張遠等三人題。

鍾伯敬水墨山水小幅,上有惲南田題數段,云於荒寒中得之,可謂善言畫理。

王石谷山水,紙本,上有笪在辛侍御題五字,惲南田題。

文衡山《秋林月夜圖》,紙本,長條幅,水墨寫,三五人自夜談遊景象,高梧碧樹,俱有雲滃霧掩,寫人衣褶用枯墨,瘦硬如古篆籀,紙墨如新。

唐六如水墨牡丹,蓋同徵明等三人遊正覺禪院時所作,上題七言絶句一首,字如嶽麓碑而稍大,筆法亦純,似李北海,又有文璧戈兩詩,紙墨如新,本太倉陸潤之家藏物。

阮孝緒所居,以一鹿床爲精室,竹樹環繞。任昉尋其兄履之,欲造而不敢,望而歎曰:"其室則邇,其人甚遠。"

魏野居陝州之東郊,手植竹樹,清泉還繞,旁對雲山,景趣幽隘,鑿袤丈土,曰樂天洞,前爲草堂,彈琴其下,好事者多載酒肴從之,歗咏終日,出則跨白驢,見者異之。

陸士衡天才秀逸,辭藻宏麗,張司空曰:"人之爲文,常患才少,而子患其多。"①

丁丑十二月十二。接朱寄園墨林信并《曝書亭集外稿》二本。

十三。接黄椒升錫蕃信、王祥林信，即日復之。

乾隆戊申，廷濟稱贄蘭陔吴夫子門下，己酉讀書于八銘之樓，辛亥壬子館師于曹氏暢園，癸丑師仙去，壽七十有六。嘉慶丁丑十月，廷濟詣澉水，文孫肯如茂才以遺像見示，感恩憶舊，淒惋泫然，爲賦一詩

匣劍囊書紀舊遊，海天風雨卧高樓。九原隨會誰青眼，卅載侯芭已白頭。賸有高文霾短碣，可堪華屋竟荒邱。瓣香低向南豐拜，老泪争教不重流。

鄒小山畫

鄒小山宗伯，吴蘭陔先生乾隆壬申會試座主也。先生宰北羅時，宗伯貽以著色畫幅，絹本，上桂華米樹，下坡上海棠兩叢，傅色濃麗鮮倩，上有詩云："白頭自笑老仙郎，曾御天風到玉堂。酒醒月明清夢冷，滿身金粟露華香。小山一桂。"二小印，白文曰"新顔讓叟"，又方印朱文曰"乳名偕郎"。下左角方印，白文，曰"宗伯學士"，曰"丁未傳臚"。嘉慶丁丑十月十日先生文孫肯如茂才出以見示。

丁丑十二月十五。海鹽石鼓亭質夫侄來，更餘解維，帶示宋人雪梅，絹本，横三尺許，縱尺許，右方作湖石一品，用濃墨作骨，澹墨渲出石。左發老幹一、新枝一，上用淡墨渲出雪景。筆極瘦勁。絹已剥蝕。下裱綾上梁山舟學士有觀款。

又孫太初詩二紙，高門紙本一，有正德年款，俱有"太白山人"印，印大小不一。

又同時諸人如劉南坦麟輩贈孫太初詩二十餘紙。

又陳勾溪詩二紙。

又董東亭潮太史著色桃花一幅，紙上東亭題二詩其上。

又翁覃溪學士爲芑堂書周篔如所藏泉範詩并跋，卷子，長三(寸)[尺]。詩惟是卷，歸於余，值洋錢六枚。

又《頻羅庵遺集》，值一千四百文。學士爲余書撰《漢萬歲甎研銘》

① 以上三段以隸體書寫。

《唐天寶七載斷碑研銘》,刻《集》第七卷,爲銘之冠。

質夫貽余甬東周小匡茂才所藏周曾伯𩞁簠蓋文一紙。質夫云,周今年三十餘歲,家貧,好交遊,當貽書與之訂交。

遂初堂張晋樵先生娶梅里官灘頭杜氏,杜所藏《黄庭經》孫氏蟄室本、《十七帖》李氏寫山樓本,晋樵曾借至海鹽,故芑堂孝廉、陳珠泉明府皆得經見。質夫言張杜戚好,余始知陳珠泉言見過二種帖之由。然質夫言,先其尊人只道及《黄庭》,並未語及《東方畫贊》《十七帖》。豈芑堂未見《畫贊》及《十七帖》耶。

國山捫碑圖

想山陰、黄旗紫蓋,臣璆、臣沇稽首。一千七百餘年後,落葉蕭蕭人走。憑吊久。筭鐵鑠横江,蚤比殘碑朽。斜陽兩袖。向張渚南頭,祝陵西畔,椎拓字肥瘦。　封山事,只借書生笑口。石頭輿櫬時候。荒唐尚要誇符瑞,倍遜劉家阿斗。金石壽。與禪表、黄初贔屭聊同負。君還遊否。過魯肅祠堂,周瑜墓道,爲我酹清酒。(孫皓封禪碑立國山之陰,黄旗紫蓋,當日侈陳符瑞者,璆、沇,皓時丞相及太尉名,俱見碑中。魏黄初元年有受禪表碑。)

質民尊兄先生來遊甬上,過訪敝廬,出《國山捫碑圖》册子,題以《買陂塘》如右。余亦適將負米遠行,念吾孤人東西走,同爲饑驅也。棖觸於懷,復製《滿江紅》一闋,録後請正

東海君來,正我别,故園松菊。歎一樣、飛鴻辛苦,稻粱謀促。來日大難千里路,何年小住三間屋。筭蒼蒼,著意付吾儕,饑寒足。

推不到,當時轂。食不到,班超肉。聽旌亭,那處紅兒唱曲。短渡待潮秋樹倚,荒山下馬殘碑讀。倦蕭條,行李半肩書,無僮僕。(嘉慶丁丑九月下浣,甬東壽蓀弟周世緒草稿。印:白文曰“世緒印”,朱文曰“壽蓀”,朱文曰“周小匡長短句”,白文曰“長壽種子”。)

和風扇春甘雨潄夏,景星焕闕卿雲麗霄。

玉水方流璇原圓折,若木夜焕桂華冬専。

芑堂父臺大人訓畫治晚生張廷濟。

題海鹽從子質夫茂才《國山捫碑圖》

不共巖山付六丁(巖山天璽紀功碣,嘉慶乙丑秋毀于火),獨留離墨當云亭。登登響到團團石（國山碑圓如囷），神夢如今醒未醒（碑云“踐阼初升特發神夢”）。

岐陽焦麓愛搜奇（茂才尊人文魚兄翁手拓《石鼓文》，從兄蓬園登焦山拓《瘞鶴銘》，得銘文下小字十數，爲前人所未著録者），韻事流轉君繼之。儉腹慙余丁不識，只捫無字一秦碑（己未之春，予登岱頂，量秦王立石，知與琅邪臺刻爲一時所立）。丁丑季冬，叔未張廷濟。

丁丑十二月廿日。嘉興翰墨齋徐老容來，攜視于嘉善查氏所得古鐘。形扁，與古式恰合，而文在内，云大中作父丁尊，文字劣，丁字作○，且以鐘而治爲尊，初不意無識作僞，以鐘文而鑄于鐘内者。徐以余曾向查問過，意謂器必佳，遽以十六洋銀錢得之，巧而成拙，可笑可笑。徐又帶示曹恬叔所寄售母丁尊，文器俱精，索價廿六番錢；又帶示于嘉善王氏所藏失蓋漢器因近火而微損破者，文有云“第六置釒 一容一斗，五升，重十二斤，□□”，文甚精，索價三番錢；又帶示于嘉善查氏所得晋小楷宋拓本三種，索價七番錢；又帶示官灘頭杜氏所藏寫山樓藏《虞永興汝南公主志銘》，後有張宗本跋，索價六番錢，余如其值付之。

小楷帖宋拓三種

《曹娥碑》，字瘦如鍼，墨用重拓，墨本經蟲蝕而重裝者。

《東方畫贊》，宋羅紋紙本，用輕墨拓，通缺九十餘字，蓋《寶晋》初刻本也。姜西溟跋《戲魚·畫贊》謂《寶晋》初刻《畫[贊]》精美無比，此《戲魚帖》應是《寶晋》初刻之亞云。余得《戲魚》本於平湖錢氏纔十五日，而又得此，翰墨奇緣，何幸何幸。

《柳跋十三行》，用重墨拓，精神深湛，宋帖中之至佳者。宇内《柳跋十三行》，武進唐氏本稱天下第一，唐外唯涿州馮氏藏本重摹入快雪堂者。余既得《玉版十三行》水邨本，不意又復得此，墨緣更何如耶。此本割裝，失《十三行》之舊，當重裝以復其原。

丁丑十二月廿二。恭詣亨橋墓堂。廿三日子時祀土，啓顯考厝亭以東首方甎一行，移于西首，辰時，扶顯妣柩安厝合亭鐙後亭。畢工，回家。

廿五。接褚菘塍親家信，知縣尊趙託折漕甚急，遂搜索得番銀錢五百圓，是夜開船赴郡，邦梁隨。

廿六。晨，到南山褚氏勤補堂，到俞氏錢莊，即開户折漕。漕米紳光頭價三洋二角，余處加一，計每石三洋五角二分。時洋錢價兑價每枚足白錢九百十文,官作足白八百八十六文。

借與李蔭嘉兄二洋錢,訂明年接來作畫。

買白石宗研一、大彭牙印一、也居牙印一、《如是我聞》初印本一,計錢六百文。

晤戴松門,即同至文後山齋,譚移晷。

至徐容老店,徐出視舊人朱竹垞先生輩所題跋褚中令《隨清娱碑》二十餘則鈔本兩紙,余與之借得。徐云褚帖、《議帖》至廿四洋錢而不售。帖爲何人之物,徐不與吾説。

過松門處,觀《猗蘭室卷》。卷首"猗蘭室"三篆字,徐霖所寫,真而精寫,紙本。文衡山款筆稚而亂,文小楷書《猗蘭室記》尚清挺,係好手所仿。卷後吴匏庵跋、祝京兆詩,非惟字迹呆板,且書嘉靖年月,則吴、祝死久矣。迺松門謬以爲真,竟以十六番錢與徐容觀買得,可笑可笑。卷首三篆字蓋扁額真迹,作僞者繫圖于後耳。

松門告余,褚中令《隨清娱帖》亦是嘉善查氏物。

即開船赴嘉善,二更到嘉善西門外,泊舟閔竺峰河干。天寒。

廿七日。晨,閔廣文邀至其齋,爲廣文書順行堂扁。天始雪。

飯後,由西門至東門,天雪甚。過鮑拙安處,過王耀先處,晤查棗庵。過沈氏寧儉堂,坐久,王耀先冒雪來,邀進城,云查氏邀看碑刻。雪影廬中飯後,復進城,至查氏棗庵,先出示《黄庭經》一本,無佳致,繼出示褚河南《隨清娱帖》,計名人題跋有四十一種,精美之至。查索價五十番錢,云徐容觀還過卅銀錢,余亦許以卅錢,後沈章于、王耀先兩人調説,付查卅五銀錢得之。

送沈章于内侄四番、送王耀先四番,給王興一番。

過是亦堂,余出徐處所借來鈔本褚帖諸跋,沈云是查二老手寫。查所鈔者僅二十許人真迹,上有杭大宗七言古詩一幅,極佳,係魏水邨後人歸查宣門大令而倩杭作者。

徐容觀既靳不余説藏帖之家,閔竺峰又復秘不語余,余既出東門,意謂不能羅致,迺復來邀請而歸於余,始信翰墨有緣,且真知篤好,必有神物爲之作合也。雪甚猛,宿沈氏河頭。

廿八日。中,到家。

得海鹽質夫從子信。得車念楓同年信。

第六、七册[1]

道光元年正月

大清道光元年歲次辛巳正月

元旦。天色晴和,真時和年豐之兆。

二日、三日俱晴霽,禾諺所謂"三朝紅"。

十三日。海鹽質民從子同蔡香林茂才之麟來。蔡精小楷書,質民貽余湘管齋所藏明馮次牧《讀書床銘》拓本,又明李竹懶所刻彙刻殘拓本三紙,又錢竹汀詹事所書《裒經經祀》拓本。

質民言,上海潘刻《淳化帖》其石尚在,僅闕十數段,顧刻《淳化帖》其石不存,其拓本甚貴重,去年客上洋兩次,僅獲十餘章舊拓,余因出視去年所獲顧本,質民甚賞之。

十四日。晚上,兒子邦梁、邦榮赴嘉興郡城,應鴛湖書院甄别。

十六日。晚上,余登舟至海鹽。

十七日。晨,候質民,同質民候錢柞溪翁。溪翁今年八十六,去冬小病,今已健。柞翁爲余題《集翠帖》,翁言十四日所書。

質民出視舊鈔題跋一本,係楊致軒太守守知家物,約十餘葉,其《集翠帖》上周思濂、王澍二跋具存標題,稱歷朝法帖;又柳跋《十三行》,有沈鳳、王澍二跋者,係己卯正月余爲平湖錢夢廬作跋之本;又出視姜湛園宸英題跋鈔本一册,余所藏《戲魚堂·東方朔畫贊》之姜跋及《十三行》之姜跋俱在内。

候黄椒升都事,觀漢官私印數十方,又唐人墓志十數種,内有數種是劉吉甫藏石,攜歸弩床一,有"王吉"二字,索價二番錢。

候徐田玉兄,二更餘,糧米已斛出,遂開船。

十九日。晨。至澉浦。申刻,同畢琴甫先生過角里堰至獨匯涇,候吴垕生兄,觀董文敏所書《十三行》册。文敏自跋云,余寫《感甄》至夥,然

---

① 第六、七兩册原書裝訂頁次頗爲錯亂,兹依文意合併整理。

不過數行而止,否則僅録全文耳。若□□《十三行》不過四五本,壬子九月□□其昌又觀《賈秋壑廟碑》小楷書割裝本,用筆結體全本鍾太傅《宣示表》,惜前後有闕,裝表亦多差謬。又觀舊拓《聖教序》王虚舟題籤云:"南宋原刻拓本,良常王澍。"又虚舟後跋一紙,引趙文敏臨本,遇斷處皆不全,此是初斷本云云。

贈吴㕓生兄賈刻《宣示表》一紙,吴贈余石幢拓本一副。

二十日。請琴甫壽,藏於精舍小飲。

道光元年二月

道光辛巳二月廿日嘉興縣試,兒邦梁、邦榮隨畢琴川先生於十八日晚上開船至城,寓混堂街沈典彝兄宅。余於廿一日到寓,梁、榮俱覆五次,三月九日歸家。

計得物:

《大觀帖》十本,舊拓集街周成九經手,云是錢籜石宗伯所分授於三房者。

《樂毅論》,快雪堂刻本。

《破邪論叙》,真舊本,缺兩處,共缺兩行半。

《聖教序》,舊拓整章。

《享羅池碑》,整章。

右共五洋錢又錢七百文。

翁覃谿先生行書青桐書屋扁,有長跋,價洋錢一枚;

《貸園叢書》全部八本,價四洋錢,又錢二百文;

長青田石圖書六方,洋錢一枚;

舊白壽山石圖書,長二寸,方一寸,價洋錢一枚。

十九日。酉刻到家,知葛春嶼三兄病重,即開船至朱家濱,春嶼已不能出聲言語,執余手案其腹,腹甚堅。

廿一日。春嶼仙去,撫而哭之。

廿五日。丑刻,送春嶼蓋棺。

廿七日。吊春嶼之喪。

"天涯從此無争友,後世還期結素交。"

右二句哭葛春嶼老友。

道光元年四月

道光辛巳三月，三月十七日，同畢琴川先生率梁、榮兩兒到郡應府試。梁覆一、榮覆二，四月四日歸家。

計得物：

商孫祖乙觚，從海寧許身（字喈音）兄鋪中買，洋錢十四枚。三字刻露孫字作繁文，與子孫父癸匜蓋（文魚藏者）文同。

畢姬鬲，蘇州王月軒攜至嘉郡，徐榮觀兄爲作緣而得之。文曰“伯[illegible]父作畢姬尊鬲，其萬年子子孫永寶用享”，文十一，重文二，鬲第二字是奇字，不可識。

一刀平五千一品。

何義門《瘞鶴銘考》一紙。

右共洋錢三十四枚。

《玉枕蘭亭》，裝本，後附林佶人重摹本，洋錢一枚。

右即錢文端藏石。

漢官印三方。

秦漢私印廿二方。

右黄椒升都事從京中帶回，黄售於張行之，余從張買得，計洋錢十八枚。

青田石印十方，洋錢一枚。

舊石印四方，俱放鶴洲魏松濤先生物，價洋錢一枚又半。

《書譜》，元祐二年河東薛氏刻本。

《知不足齋叢書》第八集。

《元遺山詩集》。

《小學紺珠》。

右從鑒古齋沈遇天兄買，價洋錢二枚。

《書譜》，河東薛氏本，從學古堂書坊張茂兄買，洋錢八角。

《續資治通鑒》，明刻初印，三味堂買，錢七百文。

《星鳳樓帖未集》，海寧謝友攜賣，洋錢一枚又半。

《通藝録》全部，前有總目，計訂十本，三月廿六日湖州沈秋江書客攜來買得，洋錢四枚，此價頗廉。

《水經注釋》，仁和趙一清撰，四十卷，訂湖州張書客攜賣，價洋錢二枚。張之妹夫在杭州開二酉堂書坊,今已故,故張友載以出賣,是日沈、張二客同來。

四月七日,沈、張二書客又來,於沈買《記事珠》一部,洋錢一枚,於張買《如不及齋集》二本,錢二百四十文。

道光辛巳四月十八日晚,開船至嘉善,廿四日午刻歸家。

買宋印《杜詩測旨》殘本四十九章,闊簾橫印。又宣德磁杯一,計錢七百文。

道光元年六月

夏六月,張二酉堂(張紀兄)賣來《孔戴遺書》全部,價十四洋錢。

買得蔣家濱雜舊紙數種,計洋錢兩元五角,内有《大觀帖》第九卷,首章《王大令帖》,尚未剪割,尾有"陳懷玉鐫"字,與孫退谷所藏宋賜宰相余深本正符,可寶可寶。

商觶,文曰"册册乙"。

宋官印,文曰"桂州馱番司新朱記",上刻款曰"淳化七年"。

右二器杭州王檢叔歸來,吴近龍兄手,價十六洋錢。

趙晉齋老友寄雜殘帖,如《淳化》《停雲》之類,寄米一石答之,時米價貴,每石四洋錢。

晉齋又寄《淳化》宋木刻《淳化》舊拓殘帖數十章、舊拓《大觀帖》數十葉,二種俱好,價五洋錢。

自怡堂文帖

作小字寬綽有餘,是待詔最擅場處。

又董帖

思翁少師北海,晚宗平原,此《孝經》全部,無垂不縮,無往不收,蓋暮年更妙帖也。願書萬本讀萬過,故當瓣香不拜。

又劉帖

元明以來,書學率俾吴興、華亭兩家籠住,文清相國宗法魏晉,直欲抉破趙、董藩籬,自是數百年一大宗匠。右帖臨古之後,間有跋語,允爲書家秘鑰。

又梁帖

梁學士書虚和靈妙,看如離紙一寸,却是透過紙背,況復出自耄年，尤爲希有。劇迹丹亭先生鑒刻法書，先成四卷見示，因爲識之。

明巢端明孝廉友朋書簡

魏冰叔（有印，印方，“冰叔”二字）

何商隱詩（有印）

錢繼章《谿裏梅花帖》

魏冰叔《李潛夫帖》（有“叔子”聯珠朱文印）

錢繼章《奉别帖》

錢繼章《手教遠存帖》

元望《掃墓帖》

徐侯齋枋《高卧帖》

何商汝霖《小春帖》

朱子莊《茂�詩》

楷《質言帖》

絢《吉行帖》

基望《壽日奉謁帖》

恂《暑雨帖》

濬《服闋帖》

觀《習静蕭寺帖》

世勳《時繹良諭帖》

恂《家傳帖》

洽原《張子美帖》

恂《虞山帖》

永圻《國殤家雠帖》

肇森《薄暮帖》

恪《被劫帖》

錢菊農繼章《暮春帖》

錢菜農繼章《果種帖》

恂《武林下帷帖》

恂《復湖帖》

濤《劇溪帖》

格於某某，此彝鼎習見之文，此文當是各字，通作格。海鹽吴侃叔

原釋亦作格，後以字釋作燔，遂以爲唇，通作脤。儀徵夫子仍定爲格，是。

廟。入門，合文。内、入古亦通。立、位古通，然此正當作立解。翏。

吴侃叔釋作穆，後改釋作扛，通作，晚年云未詳，蓋闕疑愈慎也。

吴侃叔釋作𢆶，積古齋從之，然字象形，卜象足形，歷驗古文，凡𢆶字及偏旁從無有連而不斷者。此文檢數精拓本皆不斷，並右旁亦無作形，則釋爲𢆶字尚可疑。

吴侃叔釋作方，《積釋古》從之。案方字亦當缺。

 ，此二字亦屢見，如頌鼎 ，頌壺，頌敦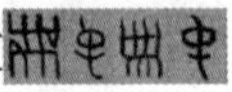。舊釋作束帶，自不如帶束。孫淵如觀察釋作黹屯，屯通如純，亦有理，然歷驗屯字如虢叔鐘，邢叔鐘，叔氏鐘，禄康鐘，屯字從無作者，蓋取束之義，則屯字之説亦未安。

割，通作丐。

彌，即眉壽，吴侃叔説，《積古》從之。

道光二年正月

道光二年太歲在壬午

元旦。日色甚好，冷極。作《塾巾玉屑跋》。

題殷雲樓樹柏廣文花存卷(辛巳十二月，叔未)

南田(惲)老去樗庵(方)杏，如此風流今幾家。不是前生殷七七，争開頃刻筆頭華。

緑酒黄梅报臘残，紙窗竹屋幾回看。翻思廿五年前事，滿地霜華歲又寒(嘉慶丁巳，余偕雲樓徐薌林集曹種水齋，文酒達旦，時天正寒)。

王大令《洛神十三行》(魏水村舊藏葛領本，道光二年壬午正月廿九日)

葛仙領傳賈相宅，棓地得玉陸正伯(李光暎《金石文考略》卷三《墨迹跋·舊拓玉版十三行》："此刻傳爲賈秋壑家，舊傳武林陸正伯於葛領掘土得之，石色如瑪瑙，其底嶔嶇不平，作架扶之乃可拓耳。余所見《十三行》頗多，求如此帖光彩陸離，殊不可得。惠余者邵子在三也，并紀以志感。行童錢光繡書於孤竹庵”)。《洛神賦》賸十三行，至今媚趣簪華格(《晋書·王獻之傳》：獻之書力遠不及父，而頗有媚趣)。是誰銛奏昆吾刀，得無王、廖兩門客(廖瑩中群玉，號藥洲，邵武人，登科爲賈師憲平章之客，嘗命善工翻刻《淳化閣帖》十卷、《絳帖》二十卷，皆逼真。先是，賈用婺州碑工王用和番開定武《蘭亭》，凡三年而後成，至賞之以男爵，又爲小字刻之靈璧石，見王圻《稗史彙編》卷一百十一。廷濟[案]，男爵應是勇爵之誤)。宣和印殘紹璽遺，楊疑宣和時刻畫。閲陸葉王陳歸翁(泰和令陸夢鶴、觀橋葉氏、王氏、海昌陳實齋，後歸翁羅軒嵩年)，白沙持節羊城驛。天府經進秘石渠，越州燕石空方尺(《虛舟題跋》卷一：“西湖本，相傳得自西湖，爲篙工所傷，故字多剥蝕。向在海昌陳乾齋相國家，後歸翁蘿軒學使，今在越州汪氏。余曾借拓數紙，石方尺許，厚五分，淺黑色，與賈秋壑《玉枕蘭亭》正同，世亦名之爲玉版本。然《蘭亭》石理堅潤，利刀試之不能入。此本字既散緩不收，石亦新而不古，既云淪落西湖爲篙工所傷，豈有正面剥蝕覆獨完好之理，當由蘿軒僞刻一本以售於汪，汪耳食而不之省，遂信以爲真耳。廷濟案：汪刻色質與錢行童説不合，其僞可知。特陸冰修與錢行童俱言葛領出土，則出自西湖之説亦不實，而王所云在陳齋相國家，或是陳實齋大宗伯耳)。輒刻石刻後愈繁，形貌依稀神全易。此本辛齋贈水村，朱姜諸老題盈册。由魏歸丁又百年，瘦沈裁詩重迹劇。魏塘武水余婿鄉，歲辛酉觀題款亦。卅金購來一闕如，卮酒解顔小除夕。可憐故劍合延津，缺月讖成難觸額。吁嗟萬事各隨緣，清娱志又聯雙璧。《玉枕》卷留太傅題(賈刻《玉枕蘭亭》，錢太傅文端公家藏，余得一拓本，有公手題成卷)，《宣示》刻獲平章石(右軍臨鍾太傅《宣示表》，賈相以真迹勒石，余先獲金雲莊比部宋紙拓本，繼得原刻於仁和趙晋齋)。疏證何辭至再三，古墨因緣成痼癖。冰窗灑筆清夢俱，一笑巡簷梅華索。

道光二年二月

紀夢(道光壬午二月六日)

綺窗獨對青葱山,回頭劈見飛仙顔。梅華瘦損凋煙鬟,羅浮月落聽佩環。天姥不語玉樓閑,紞如五鼓冰泪潸,朝曦競曙魚目鰥。

玉版十三行(讓木侄藏本)

王大令《洛神賦》麻箋真迹,唐時已止存十三行,硬黄臨本有柳跋者是也。宋思陵得真迹九行,賈秋壑復得四行,并九行共裝之。明萬曆間,或從葛領掊土得此玉版。葛領傳是半閒堂舊址,又證之趙吴興賈氏裝本之跋,人以是信爲賈氏刻矣。其版先歸泰和令陸夢鶴家,後歸觀橋葉氏、王氏,康熙時有人持至京師求售,翁蘿軒嵩年以重價購得,後聞進入秘府,人間墨本日少,覆刻滋多,幾如定武刻《蘭亭》,無慮家鐫一石矣。此是同里葛漁村舊藏,今歸讓木從子,的係刻玉真本,字畫神逸,古色盎然,致足寶也。昔吾蓬園兄心耆古刻,曾親至焦山,手拓無專周鼎及《瘞鶴銘》,研求考索,儒雅堪師。奈天奪之遽,每瞻遺物,深痛人琴。今讓木克承家範,他無耆好,唯於古金石刻,不惜節服食費以致之,是亦群從中之佳者也。因審是拓,遂樂爲羅縷及之。道光二年壬午二月十二日,叔未。

陸程九弟病故。二年二月十二日子時,與余同庚。

道光二年三月

三月十八日。共六百四十六。

三月二十日。十二。

道光二年閏三月

壬午閏三月廿七日。海鹽楊也魯兄售於余之物:

漢綏和元年壺,蓋全,洋錢十四元;東陽何氏《蘭亭》,前後印跋全;《唐許洛仁碑》一册;顔魯公書《元結墓志銘》二册。右碑帖三種,共洋錢三元。

朱月樵以抵借之物作錢歸余:

寶鼎全甎　天監全甎　晋永嘉斷甎　永嘉斷甎　甘露元斷甎　永康七年斷甎　永加六年八月斷甎　太元四年斷甎　建興四年斷甎　萬歲斷甎

《摭古遺文》一本；端研一方，有兩眼；青田石圖書一方。

右共算償抵洋錢廿七元。

道光二年四月

四月□日。書客二酉堂張友售來之書：

《至大重修博古圖》，明印本，一部；

《明史稿》一部；

汪忍庵《集古印譜》一部，十六本，卅二卷；

沈刻《淳化閣帖考正》。

右共洋錢卅元。

四月廿八日。海鹽徐田玉兄售來：

翁覃溪先生對有詩一首，計洋錢三元；

文待詔行書一幅，洋錢三元；

朱西邨山水一幅，有詩，洋錢五元；

翁覃溪先生信二通，洋錢一元。

道光二年五月

五月一日。吴厚生兄售來：漢郃詡母印一方，洋錢三元；宋拓《賈秋壑廟碑》殘本，洋錢一元。

宋刻《大觀帖》殘帙跋

右《大觀帖》舊拓本一章，帖廿二行，前晉王獻之楷書一行，後小楷書"陳懷玉鎸"一行，晉王獻之之一行上裁去二寸餘。去年辛巳夏，余得於篁里之東鄉閒蔣姓家，蓋《大觀帖》真原刻舊拓本也。北平孫氏《閒者軒帖考》：大觀三年，賜中書侍郎余深黄紙本，末卷三山王澧翁蘭思跋，有云每版前小字上題卷數，中題板數，下書刻者名，長短一體，不煩翦截云云。案，余深本過翁所得，近藏蘇州，嘉興魏石老昔語余云，曾目驗之，果有鎸者名。余此紙首被翦去二寸許，當是卷數，其不題板數者，以此爲九卷之首，既題"晉王獻之"，則不必更題板數與刻者名，因鎸於後耳。《大觀》原刻拓本流傳尚多，唯已翦割則前後鎸款俱被割棄耳。此則未經裝褾，故此真憑確證尚得安然無恙。斷圭殘璧，猶見三代典刑，是不得不識之以爲後之鑒古者告也。

咸和二年甎

秀水錢籜石宗伯昔藏咸和四年是戊甎,係武康出土。余昔曾目驗之,其文肥而長,與白石神君碑相類。同邑故友李一徵聘昔貽余弟季勤晋咸和二年甎,云得於海鹽漁舍,其文方整瘦勁,在《乙瑛》《韓勑》兩碑之間。嘉慶己巳,翁覃溪學士曾爲製銘曰:"張君之研晋之甎,相去千五百四十有四年,咸和四年是戊字,聞諸我友秀水錢。"張君之研又在其二載前是也。此咸和二年歲在丁亥甎,亦海鹽出土,與季勤所藏者同是二年而寫法亦相類,然字之大小不同,的非出自一合,而書法何俱精妙乃爾。蓋當時之營窀穸,必倩善書者書勒諸甎,以昭慎重,此亦仁人孝子之用心也,閲之者欽如法物可矣。

大興二年甎

晋元帝建武元年丁丑三月,宣帝曾孫睿即晋王位於建康,次年三月晋王即帝位,是爲大興元年戊寅,此二年爲睿之己卯歲也。卅年來所見漢晋甎以百數,從無有陰款者,此則契字於坯入窑成甋,字迹遒古天成,畫沙印泥之妙兼而有之,洵古甎之異品神品也。米元章白首閲書,無魏真迹,今後米又七百年,苟得唐摹晋帖,已珍不啻一字千金,此爲晋午原刻,僅下真迹一等者,視太康地莂可不爲聯珠璧合耶。

大興二年在咸和二年甎前九年。《八甎吟館刻燭集》王君聘珍咏是甎詩"績續羅八旒,其六大興是"。今儀徵師手書云,阮氏八甎之七却後于咸和,想以甎質定前後,不拘紀年也。

興寧二年

興寧二年,晋哀帝之三年,甲子歲也。俞氏當是造甎以營墓者之姓,非周人姓也。是甎亦海鹽出土,海鹽友人家尚有俞氏殘甎文,與咸和二年甎寫法同,非一合物也。董思翁評趙松雪寫《文賦》,謂晋人文當以晋人書書之,此一語真是書家董狐。余謂漢晋甎,完其太璞,不必作研,是鑒藏第一義。若必欲琢研,則宜用唐以前研式琢之,至拙至樸。苟一用眉池平面,已落宋人窠臼。乃二十數年來,海鹽人琢古甎爲研,輒作墨海式樣,俗名"淌研",無識之汽,一唱百和,種種古物,敗乃庸手,可歎可歎。若此胡盧式,亦是海鹽人琢研後以歸吟館者,是亦寶甓之一累也。竹垞翁藏寶鼎,籜石翁藏咸和,皆以全瓴不加雕琢，通材達識，前輩具可師耳。

珍果封題徵魯史，零璣濡脫讀秦碑。

和村先生年大兄歸自山左，以秦岱頂殘刻十字墨本見貽，鄙報以僧盧檇李。蓋道光壬午夏五事也。叔未張廷濟。

商彝刻石劉邃甫，晋甓龕齋陸放翁。

抱之先生遠寄晋瓴二品，製句以報。

湖州南潯董石舟《湘江歸棹圖》（道光壬午五月廿四日）

波冷長江六月秋，布帆無恙掛中流。遥知鄉樹更番出，翻憶衡湘是舊遊。

壬午五月十日。開船到嘉興，廿五日回家，兩兒、三侄、三侄孫俱不進學。

十三日。吴和邨同年明經遺余秦泰山殘石刻十字拓本，計四副。又天仙照鑒印文二紙。

十四日。質夫賜余《金冬心詩集》初印本一部，余答以白錢五百文。

十五日。趙屺堂司馬贈余《張船山詩集》一部，又時文一部。

廿四日。從峽石許嗜引買商觶一，文曰“子作父戊彝”，又龍形、山形、手執旂形文字，刻露深湛。議定價大錢十八千文，錢未付，約六月到篁里來付。又買漢印一方，文曰“葛孝元印”。

廿五日。歸家。

桐山三兄病重，廿八日候之，送以錢二千文。

道光二年六月

六月二日。許嗜引兄來，帶視卣一，文曰“[illegible]白作寶旅彝”，器蓋全，文同，提梁全。議定價大錢廿二千文。四日，嗜引兄回郡。

許又帶視周爵斝，内文曰“舉寶”，柱上亦有文。據云尚未買就，故不便賣。

又帶視騎督之印，塗金，龜鈕，惜已磨損，金已刮損，僅存十之一，索價五洋錢。

四日。金世珍裱背來。嘉善孫婿文郁入泮報來。

與嘉善孫輯齋親家

在郡晤令兄六研先生，知五兄親家貴體近更康健，忭慰無似。

月之四日，蒙賜喜帖，欣悉令子賢婿補入學官弟子，英年嚮學，稽古光榮，足徵親臺經訓蒙方，傳家啓後，而弟蓬門村舍，亦與有榮施矣。本欲親走稱賀，而炎威可畏，深憚舟行，又恐樞躒華堂，反增動擾。且新郎君鄉場在即，或以弟親到之故，未免轉欲遠答，如此熱天，不如兩省動勞之爲得也。薄儀銀餅二十四番，特遣小僕送到，伏冀哂留。想舊契新姻，定不見外耳。秋九天凉，當造府稱連捷大喜，并與閣下細論衷情也。

道光二年七月

劉文清墨迹之跋語(道光二年壬午七月三日鈔録)

"以爲濁世"起至"過耳而闕於心"

《畫像讚》或以爲吴通微筆，吴書既不多見，無由辨之。其書鋒距四出，魯公大字本似本其意，持一展拓耳。

"蓋張樂於洞庭"至"所樂乃異"

李懷琳作僞，莫善於《絶交書》，莫不善於此帖，黄長睿力辨《鷂雀賦》而不及此，何耶？託之右軍，尤爲無狀。松雪謂《丙舍帖》似《蘭亭》，吾亦不解。潁川遺迹《薦季直表》不誣，《力命表》永興所臨，所謂買王得羊也。

閔廣濤翁八十小像

淒水清且淺，花徑窈以深。有書時復讀，有酒時復斟。此真壽者相，誰識太古心。

經訓里黨稱，瓊樹昔早秀。那至天風吹，喜發孫枝又。從來善必昌，敬爲先生壽。

廣翁今年八十，令孫三姻長，新補學官弟子，故並頌之。

賈刻《宣示表》[1]

鍾太傅《宣示表》自王修蓋棺後，真迹已亡，淳化所刻蓋即王右軍臨本，其真迹傳留宣和秘府，南宋時入賈師憲師第。賈於表前細標"王臨"一行，勝王侍書識多矣。賈原刻之石，桐鄉汪柯亭家寶藏數世，汪後歸金雲莊比部，深自秘惜，不輕拓以贈人。仁和老友趙晋

① 浮簽：此爲道光二年所記。

齋魏以宋人畫卷從金易得者，又二十年，嘉慶廿三年戊寅正月趙又歸于余。潁川古隸典型至今未泯，洵石墨中之鴻珍瓌寶，而鈎勒之精亦斷非出王用和、廖瑩中手不辦也。山彦先生夙精鑒古，索及墨本，並屬書流傳之緒，因漫爲述之以正。

賈刻《宣示表》

南宋賈師憲相國私第書畫往往過於内府，如王大令《洛神賦》，思陵僅得九行，賈又增多四行者是也。此右軍臨鍾太傅《宣示表》，書迹樸古，鈎勒精善，的以真迹上石，又出廖瑩中、王用和諸名手，故特過行世彙刻諸本，不可計議。桐鄉汪柯庭文柏古香樓藏古直繼天籟，寶此刻數世，既歸金雲莊比部德輿，又歸仁和趙晋齋明經魏，皆秘不輕拓，故墨本流傳絶少。嘉慶丁丑，余購得金氏家藏宋紙本，閲數月，遂從趙購得是石，皆吾友琴甫畢兄先生所目擊者。石、墨感召，洵有奇緣，天下事有分定，類如是也。余所藏墨本，琴甫既爲手跋，兹承教書示，因漫述流傳之緒至悉。至細加考核，則大雅在前，余何容贅一詞哉。道光壬午七月九日。

賈刻《宣示表》

《宣示表》始刻於淳化，今棗木初刻已不可得見，然鍾迹爲王丞相導渡江時藏衣帶中以遺右軍，右軍臨後旋歸王修，修死，其母以其所愛諸名迹納諸棺中，鍾迹遂亡，則淳化之刻當亦屬之右軍，而王侍書猶列之元常，謬矣。此刻係賈師憲以右軍真迹上石，又以其門下客廖瑩中善摹，王用和善勒，故書迹之妙，直登無上神品，視世之通行彙刻諸本，不啻仙凡之别矣。石由汪歸金、歸趙，皆秘不輕拓，以故傳本絶少。余獲自晋齋老友，真不異崐岡良璧。昔朱春橋爲雲莊跋宋紙本，云"慎勿使俗工日夜椎拓，有損妙迹"云云，今此石庋清儀閣中，兒曹其亦當知此意也。

漢小弩

漢弩，嘉慶三年戊午冬日，余購於郡城北門沈氏澄意堂，其值錢四百，雖無文字，然形製特小，亦弩機中所罕見者。余故與建安弩同立架樹之。道光二年壬午七月十一日。

卣

周卣，六月二日，海昌許喈音攜售，值錢廿二千。梁全，色澤蒼翠欲滴,器蓋文同曰“汪伯作寶旅彝”。案卣中尊也。此高建初尺二許,與《爾雅》文正合。道光二年壬午七月十一日。

觶

商觶,高建初尺八寸有奇,朱碧斑連,外雷回文極淺細,文在腹,曰“子作父戊彝”。又龍形、山形、手勢形蓋。器極小,而文字至精好,從無過於是者。五月廿四日,從海昌許喈音購得,值錢十八千。道光二年七月十一日。

《樂毅論》趙臨

《樂毅論》留傳有二種,其闕唐諱而有褚河南奉敕跋者,唐摹也,其不闕唐諱而有異僧權字者,梁摹也。此松雪所臨,是梁摹本,風格遒媚,的是山陰正派。渤海石多漫漶,此當是百年前拓本,一再閱之,良可重也。道光壬午七月廿四日,爲琴甫先生書。

道光二年壬午七月廿四日。午後,開船赴杭州。

廿五日。將近臨平,知上湖無水,因走北新關,塘西過夜。

廿六日。進北新關,到松毛場停船,轎至十五開園馬漱石三兄家。行李百八十錢一擔。

廿七日。到鐵葉領拜趙屺堂公,租轎錢五百。候趙次閑、董懷素兩友。

廿八日。天竺進香。轎錢六百一乘。

廿九日。候趙晋齋翁。晤蘇華農、趙寬夫兩舊友。候王友檢叔昆季。江秬香同年來信。送晋翁令孫一洋。晋翁有楊大瓢題跋一本,擬鈔。又有越州石氏刻之目録。

道光二年八月

八月一日,吴山上進香。上馬字街許布政家,候莊來儀孝廉。小營巷廟間壁陳宅候江秬香同年鳳彝,知阮制軍師甚垂愛。

陳仲魚有《十三經跋》,俱就宋板與今板者逐字考釋,惜未刻。仲魚代藝翁購得朱子《詩經集傳》,惜不全,今尚存。(王)[黄]蕘圃所藏蜀石刻經,今歸汪富家,已不能借問矣。[①]

---

① 浮簽:此頁係道光二年。

子律在省未歸，其兄老二、弟老五俱不晤。

贈蘇閣明紙拓《宣示表》一本，又拓本十餘種。

見海寧衛前千户所管軍印官印二本，是天順年間，云在海鹽。

丁元公臨賈秋壑《玉枕蘭亭》研下有小印，硯匣上翁覃溪閣學題七絶詩二首，拓本，是陳目耕所藏，翁爲陳賦者。

新倉里至峴上三里許，訪陳帶經茂才文通，譚有頃，陳贈余“科第世家”象牙印，系明時物。

過陳仲魚同年故友士鄉堂，其夫人今年七十，大郎字元疇，二郎字少陽，俱出門不晤。見大房之小世兄。

士鄉堂（仲魚孝廉克述先志，作堂于老宅之西偏，取齋語名之，儀徵阮元書）

“其所珍愛非常物能自樹立不因循。（夙喜《昌黎二語集》，爲楹句奉贈仲魚二兄同年壬戌之秋，年愚弟程瑶田，時年□□）。”

“臺閣山林本無異，典謨雅頌用所長。”某贈吴小尹對，見於耕煙山館。

“溪橋别業開三徑，几席名香琴五經。”仲魚贈兔床句，屬未昔作隸法。庚戌○○在京師西河沿。

蘇眉亭刑部塞外圖（蘇有《記》，陳受笙補圖）

策馬皇華路，西曹著舊譽。綸音頒玉虎，符合勘銀魚。煙月邊人壘，風花使者車。一篇遺記在，應續馬班書。

獨有陳驚坐，能傳塞外春。杏桃香驛路，租税静邊塵。遺墨科川重，題詩舊雨珍。西湖逢小阮，旅話倍情親。

眉亭刑部令子屬花農孝廉索賦者，叔未。

趙次閑《寶月山居圖》（壬午八月十四日，叔未）

煙徑雲峰路幾灣，圖成猶説舊家山。何當結屋聯求仲，賞析奇文日往還。引觴閒品文人集，映水時懷静者天。得蘭竹趣欣幽託，契水山晴豈浪遊。①

世長永佩遺籤■■崇德，其如彪之有固、向之有歆焉可耳。道光二年壬午八月十四日，嘉興年家世弟張廷濟識。

---

①　浮簽：此頁亦係二年。

孫尋雲醉墨第一圖(字備之,叔未作於武林寓,孫愛學董字)

臂已支離眼已華,難將寸管鬥龍蛇。多君沉醉隃麋國,印印泥兼錐畫沙。

又第二圖

頻羅仙去蘇齋杳(謂梁、翁兩學士),書學何人重細論。君向畫禪參佛祖,買絲還擬繡平原。

信古不知彭已老(集《蘭亭》,見劉文清所書),與時當有惠之和(鐘鼎手摹三代字,谿山心寫六朝詩)。

某華萬樹鼻功德(吴香圃一枝所書對),石硯一方心太平(白傅林塘傳畫去,紫芝眉宇向人開)。

天懷寄在修林竹(蘭亭,成親王刻對。大鵬之九萬里南,蟠桃以三千年熟),人品清於幽室蘭(喻懷静日林亭趣,寄暢春風觴咏情)。

交遊有道儒爲寶,福德無量佛説經。(江秬香同年書對)

蕭山城外五里許,吕裁岱村民掘茭根于田中,得大泉五十,土型數百。其型上下二塊厚三分許,中一塊厚四分許,多破碎。王穀塍進士買得一型上一塊,長寸餘,上孔少寬,下孔與型之孔同,置型上,蓋所以進銅者。其型三塊爲一合,上一面無字,底列四錢,右二有"大泉五十"字,左二無文,右有凸筍,左有凹筍。中一塊兩面俱列錢四,右有"大泉五十"字,左錢無文,右凸筍,左凹筍。下一塊面列錢四,右有"大泉五十"字,左二無字,右凸筍,左凹筍。底無文。其泉文不精,土質亦鬆,漸就剥蝕。道光壬午余觀穀翁武林試寓。

管領春風蘭與竹,攬觀静趣水和山。

"所居廉讓之間,如入芷蘭之室。"孫淵如爲蔣夢華集句。

廿四日。至峽石,於張犀如兄處觀校尉之印、馬齊展買之騎部曲將五漢銅印,還價至十二洋,未果。於蔣夢華兄處觀周楙壺蓋、父辛作寶尊彝,此鏡甚明服者君卿之鏡(有淵如先生手記)。觀顔魯公贈清遠道士詩,已刻石,送余石本。觀董北苑山水巨幅,左右兩接絹本,上有天曆之寶,居中,系宋之山翁所歸者。於蔣西亭兄處觀舉父辛彝。夢華又贈余蘇書《圓覺了義經》石刻打本,經爲楓涇謝中翰世叔所藏,夢兄借刻者。

"樹石亦經濟,居廉讓間;琴書多古心,入芷蘭室。""所居在廉讓間,其人入芝蘭室。"

道光二年九月

晋瓦荷盂

海鹽秦置縣，舊城淹海中，在今海塘外五十里，故老相傳，閱數十年，輒有數日海潮，遠退數十里，大風飈去浮沙，見街道井竈墓址，土人名曰“海見人”，捨取舊物，泉則皆半兩、五銖貨泉，甎有漢、吴、晋紀元，甆皆麤厚無文采。乾隆四十四年己亥見過一次潮，三日遠退，先兄德容亦往觀之，土人所得物果如是焉。此荷盂六十年乙卯三月十三日余遊海上，與太康、永寧等甎同買於海濱漁舍，知亦從海中出者。盂沙骨釉如雲母，外純素，内契荷華七瓣，高二寸二分，口徑五寸，口厚一分，底厚四分。郡友黄省甫云，太康瓦券昔年童二樹曾攜至新鄭縣署，留賞數日，其色質與此絶類。安邑宋芝山學正云此的是吴晋時物，曾爲余題記于匣。

宋拓《樂毅論》

《樂毅論》是右軍書付官奴之帖，楷則端謹，爲大王正書第一。梁世摹出，天下珍之，自蕭、阮之流莫不臨學。見張彦遠《法書要録》。其有朱巽、徐僧權署名，永和四年十二月廿四紀時，“世”“民”字不闕點畫者，梁摹本是也。此本豐腴渾厚，真氣盎溢，蓋山陰師法潁川，故雖字勢遒媚，猶見《宣示》《賀捷》諸表古隸典刑，是定（勝）[從]真迹摹取上石，而楮墨精古，尤是宋時越竹紙致佳打本。海昌陳珠泉明府玉垣少時從故家購得，宦槖攜隨越五十載。嘉慶丁丑歸澉浦故里，掇贈於余。向時翦割重背，戊寅之夏，匠者金世珍裝還舊觀，每一發函，古香可愛。昔金壇王宇泰氏得梁摹善本，手鈎刻入《郁岡齋墨妙》，謂爲“字中有筆，腕中有眼”。今余未老而衰，不克雙鈎摹取，而奏刀勒石，又無管駟卿其人，是則不逮夫前哲已。道光二年壬午九月廿八日。

道光二年十月

宋拓《洛神十三行》柳跋本

王大令《洛神賦十三行》真迹書晋麻箋上，宋思陵得九行，賈師憲不知何處復得四行，元時陳集賢獲之，以貽趙文敏者，今所傳“玉版”本是也。其有柳跋者是硬黄紙本，係唐賢所臨。玩柳跋語意，直誠懸摹耳。世傳武進唐氏古本,孫文介公玄宴齋所祖以覆刻者。又梁谿華氏劍光閣九字闕本,又琢州馮伯魯本,拓法枯燥,董文敏有六跋,覆刻入《快雪堂帖》時選刻董第一跋者,今三本未知存否。嘉慶六年壬戌,余客京師,安邑老友宋友宋芝山得明晉府所藏晉唐小楷字帖中,有一本係宋時佳拓,芝老復以藏紙精裝,劉文清相國細書其側,余時以橐中金盡,不獲致之。此本係毗陵惲仲升日初不遠齋藏本,惲歸查查浦太史嗣瑮,太史子武陟令宣門明府開鑒古精博,球圖守之。廿二年丁丑十月,明府之孫橐庵茂才歸禾郡友徐君蓉塘,徐歸于余。向病割裝致紊行次,戊寅之夏,匠者金世珍裝還舊觀。字有損闕,全字七、半字十四,謹如其舊,不敢以他本攙補,計存全字二百廿六、半字十八、闕字六。風格堅凝,氣象雄厚,筆妙于神,法融于意,楮墨古雅,精采動人,自是宋拓佳帖中無上神品。雖無前賢題記,然珠光劍氣,有目共領。政恐唐、華、馮、宋四本外,天壤間指未易多屈也。道光壬午十月一日,叔未。

玄晏齋覆刻《十三行》①

武進唐荆川先生世藏宋拓唐臨柳跋《十三行》,是大江[以]南煊赫有名之帖。唐氏甥孫文介公慎行摹入玄晏齋,形神畢肖,爲覆刻本第一。刻甫成,董思翁以宋箋手拓數本,裁去首款,自爲題記,以售於人。王虚舟吏部至謂快雪堂刻本亦本於此。雖吏部後見馮本,方知前聞之失,然刻之惟妙惟肖,正可見矣。刻石康熙時已泐,拓本不可輕致,乾隆丙午,趙味辛刺史再從祖本鉤摹上石,則已遜此刻之精矣。余舊有趙刻,嘉慶丁丑得惲仲升日初所藏宋本,因思此本尤劇。閱二年,同邑友何郁堂上舍有事毗陵,購訪累月,獲此見貽。楮墨不緻,然唐氏祖刻風規宛然在目,殊可寶也。管馴卿爲勒石名手,此刻經年乃就,吴門王友月軒云管刻至柳跋二行,罄心研索,必欲追取賦與跋用筆所以異處,喉間致聞血腥。噫,良工心苦,曲藝且有然哉!

十三行都二百五十字,  字原有闕筆,"歡、託、信、脩、懼、乍、陰、步、嫣",相傳刻成時文介手自槌損,虚舟吏部得無錫

① 浮簽:此頁亦係二年。

華氏劍光閣舊本，此九字皆闕，方知文介之挩，蓋據華本。説見《虚舟題跋》卷一。趙刻“託”字、“淵”字、“珠”字因重裝爲俗工所損，故存缺筆。今此刻“淵”字尚全，則重裝致損蓋在此刻後矣。

此本楮厚墨濕，濡脱不精，戴松門明經有一初拓本，墨如蟬翼，頗可惜首行已裁去，此皆射利之徒諱言覆刻所致。王月軒有一本，拓亦佳，且有唐若營宇肩長跋，去年春貽余周伯顒鬲時出以示余，惜未再得之也。道光二年壬午十月二日，叔未張廷濟。

趙味辛覆刻《十三行》

此與玄晏齋刻同爲唐氏祖本之肖子，所以差遜孫刻者，由管駟卿誠爲鎸刻名手，而用工亦未必有經年之久耳。然風神駘宕，氣骨雄駿，固已無美不臻。覆刻如此，政恐季方難爲弟，元方亦難爲兄矣。所采三跋俱精瞥可愛。猶惜汪、徐、陳三君子名言妙迹未盡登樂石以惠藝林也。王虚舟吏部跋，謂董文敏手拓孫本自爲題記以售於人，快雪堂刻亦本於此。然吏部後見馮氏原本，拓本枯燥，並非孫本，董跋凡六，所刻者乃第一跋，亦已節去三之一，因謂事不經見，僅據流傳，誤人不少云云。又吏部曾借摹唐本，精刻端石上，三月乃成，形神具足，自謂出玄晏本上，而此跋云擬借重摹，則端石之刻當在康熙乙未夏五之後，惜末由購取一賞，是又動我遐思矣。

趙刺史此刻深自珍惜，故墨本流傳絶少。嘉慶丁丑，余得一宋箋本，是桐鄉金雲莊比部德輿所拓，惜孫文介以下諸跋俱未拓及。豈比部亦將效董香光拓玄晏齋故事耶？趙刺史爲比部姊婿，故金氏所藏宋刻《宣示表》趙亦詳爲之記也。

《十三行》戲鴻堂第二本

董思翁戲鴻堂所刻洛神十三行凡四，此唐拓本是第二本，後無跋語，其柳公權以下四跋乃第四刻本之跋。余舊所得殘本匠者爲余裝，然實不相接也，鴻堂帖初刻本文敏提學入楚，版毁於火，乃重摹刻石，此當是初刻本耳。

《黄庭經》秀餐軒初拓本

明神宗四十七年，海昌陳息園摹刻《秀餐軒帖》，尾署篆書二行，萬曆己未歲冬月，陳氏秀餐軒勒石。自魏晋至宋小楷書帖居多，首列鍾太傅《宣示》《戎路》《季直》《力命》四表，次列王右軍《黄庭經》

《樂毅論》《蘭亭叙》《東方像贊》《曹娥碑》。

右《黄庭經》,明萬曆四十七年己未冬月,海昌陳息園秀餐軒所刻,其本與文氏停雲館同,而氣格腴潤,較多風神姿趣。秀餐所收魏晋至宋小楷居多,首列鍾太傅《宣示》《戎路》《季直》《力命》四表,次即右軍是《經》。墨本傳世絶少,海昌友人或云久毁,或云早歸吴門。高友勉齋昔贈余米書《西園雅集記》,畢友琴甫昔贈余蘇書《歸去來詞》《赤壁賦》,皆已精裝成册,去年春從郡肆得此本,以儷宋刻宋拓之後,亦墨林一清興也。

《黄庭經》虞跋本

唐天寶時,潼關失守,内庫法書盡皆散失。初收城後,徐季海再充使搜訪圖書,收獲二王書一百餘卷,訪《黄庭經》真迹,或云張通儒將向幽州,莫知去處,則真迹安得至宋尚存。此有虞秘監、陶中書二跋,字迹古雅,鈐藏璽印,種種確鑿,並非後人僞作,其梁隋之官摹本乎?然徐僧權、唐懷充、姚懷珍、滿騫、朱異、沈熾文、江總、姚察等署證人名何無一及也?字法極瘦勁,當是南宋佳刻,惜未審刻石時地。余得此本,亦既忘何人所貽,特重其與時下傳本迥别,故爲跋而存之。時道光二年十月廿一日也。叔未。

《黄庭經》停雲館本

此文氏停雲館刻本,道勁峻潔,爲有明彙刻帖中《黄庭》第一。停雲卷首如《黄庭》殘字、《東方畫像贊》《曹娥碑》《心經》《玉枕尊勝咒》《正草陰符經》《度人經》《消災護命經》,率據越州石熙明刻本,此《黄庭》全本則本宋僧希白《潭帖》。希白鈎勒精善,遠勝鼎海,以文氏父子精鑒逮刻,又得章簡父名手,則奚翅醬鹹於鹽,冰寒于水哉。文氏原刻後歸常熟錢氏,後入畢秋帆尚書靈巖山館,近在桐鄉馮鷺庭太史集梧家,逐漸備補,諸小楷率非其舊藏者,日加珍惜矣。此本海昌陳珠泉明府玉垣所貽,時爲嘉慶丁丑。其本割截裝背有紊行次,戊寅之夏,匠者金世珍裝還舊觀,自“入日”起至“飲飢”闕十三行二百七十一字,他日當精意補之。道光壬午十月廿三日。

道光三年四月

謁泰伯廟三十韻(道光三年四月四日依竹垞先生手稿録過,此稿朱寄園舊藏,繼歸馮柳東太史,近歸許嘉蔭)

沮漆開宗别,江湖界道弘。古公遺哲嗣,内傳有明徵。肇迹貽謀遠,先幾遜野能。帝心惟季度,祖武得易繩。相宅誅茅始,行山采藥曾。文身輕鏤刺,披髮淚髯髻。三讓冽井深,群黎愛莫懲。稻田多樂歲,瓜瓞啓新塍。梅里道堪汲,高墉近可乘。命圭還作伯,端委豈無朋。俗導仁風厚,經傳至德稱(宋徐僑請更《論語》名《魯經》)。世家倫次定,人表上中應。熟食饔宜佐(《世本》"吴熟哉居蕃離",宋(忠)[衷]注:"熟哉,仲雍字。"司馬貞《史記索隱》"雍是熟食,故字熟哉"),平墟墓未崩。芳蹤千聖少,咸秩百王仍。里徙梁乾化,祠沿漢永興。友于同一廟(皮日休詩"一廟争祠兩讓君"),棲止必雙憑。苦酒離城進(《吴地記》"苦酒城,吴王築以釀酒"),靈旗練日升。質明來替集,齋宿有司恒。歲入鄉儀换,神慈市儈憎。漸疏庖與翟,下遣簿兼丞。芭舞忘遺曲,牲醪減舊秤。壁看丹粉蝕,豆徹蕙肴蒸。古礎方花濕,空廊蔓艸芿。清蟲晴掛樹,蒼鼠暗窺燈。逾者鑾輿至,恭維嘉惠承。爲章仰雲漢,題扁照觚棱。田吏重趨走,壬夫乃戰兢。杏梁浮震澤,栗主配延陵。墜典勤分掌,恩言盡服膺。法施民矢報,終古潔鉶甑。①

商丁己二爵

古器中習見,或作    ,皆象形之文,當隨器以定名,不當主名某字,無已,釋作尊字爲少安。

① 浮簽:此頁爲道光三年所記。

“左冊”之“左”疑當有一直,或濡脱未顯耳。

爵文在柱或在鋬内有甲乙字者,昔皆定爲商器,余曾獲七器,一以贈儀徵阮師,一與季勤弟,一與讓木從子,今清儀閣中現存其四,唯周爵有二行字,而形方且高大逾於常者,則僅得其一。商爵多而周爵少,是不可解也。右二爵,旭樓先生世傳之器,器文俱精,真堪珍弆。郵筒題識,德必有鄰矣。道光三年四月五日。

五銖泉范景本

古作泉之器命之曰范,始見於竹垞朱太史文集。迄今蒐羅日出,余所見器以數十計,墨本更倍之。而背有文字如“大吉”,如“宜泉”“吉利”之類,皆佳品。余所藏器背文有“日萬泉”“富人大萬”“日利十六”,又鳥象,皆致佳,而五銖范面背兩版尤寰宇未見之物。右五銖泉范,旭樓先生世傳之品,雖背無文字,然確有漢物,非近今鄉壁虛造並僞鐫數字於背以惑盲瞽者。比雨窗無事,緑蔭滿逕,漫爲書此,亦寓中一適也。

道光三年五月

《玉版十三行》姜跋

或傳子建得甄后玉鏤金帶枕,感歎不已,還濟洛水,忽若有見,遂爲此賦。初名《感甄》,後因明帝見之,改名《洛神》。余謂不然。子桓猜忌,必無與枕之事,即與,而子建敢斥名賦之乎?果爾,則無以異於桑濮之淫辭,王逸少父子晋代名流,何偏好書之也?蓋子建師法屈、宋,此直摹宋玉《神女賦》耳。逸少書今所傳二本,子敬書多至數,亦愛其辭之工麗而有體也。今日爲某臨此帖,因記之。宸英。

王大令《洛神十三行》,于闐玉刻,明萬曆間葛嶺出土。宋高宗曾得九行,至賈秋壑不知何處又得四行,並高宗所傳者合裝爲十三行,而葛嶺傳自賈相舊宅,世所以屬之賈氏物也。此刻自陸夢鶴大令得轉流數姓,至翁蘿軒貢入天府,南中覆刻,無慮數十家,而真贋遂不可辨矣。余自幼得海昌陳衡玉本,近又得嘉善魏水村本,臨摹積久,遂得心知其意。此本亦是玉版真本,惜以姜湛園跋遂致割裂裝配。然姜係跋其所臨《洛神賦》,與此玉本十三行固無涉也。道光三年夏五廿七日，叔未。

復孫古雲

裁候久疏，馳思綦切。接手書，欣悉動履萬安，藉慰鄙意。至聞質庫中有耗，願我良友勿以此少損懷抱也。檇李今年爲霪雨所累，可謂大無之歲。到浄相寺兩次，只采得七十枚，今遣僕送上，其李再三挑檢，却一半已無裂文者，蓋此紋猶梅之紅綻，却不以此分真贋，西施一掐，不過里人傅會，詩家粧點，勿爲“顆顆爪痕”一語所誤耳。

所來洋錢八元，原緘繳上，區區果品，聊當野芹。受知己之值，斷無是事也。弟連年來總不他出，而衰象日增一日。今年兩小兒童試又不得進學，心緒毫無好處。金石之屬亦久無所獲，唯漢官私印近已得一百廿鈕，夏秋之間或印出，當寄以見賞。唯官印中之精者頗少，是以尚不敢遽印。尊藏若干，儻乘興一印，祈賜讀爲快耳。

蘋翁近在寓否？今年因李絶少，不得分餉，心甚歉然，幸轉道意。[1]

道光三年十月

“墨莊”(朱文)

陳香泉書册

京師唐碑止二件，一憫忠寺蘇靈芝書，一淤泥寺趙偃書《心經》，蘇碑尚在寺中天王殿内，趙書爲秦侍讀布取至家中，十年，侍讀同余督運大通橋，聞余言而搜得者。戊子春，余自黔來京師改補，晤侍讀，道及，遂以贈余，趙書自此入江南，當注明顧亭林《金石記》。四月十八日培風下榻書。

余家有藏硯，曰執法、卞壁、蟾蜍、龍池、折角、兔弦、觀察，大兄子厚分得執法，三兄子桀分得蟾蜍、龍池、折角，大姊向先慈乞得觀察，予分得卞壁、兔弦，此數硯乃先君宦粤十九年訪求故家舊俗重價購得，皆萬曆間水巖老坑石，細膩軟潤，發墨而不退鋒者，或白，或紫，或青，鸜鵒活眼，或紅或緑，淺深重暈多至二十餘層，黄臕火捺，流金硃砂，翁翠蟲注，無所不備，此天下之至寶也。惟執法爲最大，

① 浮簽：此頁亦係道光三年所記。

闊六寸,長一尺,厚二寸,又諸美畢具,更諸硯中之巨擘也。大兄身後,孤侄貧不能守,粥諸海鹽令李公鍵,李陞綏德州牧,卒於官舍,此硯猶在京師。余交輦下有力群公,倘能念我先君遺物,反而貽其子孫,自是不朽盛德。老眼燈下書此,則有厚望焉。

朝陽關東嶽廟中有子昂書張留孫碑,一石兩面,在丹墀東,虞集八分書碑在寢殿東,趙世延碑在寢殿西,《聖教序》王文安摹宋拓刻者在大殿後東角。康熙卅七年十二月,廟災,《聖教序》毁,而三元碑皆無恙。廟重修皆直省捐助,約費十餘萬金。嶽神像元劉正奉元年塑,今不存矣。戊子四月十五日,大司寇巢公奉命禱雨於岳祠,知余熟《繁露》祈雨法,急召咨詢,奉陪三日,雨大澍。十八日晚,還宿培風堂,因書。

崇國寺有趙子昂碑,傍危大僕碑並立,人但知趙碑,危碑無過問者,名之動人在耳目間,盛與不盛亦似乎有福緣關係於隱隱中也。吾不能無慨焉。天津友人馬淡庵名呈曦,酷愛余書,欲爲勒石,作數百金,勝事予書刻於吴閶者,四册,凡百頁,于中丞公捐資,延名手正在鐫摹,將欲畢工。今更得此舉輝映南北,淡庵之取擇固足不朽,而余書無可取,兩都之石豈不病耶。遂取大司寇巢公太史先生所藏,擇其可觀者合成四册,頁亦百數,刻于吴閶者名《予寧堂帖》,今馬氏所刻名《清恕堂帖》,目録開後:

《十三行》,并跋,《上梁文》。

《月儀》,并跋。

《千字文》,小楷。

臨帖,二册。

以上司寇公處。

《鴨頭丸》,并跋。

《樓東賦》,并跋。

《仙掌賦》,扇面小楷,照依行款。

唐詩,《春江花月夜》《夜歸鹿門歌》《餘杭醉歌》。

宋詞

夫子廟堂碑真迹在大内,近日示觀,南書房查他山編修得見之,爲余言。

米元章《多景樓詩》真迹在新樂令張曾裕處，自梁真定家得來。

虹縣詩真迹卷在華亭王儼齋司農處，中缺四句，有飛白五字，有燕臺劉某跋。

愍忠寺蘇靈芝碑真迹在真定梁家，胡少宗伯南苕曾見之，今不知落何處矣。

房山縣有石經山，自隋時僧静琬刻起石經四大部，至元時畢工，凡二千餘，藏諸洞中及塔下，其處有唐碑十餘件。京城西至西山，路旁石經山亦有石經，是元和間節度使劉總所刻，今經石俱碎，狼籍道旁，洞門尚有劉總題字，胡南苕宗伯拓得以示余，書人不及房山經字之精。

京師有唐人書《心經》二，淤泥寺及石鐙庵，皆石刻也。淤泥寺經字大而不佳，俗刻也。石鐙庵經是廣德間掌冶丞趙偃書，字小，有河南筆意，一石八面是鐙藥也，已爲余得載而南矣。

戊子八月秋分前二日，海寧陳奕禧雜記。"陳印奕禧"（白文），"子文"（朱文）

右陳香泉墨迹册，凡十二章，汾陽梁香圃（名啓泰，字大成）家藏物，今在閔竺峰廣文處。道光三年十月十一日，叔未録於沈氏是亦堂。

吴樓坪太史象卷（圖有桂華小山，獨坐一童子洗硯）

不合人間有此生，年來蹤迹寄浮萍。身餘筆墨難償債，家爲饑寒已廢耕。與我周旋仍作我，識卿面目付還卿。風雲變盡隨時態，白首惟君不世情。　　無言獨坐傷芳菲，此子襟期與世違。苜蓿草荒天馬病，神仙字老蠹魚饑。露寒金粟秋風早，水落吴江獨雁飛。今日燈前重問訊，怪他雙鬢漸看非。癸卯暮秋樓坪自跋。

清溪一碧小橋通，欲涴淄塵愧此童。枉折殘荷勞洗硯，原無點墨在胸中。樓坪又題。

仝試明光殿，於今六十年。一朝逢畫裏，萬載到胸前。我鬢全衰矣，君容尚婉然。遥知揮扇坐，初憩桂花煙。

此圖成於雍正癸卯，是年公成進士，入翰林，旋改官，知廣西永福縣事。乾隆丙辰，與枚同受知於金德山中丞，薦鴻博，入都試保和殿上，其時先生白髮盈頭，而枚年裁弱冠，頤下尚未鬑鬑也。迄今五十九年,偶過吴門,其後人昱出此圖見示,展玩之下,不特見先生,並如見中丞焉。磨墨揮毫,悲來横集。先生姓吴,名王坦,號樱坪,松江人,與枚相見時已非圖中容貌矣。

乙卯隨園後學袁枚題於昌門之蕙林山房,時年八十,端陽後十日。"隨園酌筆"(朱文)

勉著先鞭怵祖生,廿年蹤迹半如萍。木天遊歷移冰署,蠻地巡行勸火耕。吏治方成旋遯迹,詞華交薦重名卿。歸田自愛林泉樂,坐對文峰澹宦情(公之坐處對西林古塔,别號筆峰)。曾經上苑賞芳菲,謝政歸來志未違。蜑雨蠻煙非避瘴,露葵菰米亦充飢。耆英幾輩乘雲去,倦翮孤騫帶雨飛。渺矣音容難再接,殘年猶是敝廬非。敬題樱坪太親翁老前輩大人遺照,即次自跋二首原韻。姻晚生張孝泉。

六十年前老制科,人才輩出盡消磨。群仙抗手奉迎處,一局煙雲已爛柯。君是蓬山謫下仙,玉堂重到竟無緣。陶公雙翮離披後,夢負天門亦惘然。

嘉慶丙辰紀元之歲題樱坪老前輩遺照,館後學李堯棟號松雲稿。

軼世才華漢賈生,早涵經術贊承平。臺郎五日含香送,渤海三年帶犢耕。久識蓬瀛留姓字,非關福命不公卿。半生舒卷原無意,漫把濃雲比宦情。蘭臺人去草菲菲,白首松雲願不違。路入天衢騏驥老,山空竹實鳳凰飢。曾傳淮浦神羊在,幾見遼陽化鶴飛。心迹至今如可溯,春風圖畫是耶非。樱坪前輩遺照,研薌汪廷昉。

蓬山一謫返無由,匹馬灕江弔柳州。政與甘棠留五嶺,詩隨青史共千秋。朱顔可駐惟圖畫,綺語無功付水流。剩與文孫論往事,高攀丹桂憶清遊。

謹莽先生以其尊大父樱坪前輩遺照及咏史詩見示,謹題長律。滄州後學李廷敬(號寧圃)。

治譜留邕管,高風學季鷹。痕憐鳳巢掃,夢憶鶴書徵。耆舊凋零盡,客顔想像憑。天香吹弄處,遺馥到雲仍。

樱枰前輩令孫朝江學於雲間書院,有俊才,晦日出此圖索題,爲書一律。海昌祝德麟。

“静寄欣同蘭作合，虚懷樂與竹爲群。”王夢樓書聯。

“枯豪秃穎入秦漢，靈心妙舌噴莊騷。”顧晴沙。

“寬著庭除貪貯月，少栽花樹欲看山。”

“新構鳳皇州上屋，恰如書畫米家船。”錢文端公書聯。

“揀茶爲穎同心友，翦紙因裝善本書。”

“囊里有詩皆錦繡，席間無地可塵埃。”錢文端。

道光三年十月十二日，與嘉善閔笏山買得大泉五十泉范一、大布横十布范一、金錯刀一、甘林瓦當一、得壹錢一、乾元重於錢一、大觀鐵錢二，共洋銀二十餅。笏山蓋得于河南禹縣者。笏山又有小大泉五十范，中二面二背，許以三銀餅，不售。

小樓刻蠋聽春雨，白晝垂簾看落花。（王夢樓）

一心似水唯平好，萬軍如棋不著高。（汪退谷）

《谷園摹古法帖》（計十一本，吴江陸匏尊翁手從德清徐竹窗先生家借看，此當是不全者）

鍾繇《薦季直表》，陸行直、袁泰又吴寬諸跋。

案此即華氏真賞齋刻袁第一跋，十一、十二行顛倒處已易正。

《宣示表》

衣袋過江表，俗刻幾不可解，平生所見佳本唯二，此其一焉。照案此刻較他俗刻字稍大，與余藏賈刻石相等，計十六行又四字，“昔與文若”不作“者”。

《墓田丙舍帖》

魏太尉鍾繇《千字文》，右軍將軍王羲之奉敕書。

後有“秘府胡遽”印、“晋府書畫之印”方印、“群玉中秘”長方印，前有雙龍圓印、“宣龢”連珠方印。

《群玉堂帖》

晏元獻殊　杜正獻衍　范文正仲淹　文忠烈彦博　富文忠弼

曾宣靖公亮　胡文恭宿　歐陽文忠修　包孝肅拯　趙清獻忭

唐質肅介　張文定方平　韓獻肅绛　王文公安石　司馬文正光

韓門下瀰維　劉忠肅摯　蘇文定轍　鄒忠公浛　陳忠肅瓘

道光三年十一月

玉版整本,得於嘉慶廿三年戊寅八月,每思得楊、翁二跋端石刻整本,以儷其後,頃十月十八日,客盛澤,王丈旭樓出以見貽。因手裝爲册而題識之,歡喜殆無可量。道光三年癸未仲冬廿二日,叔未。

右玉版,縱建初尺一尺二寸二分彊,横一尺一寸一分彊。

右端石,縱建初尺一尺又八分,横一尺四寸六分。兩紙同是一石而兩面刻者。

《十三行》陸跋

《十三行》魏水邨本,嘉慶二十年乙亥歲暮,余得於嘉善丁氏。詩跋共得二十,陸跋最先,不著年月,水邨七言古詩後云:"丙寅長夏,重客燕山,陸辛齋先生以《玉版十三行》見貽,喜而賦此。"則此跋在康熙二十五年丙寅歲。

楊　跋

翁蘿軒學使得是版在康熙四十二年癸未之春,楊此跋在翁將得版之前,是時洪氏翻刻本楊尚未見,故但直斥文盎之説而不引維揚杜氏所藏爲證據也。

端石刻《十三行跋》向惟見陳友心於割裝本,兹得於盛澤王氏話雨樓,係整章精拓,喜可知也。楊跋引陸、朱二説皆得於魏水邨坤本,小朱十鑒古不精,沿訛襲謬,小鐵闢之甚是。唯朱説"洪清惠公",楊跋於水邨本亦作"清惠",而此跋云"洪清遠",則記憶之誤也。賈相于闐付鐫,陸未有引據,楊以與《容臺集》所載秋壑家晋時麻箋不同或係宣和時刻疑之,亦善。惟葛領出土之説,冰翁爲前明遺老,去神廟時未遠,則其説自可確信。而所出既在半閒舊址,是版之刻即不必定屬之王、廖輩,而其爲賈相多寶樓舊物,則無疑也。版自泰和後,經觀[橋]葉氏、王氏説亦本於水邨本姜西溟跋中。水邨本又有錢絅庵名世跋,云玉版昔見於裴廷尉,次張充佩處,今歸翁憲僉康貽嵩年,係康熙五十四年乙未清河所書,則翁之經進當在乙未春後矣。唯是玉版既登天府,人間墨本日少一日,而端谿片石未審存逸若何。余獲此刻,既償夙昔饑渴之者,而因摘魏本數跋以合爲疏證,俾同耆者讀之,奇文共賞,疑義相析,其墨林一大快事耶。道光三年十一月廿三日。

《玉版十三行》吴江陸匏尊藏本

王子敬小楷書《洛神賦》唐人臨摹已祇剩十三行，今世所行柳跋本是也，其真迹宋思陵得九行，賈秋壑不知何處復得四行，元時爲趙文敏所得者是也。玉版刻本虛和蕭散的是晋賢風度，世每一例視之，未識晋唐門徑一也。其版明神宗時葛領出土，葛領爲賈遺址，賈曾裝麻真本，而門下客廖瑩中、王用和又曾摹勒小字《蘭[亭]》爲玉枕，人以是定爲半閒堂物矣。版出土後歸泰和令陸夢鶴家，歷經觀橋葉氏、王氏，至康熙四十二年癸未，翁蘿軒嵩年購於京師，即攜至嶺南學使任。丙戌秋，翁刻楊可師賓跋，並自跋於端石版上。五十四年乙未之春，錢絅庵跋魏水邨本，猶云今在翁憲僉康貽嵩年處，翁之敬貢天府當在乙未春後矣。現今真本流傳日少一日，間有所遇，又多翦割裝背，此本整章完好，係百年前墨拓，與吾齋魏水邨本相同，在陳衡玉本後，宋帥初本、武林書肆本前，當作《蘭亭帖》真定武本觀可也。道光三年癸未十一月廿五日。

古人校勘石刻必須量度尺寸，是以鑒藏家雖豐碑巨碣亦必以整幅爲貴，若此種小品文字，而無識者猶有翦裝作册，真不可解。此本完好整章，善矣，然猶惜四邊餘紙已被匠者割去。余家藏真本五，唯武林書肆本毫無損割，頃恰好翁蘿軒端石上所刻跋二紙亦係整幅，儷裝於後，是亦一快也。①

《百陶樓甓文集録》目次②

西漢

元平萬歲

東漢

永初二年

建寧四年歲在

三國

鳳皇元年九月范氏造　萬歲

天璽元年太歲在丙申　荀氏造

---

① 浮簽：此頁亦係三年。

② 浮簽：此頁係道光三年。

天璽元年太歲在丙申　荀氏造　八月興

西晉

太康二年

太康三年八

太康三年八月廿八日□□章□作

太康七年

晉元康七年八月丁丑茅山里施傳作

晉元康七年八月丁丑茅山里施傳所作

元康八年八月廿八日丁卯作

元康九年□月□作□

永康元年

永寧元年八月龍里黄喜　永寧□□

永寧元年八月癸丑朝作□

永寧二年八月□記

永寧二年八月十

永嘉元年歲在丁卯

歲在丁卯錢公冢

歲在丁卯所作　九月十日孤子錢噲

永嘉七年八月十五日　高

建興四年八月十日

東晉

建武元年閏月廿日　元年施□作

泰寧二年　吴興烏程縣

泰寧三年八月廿日　九月卅日□

咸和元年七月廿日□令　萬歲　郜造

咸康元年太歲乙未七月廿日□

咸康七年八月十

咸康七年八月

永和元年七月□日□□

升平二年□月廿日辛巳作　沈□□□

太元元年九月

太元十二年八月廿四日作

太元十二年八月廿四日作辟

康七年　萬歲

康九年八

元年歲在庚申

年太歲在乙未　人形

子　合言

月十五日　八一日

五月

興四年八月十日作　　咸和二年

右紀年兩見

月十一日□祚　宣

月十日　錢作

□□法立　章有

廿　　□□所作

□□明作

包氏

宜官吉

宜官吉　泉文

千□萬簡　萬年

癸亥施家富　賓壽萬祀

元康八年八月廿六日宣作

元康九

永嘉二年八月廿日□

永嘉二年九月錢　烏□

未海鹽戴氏

中散大□□□

考子宜孫

宜貴

富且昌

宋趙德甫得陽朔四年甎,謂西漢文字世不多有,而洪氏《隸釋》所載之甎皆東漢物也。儀徵阮芸臺先生有五鳳五年甎,翁覃溪閣學爲之考證,亦以爲世無其偶。此西漢昭帝元年甎,元年止一年,歲丁未也。先五鳳戊辰廿二年,先陽朔庚子五十四年。嘉慶丙子不其山農楊鳳苞。

晋/元康/七年八月/丁丑第山/里施傳作

《晋書》及《通鑒》,元康七年秋七月雍、秦二州大旱,丁丑京陵元公王渾薨,九月以王戎爲司徒。丁丑似屬七月,而甎文屬八月,兩月中不應有兩丁丑,史之譌歟?抑甎之譌歟?或史於丁丑上本有八月二字,傳寫脱之歟?嘉慶戊寅徐球尹輔。

永寧元年八月癸丑朔作

此甎字畫模糊,諦察之,當是八月癸丑朔作,末一字不可辨。考《晋書·惠帝紀》,永寧元年七月有甲午日,八月有戊辰、己巳日,則癸丑之在月朔可知。又案是年閏三月,景戌朔(丙作景,唐人避諱),則四月朔非丙辰即乙卯,六月朔非乙卯即甲寅,而八月朔之爲癸丑,蓋信。徐球尹輔書於管氏期美堂。

永寧二年八月朔祀

永寧二年八月朔□。案,晋惠帝永寧紀元僅有一年,其二年即太安元年,然太安之改元在十二月齊王冏死後,而作甎者在八月,其稱永寧也宜矣。以所改之號冠於年首,則史家之通例也。徐球。

建/武/元/年/閏/月/廿/日　元年

文曰建武元年閏月廿日,《通鑒》晋元帝建武元年,胡注:"《考異》曰:是年八月庚辰朔見《劉琨集》,與《長曆》合。"而《晋書·帝紀》是年有七月丁未梁王悝薨之文,庚辰上距丁未卅日,則於七月置閏無疑矣。此甎字畫絶工,别一行"元年"數字不可解。德清徐球。

十太歲在乙未作

西晋武帝咸寧元年,太歲在乙未,其時吴興尚屬孫氏,不應奉晋之年號，此當是東晉咸康元年或太元之二十一年。尹輔徐球。“徐伯子”。

古甎文見於洪氏《隸釋》者七，然拓本不可得。見於侯官林佶者一，是漢五鳳二年甎拓本。余見之與甘泉宫瓦同裝，乃小長蘆珍弆者。瓦文長歌一、一首跋尾，今存吾師静樂李方伯家墨迹，真世寶也。吴興藏甎聞偶得於丁古甓齋，次君家百陶樓，次王氏寶鼎精舍，俱不下數十刻，古甓齋赤烏甎爲最。王所藏余獨愛寶鼎斷甎，是其初得之一。此本余獨喜鳳皇元年甎及元康七年下有“茅山”二字者，蓋波折圓整，可爲後人繆篆楷模。趙齋趙翁亦然余言，知百陶樓主人當不河漢余言也。嘉慶丁丑六月廿二日林從炯識(“伯炯印記”)。

漢刻流傳，東南絶少，洪氏《隸釋》載湖州三費碑，今已不存，存者溧陽校官碑，而宜興國山碑、南京天發神讖碑並孫吴時刻，天發神讖碑近又毁於火。今葦邨藏甎竟能上溯西漢，誰謂古今人不相及哉。葦邨又收古錢千餘種，集爲《錢譜》，尚未成書，幸吾宗之有人，惜相見之太晚已。道光二年壬午十月，同宗樹玉並書。

漢晋古甎有紀元相同可以通借上下者，唯當以字迹審定。此“元平”字結體渾厚，審係西京古品。吾齋藏古甎以百計，中亦唯“甘露元”字則確然可信，與八甎吟館五鳳黄龍並重耳。

甘露元

甘露元年殘甎，出吾邑白苧里頹垣中。文在側，側厚建初尺一寸三分，其無字之側厚二寸。兩面麻布紋。質堅如玉。①

道光三年十二月

永寧二年壬戌

永熙元年

家有永初洗二拓本，一作○○○○，一作○○○○，與此甎大可印證。

鳳皇元年

海鹽友人亦藏鳳皇紀元甎，書迹渾古可愛。此更完好無虧，爲

① 浮簽：同前，似與第三册第二十七頁相連。

尤可貴耳。

萬歲甎所見至多,有紀元者不過數十之一。吾家有赤烏殘甎,則側有"萬歲"字,兩面作車輪文者。

天璽元年太歲在丙申荀氏作(細字者),此"璽"字與白石神君碑後燕元璽三年"璽"字絶相類。

又

天發神讖碑近已爲六丁取去,此一瓴真東南魯靈光殿矣。

永定元年八月龍里

乾隆乙卯,余得永定元年六月十九日淳于氏所作甎於海鹽濱海漁舍,今刻入《金石契》及《寰宇訪碑録》諸書,余年年是日率集友人酌酒賞之。然此及敝藏者字皆渾古,則或是漢非晋耳。

永嘉七年八月十五日高

粤東友人温遂之昔致余"永嘉五年辛未子孫昌皆侯王"甎,較此更瘦勁古逸。

泰定二年　吴興烏程縣

海鹽古城根時有秀州海鹽縣甎,與此正相類,此更前數百年耳。

咸和元年

咸和四年是戊甎藏秀水錢𦷓石宗伯,諸名公多爲題記,爲古甓中煊赫有名之品,今已歸阮制軍師。余家有晋咸和二年甎,翁覃溪曾製銘書八分大字,而宜泉秋部復書小字勒諸甎之陰,是皆咸和甎一古故實也。

總　跋

少耆金石古品,四十年來所得鐘鼎彝器印泉鏡權瓦甎之屬,多以千計,少以十計,然唯古甎得之最先,於海鹽,於長興,於武康,於錢唐,於會稽,於順德,斷璣全璧,盡入古錢囊中,蓋視洪景伯、陸放翁、岳倦翁不啻數十倍之數。年前珂里王友二樵、陳友抱之兩君子先後寄墨本屬題,兹復得展視尊藏巨册,吴興實刻盡萃心胸,余於古緣抑何厚哉。抑聞清秘收録古錢劇富,惜急景凋年,未獲拏舟奉訪,更相與賞奇文,析疑義,是則且俟後緣耳。道光三年十二月三日,叔未張廷濟。

《大觀帖》（陸匏尊翁屬跋。陸，吴江人，近隸秀水）

《大觀帖》，龍大淵更定彙次，蔡京書卷首末，正王著之繆者十之一，自較《淳化》爲善。余家藏四本，一僅卷九之第一章，尾有"陳懷玉鐫"四小楷字，一殘本，十之四，其《宣示表》第五、六兩行之間有"臣張長吉、張仲文"七小楷字，皆確然可信爲宋刻宋拓者。此本係吴江吴氏舊物，康熙丁酉二月，潘稼堂太史南旋時購，近爲匏尊先生陸姻翁所藏，與吾家所藏百福巷本絲毫不異，洵數百年墨拓也。見今去宋漸遠，古拓日罕，若此整部完好，固應球壁視之矣。道光三年十二月七日雪窗呵凍書，廷濟。

《黄庭經》（家藏陳衡玉本）

《黄庭經》大抵皆唐人臨本耳，其筆畫極瘦，前有右軍像，後有虞秘監、陶舍人二跋者，是虞臨本，其思古齋、餘清齋及近時謝氏望雲樓諸刻皆褚臨本。此"子玉樹不可杖至道"八字裂本，或名爲"水痕本"，傳刻極多，係出智永所臨，當在虞、褚上，楊大瓢賓《鐵函齋題跋》屬之吴通微學士者，非也。余所見八字裂本以宋僧希白所摹《譚帖》爲最。此本係寶晋齋刻，視停雲館文刻細校更謹嚴，紙墨俱古，更樸實，確爲舊拓佳本也。此亦海昌陳衡玉璿藏本，乾隆四十七年壬寅先兄德容從其子陳友允兼購得者，因與《樂毅論》並録而存之。道光三年癸未十二月八日，快雪時晴，呵凍書於清儀閣下。

虞臨本《黄庭經》（家藏）

此虞秘監得見右軍真迹後所臨，並自跋其後耳。右軍真迹亡於天寶之亂，虞迹自陶舍人跋後更不知亡於何時矣。見今《黄庭》傳本如思古齋、餘清齋、近時謝氏望雲樓皆出褚登善手，而虞臨則唯見此刻，是不得不星鳳視之也。去年一跋未審，故再記於後。時癸未十二月八日。

《樂毅論》（家藏寶晋齋本）

唐先天中，太平公主伏誅，《樂毅論》爲咸陽老嫗竊去，縣令追急，以投爨火，真迹於是遂亡。張彦遠《法書要録》云："梁世模出，天下珍之，自蕭、阮之流，莫不臨學。"□樂□朱□以卷後有朱异、徐僧權款及右軍自書"永和四年十二月廿四書付官奴"記者爲梁摹，其無此款記者爲唐模焉。此係宋曹氏寶晋齋刻，前有梁模款而後排類四行,又與馮伯衡快雪堂刻相同。蓋梁模至唐尚存,而唐以後勾模本又另有詳略之不同耳。米跋三行謂貞觀時命褚遂良定右軍書,以《樂毅論》爲正書第一,遂摹六本賜魏徵等,此其一也云云。蓋《樂毅》真迹命褚審定,而馮承素承命摹。王氏郁岡齋刻載褚跋,謂貞觀十三年四月九日勅内出《樂毅論》,命馮承素模寫,分賜長孫無忌、房玄齡、高士廉、侯君集、魏徵、楊師道等六人,而此六本二説正相印合,非有所牴牾也。乾隆四十七年壬寅,余年十五,海昌陳友允兼攜其尊人衡玉先生璿所遺墨刻一箱來余齋,先兄德容以錢千購得是《論》及《黄庭經》兩種,嘉慶廿年乙亥屬匠者合裝於册,今始得題記於後,蓋去得帖時已閲四十一年,而先兄物故又十有四年矣,每筆及此,又不能無愴於懷云。

《大觀帖》殘帙(再跋)

辛巳之夏,仁和老友趙晋齋魏寄余《大觀帖》殘本數十番,精神完足,楮墨淳古,《宣示表》第五、第六兩行之間有"臣張長吉張仲文"七字,楷法端謹,驗之他本皆無,此亦原刻之一證,惜不得余深本一校勘也。癸未十二月八日。

《黄庭經》秀餐軒本

《黄庭經》八字裂本楷法端謹樸實,當出永禪師臨本,在虞秘監、褚中令、吴學士諸臨本上。秀餐軒本向傳已毁,近書賈張友攜售全帖,則係近時濡脱尾刻。乾隆四十六年辛丑王夢樓文治跋,方知此石在揚州唐悔庵太守家,其石亦不大剥損,特視此拓則已遜矣。雪窗呵凍復書此,以紀其實。時癸未十二月八日。

趙刻柳跋十三行

彙刻法帖以小楷爲貴,趙味翁此刻尤矜嚴鄭重,故墨拓流傳甚少。頃於郡中鑒古齋書肆以錢二百四十又購得一装本,梁、榮兩兒可各藏其一,是亦又快也。

《蘭亭》(爲畢琴川兄)

《蘭亭叙》張金界奴進本,褚中令臨摹本也,新安吴氏餘清齋、真定梁氏秋碧堂皆嘗摹勒。此刻在明以前,故宋金華以後諸跋故不及登載耳。内"崇"(氏)[字]右一點尚存,是勝於吴刻者。此石、衆神龍本石余購於海鹽陳氏,爲吾齋古刻石七種之一,是皆清儀閣秘玩之品也。

《蘭亭》（爲琴兄）[1]

《蘭亭叙》神龍本，褚中令臨摹本也，此有"貞觀"及"神龍"等璽，而定武何以闕如？翁覃溪學士疑之，然出於褚摹則無疑也。項氏天籟閣、范氏天一閣皆有摹勒，項刻今不易得見，范刻亦甚剥落。此刻精善，與項、范埒，石雖少損而鋒勢猶存，是可寶也。

道光三年癸未十二月[九]日。葛三太太屬老士送遣小子敦來，次日來取洋錢一百元去。

十日。三太太遣方六官送《小長蘆圖》來，又銅章十四方，内一方係半符，是余舊在京買帶回送春嶼者，其軍司馬王禹亦余舊贈春嶼也。

十一日。秀水陸春暉茂才來，贈余桂未谷對，余答以四洋錢。茂才爲直之之侄，花牕之子。

茂才帶視直之所常用之漢甎研，云曾有人還過八十，余一笑却之。茂才名愉。

《宣示表》

右王右軍臨鍾太傅《宣示表》，宋曹氏寶晋齋刻本。此表王丞相置衣帶，過江遺右軍，右軍借王脩，脩死，其母納之棺中，鍾迹遂亡。淳化所刻蓋即右軍臨本。此刻標屬右軍，勝王侍書識遠矣。"昔與文若"，"昔"字誤作"者"，近時孔谷園《鑒真帖》摹此本，亦承其訛。而姜白石《绛帖平》云"昔訛爲者"，知潘駙馬帖亦猶是也。吾家藏有宋賈椎刻之原石，較此更勝。故余亦不敢輕付氊蠟。然此本視之俗刻，亦已大相徑庭矣。四十年前吴克庵母舅所遺。匠者裝背，蓋在嘉慶廿年乙亥之秋云。

《黄庭》虞跋本

《黄庭經》皆出唐人臨本，此直虞秘監見右軍真迹後所臨，而繫跋於後耳。八字裂損本或謂之水痕本，自僧希白《譚帖》始刻後，至今模勒甚多，然皆無虞跋。此刻瘦勁異常，自係宋時專刻佳本。而此外裂本則皆從此出也。

[1] 浮簽：此頁亦係三年。

《黄庭》(寶晋齋)

《黄庭經》皆出後人臨寫，世傳永禪師、虞秘監、歐陽率更、褚中令、吴通微學士皆有臨本。此經文第九行八字損本是秘監所臨，停雲館文刻亦用是本，楊大瓢屬之吴學士者非也。此宋曹氏寶晋齋刻，四十年前與《樂毅論》同購於海昌陳友允兼，而此拓較《樂毅論》更舊，且字迹較文刻爲尤勝。

小字《麻姑壇記》原刻吴侃叔本[①]

歐書碑拓最舊者最肥，顔書碑拓最舊者最瘦。此小(記)[字]《麻姑壇記》係南城真原刻斷本，筆法謹嚴，而較他斷本爲更瘦，是數百年前舊拓者。澉浦吴世兄侃叔明經昔以二萬錢購藏，手書四跋，深是珍秘。嘉慶十八年癸酉八月，其以墨刻售於余。此蓋廿種之一也，余家藏南城真本三，以此爲最舊云。

小字《麻姑壇記》文刻本

右小字《麻姑壇記》，文氏停雲館原刻初拓本，三十年前溪南王禹九茂才鼎所貽，字畫較南城舊刻似稍肥，然行間茂密，寬綽有餘，短長肥瘠各有態，玉環飛燕誰敢憎。停雲原刻順治十六年戊戌歸常熟錢舟壁司臬朝鼎，至康熙廿四年，司臬命兒質購取初本，屬顧雪坡摹補十數幅，自跋於後，乾隆時歸靈巖山人畢秋帆制軍，畢籍後歸桐鄉汪氏。小楷數種率多覆刻，若此舊拓，不得不播璵珍之矣。

唐周文遂墓志甎刻

唐周文遂墓諸甎刻，海昌周松靄進士春所藏，王蘭泉宗伯昶《金石萃編》卷一百十三録此作石，誤也。甎易剥損，嘉慶丙寅進士貽余一本，模糊已甚。此尚是乾隆辛卯初得時所拓，其手書跋亦在是年五日，蓋李作舟聘所貽本也。“公表”，“表”字可見，“身紳卒”“王紳字顯卒”字當是碎字，王據本不清耳。“譽案從禮”，自是“舉”字之别，王説是。至“咸譽所知”，則不必定是“舉”字耳。“楊氏”上脱“農”字，此無識所爲，誠有如王所譏者。仁和老友趙晋齋魏昔藏有處士包公夫人墓志甎，余曾手拓其文，《萃編》作石，亦同此誤。

---

① 浮簽:此頁亦係三年,癸酉,八月。

散盤

周散氏槃銘分三節，凡三百五十七字，康熙時廣陵徐約齋以萬金購於歙縣巖鎮程氏，程盖君房之子孫也，徐繼歸洪氏，嘉慶十四年鹺使某貢入天府，墨本在人間者日少，而覆鑄仿鎸者亦復不一。此係原器精拓，可珍也。考釋是盤者，有黄松石、方南塘、吴山夫、樊明徵、孔渶谷、俞楚江、吴穎芳、江秋史、王蘭泉、孫淵如，各異其説。今兩粤制軍儀徵阮師説載《積古齋鐘鼎彝器款識》，最精當。籀臧徐甥能識古文奇字，於此亦有考證，其速戢成書，以爲耆古者助可耳。道光三年十二月十八日。①

十二月□日。海鹽茂才質夫從子攜官印十二方來售，價廿七洋錢。

關内侯印，塗金龜鈕。

關中侯印，龜鈕。

部曲將印，天禄鈕。

雞水長印，鼻鈕。

軍司馬印，鼻鈕。

軍假司馬，鼻鈕。

別部司馬，鼻鈕。

軍曲候印，鼻鈕。

漢假司馬，鼻鈕。

左將軍假司馬，鼻鈕。

軍假司馬，鼻鈕。

別部司馬，鼻鈕。

海鹽朱月樵兄贈《停云館》殘帖，答以家藏商周漢器款十四種。

月樵歸余《鬱岡齋帖》初拓本，約有十之五六，價二洋錢。

月樵歸余黄癭瓢花卉十二幅，價二洋錢。

十二月望日。到海鹽，質夫邀同錢耐圃、石研農、陳粟園到涉園張貫新兄處，觀王右軍《行穰帖》唐摹本，有倪雲林、柯丹邱觀款，董思翁釋文一行、題三行，又王覺斯觀款。

又觀李營邱《深山密雪圖》卷，絹本，後有鮮于伯機題，亦絹本。

---

① 浮簽：此頁亦係三年。

又觀《香山九老圖》,後有吴匏庵長款。

又觀立幅八件,中唯董思翁仿蘇書紙本、項孔彰《酒甕桃花圖》紙本、項德彰《秋江漁艇圖》爲最佳。

於張樹明兄處觀立幅數十件,中唯項墨林山水立幅紙本有兩題、項孔彰花卉紙本有馮元鑒題爲最佳。二件索價廿八洋錢,還價十二洋錢。

觀王煙客大畫册,十二葉。

觀扇面册,計六十餘件。

觀扇面三件,唐六如、文休承、仇十洲,裝爲立幅。

觀董思翁大字卷,絹本,係寫與陳則梁者。

觀思翁行書《出塞歌》,係寫付延孫者,紙本,無印。

買太元四年甎一,價二百十文。

廿二日。質夫來。知唐樵晋帖開價一百洋錢,項《酒甕桃花圖》索價卅洋錢。董字未問。是夜同質夫登舟到海鹽。

廿三。晨,質夫邀同錢耐圃到舟飯。到貫新兄處,又觀王麓臺畫幅寫與查悔餘者,紙本,又王石谷立幅二絹本。

於貫新處買得唐樵《行穰帖》,又董仿蘇字,又項《酒甕桃花圖》,又項又新《秋江漁艇圖》,共價一百卅洋錢。

貫新兄得洋百十元,中間人得洋廿元。

到研溪兄處(即樹明兄),又觀明鈔《山谷刀筆》四本,又觀錢遵王家抄《輿地圖》兩本,又觀朱竹垞尺牘兩本、查他山尺牘三本、吕保中尺牘一本,查伊璜、查查浦尺牘合一本,索價三百五十洋錢,可笑可笑。

觀虹貫日研,後款已磨去,銘二十字亦不全。

項墨林、孔彰二畫,讓至十六洋錢,余不得已許之。中間欲索謝,余許以一洋,質夫嫌少,必須四洋,遂不果。

廿七日。質夫攜二項畫來求售,悔前言之失,因與以十七洋錢得之。

陳粟園代購太元四年甎二,價共三百六十錢。

項孔彰畫松,紙本立幅。

褚研穉大字立幅。

范日華手書《歷代輿地圖》。

《六書通》全部,雍正年間印本。

智永正草《千文》,明拓本。

《素問》三本，宋紹興刻本，宋印，缺一半。

《國朝詩别裁集》，蔣板，十本，缺二十一卷以下至三十六卷。

《濟陰綱目》，原版初印。

《醫宗必讀》。

《日知録》，初印。

抄醫書三本。

畫箱一隻。

右買於蔣家濱蔣氏，計洋錢七元七角，又錢五百文。

朱西村山水一幅，"戊申"二字元素朱文印。

胡飛濤荷華。

潛澄梅華。

右價兩洋錢又三角，朱月樵認買，余出洋錢帶回。朱未還洋錢，因留在余處。

十二月初，到梅里李金瀾明經處，觀其叔叙齋所藏《淳化閣帖》，係其家舊藏之本。

董思翁跋云"此泉州原刻舊本，較吾鄉顧氏藏本有過之，冰寒於水，非虚語也"云。

董爲周叔宗跋約有十數行。

又有周叔宗茭蘆居士跋，叔宗名祖。

又王伯穀稺登跋云泉州近有四十二刻。

又陳眉公觀款：

余幼時收有《淳化》殘帖，澹墨拓，未知其本。今年夏，晋齋寄十數章來，云宋刻木版，墨色、紙色相同。既海昌俞友仁售來數十章，拓手紙墨亦同。及見梅里李本，方知此是泉州真本，其紙即明初之將樂紙也。

廿六日。晚，梁兒率王興送朱閬峰朱九山賻分，至廿八鐙後方歸。

廿八日。海鹽載船已不開，遣朱麻乘兩持質夫處，屬其於明日來。是日酉刻，朱麻歸質夫寄交梁侍講所書《東岳行宫記》、錢少詹《己孫丁敦跋》來，信上大以吾爲非，謂萬不能來，只望信來。是夜朱月樵到海鹽，託其帶廿洋又二换洋致質夫，吾信寫明春如約見，還其利，照趙晋翁借錢式樣。

卅日。月樵帶質夫信來，知洋錢貳拾元，又换洋二元，俱收到。明春見償。

父親手書《朱柏廬家訓》册,謹跋一則於後。

……貽余詩共得六篇,具載《復初齋集》中,有《鄰研齋稿》《石畫軒草》,余行將集先生所見貽題識諸文并諸詩登諸槧,名爲《蘇齋墨緣》二卷,吾同年一再展讀,當復欣然一笑也。

皇清奉政大夫山東青州府海防同知趙君墓志銘

歸安姚文田撰文,同邑李兆洛書丹,吴江吴育題蓋。

道光三年十二月,青州同知趙君以疾卒於籍。

君諱懷玉,字億孫,號味辛,晚號收盦,係出宋魏王德昭後,元時有爲高郵録事,始家武進。

高祖申喬,官户部尚書,謚恭毅。曾祖熊詔,翰林院侍讀。祖侗敩,浙江鹽運副使道。考繩男,刑部福建司郎中。

乾隆乙酉春,高宗純皇帝四巡江浙,君奏賦行在,時年未弱冠。庚子,高廟復南巡,始由召試賜舉人,授内閣中書。

陟掖垣前後幾二十年,得山東青州府海防同知,以失察滕縣冒徵事,鐫級歸。

著有樂府二卷、詩三十二卷、文二十卷、詞五卷,皆手定,已行世。外有詩文續集及《常州經籍志》《病餘紀述》《舲窗隨筆》,又嘗校勘《韓詩外傳》《毗陵》《斜川》諸集。

卒年七十七。配氏金、氏張,繼配沈。生子二,長煚,國子生,次學需,殤。

詒晋齋集古帖

卷一

晋陸平原《平復帖》、唐懷素《苦筍帖》(小米跋,聶子述題名)、唐人書《蘭亭》、宋真宗《聖主得賢臣頌》。

卷二

唐雙勾褚《蘭亭》(米南宫跋、夏汝南題名)、宋高宗敕、宋臨《黄庭》。

卷三

山谷書《劉賓客伏波祠詩》(文待詔跋)。

卷四

米老《多景樓詩》(何執中平歎題)

卷五

蘇頴濱《打冰帖》、米元暉尺牘、嘉定封雪澤俟敕。

卷六

朱文公大字、文信國劄子(李時勉跋)。

卷七

趙子固詩帖、周南詩帖。

卷八

宋北澗和尚詩帖、趙黄庭父詩帖尺牘、趙仲光書唐詩。

卷九

鮮于伯幾書杜詩(鮮于去矜跋)。

卷十

康里子山書《楚辭》,又書一段,白玉蟾足軒銘(虞翁生、項子京跋)、明太祖教、筠溪王詩帖。

《説文聲系》曰:"許氏原書五百四十部,文九千三百五十三,重一千一百六十三,合之得一萬五百十六字,今大徐本文九千四百三十三,重一千二百八十合一萬七百十三字,多一百九十七字。"廷濟案:三"字"字應作"文"字,以"文"與"字"不可混也。

答錢梅溪

别逾六年,積想甚至。晨得手書,并惠大作大刻四種,范摹兩漢,嗣響三唐,瓣香頂禮,佩服無似,唯賤名得附樂石,益增惶悚耳。發緘後極一櫂鴛湖,邕領玉屑。奈半月以來腹疾頗劇,日雖少差,而猶一步不能松之暫出。事與願違,悵悵難喻。今高足孔未明兄見在舍摹勒古金石刻,中有待政之處極多,郵筒往復,續容細及。兹先寄到家藏唐墓志四種、家刻漢碑一種,謹祈檢入。尊刻各種,望惠寄一目(想價值亦刻及也),以便案目郵請耳。梅溪先生閣下。愚弟張廷濟頓首。

與錢恬齋方伯

廷濟頓首謹奉。數旬不晤,唯恬翁方伯大人尊前台候平復爲頌。日上秋光甚好,又接得某華溪翁信,渴欲一叩高齋,飽看尊藏古刻,奈以腹疾頗劇,一步不能出門,悵怏無似。唐墓志四種奉到,以兒輩手拓,拓甚不精,奈何。又重摹裴岑碑本一紙呈鑒,其爲果真本與否,究不可知也。專此具□,順請日佳。賤恙全愈,容再造請,不一一。廷濟頓首。

董文敏臨王慈、王志書卷跋

寶章録進王慈、王志書皆有風格,不忝乃祖。今《閣帖》右軍書法當以是求之,斯非筆畫光潔作美子態者。王著得罪於山陰多矣,解此者唯楊凝式,若米芾許半會也。董其昌。

董卷後裝吴梅邨《萬歲通天帖詩》横卷後跋款:"余同年項使展寶,其先世所藏墨迹最富有。"

……重九會郡樓。和林公峴山之作,送王涣之彦舟。[1]

大行皇太后挽詞(小行書)

永和九年暮春月,内史山陰幽興發。群賢吟咏無足稱,叙引抽毫縱奇札。愛之重寫終不如,神助留爲萬世法。廿八行,三百字,之字最多無一似。昭陵竟發不知歸,模寫典刑猶可秘。彦遠記模不記褚,《要録》班班紀名氏。後生有得苦求奇,尋購褚模驚一世。寄言好事但賞佳,俗説紛紛那有是。

《黄帝陰符經》

甲申初夏廿四日,南山米老學書課。

米帖中之空青水碧也。

唐文皇哀册("西史邨人"方印,"子孫保之"方印,"史鑒之章"方印)

維貞觀廿三年朔廿六日己巳,太宗皇帝崩于翠微宫之含風殿,旋殯于大極之西階。粤八月庚子,將遷坐于昭陵,禮也。鳳紀疑秋,龍帷將曙,化同軫綿,區縞素,哀子嗣。皇帝覽風樹而增感,攀銅池而拊膺。迫宗祧之是寄,傷往駕之無憑。奠樽盈而悲序,促靈景翳而愁雲興。去劍滋遠,清徽方閟,爰詔司存,傳芳瓊宇。其詞:三微固祉,五曜垂文。光昭司牧,對越唐勛。族著玄牡,家傳緡雲。高祖配天,一人有慶。太宗神武,維幾作聖。良書自得,高文成性。夙表餘雄,先懷反正。蒼兕爰發,朱旗首令。環瀛昏墊,關洛荒蕪。妖傾地軸,盜弄乾樞。戎衣光啓,霸政宏謨。天兵電照,月陣風駈。蚩

---

① 浮簽:以下四頁相連接,是否爲二、三年所記,待查。

[尤]遞翦，猰貐咸誅。閏位不虔，餘[分]興戾。先收秦組，次焚商袂。轉圜上略，容光下濟。從邑垂仁，賓門灑惠。修風順軌，凝圖奉睿。青戾同規，玄珠叶契。發揮三五，聲明遐裔。泛野休兵，靈臺偃革。升巖藏銑，遵河奉璧。學肆徐輪，丘園散帛。就日攸宜，如天在斯。形哀動植，化美塤篪。樂華曾舉，禮葉旁垂。沙埸磬翦，斗極咸羈。狼山入囿，瀚渚歸池。東旌若木，西旆條支。龍鄉委賮，烏服來儀。大矣乘時，悠哉利見。文龜浮沼，應龍在淀。滴露飛甘，鄉雲呈絢。松雲望幸，瑶華方薦。仙丹劍術，星飛告變。凝深氣於升年，掩璿暉於離殿。嗚呼哀哉！商管初飛，秋絃罷脩。驚川悠緬，宮車晏出。大隧弗營，元龜獻吉。展軨效駕，羲和司日。迫靈心於將餞，痛皇情其如失。凝清秋於廣路，遡悲風於長。經柏梁而徐轉，邁蘭池而從蹕。聳輕旆之逶迤，動邊笳之蕭瑟。嗚呼哀哉！周營甫窆，漢啓泉闈。穀林摇落，橋巖變衰。平原淒兮白日遠，深渚澹兮秋雲飛。覽銅爵而興慕，傷鼎湖之不歸。嗚呼哀哉！崤陵玄壤，隅山窮路。虚衛翻英，輕池委素。羲庭易晚，松陰難曙。萬方悲而雨泣，三靈惨而雲沍。嗟厚德之長違，仰高天而攀慕。嗚呼哀哉！崇基永焕，置業方昭。遺風餘烈，天長地遥。想神襟而騰茂，縱史筆而揚翹。籠嘉聲於日月，終有裕於唐堯。嗚呼哀哉！

“□□諸氏”（朱文半印）　“小雅堂印”（白文大長方印）　“紹彭”

大唐故汝南公主墓志並序

“以今”二字止。

貞觀十年十一月丁亥朔十六日。

《汝南公主志》真迹在王弇州先生家。往在京師，友人以拓本贈余，遠過《鬱岡》《停雲》諸刻。然玩其筆法，大似米老，疑不能明也。後見米氏《書史》，乃知果是米老所臨，始信前鑒之不謬。此拓圓明如珠，温潤似玉，展玩再四，如與米老晤語也。雍正己酉夏四月廿有五日，良常王澍。

《蘭亭叙》

米

《經宿帖》《章聖天臨殿記》《章聖天臨殿銘》《明道觀壁記》《倒念揭諦咒》《長至帖》《韓馬帖》《春和帖》《戲成呈

司諫台座》《捕蝗海湳帖》

"李太師收晋賢十四帖,武帝、王戎書若篆籀,謝安格在子敬上,真宜批帖尾也。"

《張季明帖》《拜中岳命作》

米

《後進邂逅帖》《得鹿帖》《秋暑憩多景樓詩》《穰侯出關》《盛製帖》

"天啓"

"親"

米老此尺牘似爲蔡天啓作,筆墨字形之妙盡見於此。

《陳十七帖》《烝徒帖》《新埭無乏東山松帖》(董其昌題)《余始興公帖》《被召帖》《上干神仙帖》《近收顧虎頭金粟坐石存神像帖》《蝶戀花詞》《魏泰寄米詩米次韻詩》《真酥一斤帖》《大旆行邑帖》《朝廷遺詔帖》《收張僧繇天王帖》

世傳蕭翊賺蘭亭事,予獨歎當時君臣猶有古風流雅調,非後世所能及也。文皇不欲以一君治一僧,而募人往取之。玄齡乃以知人受上賞,足爲清朝盛事。今覽《松雪圖》,可以想見當時委曲周旋之意,非此事不能當此圖,非此圖不能顯此事當而,況又綴于定武真本之前乎。識者自珍重之。　鮮于樞　"鮮于樞伯幾父"(方白文印)

復州裂本,首六行科裂,第一行缺"會"字,又"永"字與二行"會"字、三行"畢"字、四行"脩"字、五行"爲流"二字正當裂處(按此本無),十三行"因"字內改作小仲字(此本同)。豫章裂本,首行闕"會"字,二行"亭"字、三行"群"字、六行"列"字、七行"幽"字、九行"盛"字俱有闕白(此本並同),又九行"觀"字、十行"以遊"、十一行"樂也夫"正當裂處(此本無),十二行"抱晤言"、十三行"形骸之外"、十四行"其欣"字正當裂處(此本同)。江州裂本,八行"清惠風"、九行"之盛"字正當裂處(此本同)。又不知處本,首行缺"會"字,其中多細裂,而意度亦好。又云諸本以復州本爲勝,次豫章本,《辨帖箋》云爾。此本缺裂與豫章合者居多,間有江州、復州本缺裂改筆一二處,又其中多細裂,合意是合不知處本共集而成者也。壬子四月霽山又識。

《蘭亭》石刻以定武本爲上，蓋當時摹勒精絶，猶可想真迹，故得之者不啻拱壁也。[1] 松雪書法實原於此，故嘗有十三跋石本著稱於世，即定武本也。今此本亦出定武，而松雪之圖冠于其首。蓋得此本時當在十三跋之後，其意已盡，不復贅詞焉，爲之圖以寓鑒賞，當與十三跋語相上下。有客如米顛，慎勿輕示之也。遂昌鄭元祐識。

唐文皇得《蘭亭》真迹，珍愛殊甚，令善書者各摹數本，故後世有褚、薛、歐陽諸公摹迹。予嘗見諸本筆迹迥異，想當時各以意臨之，非雙鈎郭填者也。今世獨重定武石刻者，蓋惟此本逼真原墨耳。元稱所藏定武石本，紙墨精妙，而且松雪之圖在前，氣韻尤爲卓絶，其爲真本無疑，稱其世珍之。紫芝生俞和跋。

考《辨帖箋》載宋景定、咸熙間賈似道命客參較諸本異同，擇其字之尤精者，輯成一帖，用良工王用和刻之，後有悦生堂印，甚可寶也。案此本後無悦生堂印，或係殘缺，而前有秋壑圖記，歷考缺裂處，亦非近本所同，得無賈集本耶？霽山張友柏。

古敦圖釋考證

上虞錢玫著

師酉敦

考證 器無定名也。吕大防、王俅、薛尚功、王順伯諸家多以銘文名字爲名，兹亦仿此例。

唯王元年正月王在吴

考證《爾雅》："唐虞曰載，夏曰歲，商曰祀，周曰年。"銘云年，乃周器也。"吴"當是"虞"，古文。《詩・周頌》："不吴不敖。"《史記・孝武紀》引作"不虞不驁"。《左・僖五年傳》"虞仲"，《吴越春秋》作"吴仲"。又《史記・吴世家》每以中國之"虞"、夷蠻之"吴"分别言之，亦以"吴""虞"同字，恐致誤也。知是"虞"非"吴"者，《左・成六年傳》林注："先是，吴自安僻陋，未嘗與中國相通，至是巫臣困楚，乃始通晋，是周初吴未通名上國也。"遍閲古籍，周王無適吴事，唯《穆天子傳》"天子南登於薄山，寘軨之

---

① 眉批：濟案，"壁"字寫"壁"，可笑。

隥,宿于虞”,當即此時事也。銘云王,當是穆王;元年,當是穆王元年也。《竹書紀年》:“元年己未春正月,王即位。”

各吴太廟

考證“格”,古多作“假”,銘作“各”,古“各”“格”“假”通也。《禮·王制》:“諸侯五廟,二昭二穆,與太祖之廟而五。”疏:“凡始封之君,謂王之子弟封爲諸侯,爲後世之太祖,當此君之身不得立出王之廟,則全無廟也。故諸侯不敢祖天子。若有大功德,王特命立之則可。若魯有文王之廟、鄭祖厲王是也。”《左傳》云:“太伯虞仲,太王之昭。”銘云“太廟”,當是太王廟。《禮·禮運》:“天子適諸侯,必舍其祖廟。”《白虎通德論》:“王巡狩,必舍諸侯祖廟何?明尊無二上也。”故《禮·坊記》曰:“君適其臣,升自阼階,亦不敢有其室也。”《左·(傳)[莊]二十一年傳》:“王巡虢守。”其時虢云方爲王卿士也。虞與虢並稱,則疑虞先公有爲王卿士者,故王巡其守。其格于廟者,《禮·祭統》“爵禄必賜于太廟,示不敢專也”。此賜爵禄在虞太廟,亦示不敢專意。

公族㺯釐入右

考證《詩·麟之趾》,朱子集傳:“公族,公同高祖,祖廟未毀,有服之親。”“㺯”是“鴻”之古文,從工從鳥,與《焦山古鼎銘》“官司㺯王”之“㺯”字體相類。㺯釐當是公族名。

師酉立中廷

考證《禮·文王世子》:“雖有三命,不(與)[逾]父兄。”故先公族而酉次之。師,舉其官;酉,名也。按:商人以生日爲名字,商之先有先甲微。《史記索隱》曰:“皇甫謐云,上甲微,其母以甲日生故也。”迨周公作謚法,數世後始行。周初諸侯猶以生日爲名,如齊太公子爲丁公,丁公子爲乙公,宋稽公子亦爲丁公,沿商制也。《聘禮》云:“公揖入中庭。”又云:“擯者進中庭。”又云:“宰夫受幣於中庭。”又云:“大夫降中庭。”舉中以見左右也。庭,通作“廷”。《左氏·襄二十三年傳》:“張武軍于熒廷。”《釋文》:“廷,本亦作庭。”又《定十四年傳》:“夫差使人立于廷。”《釋文》:“廷,本亦作庭。”《説文》云:“廷,廟中也。”江永曰:“治朝、外朝皆平地爲庭,無堂無階,故謂之朝廷。廷者,庭中也。”“立”,朱竹垞《跋焦山古鼎》云:“其曰‘立中廷’,按《毛伯敦銘》亦有之。薛尚功釋爲‘立’,而楊氏謂古‘立’、

‘位’同字，古文。《春秋》書‘節位’爲‘節立’。銘曰‘立’，亦當作‘位’。按《論語》‘束帶立於朝’，即《左傳》所謂‘有位于朝’也。又《爾雅・釋宫》云：‘中廷之左右謂之位。’楊氏説爲位，不爲無據。”二説存參。

王呼史秎門册命

考證 史，内史。《周禮・春官》：“内史掌王八枋之法，七曰予。”“凡命諸侯及孤卿大夫則策命之。”秎，從禾，從片，即牀字。《廣雅》云：“柩，棺也。”其當謂之牀字，通和。《吕覽》云：“見棺之前和。”門，軍門也。《詩》“東有甫草”疏：“軍門曰和。”又《周禮・夏官・大司馬》：“中冬教大閲……遂以狩田，以旌爲左右和之門，群吏各帥其車徒，以叙和出。”鄭注：“軍門曰和，今謂之壘門，立兩旌以爲之。叙和出，次第出和門也。”銘云和門，當是人名，猶鳴鼇爲公族名。王命師酉于祖廟，而和門爲相禮，立中廷，呼史册，可補《禮》文之不足。

師酉司乃且啇官邑

考證 司，讀爲嗣。（祖）［且］，古文祖字。啇，釋作商，爲師酉之祖，有爲商官，所采邑周初不改，即命師酉嗣守之。但乙酉父丁彝作，己酉成命彝作，曾侯鐘作 ，無作者，當釋作啻。以爲酉祖名，亦通。

及虎臣西門節能節

考證 虎臣，宿衛之職。西門節無考，當是門關之節也。《周禮・小行人》：“門關用符璽。”“（熊）［能］”，通“熊”，與周宗周鐘“能能愷愷”、叔丁寶林鐘“愷愷能能”文合。兩銘俱取《山海經》“其光熊熊”之意。銘作“能”，正“熊”字也。熊節無考，疑同虎節。《小行人》：“山國用虎節。”

奉秉節京節

考證 《汗簡》“奉”字作，《説文》作，銘作，下　亦象手承之形。秉，《説文》訓爲禾束，從手持禾。銘從，從，正“秉”字也。京，王都也。兩節俱無考。秉節，當是貨賄之節。《小行人》：“貨賄用璽節。”京節，當是守邦國之玉節也。《掌節》：“守邦國者用玉節。”

畀人節

考證 《爾雅・釋詁》：“畀，賜也。”《書・洪範》：“不畀。”《洪範・九疇傳》:“畀,與也。”《詩·衛風》:“何以畀之。”傳:“予也。”銘云畀,正此意。或從《說文》訓爲“舉”,謂與“畀予”之“畀”迥别,非是。人節,土國之使節也。《小行人》:“土國用人節。”

新錫女赤芾朱黄

考證《詩·曹風》:“三百赤芾。”傳:“芾,韠也。”“黄”,當作“衡”,而古“衡”通“横”,無通“黄”者,唯王莽大布“黄千”乃“衡千”也。《禮·玉藻》:“再命,赤韍幽衡。三命,赤韍蔥衡。”注:“幽讀作黝,黑色。蔥,青色。”銘云朱衡,無考。

中㬎攸勒

考證“㬎”字,《春秋傳》“韅、靷、鞅、靽”,皆所以駁馬。《說文》“韅”作韅,訓爲“著掖鞥鞥”,“鞥”字訓云:“轡鞥,一曰龍頭繞者。”秦公孫㬎當爲子韅。《禮·檀弓》:“省作子顯。”銘作“㬎”,又“顯”之省也。仲㬎義未詳。攸勒,伯姬鼎作“攸勒”,同。宰父敦作“攸革”,薛尚功、王俅諸家並釋“攸”爲“鋚”,銘但作“攸”,蓋古之“攸勒”即《詩》所云“鞗革”也。《詩》“鞗革”凡四見,鄭氏箋或云轡首,或云轡首垂,毛傳則訓鞗爲轡,革爲轡首。《說文》無“鞗”字而有“鋚”字,訓轡首銅,明乎“鋚”即“鞗”也。《爾雅》:“轡首爲革。”郭注:“轡,把勒也。”明乎“勒”即“革”也。《詩》“鞗革有鶬”,鄭箋以“鶬”爲金飾。古文“鞗”從金,與許氏訓“轡首銅”合。孔疏以鞗皮爲轡首之革,未達古制矣。

敬夙夜勿廢朕命

考證夙夜,早夜也。“勿廢朕命”云者,如《書·盤庚》“無荒失朕命”、《微子之命》“勿替朕命”、《蔡仲之命》“無荒棄朕命”之類。

師酉拜稽首對揚天子丕顯休命

考證《禮》:“君賜衣服,服以拜賜。”銘但云拜稽首而不服,服賜不止服也。臣受命于君,則當有以對揚之,《詩·江漢》“虎拜稽首,對揚王休”,《書·說命》“說拜稽首曰對揚天子之休命”。

用作朕文考乙伯宄姬尊敦

考證《孝經》邢疏:“朕者,我也。古者尊卑皆稱之,故帝堯命禹曰‘朕者先定’,禹曰‘朕德罔克’,臯陶曰‘朕言惠可底行’,又屈原亦云‘朕皇考曰伯庸’，是由古人質，故君臣共稱。至秦始皇二十六年，始定爲天子之稱。”文考，尊稱死謚也。《詩·江漢》“告于文人”，毛傳云：“文人，文德之人也。”《左·哀公二年傳》：“衛太子禱曰：‘文祖襄公。’”故《鐵網珊瑚》云：“案《曲禮》生曰父、曰母，死曰考、曰妣。”銘曰文考，蓋追享之器耳。乙伯，猶齊丁公子爲乙公，周初沿商制，以生日爲謚也。，當是古文“宄”字，古“宄”“軌”通。從口者，古文以口爲規，故以爲聲義。“宄”古文又作。周《曶鼎銘》云“作朕文考伯䵼牛鼎”是也。《玉篇》載古文作‘宊’，《説文》載古文作‘殳’。此又 之異文矣。銘云“文考乙伯姬”，猶《寰盤銘》“皇考鄭伯，皇母鄭姬”，《仲叡父敦銘》“皇考辟伯，皇母辟姬”，不曰皇母，統於所尊也。

西其萬年子子孫孫永寶用

考證《鐵網珊瑚》云：“歷考諸器款識，有曰子，有曰孫，有曰子子孫孫者，雖詳略不同，然要之皆欲傳之後世相承寶用，俾無失墜之意也。”

古敦圖釋考證

咏懷俯視陳隨下，託興終期遷固間。
觀天地無爲大化，察古今盛世陳文。
九老古人脩盛會，一時静者悟長生。
流攬古今娱永日，静觀山水樂長年。

道光四年正月

《停云館帖》馮拓本

卷一

一　《黄庭經》一章（重摹）

二　《黄庭經》殘本一章（原刻）

三　《樂毅論》一章（原）

四　《樂毅論》殘本（原）

五　《東方畫像贊》（原）

六　《曹娥碑》（碑文并款，“癸酉歲”一行止，原刻以下斷缺，“翰林學士章琮”以下八行爲一石，係重摹補入）

七　《墓田丙舍帖》《宣示帖》（原）

八 《柳跋十三行》《華陽隱居帖》(原)

九 《破邪論序》(原)

十 《心經》《佛説尊勝陀羅尼咒》(重)

十一 艸書《陰符經》(重)

十二 正書《陰符經》、褚書《靈寶度人經》(原)

十三 《麻姑壇記》《護命經》(重)

卷二

《萬歲通天帖》《李懷琳書絶交書》兩帖,一至七章皆原,八《絶交書》重摹,九至十一皆原。

卷三

孫過庭《書譜》,一重摹,二原刻,二凡有兩石,第二石標云"連雨之後",三原刻,四重刻,五重刻,其後五行小字標云"連雨之前"係原刻,六重刻,七原刻,八重刻,九、十、十一、十二、十三皆原刻。

後題款云:"嘉靖三十五年春二月,長洲文氏停雲館摹勒上石。"此缺,武林摹本有。

卷四

《祭侄文》兩章,接《朱巨川誥》三行,皆原刻。第三章《朱誥》重摹,四、五、六、七皆原,八重刻,九、十皆原刻。

卷五

一原,二重,三重,四原,五原,六原,七重,八原,九重,十、十一皆原。末無勒石年月款,武林重摹本亦缺。

卷六

皆原刻。

卷七

一至七皆原刻,第八章重摹。

卷八

趙字。一重,二、三原,四重,五、六、七、八、九、十皆原。

卷九

唯第九章王叔明書是重刻。

卷十

一至四章原,第五章"一體"起重,六重,七原,八重,九原,十《聖主得賢人頌》小楷書後半章重，十一原(《徐武功書》)，十二李太僕書重，十三原。

卷十一

一至八原，九、十、十一重。

卷十二

一原，二重，三、四、五原，六重。

魏瓦研

真銅雀臺瓦，世不多有。嘉慶十五年庚午初夏，余以吊吴司空稷堂座師之喪過松江，以錢五百得於肆中，上有王孟津小楷書銘跋二則，真可寶也。售者云此張氏官開封府者，後人售出。《御撰資治通鑒綱目三編》卷二十，莊烈帝崇禎十一年九月，我大清兵入塞，京師戒嚴，録所記蓋即是事。損一字，上半“虍”字尚可見，當是禄臣國朝後所捶損者。

片云研

沈皐九片云研，李進士之記刻於楠匣蓋上，其書則金比部筆也。比部故後，其子家於嘉善，所遺物□失半歸鮑友拙安。嘉慶十八年癸酉，余以銀五餅從鮑購得。朱太史是研銘，《集》作：“質雖薄，氣則潤。千秋名，視方寸。”蓋刻《集》時所更者。

霹靂斧硯

此硯質極細潤，係水坑舊石，梁學士仿摩崖書丹“手霹靂斧作黑風雨”，位置天然，益成精構。海鹽文魚孝廉得是銘後，倩人繪《奉研圖》，學士復大書此八字於上焉。嘉慶十九年甲戌二月廿八日，質夫茂才以鐘文二、紫砂印一易去，銀餅十二枚，訂再寄是硯爲值，既而硯不果寄，十二月廿八日，質夫復以周公瑕蘭卷并是硯易去，銀餅十六，是硯估價八餅。

半月研

朱竹垞太史半月研，石質温潤細嫩，真水碞石上上神品。太史隸行銘識，精妙絶倫，瑰寶物也。嘉慶十年乙丑之春，余偕葛春嶼過梅里，留李友若谷觀妙齋，信宿道古，摩挲把玩，心劇耆之。廿一年丙子八月一日，李金瀾明經信來，云是研欲售，須銀二十餅。四日，過明經齋，如其價得之，又購西畯圭鐘研，計銀十有四餅焉。案是銘載《曝書亭集》卷六十一,《集》作"銘付稻孫",蓋梓《集》時桂孫更名稻孫。稻孫字稼翁,乾隆初元舉鴻博。是研付兒邦榮世珍之。

圭鐘研

圭鐘研石質遠遜半月,然《西畯銘》刻、書、撰俱佳,山陰父子蘭渚洛川貞珉聯璧矣。嘉慶廿一年八月四日李叙齋茂才手,以十二銀餅購於李氏觀妙齋。昔夢杖陂贈余朱氏研銘拓本,此銘闕如,因濡脱以補之云。

鳳池研

紫微内史鳳池研,海昌同年吴子律進士衡照所贈。讀郭于宫銘辭,其在與林同官鳳閣舍人時乎?内史工小楷書,而八分亦娟媚帖妥,曾重摹《玉枕蘭亭》,八分手跋寫法正與此同,蓋俱漢曹得完碑入,而未免稍染谷習氣也。吴兔牀先生、陳仲魚徵君皆英儒贍聞之士、鴻筆麗藻之客,西子律詩格清新,綺聲絶妙,一片石而具有五傳人焉,余何幸而附名其後哉。

入山不爛研

此研質極嫩,受墨池用方折,無工匠習氣。梁學士書此銘用京水筆,瘦勁處純法褚公,可寶也。乾隆六十年乙卯之秋,以白金六餅從文魚哲兄易得。文魚凡製斧硯二,先後皆歸於余,余析付兩兒,梁得霹靂斧,榮得是硯。

乾隆四十一年丙申,廷濟九歲,先君子從嘉善潘九思翁以七百錢買得是研,手契榆木爲匣,以畀廷濟。四十九年,廷濟補嘉興縣學官弟子第二,嘉慶三年,舉浙江鄉試第一,皆用是硯。兒子邦榮,先君子深愛者,此硯因舉以傳之。努力讀書,克念祖德,是所望於榮也。道光四年甲申正月廿日,廷濟識於清儀閣下。

羅小華仿漢玉玦墨

前明製墨名家首推羅小華,在程君房、方于魯、葉元卿、吴去塵上。此仿漢玉玦式,有宣德紀元,尤可珍惜。嘉慶十三年戊辰六月十九日,余爲漢淳于氏甎壽,集同人小飲八甎精舍,徐甥壽莊舉此爲贈者,亦墨林一嘉話也。

高麗國利見大人墨

高句麗墨極輕極堅,磨最耐久。嘉慶十四年己巳之春,余得此於京師舊肆。是年冬十一月十五日，遭先君子喪，錢唐梁學士山舟先生走書賜弔。明年四月廿九日，余詣省叩謝，奉此並高麗筆一箱爲贈，先生劇喜，云家有日本古墨二，一以贈錢竹汀，一自藏，今得此，可稱雙璧。先生後有書來，萬葉紙帖，猶道及此也。樊榭徵君詩集卷六《敬身用山谷韻乞高麗於功千而墨僅二枚一贈尺凫一以贈僕竟無以應也次韻答之僕亦同作》云："黑玉乾爻光印紙，柳枝瘦龍略相似。"自注云："面作龍紋，背有'利見大人'四字。"是趙之贈厲與此正同，惜龍泓外史不得見之云。（萬葉紙帖四作注）

高麗國油煙作雲墨

高麗國墨，面龍文，背中四字"油煙作雲"，左右八字"霏微細从靈霔濃陰""驪龍得之以沛文林"，下"□京堂"印。嘉慶十四年己巳春，余得於京師舊肆。嘉善孫輯齋親家圻云，高麗墨極輕極磨，最耐久，然余不敢輕試之也。是墨付邦梁，此外又有翰林風月墨，則付邦榮。

高麗國翰林風月墨

高麗國翰林風月墨，面作老松一翰填金，枝葉填綠。嘉慶十四年己巳，余得于京師舊肆，今付兒邦榮，珍之。

漢萬歲甎

漢殘甎，上厚下薄，蓋古營墓所造橋囊甎也。兩面有龍鳳文，側有"萬歲"字，下側有"萬"字。嘉慶八年癸亥正月，余客長興縣署，有人持以求書者，越五年戊辰，歙工胡爲余琢爲研，頳如砂，潤如玉，古甎研中之最上神品。庚午夏五，錢唐梁學士山舟爲製銘，即倩陸友雲中鈎摹勒之，其銘學士刻入《頻羅庵集》。

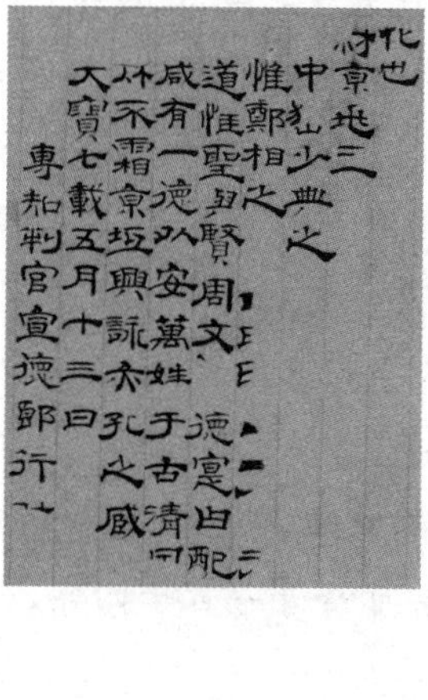

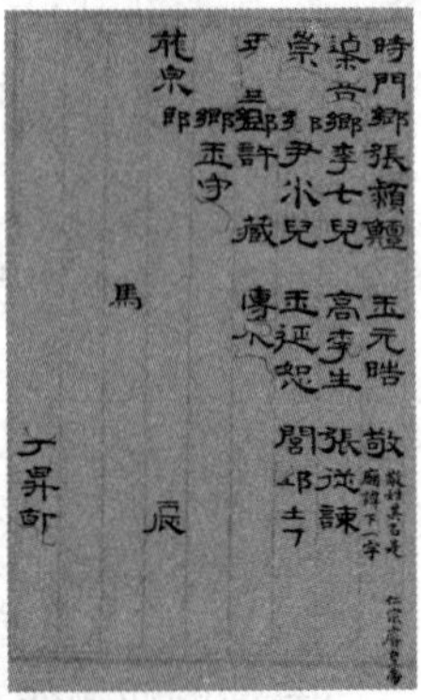

唐天寶七載修公孫僑廟碑,在河南新鄭,碑已殘毁。乾隆四十一年丙申,嘉興黄思堂本誠官新鄭,延山陰童二樹鈺修縣志,同思堂之子省甫搜訪古迹,於廟碑址瓦礫中掊得碎石七片,其"天寶七載"十字一片、"道寂"等三字一片前後歸余,他五片又佚去右文。嘉慶廿五年庚辰十二月六日,仁和老友趙晋齋魏貽余舊本,尚有六十餘字,而黄所獲七片,有五者出其中,蓋此本今不可得矣。

右唐修公孫僑廟碑陰,嘉慶十九年甲戌二月八日,仁和趙晋齋魏貽余舊拓綿紙本,紙色微黄,係元明拓本。庚辰十二月六日,又貽余一紙,與碑面同時所拓,而王元皓敬□人名具存,足證黄《志》之譌。並臨附于"天寶七載"一片拓本之後。

黄思堂本誠《新鄭縣志》卷二十九《金石志》:"唐修公孫僑廟碑,碑在祠中,天寶七載建,隸書。案,明于弈正《金石志》云,新鄭縣有唐天寶中修公孫僑廟碑。舊志載,康熙三年邑令謝鴻奇《重建祠宇記》,末云,祠興于唐天寶七載,歲戊子,專知官朝議郎行令嚴宙及判官宣德郎行尉王季復奉招討使某公所建云云。又黄叔璥《中州金石考》云,碑石斷裂,可辨者一百十四字。今此碑已亡,僅存牆角片石十數字而已。蓋此碑于明時尚存,謝令時猶可辨數百字,至黄公作《考》已亡其半,今相去又四十年,字迹所存如此,更後數年,其可復問乎。予又於友人家見舊拓本,雖不可句讀,然中有'天寶七載五月十三日'及'專知判官宣德郎'百餘字,其落款處有'元皓敬'三字,書法在韓擇木、梁昇卿之間,惜不得其全爲可惜也。"廷濟案,黄叔璥玉圃《中州金石考》言可辨者一百十四字,余今所得舊本是百年前物,合碑面、碑陰數之，約全字一百十餘字，是黄作《考》時當與是同。玉圃《志》既不載全文，惜不細書碑面幾字、碑陰幾字耳。王元皓敬□是碑陰兩人姓名，且“皓”下“敬”上中空一字，思堂何得云落款處有“元皓敬”三字？是黄明府修志時當亦僅見所得七片之殘字，所謂“於友人家見舊拓本”亦當是虚辭耳，志乘之不可緣飾如此。

東里潤色

《漢蕩陰令張公方碑》唯“東里潤色”四字殘闕，若“東里”二字全者則係明以前拓。于弈正云，唐修公孫僑廟碑唯存“僑東里”字，然司直所志今又不存。大興翁先生摹此，弁册已磨滅，闕合此碑此研，洵是巧偕。余舊藏有時少山漢方壺，賦詩成册，海昌吴兔床山人用周起“明代良陶讓一時”題册，首曰“千秋一時”，蓋與此同屬天然妙語。

嘉慶七年，嘉興縣令君司可亭能任志卷三十四《金石門》。子産廟殘碑天寶七年五月在新鄭縣，見于弈正《金石志》，此碑久佚，僅存片石十餘字，藏黄本誠家。《中州金石考》曰：“碑石斷裂，可辨者四十字。”今此碑已亡，僅存牆角片石十數字而已。又於友人家見舊拓，中有“天寶七載五月十三日”，落款處有“元皓敬”三字，書法在韓擇木、梁昇卿之間，惜不得其全云云。廷濟案，黄叔璥玉圃《中州金石考》云可辨者一百十四字，此訛作四十字；“今此碑已亡”數語是黄思堂本誠《新鄭縣志》語，此不載明某書，竟似黄玉圃《中州考》語；落款處有“元皓敬”三字，沿訛襲謬，益徵可笑。蓋纂修諸人於此事本屬茫如，眼短心粗，貽誤後人不少。

河南新鄭縣唐修子産廟碑載于弈正《天下金石志》、黄叔璥《中州金石考》，黄思堂、省安父子攜歸嘉興後，載孫伯淵、邢佺山師《寰宇訪碑録》、司能任《嘉興縣志》。翁覃溪閣學得姚巽齋所贈拓本，賦七言古詩一章，載《復初齋集》。黄省安以天寶七載一片石歸余，余作研後，翁閣學爲賦七言、五言古詩兩章，並載入集，梁山舟學士爲作銘，載《頻羅庵集》，是區區者重於良璧矣。吾郡唐刻精嚴寺、本覺寺二石幢外無聞焉。此石既歸余齋，而顔魯公元静先生碑殘石余亦獲有一片，雖晋用楚材，然嘉禾古石庶不寂寞，他日收志乘者其亦有所取證也夫。

新篁

嘉慶六年,余館京師趙謙士光禄邸第,十月初光禄從劉文清相國借得黄山谷所書《經伏波神祠詩》卷,留館中展玩旬日。余以里名新篁,因從卷中鈎得"新篁"二字(詩"蒙蒙篁竹下"跋),會余新病癱瘓,既歸,付嘉定竹工鎸之竹臂閣上。戊辰閏五月賦又詩云:"誰鎸寒玉半規如,兩字語翁先筆餘。有客臨學須閣學,此君擡舉自中書。鐙前萬畫蠅頭細,窗外千竿鳳尾疏。爲喜嘉名符小里,愛渠吾亦愛吾盧。"拓而識之,亦竹田一嘉話也。

黄文節字卷

黄文節行書劉賓客《經伏波神祠詩》卷,嘉慶六年辛酉,余館京師趙司農謙士先生邸第,先生從諸城劉文清相國借得,留館中,余因得展玩旬日。紙好潔白,墨光如鏡,可寶也。卷爲天籟閣藏物,有收藏印數十方,項後歸華中甫,有"真賞""華夏"兩印,華後歸梁真定,有"秋碧""河北棠邨"兩印,梁後歸周坊齋冢宰元禮,周刻入《聽雨樓法帖》,此本是也。劉文清始題之,周勒石,與彭雲楣視學江南時得之,以遺浙江巡撫王亶望,王簿録後賜入成邸,王以易文清唐時銅琴。安邑宋芝山爲文清門下士,故爲余言之備詳焉。卷後文待詔跋云:"三十年前于石田翁家見過,近歸無錫華中甫"云云,周入石時惜遺之。去歲臘盡,余於平湖友人家見海嶽《研山銘》卷,紙本,亦係冢宰家物,舊刻入《聽雨樓帖》者,今爲杭州某姓藏物。周冢宰家饒於資,若此寶墨何以轉入他家也?

竹臂閣快雪帖

乾隆五十八年癸丑,偕澉浦畢明經崑源文星以大錢二千從蘇君鳴盛買得王虚舟吏部爲中使咸熙春臨右軍雜帖朝鮮紙本一册,此其所臨第一帖也。嘉慶十年乙丑,徐甥籀莊爲余精鈎,付嘉定竹工刻於竹臂閣上。右軍此帖今儲天府,伯衡原刻亦已罕購。吏部運腕靈活,無羞澀舉止,自是大家氣度。

又

王虚舟吏部臨右軍《奉告帖》,書朝鮮紙本,乾隆五十八年癸丑購于澉浦蘇君鳴盛家,蓋畢既明翁舊物也。嘉慶十年乙丑,屬徐壽莊甥精勾,付匠者刻入竹臂閣上。嘉定刻竹妙入苗髮,余家有《蘭亭》真定武宋拓本，曾擬摹勒十簡爲臂閣帖，亦墨林一韻事也。

又

右軍《奉橘帖》，王虚舟吏部所臨，刻竹臂閣上。吏部每言臨書須透過一步方得恰好地位，細參此帖，便悟妙惜。

嘉慶庚申，令兩粤制軍阮夫子雲臺先生巡撫兩浙，督捕夷匪，駐節台州，郵及詩文一册，其《正威駁銘》并序及己未所寫《贈天寒有鶴守梅花詩》及癸亥所寫《贈新篁里詩》，前已鈎摹上石，此則於乙丑歲付嘉定工人鎸諸竹臂閣者。先生立德、立功、立言三俱不朽，廷濟自丙辰受知，如《定香亭筆譚》《兩浙詩課》《積古齋鐘鼎彝器款識》等書弟子姓名碑記俱蒙收録奬借，而廷濟未老而衰，酬知無日，偶書及此，不啻驚悚之交集耳。

宋文繡院洮河石研

嘉慶廿二年丁丑十一月十二日，以銀二餅與嘉善鮑拙安家買得洮河石研，縱五寸四分，横三寸二分，厚一寸三分，面緣闊三分，刻細華，唯磨墨處無華，近池處細刻樓閣，鎸“蓬［萊］”二小八分字，四側波浪中刻魚龍水族形，底窪深八分，上半作樹葉一片，八分字二行，一略大，曰“洮河之珍”，一略小，曰“文繡院藏寶”，蓋官織造局物也。研舊爲桐鄉汪柯庭司城古香樓所藏，汪歸金雲莊比部，金故後其子歸鮑，鮑不知珍也。昔金雷淵有《洮石研詩》：“緹囊深腹有滄洲，文石春融翠欲流。退筆成邱竟何益，乘時直欲礪吴鈎。”趙希鵠《洞天清録》云，洮河緑石，北方最貴重，然石在臨洮大河深水之底，非人力所致，得之爲無價之寶，耆舊相傳雖知有洮研，或有緑石研名爲洮者多云云。廷濟按，緑石質燥而文理成片，了不足重。此細潤發墨，翠滴春融，而陰有宋刻，千金寶也。余藏有漢萬歲磚研、魏雀臺瓦研、唐子産廟斷碑研，合此爲四寶研，而端谿水巖石尚不與焉，此皆研林中之奇品也。得此研後，又於平湖沈書賈買得洮石研一，制作略相等，而面陰都無文字。吾房師邢佺山先生家偕州，距河近，爲余言曾渡洮河一次，心知研材之良而却不可得，余因以後所得之一品爲先生壽。海昌硤石里蔣兄夢華藏有洮河石研一，較此更大，制作略等，亦有文字，前年壬午秋，余觀于其齋（今文字已忘記），云某處濬水所得，亦係研中重寶。

又

得宋文繡院洮石研後不數月,又于吴興書賈買得是品,雖無文字可考,然的是宋人作制。房師邢佺山先生家偕州,居近鞏昌,曾一渡是河,却未目驗研材,因即奉爲先生六十壽。蓋嘉慶廿二年戊寅冬日事也。

豹房印記(明武宗時物也)

豹房印記,豹鈕,梅李李金瀾歸戴松門,嘉慶戴歸于余,值銀四餅。

瓷　印

吴兔床山人《陽羡名陶録》卷下引海鹽文魚徵君《陽羡陶説》,余於禾中骨董肆得一瓷印,盤螭鈕,文曰"太平之世多長壽人",白文切玉法,側有款曰"莓軒製"。莓軒不知何許人,此必百年來精于刻印者。昔時少山陳共之工鐫款,字特真書耳,若刻印則有篆法、刀法,摹印之學非數十年功者不能到也。吴兔床著《陽羡名陶録》鑒别精審,遂以爲贈,時丙午夏日云云。嘉慶九年甲戌二月廿八日,質夫茂才以鐘文二本並此印來,易去銀共十二餅。是印值銀餅四。

陸侍御草疏硯

平湖陸鶴田先生,名光旭,順治辛卯舉人,壬辰進士,由保定知縣擢御史,遷冀南道,康熙二年服闋,補江安糧儲道,在臺垣時請停織造、請蠲糧、請復省安諸疏錚錚有聲。倦圃曹司農之子潛中廣文彦樞爲侍御之婿,契分極深,此研此銘重於兼金矣。侍御《雲峰草堂詩文》手稿,余曾見有五六册,其玄孫大椿售與王友子愚,今未審存否。余所收者唯信札數紙,乃楊自西、曹頌嘉、顧左公、楊筠■、龔芝麓、嚴方貽、魏青城、袁籜庵與侍御之手書耳。侍御眉多,余曾瞻禮其象云。

顔碑殘字

嘉慶廿一年丙子四月十日,句曲裴友敬修索余榜書,攜余顔書玄静先生碑殘石一片。碑面二行,一行曰□□□□,第十八行第廿六、廿七、廿八、廿九字,"華陽洞",第十九行第廿六、廿八、廿九字。左側二行曰"先生與十",第廿行第廿五、廿六、廿七、廿八字;曰"蠲其官□”，第廿一行第廿五、廿六、廿七、廿八字。顔魯公書茅山李玄静先生碑，四面刻字，碑面、陰各十九行，兩側各四行，曰“芝之”，第廿二行第廿五、六、廿七、廿八、廿九字；曰“載秋□”，第廿三行第廿五、廿六、廿七、廿八字。碑陰二行，曰“東鬱岡”，第廿四行第廿六、廿七、廿八、廿九字，曰“洞真法”，第廿五行第廿六、廿七、廿八、廿九字。

顔書李玄静碑

碑建於大曆十二年丁巳十二月，碑内所云“轉刺吴興，事乖夙願”，蓋追叙八年癸丑至吴興任事，留元剛《年譜》系碑於大曆八年，誤也。十二年四月，召於湖州，八月爲刑部尚書，是碑建於五月，結銜所以稱湖州刺史也。《新書》本傳拜昇州刺史浙江道西道節度使，《年譜》又載乾元二年乙亥六月爲昇州刺史充浙西節度使，王侍郎《金石萃編》謂唐官稱無浙江西節度，此碑舊文原是充浙西節度，“充”字上泐一字，殆亦碑賈宋拓本見有闕字，因於“浙”字上妄增“江”字耳，云云。

《淳化帖》殘石

嘉慶十六年辛未十二月廿二日，以錢千得《淳化閣帖》殘石二於新篁里之東北三里許湯匯湯氏。一在湯廳前庭中東牆，兩面刻，一面刻第六卷之一王羲之書，一面刻王坦之諸人書；一在湯屋後之老牆根，一面刻，刻柳公權帖。十九年甲戌五月，湯家牆門頭居徐天錫，於豕牢中掊得殘石一，中横裂爲二，係鍾繇《雪寒帖》《長風帖》《皇象文武帖》。上半石字尚顯，下半石蝕已甚。徐載石來贈，索余寫，余書對一副。徐氏之鄰某亦掘得一斷石，長尺許，係《衛瓘帖》，亦以三百錢得之。考《湯氏譜》，元末湯秀自杭州徙此，始有湯匯之名。秀之祖中元世祖中統元年庚申進士，父吉，字潤之，貢生，任鳳陽儒學提舉。吉子三，長和，字鼎臣，遷龍津堡，鳳陽南郊，封信國公；次佳，嘉興郡城王家坊；秀，吉之第三子，字文名，遷湯匯。秀之長孫東溪贅於金，金與湯始爲一家，其舊宅自元末至今未改，則此數殘石非元以後刻可知。丙子之秋屬匠者裝册，因約略識之，使後之人知所重焉。

鍾元常繇　皇休明象　郗景興超　衛伯玉瓘　司馬大猷攸　劉元寶瓌之　王文度坦之　王涣之(未詳其字)　王子重操之　王叔平凝之

鍾元常繇《白騎帖》末二行,《羸頓帖》二行,《雪寒帖》三行,《得長風堂帖》八行。皇休明象《文武帖》五行,《頑闇表》前一行。郗景興超《段龕帖》四行。衛伯玉瓘《中闕音敬帖》前三行。司馬大猷攸《望近未得帖》三行。劉元寶瓌之《末陽遠感帖》三行。王文度坦之《謝郎帖》四行。王涣之《二嫂帖》六行。王逸少羲之《適得書帖》四行,《知欲東帖》二行,《差凉帖》二行,《比奉對帖》二行,《求屏風帖》五行,《奄至此禍》前二行。柳誠懸公權《八月定發帖》前闕自抃躍起七行,《奉榮帖》五行,《崇賢帖》二行,《辱問帖》六行。

正書顔碑之存於今者,《多寶塔》《東方朔畫贊》《郭氏家廟》《扶風夫子廟》《藏懷恪》《麻姑仙壇記》《大唐中興頌》《宋璟》《八關齋會報德記》《元結墓》《干禄字書》《殷府君夫人》《顔氏家》及此等刻。然《麻姑壇記》《八關齋會》《干禄字書》俱係重摹,《夫子廟》殘石宋夢英亦謂非原刻,《顔氏家廟碑》之陰亦係重翻,《多寶塔》《東方畫贊》《中興頌》俱經洗鑿失真,是真唐刻未洗者,《郭家廟》《藏懷恪》《宋璟》《元結》《殷夫人》《顔家廟》之面與兩側及此數殘石而已矣。學書學顔書,學詩學杜詩,至矣。昔歐陽文忠公謂魯公真迹今世在者得其零落之餘,猶足以爲寶,是宋之熙、豐時已然,况余生又歐公八百年後哉。

嘉興路提調官印

嘉慶十五年夏,嘉興縣新豐鄉十二都石佛與北鄉人掊土得此印,今歸曹鴻升上舍。印厚三分許,微灣,文曰"嘉興路提調"。《元史》無此官,嘉興舊《志》亦未載及,蓋旋建旋廢之官。然此實係嘉禾故實,異時纂修志乘者亟宜補入。

浯溪窊尊

康熙時,嘉興縣新豐鄉十二都興善寺涵清房老僧祈醫楚中,攜歸此尊作藥臼,庋置壁根數十年。乾隆五十幾年,坊沈稚春茂才德毓見而異之,寺僧遂知寶惜。嘉慶八年,余偕曹鴻叔上舍曾往觀之,十二年四月,寺僧乞曹作《募緣疏叙》,因以贈曹。十四年三月,翁閣

[學]覃溪先生爲余賦天寶七載修子産廟斷碑研，詩末聯云“當勝涪溪藥臼香，坡公詩比拓尊羡”，自注“元道州窊尊石，嘉興僧持歸，作擣藥臼，叔未亦拓其文見貽，故末章及之”云云。嘉禾地少古刻，此故當與河南新鄭天寶七載殘石、江南句容顔魯公玄静先生碑同爲嘉郡寶刻，他時修及志乘，有識者庶弗見遺乎。

半兩泉笵

此與列九泉（半兩）圓笵並載入翁氏《兩漢金石記》五卷内，然余歷驗古泉笵，凡一笵具泉面背文者，一笵已足，蓋合土爲型，兩型互合，便可熔鑄，若每笵之泉仍面仍背，必須兩笵方可合土，故每笵必有凹凸星塊以爲鬥筍之地。然泉之純面純背者其笵絶少，此與二笵同是就之有字而同□其配合之笵，且同是圜形。審其紙墨，同是一人所藏，一時所拓，且無從向可鬬，是皆可疑者也。漢時器具泉文者甚多，此或是他器之文，而翁但據拓迹以入録乎？此二笵余先後購拓本兩副，此外余見海鹽文魚兄亦藏有一副，然文兄刻《金石契》，此笵何以不録，豈亦嘗疑及此歟？事不經眼難以妄語，書此以存之可耳。

貨泉笵

右笵吴門江子屏藩所藏，錢竹汀少詹曾跋之，謂背之右隅有文曰“母”，蓋當時解錢模爲母也。秀水朱氏所見大泉五十之母，强名之曰笵，由未得見此異聞耳。然翁覃溪閣學引《禮運》“范金”疏，謂爲形范，以鑄金器。陸氏《釋文》無音，則范即笵字。趙誠夫序胡道周《續泉志》引《禮・少儀》“祭左右軌范乃飲”、《太玄經》“矩范之動成敗之效”，亦以朱説爲是。翁宜泉藏有大泉五十泉模，背亦有“母”字，嘗持以質其尊人覃溪閣學，覃翁[①]，是漢刻本有“母”字，知古人原有“錢母”之稱，而《禮經》“䃭金”即名之爲笵，朱氏亦非强名耳。

古時鑄泉之法，先琢成土型，次鎔作銅模（即今時流傳之笵），然後湅土實填銅中，印出泉文，兩型對合便可冶鑄。如銅模上具有泉面、泉背者，須顛倒互合，只須一銅笵已足，故合時所見古泉笵只有一片，非不全也。若銅模泉文純面純背，必須兩模方可印土對合，若

---

① 整理者按：以下空一行。

止不片便不全矣。余家有五銖泉笵,其泉文純面純背恰是全笵。墨本中有半两泉笵,長圜者一,列泉七,圜者二,一列泉八,一列泉九,都是有字之一面。昨疑或係漢銅器而實非泉范,今細思之,大抵鑄半兩泉字,其笵六行,純面純背,初鑄五銖時尚如半兩時式,繼行泉文面背並列之式,較五銖泉笵已有半面半背泉文者,而莽鑄泉布之笵則皆行半面半背,此歷驗器款可以懸揣而得,而余家所藏之五銖笵亦可定爲西漢之五銖,而非東京之隋之各種五銖矣。此説向無人論及,余故縷而識之。

漢興壯布

武林吴翼安於故家得古泉布一篋,嘉慶癸亥閏二月,余同姜怡亭茂才淳往觀,此其一。洪遵《泉志》、顧烜《錢譜》云:"今世猶有小錢,重一銖,半徑五分,文曰'漢興',小篆。"案:班馬二史皆云莢錢不載錢文,顧烜之説蓋失之矣,金光襲与董逌皆因之。李孝美以爲楷書,文曰"漢興",莢錢自科半之法熄而篆隸行,至東漢末始變爲楷,何其説之妄耶云云。廷濟[案],舊譜固非,而洪《志》刊本"漢興"二字在孔左孔右,亦未見真本,而以意載此泉文,今獲見此,毋謂今人不及古人也。

此亦吴翼安所藏新莽十布,自洪《志》以來,古泉家多不見真布,以意篆作某布二字。翁宜泉殫心採訪,昔年札寄,云未見壯布真迹。海鹽家文魚兄欲以十布刻入《金石契》,遲之數年,亦俟吴得後始獲著録全迹,可見成書不易,一有虚詞,後世必有能摘其僞者。此二文每以小品而忽之也。

右漢壓勝泉,穿左曰"宜子",穿右曰"宜官",穿上中二字曰"玉泉",左右字曰"辟兵",鎏金,小有裂文,上海趙潤甫孝廉秉淳得於京邸,大興翁宜泉秋部樹培從其易。嘉慶八年癸亥二月廿二日趙、翁同日來信説及,翁並拓寄此文案。余家所藏漢吉語泉文,一曰"長毋相忘",曰"日入千金",一曰"辟兵莫當",曰"去央除兇",此外絶不易得。

此外番秘戲泉,與潘毅堂有爲所藏沈向齋明(明)[府]可培昔從顔蘅齋崇槼鈎得之本相同,翁宜泉樹培昔寄余一本,一面作男女交接,一面是立馬形,則有一圜孔在旁,其形似此較小。

顔蘅齋教授藏有秘戲錢拓本，沈向齋明府謂是番鑄，非漢撒帳錢，既爲之作《辯》，復手摹一本，係《辯》於後，並録張石公、桂未谷詩爲册。嘉慶九年甲子九月廿八日，明府令子竹岑姊夫屬賦。

明府之辯甚正，然撒帳只作吉祥語，如洪遵《泉志》所載"長命守富貴"引舊譜"景龍中，中宗出降睿宗女荊山公主，特鑄此錢"，事更有徵。且秘戲錢予所見亦不止一種，率是外番之品，蓋番錢銅質，顯然不可混也。

凉造新□泉

騶虞峙錢

道光四年四月

大興翁氏蘇米齋所藏金石之文

乾隆三十七年壬辰九月，翁閣學覃溪先生移居潘家河沿，置所刻蘇題英德南山、米題藥洲二石於齋壁，因以"蘇米"名其齋。此金石之品皆先生之子宜泉秋部樹培所購藏者。嘉慶辛酉，余與宜泉訂交，其所藏物，余皆目驗之。

儀徵阮元積古齋所藏金石之文

今兩粤制軍阮夫子芸臺先生政治文章，士夫罕匹，其所儲吉金貞石爲國朝第一。廷濟於丙辰受知，蒙引爲金石交，故積古齋藏器大半得攬觀焉。

上海趙氏棣華堂所藏金石之文

趙司農謙士先生少研古訓，既入直懋勤，得瞻天府儲藏，學益深邃，以貧故，所藏物時移贈友人。此諸拓本皆嘉慶辛酉壬戌余館於其齋時所手拓者，然綜核羅致之品，此已不過十之三四矣。

長白斌氏壽金庵所藏金石之文

斌觀察笠耕先生博雅耆古，不在宋西陂、卞令□兩丞下，爲制軍玉連齋老師長君，嘉慶廿四年己卯庚辰督儲江南，兩招余鑒其藏器册，壽金庵額亦觀察所索余書者。蓋漢光和量爲當世無雙之品，以紙寬不能裝入此册。此諸品亦皆精美，然亦未能遍拓。

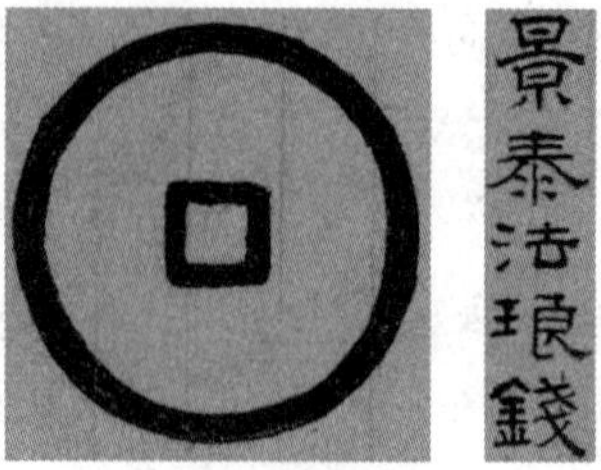

(景泰法琅錢)

厚三分,重一兩九錢,輪郭俱塗金,中籃地上下左右作黄紅青白花四朵,花之心每朵参用黄紅青白色花瓣之邊,以銅界開,細如綫,亦用塗金勾出四花之隙,每作緑葉三,亦塗金句邊,兩面文同,其琅與輪郭平,故不能拓。

景泰錢雖有補鑄之説,然收藏家從未一見,知終未之鑄也。法琅惟景泰時製,其器至有廚榻之大,然錢文則絶少。嘉慶八年余一見于禾郡集街,惜剥落已甚,且價亦甚昂,未買得,心頗思之。己卯之春,遊吴門,以銀餅一從舊肆得此,此即當景泰鼓鑄之錢,譜錢者所當采入耳。道光四年甲申四月三日清晨,叔未張廷濟隨筆。

隋唐墓志(沈藕莊得自關中裝册)

第一册

鞏賓字客鄉,周驃騎將軍右光禄大夫雲陽縣男,隋開皇十五年乙卯十月丙戌朔廿四日己酉厝,正書,大四分許。

嘉慶己卯四月偃師段嘉謨訪出此石於武功縣之南鄉,移至縣署大堂,南海吴榮光觀並記。

唐駙馬都尉衛尉少卿息豆盧遜墓志

字貞順,河南洛陽人,顯慶四年己未四月,正書,字方四分許。

唐上護軍龐德威墓志

字二哥,南安人,垂拱三年十一月廿二日,正書,字方四分許。

唐處士程玄景,字師朗,京兆長安人。長壽三年□□廿二日景午,正書,字方四分許。

第三册

唐興元元從正議大夫行内侍省内侍知省事上柱國賜紫金魚袋賜特進左武衛大將軍李輔光,字君肅,京兆涇陽人,崔元略撰,巨雅書,正書,大五分許。元和九年四月廿五日。

唐朝議郎行宫闈令充威遠軍監軍上柱國賜紫金魚袋西門珍,京兆雲陽人，從侄鄉貢進士元佐上，元和十三年七月廿日，行書，大五分許。

唐正議大夫行内侍省内府局丞員外置正員上柱國太原縣開國男食邑三百户賜緋魚袋王守琦，大中四年正月廿三日，劉景夫述，正書，大五分許。

第二册

唐吏部常選廣宗郡潘智昭，字洛，京兆華原人。天寶七載七月五日景時，正書，大四分許。

唐雲麾將軍左龍武軍將軍彭城劉感，李震撰，席彬書，天寶十二載十月卅日，行書，大七分許。

唐雲麾將軍行右龍武軍將軍上柱國開國侯南陽張安生，天寶十四載二月十二日。

唐朝議郎守徐州功曹參軍上柱國劉仕偆守玄同，彭城人，咸通八年正月廿五日，行書，大六分許。

第四册

唐中大夫守内侍上柱國渤海高福，字延福，孫翌字季良撰，開元十二年正月廿一日。

唐光禄卿王訓，字訓，瑯琊臨沂人，前秘書監嗣澤王潓撰並書，大曆二年八月七日。

漢左武衛中郎將朱瑛，字先進，其先樂安人，後世家於京兆，今則京兆人也。朱仲武撰並書，甲子四月庚午（年號空不書），額篆書“大漢故石府君墓志銘”。

北齊武平七年二月廿三孟阿妃爲亡夫朱元洪造象，此種河南碑，八分書。

唐史公石像銘（長安縣）

唐（周）韋均造像

唐馮翼等造像（咸寧縣）

唐（周）姚元之造像

　高延貴

　孟再榮（咸寧縣）

　姚元景（咸寧縣）

蕭元昚

虢國公楊花臺銘

田僧敬(咸寧)

楊將軍新莊像銘(咸寧)

李父墓志,正書,其碑已爲人購去,今拓本不易得

梁師亶墓志(長安縣)

晉空和尚塔銘(長安縣)

道安禪師塔銘

唐(周)息尚君塼墳銘

隋趙芬殘碑(咸寧縣)

唐王訓墓志(咸寧縣)

唐尼法澄塔銘(咸寧縣)

塔銘殘字

北齊天統姜纂爲亡息元略造老君像(河南碑)

淳化閣帖

黄叔璥《中州金石記》卷五,益縣,順治十七年河陽薛所蘊於衛源廢石間得之。缺二十九段。今曹縣王君雪雙鈎鐫補。

又卷三引《筠廊偶筆》,宋城南有幸山堂,宋高宗南渡駐蹕之所。明崇禎中,沈氏濬池得片石,如墨玉,鐫字數行,乃《淳化帖》九卷第一版王獻之書也。董文敏嘗欲以百金購之,主人益大珍惜,别刻一石以應求者。明末寇變,並瘞兩石蔬圃中,後覶不可得。

秀餐軒帖(前有帖目,其目趙晋齋録本相符,目小楷書,第一行下云海寧陳息園珍藏)

自宋《淳化閣帖》彙歷代法書摹勒上石,好事者轉相仿效,不下數十家。華亭董氏所謂"绛州《鼎帖》、星鳳樓《群玉》、黔江《淳熙秘閣續帖》,世皆無傳,至有對面不識者"是也。前明亦多彙帖,唯董氏《戲鴻堂》最工。海寧陳氏博古善鑒,所刻彙帖多經董氏手訂,《藏真》《玉煙》其尤著者矣。此《秀餐帖》亦陳氏所刻,書稍肥拙,非董氏所訂,然另有一種風氣。余舊獲墨本于京師,臨仿已久,頃至揚州,晤故人唐太守悔庵,始知此石今流轉至悔庵家。余慫悔庵命工精拓數十本,且告之曰,去古漸遠,微獨真迹散亡,雖石刻亦多漫漶,晋唐

風流,舍彙帖則無從窺見,而彙帖必多集善本,參觀而融會之,乃於古人筆法有省。此刻雖較遜董摹諸本,然間有佳處,輒出其外,以此知學之無盡藏也。悔庵之尊甫觀察公聞治語而善之,命書而鐫諸卷末。時乾隆四十六年辛丑冬至日,丹徒王文治跋。

右《秀餐軒帖》,戴松門舊藏,張繼兄帶看,缺裴耀卿兩蕃表。

龍宫欲頽海水舞,陽侯踏足破鼉鼓。烏王番腹不肯飛,素虬諱宫失道路。崇禎末年天下空,始以司農歸倪公。五尺白麻閟如寶,欲煎桑欀爲青銅。倪公赴召初出時,手無寸鐵批熊羆。三日五召十起草,才如不周爲天支。未經百日已中變,蝃蝀横天日色亂。章華臺上多眉須,不與暴蘇講同貫。須臾賊至開城門,倪公號弓排天閽。九關虎豹穿狸裙,多鬚暴公翻傾盆。盜賊亦猶有涇渭,忠臣之家不敢毁。柳燦已死懸藁街,希烈擢筋弄傀儡。反几舁遍城南門,與人乞食稱皇恩。胡兒賊雛俱唾罵,此人安得操天鈞。倪公當年初五十,珊瑚骨髓金壺汁,開眸電發聲清商。天子自謂己不及,若今初至登璣衡。簡除文武搜精英,命將討賊收名城。四方援師集都下,十庫藏金散物價。即無鎮惡與牢之,亦有老种張叔夜。倪公既退修經書,庭臣徒食武陵餘。武陵糞珍稱上供,遂使廝養稱中區。觀軍尖頭看鑠鑰,賣國偷家何不樂。空令吾友騰英魂,上帝殿頭歎躩鑠。何不生當堯舜時,拍肩坐諷皋陶詩。何不生當[弘]治與萬[曆],坐展湖山爲紙筆。死張巡,生蘇軾,少年真卿老長吉。千秋有手明霹靂,安敢爲公坐太息。

[弘]光元年初夏廿四日,偶爾迅手爲子新兄題卷,兄老知其潦草也。漳海友弟黄道周頓首。

[倪元璐]

與蒼帝争力,系出祖龍餘。脉望艱成[就,芸香費]袚除。青苗配《字説》,封禪倚天書。謀國文心盡,銷光月蟾蜍。元璐。

《史稿》列傳一百四十七:倪元璐,字玉汝,上虞人。天啓二年進士,改庶吉士,授編修。册封德府,移疾歸,還朝。出典江西鄉試,暨復命,則莊烈帝踐祚,魏忠賢已伏誅。黄道周貶官,元璐稱爲詞臣第一,乞留之史局,以(已)[己]代貶,並薦舊府尹劉宗周,不納。元璐雅負時望,位漸通顯,帝意嚮之,深爲温禮仁所忌,餌誠意伯劉孔昭攻元璐,言其妻陳尚存,而妾王冒繼配復封,詔下吏部核奏,其同里尚書姜逢元、侍郎王業浩、劉宗周及其從兄元珙咸言陳氏以過被出,繼娶王,非妾。體仁意沮,會部議行撫案勘奏,即擬旨云:"《登科録》二氏並列,罪迹顯然,何待行勘?"遂落職閒住。十五年九月,廷臣交薦,詔起兵部右侍郎兼侍讀學士,以母老固辭。俄聞畿輔被兵,遂冒鋒鏑北上,明年春抵都。及入見,陳制敵機宜,帝甚喜。五月,超拜户部尚書,兼翰林院學士,仍充日講官,以祖制浙人不得官户部辭,不許。帝眷元璐甚,五日三賜對。十月,命兼攝吏部事。陳演忌元璐,風魏藻德言於帝曰:"元璐書生,不習錢穀。"元璐亦數請解職。十七年二月,命以原官專直日講。逾月,李自成陷京師,元璐整衣冠北向拜父,南向拜母,書几上曰:"南都尚可爲,死吾分也。勿以衣衾斂,暴我尸,聊志吾痛。"遂南面坐,取帛自縊而絶。福王時贈少保吏部尚書,謚文正,本朝賜謚文正。

[陳演]

章華臺上多眉須,不與暴蘇講同貫。

《史稿》列傳一百三十三:陳演,井研人。天啓二年進士,改庶吉士,授編修。庸才寡學,工結納,崇禎十六年五月周延儒去位,遂爲首輔。十七年,李自成陷陝西,逼山西,廷議撤寧遠吴三桂兵入山海關,策應京師,帝意亦然之,演持不可。帝决計行之,演始不自安,引疾罷,貲多不能遽行。賊陷京師,與魏藻德等俱被執,繫賊將劉宗敏營中,其日獻銀四萬,賊喜,不加刑。四月八日獲釋。十二日,自成將東禦三桂,慮諸大臣爲後患,盡殺之,演亦遇害。

[楊嗣昌]

武陵龔珍稱上供

《史稿》列傳一百三十八:楊嗣昌,字文弱,鶴子,武陵人,萬曆三十八年進士。崇禎五年,擢右僉都御史,巡撫永平、山海諸處。嗣昌父子初不附逆奄,於東林本無嫌,還安故侍郎郭鞏謫戍廣西,其鄉人有爲訟冤者,嗣昌以鞏已部民,以聞於朝,遂爲給事中姚思孝所駁。鞏故麗名逆案,而思孝附東林者也,自是與東林忤。

嗣昌鋭意振刷,建四正六隅之説,帝深喜之,中外亦冀其成功。

雖加賦，人不敢議其後。十一年六月，特命改禮部尚書兼東閣大學士。

初，嗣昌之奪情也，廷臣以古者金革無避，未敢訟言其非，及入政府，又奪陳情起爲總督。於是何楷首論之，少詹事黄道周抵尤力，帝不悦，特御平臺詰問。道周會修撰劉同升、編修趙士春疏復入，帝怒，並議道周罪，併鐫三級，留翰林。嗣昌嗾刑部主事張若麒醜詆道周，遂鐫六級，出之外。十二年八月，命爲督師輔臣，賜尚方劍，統制諸方兵馬，總督以下並聽節制。嗣昌既受代楊文燦，以十月朔大誓三軍。

十四年二月，賊陷襄陽，王被執遇害。嗣昌在夷陵驚悸，上疏請死。下至荆州之沙市，謀再舉。俄聞洛陽已於正月被陷，福王遇害，益憂懼，遂不食，以三月朔日卒，年五十四。廷臣追論不已，帝終念之。後獻忠陷武陵，發其七世祖墓，焚嗣昌夫婦柩。其子孫獲半體，改葬焉。

黄石翁

《史稿》列傳一百四十一：黄道周，字幼平，漳浦人。天啓二年進士，改庶吉士，授編修。

崇禎十一年六月，廷推閣臣，道周已充日講官，遷少詹事，得與名，帝不用，用楊嗣昌等五人，道周乃草三疏，一劾楊嗣昌，一劾陳新田，一劾方一藻，同日上之。貶六秩，爲江西案察使照磨。江西巡撫解學龍薦所部官，推奬道周備至，帝發怒，立削二人籍，逮下刑部獄，責以黨邪亂政，並廷杖八十，究黨與，欲置之死。移獄鎮撫掠治者四，乃復還刑部。逾年，以尚書劉澤深言，乃謫戍廣西。時楊嗣昌已死，周延儒再當國，方參用公議，欲爲道周地也。十五年八月，以延儒、蔣德璟言，傳旨復故官。既還朝，尋以病歸。

福王監國，拜禮部尚書。南都覆，唐王聿鍵至衢州，遂奉表勸進。及王監國，命以本官兼武英殿大學士，參贊機務。自請督師，以七月二十二日啓行，十二月進至婺源，遇我大清兵，戰敗，被獲，一年盡覆。執至江寧，幽於别室，從容著詩文數卷。聞當臨刑，書絶命詞衣帶間，過東華門，坐不起，曰："此與高皇帝陵寢近，可死矣。"監刑者從之。死時年六十二。

桑穰青銅

鈔法自弘正間廢,天啓時,給事中惠世揚復請造行,崇禎末,有蔣臣者申其説,擢爲户部司務,倪元璐方掌部事,力主之,然終不可行而止。

看花行者談往

崇禎十六年,京師錢法大壞,保舉生員蔣臣盛定錢鈔,因召對中左門。奏行銅鈔,每重半斤,准當銀一兩,帝以爲費,乃決意行紙鈔。時有省臣條議紙鈔有十便十妙之説,聖旨喜允,立刻造鈔。押令工部領取儀制司所藏鄉會中式硃墨二卷,與直省文宗科歲解部優劣試牘爲鈔質之資本,限日搭廠撥官送匠計工,如有阻其事者,法同十惡罪款。工部查查祖時故則,造鈔工料,紙六、皮四,皮者,樺皮也,産于遼東,有紙無皮,無從起工,乃令工部召商,工部仍以庫洗爲辭。正擬議間,忽報流賊決意渡河,欲犯京師,已之。此崇禎十六年十二月中事也。

盜賊亦猶是涇渭,忠臣之家不敢毁。柳燦已死懸藁街,希烈擢筋弄傀儡。

李潛夫確《平寇志》卷九:户部尚書倪元璐聞難,朝衣北面,再拜稽首,脱衣冠,角巾青衣,南向遥拜其母,索酒,招二友爲别,酹酒漢壽亭侯畫像前,援紙,語家人曰:“吾死勿殮,大行殮,方收吾尸。”自縊,手弱,不即死,二友助之乃絶。三日,賊入見之,顔如生,驚避他去。

左中允劉理順自盡,妻妾及子婢僕凡十八人俱從殉。須臾,賊以令箭至者數十人,叩門無應者,破扉入,見之,環而歎曰:“此吾鄉杞縣賢士大夫也。居鄉厚德,里人無不感之。奉李將軍令來衛之,不意全家自盡。”下馬羅拜,泣涕而去。

又陳演上書勸進,賊命執陳演、魏藻德、丘瑜、方岳貢送劉宗敏,並鎖項至營中。

劉宗敏造短夾棍數百具,以鐵爲稜,巨釘連之,械成,試二書役於街,一日即死。門立二柱,磔人無虚日,血流殷紅。宗敏帶刀跨馬,導以四騶,出入西直門無時度。

自成選百官人物豐偉者,送吏政府録用,縛文武勳戚大僚津要八百員，送權將軍劉宗敏拷訊。五人一鎖，二賊露刃押之，馳出西華門，多失履跣行，有仆地拽走，哭聲盈路，録用者揚揚上馬出。

大學士陳演每自稱廉相，劉宗敏收拷演赤足者再，徵其黄金三百六十兩，收拷魏藻德拶指赤足勒銀一萬三千兩，方岳貢拷納銀四千兩，丘瑜被拷赤足徵銀五千兩。

賊斬勳衛武職常守經、張同方二百餘員於平則門外。

賊酷拷各官，晝夜不釋，賊黨朋飲，玩其哀號。

死難諸臣，大書於門"某官停喪於此"。賊過門不入，降賊各官經過其地，汗顔，策馬疾馳去。

魏藻德被拷，五日不釋，乘間自勒死。賊復收拷其子，無措，因斬之。

自成東行之期已定，取勳戚大臣陳演、徐允貞、王先通、郭明振、吴遵周、王長錫、陳治、袁祐、周銘、周鐸、周鉉等六十餘員，斬西華門外。

崇禎十七年甲申三月十八日丙午，太監曹化淳開彰義門迎賊。叛監杜勳又從德勝門射書約降。太監王相堯領内兵千人開宣武門迎賊。

三月八日丙申，宣府陷，太監杜勳承𧮫緋袍八座出城三十里迎賊。

停雲館帖

《停雲館帖》第一卷，昔人謂大半出越州石氏，石氏刻載《寶刻類編》。余亦見過數種，文不必盡本石也。《黄庭經》向傳永禪師、虞秘監、褚中令、吴通微、徐季海諸臨本，此八字裂本，愚向定爲智永所臨。今細心研度，究未敢指名某臨爲是。楊大瓢跋爲吴學士臨，亦是臆説耳。《黄庭》殘本字迹稍大，楊大瓢指爲徐季海手寫，亦未可强斷，唯《黄庭》全本在畢歸馮時被守碑者毁却，則原刻便不易得耳。

《樂毅論》有梁摹、唐摹二派，此末行有"異僧權"等字，"世""民"字無闕筆，梁摹本也。字迹瘦勁可法。郁岡齋有兩刻，較此更勝，若快雪堂刻，近甚有名。褚跋自是後人僞託，不足重也。《樂毅》殘本實本越州，自是佳刻，若"海"字[不全]本昔年余唯見晋府所藏者一種，今真鳳毛麟角矣。

《東方畫贊》余家藏宋拓者有兩種,一爲程孟陽跋本,一爲惲日初藏本,皆出此上,然此刻亦正不可忽。

《曹娥碑》绿絹真迹尚儲天府,余家藏有宋本,係查查浦所藏,即楊大瓢所亟稱者。此刻特瘦,得孝女哀號求父之意,果同佳刻,若辭作"嗟喪慈父""彼蒼伊何",則係别本後出,不足珍矣。

《丙舍帖》余家有羅紋箋宋拓本,較此更勝。《宣示帖》傳刻最多,《大觀帖》原刻有張仲文、張長吉款者刻最佳。余家藏賈相刻石,蓋不啻《十三行》之玉版刻矣。

《十三行》有柳跋者,直柳臨耳。唐荆川、惲日初、馮伯衡、晋府皆有宋拓精本,惲本亦藏余家。

華陽真迹自舊館壇碑毁後,世唯存《瘞鶴銘》數十字耳。此小字更難得。若秀餐軒刻則遠不逮此。

《破邪論序》通覽他刻率無越此,遐想孔廟虞書貞觀刻,尤不覺令人神往。

《心經》《尊勝咒》二種余皆有宋本,似此更勝,其即文所自出乎?

褚書《陰符經》二種,大興翁學士以草書本爲僞託,而以"河南郡"三字人又有並疑正書本,其實書迹至此亦可謂無上妙品,不必更多詆議。余見有石氏刻,用墨太枯燥,惟吴門王月軒曾示余闊簾紙拓本,則字法之精更不可思議。

褚題《靈寶度人經變》,彙帖傳刻不多,此當獨勝。

小字《麻姑壇記》昔人謂爲一學佛者所書,非也。文此刻蓋祖南城舊石,南城今亦不易得。

《護命經》如雲中龍爪,忽隱忽現,真天壤奇寶。

《萬歲通天進帖》唐摹白麻箋真迹今在天府,王虚舟吏部曾攜明華中甫真賞齋刻火前本至武英殿對較,絲毫不爽。其火後刻亦精好,後歸王宇泰家,故郁岡齋初本猶以華本劖入也。此刻是從華本重摹,然如《太令昨遂不奉别帖》已勝《淳化》遠甚。懷琳臨《絶交書》《述書賦注》中已明明言之湘東所進三行,李亦并臨古耳。

此《書譜》之叙耳,家有元祐二年河東薛氏模本,與此相埒,知停雲此刻善矣。虔禮此道媚,直追山陰堂奥,若餘清齋、《千字文》則未免失之肥重。

顔魯公《祭侄文》真迹，周公謹所藏，明時在吴用卿家，摹入《餘清齋》，嚴重樸實，不可逼視，真爲《祭侄文》刻本第一。此米海嶽臨耳，細心對勘，消息自見。至有塗改數處，中無原字，則尤顯然可見也。《朱巨川告》絹本即米海嶽以金梭易得。劉巨濟得背紙，有五分墨磨爲秘玩者。此刻嚴重中而有風度，較《自書告身》少和易，蓋書時在前也。林藻《深慰帖》有專刻，題識極多，此不備勒。顛、素絹本草書《千文》，畢秋巖尚書《經訓堂帖》於黄素八接處"軍司馬印"備勒，較此更善。

總跋

《停雲》模刻之精，前明數百年中唯華氏《真賞齋》更出其上，然收拾美富，華不能逮也。其石歸趙，而錢、而畢、而馮，疊經摹補，原刻止十之八，而侍殘者更不一。此係明時精拓，可寶也。昔何莊書法帖貞珉定爲十種，今較其價實啻數十倍之耶。

道光五年七月

道光五年乙酉七月十三日，領大豫赴省應鄉試。同赴者金魯卿、僕王興、廚沈珊，舟人吴聘、王蘭。

十三日。午後發棹。

十四日。清晨，上春務壩，午前過臨平關，泊舟安隱寺前。魯卿拓安平泉蘇詩石刻二紙。

"雲心護芳草，海眼出菱花。"崇禎庚辰黄陂蔡。

"兩行古木開山徑，一派清泉對寺門。"乾隆時臨平俞藕洲廣文句。沈某云：寺向有藕花洲、梅信渡、黄犢峰八景。

叙次群賢取諸左，放懷一室契於彭。

託興群山齊向樂，引和一室得彭年。

十五日。進城，仍寓十五間園馬漱石三兄家當賓館，寓錢十銀洋錢。

買烏程施國祁所注《元遺山詩》八本十四卷，價二洋錢。買聚珍版《寶真齋法書贊》六本，價四洋錢，俱向陶典三兄寶書堂買。

買"曲阜縣酒務記"，價四洋錢。買漢官印三、私印三，價六洋錢，俱向王檢叔五兄買。

吊趙晋齋老友，分一洋錢。吊何夢華兄之夫人，分三錢銀。

宋之山老友已故,入家廟,其眷屬仝住在孩兒巷内響步前古茅草庵間壁,余往拜望,其子今年十二歲,出見,頗佳。

“驪黄以外,木雁之間。”與三山别六年,乙卯九月,再會於京師,就肖山坐上作此奉質。蕭然山外史桂馥。

“遠聞佳士輒心許,老見異書猶眼明。”某贈之山聯句。之山家掛一畫紙一本,上有題云:“九龍山人王孟端枯木竹石,庚午□月南海吴榮光觀。”

“錦鱗春暖雙魚訊,霜翮秋高一鶴鳴。”擬贈慈論王□□兄。

“老瓦破甎添古墨,腥銅澀鐵助奇文。”擬贈徐問渠兄。徐見贈山左貞元年鐵獅子題字墨本。

夢華出示《醴泉銘》本,拓本,殘卅九字,有翁覃(翁)[溪]小字題,屬余題籤。又明季李宓縮本《蘭亭》,有翁題。

居停主人贈岳廟諸刻。

“樂石祥金徵老壽,法書名繪足清娱。”擬贈恩榮坊之王大兄七十壽。

“百花放處松千尺,群鳥鳴時鶴一聲。”“卅載金蘭增舊感,千秋石墨更誰論。”挽趙晋齋明經。趙今年六月十一日仙去,年八十。

道光六年三月

佛言,愚人聞吾善者善之,故惡來撓亂,汝自禁息,當無瞋責,彼自惡者而自惡之。有人聞吾守道,行大仁慈,惡者來往,故致罵佛,佛默不對,憫之,癡冥罵止。問曰,子以禮從人,其人不納,禮歸子乎。今子罵我,我亦不納,子自持禍歸子身矣。猶響應聲,影追形,終無免離,慎勿爲惡。

道光丙戌三月廿日。郡寓,鐙下讀朱竹垞、陸冰修、查夏金、周青士、湯西厓《一峰草堂看花詩册》

晋朝曲水宋西園,諸老風流此重論。挑盡殘鐙吟不盡,春三花月又黄昏。

刻意尋春未肯休,憑他白髪上人頭。不堪花事驚前夢,淚灑長安老敝裘。

吴兄思亭屬,叔未。

《淳化閣帖》,泉州本,十册,梅里李叙齋茂才託售,是其祖敬堂進士集遺物。拓法用墨淡，不甚佳。有“安道父”白文方印、“周叔宗父”白文方印、“繡虎齋”白文方印、“公遠氏”白文方印、“交蘆居士”白文大方印、“吴瑞徵”白文方印、“中”朱文、“唐氏”白文方印、“曹三德印”朱文方印、“周”白文方印、“叔宗”白文方印。

第五卷“索”字止，以下闕。案泉本本闕，此朱筆云“下闕”二字，蓋胡亂説也。

宋拓泉本《淳化帖》以此本爲最佳，雖吾郡顧氏所藏《閣帖》未能過之，冰寒於水，非虛語也。余亦有宋拓《大觀》四卷，相傳爲趙吴興家物，暇日出此本校勘，乃無毫髮遺恨。叔宗其保持之。董其昌。“董[玄]宰”

向與董[玄]宰《大觀帖》相質一過，益見此拓不易得矣。嘉、隆間，吴越世家相傳寶藏，往往見之，乃今皆爲它邦好事者力購，而於歙州特甚。故今之宋拓泉本在吴越中者，亦甚寥寥矣。客居燕市之西方庵，棗花初齊，人景消適，竟日披賞，再爲之題。交蘆居士。“周祖”（白文）

祖帖失傳之後，惟泉州舊本最得其真，猶是文昭武穆之序。其他衆刻不過中郎虎賁、叔敖優孟而已。此本紙墨模拓無不精好，下《閣帖》一等耳。近時《泉帖》乃有四十二刻，閲之謬妄可笑，何處醬瓿如林，能著此惡墨作覆耶。本因深於臨池，當首肯余言。太原王穉登。“王中印”（白文）、“王印穉登”（白文）

乙巳四月，昭慶山寮見陸柬之《蘭亭》五言詩真迹，又見此本宋拓《淳化帖》，皆周本，因相眎。是行不辱西湖矣。陳繼儒題。“醇”“儒”（朱文）

右四跋俱在第十册之後。

予閲過《淳化閣帖》十數部，惟銀閂本尚有生氣。庚寅得此本於硤川舊族，末有董思翁、王百穀諸跋，古香芬郁，拱如尺璧。辛卯，攜之都門，歙人汪君請觀，目爲千金帖。時予館吾師裘文達公第，師見之，曰：“内府有祖拓，余亦得宋本，敕金壇相國校對取進，今得此而三矣。”因請跋語，師頷之，未幾，奉使奉天，余亦選授郿令，萬山塵埋中開囊展玩，如入清凉境也。壬寅放歸，輕裝一葉，賴此熊熊光氣欲干霄耳。予不善書而癖耆法書，昕夕不離手，昔人稱煙雲供養，予則以墨妙結心花耶。時癸卯元日，墨庵居士集書。“李集私印”（白文）、“敬堂”（朱文）

武康徐雪廬同年所藏三先生詩卷。

翁覃溪先生寄詶元康甎歌。

秦小峴侍郎游東湖詩(晚年林下時作)。

伊墨卿太守題防風廟碑詩。

雪廬徐兄與余同受知於今制軍儀徵阮師,嘉慶戊午余貢於鄉,雪廬以優貢入成,均爲同歲友,且同有古甎之耆,大興翁先生此詩所由寄也。乾隆乙卯,余□漢晋等甎扁讀書處曰八甎精舍。越三年,嘉慶丁巳,謝蘇譚方伯得永平甎八,築八甎書舫,又越三年,儀徵師撫兩浙,於節署開八甎吟館。顧兩鉅公皆由清美侍從之班建牙開府,而余窮老里居,褐衣如故。花甎日影心滋恧已。先生筆墨□卓千古此詩前後……

道光七年七月

黄中年翁從兵火散佚後收拾圖卷,付其嗣孤自雅州云,没余不過禾中十餘年矣,得睹此帖,今昔興盛,漫賦長句以紀之。梅村吴偉業題并書。

右吴迹用顔體,引首"灌隱"朱文要圓印,後用"駿公"朱文方印,"吴偉業印"白文方印。

右古金器蓋,五色奪目,以周(赤)[尺]度之,高四寸有奇,長赤博十分之四,厚三分,闕一耳。内有識曰"子孫父癸",其"孫"字作拱日形。趙明誠云:"夏商淳質,皆以甲乙爲號。"蓋夏商間器也。甲寅冬日得之武林,鑒者定爲犧尊,然細翫其制,角有歧枝,當是鹿,非犧矣。按《漢魯相韓敕修孔廟禮器碑》有"雷洗觴觚爵鹿柤梪",《金石録》云:"所謂鹿者,禮圖不載,莫知何器。"又云:"後見汶陽陳氏所藏古彝爲伏鹿之形,近歲青州獲一器,亦全爲伏鹿形狀。"則是器雖失底,正合伏鹿形,殆趙氏所謂"肖其形以名之"耳。惜《博古》《考古》等圖亦未采録與龍勺、雞彝並傳也。乾隆乙卯穀日金粟山人張燕昌繪圖并記。

此商匜蓋，上有兩柱，象鹿之角，以便提挈，非漢器伏鹿比也。 字商器屢見，下字或作  （皆據真器拓本），間有小變，總是“孫”字，蓋“子”字之繁文，猶周器之“子”“孫”字也。故友吴侃叔謂曰，父則當曰子，不得曰孫，曰祖某，則上便是孫字，此作此者，取攀慕敬忌（即跽）之義云云。不知此字有父某上連字者，若下言祖某則上止有此，余家藏有商觚曰  正可證也。所以子孫二文者，子率孫造器祭父某也。若復言子子，於義何説焉。

道光二年壬午三月九日，友白先生屬題。叔未張廷濟。

徐孺子墓碣

《家譜》南州公墓在江右南昌進賢門外望仙橋東，離城約五里，北向葬，唐張九齡《碣銘》有云：“在漢之季，遭時溷濁，不抗迹以庇物，故退棲山林，不苟利以辱身，故無禄位。”今殘碑有“遭時溷濁”二語，則張譔無疑，况標題後有“曲江”二字，半“張”字，尤明徵也。李金瀾云：“《唐文粹》載張曲江此文，而書者未載，恐是集顔字耳。”鹽官徐紹曾。

童二樹雙勾《華山碑》後跋云：“是王無異本，余近有洛陽之遊，借觀董君菽憲家所藏漢碑中有《華山廟》雙勾本，爲郭舊藏，蓋洛與華爲近，董購藏之二十年。乾隆庚寅秋月山陰老民。”董子金甌，字相函，洛陽人，菽憲其仲子也，工篆隸，尤好金石碑刻，罄家購之，所得甚夥，築友漢堂貯之。

答錢梅溪

前承遠道見過，既不能移舟奉答，又不能即時裁復，負歉負慚，殊無似也。漢碑縮刻，見者群嘆爲精絶，然率有心購求拓本而無力質存原石。弟以有翁蘇齋墨册，未便輒轉郵寄。是月初旬，孔未明兄由杭寄到三月十日所示手札，今有的便，因謹將縮本三十章、《徵刻金石圖叙》一册帶至馮鳴兄處，託友人面交孔未[明]兄手收，以便轉達尊處。種種不恭之愆，伏祈原宥爲禱。弟去冬又摹得邵善君題字，特甫斷手，復吴厚兄即時歸里，至今未拓，故未奉寄。現因兒輩試事，尚未轉閒，秋間擬又拓，友人鎸摹古金石刻，尚祈遠正大雅耳。

專此具復,順請日佳,不一一。梅溪先生尊前。愚弟張廷濟頓首。

令子文祉。漢碑縮刻,有友人要購四副,未審可拓寄并拓價見示否,又及。

竹垞先生八分書漢鏡銘"樂無事,日有喜,宜酒食"字幅跋

此鏡銘三言爲句,凡十二言。余藏有鏡一,文作:"日有憙,宜酒食,長貴富,樂毋事。"又藏有拓本一,作:"日有憙,宜酒食,長貴樂毋事",一作"日有憙,賞酒食,長貴富,樂毋事"。此"憙"字上短直山不過横。一作:"日有憙,宜酒食,長貴富,樂毋事"。從無有九言三句者。蓋銘作方折,每句一折故耳。竹垞先生集中只載此三句,而此迹亦與集中相同。想竹翁所見之銘其"長貴富"三字爲青緑所掩耳。此銘篆文極佳,先生以八分書之,故云"書漢鏡銘",非臨摹是銘也。道光丁亥七月七日,廷濟。

王心耕上舍小像

少小曾同學,俄驚老大身。風霜增閱歷,筆札共悲辛。書法承家舊,文章啓後新。即今年未艾,那便掩經綸。

心耕六弟與余世好至戚,少孤露,能自奮。里中有公事,輒偕任勞怨。今年四十九,有子四,孫三。長君玉蔭新補府學官弟子。丁亥七月十一日,廷濟。

清儀閣錢譜

第一册國朝　第二册大幣　第三册小幣　第四册大刀　第五册小刀　第六册周秦、西漢　第七册新莽、東漢　第八册三國、六朝　第九册唐　第十册北宋　第十一册南宋　第十二册遼、金、元　第十三册明　第十四册外國　第十五册不知年代　第十六册吉語大品　第十七册吉語小品　第十八册馬　第十九册異金　第廿册番金銀

秦石刻之存於今者,唯泰山玉女池所新出燼餘之十字"瑯邪臺五夫","夫"以下之數行,然猶是二世時刻。至銅器之文,除僞造權及平陽斤二物外,唯武林施氏藏量今□入百鞠溪制府家,然亦非始皇時物也。此度無二世刻,則真是始皇時文字。昔年丙子,仁和故友趙晋齋魏得自揚州,以歸於余。爲古金款識之學者,舍此十二字,則祖龍遺迹竟成絶響矣,不得不球璧視之。

□□年正月

天明，冬生草堂招同竹岑飲，一笏，復招同竹岑晚飲。竹岑同蓬園至嘉興。[①]

廿六。微雨。父親招同老繡面議，以杭州生易付德哥做，其中太平巷屋打折頭歸德，有細帳總帳，結所存于老屋之錢，老繡年付清于德。

畢皆木兄來，知吴侃叔于十二月廿二日仙去，今年正月十日開弔。

萬福回去。萬福于去年十二月初二日起到今日，共五十四日，帳上錢付訖，以下俟來之日再算起。雨。

廿七。讀吴侃叔兄所著《石鼓讀》七種書，余舊時寄示以舊拓本，侃叔《石鼓釋文考異序》中及之。雨。

廿八。小雨。金果堂來，即答之。畢皆木攜《石鼓讀》來。王裕成表姑丈招飲。

廿九。文魚來，晨到。晚上，桐山招飲小梅華屋。

三十日。飯後春嶼來。徐谿南招同文魚、春嶼午飲，王東原招夜飲，余以午醉未醒不去。文魚、春嶼同宿于清儀閣。雨。

□□年二月

二月初一日。小月。飯後文魚回去。中孚招春嶼、畢皆兄午飯。雨。

初二。中飯後，春嶼回去。風。王六弟延畢世兄授八弟書，可喜。

初三。晴。

初四。

初五。

與韓桐上

前月中叙話半日，積愫藉申，兼蒙古泉之贈，感惠良多。梁矩想已返棹，入都之期未審定于何時也。乾封泉寶一枚奉上，願吾先生科名吉利，遞沐榮封，作吉羊預兆耳。到京後遇諸舊雨，幸爲弟送意。

---

① 浮簽：前後均有脱漏，並非道光二、三年所記。

□□年七月

……望廷濟進京求名,屬秬香信,知説道得做,做中書也。就可上去。佛畫與後山門醬園衖對門,白牆門内弔陳穀水同年,候陳雍堂年侄几前一拜,菲奠一洋錢。陳年侄名毓對,號雍堂。竹竿巷候梁接山太守年老叔、梁眉子同年。眉子會。梅東高橋候高爽泉老友喬梓,俱到蘇州。金雞兜候何夢華老友,適將至蘇州。夢華云,吴越鐵舍利塔已收入《兩浙金石志》,阮師六月中在揚州,其《志》將刻。

甘泉上林瓦,七月廿七日買於青雲街李氏肆中,價銀一餅。

右空瓦,次日得地價同。

父癸觶,廿九日從王檢叔處攜至寓,索價卅餅,余還價十四枚。

番君鬲,索十二,還八枚(同上)。

送戴翁二洋,又白米一斗。發天竺轎錢一洋(作八百)。

晋齋云,童佛庵梁曾説,北關門外有人家於牆中掘出《黄庭經》石刻一件,係宋刻,余所藏前有右軍像之拓本未知是否?王檢叔云,黄小松家曾嵌一《黄庭經》刻石,已忘其刻本若何,今不可問矣。

□□年八月

二日。陳雍堂年侄云,瀔水所貽者名人尺牘、名人扇面,各册要售五百洋。

梁接山太守來云,山舟學士所藏之金龜,係當年龍泓外史之次子名佺行四所貽,費銀廿兩者。丁有考,學士亦有跋。學士八十九歲,病中金龜不知所之。今廷跋亦不可得見。太守藏有三,略有大小不等,俟再看。

接翁自廣西太平府帶回銅鼓八,中一有一"山"字,又曾見有一"河"字,想藏諸山、沉諸河之别也。

諸秋士、梁眉子來。王檢叔來,觀余家藏古器拓本三册,已跋於帖尾矣。

余所得於錢夢廬之《戲魚堂·東方畫贊帖》,檢叔云金雲莊藏時,屬方蘭如翁畫梅華刻板上,金歸陳默齋,總成價四十金。陳官福建時,陳之内侄取回,賣與檢叔,得洋廿枚。會友人託檢叔索沈竹齋翼寫假梁字,沈見是帖,極欲得之,王遂歸沈,沈後歸書賈陶,陶後歸錢。

朕作父癸尊彝,價定十六洋錢。

番君鬲，價定九洋錢。

檢叔云，鐵舍利塔，一姓張人賣來者，價銀二餅。

□□年閏七月

漢玉印印本跋

秦漢銅官私印今世存者尚多，若玉印則絶少。顧氏《研山齋印譜》玉印以百計，古今人誠不相及也。顧氏印真本當時止印二十部，余以後山言訪得一部於當湖錢氏，他唯見盛澤王氏有一部，然殘缺者十之一。閱丁龍泓此跋，想丁氏本不知今落何所，殊令人神往不置。

皇甫君碑

歐書之存于世者，《虞恭公碑》存字無多，《醴泉銘》剥蝕太甚，此《皇甫君碑》字二千有餘，未經洗鑿，矩矱森嚴，風格峻整。得此不復令人思《化度》舊本矣。此册係澉浦吴仲木先生蕃昌舊藏，故友侃叔明經東發八分題籤，尤爲藝林增重。

董臨米大字《天馬賦》跋

米南宫自言名在蘇軾、黄庭堅之間，自負其才不入黨與，其屢書《天馬賦》，蓋自況也。所謂“色妙才駘，玉爲銜飾”，非指當時京、卞輩耶？倪元璐乃以其評蘇書爲畫字、爲不直，不知蘇卿之高漸雅正是元章耳。天啓丁卯清和四月，雨窗遣興，董其昌。

閏七月廿八日。陳漁珊借洋十七元。

閏七月廿九日。王三觀借用銀洋三元四角。

明湯鄰初焕待詔大楷書杜詩《秋興八首》

湯待詔此卷純用黄涪翁法，黄作字用濃墨，此用墨亦師其意。

明平湖陸令瞻刺史字卷

蚤年通籍，老年賜養，看兒曹整頓乾坤，任老夫婆挲風月，此人生第一樂事。安石老人書此卷時，其心地何如哉。雲泉沈先生精譜系之學，考覈審詳，尤爲是卷增重。夫虞、魏、顧、陸并望三吴，而岐嶷繼體，老成弈世，陸姓爲最德厚者，世昌讀之可以興矣。

□□年三月

曹陸
曹倦圃
陸鶴田(二札)
何南澗(山樵采)
袁穉菴(子今)
吴澹川　畢既明
嚴方貽　森
魏學渠　陳履端
曹峨眉　蔣湘帆
楊自西(二)　王虛舟
孫退谷　馬思贊
吴梅村　吴託園(一詩一札)　吴山熙一詩一札
秋笳兩本
陳恭尹等一本(思齋吴兄借去,三月廿九日收到)
嘉徵　翰(换去)
朱一是
嚴治二
明一册
文待詔與朱西村
魏學濂
徐枋
李汝漁
國朝
何商隱汝霖
沈繹堂
項玉筍
查查浦
查他山
汪士慎
沈菜畦(换去)

制科
朱竹垞
喬萊
齊石南
曹地山
善沈
周升桓
劉梁
劉文清三札
徐良(换去)
英廉
何趙
王虚舟
蔣拙存二札
顧嗣立(换去)

□□年十二月

松石珍藏
得天題記
“得天”字上有“張熙之印”白文方印
後有“檇李項氏士家寶玩”上方印

蘇 帖

《到黄州謝表》《羅山表號善地帖》(與長官畢君) 《黄州寒食詩》(并山谷跋) 《尊丈帖》《伯誠帖》《梅君帖》《新歲帖》

蘇

《武昌西山贈鄧聖求詩》《翰苑批答草》(袁桷跋、陳繼儒跋) 《春帖子詞》(元祐二年十二月五日)

蘇

《秋賦》(悲哉秋之爲氣也。案此即郁岡齋刻)

《九辯》(竊悲夫蕙華之曾敷兮。郭畀天錫跋、龔繡子敬跋、陳道復跋)

《天際烏雲詩》(至杭人多惠也。案,此即快雪堂刻本)。

《背郭堂成蔭白茆詩》

《書王定國所藏王晉卿畫煙江疊嶂圖一首》

《野水參差》二詩

蘇

《前日少致區區帖》《吏部陳公帖》《次韻王晉卿送梅花》一首 《次韻秦太虚見戲耳聾》《書子由夢中詩遺過子》《經由獲見帖》《職事帖》《邂逅帖》《登臨覽觀帖》《承要墨戲帖》《病痢帖》《天慶觀乳泉賦》《目盡孤鴻落照邊詩》

《惠蜜帖》

蘇書沈厚蒼鬱,宗魯公與季海石骨松姿,凡筆安能及也。戊子秋王鐸題。

黄

《雲夫七弟帖》《苦筍賦》《雙井帖》《次韻叔父夷仲送夏君玉赴零陵主簿詩》《寄山預來帖》《公藴帖》《惟清道人帖》《送故人劉季展從軍雁門詩》《松風閣詩》

米

《唐殷令名書頭陁寺碑跋》《擬古》《吴江垂虹亭作》《入境寄集賢林舍人》

舊山樓日記

（清）趙宗建 著

肖 剛 整理

整理説明

趙宗建撰《舊山樓日記》一卷，清光緒三十一年(1905)抄本，一册，每半葉 9 行 23—25 字，黑格，白口，四周單邊。每葉紙上象鼻處刻有“非昔軒”三字。此本抄寫工整，略有乙改、蟲蛀。前有翁同龢撰《清故太常寺博士趙君墓志銘》、張繼良題記，後爲趙宗建次子趙仲舉抄録日記，起同治元年(1862)七月初十日，終閏八月廿七日，末爲趙仲舉跋。此抄本曾經常熟曹大鐵收藏。

清故太常寺博士趙君墓志銘同里翁同龢譔文

(鈐"曹大鐵圖書記"朱印[①]。)

余服官京師,盡識海内賢豪長者。然求其志節磊落、不逐時趨者,恒不數人。退而求諸鄉,則吾友趙君其一也。君諱宗建,字次侯,亦曰次公。先世宋室玉牒,由江陰遷常熟北郭,是爲寶慈里趙氏。曾祖同匯;祖元愷,按察司使經歷;父奎昌,詹事府主簿。三世皆以義俠聞。君少孤,與其兄价人力學,文采斐然。數試不利,以太常寺博士就京兆。獨居野寺,不與人通,已而罷歸。歸未幾而粤賊之難作。初,賊踞金陵,大軍圍之,數年不能拔。咸豐十年(1860)閏三月,潰圍出,陷常州;四月,陷蘇州。吾邑東南西三面受敵。團練大臣龐公偕邑人城守,君别將一營,扼東路支塘。支塘,太倉之衝也。而賊由西路撲城。八月二日,城陷。君馳援,遇賊三里橋,鏖戰,壯士周金龍、虎子剛[②]殲焉。君乃北渡江至海門。君之室浦先以齎裝次海門。君慨然曰:"事至此,何以生爲?"盡散之,得沙勇數百乘。夜過江,毁賊壘數十。進至王市,天大霧。賊悉鋭出,戰失利,遂走上海。乞師於巡撫李公,得總兵劉銘傳與偕,日夜圖再舉。同治元年(1862)十月,賊將駱國忠以城降君,從劉君大破賊於江陰陽舍。於是,沿江上下百餘里無賊蹤。侍郎宋公以君功入告,有旨嘉獎,賜孔雀翎,發兩江總督曾公差委,君謝不赴。與邑人士輯流亡,補城垣,濬河道,從此不復問兵事。夫人當流離困阸之際,救死不贍。雖有健者,氣亦爲靡。而君乃奮身孤注,絶不計利害曲折,斷然以恢復爲志。及名聞於朝,可以出矣,而又裵裵却顧[③],不欲輕進。其志節爲何如哉!君喜賓客,善飲酒。蓄金石圖史甚富,所爲詩文清邁有氣格。晚好談禪。然論及當世事,猶張目嗟呼,聲動四壁也。昔我先公與君祖叔才公友善,嘗

---

① 曹大鐵(1916—2009),原名鼎,字大鐵,又字若木,常熟人,土木工程專家,收藏家。著有《梓人韻語》《大鐵詞殘稿》《菱花館歌詩》等。

② 壯士,即武進士,職同軍帥。《士階條例》:"壯,謂其克壯大猷也。"

③ 裵裵,即徘徊。

主其家。而君兄价人任部郎，當官廉潔，故余與君兄弟尤愛敬焉。君卒於光緒二十六年(1900)五月丙寅，年七十有三。明年十二月庚戌，與浦恭人合葬常熟豐三場九龍坵。子仲樂，前卒；仲舉，邑庠生。孫士權，前卒；士筞[1]，業孺。曾孫不騫。今來請銘者，仲舉也。銘曰：衆人營營我珞珞，胸藏甲兵志巘崟。有鶴在樊驥紲脚，後欲知之此其略。

次公丈既歿之五年，令子坡生姻世兄録示其乞師事迹，釐爲一卷。並囑書翁文恭公志墓之文。原志陸雲孫脩撰，書丹已鎸，石納佳城矣。余碌碌半生，愧無一得。念次丈之長策沉機，掃蕩寇氛，其才智爲不可及。兹者，養疴里門，往來北郊，每過其處，林木之痛，後死之哀，不禁火星前隕之慨也。姻世晚張繼良謹記。乙巳八月。(鈐"乙未詞林""南陔艸堂"朱印[2]。)

舊山樓日記。同治紀元卷。先公年三十四歲。(鈐"舊山廔"朱印。)

元年(1862)七月初十日。卯刻，由通州動身赴滬。午刻，過張子山，訪翁蒖卿不值。申刻，至川港，宿陳子懷寓。聞婁河賊船爲官軍及西兵剿除。夜雨。

十一日。卯刻，開車。午刻，至黄瑯鎮。借宿謙舅寓，適其赴洪鎮。徐月槎、邵士賢過譚。知周文翁赴靖，頗慮賊有北竄之説。

上海道吴煦募吕宋人爲兵，每仗輒勝。

十二日。辰刻，士賢來。同訪曼如，留飲。午後，訪徐月槎、陶幹卿。晚間，霞士來。出示賊刻僞試卷，爲庚、辛二科。狀元徐伯琴，興國州[3]人；洪成吉，廣西人。第一人稱元甲，餘稱次甲。試文仍用八股，試題用"天下國家可均也，及其成功一也"，頗務實際，去盡浮文。詩題鄙俗不堪。大約應試者極多，不盡屬村學究手筆，戲鈔一篇。聞英法兵攻克太倉州以後，忠酋憤怒。率賊衆四萬餘人，分攻近滬各縣。守土官軍潰逃，

① 筞，同策。

② 此二印爲張繼良之印。張繼良(1871—?)，字南陔，又字南祴，號蘭思，常熟人，著有《南陔詞草》。光緒二十一年(1895)進士，翁同龢門生，任刑部主事，山西河津縣知事，民國後曾任臨時政府司法委員會秘書。

③ 興國州，即今湖北省陽新縣。明代置。民國元年廢州立縣，隸湖北省江漢道。1914 年定名陽新縣，沿用至今。

青浦、寶山危急。

天下國家可均也元甲洪成吉

第言治國之本,萬類咸得其平衡也。夫天下國家,至難均也。然第望其均不?早有其可者在乎。今將舉四海之廣、萬民之衆胥付一人,以治理之。其任至鉅,其功亦至艱矣。顧不問其功所從出之原,第論其功所表現之迹。蓋古來懷才者無所用其才,懷智者無所用者[①]其智,苟才智有可施之地,雖欲窮其才智,卒不可窮。今夫嗜欲開期,民生凋敝,上帝眷顧,特降真主,控馭廣期,驅胡妖而復漢祚。事之擾攘、功之崔巍,孰有如天下國家者哉?其在蒙業之朝,不妨履順蹈常,革新而棄舊。然而百年之教澤寖微,易流頹廢;萬類之性情月變,易啓囂陵。阡陌之廣,男女之别,舉措之所以遲效也。其在開創之主,不難勵精圖治,日起而有功。然而邊隅未靖,根本不使,夫動摇豪傑,振興干戈,不免乎擾攘。蠻夷肆虐,邪魔逞兇,謀略之所以難定也。然則光武中興、洪武創業,見困於天下國家者多矣。莫謂無可均者在也,必謂風施教化,同頂夫真神皇父之綱,誠知疑惑耳。苟令海宇粗安,兵刑足以攝强悍之志;編氓得所,農桑即以蕃婦子之生。庶幾足食足兵,不少膚功之克奏。抑或遺大投艱,僅謀兹保障繭絲之業,誠慮其不勝耳。果令聰明天亶,識見卓越乎群倫;經濟素嫻,度量包涵乎宇宙,一旦脩文偃武,詎無成效之可觀其均也,斷斷乎其可也。事苟無取乎功業之驚人,彼建功立業之儔,雖有運籌之能,終難預決;而不然者,天壤皆豪傑功名之所,朝野亦英雄事業之區,其治平可立俟爾。事苟專恃乎才智之角勝,彼競才鬥智之士,雖有過人之策,終覺難施;而不然者,治亂乃真道顯晦之時,才智皆天父涵育之賜,其措施固裕如爾。蓋舍均而言治,其足以見功者鮮矣。

十三日。曼如、士賢來,同飯。戌刻,同謙舅下船。聞捻首陳大瀋[②]陷南陽府。

---

① "者"爲衍字。

② 陳大瀋,《太平天國大辭典》作"陳大喜",河南汝寧(今汝南)人。

十四日。丑刻開船，晚抵吴淞，快利可喜。

十五日。晨，謁見總理營務處、江蘇按察使司劉郇膏，詳商防剿辦法。晚間，至租界，寓德隆棧。文開叔來，得悉近事。寧國於前月十四日克復。賊中有猛將洪容海者，安徽人，僞試武狀元。多謀善戰，李酋之死黨也。素與楊輔清不相能。八日，鮑軍門大破輔清營壘，賊衆死傷極多。輔清怨洪容海之坐觀成敗也，密奏天王。容海乃以部兵數萬降鮑，合擊輔清。輔清乃棄寧國而走廣德。

十六日。朝雨。飯後至西倉橋，晤楊振甫。知鮑軍門復寧國後，已由廣德直驅東壩。浙江左軍亦復龍游，擒僞王李世祥。青浦喜於昨日報捷。東南大局轉機，江北日危一日，欲作遷徙計。夜，作信三封。

十七日。辰刻，至徽寧會館，晤揆初、芝生，謁見蘇州府李銘皖，待劉臬司不至。揆初留飯。申刻，至青龍庵兵米局，拜楊藝芳。晚刻，回寓獨酌。儒卿來，同過雲濤處。是日，得江北信。

十八日。辰刻，子昭來，即去。芝門來，留飯。午後，至徽寧會館，謁見劉臬司。復同揆初至李營，謁見中丞，晤秦濟如、芝門并華篴秋。晚刻回，始悉石酋擁精兵數萬略楚省，所過州縣皆降。將入陝西境，築壘星聯，亘數十里。官軍竟畏之如虎，奈何！

十九日。辰刻，微雨。至西倉橋尋文開叔抄旌恤部文，晤顧和之、王亦侯、楊咏春，各譚從戎狀況。出示一切官書，余鈔録一份。晚，同至德興飯店酒□。徐遵、葵文、張仁卿來同飲，予作東。

二十日。辰刻，微雨。至海捕廳署中訪何梅屋，復至子昭處。晚飯後，至西倉橋李公館找振甫。

廿一日。辰刻，至夷場尋篴秋寓不得，即至布捐局。遵葵初之招，復至篴秋寓，并晤雨生。看賊中頒發《營造須知》，李酋作序，頗爲耐觀。晚刻，入城。戌刻，回寓。夜飯後，找梅屋至升陽樓茗譚。聞奉賢縣楊溥爲兵勇擊殺，殊深詫異。

廿二日。卯刻，張桐生自崇明來。至李公館訪菊坡，留飯。未刻，謙舅招飲，至德興。是日，秋暑頗酷。聞青浦賊圍奉賢縣，楊爲叛勇所殺。

二十三日。辰刻，何梅屋來。許菊樵同張金門過寓，即去。同梅屋至四美茗譚。午後，至西倉橋。晚刻，至梅屋處看畫。篴秋來。夜，同雲閣至城北處。得龐寶生京信。接辦團練事務。發崇明信。

二十四日。辰刻,至李營晤芝門、藕芳、雨生,留飯。午後,至營務處晤揆初,知房屋事爲差官所佔。

廿五日。辰刻,至振甫處寄京信。揆初、芝門、澹如過訪,偕至機雲處飯。晚刻,回寓。

廿六日。飯後,同芝門、桐生四美茶話。晚刻,馮翠岩來,偕赴程處,應雲濤之招。主人尚未到,回寓。後聞有阿瞞在座,未去。得揆初信,知屋尚未佔去,促余即移。

廿七日。辰刻,令桂三先至營務處收拾一切。飯後,同文開叔出東門,至糖捐局看屋,頗合式。進城。是日,接通州信。

廿八日。辰刻,至西倉橋,爲屋事託王亦侯。振甫出觀地圖,知賊已四面受圍,踉蹌極矣。飯後,桐生拉至夷場,訪戴禮庭不值。至一洞天茶,甚無意味。歸訪葉調生,途遇,譚片刻即進城。夜飯後,復至西倉橋,同菊老談。是日,得曾營來信。蘇州賊巢爲洪逆根本,聞内部人心摇動,氣數盡已。回成一詩,志喜:"將軍天上竟飛來,鐵甕城高曉角哀。勢到東南先已盡,俗沿人鬼氣皆庆。書空徒有崔生賦,摇落終憐庾信才。咫尺秦淮河畔路,歌風我亦上高臺。"

廿九日。辰刻,梅屋、菊老、文開叔過寓。飯後,同桐生昆仲尋何竹卿至夷場看屋,松風閣茗譚半日。進城。揆初來,知昨日出隊,吾師敗績,劉玉林陣亡。賊已冲過法華,上海頗形危急。酉刻,招菊老飲酒,在座張雨生、金文叔微醺。復至機雲處。是日,託項顯卿寄通州信。

八月初一日。晨,同桐生至西倉橋,送許菊老行李。雲閣、張雨生回崇明。芝門來,談賊將譚紹光在湖州,聞青浦之敗,恐官軍議其後。于是,糾合嘉定守將胡銀龍、蘇州守將部永寬、湖州守將廖發壽、昆山守將徐太湖、太倉守將侯裕隆,共四萬人,北破新涇。又別據法華鎮,連營數十里,旌旗如林。法華鎮距上海僅十餘里,李撫軍令梁安邦、張遇春等守禦。防戰兩日,兵卒逃亡極多。撫軍親自督戰,賊始退。西兵得一勝仗。

初二日。辰刻,同梅屋四美茗談。飯後,至西倉橋訪和之,偕至一粟庵。聞賊又冲至西門外。晚刻,同文叔、桐生飲德興園,文叔作東。

初三日。辰刻,芝門來。知昨夜得勝仗,中丞今早出隊。午刻,澹如、藕芳來,同至陸處,謙舅作東。揆初來,知上海防軍僅三千餘人,首尾不相應,專恃西兵禦賊。撫軍已飛檄金山、松江等諸將來援。夜至西倉橋商議。聞濱石得山東副考官，潘伯蔭爲正，翁叔平得山西正考官。夜半，大雨。

初四日。辰刻，至營務處見劉臬司。復至大營晤芝門、澹如、藝芳、叔裳。謁中丞，未見。聞賊已退。未刻，回寓。雲濤來，至四美茗譚。晤謙舅，聞有南峰密札，賊有北竄之説。夜至程處，應雲濤之招，在座者章豫夫、前嘉定縣馬芝生。亥刻歸。

初五日。辰刻，葵文來。發通州信。至西倉橋，得君謀致振甫信。江北已發現賊蹤，頗爲懸懸。飯後，芝門來。聞昨降將吴建瀛出隊，大敗，賊據野鷄墩。未刻，同芝門訪陸。晤談片刻，復至城北處密商。冒雨而歸。

初六日。辰起，腹大瀉，起痧，精神極委頓，昨日同蕙生德興夜飲之故也。午後，文叔拉至西倉橋打天九。晚歸，頗覺著凉。夜發寒熱。

初七日。飯後，同桐生至王壽益處詢屋事。折至西倉橋，談良久，回寓。得通州信，並吕定之、季君謀、伯兄信。是日，知賊仍退回嘉定。

初八日。辰刻，至西倉橋，同小雅、和之、文開叔茗談。飯罷，偕至四牌樓閒步。買盤腸壺一個，回寓。適揆初來，同至西倉橋。聞輪船之議已定，不勝欣喜。夜，作書致君謀。

初九日。辰刻，同桐生至四美軒，約梅屋來。適雨，至三珍齋小飯。晚刻，朱酉生孫子實過寓。酉刻，至西倉橋晤振甫，知已見過藩司。輪船尚俟中丞一議，大約經濟關係也。浙省左撫軍敗賊將李世賢于壽昌，克復龍游。次日，世賢提死士七萬來襲，有進無退。于是，又奪回龍游之險踞之。又結合浙省捻首張總愚，其衆十萬，使輔陳德才。陷棗陽，更略安、襄、鄖、荆諸州，破道員金國琛之兵。七日，陷隨州，奪糧食三萬石。官軍無敢攖鋒者。

初十日。早，至西倉橋晤振甫，託其覓屋。同揆初往城北處晤吴觀察，深歎官軍之萎靡，賊兵跋扈。别編洋鎗隊以制之，蓋賊中專向洋人購買軍械。僞軍師洪仁玕通三國言語，與天主教中人往來頗密。賊中守卡頭目，如鎮江、蕪湖等處，因禁止洋煙，屢與英人構釁。由是，英法駐滬官長不再助賊，而賊計窮蹇已。今年春，忠酋統下悍賊胡銀龍督大軍，侵上海縣城。乘吾軍孤單，冒死冲擊，官軍爲之奪氣。適法國兵輪停泊黄浦，運大炮登岸，以助官軍，轟斃賊兵數百人。銀龍等乃退入青浦别隊，佔高橋,以扼要隘。參將李嵩,恒大憂之。時有美國人華爾與英國水師提督何伯及法國水師提督卜羅德各率炮船,列于海濱。連日攻擊,轟毁賊壘數處,縣城得保。然賊争奪上海之心猶未死也,借兵於洋,亘古創局。貪利策功,以枝扶幹。滬瀆開先,浙蜀踵後。濱海習慣,咄咄稱奇。然羈縻有權,亦足奏效。寧國既復,法兵將領要功,索銀十萬兩於地方紳衿。紳士之弱者,擅許之。而無可籌措,乃變售賊遺物,仍不足數。將拆民房以濟之,其勢汲汲。左撫軍使人賫書,嚴責法將德克碑有勒索行爲。一面移檄地方善後局,緩期籌措,如數給之,其事始寢。可知非族心異,終貴自自[①]强,此湘鄉師所以有飲鴆止渴之喻也。

十一日。辰刻,同謙舅至布捐局,手談竟日,頗負。是日,與撰初訂交,聞劉臬司有派予至四登子督辦常州團練之説。酉刻,回寓。

十二日。飯後,至藝芳處,未晤,歸寓。澹如來,得雨生信,屋事仍不果。晚刻,至西倉橋晤振甫,知東門屋事亦無著落。夜飯後,乘輿同振甫、和之、文叔至武帝廟訪俞少甫,晤費廉卿。謹讀《文廟御製詩》,爲之淚下。恭録之:

侍臣何必勸加餐,夢寐爲懷民未安。弥望蒼生登衽席,何如蟊賊亂衣冠。萬年欲奠神禹鼎,一日須新湯誥盤。嗟爾群臣皆結舌,空群故事待金鑾。

大江南北亂離中,豈是妖氛運未終。守土居然皆走鹿,斯民能不賦哀鴻。九重自揣勤思慮,三載何曾奏膚功。凌閣至今猶漢代,丹青何以绘諸公。

十三日。辰刻,至雲濤處,晤葵文,即回。得戴禮庭信。曾帥水師敗賊於繁昌之舊縣,長江上游皆爲吾守,賊之水運盡失。是日,發通州徐少蘧信。

十四日。午後,雷雨交作,鈔理各處團防文案。宜興史小卿過訪,云荆宜低鄉田干多死,賊匪依舊徵糧。招勇三百名,由江陰夜半渡江,送至泰州。口糧月需千金。總領周召甘濂病故。

十五日。辰刻,乘轎至大營賀節,晤澹如、芝門。即至營務處賀節,晤撰初、子謙。遂至閘路,赴禮庭之招,在座者杭州沈初白司馬、嘉興鮑

---

① 後"自"爲衍字。

銘青孝廉、沈藍田司馬、沈舒生司馬。申刻散。是日，得見趙吟樵。常鎮道初十來信，知江陰之賊結木排渡，江都將軍調兵防堵云云。江北人心定然驚惶，殊爲懸念。聞陜西省城於六月二十六日失守，并聞鮑軍已抵湖州。

十六日。辰刻，芝門來，揆初亦來，至德興園。午飯回寓。澹如來，水窗之叙爲貴官所阻，不果。是日，接通州初九日信。賊將陳大濤攻南陽府，大掠光化縣。

十七日。辰刻，至山陽樓茶叙，同雲濤、謙舅至三珍齋小飲，予作東。午後，偕訪李靄堂，晤袁芝鶴。云有房屋在鹽公堂對門，即同往看。計樓房十三间，朝南，屋尚寬展。房價每年一百六十千文，頂首同在上海，已爲極便宜。甚欣慰，即行定奪。晚刻，大雷雨，作通州信。

十八日。辰刻，訪徐吟齋不值。至靄堂處約會，將屋事成交。是日，聞陜西省城解圍，漢中確失守。

十九日。辰刻，謙舅來，即去。作通州信。是日，搬入營務處，令張坤、桂山先將行李送去。晚刻，至營務處見臬司，覺情意頗厚，與翁子謙同室。

二十日。辰刻，藝芳來。飯後，大雷雨，得楊咏春信。

廿一日。早起，發信三封。令張坤赴海門運載箱籠物件。飯後，同揆初至青龍庵尋藝芳，不晤。進城，至陸處。是日，聞降將童容海統兵至餘杭。

廿二日。辰刻，至謙舅處晤桐生，西倉橋公館晤振甫、和之、亦侯[①]。振甫出秦漢印數十枚，俱精絶；觀《武梁祠画壁像》，亦舊拓本；又唐寫本《道德經》，青蔴紙，摩撫良久。復至謙舅處喫飯，未刻回。見吴藩司來札，係英國照會蘇州逆酋有大隊攻取上海之信。是日，芝門來，未晤。夜雨。

廿三日。寒甚。夜無棉被，頗覺著寒，朝飲燒酒少許。午後，鈔曾師摺。申刻，至大營，與澹如、芝門、藕芳建議防守事宜數則，呈吴藩司。

廿四日。飯後，至夷場訪京士，不晤。答拜沈舒生、戴禮庭，均不值，即回。京士來，談兩江形勢，了如指掌。是日，徐葵翁亦來。據云陜督沈

① 原文爲“和之亦在侯”，後删去“在”字。

兆霖爲山水淹死,張小圃總憲爲回匪擄去,被害。

廿五日,雨。辰起,作通州信。得謙舅信,知君謀昨晚到滬。晚刻,君謀來。接到七月初二京信,知伯兄將回南,欣喜之至。作通州信。遷滬姑緩。芝門來談。

廿六日。辰刻,至君謀處,讀湘鄉手書,晤桐生、謙舅,留飲。是日,臬司未回,發通州信。

廿七日。辰刻,遣桂三送信至君謀處。是日,馮坤正法。

廿八日。辰,至西倉橋公館訪君謀,至三珍齋小飲,晚間回。是日,知中丞頗注意於江北,有添設輪船之舉。

廿九日。辰刻,作賡九札,并少琴、仲標信。託沈韵樓回帶去。是晚,張遇春副將押到長毛一百餘名,係炮船從周莊擒來。夜,翁、徐二人人[①]並上海縣王蓮塘及委員分別審訊,至三更始畢。聞慈谿復失,陝西告警。

三十日。雨。閱營務處文卷,有蘇州吴姓者,爲賊擄去,曾授僞職户部尚書。由嘉興逃出,載有厚貲,爲人所不能容,因自呈於臬司,罰捐五千兩而去。是日,公餞翁子謙司馬之浙。同餞者,撰初、芝生,湖郡徐誠庵,東山周小濂,共予六人。

閏八月初一日。辰刻,騎馬至西倉橋晤君謀。招謙舅至李靄堂處寫屋契,中袁鶴亭、徐吟齋。仍回西倉橋,晤芝門。即赴潘撫成[②]哉之招,在座者撰初、翁子謙、徐誠庵、馬芝生。酒極佳,頗醺。宿西倉橋。夜月,與君謀長潭,悉湘鄉近況。

初二日。晨起,知華爾陣亡,江北事全不舉辦。

初三日。飯後,同謙舅、君謀偕至居處,晤河南舊客。乘轎回營務處,知臬司請病假。聞吾邑擄賊大徵,上下忙漕糧,照舊額加二倍,限至九月底掃數解清。

初四日。在營務處開飯。午後,晤永昌徐少蘧來密商。知蘇州、常熟賊首皆有反正之意,先由少蘧通款。李撫軍欣然給予大量軍械餉銀,並爲保舉。少蘧勾留二日,即返。是日雨,作通州信。周小濂赴朱涇開

① 後"人"爲衍字。

② "成"爲衍字。

河,以防賊來偷渡。奉賢戕官案粗結,蔣從九並兩勇正法。子謙赴寧波。

初五日。同撫哉至海防署問臬司病,即飯於署。至雲濤處,问儒卿疾,復至西倉橋公館。君謀留宿。

初六日。終日在君謀公館,觀水拓《瘞鶴銘》。松軒常熟來信,賊將錢貴仁在南門外建一大石坊,名"忠王報恩坊"。自王市搬運來①到城,由錢華卿、金子湘、陶逸舟、孫蓉汀具名,并立碑築亭。張甦谷撰文,譚小石書丹。此種粉飾,雖黄巢、李闖亦可入彀,文字之功大已哉!

初七日。靄堂招觀劇。午後,至夷場又樂園。

初八日。辰刻,入城。至西倉橋,得仲標初三信。

初九日。周文翁來飯。知湖北賊軍慓悍,德安府失守,總兵穆正春失蹤。

初十日。未刻,同君謀至西倉橋。八月十六日京信,知伯兄尚未動身,意將挈眷全歸,亦未定見。并得通州信。酉刻回營。臬司欲予回通帮辦江北文報,并籌設江南忠義局。

十一日。午後,發通州信。聞永昌徐少蘧被蘇賊扣押,想必敗露消息也。

十二日。同君謀入城,到營務處晤曾沅帥。營中同知銜曾貞幹來滬運軍械,并有詳細計劃進剿之策,約期各路進攻。知金陵長圍已完備,大戰在即矣。

十三日。辰刻,送信撰初。午後,晤文翁。巳刻,回營務處,聞寧波喫緊。

十四日。午時,至懷橘處,澹如招飲。是日,搬西倉橋,同君謀暫住。君謀擬乘夷輪到安慶。

十五日。芝門過談。至淘沙場王處。是日,接臬司會辦常州團練照會。夜,同君謀、壽卿、翠岩、乃堂劇飲,聊作閏秋之會。

十六日。辰刻,訪楊藝芳。晤見其族人楊坊,即主持上海團勇者。年約三十許,少時生長廣東,曾至南洋行商,獲得鉅貲。此次招勇,獨捐萬金,又向旅外華人捐購大量軍械。始而保護上海,繼因賊軍佔得浦東,又據吴淞之高橋村,上海日危一日,發動招募洋人出仗。吴道臺知其與

① "來"爲衍字。

華兒友善,密使人招之聯絡,而常勝軍竟能制賊矣。是夜,宿魯園處。

十七日。宴起。藝芳招飲,在座者揆初、澹如、魯園,並其侄楊坊,酒肴極佳。楊坊言渠與華兒少時同入教會讀書,華兒天賦英偉,尚義氣,重名不重利。自白齊文接統以來,凌虐華人,勾結羽黨,勒索餉項,惟利是圖,難望成功也。感痛華兒,爲之流淚。酒次,闔座泫然。

十八日。辰刻,錢俊生自常熟來,知福山、白茆兩港賊水寨大脩戰備,商船不敢進出。通州防守如何,頗爲懸念。

十九日。午刻,同靄堂、仲標帶水營弁勇五十名,乘輪赴鎮江。船出吴淞口,但見長江一帶,我師旗幟林立,英法兵艦停泊中流。必須有李撫軍照會,始得通行。沿途停搭投文并另行摘記,以便彙報。

二十日。渡江至瓜(州)[洲],已有官軍接應。泰州知縣許公已奉札進勦,急如星火。予適患瘧,僵卧數日,不能見客。沿途由倪載翁主持。

廿三日。赴靖江。亥刻,宿姜堰。將文卷、雜件交與魏豹卿收執。

廿四日。接邑中楊書成密函,囑趕編通州、靖江、江陰、鎮江四處團勇,期於下月中旬渡江會勦。

廿五日。夜雨。與王聖洲、方伯藻等十六員,密議編制及籌餉事宜,達深夜三鼓。

廿六日。始到鎮江,隨即進城。至營務處,與馮軍門略談片刻。晤趙惠父,商談半日,即行别去。賊衆正困鬥時也,常州爲賊所據,團勇主持者均在靖江、如皋一帶。

廿七日。晨,由瓜(州)[洲]渡江。申刻,抵如皋。晤倪載翁,即飯其船。聞東西凉山復失,鮑軍門有病故之謡,不禁諤然。又聞句容守賊然逆[①],會同各處僞王——報逆秦日南[②]、貴逆陳得勝[③]、根逆余正興,號称十萬,進迫鎮江。築壘于湯岡,設長圍,爲久攻計。官軍堅守。會英兩兵艘赴安慶,道經鎮江停泊,開炮毁賊壘三處。提督子材、都統魁玉率軍二萬,冒死而突。湯岡賊懼洋人之炮,且戰且退,復回句容。

先公於咸豐七年(1857)丁巳春仲南旋時,髮逆已擾江左,世變

---

① 然王陳時永(? —1864),廣西藤縣大黎里人,英王陳玉成之叔。

② 秦日南是"燕王"秦日綱的弟弟,被封爲"賀王"。"報王"爲秦日富。

③ 陳得勝爲"貴王"。

方極。先公抱策林下，尚不欲與问政事。日與二三同好肆力於金石、板本、校讎之學。庚申四月，蘇垣陷匪。從衆請，始棄筆札，参與戎事。六月，奉令協辦團練。慨然以身許國、許鄉黨。七月末，虞邑頻危，猶與匪首王老虎酣戰於邑之東隅。城陷，走嘉定。復渡江，入崇明，寓瀛洲書院。時先妣浦太恭人携先兄仲樂暨余等避氛海門。一夕，先公具扁舟至，身臨百戰、出入死生而神志静逸，留一宿而去。迨歲暮，大軍定吴會，始得復歸田里，重叙天倫。此乞師事迹存《夢鷗雜記》稿紙[①]，始七月初十日，終閏八月廿七日，其後不復記。意戎馬之際，不暇一親硯筆，其續記於翌年辛酉元旦始。今棄養五載，墓木且拱，邑中朋好欲詳悉其乞師始末，因於遺稿中録出之。雙南姻兄太史復重書墓志，以冠卷首。藉以鑒先公平生志節，一時景慕云耳。

光緒己巳(1905)孟秋，孤子仲舉僅録並識。

(鈐"能遠""趙仲舉印"朱印。)

---

① 南京圖書館藏有趙宗建《夢鷗筆記》一卷，清稿本，當即此書。

非昔居士日記

（清）趙宗建 著

肖　剛 整理

整理説明

趙宗建撰《非昔居士日記》不分卷，清稿本，四册，前二册每半葉 6 行，行字不等，紅色界欄，四周壽字邊欄；後二册每半葉 7 行，行字不等，緑色界欄，四周單邊。版心均題“松茂室”。第一册日記起光緒十六年(1890)正月元旦，終四月十一日，後有致佑申信札草稿；第二册起光緒四年(1878)正月元旦，終六月三十日；第三册起光緒三年(1877)八月十五日，終十二月除夕；第四册起光緒二十一年(1895)正月元旦，終五月十二日。此稿本曾經袁克文收藏。

第一册

紙：紅欄，四周壽字邊欄，版心題"松茂室"。

書衣朱筆題"光緒庚寅年"，墨筆題"庚寅日記"。（鈐"趙鈞千藏"朱印。）

（内鈐"趙士權""伯輿"朱印。）

内墨筆題"光緒十六年庚寅正月起，四月止"。（鈐"趙不騫印"朱印。）

光緒十六年(1890)（鈐"古香"朱印。）

庚寅正月，元旦。陰，下午微雨。兩侄早來，同詣各先祠、祖堂真容前叩拜。惟之來，留點。體倦，終日坐舊山樓。

初二日。雨。午前乘轎出門，陸蓮庵禮佛。至東門伯兄處，並秋三叔處拜年，飯伯兄處。入城過兩縣投帖，叩謁天官坊家祠。玉圃處略憩即歸，雨益大。是日，體中仍不適。

初三。晴。伯兄早來，同詣各先祠叩拜。嫂及侄媳、侄孫女、楊周兩侄女俱來，留飯。屈甥媳來，係新婚第一次，人頗開展。是日，拜年者甚衆。體中較旺。

初四。晴，下午陰。内眷俱至東門，拜年者頗衆。晚間入城，至石梅遊，人極擠。晤鏡仁、秉衡、茗叙。看士虎，病頗劇，恐爲庸醫所誤。夜接路頭。是日甚寒。

初五。陰。元孫入城拜年。飯後至蔡家墳定向，惟之尋踪而來，同至韓家山看浦氏新得地。夜微雨，候帳房喫路頭酒。

初六。雨。飯後，坐轎至季家山蔡墳分金（爲後日合葬故[①]）。泥滑，頗費力。遣蔡云至龍灣錢氏二媳墓修墩也。入夜仍雨。送屈甥媳見面洋兩分三元。

---

① 原注。

初七。陰。錢六表弟來，留飯。遣兩兒至滑石橋浦處。明日，兩内侄柩厝寄也。

初八。陰，寒，大風。辰刻，浦處柩寄置土地堂。夜爲雲侄女招陪。先生坐有書成。伯兄酒極佳，予有不適，不能多飲。是日，得若波信。

初九。蔡小樵葬，往吊。飯後，拜時先生，未值。至保之處，偕往石梅啜茗。

初十。晴，暖。是日，夢素四十初度。早晨，治麵。午後，携元孫至石梅啜茗。夜，同兒媳爲夢素作團圞壽讌，予頗醉。是日，發若波、翰卿信。

十一。晴，暖甚。程俊卿過談，爲屋事。飯後，至紫金街歸處吊老姨太之葬。乘便至石梅啜茗，游人甚衆。是日，心泉表弟來，未晤。

十二。晴，暖。早晨，同兒孫各先塋拜謁。予獨至興福先大夫墓並長田岸，因二媳墳新盤墩，故往看焉。

十三。晴，暖甚。早赴天官坊家祠祭，乘便拜還顧處新親祭畢。飯後至寺前觀走春。往宫前看保之，偕至石梅啜茗。晤沈幼香，新從海寧回①。

十四。昨夜大雨，下午晴，天熱如故。花田梅花頓放。體倦，無聊。同夢素並兩孫煮茗花田，攬景徘徊，頗□杞人之懼。聞長星又見。

元夕。晴。昨夜發熱，晨起倦甚。伯兄並兩侄早來，開莊祭祖，予勉力與祭。李鏡與來拜年，留飯。是日，寅時立春，天暖如故。

十六。早晨大霧，即開霽。昨徹夜不寐，勉赴伯兄手談之招。昨夜維之處忽墻倒，將方城守屋壓毁，伯兄急忙赴彼。手談之局罷議，即回。爲風所吹，甚不適。惟之初入新居未久，已有三事。可謂不順矣。

十七。晴暖異常。花田梅花又放。二分閣前之景，頗稱殊勝。惜少解人，如東坡輩耳。是日招公周寫漢専研，並同幼香、保之、馨山小酌。酒罷同至石梅啜茗，游人漸散矣，馨山携琴而去。元孫發熱，咳嗽。

十八。晴，熱甚。飯後，至惟之處看其坍墻。出由西城，憩石梅。衆友咸在，擁擠依然，今春最盛也。薄暮歸，足力疲甚。夜微雨，頗爲梅花擔憂。元孫熱尚未止，咳較鬆。

---

① 後有一長墨丁。

十九。大風,寒甚。是日,予招李緘老、楊書成、陸雲生並伯兄俱至,適劭欽來城,亦與會。偕登梅顛閣觀梅,惜少晴光,猶爲未美。散後復至程士梅處,應玉圃之招。有歌者,四美以鑁後爲最。亥刻歸。

二十日。陰寒如故。晨起,乘輿至新莊,一切廢弛,未與祭。出南門,吊姚芝生夫人。飯後入城,往看大侄女。夜應書成消寒之集,未至者三人——翁宗葉,添縣中趙蘭生、鄭劭欽。酒菜俱佳,亥刻歸,體極倦。元孫漸愈。

廿一日。開學,陪客極艱。僅來王圃、心甫,勉强畢集,更覺疲甚。大雪,極寒。元孫尚未能到學。

廿二。晴。咳甚,精神委頓,終日坐舊山樓。董臨之來,未見。少甫表弟喜讌招飲,辭之。

廿三。晴。精神少旺,元孫咳仍甚,悶坐山樓。薄暮,至花田小憩。梅花尚未損傷,可喜。

廿四。晴。夢素出門燒香。幼香來,留飯。元孫仍不愈。邀二侄來診治。

廿五。晴暖異常。早晨伯兄來,留飯。未刻入城,閒步至石梅,約宋孫在茶室。先遣宋孫回。是日天太暖,爲烈日所逼歸,委頓[1]。

廿六。雨。至少甫表弟處道喜。飯後往看伯偉丈,體漸旺矣,即歸。

廿七。陰。體中不快。飯後至花田煮茗。士虎過談。夜寒戰,不解所謂。

廿八日。晴暖,日光復黄。體極委頓。五畾有租米來。鏡平、思立携肴來賞梅花,予未見。旁晚,二媳從錢處歸。

廿九。陰,寒甚。昨夜大風如雷,房屋俱震動。體較健,至李緘老處,拜其先人冥誕。飯後順至伯兄處,即歸。

二月初一。晴。伯兄來,同至莊祠拜謁。夜聞西生處差船出事。

初二。晴。輿至西生處,書成、伯兄咸在。拿住探事鄉人一名,即送縣。縣官恐懼,勉强敲朴,裝入囚車。

初三。飯後入城,途中聞鄉民聚衆,在縣四處尋人,一□而不得。晚間雨,轎回。世局如此不堪設想,天實爲之,豈容人力可斡旋哉?上至朝

---

① 後有一長墨丁。

官，外至疆臣，下至州縣，皆相合而成，豈非天乎？

初四日。晴，下午陰。飯後入城，至趙衖，約看地事。復至菉卿處，偕應常邑侯吴公之招，肴極精盛。酒罷，出昭邑城北，見信不勝憤悶，畏縮不前。得未曾有租事，敗壞不可挽救。其弊有不可勝言者矣。是日，得胡雅臣復信。

初五。陰。飯後，錢佃合家婦女來門哭訴。昨已來過，即前日在城所押鬧事之一。據云錯拿，此時如何援手，嚷嚷不已，正難理喻也。

初六。晴。汪行來斛穀頭，每石一元七角[①]。坐舊山樓，静玩光景，覺天地本静，皆人心自生荆棘耳。飯後同夢素至舜過井煮茗。公周來，未晤。

初七。早晨，伯兄來專祠丁祭。是日，錢六表弟携樽讌我，主客八人，晚刻散。聞酉生處鬧事，圖分居。然有來還租者，而鬧事之殷姓亦來，還租從此能發動，尚屬佳兆也。薄暮，伯兄復來專祠家祭，夜飯後回東。終日陰天，有雪意。

初八。晨至竇卿處，送其太夫人入節孝祠，飯於趙弄。復往翥雲處俟伯兄，爲催租事。進昭邑，守候回音。終日陰雨。

初九。雨。終日坐舊山樓，聞周行橋一帶租事有動頭之説。

初十日。朝陰，午晴，寒甚。終日坐山樓，賦七律一首。

十一日。晴。午前至竇卿處，渠明日娶孫媳。飯後至保之處，復往邑廟。是日，公議催租、集資，傍晚歸。夜，月暈，大異尋常。近若可摘，下視無影，頗覺詫異！

十二。早至竇卿處道喜。飯後，至翥雲處看董元宰畫卷。真而不足取，已爲後人塗抹。

十三日。早過石梅。是日，楊、陸兩家看地。同士虎、桂山至青龍橋下船，直至鄒巷，一無所得。歸舟[猝]迅，疾風暴雨不能行，抵西門已黄昏矣。轎回。

十四。晴，寒甚。終日疲倦，屈蘭坡歿。

---

① 此處用蘇州碼子計數。蘇州碼子也叫草碼、花碼、番仔碼、商碼。産生於蘇州，是一種進位制記數系統，以位置表示大小。記數符號寫成兩行，首行記數值，第二行記量級和計量單位。它脱胎於算籌，是目前唯一仍在使用的算籌系統。

十五。晴。雲侄女來,竟日。午後至西城,携元秘塔交藻卿裝裱。獲見初拓《快雪堂》,墨飽字精,迥異習見者。以是知前人摹刻俱非草草人,但見覆刻妄肆譏評耳。歸途遇保之、崔九,同至家,留小飲[1]。

十六。體中不適。

十七。陰。陸司務來舊山樓隔板壁。是日,仲丁祭祠。遣二兒至忠義、節孝兩祠陪祭。聞曾伯偉丈病殁。老輩日漸雕零,老懷益增悲慟。夜雨。

十八。陰。晨至曾處探喪,飯於雲侄女處。飯後,往錢芝劍家、韻芬族叔祖兩處先期道喜。出東門看伯兄,並見四侄新納之寵。貌未見长,两顴太高,恐非近情。與前番所去者,亦難定高下,此尤不弱。入城,順候緘老,談片時即回。

十九。陰雨。閲《姑孰帖》殘本,僅蘇、陸兩家。陸書尤奇肆,從未見過,拓本頗舊。傳聞爲薛紹彭所刻,亦無可查考。於帖旁紙上隱隱有字,諦視云"東坡先生書詩文十篇,鄱陽洪邁得之。淳熙十六年刻石于當塗郡齋,十二月十一日識"。當塗即姑孰也,然則此帖係洪邁所刻,並非薛紹彭可知矣。

二十。晴。早晨,幼雲來斛糙米。飯後,至石梅閒步,聞方城守病殁。恐又與維之説話矣。

廿一。聞東路丁處催租又出事。

廿二。陰。士沂、小卿、小軒手談竟日。夜間,伯兄餉河魚。啖之,頗覺不適,想此味以後不可啖矣。

廿三。王吉甫送麓臺花卉來看,僞物也。得開元大錢一枚,即邵氏物。吉甫有玉翁仲一枚,玉色甚佳,惜頭有有[2]損,留之。作致翁弢甫信一通。晚間往送惟之行,並託帶焉。

廿四。寒甚,微雪。惟之來辭行,即去。

廿五。晴,寒。有小不適。兩媳至楊處。

廿六。晴。早至東門,赴伯兄手談之招,夜飯後歸。

廿七。晴,大風。晨至東門謝處吊。飯後,候鏡仁,送二兒文字請

---

① 後有一長墨丁。

② 後"有"爲衍字。

看。復過梅香處，爲玉波親事。入城，原道至顧惠衆處，即往西城石梅啜茗。

廿八。雨。飯後，入城剃頭、修脚。地滑，頗乏。

廿九。陰。大媳回小市。其祖母病，遣小三送利錢至本家太太，並還《姑孰帖》賈三元於保之處。

三十。雨。終日坐舊山樓。玉蘭已放。

閏月朔日。雨。伯兄來，同拜各祖祠，即去。

初二日。雨。終日坐舊山樓，作五古一首。是日，士沂、介藩合讌，辭之。夜，大媳歸。

初三。陰雨，大風。昨夜雷電，河水大漲。作雨生信一通。

初四。晴。昨食玉蘭餅，頗不適。刻經局王先生送《許太眉詩集》兩本，同治初年曾成北墅。

初五。晴。飯後，坐轎入城，至三峰下院晤藥龕，爲經局事。折至西城，看還惠甫。復訪保之，過石梅啜茗。旁晚，起歸處飲。

初六。陰，午雨。赴歸處吊。雅臣來，留宿。是日，候湘文並菉卿。

初七。雨。送歸綏厓，葬於秦坡澗。泥途滑甚，輿夫屢躓。飯後回，士虎來，長談。

初八。雨。與雅臣坐談。

初九。陰，微雨。飯後，同雅臣至少塵軒啜茗。慎卿來謝。

初十。晴。飯後，同雅臣、士虎入山尋地。於舜過井得蔣墳旁一地，於三峰近處得一地。回已薄暮，勞倦異常。是日，山中遺失翡梳一挂，上有小五銖錢、小漢印。可惜之至！

十一。晴。士虎早來，同雅臣至九漸看地，予未去。飯後入城，至趙弄石梅啜茗，即回。夜間，撫公有嚴批，切責昭邑城北公，頗覺快意。

十二。晴。士虎早來。予與雅臣重入山相地，飯于曾氏丙舍。秦坡一路俱無地，後至龍井得一地，山水明秀，極可愛。惟亂冢紛紛，扦穴極難。若得之，非尋常之地也。旁晚，予先歸。夜應幼谷之招，得撫批，讀之甚快。

十三。晴，下午陰。早晨，羅篤甫叔侄來。士虎復同雅臣至長田岸相地。夜招羅氏竹林飲。

十四。陰。雅臣回江陰。菉卿約同伯兄至三峰。飯罷，游墜石，十餘年未至矣。薄暮歸。

十五。雨。飯後,同晋三携元孫至少塵軒啜茗。西北風頗大,即回。作劭欽信。晚晴,祀先,過清明節。

十六。晴。是日清明節,伯兄早來。游人甚衆,酬應頗勞。

十七。辰刻,東門信來,驚悉大侄孫女殁于無錫,舟次四更到家。伯兄復添此一事,老懷益悶。巳刻至東門,薄暮回。兩媳亦去,元孫有小恙,未去。

十八。晴。雲侄女早偕至張鳥園、舜過井兩處看地。雲侄女屬意張鳥園,其實舜過井爲上。予頗愛之。午刻回,則伯兄在望矣。夜間,至陸蓮庵開沙,吕蔭眉未至。終日體中酸疼。

十九日。晴,暖甚。士虎早來,即去。飯後至孫祠啜茗,晤小軒。伯兄來家,即回。内侄浦君培來,爲分家事,談良久去。元孫寒熱已止。

二十。晴,暖甚。往吊屈蘭坡。飯後至保之處脱衣,偕往枕石啜茗,即歸。至韓家山爲浦墳立界石。地勢甚佳,或可爲浦氏三房留此一脉。

廿一。晴熱如故。早赴小軒處手談,薄暮歸。雲侄女已久待家中,同至陸蓮庵開沙,蔭眉到。乩語言甚少。後浦恭人降乩,已十餘年未通款曲也。云現居住此庵,一心奉佛,消遥物外,豈若塵事之可以溷人耶?

廿二。陰雨,甚寒。是日,義莊祭墳。朝冒微雨同兒侄至左近先塋,後率族衆至北長河沿落地梅高彊察各祖塋。飯後雨益甚,即在莊祠設祭。是日,伯兄未至。

廿三。東門手談。

廿四。雨。吊方都司。至菉卿處飯。是日渠處禮《大悲懺》,結壇。

廿五。晴。體中不快。

廿六。晴。飯後同性禾少塵啜茗。回後伯兄來,孫祠邀去。保之出城,四叙小飲①。

廿七。晴,暖甚。伯兄於少塵招飲,予持齋,未赴。飯後往會,薄飲數杯。同雲生、士沂入城,至枕石啜茗,晤士虎。郡回,聞永倉事郡縣辦理,爲之浩歎。過寺前,得一明左紀盆而回。

廿八。晴。伯兄同兩侄來各處祭墓。飯後,予同兩兒至九頭邱,順

---

① 後有一長墨丁。

道往看前日士虎同雅臣所看兩地。一在五柳浜,地極明净,恰與九邱相望。如肯相讓,甚妙。

廿九。雨。

三月初一日。陰,早晨雨。午後至孫祠堂,約士虎啜茗,並小飲。士虎東。

初二。陰。言處吊。飯後過士虎處,約其同至舜過井重看蔣墳旁地。惜前有荒冢,賈亦昂,頗屬不合。復偕至韓家山,看浦氏新得地,爲雅臣立向。覽之,真覺沙廻水抱,落脉雄駿,非常地也。予初爲購時,亦不過作爲有氣之地,且不意定向後竟是大地。浦氏一脉,定鍾於此也。凡事自有機緣,莫可推測耳。是日,四房上墳,遣六兒去。嫂嫂並兩侄女,滿州城本家小姐同寉峰夫人來,竟日。予體中不適,勉强赴喫祭餘。夜雨,寒甚。

初三。陰,下午晴,寒甚。兩媳早赴五侄女之約,山前看拜香。予飯後大吐,極不適。

初四。晴。伯偉開吊,未赴,二兒去。終日不適。晚間伯兄來。

初五。早晨雷雨。是日,同葇卿、伯兄合請兩縣,勉强酬應。晚刻散。

初六日。大雷雨。體中仍不適,李處吊亦未赴,遣大兒去。寄若波信,並喜分。

初七日。晴。體中較旺。自名今覺。

初八。晴。劭欽、伯兄並竇卿來,留飯,晚間同至孫祠啜茗。保之來,偕歸,留夜飯。季、宗宗等四人來砌花臺。

初九。晴,下午陰。聞會場分房竟有四人,可謂盛矣。回避者五人,惟之亦在内。晚間喻梅、少徵來,即去。牆薇盛開,可愛。

初十。晴。早晨遣大兒拜還姚公,係佑申之婿也。飯後出門看還耕圃,至伯兄處,便訪緘老,長談。尋雲生不值。枕石啜茗,良久返。

十一。陰。招畊圃、士虎小飲,看鵑花。季、朝四人來搭蘆簾棚。

十二。晴,下午陰。畊圃招飲。是日,體中不快,勉强赴招。

十三日。陰。招緘老看鵑花,坐有思贊、士虎。陳老二送宋板《資治通鑒綱目》殘本五册並古錢五文,去洋三番,係吾邑邵氏舊物。

十四。雨。體倦,終日坐舊山樓。

十五。晴,甚寒。飯後張文生過談。東門四侄媳病加劇,甚可慮也。

十六。雨。體仍不快,終日樓居。

十七。晴,暖。畢藻卿送《多寶塔》來,何憩園來取扇面去。飯後入城,寺前閒步。至藻卿處付裱資兩元,取《後忠義堂帖》,摹刻甚佳。過石梅啜茗,晤士虎,長談。是日立夏。東門慶來侄孫女五七,遣元、宋兩孫及劉孫女往叩。四侄媳病漸增。

十八。晴。季、宗兩人來修竹籬。晚刻,至范市看夜色[①],當船坐客頗衆。亥刻始至,歸已子初矣。

十九。晴。是日,爲楊氏邀丁壽卿同士虎看地。飯後同至頂山一帶,無所得而歸。芝生同來,飯過先去。

二十。陰。飯後,挈元孫出西門,至俞祠堂看競渡。風甚大,薄暮歸。

廿一。陰。晚刻,挈元孫至抱芳閣看會。人太擁擠,殊無意味。復至趙弄,爲墳地事,即回[②]。

廿二。晴。早晨程俊卿來,爲惠甫屋事。晚刻至韓家山,補墳動工一看。薄暮,公周、似初過談。

廿三。晴。飯後得伯兄信,知上海已回雷震初處。壽木亦到,頗長大,置陸蓮庵大殿。

廿四。陰。早晨伯兄自上海回,來北,留飯。午後往候菉卿,談良久歸。

廿五。晴。晨至伯兄處飯。午後,喻梅約至秋畦表叔處,爲少甫分晰事。即至昭署,謝追租事。出過石梅啜茗。

廿六。早晨程俊卿來,爲屋事。惠甫借名捐入軍裝局,欺人太甚!約入城商酌。飯後至書成處,偕至徐處會俊卿,傍晚歸。

廿七。陰。二侄早來,同至金童廟橋胡調甫表弟處道喜。飯後偕士虎同歸。

廿八。晴。飯後同性禾入城,至學前看昆石,不佳,回。至石梅啜茗。

廿九。晴。季、宗宗兩人來紮竹屏風。晚刻,挈元孫至東門看競渡。

---

① “看”字後原有“龍舟”二字,後被圈去。

② 後有一長墨丁。

是晨，東門侄孫女寄柩陸蓮庵。

三十。晴。合眷俱至東門。

四月朔日。伯兄早來莊祠叩拜。

初二。早晨雷雨。郡中潘瘦羊、顧茶村、金心蘭諸君來虞，遣約明日早飯。俊卿來送□稿來觀。

初三。芝生、少甫先至，瘦羊、心蘭並同伴張叔鵬偕至。未刻席散，同至少塵啜茗。

初四。早至石梅候瘦羊諸君，已返棹矣。晤少初，談片刻返。程俊卿已候在家，送閱□稿，尚明白。收拾行李，作赴郡計[①]。

初五日。辰刻下船，風微。薄暮，泊閶門。

初六。晨微雨。鴻雲樓啜茗、剃頭，即往候若波，未晤。至護龍街看滄粼，談長久出。觀《十三行》拓本，頗舊。復過觀前買水煙筒，飯於一陽樓。至石琴樓啜茗，僅予一人，可謂寥寂。晚至翰卿處留宿焉。

初七日。往吊清卿河帥太夫人，晤毅卿，即出。飯後至護龍街閒游，啜茗元妙觀。

初八。心蘭早來，偕同至清卿處飯。晤若波喬梓，觀所藏《彝鼎圖書目》，不暇給。晚刻，偕若波同出啜茗。

初九。潘瘦羊、張叔鵬、陸廉夫並清卿來，同飯。午後，移舟至閶門。予步至若波處長談。出觀《麓臺册》，不禁叫絶。並北齊造像，可謂精極，低徊久久。薄暮出閶門，宿于船。

初十。晴。辰至鴻雲樓啜茗。候若波，偕往午飯。出游七襄公所，予已二十年未到矣。回船尚早，復游留園。主人新拓外園，極其寬廣，尚未落成。

十一。晴。是日，若波、翰卿、心蘭合局蕩舟山塘，心蘭有病未至，坐客清卿並予兩人，借坐親王祠聽雲閒僧彈琴。酒罷，同過花肆，買得珠蘭一盆、蒲艸一盆。天熱即回。船至山塘橋，別諸君，即挂帆直下。

（鈐“寒雲真賞”“寒雲秘笈”“趙不騫印”朱印。）

佑申大兄姻大人閣下，在杭諸家盛擾，瀕行復贈佳釀，尚未致謝。而轉勞瑶函……之下，悚愧莫名。藉稔□定勝常賢勞懋著，欣

---

① 後有一長墨丁。

慰何似。弟返里後,五月中,項上叢生熱瘰[1],爲庸醫所誤,竟爾成疽。至今尚未收功。其間痛苦,莫可名狀。此亦命多磨羯,無可如何。杜门幾兩月餘矣。閏月中,酷暑如火,益爲所困。想浙地氣候不同,想當凉快,恨未能於西湖結夏耳。承委南豐處姻事,即日遣詢。據云早經函覆令弟,其姻事與浙中沈氏已有成説矣。原札附覽,蘭亭禹穴,尚在懷中。體健,尚擬出遊,未知天公許我否耶?家鄉於六月中不雨,高區頗有乾涸之慮,並有飛蝗虫如陣雲往□,幸過而不留。刻已得暢雨,乃無憂矣。手此布復,並鳴謝悃。敬請

暑安!□希

令姑丈六舟先生並虞文兄均□,先为候謝,當再另□。

能受苦方爲志士,
肯喫虧不是癡人。

讀畫先審器,
稽古有遥源。

詩畫敦宿好,
瑾瑜發光奇。

清气澄餘滓,
陵岑聳逸峰。

虚室絶塵想,
閒居雜世紛。

養色含律氣,
委懷在琴畫。

一室静修己事,
萬山快引人遊。

國朝著名刻書録

《金石存》,山陽李尚書宗昉出資,囑許珊林董刻。宋槧體,扇料紙,香墨印。

---

① “叢”字原作“忽”字,後改。“生”字後原有“濕”字,“瘰”字後原有“塊”字,均被圈去。

《笠澤叢書》，許珊林刻。

《沈石田松石》，立軸。
《石谷山水》，四，又笪題。
《王巽公山水》，又
《王錫綬山水》，又
又，字，又
《漁山山水》，又
《湘靈詩》，又
《趙凡夫字》，又
《王蓬心山水》，又
《黄節□山水》，又
《劉原起雪景》，又
《王昱墨山水》，又
《蔣文肅竹石》，又，有題
《張復山水》，又
《楊文聰山水》，又
《錢嚴尺牘卷》，尚看，一如人
《馬江香牡丹册》
《查聲山黄庭堅册》
《東方朔畫像記》
《道因法師碑》
《淳化閣帖》，不□
《停雲館帖》

四月赴郡

行船洋一元，水煙筒兩□，洋六元
賞徐使一元，刻印一元
靴洋兩元，糖蹄一元
買花一元
（鈐"筱坡"朱印。）

第二册

書衣朱筆題“光緒戊寅年”“記”，墨筆題“非昔居士日記”。

（内鈐“趙”“趙不騫印”“寒雲”朱印。）

光緒四年（1878）（鈐“古香”“趙鈞千藏”“尚湖”“趙不騫印”朱印。）

正月元旦，辛亥。陰，山霧終日，地潮。伯兄同兩侄來，偕同先容前叩拜。請莊中神位，安置新堂。伯兄飯後去。君梅、獻臣來。下午課佛，偷閒半日。人事擾擾，始日已然也。夜雨。

初二日，壬子。陰，東北風甚大。入城各處拜年，飯於伯兄處，申刻回。惠甫、冠三來，未晤。二媳至母家拜年，晚回。

初三日，癸丑。晴，巳後陰。卯刻立春。伯兄早來先容、祖堂，偕同叩拜。是日，餞琴琛之皖，招雨生、幼谷，竟日談。玉圃來，同飲。綏厓、鼎臣來，留點。聞童亦周元旦病歿，誦佛而逝。庶母同大媳至東門，晚歸。夜雪即止。

初四日，甲寅。晴，甚寒。二媳等至東門，自辰至申拜年。客未斷，酬應頗倦。夜接財神。

初五日，乙卯。晴，寒。拜年人仍不斷。嫂嫂同二侄媳、五侄女來，竟日去。飯後，屈甥媳來。晚刻至陸蓮庵避喧夜，邀晋三、性禾喫路頭酒。

初六日，丙辰。晴，下午陰。二侄早來。飯後至陸蓮庵開沙，未降。遣大三發開學帖。晚刻入城，至映雪歇足。即至琴琛處話别，薄暮歸。賓君同文卿侄來望新親，未晤。

初七日，丁巳。朝陰。同兩兒至左近各祖塋叩謁。伯兄來。飯後大雪，天心叵測，有厭故翻新之意，不勝危懼。夜，二媳具肴，作消寒之集，頗樂。

初八日，戊午。朝陰，下午大雨，悶甚。綏厓、友香、荷生來，手談竟日，留夜飯去。夜仍密雨不休。

初九日,己未。雨。河水陡漲一尺。曉雷,春陰。顯然租事從此擱起,剥膚之災近矣,奈何!飯後,遣舟迎二侄來陸蓮庵開沙。二侄留宿。

初十日,庚申。陰。二侄早去。夢素生日,喫麵。遣大三至三興定開學菜。

十一日,辛酉。晴。早得伯兄信,知昨日酉刻四侄又得一女。吾家添丁艱難如此,殊悶也。

十二日,壬戌。晴,下午陰。是日開學,遣輿接先生,招陪客,皆未至。徒衆合飲,申初散。嚴竹君來,拓贈文靖書《四十二章經》石刻並蘇書《煙江疊嶂圖詩刻》。晚刻,先生歸,季大父子三人來紮竹籬。得雨生信,知赴六安。

十三日,癸亥。陰,下午晴。至天官坊祭祠。飯後訪竹君,未值。過翁處,晤海珊、吉卿。由寺前至映雪居。復出東門,薄暮返。夜,月色大佳,可望晴霽。季大父子仍三人來。

十四日,甲子。晴。飯後,兩兒、大媳並淑姬至九邱墓。玉舟昆季來,留點。季大等修竹籬竟。是日,寄子晋信。

十五日,乙丑。陰,東風甚大,晚刻微雨。是日祭莊祠,計七十餘人。飯後陸蓮庵開沙。天意不能久晴,租事如何起色。奈何!

十六日,丙寅。朝開霽,下午陰。飯後雲衢叔來,留宿。夜上供,落真容。黄昏復雨,悶悶。得子晋復信。

十七日,丁卯。陰,昨夜雨雪頗大,積約三寸許。天無常度,壞劫將至,無從解免,祇有修省而已。朝至翁人豪處道喜,復至徐處望還文卿侄,即回。升老已來,昨約小飲也,長談竟日。晚刻蔭眉夫婦來城,即往東門。雲衢叔遣輿送回。

十八日,戊辰。陰。立夫早來,遣人至雨生處取盆梅回,置之坐側。清香習習,一時清福,自謂不淺。

十九日,己巳。晴,下午陰。雲侄同歸。大表妹來,留飯。先生到館。飯後入城閒步,西城鄉人甚擠,可厭。晤綏厓、寶卿,石梅啜茗。歸途遇醉人,頗爲無禮。夜有龍燈過門,未看。黄昏復微雨。

二十日,庚午。陰,昨四更又雪。巳刻入城,至濱石處道喜。濱石續娶金氏,貌美而跛一足,五十六歲作新郎亦罕見矣。復至吴松生處道喜。即赴綏厓處手談,夜飯後歸。是日,大兒生日。

二十一日,辛未。雨。早遣轎迎先生,租事寂然。

二十二日,壬申。密雨竟日,山霧漲天。晴無可望,奈何!錢六表弟到館,鳳岩叔小恙。

二十三日,癸酉。晴。飯後泛舟至東門,同伯兄至升老處長談,晤瞿濬之兩子,儀兒頗勝於爺,薄暮歸。柏祥弟送洋五十元來。米價復貴,與歲底相同。得潘椒坡楚中來信,寄贈《九真太守碑》。二更許,忽有大風從東北來,冰雹頓下。星月無光,可畏之至。

二十四日,甲戌。晴,天宇明朗,迥異常時,從此開霽。大幸也!昨夜之風,或是水神歸府。早晨,庶母至東門陪楊寉峰夫人。飯後羅少耕弟來,未見。整頓天竹。

二十五日,乙亥。晴,東南風極大。早晨至興福先公墓叩謁。飯後入城,答拜孫、羅二公,俱不晤。至映雪居,薄暮歸。子晋來,七年未至,甚喜。

二十六日,丙子。陰,昨夜又雨,天若有惟恐地乾故復濕之意。運會如此,亦無可如何。昨與綏厓、幼香約手談。早入城,夜飯後歸。與子晋談,二更許寢。是日,雷振初總戎來辭行,未晤。

二十七日,丁丑。陰,西北風極大。是日,具肴饌飲子晋,招濠、升二老並伯兄,竟日談。羅子華同地師看地,過談,遣人引去。

二十八日,戊寅。晴。與子晋終日坐談,晚間偕至陸蓮庵。夜,天容復變。

二十九日,己卯。晴。飯後同子晋入城,赴濠叟之約,在集升老、濱石、書成、昆翁,薄暮返。聞荒民闖入陸蓮庵借宿,亦無如何。

三十日,庚辰。雨,寒甚。薄暮,伯華親家來,留宿。

二月朔日,辛巳。陰。伯兄同兩侄早來祖祠拈香。飯後至陸蓮庵開沙。山霧涌塞,雨意甚濃,爲之悶悶。是日,游文書院開課。

初二日,壬午。陰,昨夜雨。午刻同子晋、伯華至東門,伯兄招飲,升老在坐,薄暮歸。閲《申報》,河南荒象不堪卒讀,兩湖自去年九月始,亦無三日晴。世運如此,何堪設想,隻好付之天命而已。

初三日,癸未。陰。錢仲甫表叔冥誕。同二兒至東門拜壽。伯華回鄉,飯於錢氏,即回。薄暮開霽。

初四日,甲申。晴。飯後同子晋入城,至西。子晋先歸,予至西方殿,待范西翁未至,即回。買新刻《林和靖集》兩本。

初五日,乙酉。晴。飯後同子晋拏舟至東門,赴升老之招,薄暮仍買舟歸。夜,星月無光。

初六日,丙戌。陰。張潤生來,常州人。飯後伯兄來,留點去。諦師來,長談。夜微雨。得雨生自徽省來信。

初七日,丁亥。陰。伯兄早來,是日專祠丁祭。飯後坐轎入城,拜還張潤生。復至西民先生處長談,酉初歸。夜,專祠設祭。江陰子懷寄饋熟河魚,幼香亦送生河魚。是日,向西翁借得竹窗三筆,曾君表遣取吴薊生幫分五元。

初八日,戊子。晴。招君梅、幼香、伯兄喫河豚,手談竟日。飯後,翁海珊來。大媳連日寒熱,稍愈。

初九日,己丑。晴。早至小東門錢處道喜。五表弟續絃[①]。飯後同竇卿至綏厓處手談,夜飯後歸。

初十日,庚寅。晴。早晨,遣接嫂嫂、二侄媳、五侄女並二媳。是日爲庶母預祝,後日赴東門故也。飯後,同子晋孫祠堂閒步。夜,月色大佳,今年第一夜也。

十一日,辛卯。晴。升老早來看梅,置酒茅屋,同子晋縱談竟日。飯後霍峰來,陝西碑客携新出土碑來,買得漢武陽令高貫墓碣,二十三字,隸書。用筆極似《霍銘》字,大五寸許,每字四圍作圓形,從未見此形製。《粹編》及《山左金石志》《兩漢金石記》俱無可考,亦罕見之物也。是日,租事略見起色。

十二日,壬辰。晴。伯兄早來,同老太太回東。飯後同子晋入城,至映雪居。由寺前閒步西城而回。得明磁碗、乾磁印盒。昨得高君墓闕,載於《隸釋》。高君,名頤,字貫方,建安年在四川雅州。路遠難拓,當時所以失載也。

十三日,癸巳。晴。是日,招濛叟、升老、昆丈、雪舅、綏厓並子晋梅邊小飲,極暢。夜,月色大佳。花氣濛濛,暗香襲襲。吟和靖暗香句,方知其妙也。

十四日,甲午。晴。是日,伯兄來。請郭邑侯,陪者伯偉、君梅、翥

---

① "絃"字缺末筆。

雲。衣冠束縛,半日之間,已逾桎格。疏懶已慣,正難勉强也。濠叟詩來,以“屋北鹿獨宿”爲韻,作五首。字字清新,迥非凡響,不愧老手。是日,租事甚旺。

十五日,乙未。晴。伯兄早來,同赴祖祠叩拜。龐絅堂兄弟、蔡禮庭、叔文、君表、石雨云、錢氏兩表弟携肴,就花田賞梅。予倦乏,不能飲。夜,月色大佳。更許,忽濠叟昆季叩門而入,登□觀梅,置酒劇談,可謂雅興,尤訝其健也,留宿。是日,租事大旺。

十六日,丙申。陰。留濠叟昆季梅巔閣小飲,晚間遣轎送濠叟回。玉圃、碩甫來索飲,予乏甚,遣大兒陪。種花閒事而轉受其累,世間何事可爲,何事可樂哉?是夕伯偉招子晋飲,予未去。

十七日,丁酉。晴。子晋回蘇。坐轎入城節孝祠,仲丁陪祭。順途送曹韻星之□山東,問龐昆老病,即出東門。晚間竇卿來手談。華篴秋夜至,戌刻歸。聞朱體齋、王寶史俱病歿。

十八日,戊戌。晴。黎明至東門,叩祝庶母七十壽。是日,蕩口鼓樂,四親家合送親朋。來者百餘人,兩邑尊亦至。戌刻送佛畢,歸北,力乏不堪。兩兒留東。雨生自六安返。

十九日,己亥。晴。篴秋、雨生來,留飯。晚刻鼎臣來,球寶留宿。

二十日,庚子。晴,熱甚。雲侄姊妹同諸女伴來北。飯後,同球寶入城閒步,薄暮歸。

二十一日,辛丑。朝微雨,午後晴。季大等來鋪石皮,種荷花三缸。球寶回鄉。雲侄來借船赴郡。

二十二日,壬寅。陰,大風揚沙。巳刻,赴胡雪岑表母舅之招。濠叟、升老咸在,集飲菜圃。飯後出東門,仍由城中歸。庭中石皮鋪竟。

二十三日,癸卯。晴。體中不適。裝子貞太史《金陵四十咏》石刻,惜非良工鈎刻,未盡其妙。

二十四日,甲辰。雨。辰往拜君梅夫人壽,趁轎往各處謝壽。飯後雨,即回。天氣忽寒。

二十五日,乙巳。陰。游文書院李山長開課。

廿六日,丙午。雨。

二十七日,丁未。晴。辰刻至再甫叔祖處道喜。飯後往各處謝壽,至映雪居少憩。赴菉卿、海珊之招,肴酒俱佳,更許回。

二十八日，戊申。朝晴，大風，下午雨。辰刻伯兄來，同至左近先塋祭掃，飯後至興福九頭邱祭掃。晚刻，幼香、荷生來。

二十九日，己酉。朝雨。飯後，至映雪借作考寓，借床架、棕墊鋪設。雨生來，同至寺前閒步，伯偉處長談。夜赴君表會，未得。

三十日，庚戌。晴，熱甚。遣人擔行李至映雪。飯後，寶卿、士虎、酉生兄弟來。薄暮同兩兒至映雪。江陰祝乃書來，雨生、玉舟來，留夜飯。寅初進場，大風驟寒，黎明封門。

三月初一日，辛亥。雨，寒甚。轎回。晚刻冒雨拜還，乃書已回澄江。夜，松侄至映雪候考。

初二日，壬子。雨，寒甚。遣轎往候兩兒，已回。昨出場已五鼓。首題“公叔文子之臣大夫僎”，次題“而民焉有不仁者乎”，詩題“同學少年多不賤”。辰刻伯兄來，天雨又不能祭墳，已四次逢雨矣，於莊中設祭。

初三日，癸丑。雨。晚刻，登梅巔閣，同家人輩賞桃花，極歡而罷。是日寒甚，有“披裘坐對萬桃花”之句。是日交清明節。

初四日，甲寅。雨。早遣大三入城看案，二兒第八，大兒六十一，案首姓席。飯後同兩兒至映雪，明日覆試也。夜，大雨竟夕。路滑泥濘，竟不可走，苦也！君表、幼香來，留夜飯，同至伯偉處手談。是夜，叔長來借榻補考。昭案首葉壽彭，黎明點名。

初五日，乙卯。陰，微雨。巳刻轎回。伯兄並嫂嫂來。是日，四房祭墳，三房輪值。因雨未赴，先喫女酒。夜遣松侄並小三等入城候考。昨得子晋信，㽞鼎僞拓售去，寄洋二十元來。夜，雷雨大作。

初六日，丙辰。雨。兩兒黎明出場，巳刻涉水而回。題“雖車馬，非祭向”，經題“鳳皇鳴兮”四句，詩題“乞借春陰護海棠”，得“陰”字。

初七日，丁巳。陰。晚刻，崔峰同吴嘉善來，係壬子翰林，江西人，出使美國。與崔峰爲僚婿，年五十九，頗具老態，遠入地底，可嘆亦可憫也。

初八日，戊午。雨。常邑案早發，二兒已在十三，大兒轉拔三十七。飯後，坐轎至程家巷答拜吴公。已下船，未晤。至升蘭處，昭邑適出案，歸順卿第一。出城，在兄處飯，即回北。薄暮同兩兒至映雪，大雨。再甫叔祖來，留夜飯。寶卿來，偕至綏厓處手談。丑初回映雪，寅初點名，前二十名另點。楊同復久不至，坐待堂皇天明始封門。時復大雨。

初九日，己未。陰，午後似開霽。巳刻坐轎回，妙公寄詩扇至。薄暮仍至映雪,亥正放頭牌。題“月所照霜”,賦題“雨中春樹萬人家”,以題爲韻。詩題“地有湖山美”,得“州”字。丑正,兩兒出場。終夜雨。

初十日,庚申。陰。巳刻,同兩兒歸。升老、雨生來,留小飲。雨生明日赴天津。午後開霽,偕至孫祠堂啜茗。晤寶卿。

十一日,辛酉。雨。

十二日,壬戌。雨。常邑再發案出,二兒第十,大兒四十二。飯後駕舟進北水門,至雨生處送行,偕至叔蘭處長談,晤文卿、伯兄。出東門,仍舟回。夜,忽發寒熱。

十三日,癸亥。雨。晚刻,兩兒至映雪進場。遣二侄、松侄送考,予未去。夜,忽露月色。

十四日,甲子。朝日出,旋雨,晴霽無望。低田皆已入水,菜麥已壞,世運將終乎,如何? 松侄早回。黎明點名。飯後,遣大三等至映雪擔取行李。是日,二媳至母家,薄暮回。酉刻兩兒出場。題“願留”兩字,詩題“左右修竹”,得“中”字。

十五日,乙丑。雨。辰刻兩侄來,偕同祖祠叩拜。飯後至陸蓮庵開沙,未降。夜,大雨雷電。

十六日,丙寅。早開霽,午後陰。飯前,同大兒舟至東門,福山塘東俱已淹没。飯伯兄處。伯兄赴蕩口。飯後入城,便訪升老。至綏厓處小坐,聞常邑正案已出,即至學中。曹思九第一,小卿子。二兒第九,大兒四十九。仍回東門,船歸。

十七日,丁卯。晴。辰刻遣二兒至東門,拜秋畦表叔壽。飯後,舟至北水門,進城看君梅。適春會报社過門。會過,復至咏老處。適書成在坐飲酒,略飲數杯,甚佳,薄暮返。

十八日,戊辰。晴。辰刻至綏厓處手談。是日,遣二兒進縣謁謝。松亭夫人來,留宿。

十九日,己巳。晴。上墳人甚衆。升蘭喬梓來,小飲四叙館。君梅來,未晤。

二十日,庚午。晴。合家至西門觀競渡,風大,頭痛,極不舒服。是夜,不寐。

二十一日,辛未。晴。做廪門,前搭松毛棚。午後,幼香來。

二十二日,壬申。晴。飯後至常邑謁謝郭邑侯,未值。便道訪惠甫,又至翁處,未晤。至西民先生處長談。歸過寺前,看法華牡丹。復至映雪,晤叔文,留點。

二十三日,癸酉。陰,微雨。

二十四日,甲戌。晴。綏厓、幼香、雲章來手談。

二十五日,乙亥。晴。

二十六日,丙子。晴。赴綏厓處手談,薄暮歸。

二十七日,丁丑。晴,熱甚。錢二表嬸來,寄利叔信。

二十八日,戊寅。微雨,陰。再甫叔祖來,留飯。未刻入城,至少琴夫人處,爲劭欽説親。復至獻臣處,未晤。至菉卿處,俱晤。聞湖南哥老會起事,桃原、道州失陷。

二十九日,己卯。陰,風大,甚寒。伯兄早來,有約游山。

四月朔日,庚辰。晴。伯兄同兩侄來祖先前,偕同叩拜。至陸蓮庵開沙,未降。飯後幼雲弟來,斛糙米去。惠甫過談,偕至孫祠堂啜茗。是日先公亡忌,上供。

初二日,辛巳。晴。兩兒至東門,同蔭眉觀競渡。

初三日,壬午。晴。是日,招玉舟、君表、海珊昆季,叔文並伯兄餞行,未刻散。篴秋寄鑲邊蘭花來觀,亦異品也。

初四日,癸未。晴。

初五日,甲申。晴。是日立夏。晨起,循例稱人。予一百十斤,較去年爲重。入城赴翁處吊。飯後至綏卿處,道稚庵續絃[①]喜,即回。二侄媳、雲侄、錢必如夫人等俱來宿,觀明早翁中丞出喪。楊心如來,留宿。聞江陰花山忽然分裂,有丈餘闊,不詳之兆也。

初六日,乙酉。朝陰,午雨。至興福送翁中丞葬,飯後回。送葬者因雨皆來,頗衆。心如仍留宿。

初七日,丙戌。晴。升蘭來,小飲。飯後,心如同去。予至興福翁墳廠中晤菉卿,談買地事。

初八日,丁亥。晴。辰至東門,託伯兄買地事。復至下院看玉峰,即回。王小霞携《争座位帖》來,留飯。

初九日,戊子。朝陰,午晴。辰初,同兩兒赴郡府試,酉刻抵郡,仍寓

---

① "絃"字缺末筆。

財神堂。夜,大雷雨。

初十日,己丑。晴,熱甚。聞靈鷲寺雷殛一僧,往觀未得。至觀中晤華佩之。夜,雷雨。

十一日,庚寅。陰。翰卿來。飯後同至觀中,過護龍街,遇雨而回。

十二日,辛卯。晴。飯後至子晋處,晤談良久,偕至觀中。過顧子山真有益齋,觀書画。得蝯叟篆隸碎墨兩巨册,價二十四元,頗愜夙願。匆匆不及細觀而返,足力疲甚。二鼓,三縣放牌,題三若人。

十三日,壬辰。晴。夜送考。黎明點名。

十四日,癸巳。晴,東南風極大。綬厓、翰卿來,留飯。偕至真有益齋觀字畫。惲五卷册,頗多,惜皆贋品。蔣山堂書《肇論》,小精行楷一卷,極爲出色。欲得之,而嫌其價太昂。主人晋叔引游怡園,並晤子山觀察。園爲晋叔新造,布置尚可,而太湖石可爲巨觀。晤袁子辛,子辛傳神妙手,其活潑之致,有過冠英。由護龍街而回,已覺力乏。更許放頭牌。常題"楚狂接輿歌",昭題"長沮桀溺耦",次題"匡章曰陳仲子"兩節。兩兒三牌出來,已天明矣。

十五日,甲午。陰晴互見。利叔來,喫五十湯包而去。飯後兩兒等往游怡園,予竟日不出。夜雨。

十六日,乙未。雨。伯兄來。飯後趁伯兄船,冒雨游拙政園。園較前爲整頓,而裝修尚艸艸。圓荷乍透,緑樹森嚴,頗得幽趣,爲郡中之冠!現爲奉直會館。夜飯後,同伯兄至綬厓寓長談。伯兄回船還常。

十七日,丙申。晴。辰買舟,同綬厓喬梓、稚蘭兩表弟並二兒至閶門振源買綢貨。飯於泰來,羅雲岩東。綬厓等往游留園,予未去。傍晚仍泛舟回,由城河中歸。糞船絡繹,臭穢不堪。

十八日,丁酉。晴。早晨利叔來,即去。飯後同菉卿至觀前,薄暮返。曼如、立山、書成來,偕飲靠椇,酒頗醺出。常昭初覆案,兩歸第一。二兒已在三十外,大兒四十六,潤庵二十。廿二與昆新同覆。是日顧若波來。

十九日,戊戌。朝雨,即霽。同兩兒赴子晋之招。飯罷,翰卿偕至李眉生廉訪處答若波,廉訪所居即瞿氏網師園也。地雖小,頗結構,且多喬木,殊有幽致。入晤廉訪,並觀其所藏。中有宋拓戲魚堂、東方朔畫贊,極佳。晚刻回寓。夜在菉卿船飯。

二十日,己亥。晴。子晋、菉卿來,留飯。午後同菉卿至觀前。是日,三縣江震覆試。夜至菉卿船長談。

二十一日,庚子。晴。翰卿來,携蔣山堂楷書《肇論》卷來。飯後同翰卿至觀前看華培之。又過師竹齋,見湯禄名畫,立軸,秀厚可愛。是夜,吾邑進場。

二十二日,辛丑。黎明封門。風雨大作。稚蘭回常。飯後,同綏庢並五表弟至范莊前章萬隆買圓卓一張、紅木半卓一張,其價廿三元。由觀前回。翰卿送湯禄名美人条幅來,殊不見佳,恐贋品也。即還之。家中寄松樹菌來,轉餉子晋。亥正放頭牌,常題“至於味”[①],昭題“至於聲”。

二十三日,壬寅。晴。兩兒文俱不佳。翰卿來,留飯。偕至觀前,買湯禄名立軸。

二十四日,癸卯。晴。飯後同文叔至觀前買零物,兩兒往觀劇。觀中晤吴子和,見晋豫來信,有不堪卒讀,心爲之大動。歸寓。適禮庭來,知將有豫行。吾邑沈仲一慨捐二百元,方心卿捐三百元。沈與方皆寒士也,而如此解囊。吾儕忝較富厚,何以對人?擬將《美陽權鶴銘》易錢助之,聊盡吾心而已。

二十五日,甲辰。朝雨。出初覆案,兩兒俱後,錢六表弟拔在第六。翰卿來,留飯。祥元自常來,得松侄信。晚刻,同五表弟至觀前。遣大三出閶門寄信。

二十六日,乙巳。寅正封門。大雨。亥初放頭牌,題“孟子見梁惠王”三句,賦題“牡丹爲花王,求賢論塔影鐘聲”七律。二牌,大兒先出場,中三縣人無端辱駡太尊。士習不端,一至於此。黎明三牌,二兒、六表弟出場。

二十七日,丙午。晴。家中寄到《寉銘》。飯後至子晋處,同翰卿至觀中,晚回寓。

二十八日,丁未。陰,午雨。同兩表弟並兩兒往游天平范墳,爲舟子所誤,往返之間已薄暮。抵木瀆,徒步至范墳,上白雲泉,匆匆即返。往回十餘里,力乏不堪,抵胥門已戌正。復登岸進城,飯于府前。勉力而回,二鼓許矣。

---

① “題”字缺末筆。

二十九日,戊申。雨。終日惓怠。

三十日,己酉。晴。辰刻,出三覆案。大兒百餘,拔置十四。二兒四十,錢六表弟跌至二十,殊爲可惜。夜送考,同綏厓、雲章、文叔手談。

四月朔日,庚戌。晴。卯刻點名,飯後即出場。作兩講題:"誰毁孰賢尚志論""刈麦歌"。晚刻,飭僕先將物件下船。

初二日,辛亥。晴。黎明,兩兒同錢氏兩表弟先歸。予爲沈仲復觀察所招,且爲秦《權鶴銘》款未定,故留一日。留文叔作伴。酉刻開船,泊陸墓。

初三日,壬子。晴。寅正開船,遇南風,揚帆而下,午正抵家。

初四日,癸丑。晴。早晨,王小霞來取《座位帖》價去。巳刻乘軒至東門,伯兄他出。飯罷至升蘭處,與陳老關談命,復至菉卿處晤伯兄,又至禮庭處,知與心卿初十動身赴豫。歸途訪濠叟,談片刻回。

初五日,甲寅。晴。午刻祀先。晚刻,遣小三送珠價七十八元至歸處。

初六日,乙卯。晴雨互見。辰遣大三送河南賑捐五佰元至禮庭處。王吉甫來,留飯。晚刻,寶卿、稚庵來,留點。夜,楊利叔挾兩妾來游山,利叔留宿。夜雨。

初七日,丙辰。晴。利叔同兩妾游劍門。菉卿、濠叟來,君堅適至,留同小飲,申刻散。利叔仍留宿。

初八日,丁巳。晴。利叔早去。濟之送商彝來,欲分予出售,惜器未確,恐難售耳。升老、君翁並伯兄來小飲,並乞餘酒而去。府正案已到,兩歸第一。大兒十六,可爲便宜。二兒仍四十。是日,書院昭邑課,題蒲盧也。

初九日,戊午。朝雨,午後開霽。入城,過獻臣處,酒漸不能飲,其病更深矣。即至禮庭處話別。此回赴豫,賑銀居然得六十八百元,尚爲生色。復至菉卿處,向其商借四百元,慨然一諾,深感其意。偕至西城保之處。予至惠甫處,其方婿新殁,專往唁之。其婿輕年,多才積學,同人皆爲扼腕。復至保之處晤寶卿,由寺前而回。

初十日,己未。晴。辰至陳敬之處吊。午後至三峰洗澡。藥龕背疽已愈,留點。藥龕諦師偕游中峰。新葺屋數楹,頗幽静。壁有前明嚴澂詩碑《贈洞聞和尚》,讀嚴有禧《重修天王殿碑》,知誤於庸師改向,從此敗落。可歎！薄暮歸。

十一日，庚申。晴，熱。十四日爲祖太恭人百齡冥誕。明日起，延僧二十四衆誦普佛，督飭僕衆掃除屋宇，整頓卓欖，懸挂先容。頗爲勞頓。伯兄辰來午去。是日，得子晋覆信。

十二日，辛酉。晴，熱甚。三峰寺僧早來，伯兄並嫂、兩侄來。飯後季親家太太來，晚刻蔭眉夫婦來。蔭眉赴董浜。遣大三送會洋至范西民處。是日，綏厓會，未得。

十三日，壬戌。晴，熱。和尚早來。巳刻，藥龕諦師來拜。兄嫂同二侄來，四侄抱恙，未至。嫂嫂留。

十四日，癸亥。晴，熱。寅正起身。伯兄同兩侄媳早來。親友來拜者四五十人，飯者連女客十席，净素。傍晚散。戌刻送亡。

十五日，甲子。晴。東南風狂甚。二侄來，同至祖祠拈香。飯後至陸蓮庵開沙。即至東門，欲拜還吕庭芒，不可踪迹。明日，同伯兄合請，在東門。遣松侄送會洋四百五十元至錢館。是日，二兒媳生日。

十六日，乙丑。晴，東南風仍大，天無雨意。巳刻，赴東門，庭芒與浦傳香早到，俟濱石、咏春至，未正始至，咏老未來，可謂不近人情。坐有惠甫。傍晚回北。

十七日，丙寅。晴。飯後二侄來，傍晚浦三太太回家。聞楊心如有續紘[①]之説，可謂老而無恥。並知小輩極爲勸助，尤屬荒謬。此孽報也，可歎！天下本無事，庸人自擾之。福薄人不能安享，往往横生妄念，如是如是。

十八日，丁卯。陰晴互見，朝雨。綏厓、喻梅、幼香來手談。

十九日，戊辰。朝陰。大媳婦寧。早至綏厓處手談，薄暮歸。江陰吴寇英來，未晤。聞雲侄處被竊，由屋頂而下，樓中俱儲衣箱，恐此竊不少。當時毫不知覺，次午爲鄰人窺見，始知。昨晚聞信而回，急迫情形可以想見。日内當往看之。

二十日，己巳。雨。辰刻乘轎至各處謝壽，趁便至昆圃丈處摇會，未得。飯罷至范市答看冠英，知伯兄自田莊回，心如處並未被竊。

二十一日，庚午。晴。辰起無端腹瀉。飯後赴獻臣之會，與君梅會，

① “紘”字缺末筆。

仍未得。至咏老處,請其重書散氏盤釋文,晤吴儒卿,即回。

二十二日,辛未。晴。是日,招冠英小飲,咏老、升老暨稚蘭表弟,共五人。傍晚散。是日,庶母至東門。

二十三日,壬申。晴。登官來紮盆樹。二侄來,同大兒至伯祥處吊。發子晋、鐵耕信。小三腹痛幾死,幸剃頭彭和尚能治之,可謂手到病除。

二十四日,癸酉。微雨。忽來海珊凶信,初不之信,飯後知甚確,殊深詫異。傍晚至菉卿處,知初十由天津到京已得病,十四日故。昨晚得信。人事興衰如此,良可致慨!是日,寄《震川集》於利叔。

二十五日,甲戌。陰凉,雨。接子晋信。

廿六日,乙亥。晴。綏厓、喻梅、幼香來手談。

廿七日,丙子。晴。辰刻至翁處。是日,海珊設位祭奠,即回。綏厓、喻梅、幼香仍來手談。

廿八日,丁丑。晴。先王父生忌,上供,再甫叔祖來。飯後至石梅望山軒,赴升老之會,摇得甚喜。軒前荷花盛開,惜池涸,真成陸地蓮也。至伯偉丈處,伯兄在手談。至映雪,雲生新歸,咏老亦在,升老移會肴小飲。同咏老先歸。是日,季大來修樹。

廿九日,戊寅。晴,午陰,微雨,甚寒。季大父子仍來修樹。小三復腹痛,邀君侄來診視。是日甚倦。催頭王關福子無端自縊,此中自有業報也。

六月朔日,己卯。陰晴互見。伯兄同兩侄早來祖祠叩謁。午前雨。

初二日,庚辰。朝陰,微雨,午後晴,熱甚。地潮而不起陣,山田待雨急矣。得子晋信。

初三日,辛巳。晴,酷熱。晚刻君梅招陪冠英。

初四日,壬午。晴,朝熱甚。飯後起陣,惜雨不大。是日,綏厓、喻梅、幼香來手談。予無端腹瀉。

初五日,癸未。陰,時有微雨。腹瀉未止,頗形委頓。遣大三至小市,往迎大媳。

初六日,甲申。大雨,午後止。綏厓、喻梅、幼香來手談。傍晚大媳歸。

初七日,乙酉。晴,甚熱。飯後,肩輿入城,看獻臣病。至西民先生處,談經板事。復往看菉卿昆仲,晤伯兄,長談,傍晚歸。天起陣,微雨即散。夜半又起陣，雨甚大。

初八日，丙戌。晴。辰刻，伯兄信來，知桂笙昨晚戌刻又産一女，得雄之難也如此。飯後舟至東門，綬厓輩咸在手談，傍晚歸。是日申刻交小暑。

初九日，丁亥。晴，熱甚。王濟之過談。

初十日，戊子。晴，熱甚。早坐山輿至綬厓處手談，薄暮歸。是日伯兄來，未晤。上石灰十五担。寄還章萬隆檯洋廿三元。

十一日，己丑。陰。午前，同居漆匠至陸蓮庵佑工，晏加和來化灰。雲衢叔長媳又殁，來报。戌刻起陣。

十二日，庚寅。陰，昨夜大雨。澗水暴流，山田沾足，從此可安枕矣。辰赴綬厓處手談。昨學福堂送來《道因碑》拓本，極舊，字字精湛，不禁神往，惜缺末頁，猶爲恨事。

十三日，辛卯。雨。先生來，遣大三送經帳經至三峰下院。諦師由三峰來。

十四日，壬辰。晴。辰至綬厓處手談。

十五日，癸巳。陰晴互見。伯兄同二侄早來祖祠拈香。

十六日，甲午。雨。綬厓、幼香來手談。接蘇城公信，爲豫省設法擬辦田捐，每畝十文。雖覺易事，實難辦理。

十七日，乙未。雨。幼香携來吴漁山、王仲山畫，立軸。漁山小斗方兩塊合裝，一仿米，極有神韻；一仿大癡，亦出色。仲山畫一樹疏柳，樹根倚一老漁。極妙，惜殘脱矣。

十八日，丙申。早晨大雨，至夜始止。

十九日，丁酉。雨晴互見。辰，船至東門。飯於喻梅處。入城至升老處談杭州大水，晚刻回北。

二十日，戊戌。晴。飯後入城，途中積水甚多。至畫局觀儀徵張厚安畫人物，筆頗迅疾，惜不免江湖氣習。晤咏老，出至菉卿處長談，時忽陣雨，歸。仍過畫局。是日，買建蘭兩盆。

二十一日，己亥。晴。早晨同二兒至東門拜錢二表嬸壽，即赴喻梅處手談。是日，陸蓮庵漆作動工。接子晋信。

二十二日，庚子。晴。辰至陸蓮庵。兩媳赴東門。飯後發子晋信。惠甫遣借石鼓散盤。

二十三日,辛丑。晴。巳刻坐竹輿至三峰,與藥公談經板事。駭聞妙公有西歸之説,未知確否。果爾藏經無告成之功矣。觀張道信《墨竹册》,極佳,爲屈竹田舊物,元安題籤。道信名顛,不知何許人。《畫徵録》應有之。飯後下山。

二十四日,壬寅。晴,極熱。接子晋信,寄到非昔軒扁。

二十五日,癸卯。晴,熱甚。是日章叔七十誕辰。早起,率兩兒拜壽,兄嫂亦至壽筵。男兩席,外客龐絅堂昆仲;女一席。未刻散。

二十六日,甲辰。晴,熱甚。綏匡、喻梅、幼香來手談。晚刻起陣,日中雨。片刻聞東門有寸許,所謂夏雨隔邱田也。

二十七日,乙巳。晴,更热。飯後冒暑入城,爲經板事。先至保之處長談,至西方殿,范西翁、陶曼雲先在。歸途至三峰下院,晤藥龕時,天復起陣,即回。

二十八日,丙午。晴。

二十九日,丁未。晴。辰乘竹輿至喻梅處手談,薄暮歸。

三十日,戊申。晴。辰坐竹輿至綏匡處手談。大兒八股頗有進境,可喜。

完未了願,成再造功。蓮社重開,北郭投身勤供養。

惘有情痴,求無生法。花胎好托,西方稽首祝團圞。

(鈐"次侯""趙""鈞千""趙章""不騫""寒雲真賞"朱印。)

第三册

書衣朱筆題“太常公日記”,“丁丑年”。

内墨筆題“次侯公光緒三年日记”。

(此本每半葉七行,字數不等,緑色界欄,四周單邊。版心題“松茂堂”)

(鈐“次侯”“鈞千”朱印。)

八月十五日,丁酉。陰晴互半。辰刻,祖祠拈香。即至節孝祠陪祀,仲丁已祭過,叩拜而出。往看范西民先生,談良久歸。飯後同二侄至陸蓮庵開沙,即回。獻臣、幼香、西源來,同兩兒橋上飲,獻臣留宿。

十六日,戊戌。晴。辰刻至張處拜母姨壽,便至君梅處晤伯兄,略談片刻即回。再甫叔祖在坐,留飯。游人頗衆,酬應甚煩。晚刻,二媳歸母家。夜,先像前上供。是夜,獻臣去。(鈐“次侯”朱印。)

十七日,己亥。晴。辰時秋分。是日,招范西翁、咏老、升老、保之、叔文飲,晚刻散。酉刻至東門,在伯兄處夜飯。是夜,附綬庢舟赴郡,幼香同行。(鈐“次侯”朱印。)

十八日,庚子。晴。卯刻到閶門,泊中市河,辰刻上岸。五峰園啜茗。同幼香至護龍街看子晋喬梓。終日狂奔,力乏甚。夜,復至泰來飲,羅雲石東。(鈐“次侯”朱印。)

十九日,辛丑。晴。辰刻偕至飛丹閣茶點,入城至人和綢莊,飯後至振源綢莊,即往觀前買貨。日暮回船。(鈐“次侯”朱印。)

二十日,壬寅。晴。辰刻可泉來,偕至飛丹閣啜茗,回船。飯後至府城隍廟前買沙壺一把,至元妙觀修脚,晤盛澤沈南一次子。不見二十餘年,對面幾不識,茗談良久。至雲輝閣,獲見古磁佛一尊。狀貌奇古,擬請回家供養。幼香來,同回船。綬庢復邀至泰來,陪羅雲岩飲。(鈐“次侯”朱印。)

二十一日,癸卯。晴。辰刻同幼香至觀前,於申衙前得舊沙盆三隻,迎元磁佛而歸。飯後偕至留園,氣象一新,水石之趣,未免減色。往還,頗覺勞頓,歸船。雲岩來,帳貨交清,留夜飯。戌正開船。(鈐“次侯”朱印。)

二十二日,甲辰。晴。卯刻抵里,至小東門另雇小舟至北門。庶母已回。祥元扛湖石來,計共二十塊。終日倦甚。(鈐“次侯”朱印。)

二十三日,乙巳。晴。飯後,君梅、升蘭、幼香、綏厓並伯兄來,留小飲。晚間士沂來,同去。邵汴生丈聞放湖北。撫翁、鼎臣蔭恤舉人。(鈐“次侯”朱印。)

二十四日,丙午。晴。張心泉表弟來謝壽,即去。飯後入城,至李蘊之處,爲族人薦館。復過升蘭處,出東門至伯兄處,留點,知在喻梅處手談,往晤。伯偉、書成、劭欽、綏厓咸在。薄暮雇船歸,適可泉郡中歸,同回。接龔孝拱信。

二十五日,丁未。晴。飯後,王小霞過談。晚刻,遣大三送磁佛至航寄還,同先生至孫祠堂啜茗。是日,牡丹、芍藥澆豬糞。

二十六日,戊申。晴。辰刻赴天官坊秋祭,與祭者僅二十人。飯後順訪綏卿兄弟,未晤。至浦處交清買物帳,又至綏厓處談片刻。即出城,船人顧姓者來説定租船。劭欽、理卿來,即去。先生歸。

二十七日,己酉。晴。綏厓、喻梅、幼香來手談。晚刻,咏老、惠甫來。

二十八日,庚戌。陰。綏厓等仍來手談。晨,伯兄來,即去。是夜赴郡,爲開福山塘事。綏厓等留夜飯,幼香留宿。

二十九日,辛亥。晴。飯後同幼香並兩兒入城。過三路俱茶室,觀舊磁甕。新從山中掘得者,其形矮圓,小口,兩旁有耳,有盖,油色淡黄。云自炮礅掘出,其实非炮礅,藏軍洞也,大約元張時藏火藥者。至映雪小坐,往看琴生,長談。偕至慧日寺看挑泥,借福山營兵百五十人。自明至今,其高如山,非有愚公之堅力,恐難竟事也。同大兒先歸,遣二兒赴曾會,未得。

三十日,壬子。晴。綏厓處手談,傍晚歸。

九月朔日,癸丑。晴。兩侄來,同至祖祠叩拜,陸蓮庵拈香。飯後開沙。晚刻,萼生過談。遣大三送前、後《漢書》至綏厓處。

初二日,甲寅。晴。晚刻翻種春蘭四盆。

初三日,乙卯。晴。辰坐竹輿至東門,看伯兄未值,飯後歸。可泉自郡回。是日，修鎗船告竟。

初四日，丙辰。晴，大風。飯後至章家角，爲錢館事，便道访咏老。寒甚，出城。是晚，鳳老招飲于四叙館，日暮歸。

初五日，丁巳。晴，大風，寒甚。坐轎至季處道喜，又往拜曾伯偉壽。飯後至三峰下院，藥龕已回山。順訪殷伯唐，晤談良久歸。是夜，頭鳴益盛。

初六日，戊午。晴，寒。坐轎至藴之處拜陰壽。即至東門。是日大侄孫女晬日，兩媳俱往，晚刻回北。總宜山房内室裱糊。

初七日，己未。晴。午刻祀先。是日，先妣錢太恭人生忌。飯後遣大三送曾處會錢。内室裱糊竟。

初八日，庚申。晴。綏厓、喻梅、幼香來手談。申刻至石梅，應范西翁之招，戌刻回。

初九日，辛酉。陰，升蘭喬梓來，飯後同至三峰，欲游中峰，半途爲雨阻而回。藥公留小飲，冒雨歸。是日，幼香招兩兒至桃原澗登高喫蟹，可爲雅興，亦被雨。

初十日，壬戌。晴。陶先生來，晚刻同性禾侄至菜園村看菊，尚無消息。

十一日，癸亥。晴。飯後入城，至石梅、翁祠、映雪、讀書臺看菊，以讀書臺爲最。由邑廟前小坐，學福堂至慧日寺看宋碑，挑泥新出者係嘉泰元年度僧而立，無足重也。至綏厓處，出東門晤伯兄，叔文、君表、鏡仁俱在手談，雇船而歸。總宜山房托天花成。

十二日，甲子。朝微雨，即開霽。伯兄同受甫、幼耕來，留飯。登官來翻洋松盆。

十三日，乙丑。晴。祥元來搬天竹。挈舟至西門外，赴蔡禮庭之招。禮庭新得馬公書院基地，略架數楹，對山臨池。庭前有太湖石，俱極大，惜皆頹倒。是集十餘人，極歡而罷。入城過保之處小坐，即歸。

十四日，丙寅。晴。早至映雪，雲生昆仲咸在。晤惠甫，同雲生至錢館，應雷振初之招，晚刻散。同伯偉丈至龐處探喪，日暮而返。是日，玉圃子期歲，遣大兒去。少甫夫人冥誕，二兒去。

十五日，丁卯。晴。祖祠拈香，嫂嫂來。飯後入城，至西方殿，爲刻經事，傍晚歸。

十六日,戊辰。晴。季大父子來疊石。

十七日,己巳。陰。大媳婦寧,大兒同去。季大父子仍來疊石。

十八日,庚午。晴,大風。入城,歸、徐兩處道喜,飯于歸處。就近訪咏老,晤談片刻回。新軒前疊石成,盆菊已放。

十九日,辛未。晴。午刻上供,先繼妣吴太恭人生忌。

二十日,壬申。晴。庶母同二媳等茅家橋觀劇。

二十一日,癸酉。晴。早至東門,爲章家角押錢事。飯後,往看升老,晤玉舟,又至君梅處、綏厓處,同綏厓西城閒步。至映雪,伯兄亦至,偕往三興小飲,伯兄東。大兒同伯華、程丙卿來城,留宿。

二十二日,甲戌。晴。鄧韻香早來,留飯。伯兄來,伯華、丙卿、韻香入城。

二十三日,乙亥。晴。綏厓、幼香、麟書來手談。是日,招琴生、幼谷賞菊,琴生未至,惠甫來,即去。

二十四日,丙子。晴。翁處柩回。乘轎入城,飯于叔文處。入城儀從甚盛,申初入宅,觀者如垛,薄暮歸。

二十五日,丁丑。晴,朝微雨。飯後入城至綏厓處,偕至南門看瘟將軍會。

二十六日,戊寅。陰,微雨。叔平丈來,長談。伯兄並雲生昆季來,同飯。午後,叔平丈偕至興福相墓,小憩寺中。歸途遇雨,叔平丈留點而去。夜雨。

二十七日,己卯。雨。遣大兒至喻梅處道文定喜。丈室裝窗竟。

二十八日,庚辰。雨。

二十九日,辛巳。雨。早乘輿入城,至君梅處,招雨生説話,君梅留飯。飯罷即至叔平丈處,未晤,待於叔文齋中。晚刻復至叔平丈處長談,出石谷《長江萬里圖》長卷並十洲《獨樂園》圖卷,俱稱傑作,得未曾見,眼福也。並晤萇卿丈,爲書蝯龕小扁,並繫一詩,甚爲悽惋。正在遠别,益覺黯然。薄暮歸。夜大風。聞河南因荒作亂,已失七縣,恐又從此多事矣。

十月初一日,壬午。雨。伯兄來祖祠拈香。同兩兒船至通江橋,拜君梅壽,即回。午刻上供。槐橋族侄幼雲來,寓此,試診。

初二日,癸未。雨。朝遣大三雇舟至小市,迎大媳回。是日義莊祭墳，因雨設祭莊中，已兩次遇雨矣。叔平丈於昨夜開行，不及走送，未免黯然。夜與族衆喫祭餘。米價聞又貴，糙米高者兩元九角。

初三日，甲申。晴。同兩兒至九頭邱金獅角上墳，申刻回。大媳小市，未回。君梅、再甫族祖來，未晤。是日申初立冬。

初四日，乙酉。雨。是日，開限搬倉廳。興福族中賣去隙地一塊，李百大等來立契。祥元送施黄菊來。黄昏大媳歸。

初五日，丙戌。陰，飯後微雨。是日，四房輪祭，冒雨至頂山祖塋。途中大雨，草草祭畢而歸。伯兄赴田莊未歸，兩侄俱抱恙未至。夜喫祭餘。是日，屈香坡病殁，先君同案至此盡矣。夜，仍雨不止。

初六日，丁亥。晴。飯後，船至東門。伯兄已出門，未晤。鶴峰來談良久。入城看升蘭，長談，薄暮歸。過陸蓮庵，訪諦上人，未晤。

初七日，戊子。晴。伯兄同二侄早來，上高祖以下先塋，伯兄飯後去。大兒往赴冠三之招。

初八日，己丑。晴。季大父子來綑天竹。雨生來，留飯。晚刻同雨生入城看琴生，未晤。至獻臣處，薄暮歸。夜雨。是日，租事動頭。

初九日，庚寅。晴。早至陸蓮庵。是日起，禮《大悲懺》，爲先府君八十冥誕。飯後移房於總宜山房，所住之房讓二兒住。

初十日，辛卯。晴。早至陸蓮庵禮佛。飯後，伯兄到庵，邀去。薄暮禮懺竟。篴秋來，即去，宿東門。是日，可泉由郡回，携來畫四軸。新羅山水一軸，最爲出色。杜東原山水次之，徵明《虎山橋圖》頗爲淡遠，惜少殘。

十一日，壬辰。雨。黎明至東門。是日先府君誕日，客來拜者甚衆。夜飯後同伯華歸，月色已盈庭矣。

十二日，癸巳。晴。是日招琴生、幼谷畫墨梅障子，即邀篴秋、雨生、咏老，兼賞殘菊，清談竟日，極歡。薄暮宗湘文來，即去。

十三日，甲午。雨。伯兄同篴秋、受甫早至藤溪看地，予未去。午刻大雨，坐轎至映雪，赴雨生招，陪宗湘文。飲罷雨不已，冒雨歸，伯華仍留宿。陶先生到館，仍去。

十四日，乙未。陰。伯華回小市。午刻坐轎至映雪，應幼谷之招。薄暮至東門，伯兄招陪篴秋。聞篴秋於西山三橋看得一地，極佳，甚喜。更許回。

十五日,丙申。晴,甚寒。祖祠拈香。午後君堅來,留點。

十六日,丁酉。晴。飯後步出西門,雇舟至三橋看篴老所贊美之地。豈料殊出意外,竟是絶地。篴老素稱法眼,一至於是,甚爲不解。敗興而回。

十七日,戊戌。陰。飯後舟至東門,晤心如喬梓,即至范市錢、王兩處謝壽。復至東門,談片刻回。時又雨。

十八日,己亥。雨。雲侄女同二侄媳來。飯後,乘轎往送常邑侯徐介亭,未值,即回。薄暮雲侄女等去。入夜仍雨,悶悶。

十九日,庚子。陰,微雨,甚寒。坊内花房搭竟。入夜開霽,月色甚佳。

二十日,辛丑。陰晴互見。飯後入城,至吴清如處,欲觀《惲王册》,未晤。至綏厓處看嫁妝,渠後日嫁女也,坐良久。至寺前張大官新開古董店,買大理石香几一隻。冒雨出城。寄伯華會洋十四元。

二十一日,壬寅。晴。入城各處道嫁娶喜,飯於綏厓處。傍晚,往沈家再本家吊,即回。

二十二日,癸卯。陰晴互見。

二十三日,甲辰。陰。龐處陪吊。飯後往拜陳六舟長郎。遜卿未晤,至映雪餐菊,甚快。便過鮑叔衡處,獲觀瞿氏所存吴王畫軸,極佳。顧養之病故,來報。

二十四日,乙巳。晴。寶卿來,爲修龍殿事,即去。伯兄並雨生來,留飯。午後陳遜卿來。遣大兒至李升翁處吊其外孫陶,並答拜遜卿。黄昏南處火,甚久。後入城,知在寺前。自牌樓頭榮華洋貨店洋油起火,延燒二十餘家。

二十五日,丙午。微雨。

二十六日,丁未。終日雨,悶甚。翁處請陪賓,未赴。

二十七日,戊申。陰,午後開霽。是日招陳子懷飲,主賓八人,傍晚散。祥弟來,斛去毛糙米一百石,價二元七角。

二十八日,己酉。晴。早至翁處吊,飯後回。是日,二兒移房於予卧室。薄暮同松侄入城,赴伯兄之會。便道往看前夜遭火之地,並看獻臣,知其妹四寶病仍未愈,足麻、心沸,多食無力,恐有不測,可慮也。至錢館,擁擠不堪,人聲如沸,不可少坐,會爲王鏡平摇得。匆匆食畢而回。

二十九日，庚戌。晴。祥元來種菊。飯後，小市專足來信。心梅病篤，大兒夫婦連夜下鄉。晚間文卿來，同入城。是日，予在錢館卸會。静涵來，雨梅摇得。

三十日，辛亥。晴，甚寒。連日飲食奔逐，力乏不堪。雨生、静涵來，即去。予船至北水門，登岸至升老處合飲。静涵勉强終席，同出東門，雇舟回北，静涵亦解維。篴秋寄贈自寫《江山無盡》小卷，甚佳。

十一月初一日，壬子。晴。伯兄同兩侄並蔭眉來祖祠拈香，嫂嫂、雲侄女來，再甫族祖、雲衢叔來，留飯。子晋寄示曶鼎、攸从鼎拓本，曶鼎拓本極佳，有翁潭溪題字，價極昂，擬以《集古印存》易之。夜雨。

初二日，癸丑。陰。早至綏厓處手談，夜飯後歸。北風甚寒。是日柏祥弟斛去毛糙五十石，價二元六角八分。

初三日，甲寅。晴。諦師來。晚刻，大船告成摇來，顧姓租去，修費甚鉅。此船庚申時患難交也，故不惜重費爲之，租金每月二千文。

初四日，乙卯。陰。巳刻至興福街心田叔祖遺屋，近事修葺，往視焉。飯後入城，看翁海珊。吉卿、菉卿咸晤焉，長談。歸途至咏老處，携曶鼎拓本就正，即歸。

初五日，丙辰。晴。伯兄早來。小市王心梅親家病歿，大兒下鄉探喪。

初六日，丁巳。晴。翁士吉來謝喜。飯後同李百大入山，往看升蘭新買地兩處，俱不佳。便探舜過井，風景絶佳。沿溪有大桂兩株，高約十丈，花時必可觀也。

初七日，戊午。陰。飯後至九頭邱看墳前低田，將買之。並請庵中銅觀音裝金。黄昏，大兒夫婦回來。夜雨，甚暖。題雨生《韜光圖册》。

初八日，己未。雨，狂風。頭鳴、目痛，終日不適。

初九日，庚申。陰，甚寒。是日先室浦恭人生忌，上供。

初十日，辛酉。陰。九頭邱低蕩立契，價十八元，另中金兩元。

十一日，壬戌。雨。伯兄同二侄來，即去。薛耀庭昨夜病歿，甚爲可惜。

十二日，癸亥。陰，微雨。飯後二兒至東門，就秋三叔看臂上癤。受甫來，留點。得伯兄信，知龐尚書有諭祭之詔，哀榮極矣，吾邑希遇之事也。

十三日,甲子。雨,東北風甚大。租事何時可了,深爲悶悶。徐梅軒來看二兒臂上痰核。薛登官來,頗爲開諭一番。淑姬腹瀉,幾誤以寒,後投以泄熱搜風之品,頗安。

十四日,乙丑。陰,寒甚,曉時雨雪。飯後挐舟至東,適寶卿來,同舟晤伯兄。入城至升蘭處長談,晤錢芝門子,已十四齡矣。就醫來此,薄暮歸。

望日,丙寅。陰,甚寒。伯兄同兩侄來祖祠拈香,伯兄先回。張子玉同錢姓者携賈秋壑《臨閣帖册》來,尾有張叔未跋,孫淵如題籤。《石谷册》八頁,再有空青一枚,形如鷄卵而小,色青帶黑,摇之有聲。從未寓目,真假莫辨。子玉有小端研一方,頗佳,留之。是夜陸蓮庵施食,年例也,藥龕主壇。天復微雨,大有雪意。

十六日,丁卯。終日雨,寒甚。今歲租事不知何日得了,冬至節邊僅得三成。從未有此,奈何?

十七日,戊辰。陰晴互半。秦澹翁寄贈處州竹對一付,製造精妙。雨生赴郡乏人,來借小三去。張子玉同姓錢者又送蘇、黄、米、蔡字卷並顔魯公墨迹,俱係贋。丁夜過冬至,祀先,團圞家讌頗樂。夜撰薛耀庭挽聯,極得意。

十八日,己巳。黎明下雪珠,即開霽,寒甚。是日冬至,伯兄同兩侄來祖祠拈香。胡岫雲來,即去。入暮更寒。

十九日,庚午。晴。招升蘭、濠叟小飲,以落新軒。清談竟日,甚暢。

二十日,辛未。五更大雪。辰起,積雪滿庭,頗可觀也。入暮寒甚。頭鳴不已,較前爲甚。其源總由病酒,決計止酒。

二十一日,壬申。晴。早起,赴龐絅堂處。是日,諭祭寶生尚書,常邑侯作天使,李玉舟、陸叔文、魏寶卿、葉茂如、曾君表、君静六騎至邑廟,迎天使到家。孝子俯伏門外,天使詣神位前宣讀諭祭文,獻三爵,納諸酒池而退。亦吾邑盛典也! 飯罷至綬庢處,即歸。小三由蘇回,知子晋于廿四日擬來常。二媳回母家。夜復有雪意。

二十二日,癸酉。陰。寶卿、幼香、伯兄來手談。雨生坐談竟日。

二十三日,甲戌。陰。李百大祀神,邀飲。飯後絅堂來謝,未晤。夜遣大兒赴升老會,未得。昨枕上成《非昔軒詩》一首。

二十四日,乙亥。陰。松侄黎明又舉一子。小市紮籬匠兩人來。可泉赴蘇去。夜心同會，遣四侄去，摇未得。

二十五日，丙子。陰，微雨。四舅母六十生辰，至范家市拜祝。飯後至東門晤理卿，即回。

二十六日，丁丑。陰，熱甚，地潮。聞雷冬行春令，何日得晴。租事竟杳然，奈何！辰至王雪庵處吊其葬母夫人也。飯後至綏庄處，即回。

二十七日，戊寅。雨竟日。

二十八日，己卯。伯兄來，留飯。大雪。

二十九日，庚辰。大雪，至晚方止，約尺餘，十年來罕見之雪矣。租事從此更擱，奈何！雇養之開吊，未去。

十二月初一日，辛巳。陰，寒。伯兄同兩侄來祖祠拈香，聞篴秋孫暴卒。篴秋酷信風水，屢遷祖、父墓，福不見而禍先見，哀哉！並聞喘症，静涵用夷藥極熱之品，安得不死，尤屬荒謬。

初二日，壬午。晴，寒。

初三日，癸未。午前晴，午後陰。升蘭、雨生昆仲、惠甫來，同飯，長談。天復有雪意，奈何。

初四日，甲申。大雪，寒。甚悶，坐成詩一首。

初五日，乙酉。晴，寒甚，滴水成凍。玉舟來，留飯。是日，禄申葬。候予分金，地在興福沙脊，立亥山巳向，兼壬丙二分。立向甚佳，彭公作法也。雪積泥濘，甚屬費力。回即赴東門，陪翁氏三昆仲，更許回。

初六日，丙戌。晴，寒甚，河凍極厚。大兒夫婦不能赴鄉。午後二媳歸，道東銀匠店火。入夜更寒。

初七日，丁亥。晴。飯後大兒夫婦下船，打水而出，僅至東門，不能進，宿伯兄處。晚刻至薛處吊耀庭。

初八日，戊子。晴，寒稍退，河凍仍不開。小市祭禮，先遣李三、姚金挑去，大兒夫婦仍不能開行。

初九日，己丑。晴，寒，河凍仍不開。午後大兒夫婦回北。惠甫書來，云與霍峰鬥尖義韻甚酣，因亦戲成兩首，以示惠甫。

初十日，庚寅。晴，寒。午後寳卿來。

十一日，辛卯。晴，寒。伯兄來，即去。

十二日，壬辰。晴。咏老尖義韻兩疊詩來。

十三日，癸巳。雪，巳刻開霽。咏老又疊尖義韻詩來，戲信再疊賦酬。

十四日,甲午。晴。諦師來,談片刻去。惠甫又倒疊尖義韻詩來。大兒夫婦赴東鄉。

十五日,乙未。晴。伯兄早來祖祠拈香。飯後入城,泥濘難走。至君梅處,雨生昆仲、君表咸在手談。復過咏老處,又觀其三疊尖義韻。至西城看盆梅。薄暮歸,向咏老借得百元。是日,糶净糙百石,價兩元八角八分。

十六日,丙申。陰,寒,積雪不消。祥弟又斛去净糙百石,價兩元八角。晚間伯兄招吃魚頭,計十二人。升老、濠叟等醵飲已三次矣,予則白吃也。大兒夫婦自小市回。

十七日,丁酉。晴。伯兄生日,兩兒夫婦船至東門,予轎去。人頗衆,四席。飯後至翁處晤菉卿、海珊,長談。羅雲岩宿於翁處,俟其回,綢帳算結。復訪惠甫,談片刻回。

十八日,戊戌。晴。君梅、雨生來,留飯。候彭萊峰,不至。

十九日,己亥。晴。雲侄女同歸大表妹來。飯後寶卿來,同入城,至小石山房看《渤海藏真帖》拓本,頗佳,予欲買。其《隆闡禪師碑》許以四元半,尚未定。街頭泥濘,疲足而歸。

二十日,庚子。陰。是日,先生放學。玉舟、伯兄並同學者主客八人三興一品鍋,申刻散。

廿一日,辛丑。晴,南風甚大,積雪大消。飯後至九邱墓,向前新買河灣種界石,並填泥。

廿二日,壬寅。晴,下午陰。飯後吉卿來謝孝,長談。胡可泉自蘇回。

廿三日,癸卯。晴。是日,招翁氏三昆季小飲。升老、君表、琴生、寶卿陪,甚暢。季大等來搬房前桂樹。是日,上西倉。

廿四日,甲辰。晴。季大三人來疊花臺。是日,上昭倉。

廿五日,乙巳。晴。再甫叔祖、伯兄來,伯兄飯去。晏加和築墻脚,竟聞劉小寰病歿。

廿六日,丙午。晴,下午陰,東南風甚大。飯後入城,至寶卿處,代借三十元,交之至學福堂,書帳算結。復至小石山房,携《十三行》歸。夜,大媳具肴,作消寒之會,團坐非昔軒,甚樂也。夜雨。

廿七日,丁未。雨。

廿八日,戊申。陰,甚寒。夜祀神過年,同兒侄飲,微醺。

廿九日,己酉。晴。庶母同兩兒至東門喫年夜飯。

除夕,庚戌。陰。飯後入城,至映雪居晤雲生昆仲,坐客甚多。伯兄來,即同雨生看琴生,將有皖行。由西城歸,路滑,極費力歸。懸先容於堂室。

(鈐"鈞千""趙不騫印""不騫""漢齋所得金石""寒雲真賞""寒云秘篋"朱印。)

次侯公光緒三年日記。

(鈐"趙不騫印""古香"朱印。)

(鈐"趙章"朱印。)

第四册

書衣墨筆題“非昔居士日記，戊午小春月曾孫不騫謹藏”，鈐“趙不騫印”朱印。

（内鈐“趙不騫印”“鈞千”朱印。）

光緒二十一年乙未正月起，五月止。

（鈐“趙不騫印”朱印。）

鈐“趙不騫印”“趙”“寒雲”朱印。

紙同第三册：緑欄，版心題“松茂室”。

（鈐“趙章”“鈞千”“不騫”朱印。）

先兄挽聯：

小住蝯龕方自幸，連榻三宵，語共鐙前嗟昨似；

陡驚噩耗最堪傷，入門一慟，拜呼床下恨遲來。（雖無深意，尚覺本色[①]。）

萬語千言無從著筆，兼之久病，心源枯竭，轉念茫然。就眼前之事綴成一聯，豪無是處，取其真實而已。

周少屏住上海大南門内太卿坊，與翰卿有親。

陳蓮舫住朱家角。船小者可，近二十里，不必由青浦也。

來滬寓棋盤街新太和館西首老大亨棧，現其高徒徐壽伯設診於此。

兩次訪候，無緣一見。

（鈐“趙□”“寒雲真賞”朱印。）

光緒廿一年(1895)

乙未元旦，癸酉。陰。伯兄並兩侄來，同至祖祠拜謁。

---

① 原注。

（鈐“鈞千”朱印。）

初二日，甲戌。晴。晨至伯兄處。飯後入城，至天官坊家祠。歸過石梅啜茗，晤涑文，拉至其家，飲宿釀三杯。雲生、希詵來，同飲。季、宗二人來卸花臺。

初三日，乙亥。陰。是日，嫂葬祖莫，晨往晚歸。夜接財神。是夜四鼓，合眷赴東門。

初四日，丙子。晴，北風甚寒。巳刻靈柩到墳，厝於陸太恭人穆穴。午刻隨至東門，禮畢而返。遣松侄至龍灣搬葬。戊孫女爲地師所誤也。

初五日，丁丑。晴。體疲甚。楊、周兩侄女來，留飯。兩侄夫婦覆墓來謝。水作兩工，至龍灣砌戊孫女墳。夜邀晋三、性禾父子來喫路頭酒。水作兩工。

初六日，戊寅。陰晴互見。昨夜腰痛異常。胡處吊，遣大兒去。傍晚，二兒赴郡應歲試。

初七日，己卯。晴。晨起極不適，勉往吊歸公臨。飯後至伯兄處叩謁真容。出至石梅啜茗，晤雲生昆季，即歸。聞北信甚惡，恐致靖康之禍，奈何！

初八日，庚辰。晴。夜間腰痛異常。均培叔侄早至。是日，劭欽送浦大寶柩來北葬。勉强治事，兼受冷風，終日委頓。君堅來，同飯。夜雨。是日，總宜山房後墻開門，水作三工。

初九日，辛巳。雨，甚寒。終日委頓。

初十日，壬午。雨。辰正立春。體中較王。應君表引年之會，在坐十七人，計年一千一百廿九歲。飲頗暢，酉初散。

十一日，癸未。陰。終日委頓。寄二兒郡中信。晚間聞伯兄又抱恙。

十二日，甲申。陰，甚寒。遣問伯兄，知恙已平。得二兒信，開考尚在十三。作稚蘭信，爲浦四寶清節堂館事。汪家行來看栖穀。體仍委頓。

十三日，乙酉。陰，寒。是日，先嫂百日，礼《大悲懺十二衆》，三峰懺資十元。合眷至東門。先遣大兒至天官坊祭祀，予亦至東礼佛。飯後入城，候劭欽，談良久。過嗣初處，未晤。獨至石梅啜茗，熟人甚多。閱報，悉威海喫緊。伯賢贈墨四定。

十四日,丙戌。陰。勉應雲生昆季,玉舟、伯深、酉生引年公局,伯兄因病未到。酒次,喚照相人拍一總圖。旁晚至東門看伯兄,神情有異,語言亦恍忽,頗深慮之。

十五日,丁亥。陰。是日開莊祭祖,與祭者六十餘人,予主祭。伯兄病甚劇。飯後即至東門。伯兄精神日坍,言語更艱澀,益憂之。

十六日,戊子。陰。爲伯兄解壽板,即至東門,周、蔣兩醫咸在。伯兄病日危篤,有不可終日之勢。兩醫束手,惟喚奈何。發二兒信,速其歸。是日,體中極不適。垂暮回北,落真祀先。聞伯兄較好。

十七日,己丑。是日晴。四鼓忽聞有叩門聲,知是有緊信。急披衣而起,乘轎赶赴東門,而伯兄已瞑目矣。嗚呼,痛哉!忍哀勉辦後事,邀魏竇兄來商酌。至暮不能支持,仍回北。

十八日,庚寅。晴,暖,霜厚於雪。黎明至東門,二兒已回,親友陸續踵至。伯兄巳時小殮,未時大殮。從此永訣,無再見時也,曷勝痛心!體乏,兼多怫心之事。晚間回北。夜雨。

十九日,辛卯。雨。王似齋母葬,遣二兒往吊。終日惓怠。下午暖甚。

二十日,壬辰。陰雨。遣大兒赴祭山塘涇岸新莊。飯後至東門,玉舟適來,聚譚良久。五侄女顔色慚淡,深爲隱憂。與兩侄商喪事,歸已薄暮矣。

廿一日,癸巳。陰。體復委頓。内憂外患,無可自解。汪米行來斛净糙一百六十八石,賈兩元四角。家君閎來候,長談。

廿二日,甲午。晴。體仍不適。祥元來覆興福先塋旁隙地,賈三十元,付祥元五元興福款。嗣初來,留飯。遣二兒往東門。威海於初八失守。

廿三日,乙未。晴。晨至東門,伯兄首七叩奠。飯後至玉舟處,託致蔣子範作祭文。後晤於茶室,亦已應允。復至虚雨郭晤君表,乞其作挽聯。歸過寺前,同書友並嗣初石梅茗談,良久返。夜,雷雨,雹。

廿四日,丙申。陰,寒,午後大雪。終日委頓。作先兄挽聯,心亂如麻,竟不能著筆。勉將近事敷衍,甚不愜意。夜,令元孫抄寫先兄節略一通。汪米行來斛净糙一百廿石。

廿五日,丁酉。晴。昨夜極不適,委頓逾常,飯後較適。遣小三送節略至子範處。二兒同元孫至東門，二七起道場。明日開學，遣約達夫、幼耕、永韶陪先生。汪米行來斛净糙一百石。

廿六日，戊戌。陰晴互見。先生早來開學。達甫、幼耕、永韶來陪飲，申初散。予至東門，是日鍊度。晚間寒甚，爲冷風所吹，體益不適，即回。兩兒留。季、宗三人來砌船廳後地。

廿七日，己亥。晴，寒。敬安早來，長談。體仍不適。季、宗三人來。飯後，汪米行送米洋來。季、宗三工。

廿八日，庚子。晴。姚芝生送吴瘦青先生刻《詩捐簿》來，每部三百文，予捐助三十部。胡季敏表弟來，自皖省回，譚片刻去。晚間同松侄至陸蓮庵習沙，聞天津戒嚴。

廿九日，辛丑。晴，大風。體復乏。雲生五十九歲，遣二兒往祝。得翰卿信。夷場市面各貨不通。汪米行來斛净糙一百石。晚間復同松侄習沙，頗力乏。

三十日，壬寅。晴。體信不快。伯兄二七，遣兒媳往叩，予因病未去。燈下臨臭子偲字册數十行，頗覺有力，甚爲快意。

二月初一日，癸卯。晴。昨夜極不適。晨遣梦素至千聖小王廟求問病體得愈否，籤語甚佳，未能詳決，只好聽之。蔣子範祭文已來，尚屬得體可用。晚間力疾，仍至陸蓮庵習沙，頗乏。

初二日，甲辰。晴。夜間醒後，痰塞火阻，昏迷不省人事。苦楚莫喻，日漸加增，想必有定業，否則何至於是？晨起後稍退，較昨爲適。汪米行來斛净糙三色，共計七十餘石。東門布莊演劇，合宅往觀，興不可遏，亦覺無謂。外間有倭欲犯南通州之説，其實其志在北，此謡特爲牽制而設。有好事之韓臬台調撫標二千來駐紮滸浦，此口倭人豈至，此兵豈能拒敵？徒生事端。寇未至而民先受害則有之。世事皆如此，可勝慨哉。夜，仍同松侄習沙。

初三日，乙巳。陰，午後雨。晨遣二兒往弔沈萼生葬，送窆敬一元，文昌[①]誕日送公分二百八十文於石梅。飯後至東門，亦兼所商，薄暮回。昨、今服人參萊菔子湯，似有小效，而力覺更乏。倭信連日無所聞。作翰卿信，寄還硯匣三元。夜間，因頭昏，偶嗅飛龍奪命丹，開竅太猛，遂至神

① "昌"字缺末筆。

魂失據，元氣大傷，一夜不安。送沈㝍敬一元，付蘇小硯匣洋三元。

初四日，丙午。陰，微雨。終日昏蒙無主，飲食亦不能進，益無生理，惟有愁嘆而已。送楊玉堂妻分五角。

初五日，丁未。陰，東北方極大，微雪。專祠祭丁教官，因考事未回，委縣左吕公代祭。予勉力成禮，已受冷風，益加困頓。兩兒、兩媳並元孫赴東門。是日起，予在獻齊。晚間雨雪甚大。夜，專祠獻胙，命兩兒往拜。是日，得翰卿信。北路信不佳，有大犯津沽之説。此説未確。

初六日，戊申。晴，大風。晨起體復委頓，病魔步步鞭逼，無日放鬆，奈何！向士沂取士澣廿九電信，榆關並無戰事，李相與倭人在旅順會議，未知和議得成否。兒孫仍赴東門。午間接翰卿回信。黄昏雨雪，即止，見月。終日委頓。

初七日，己酉。晴，寒甚。霜厚於雪，亦所罕見。昨夜醒後，又大不適，兼復泄瀉，益苦。如此情形，望愈何時耶？兒媳仍赴東門。汪米行送米洋並帳來，穀頭米以及毛糙俱斛去。梦素亦赴東門。又接斗廬信。午後涑文來長譚，將至瀏河局。聞士澣又來電信。清帥出仗，未言勝負。旅順會議，各國皆不然。薄暮，周綺堂來診脉。夜服頭劑。

初八日，庚戌。晴。昨夜丑後，復泄瀉，苦不可言。晨起，火復上騰，極不可耐。火稍退，而周體忽冷，如穿濕冷短衫。如此往復，彼蒼何待我之酷耶！終日昏昏欲睡，薄暮始覺少適。夜仍服綺堂方。石梅汎明光，照例壽三角，趙士才嫂弔，香燭一斤。

初九日，辛亥。晴。昨夜終霄升火，晨起不得已仍吸煙數口，試之未覺其升。後多進食物，胸膈又不舒，作嘔。事到如此，隻好聽之天命也。

初十日，壬子。晴，暖。體中稍適，意未知天心能釋罪否？題筠秋族姑《河橋送别圖》詩，命二兒書就，明日可送繳矣。是日，送韓鎮台子尖敬一元，送道前歸弔分三角。

十一日，癸丑。晴。昨夜睡後，不知不覺醒已天明，年來所未有。惟轉致受熱。晨起又稍著寒，頭腦頗覺鳴脹，尚無大患。是日，昆圃夫人出殯，遣二兒往弔，送分一番[①]。祥元同毛姓來立興福先塋餘地契，賈二十八元。翁吉卿於昨夜病殁。自幼相交者，又去一个。人生愈老，歷觀舊

① 天頭注“龐㝍分一元”。

友絡繹而去，真覺徒生無謂也。聞遼陽喫緊。是日暖甚。

十二日，甲寅。陰，寒甚。昨夜雨，晚來欲雪。曾祖涵泉公讳日，上供。飯後至東門，率同兩兒拜奠先兄，明日開弔也。魏寶兄在坐，叙談良久。坐久覺寒風凛冽不可耐，即歸。周景高持予舊扇一柄，一面誼亭畫，一面廉昉字，字極可戀也。尚是庚申所失，未知能珠还否？尚有湘磬女童畫山茶，甚佳。其父范引泉有長跋，亦可愛也。

十三日，乙卯。陰晴互見。晨至東門。是日先兄開弔，來拜者甚衆，約有二百餘人。酉正掩門，予先歸，甚覺勞倦。聞遼陽有不守之信，未知確否。果爾，先兄之柩當謀急厝，惟無地爲憂耳。東門仍火急踏船裝兵至梅里，真種禍胎，必受其害，想亦天意也。入暮復寒，大有雪意。

十四日，丙辰。晴。昨夜醒後，火又上熾，良久始退。晨起勞乏不堪，午後漸次平復。送歸五表弟賀分一元。買得舊扇一面，去洋一元錢六百文①。

十五日，丁巳。陰。嗣初來，取蔣南沙花果卷去。午刻周廉夫來，同至興福先塋旁看地。擬將先兄厝葬，定向良久。爲冷風所吹，頭腦極不適。寄翰卿信。昨閲《申報》，悉牛莊於初八日失守，清卿之師恐致潰亡。雖無確信，我爲危之。下午雨。夜臨邵亭書數行。

十六日，戊午。陰，午後雷雨，晝晦。體中依然倦怠。後日擬就醫。青浦便道一至滬上，稍事收拾，已覺乏甚。吴、金、丁、胡四處葬事，俱送香燭，吴處遣大兒往拜。聞營口亦爲倭踞，清卿之師據报稱紮在天莊臺。尚足慰心。夜臨邵亭書數行。復雷雨一夜。

十七日，己未。雨。遣大三至汪米行取米洋，即還寶齋三太太一百元，去冬所借者，子金五角。送曾弔分三角。飯後赴東門，爲厝葬事，定於出月初四日。歸後，同夢素、二兒、二媳登舟，以應近日開行之吉。接翰卿信，知吴、陳兩軍俱敗北，遼陽失守。李相將至滬，赴倭講和。又聞俄人出場，作和事老。此真六賊戲彌，如人之將死，爲鬼所弄。可勝浩歎②！

---

① 天頭注"歸賀分一元，自款舊扇面洋一元又□六百文"。

② 天頭注"還寶齋太太去冬借洋壹佰元，又利五角。俄軍聞我朝有人往請，此頗似明之吴三桂借兵也。可怕之至"。

十八日,庚申。陰。晨起至陸蓮庵禮佛。是日,予在庵做壽器,回家祀神。飯後將行李下船。申刻送神。遂偕梦素並兒媳以及宋孫下船,泊小東門。范市二兒王杏生,留夜飯。天又雷雨,雨雹,夜寒甚。付松侄洋十元,做壽器。木作人工、利市十元。

十九日,辛酉。黎明開船,大雪,泊巴城湖口。飯後雪少霽,開船。北風甚劲。晨起,復泄瀉一次,倦怠不堪。深悔此行也。酉刻泊昆山之東門。入夜寒甚。冰天雪窖,豈容病人坐卧耶? 遭逢不偶有如是。陶賀分兩角。

二十日,壬戌。午前大雪,不能行,寒甚。瑟縮不能支撑,熾炭數斤始蘇。未刻少霽,開船。此行喫虧不小。申刻過陸家浜,酉刻至趙潭橋泊焉。離朱家角尚有三十餘里。夜有星斗,明日可冀天晴。

二十一日,癸亥。晴。黎明開船,巳刻過青浦城,午初至朱家角。陳醫至上海不遇,悶甚,隻好滬回再來。飯後開船,仍由青浦城而南,此船大多此一折也。夜泊白湖港。

廿二日,甲子。陰。黎明開船,巳刻過黃渡,申刻抵上海。同兒孫車至五層樓,地濕泥濘,不可涉足。啜茗片時。寒風凛冽,日亦已暮,仍車回。夜飯後,二兒同夢素、二媳及宋孫至天福戲園觀劇,予未去。

廿三日,乙丑。陰。飯後,同梦素、兒媳、宋孫登岸,步行至大馬路義成洋貨店買洋油等物。予至五層樓候季冠山,少停即到。昨士虎有電,信云將回上海,亦云幸矣。知窓帅兵未戰先潰,並由中軍潰始,而且将某軍門躋倒,墮馬受傷,實屬不成事體。有旨叫吴大澂來京,候部議。窓公本不知兵,妄希封爵,遂至身敗名裂。首領幾不可保,亦可哀也。與冠山茗談良久,同至凌雲閣。甫堂回浙,未晤。印合兩只交其店,未知有主顧否? 由棋盤街沿途順買零星而归。足力已不勝,到船乏甚。夜,梦素同二媳仍往觀劇,可謂樂此不疲。

廿四日,丙寅。晴。晨起極不適,頓起歸思。冠三來船,談片刻去。聞和議是否在此三日。飯後予雇馬車一輛,梦素與二媳往游各園。明日擬至朱家角,再訪陳醫。午後,君表喬梓到船長譚,申刻登岸。途遇冠三,茗談時許,晤倪墨畊。二媳與梦素仍往觀劇。

二十五日,丁卯。雨。是日立春。昨夜復不適,胃腹脹悶,大約又因春分吸煙所致,飯後稍適。登岸至天仙觀劇,在館不滿百人。從來未有如此清净也，頗合予意。曲未終而出，至五層樓茶點。薄暮回船。

二十六日，戊辰。晴。到滬第一日清朗也，人亦較旺。飯後，同兒媳、梦素、宋孫坐馬車往游愚、張兩園，觀貌兒戲頗暢，薄暮回船。夜飯後，同二兒至四馬路買零物。梦素又往觀劇，可稱有戲癖矣。

二十七日，己巳。晴。巳刻開船。到滬四日，人病天陰，興致索然，僅得昨一日略伸悶鬱。城隍廟亦未得片刻駐足，徒然耗錢而已。聞合肥已抵彼境，和事尚未議定。盛京自吴兵潰亡後，軍容大挫，盛京頗形喫緊。夜宿白湖港。是日下午復有睡意，恐又病來。

廿八日，庚午。晴。黎明開船，巳刻過青浦，午刻抵朱家角。豈料陳醫又出門，云須明晚歸。診脉在初一矣。初二義莊公祭祖塋，不能不歸，萬難守候。飯罷即開船。此行實屬無謂，一事未做，亦厄運中魔劫也。幸體尚無恙，差堪自慰。是日，天暖甚。酉刻泊趙潭橋宿焉。日光不佳，恐有雨意。

廿九日，辛未。晴。黎明開船，西風甚大，舟不得前，悶悶。巳刻過陸家浜。舟中無事，讀程松圓《浪淘集》。申初抵昆山，泊東門。同船人登岸，尋半繭園舊迹。入門石橋無恙，迎人湖石尚如舊識，荒池幾曲半已淤塞，枯木數株，廢丘一堆而已。樾閣三間已重建。登閣啜茗，俯仰之間，不勝滄桑之感。予自庚申二月科試到此，至今已三十六年矣。循節街回船，遂解維西下，泊巴城鎮。

三月初一日，壬申。陰。黎明開船，未刻抵家。此番出門，天時、人事兩無善狀，豈餘晦出有未盡耶？巡視花木，尚屬無恙，差堪自慰。夜雷雨。

初二日，癸酉。晨微雨。是日義莊公祭祖塋，予同兩兒先至左近先塋祭掃，回復大雨。上山各祖塋未能往祭，即在莊内設案羅拜。飯後至東門，冒風雨，寒甚，重裘猶未温也。後日先兄厝葬，明日約弔，殁後尚未終七。雖因時勢所迫，心終不安耳。坐久寒益甚，遂回北。夜雪寸餘。

初三日，甲戌。晴。晨至東門，是日先兄厝葬，約弔。來弔者不及前時之半。戌刻，予爲題主，兩兒隨班。夜飯後回北。聞合肥在倭議和，忽被人鎗彈打傷面門，四醫未能出彈，甚可虞也，局面又爲一變。自取其禍，可歎！可恥！彭湖又有警信。是日送張良寶喜分兩元，吴冠英孫喜分一元[①]。

初四日,乙亥。晴。晨起體乏,未至東門。飯後至興福先君墓所。午刻先兄柩至,未刻登位。予先至東門,禮成而返。便道至石梅啜茗,無一熟者,後僅來君表一人。是日,聞合肥因受彈而斃,亦覺可憐,並聞澎湖失守。世事如此,尚可問耶?夜,疲憊不堪。

初五日,丙子。晴。晨起,體倦甚。遣小三送還陸道士獻齋洋廿四元。寶齋太太利洋一元(二月分[②])。傍晚東門覆墓,人衆俱來。閱報,又云合肥無恙。作若波信。飯後不得已又吸煙數口,初若適意,繼復覺不適。姑俟之[③]。

初六日,丁丑。晴。昨夜甚不適,飯後勉赴上山。頂山各祖塋化紙、拜掃,因初二雨阻也,歸後乏甚。接翰卿信,知窓公革留,仍回湖南原任。聖眷極優,將何面目見江東父老耶?不若休去爲佳。終日東南風甚大,恐又有變意。送陳捕廳例壽三角。

初七日,戊寅。雨。二侄早來。飯後至陸蓮庵開沙。欲請亡,約在節後,世事恐又有變機,乩諭無多語。閱報,悉海州已有寇氛。

初八日,己卯。晴。終日大腿酸疼。飯後四侄來。龍灣墳丁來,載雲磚修理戊孫女墓。韓水作來化灰(一工[④])。遣小三送常糧廳分,並借寶卿洋十元,送先生清明學錢洋十元又船錢一千。閱報,澎湖失守已確,和議不成,合肥將回矣,海州有登岸之説。此信如確,則漸迫漸近,奈何!夜來,因倦復吸煙兩口。常糧廳吕例壽分三角。周素利洋四元。季、宗種荷花二工。水作化灰一工。借寶卿洋十元。

初九日,庚辰。晴,暖。地潮,恐又有變意。晨起依然疲憊。午後,遣小三送租,找至王更保處。松侄往還銅釘洋十元三角,漆六斤六元三角。君朗過談,據云倭人因合肥在議,戰事緩三礼拜,而台地不在内。終日倦甚。東門所借之棹櫈俱來送還。銅釘並漆共洋十六元六角。

初十日,辛巳。晴。體中仍委頓。午刻祀先,過清明節。漆匠來漆

---

① 後有一墨丁。天頭注"張良寶喜分洋兩元,吴冠英孫喜分洋一元"。
② 原注。
③ 後有一墨丁。天頭注"道士獻齋洋廿四元。寶齋太太利洋一元"。
④ 原注。

壽器(二工[①])。門前上墳人頗衆。桃花已盛開,春光甚明媚,無如人病何?先生昨晨假館下鄉。聞臺灣劉淵亭於打狗港大勝倭兵,差强人意。作吉卿挽詩兩首。韓水作兩人早至龍灣修戊孫女墓。漆匠兩工。水作二工。龍灣修小戊墳。

十一日,壬午。晴。是日清明。門前車馬絡繹不絶。嗣初早來。予體中極不適,兼有拂意,事益为憒憹。竇卿、士沂來,同飯。午後,不得已復吸煙數口,覺少王。至孫祠啜茗,游人極挤,晤寅臣即回。子磬來,留飲。

十二日,癸未。陰。午後雨。體中委頓,今而知皆係煙病,自此當永絶,恐已遲矣。閲報,和議有消息,未知確否。門前上墳人頗多,皆爲雨濕,甚覺踉蹌。送士沂喜分一元,胡達甫喜分兩元,與東門合送徐甘香喜分燭票燈五十支,付上海買物洋四元[②]。

十三日,甲申。雨,西北風狂甚。前日約君朗、小軒、文生手談,體正不快,勉强入局,疲乏之至,輸去兩元。昨大兒夫婦赴滬,遇此大風,真覺無謂。

十四日,乙酉。晴。晨起仍不適。飯後梦素至東門。午前遣二兒至達甫、士沂兩處道喜。晚間月鋤過譚。

十五日,丙戌。晴。祖塋叩拜,因病已兩月未謁矣。二侄來,飯去。伯賢過譚,持桃核、朝珠託售。作若波信。體中似乎稍王。付漆匠兩元。

十六日,丁亥。晴。飯後同元孫至少塵啜茗,途遇二侄,偕往登四照樓。菜花正旺,一望金色,頗覺暢懷。歸至陸蓮庵開沙,候先兄降乩言。皆切實,惜匆匆即去,未能盡言。閲報,悉台南倭寇猖狂[③],皆由台撫忽將劉淵亭調回台北,自將藩籬撤去,不啻開門揖盜。其意何居,大有合肥指使之意,殊堪髮指。天下事,尚可問哉[④]?

十七日,戊子。晴。辰刻兩侄來,是日掃墓,兼四房輪祭。予於各先塋俱已拜過,仍勉力從事,直至頂山。風日之中,殊覺勞苦。九頭邱遣兒孫往祭。夜喫祭餘,予未與。是日有無錫快船來,常欲售於予。惜中艙

---

① 原注。

② 天頭注“曾士沂喜分一元,胡達甫喜分兩元,合送餘甘香燭票四文”。

③ “猖”字缺末筆。

④ 後有一墨丁。

稍窄,未能改作,大小尚屬合意。

十八日,己丑。雨。午後昏倦異常,明日恐又有他變,奈何!送昭糧廳例壽三角,送王塘浦芹分五角,送吴芹分燭燈四十支,無錫船付洋一元,幫幼巖洋一元,付科□嗣孫過清明洋四元,又送分洋貳元①。

十九日,庚寅。陰。舊疾復至,終日委頓。無錫船又給洋貳元,送翁芹分三角,送顧喜分燭燈六十支,付王小弟上海船洋十七元。閲報,李經方添派全權大臣,令人莫解。朝中靡靡,不勝浩歎也②。

二十日,辛卯。晴。嗣初來,留飯。是日神倦萬狀,無端跌於梅下,腰脅受傷甚重。撫摩良久,漸覺平。復忽於夜飯後,因咳痰而腰脅間鏗然有聲,有若骨斷,痛極至暈,從此不能起立。是夜輾轉無著,死生亦只能付之于命也。大兒夫婦滬上回。

廿一日,壬辰。雨。兀坐終日。邀邵醫,名雖接骨,而實一無所知,並無膏單,可笑!二侄來陪竟日。

廿二日,癸巳。晴。祭周邑侯墓,遣二兒陪祀,楊、沈、錢俱到。

廿三日,甲午。聞東門莊基被人拔去界石,遣二兒去看,夜歸。

廿四日,乙未。翰卿有信至,憲公赴任,暫還郡城,約予到蘇一叙。君表亦有函來約行,令二兒作札復之。

廿五日,丙申。體日下,心神不能自主。二兒至東門看莊基。

廿六日,丁酉。病日劇,略將後事與晋三談之。

廿七日,戊戌。雨。體稍王。二侄夫婦來問疾,松侄自鄉回。

廿八日,己亥。晴。兩侄女來問疾。午後體中又倦,先聲已至,可怕之至。接若波信。賀君表得孫,送蛋六十枚。送殷伯唐窆分香燭二斤。吴分二斤,張分一斤。補送老市吴吊分四角。送徐元綬尖敬半元。

廿九日,庚子。晴。二侄同幼耕來,留飯。閲報,知臺灣不願歸倭,人情洶洶,此自然之理。當局瞶瞶,若此議和之禍,更速於戰,以後豈獨臺灣已哉?薄暮邵似松來診脉,云與去年相類,方亦如是,姑妄聽之可也。月鋤來候,留點。是日作若波信。送蔣梧鳳芹分二角。本利洋一

---

① 天頭注"卓分三角,浦芹分五角,無錫船一元,幼岩一元,科□嗣孫清明節四元,又送顧分貳元"。

② 天頭注"王船十七元,錫船貳元,翁分三角"。

元，周利一元八角。

卅日，辛丑。晴。晨至古春野屋小憩。四侄自郡回，長談，留飯。作翰卿信。體中依然，亦無增減。牡丹已開，藤花亦大放。風景甚佳，惜皆向病中過耳。

四月初一日，壬寅。晴。二侄早來莊祠叩拜。飯後後門閒步，看藤花已十日，未有之事也。送珍門廟胡芹分燈燭五十支。是日先大夫諱日，上供，予不能行禮。

初二日，癸卯。晴。晨起欠睡，倦甚。午後周起堂來診脉，云較春初爲平，惟嫌稍弱。方用連桂，從來未有，擬試服之。並以姜桂爲丸，治我宿病，亦希有之説也，果爾定有愈機。無聊，向庭中閒步。手弄花木，自多生趣。

初三日，甲辰。晴，暖甚。地潮，恐又有變意。錢大大叔侄三人來後門拔草，修凉棚，買木十五根，付木洋六元。晚刻二侄來，留夜飯。兩脚浮腫，並及膝盖。不知伊於胡底，隻好聽之。聞昭邑漕事催提如火，殊爲憂慮。常州周兹萠，遺贈其乃祖韜甫詩集。兹萠名荄，孟輿子。

初四日，乙巳。陰晴互見。錢大大叔侄三人仍來拔草。得士虎信，知和議已定，遼東之地並台灣全省俱歸倭有。當局者竟爾從順若此，不知是何居心。豈天意耶？是日，東南風極大。付科□糧米洋六元，晋三手。

初五日，丙午。陰，微雨。體中甚倦。擬至達夫處看蘭花會，未果。兩脚浮腫依然。

初六日，丁未。午前陰，午後晴。飯後挈元孫至達夫處看蘭花，盆架俱無雅意。花雖佳，亦覺無味，位置亦俗。出至石梅，枕石啜茗。晤士長、小軒、子磬、芝生，坐良久回。耕圃挈婿來譚，片刻去。是日木匠來修凉棚。木匠三工。遣小三送翁吉卿弔礼、祭菜三千[①]，並香燭□□[②]。

初七日，戊申。午前陰，午後晴。遣松松至張君廉處取華氏蘭並换燭票一百六十支，五[③]燈，明日送楊、邵兩處。是日翁吉卿開弔，遣二兒

---

① "三千"是用蘇州碼子計數。

② 後有五字被抹去。

③ "五"是用蘇州碼子計數。

去。晚間遣取《管夫人畫竹》來觀,未確。木作兩工,來做篷架[①]。

初八日,己酉。陰雨。午後嗣初來,長談。木作兩工,仍來做篷架。遣送楊、邵、陳三處喜分,楊、邵五燈一百六十支,陳半元[②]。

初九日,庚戌。晴。腰間轉覺多疼,頭鳴亦盛,未知將交立夏否?俞金門過談。木匠兩人來豎天篷架。付还錢館菜帳十四元。晚間伯賢來,留點。惠吉公墳事了結[③]。

初十日,辛亥。晴。季、宗四人來搭棚,木匠二工。飯後四侄來。腰痛依然。遣大三往買月季兩盆,買《摭古遺文》一部,惜抄手不佳,去洋一元[④]。

十一日,壬子。午前陰,午後雨。季、宗四人來搭涼棚,木匠兩工,水作兩工。蕭子磬來,留飯。遣小三換香燭。藥龕和尚來[⑤]。

十二日,癸丑。晴。楊莘伯自京回,來拜。是日立夏。予稱見九十斤,少去年十斤。晚間文生同程俊卿來,談片刻去。昨幼岩病歿,封弔洋六元。付洋鉛釘船艙後小亭洋五元又錢二百。付季、宗工洋兩元。水作兩工。送松侄父四十週歲香燭一斤[⑥]。

十三日,甲寅。晴。水作三工,來砌半墻。木匠一工,修地平。送季幼梅生母陰壽香燭一斤半。

十四日,乙卯。陰晴互半,早晚有雷聲,而不雨。木匠一工,水作三工。

十五日,丙辰。陰。二侄早來祖祠叩拜。水作三工,砌門。木作三工,修地平。買松板丈七,洋五元,找回錢七百角[⑦]。

十六日,丁巳。午前陰,微雨,午後晴。木作三工,做地平。

十七日,戊午。晴。木匠兩工,修地平。遣二兒往弔郭子芳,送弔分兩元。飯後梦素至楊、周兩處。晚間文生、俊卿來,以磁器、香爐求售。

---

① 天頭注“木匠兩工”。

② 後有長墨丁。天頭注“木匠兩工”。

③ 天頭注“木匠二工,付还錢館洋十四元”。

④ 天頭注“木匠二工,季、宗四工”。

⑤ 天頭注“木作兩工,水作兩工,季、宗四人”。

⑥ 天頭注“買書兩元,季、宗兩元”。

⑦ “錢七百角”是用蘇州碼子計數。天頭注“松板五元”。

無如貨劣，難覓賞音。晨間有以《秘閣帖》送觀，帖固翻本，而此名亦著録所未有。帖尾題“宣和二年”，亦從未見過。姑記之，俟考[①]。

十八日，己未。晴。木匠兩工，地平修竟。季、宗四人來紮北書房竹籬。得吴江吴望雲訃。

十九日，庚申。晴。水作七工，砌陸蓮庵圍墻。木作兩工，修地板。宗宗兩人修樹。是日精神頗王。畢藻卿來，以《不空碑》付裝。聞近三鼓時又起彗星於東北角，未知果有否。世局如此，無怪天心也。

二十日，辛酉。晴，甚暖。晨遣二兒往拜昭學何公五十壽，送分一元。玉舟來候，留飯。酉刻至北水門文生處看會，屋仄日逼，舉體頓昏暈。後出坐門前，漸蘇。便道看《還耕圖》，坐上客滿，即回。水作四工，陸蓮庵修駁岸。遣松侄至錢館赴翁鼎臣會，二總坐收，付會洋三十一元又錢二百零四。

廿一日，壬戌。晴，暖甚。遣大三送李芹合分一元，翁芹分三百文[②]，屈喜分二百五十文[③]。紅木匠開開來做《文選》匣，兩隻《實録》匣，一隻交去文盦，一隻膠□。木匠三工。

廿二日，癸亥。午前晴，午後陰雨。君堅來候。遣小三送各處芹分。寶卿孫兩元，歸分合六角，唐分合五角，家合分四角，屈分四百文，又屈分三百文。楊莘伯予《陳邦彦字册》一本，《探花公集》四本，《張分龍門造象先集》三種[④]。

廿三日，甲子。晴。遣二兒各處道入學喜，送王葵生芹分兩元，送内侄孫女喜分四元。浦嫁女分四元。酬應如此之繁，將奈何？飯後同性禾侄試步孫祠堂啜茗，尚不至乏。

廿四日，乙丑。晴。二侄早來，飯去。魏昆寶、王葵生兩新進來望。是日迎學。飯後肩輿入城，至西徒步各花肆並書坊游覽，一無足觀。途遇嗣初、公周，同至石梅啜茗。晤雲生、君表、馨山，長談。歸已酉正矣。是日，向晋三取鵑花一盆，置諸坐隅，頗爲烜爛。

廿五日，丙寅。晴，晚陰。遣松松挑山泥，壅山茶、鵑花。買和合花、

---

① 天頭注“送郭吊兩元”。

② “三百文”是用蘇州碼子計數。

③ “五十文”是用蘇州碼子計數。

④ 後有長墨丁。

月季各一盆。終日整理花叢。

廿六日,丁卯。陰,午後雨。飯後乘輿入城,看老廟會。先至寶卿處,未晤。至學福堂看會時,適雨。已覺踉蹌,尚有七成,過此俱散矣。至君堅處。歸途過石梅小憩,枕石晤達甫兄弟、雲生、叔文。覺體寒,即回。

廿七日,戊辰。午前晴,午後陰。是日先兄百日,力疾至東一拜。閲報,翁大農爲湘中門生大窘,因口天重回湘撫任,曾於御前保釋所致。飯後至玉舟處,復至月鋤處長談。是日體中不快,即回。吴望雲弔分一元。寄藥多元。

廿八日,己巳。陰,甚寒。昨二兒携回祝京兆字册,甚佳。有張孟晋、程穆倩、湯雨生諸跋,曾刻入《多妙軒帖》中。晨起展玩,頗覺怡神。飯後遣小三持信往約月鋤明日至三峰。是日接蓂卿信。

廿九日,庚午。晴。晨起極寒。乘輿至三峰,年餘未至矣。少停,月鋤來,同飯。寺有以符法治病,僧號航渡,請其施三符。並有湖北僧,名祖印,善相法,亦請其相之。云須過明年,始可脱体,即不至死。亦已難矣,姑妄聽之可也。歸途至興福徘徊片時,即回。留月鋤點。是游也,已覺力乏。寶岀太太利一元,周素等利四元五角[①]。

五月初一日,辛未。晴。二侄來。晨服維揚僧符,未知靈驗否。祝字册十二番買得,頗出意外。遣大三向祥元取竹鞭一枝,甚有意味。夜,晋三來談東門事。殊深慨嘆,想必家運使然。奈何!奈何!幫李家瞎子喪洋一元,付科孫過端節兩元。

初二日,壬申。雨。閔鳳山來,付扇面八葉,兩宋官印拓本裝池。兼暮,一鳴來,留宿。遣繳城門關帝堂捐洋兩元。關庙捐洋兩元。舊盆洋四元(古[②])。

初三日,癸酉。陰,微雨。種竹一盆,頗得南田畫意。送先生學洋十元,付松侄洋十元,付木匠工洋四元,另釘料洋一元四百七十五文,送張二太太洋一元,付買祝册十二元,漆洋四元。

初四日,甲戌。晴。藻卿送《不空碑》來,付洋一元。飯後乘輿往候

---

① “四元五角”是用蘇州碼子計數。

② 原注。

涑聞，得見《皇甫碑》並半截坐位，以坐位最佳。惜爲裝工剪去旁字，殊为可惜。復至虛霩晤君表喬梓，觀其新得元板並抄本書數種，大半吴市吴氏書。中有抄本張栻撰《武侯傳》，有萬餘言，奇書也，爲稽瑞樓所藏。出至留珍堂，交《簡齋集》，屬修。即至石梅啜茗，同坐者雲生昆季、錢子英。聞士虎已歸，順途訪之，晤談片刻回。付藻卿裱帖洋一元，漆匠一元又二百。是日，先生假館。

端五，乙亥。陰。韓水作來算帳，付洋四元。專瓦行付洋貳元。午刻祀先，合家團飲。遣小三送還碑帖之陸。晚刻嗣初、公周來，長談。送邵醫洋一元。

初六日，丙子。晴。整理鵑花。飯後遣元孫往摇浦會，未得。種黄楓一盆，力乏之至。付浦會洋十三元又錢三百零。

初七日，丁丑。晴。午前坐轎至楊、周兩處，是日報本會，飯於楊。看罷至伯賢處，順至石梅啜茗，坐多熟客。久兩腿酸疼異常，即歸。急服三妙丸，未知得效否。

初八日，戊寅。晴。晨起頭腦仍昏如，體益乏。惟兩腿酸軟，較好。今晚姑再服三妙丸試之。小軒送均窯瓶來觀，矚目即知爲宋均，底有“三”字碼。惜已有碎紋，顏色亦非上等。賈賤，擬得之。細審係明歐窯仿宋，無損，亦可得重賈。如十番可得，亦便宜也。

初九日，己卯。晴。是日，約涑文昆仲、士虎、君表、玉舟午飯。適二侄來，同飯。晚刻散，談頗暢。陸蓮庵後門水作十工。

初十日，庚辰。午前晴，午後雨。晨起極不適，本擬赴梅里祝劭欽七十壽，因病中止。飯後稍適。

十一日，辛巳。晴。遣二兒至梅里拜劭欽壽。以丁南羽《毛女獻壽圖》貺之，加以紅燭三斤。終日不適，幸未去。子磬來，留飯。黄昏二兒歸。

十二日，壬午。晴。舉體不適。午後嗣初來，長談，留點。胸腹忽然脹悶，極難過，時許漸退。

（鈐“趙不騫印”“趙□”“趙不騫”“鈞千”“趙章”“寒云秘篋”朱印。）

（鈐“趙氏鈞千”“趙□”“趙章”“不騫私印”朱印。）

庚子非昔日記

（清）趙宗建 著
肖 剛 整理

整理說明

趙宗建撰《庚子非昔日記》一卷補録書目一卷，清稿本，1 册，每半葉 10 行，黑格，白口，四周單邊。此日記起清光緒庚子(1900)元旦，終五月十五日；後附同年十月中趙仲舉補録書目。末附趙宗建致翁同龢信札一份，紅色箋紙。全稿圈改、塗抹較多，且蟲蛀較多，已傷字句。

甲辰。庚子元旦[①],陰,氣象愁慘。晨起禮佛。率同兒孫各祖祠叩拜,並先容前。東門兩侄來,飯去。二兒亦入城拜年。午後,唪《金剛經》並課佛。是日,孫媳歸大媳一房喫飯,以今歲始,正理也。否皆牽强[②],非長久計。至是,予心始安,且喜其姑媳能和。

乙巳。午前晴,午後陰,微雨。晨唪《金剛經》。體中甚憊,想將交春也。宋孫入城拜年。季宗宗五人來修陸蓮庵梅,並園中松柏。浦君培内侄來拜年。夜,同孫男女擲狀元籌。

丙午。雨。晨起禮佛。先至東门拜先兄真容。飯罷入城,兩邑各投一刺,天官坊家祠叩拜。至馨山處長談,聞有内禪事,冒雨而歸。是日,孫媳同鈞千至外家,並至楊處。

丁未。陰晴互見。昨夜又下雪珠,恐猶未已。晨唪《金剛經》。二兒入城拜年。周咏韶、翁蘭士俱來,聞龐俞籛提漕事如此大,非佳兆,可怕之至,此月中必有一番大鬧也。

戊申,立春。午前晴,午後陰,甚寒。晨起唪經。内眷至東门。是日,客來頗衆,知北事:於歲底廿六日立皇太子,名溥儁,係端郡王子,九歲,爲立同治後。名雖甚正如光緒,可亂機已見,從此無寧宇矣!天運使然,無可如何。惟我老病,尤無位置,不堪設想。

己酉。晴,寒甚。黎明醒後,喘逆頭鳴,幾不可支,終日昏倦。晨唪經。二侄來,本欲至陸蓮庵開沙,因倦而止。聞邑中追糧籛,提數十家,不知作何,究竟可歎。夜接財神。

庚戌。晴,寒。晨起唪經。午後,叔平丈並金門、碩庵來,長談留點。

辛亥。陰,晨間微雪。朝唪經。女客來拜年,甚衆。

壬子。陰。晨起唪經。孫媳携同鈞千至屈氏孙太婆家。飯後,予入城剃頭。至松老處長談,晤菉卿,病初愈,尚不能飲食,留點。得睹毛應漢玉印,並岳王鐵印。出至石梅茗坐,晤雲生、子誠、鼎臣。前日北事,太后初念本欲廢立,爲榮中堂一力阻擋。幸而無事,否則各國已具洶洶之勢,故諸事倉卒變易,辭多矛盾。然左右皆豺虎,恐難奠定。此中有數,

---

① 《庚子非昔日記》中前半部份只用干支計日,且位於每行的天頭:從“三月朔日”開始,并用“某某日”(如初二日)和干支計日,一般“某某日”位於天頭,而干支位於行文之中。本文將干支和“某某日”均加[ ],以便格式的統一。

② “否”後原有“總”字,後被圈去。

非人力所能挽也。薄暮歸。夜雨。

癸丑。晴。晨起唪經。遣松侄完萃記銀米四十二元(此條誤[①]),又完少耕墳地糧。二侄來付義莊租息,先有百元,餘約月底付楚。午後,偕赴陸蓮庵開沙。予先問世局,云有二語,曰:“世局混淆,乾坤有丕泰;金門射策,帝子作皈依。”問今歲有變動否?云:“在此二句中。”問自身,云:“世緣未尽。”歸。適吉南、竟餘來拜年,吉南贈小種二瓶。是日,發年米五石,因年底雨雪也。

甲寅。晴。晨唪經。飯後,四侄來,長談公産事。心中總以三小房横梗胸中,懊憤之至,不勝浩歎。送春卷於松老,並書册、印譜。

乙卯。晴。晨起極不適,終日昏倦。邀兩侄來,使其對面一談,毋煩我心。

丙辰。晴。昏倦依然。是日,天官坊祭祠,予未去,遣兒孫與祭。聞寶齊三太太往攘兕觥而去,雖屬同支,殊失體統。隨觥有田百二十畝,究著意於此,非專爲兕觥之重輕也。午間,松老送還書册,并媵以棗餅。

丁巳。陰。遣人打掃義莊,明日開莊祭祖。今年爲輪管之始。飯後,松老過談,留點。體中常覺不適,鈞千有微熱。

元宵,戊午。陰。開莊,勉强早起,苦甚。至莊叩拜。午刻,齊設祭。族衆七十餘人,較去年爲少。祭畢,設几陳簿,請族長閲視、著押。體憊甚。薄暮,接竈神。鈞千熱止,漸愈,甚慰。

己未。陰,寒。晨起唪經。鈞千熱雖止,而痰仍多。邀范醫診視,服消痰丸药,頗效。又至老君殿,求吕祖仙方,亦甚對。入夜,真容前上供,忽生拂意事,人之遇觸而不能忍,可懼之至。總由平日無堅功,須力防之。

庚申。陰,微雪。晨起唪經。作禽少耕觀察信。

辛酉。朝露陽光,終日陰晦,頗有雪意。晨唪經。四侄來,終日絮談家事。

壬戌。晴。晨唪經。二侄來,將祭田事與之説明。飯後,遣小三送信至常署,爲顧佃事。入城剃頭,招伯賢同至城隍廟。即至石梅,人極擠。晤雲生,良久返。買素心蘭一枝,豈知僞作,用硫磺所薰,予竟不知

---

① 原注。

也。人之作僞有如此,不禁啞然失笑。夜,门前有調龍馬燈,賞錢四角。

癸亥。朝晴,午後陰。晨唪經。晉三來談莊事。晚刻至陸蓮庵,相度地勢,擬造一軒,通射欲作避静計。作柳門信,並寄食物二種,以畣其去冬所貽。是日,做礱,每石七十文。

甲子。晴。晨唪經。夢素入城燒香,汪行來斛糙粞。姜先生來開學,忽帶一附徒。去年未曾説定,似亦貿然。

乙丑。晴。晨唪經。是日,請先生,招楊吉南、喜來、屈君莪並二侄作陪,錢館菜三元五[①]。日來頗有近處租米,從前所未有也。夜,又有馬燈過門。

丙寅。晴。晨唪經。飯後,四侄來談家事,正觸予懷,甚爲悶悶。黄昏,李家橋又有馬燈到門請觀,較前爲勝。戌刻,得四侄信,知顧佃有悔懼之意,欲挽人説合,今夕因提比也。

丁卯。晴,暖。晨唪經。張米行來斛净糙壹百石,價三元五角五分。飯後入城,爲追租動公呈事至歸君朗處。適發心田來,談良久,力辭呈首。出東門,看兩侄,略坐。至西城石梅啜茗,晤子英、雲生。雲生抱恙而出,頗形委頓。予穿皮袍,熱不可耐,即回。

戊辰。陰。晨唪經。公周、君閎來,出示新得古錢,以秦半兩爲最,留飯。出遊花田,偕至少塵軒啜茗,良久返。常差押同顧佃來,一味頑狀,未結。蕭子卿來。

己巳。晴。晨唪經。赴四侄之招,在坐五人:雲生、菉卿、絅堂、幼蘭、弢甫。酉初散,甚覺勞倦。入城,至石梅啜茗,略坐即歸。東門市房水果店立契。

庚午。晴。晨唪經。飯後,晉三來談。晚刻,合眷俱至東門看燈。追租事忽作罷論,殊亦可笑。

辛未。陰。晨唪經。晉三來談。飯後,朱少澂來,至義莊相宅,出月十二日動工。忽聞沈太史被逮,不勝駭異。其注意必在羽公,將興大獄,奈何?豈氣數使然耶?爲之胆裂!

壬申,晦日。雨,寒。因心緒煩亂,經未誦。飯後,晉三來繳義田款。晚间,復生無理取鬧之事。家庭間人類不齊,致多煩惱。天其厄我多般,

---

① 原文用蘇州碼子計數。

大抵皆由宿業，不勝慨歎！夜雨。

二月朔日，癸酉。陰。晨起，率兒孫各處叩拜，開莊發米。族長今歲仍照舊章監放，留飯。諸事畢，唪《金剛經》一卷。兩侄來，同飯。徐木作來義莊估工。午後，乘軒至松老處，適已來城，對談良久，殊形蕭索。據云，電上尚無波及，然其意叵測，昌勝危懼。過金門家，入晤。所聞稍詳，亦未能猜測。復至宗亦舟處。是日，渠等開沙。菉卿在坐，相對無言，不能久耐，即出城，已日暮矣。

甲戌。陰，寒。禮佛，因事不及唪經。得翰卿信，並寄我水仙茶。遣信菉卿，尚無消息。終日昏倦。四妹來。

乙亥。陰雨，寒甚。禮佛。後周水作來，不及唪經。飯後，作札致四侄。畢藻卿送傅青主字册來觀，此册曾於朱耕圃案頭見之，索價十六番。

丙子。晴。晨唪經。飯後，至般若庵，聞菉卿諸公禮《大悲懺》，晤談良久，知誦堂已提郡。復有余侍御奏參經觀察請親政一事，牽連瓶老，實屬無理，寒心之至。徐木作開帳來，尚屬近情；水作帳頗覺糊塗。

丁丑。晴。是日，專祠官祭。四侄早來陪祀。巳刻，許老師來祭。四侄飯後去。聞市橋王案已結，吴河清押回原縣，就途心大爲之不怡。酉刻，至專祠獻胙、叩拜。終日昏倦。

戊寅。晴。晨起誦經。晋三來談租事。人極倦怠。飯後，遣小三還傳册，并問米事。石匠來，同至義莊丈量。昏悶無聊，獨至孫祠啜茗，同登官閒談，偕歸。相翠柏，屬其剪裁。石庵來談，良久去。買籬竹，宅後竹園紮籬。

己卯。晴，寒。晨唪經。飯後，盛黄兩催來詢話，周涇江、顧二寶來，年輕而應對頗有條理。至義莊丈量。藻卿爲耕圃分紹傅册，不得已，酬以六番。

庚辰。晴。晨唪經。得翰卿信，悉昨日郡中得電寄。沈公押回原縣，永遠監禁。松老毫無牽涉，爲之大慰，惟沈公未免太苦耳。飯後，遣致菉卿，入城至學福堂小憩，買水仙一枚。招藻卿同往石梅啜茗，子欽亦來。聞西鄉閔孝廉又捉入官中，不勝浩歎。

辛巳。晴。晨唪經。五侄女、二侄媳來。飯後，松老過談，沈事已結，胸懷漸舒。同至陸蓮庵閒步，傍晚去。

壬午。晴。晨唪經。松老遺我佳點。孫媳歸寧，鈞千同去。張米行來,促其糶米,近價日落也。菉卿又饋我揚州水皮糖並糟蛋。夜,本街又興馬燈及十二花神。沈頌堂已押回原縣,官並未斥革而監禁,頗不可解。聞光緒帝服生雅□,亦大奇事。令李監看守,未知確否。

癸未。晴。晨唪經。義莊上石灰三十担,每担六角二分。又小連五十塊。伯賢借觀《灌園漫筆》。

甲申。晴,寒。晨唪經。義莊卸屋。是日,沈太史進監,邑侯親送。卧室頗修飾齊整,遣兩人服役,可謂尊崇矣。夜間,馬燈又來,亦覺數見不鮮。聞米價又落。午刻上供,曾祖亡忌。

乙酉。晴,暖。晨唪經。木行來支撑木三十根。伯賢來,留飯,薄暮去。是日,唤四四來剃頭。

丙戌。朝晴,午陰。晨誦經。曾君表葬,往拜。飯罷,往候松老,長談,兼晤菉卿。出至馨山處,略坐。至石梅,與諸公茗談。是日,義莊木作來卸屋料。沈太史又有調省監之諭。

丁亥,望。陰,寒,午後大雪。晨唪經。遣松松邀客十七,約松老午飯。

戊子。陰,微雨兼雪珠。晨唪經。寒甚。

己丑。陰,午後雨。是日,招松老、菉卿、雲生、金門子、戴弢甫並四侄午飯。未至者,絅堂一人。體適倦怠,酬酢幾不能支,申刻散。

庚寅。晴,寒。晨起唪經。至義莊看視開溝。松老送松雪翁字卷來,並貽以痰盒二,足見此老深情。米行張關金來,因糶米事故爲懸宕,生怒,殊難隱忍,頗覺致傷。終日疲憊。

辛卯。晴,寒。體極疲頓。禮佛,未能誦經。且爲人事逼迫,時時惱恨。作翰卿信。寄無款石谷册售人。至莊祠,同木作丈量兩廂並儀門。晚間,張米行來。東門書號米始得糶去百挑,價三元二角六分。夜間,又來調燈。更添水族蝦蟹魚龜及各戲,可爲極盛。

壬辰。朝晴,午後陰。邀少澂來看莊祠門面,兼看施茶浜墓門。送《灌園漫筆》與松老,聞菉卿感冒頗劇。五侄女、二侄媳來看調燈。

癸巳。陰晴互半。晨唪經。得翰卿信。遣小三問菉卿病。東門又糶去五十石,價照前。

甲午。晴。晨唪經。作清卿信,并附以薰刀魚、薰笋。晚刻,至孫祠啜茗,散步。東風甚尖,不能久坐,即回。頌棠聞昨移省監,深爲可憐。

乙未。雨，寒。晨唪經。得翰卿信，作雅臣信。終日疲倦。

丙申。陰。晨誦《金剛經》。是日，義莊戌時動夯。發胡雅臣信。晚微雨。石作送階沼石來，付洋三十元。

丁酉。晴，下午陰。晨唪經。午後入城，途遇松老，折回同遊小普陀、寧紹會館、般若庵諸處。復進城，至霍嶺剃頭，枕石啜茗，晤雲生諸君。歸得窓齋復信，字雖欹斜，而氣仍貫注，可喜也。四侄在家守候。是日，薛登來紮翠柏，晋三來繳義書兩日租洋。

戊戌。午前雨。發清卿、翰卿信。山茶籬落各色漸開，頗饒幽趣。

己亥。晴。晨起極不適。飯後，乘軒往看鈞千。半月未見，猝然驚哭，小兒尚少知覺也。其聲較在家時洪大，可喜。出至松老處長談，觀漢唐諸刻、宋拓佳本甚多。便途候平孚吉，未值，石梅啜茗。《道因碑》，十三行，俱宋拓精本。

庚子。晴。晨唪經。作平孚吉信。借《灌園漫筆》於伯賢。晚補誦金經。陸蓮庵閒步。

辛丑。晴。晨唪經。茶花盛開。得翰卿復信。

壬寅，晦日。晴，暖。晨唪經。午後，入城修脚。同子卿步至翁篠珊新宅觀盆梅，一無足取。布置一切，如人肢解，不堪寓目。絶好境界，俱遭污染，可歎亦可笑也。出至公周處，適君閎從江邑回來，晤坐談片時。予先出候馨山，略坐，赴石梅啜茗，晤雲生諸君。

三月朔日，癸卯。陰，微雨。莊祠叩拜，發贍族米。二兒至謝處陪賓。飯後，四侄來長談。松雪字卷送還松老。夜雨。

初二日，甲辰。朝陰，午晴。是日，義莊上墳，二侄竟不歸，可爲荒謬。先祭左近祖塋，後至上山。飯後，同族衆至頂山。予同兒侄先至先大夫塋，遂往頂山。歸過祥元處，小憩即回，已覺疲倦。四妹回家。

初三日，乙巳。晴。飯後，乘竹輿出西門，路遇拜香□肉身爐者頗衆，步出城，至碩庵祠堂，遊客甚多。東南風大作，不能久坐，即入城。便道訪伯賢，略坐，偕出。由寺前進書院，弄□□局，觀金黄月季。已□，四侄取去。至石梅啜茗，晤達甫，復折至馨山處，談良久回。朱品霞自蘇携古玩來，中有北齊天保河清兩造像、舊建窯小白瓶，甚佳。

初四日，丙午。晴。晨起唪經。飯後，四房頂山上墳，松侄輪值。遣二兒去許品霞來，買得《河清造像》一區，洋四元。二侄媳同五媳女來吃上墳酒。孫媳歸。人事如在獄,不能自由,可歎可恨。

初五日,丁未。晴。晨唪經。人極不適。義莊全行竪起,陸蓮庵西軒做地伏。汪行斛去毛糙米四十五石,價二元五角四分。晚刻,二侄來,始自杭州回。

初六日,清明,戊申。晴,大風,熱甚。晨誦經,門前甚覺冷落。松老過談。未刻,義莊上樑,往拜。東門女衆悉來,孫媳至弥明庵,夜仍回俞處。晚間,自種荷花五缸。是日,疲甚。天微雨。

初七日,己酉。晴,熱甚。是日掃墓。兩侄並多寶早來,先至屋後祖塋。飯後,至興福先大夫及先兄墓,九頭邱諸墓。二兒去,予先歸,與兩侄談及家事,總覺忽忽不樂,此家運亦天數也。薄暮雨,幸上墳事畢。

初八日,庚戌。陰雨,寒甚。昨可穿單衣,今已重裘,氣候之異有如此者,可勝詫歎。雨中種碧桃兩株。

初九日,辛亥。雨[①]。松老過談,適費企懷至,留點。

初十日,壬子。晴。體倦甚。寫羅少耕信,爲雲生書院事。

十一日,癸丑。陰。晨唪經,氣逆,幾不成誦,服半夏麯兩次。寄《禮器碑》並《藍田縣雪景》於翰卿。二侄來。

十二日,甲寅。朝微雨。晨唪經。義莊上椽,並竪儀門。黄昏雷雨,徹夜。

十三日,乙卯。寒,陰。晨唪經。遣小三至晋康取洋還菉卿。義莊木作五人,水作壹。

十四日,丙辰。晴,寒,夜霜。晨起極不適,唪經如故。至義莊,飭匠將祖太恭人及先室浦恭人墓志嵌於兩厢。多立少時,疲乏難支,幾不能行步。適屺懷復至,酬酢益難。金門亦至,爲碩庵西門坊祠,錢氏與之爲難,此事頗非易易。其中必有别情也。遣大三寄羅處弔分。傍晚,天又變色。夜雨。

十五日,丁巳。陰雨,寒甚。三月中,須重裘,從未有此天。時之不正,可懼也。二兒至龐處吊筱删,送山茶兩盆。

十六日,戊午。朝陰,午後雨。晨唪經。飯後入城。先至金門處,細談西門坊祠緣由。看菉卿,病頗劇,未得入晤之。松老、筱珊、弢甫俱在,

---

① "雨"後原有"午後種"三字,後被圈去。

予有欠菉卿款二百，先繳一數，即交松老手，留點。出至楊實甫處，談碩庵坊祠事。天雨即回。

十七日，己未。雨，寒。晨唪經。遣二兒吊曹處葬，得四侄信。無非假公濟用，心太錯矣。二侄來，明日又欲赴浙，拋家事於不問，一味糊塗。吾去之後，不可設想。家運之衰，可畏之至。須望曾、元以冀重振也。是日，二房又因瞎子判斷，起遣煞道場，亦覺無謂。夜仍雨。

十八日，庚申。陰雨。晨唪經。午後，遣小三問菉卿病，較有起色。並送信平孚，專爲墳地事。寄翰卿信，道士日間符表，夜禮斗。

十九日，辛酉。雨。晨唪經。得孚吉回信，薄塢地不諧。午後，有海門陳姓來。初云姓施，予竟莫解，後細詰，始知爲予業師壽來。先生後人久住海門，改姓爲施，欲尋墳墓。予烏從而知，指其至仲甘叔處，或可得端倪。蓋其堂弟爲陳氏婿也。二兒至蔣小軒處，道其娶侄媳之喜。

二十日，壬戌。早辰晴。唪經。合眷至西門觀競渡。飯後，予坐籃輿至石梅。遇雨，避雨茶室。雨過即霽。復出西門至俞祠，門關人静，借磚瓦行暫憩。俞處年年老例，設席待客。今日閉門，必有事故。進城至朱處。伯賢兄妹俱在家，見其夫人形容尚好，應可無妨。坐良久，街頭極濕，不可步，遂回車，甚早。得翰卿信，藍畫寄回，禮器前途秖加十元，予意不然。

二十一日，癸亥。陰。晨唪經。招晋三來説話。飯後，乘轎至南門碩庵處看鈞千。初見又復啼哭，後漸熟悉，形聲益强。適丟担會過門，出看三相，衣裝極鮮。過畢即至石梅茶叙，雲生輩咸在，良久返。

二十二日，甲子。陰雨。晨唪經。鵑花因雨過濕，皆形委頓。

二十三日，乙丑。晴。常邑送賑捐照會來，予久不聞此事，偏以此等相溷，殊可笑也。晨唪經如故。義莊水作今日始來，工程爲天時所擱，頗悶。午後，叔平丈來，長談留點。西涇岸裱糊店携來古鏡、碑帖，予得其一鏡，留其《白玉本十三行》，尚未論定。

二十四日，丙寅。晴。遣大三至山塘涇岸王裱背交去《十三行》賈三元，諒可成交矣。莫屏仍未付觀。因晨間氣逆，唪經移至午後。昏倦殊甚。傍晚，天又有變意。夜雨。

二十五日，丁卯。終日微雨。晨起，心有事，雜念紛起。經咒俱未唪誦。作陸、龐兩札，招陪松老飯。是日，本約同人祭周邑侯墓，因雨而罷。

接少耕觀察兩信,知游文山長尚未定聘,中必有人營謀也。即將原信送雲生閲。翰卿寄來册卷,求松老題者如此絡繹,頗厭之。觀《自得齋印譜》十六册,印泥一缸。徐子静贈松老者譜,未見大精。

二十六日,戊辰。晴。晨起,僅誦《大悲咒》。是日,招松老便飯。雲生、絅堂陪,惓怠之至。《十三行》復來找去五角。

廿七日,己巳。晴。令潘三分掘草花六種,贈送松老。作覆少耕觀察信,爲雲生書院事。又作柳門信。晚間,至般若庵聽念佛。孫祠啜茗。邵先來,約初二日來駁義莊租簿。

廿八日,庚午。晴。晨起唪經。同水作至施茶浜先塋看視脩葺墓門。買黄鵑兩株,高皆五六尺。一種半畝園,一種籬内。去錢七百文。四妹來。午後,入城剃頭。半途遇畢藻卿,交《十三行》裝褾,石梅茗话。是日,曾孟樸招賞牡丹,辭之。吴清卿寄貽莼菜。

廿九日,辛未。晴。晨醒後,虚焰上熾,神迷咳喘,莫可支持,去死幾希矣。俟少蘇,仍唪金經。午後,勉赴梅春山,謁祭周邑侯墓。旋至老蚌獻珠地,徐氏新塋,高立天際,八風吹蕩,何以藏身?不解地師,所謂有損於人而無益於己,真胡鬧耳。將來我身不知果藏此耶?自有緣在,無容慮也。歸後,頭昏更甚,刻欲睡去,苦不勝言。伯賢在舍,留飯。鵑花正盛開,惜予不能爲主,殊□歡耳。是日,除夢素外,舉家至東門看龍舟。

四月初一日,壬申[①]。晴。晨起唪經。施茶浜先塋修墓門。飯後,常漕來找米尾,付洋四十元。晚間,伯賢來,知松山寺醫僧曉源來虞,直至薄暮始到。來共五人,留點並夜飯。宣方亦莫名其用意。送洋三元。

初二日,癸酉。晴。四侄來長談。終日昏倦。

初三日,甲戌。雨。午後,松老過談,留點。伯賢兄妹上墳,遇雨而返。

初四日,乙亥。晴。晨課經。邵先駁義莊租簿始飯後,入城看菉卿病。今日始起坐,然面容瘦削,極爲可慮。松老出示蝯叟零種與予,所收無異,不意天壤間亦有同心者,頗覺可笑。出至俞處看鈞千,初見總覺畏生,旋即可提抱,性頗板質,不易歡笑。過藻卿店,見端陽景畫,甚古雅,許以四番。石梅啜茗,晤雲生諸君。

---

① 原文爲"晴,壬申",爲全文格式統一,將"壬申"移至"晴"字之前。

初五日，丙子。晴。辰起，出恭頗暢，唪經如故。晋三來，述四侄因追租事，殊多勉强，頗生煩惱。

初六日，丁丑。晴。辰起，頭鳴神倦，因之罷誦。諸多煩惱。飯後，遣小三送錢仁壽租洋乙百廿六元。至李竟宇處轉寄。

初七日，戊寅。陰晴互見，熱甚。人益昏躁。熱地之誤人如此，無波生浪。業由自造，敢自怨尤。晨起，唪經如故。半畝園分菊，後窗鵑花頗豔。木作理小屋，兩工。

初八日，己卯。是日立夏，秤人，予仍九十八斤，與去年同。晨起極不適，參地之誤人不淺。興福開光，本擬一游。天雨人病，不果。入夜，雨更大。木作五工。

初九日，庚辰。晴[①]。晨起，體病依然，不知何日可醒。巳刻唪經，氣促甚艱。苦季宗來接山茶，并搭凉棚，共四人。風狂落沙。木工[②]。

初十日，辛巳。陰。晨起氣逆，巳刻始唪經。義莊兩旁兩小間俱豎起。飯後，至陸蓮庵看屋。接翰卿回信，並徐子静寄贈松老石印兩方，王冰鐵所鎸，甚佳。李内監忽爾告殂，大是好消息。晚間，義莊廳前修桂。近日，看憨山大師《夢游集》。風仍不息，落沙。

十一日，壬午。晴。晨起唪經[③]。過義莊，忽見厢房大小有異，大爲詫異。此事從來未有，一時安能檢點。事已如此，只好别爲想法。聞菉卿仍病，可慮之至。天甚燥熱，飛沙不已。

十二日，癸未。晴。晨起，氣似稍平，唪經。内侄婿姚順之病殁，徐木作來亦無可如何。是日，二兒生日，來叩祝。

十三日，甲申。晴，暖甚。巳刻，往吊姚湘漁。飯罷，至錢六表弟處，未晤。至石恒寶姨甥處，閒談良久。贈予汀箋七番，陪至三層樓茶室。入城，候松老，兼問菉卿病狀，近復增劇。群從俱在，幼萊、金門先後同至。松老出觀字畫甚多，内玄照《青緑山水長卷》[④]，最爲出色。深厚蒼秀，恐平生亦不多有之作也。老蓮諸册亦佳，宋拓褚遂良《度人經》小楷，

---

① “晴”後原有“人仍不適”，另起一行原有“辛巳”，均圈去。

② “木工”爲衍字。

③ “起”後原有“氣似稍平”，後被圈去。

④ “玄”字缺末筆。

精妙莫可言喻,越州石氏本也。潭溪蠅頭密楷尤爲可寶①,令人不忍釋手。松老復申以石庵字卷易我蝯叟殘稿一册,人謂以貴易賤,我大沾便宜,然我頗不願也。抱殘守缺,人棄我取之物,不意世間尚有同此癡情者耶? 後至石梅啜茗,雲生及胡氏昆仲早在矣,略坐即返。夜雨,微雷。

十四日,乙酉。陰。醒後極不適,終日昏昏如睡。薄暮誦經。

十五日,丙戌。晴。終日昏睡,極不適。早晨,二侄來。昨從杭郡回,即欲挈眷赴嘉興官,興勃勃真覺無謂。翰卿寄來子静宋拓《舊館壇碑》,求松老題者,並坿趙字古玉印一紐。贈余碑與顧湘舟翻本,同似顧本,稍後。審其筆意,非當時所刻之元本也。聞得賈四百金,可爲貴極。

十六日,丁亥。晴。晨起唪經。朱少春來,同飯,偕赴龍灣定向。其間甚仄,不能照原向。兹定乙辛兼辰戌,再商定之。復至九頭邱,廣濟庵將建造。故同少春一看。擇日興工,須我作主。無端有此舉,亦數也,即歸。已覺疲乏,倦卧片時。夢素至東門。

十七日,戊子。晴。晨起,昏睡如故,唪《金剛經》。飯後,同夢素至陸蓮庵看新起屋,即回。五侄女、二侄媳來,二侄媳將赴嘉興也。

十八日,己丑。晴。晨起唪經,人少王。過晋三處,人委頓頗甚。飯後,兩媳至東門挈夢素睹孫女,至陸蓮庵閒步。

十九日,庚寅。晴,暖。晨起唪經。二侄來辭,赴嘉興差次。正擬赴東門,適松老來,長談留麵去。飯後至東門,正忙下行李。檯櫈無數,頗覺無謂。候補佐貳如此排場,甚非宜也。關乎家運,亦無可奈何耳。與四侄談良久,出至弢甫處,大觀其畫中廉州册八頁,石谷仿倪立軸爲最,碑以曹全爲上。翻閲甚久,頗覺疲乏,留點。晚至西城松老處,不及往。同藻卿石梅啜茗,晤雲生諸公,良久返。夢素至蔣處,先歸。接柳門信。

二十日,辛卯。細雨。晨起唪經。每朝唪時,偏來雜念,隨拒隨生,奈何? 晋三復病,往看之。今日,福山塘岸高老爺會。兩年俱遇雨,所謂"高弗進城劉保駕"也。想雖有保駕,亦不願進城。呵呵! 孫媳本今日回家,適有恙,未歸。鈞千廿四期歲,明日想能成行。是日,無錫秦湘臣來。

廿一日,壬辰。朝微雨,即霽。君宏來,長談留飯。相約至宗處會湘臣。余至,已先在,暢談良久。出往松老處長談,看張得天精楷書經,留

① 原爲"難得",後改爲"可寶"二字。

麵。菉卿亦晤,見體漸愈。坐久頗乏,仍至石梅啜茗。

廿二日,癸巳。晴。晨起唪經。風日燥熱。收拾北書房,爲後日鈞千曾孫期歲供神。飯後,遣送《續吴都文粹》至松老處。陸蓮庵水作完工,付周安順洋二十元。

廿三日,甲午。晴。晨起唪經。孫媳挈鈞千回家。明日週歲之辰,收拾一切。飯後,入城看常廟會。先至石梅看□會,茶室擠而且熱,不可嚮爾。由寺前至伯賢處待良久,會至而人倦不堪,幾睡去。至君閎處清譚,觀宋拓《廟堂碑》,與歷所見者迥乎不同,不勝歎絶。復至石梅,諸友畢集,會亦星散矣。歸後,正欲安憩,而晋三復又昏亂。不得已,復往看之。合眷尚未回,余早赴睡鄉也。

廿四日,乙未。晴,熱甚。晨起供佛,馬其衣冠,率兒孫並鈞千叩拜。賀客卅人,飯菜四桌,内一桌酒爲親家母設焉。未刻散,乏甚。柳門來虞,寓三峰下院。偕屺懷同來,承饋土宜數種。薄暮,松老貽我兩肴,即轉餉汪、費二公。

廿五日,丙申。晴,熱。晨起燒香後,候柳門、西蠡。巳刻,二公至,談良久,云至連珠洞。回後擾余飯,咄嗟立辦,殊無供給,草草雜湊,餘不能顧矣。聞京中於立夏日大雪,可稱怪事,非佳徵也[①]。菉卿又加劇。送客後,疲乏不堪。水作八工。

廿六日,丁酉。晴,熱。晨起極不適,唪經如故。飯後入城,至三峰下院候汪、費二公,已下船他往。與藥公談片刻,即至松老處。先晤弢甫,松老適午睡,未醒。柳門、西蠡先後亦至,長譚。菉卿病勢稍退,恐不足恃。出至寺前,爲鈞千買小風帽,直至市心始買得,即回。是日,昭廟演會,風日燥甚。

廿七日,戊戌。陰晴互見。晨起唪經。邵先駿租畢回鄉,酬以四番。飯後,坐籃輿至東門看昭廟會。色色鮮明,三相十將尤爲出色,較前日常廟會不可比擬。看罷,步入城。至陳老昆古董店小憩,一無足觀。有香爐一座,色樣俱佳,惟嫌太大。復登輿至石梅啜茗,晤竟餘。聞楊莘伯到家,良久返。夜細雨,即止。内眷又起夜會之興,心爲物欲所牽,牢不可破,可發一笑! 水作□工。

---

① "也"後原有"未刻去",後被圈去。

廿八日,己亥。晴雨互見。晨起唪經。午後,熱更甚,寒暑表升至八十餘度。閲報,京中果於初九未刻雨雪,人幾凍死,大非佳兆也! 剛立夏第二日也,山中有雪,京城無雪,亦足異也。夜,復細雨。水作八工。

廿九日,庚子。陰晴互見。晨起唪經。天氣忽寒,大風。半畝園鋪地板。飯後,遣小三向晉康取洋五十元。洋鵑大放。晉三漸有起色。四月十五考差,卷爲大風捲裂甚多,似非佳兆。

五月初一日,辛丑。陰雨,甚寒。晨起唪經。天香祖塋叩拜。木匠二工,仍託白雲堂右屋板壁,將義莊舊屋料歸理。閲報,載張丙華、翁緝甫串騙沈姓沙田事甚詳,於松老大不利。其子侄何懞懞耶?

初二日,壬寅。晴。晨起極不適,勉應五侄女看報本、總管會之請[①]。午後會遇,適密雨。片時,走會者各踉蹌而避,從此不□矣。飯後,就近往候松老,並晤弢甫。知松老曾孫景芝病增劇,每至陰分發蒙,兩目不見燭光。此肝陰虧極所致。松老愁思極深,恐凶多吉少。即出至石梅待會,看過即返。石作五人,做槐梅臺。

初三日,癸卯。晴。晨起唪經。楊辛伯媳柩寄厝興福,送客過門暫憩,儀從頗盛而亂。飯後,作覆信。翰卿寄示張則之畫卷,甚佳。子静寄貽松老沈從周茶瓶,雙合形制,頗雅。同木作至陸蓮庵。松老信來,借宋刻《雀銘》,知其曾孫蒙象稍退。終日頭鳴昏甚。遣大三向莊取義記洋壹百元[②]。

初四日,甲辰。晴。晨起鹿鹿,未唪經。節帳紛紛,殊不能耐。終日昏倦,最無聊賴。明日,晉三六十初度,送衣料洋五元。晚間,松松無端將洋鵑澆以糞水,甚起煩惱。天數也! 急灌以清水,未知有捄否[③]?

端五,乙巳。晴。晨起,仍耳鳴頭昏,困頓不可名狀。奮勉誦經。課畢,往拜晉三六十壽。歸過節上供,復赴晉三壽讌。予先歸,倦卧片時,楊莘伯來,候談良久去。李蓮英之死,竟無其事,報之説謊如是。得翰卿信。

初六日,丙午。晴。晨起,昏沈如故。唪經後,過半畝園。飯畢,入

① 報本,指報本道院。總館,指總館廟。

② "義記",指義記洋行。

③ 捄,同救。

城剃頭。至碩庵處看千聖小王會。會過，擬至松老處。僅隔一河，爲會阻，竟不得達，即至石梅啜茗。會至巳，亂次濟矣。薄暮，返於藻卿處。携回鶴壽本《寉銘》，再四勘對，莫衷一是，不知究出何本也。晨間，由周咏韶送來清談會單，聚於映雪，約十餘人。此會創于龎銀臺也，各人出煙茶資三元。

初七日，丁未。晴。晨誦經。終日昏悶。晚間多食油酥致嘔，夜來復因啜粥又嘔，極不適。閲報。義和團匪於涞水焚殺教堂，拒捕官軍淪歿，并傷副將一員。群趨入京，可憂之至。

初八日，戊申。午前陰，午後晴，晚間細雨數點。飯後，乘軒看還楊莘伯。至松老處，正陪金醫，知菉卿又病且劇。閲金醫案，有諸恶畢集之勢，頗爲擔憂。金門、弢甫俱至，聞景芝蒙象仍有，未見起色。松老爲之焦急，亦起胃痛。將子静贈物交之，而出至馨山處看會，惜已不全。至石梅，晤絅堂、幼萊、雲生諸君，薄暮返。

初九日，己酉。晴。晨起唪經。終日倦怠，每一展卷，即欲睡去，最爲苦境。兩過陸蓮庵，徒步里許，轉覺王相不能稍静，奈何？孫媳早回，朱四妹亦來家。

初十日，庚戌。晴。晨起諸多不快，唪經如故。飯後同四妹等至陸蓮庵，良久返。天氣燥烈異常，大有旱象。此在天意，不可知也。陳老昆携香爐來，即前日所見者，以八番得之。是日交芒種。

十一日，辛亥。晴，東南風日日狂甚。晨起，極不快。唪經，並添持藥師琉璃光如來，從今日始求病减也。彩畫匠來，爲義莊廳論定三十四元。飯後，至陸蓮庵，即回。閲《御選語録》，頗有悟處。送屈二小姐洋兩元。

十二日，壬子。晴。夜間醒，時連數夕，不堪困苦。病與老日見其進，奈何？日中亦復頭昏體軟，迥乎不同，莫可言狀。朝課勉力支持，不敢稍退。閲報，北邊團匪猖狂，事機叵測；外夷乘機而入，勢在必然。朝廷無人，最爲可憂耳。老病如此，何以再遭此厄運耶？

十三日，癸丑。晨雨一陣，即霽，熱甚。唪經，加持藥師如來。飯後，至陸蓮庵接翰卿信，並求松老書件及潤物。頗不自量，牽連不識姓名人，徒取人厭耳。薄暮，又雷雨，□時許。

十四日，甲寅。雨。晨起唪經。午刻上供，先祖妣錢太恭人生忌。

飯後,冒雨至陸蓮庵,即回。五侄女來,夜飯後去。下午微寒。

十五日,乙卯。晴。晨起,四肢無力,舉體軟弱,勉强禮佛。常課未完,藻卿送劉卷映雪。因予今日齋期,改於明日叙飲。晚間,晋三病愈過談。同四妹、孫媳至陸蓮庵散步。忽若閉汗,甚不適。服紫蘇霍香湯,頗得力。補誦《金剛經》一卷。

光緒廿六年(1900)十月中補録,坡生志。宋兒侍。

是月,有□命次男寫,他日當自録。

此中書已有歸别姓者,最可惜。《石齋未刻稿》《牧齋雜詩文日記》等部較宋元刊尤難得。

元刊《世説新語》,二本。

宋刊《世説新語》,文徵明校題,贈頌閣譜弟。四本。

《歷代小史》,抄,十二本。

《三元延壽書》,抄,四本。

《四明文獻集》[①],抄,有元人題,一本。

《小學大全》,抄,十本。

宋刊《莊子》,十本。

宋刊《陳龍川集》,嘉泰本,贈叔平丈,翁方綱精楷校題。六本。

宋刊《管子》,四本。

宋刊《韓子》,四本。

宋刊《吕氏春秋》,屺懷太史取去。馮嗣宗校,王寵跋。八本。

《湯雨生詩》,抄,二本。

《紀文達詩文未刻稿》,三本。

《施愚山詩文未刻稿》,二本。

《萬古愁曲》,抄,一本。

《宏光遺事》,抄,二本。

《永歷遺事》,抄,六本。

《江邊紀略》,抄,一本。

《魏閹遺事》,抄,二本。

---

① 此行天頭有紅筆兩點標記。

《思文遺事》,抄,一本。

《石齋遺稿未刻稿》,此稿先公擬刻,未果。七絶二百三首,五古卅首,七律八十首,對句十八聯。毛至潔稿百餘首,蔡春溶稿七首,陳駿音文稿廿餘首,石齋夫人詩四十七首。奏稿四□□,雜文卅二篇,七古十八首,無《殉難詩》,不知何故。中題句有"火中爲人偷出,有神靈呵護。駿音當時但知已付焚如,閲數年後,書現,駿音已亡"之語,買得者因文字獄繁興,恐被累,不敢出現。今數百年後,爲余所藏,豈偶然哉? 坡生志。抄本,附□。四本,又二本。

《大義覺迷録》,發學官原本,乾隆時已收回,可寶也。一本。

《吕氏正綱》,禁書。名號及圖牽門人題志,均挖去。可恨! 四本。

《先退菴公詩》,一本。

《先孟淵公詩》,一本。

《先曼華公詩文》,一本。

張茂先《博物志》,宋刊,極精。二本。

牧齋《紅豆山莊詩詞》,瞿忠宣和作附,抄,一本。

《南燼記聞》,抄,一本。

《小兒直訣》,抄,一本。

《陰證略例》,抄,一本。

《四朝聞見録》,抄,二本。

《三朝聞見録》,抄,二本。

《靖變記略》,抄,一本。

《三藩記略》,遺事廿六則附,抄,四本。

《真誥》①。

《印藪》,墨印,有松禪居士題跋并詩,以爲希有之品。十六本。

《鐘鼎篆韻》,文淵閣印抄本,楊咏春增廣,孫子瀟題,孤本,六本。

元刊《周濂溪集》,八本。

宋刊《楞嚴經》,十本。

宋刊《老子》,四本。

---

① 此書未題册數,并於"真"字右上角標有"△"標記。

宋刊《南齊書》[①],四本。

宋刊《梁書》,六本。

《駱賓王集》,元人抄,虞伯生藏,有題。二本。

《陳友諒、韓林兒、張士誠、明玉珍逸事》[②],四本。

《察罕庫庫逸事》,一本。

《周應合纂》,抄,景定至建炎,十本。

《夷堅志》,抄,十本。

元遺山《續夷堅志》,抄,四本。

《汴京勾異記》,抄,二本。

《乾坤清气集》,抄,一本。

《奕史・饌史・茗史》,抄,一本。

《司馬温公瑣語》,抄,一本。

《幽怪録》,抄,一本。

《劉賓客嘉話録》[③],一册。

《楊公筆録》[④],抄,黄琴六抄校,一本。

宋抄《博物志》[⑤],南宋人賈餘慶藏本,明吴寬題,王寵精楷題。三頁已蛀去其半。一本。

《牧齋雜詩文》,抄,若波自日本得,歸以贈先君。二本。

宋人寫《金剛經・心經》[⑥],同上,一本。

《柳如是家信稿》[⑦],十六通,自寫。一本。

《先曼華公詩稿》,抄,一本。

《趙廷珂詩稿》,抄,一本。

《東皋詩》,抄,一本。

宋刊《陸賈新語》,在价人公處,光緒五年取去。二本。

---

① "宋"字原題爲"元",後圈改。

② "逸"字原題爲"遺",後圈改。

③ 此行天頭有紅筆一點標記。因有蟲蛀,疑原爲兩點。

④ 此行天頭有紅筆兩點標記。

⑤ "抄"字後原有"續"字,後被圈去。

⑥ 此行天頭有紅筆兩點標記。

⑦ 此行天頭有紅筆一點標記。因有蟲蛀,疑原爲兩點。

《宋遼金石將傳》，絳雲藏本。六本。

宋刊《文選》，缺廿六頁，抄全。价人公贈與譜弟王文韶相國。十二本。

宋刊《酒經》，叔平相國郵贈先公。一本。

《廣川書跋》《宣和画譜》，絳雲藏本。八本。

《米元章画史》，同上。二本。

《宣和博古圖》《薛尚功鐘鼎彝器款識》，至正重脩本，十二本。

《玉山名勝集》[①]，明初本，較元刻尤精。七本。

《説文解字》，精抄本，四本。

宋刊《吴越春秋》，六本。

五代本《詩經》殘本，一本。

五代本《禮記》殘本，四本。

宋刊《隋書》，十六本。

《詩故》，抄，一本。

元刊《尚書句解》，六本。

《汴遊録》[②]，抄，一本。

《存餘堂詩話》[③]，抄，一本。

《洹詞記事抄正續》[④]，抄，二本。

《戒庵漫筆》[⑤]，抄，二本。

《明良記》[⑥]，抄，一本。

《保孤記》[⑦]，抄，一本。

《韻補》，抄，二本。

《僞齊録》，抄，一本。

《建炎時政記・進退志》，抄，二本。

岳珂《愧郯録》，抄，絳雲藏，四本。

《艸莽私乘》，抄，一本。

《漱華隨筆》，抄，一本。

---

① 此行天頭有紅筆兩點標記。

②③④⑤⑥ 此行天頭有墨筆一點標記。

⑦ 此行天頭有墨筆、紅筆各一點標記。

宋刊《中庸》,二本。

元刊《孝經》,一本。

元刊《蒙古文孝經》,一本。

《沈歸愚詩未刻稿》,抄,一本。

《徐霞客遊記底稿・詩底稿》,霞客自書,四本。

《趙子昂詩》[①],抄,日本抄[②],一本。

《錢遵王自寫目録》,未編次,二本。

《舊山樓目録》,大兒抄,二本。

《掖廷秘記》[③],抄,八本。

《藏説小萃》[④],抄,八本。

宋刊《太上感應篇》,二本。

宋刊《古列女傳》,四本。

《韓魏王家傳》,抄,一本。

《韓魏王别傳》,抄,一本。

《北盟録》,緑筠堂抄本,漁洋山人題。八十本。

《蔡中郎集》,緑筠堂抄本,有缺,漁洋山人抄補全。四本。

《古今雜劇》[⑤],清常道人校、抄補,半元明刊。黄蕘夫長題[⑥],董香光題。六十四本。

《葉天士逸事》,抄,一本。

《俞嘉言逸事》,抄,一本。

《漢唐秘史》,抄,二本。

《竊憤録・續録》[⑦],抄,共一本。

《紀年録》,知不足齋抄本,一本。

《吴文定公藏書目》,抄,二本。

《内閣藏書目》《南雍書目》,抄,合裝,共十二本。

《大業雜记》,抄,王鐸題校,一本。

---

① 此行天頭有紅筆兩點標記。

② "日本抄"三字爲紅筆書寫。

③ 此行天頭有紅筆"×"標記。

④⑤⑦ 此行天頭有紅筆兩點標記。

⑥ "黄"字原題爲"王",後紅筆圈改。

《五代史補》，汲古閣抄，一本。

《嚴文靖公詩文》，抄，二本。

《吴文恪公詩未刊稿》，二本。

《安樂山事迹》，抄，絳雲藏。一本。

《容齋隨筆》，抄，十二本。

《虞注杜詩》，抄，四本。

《桑選杜律》[①]，抄，一本。

干寶《搜神記》，抄，二本。

《志林》，抄，陸稼書校題，四本。

《括異志》，抄，一本。

《世説新語》，元歐陽玄抄藏校[②]。白紙大字，極精工。明周延儒藏，有題。二本。

《先曾祖妣錢日記》，子孫永保，四本。

《不昧居士寫經》，三本。

《嚴虞惇寫經》，一本。

《牧齋甲申年日記》，一本。

又《乙酉年日記》，一本。

又《記豫王下江南事迹》，一本。

又《下獄時與柳如是信底稿》[③]，内有《詩艸》底稿。被累。一本。

《楊椒山奏稿》，抄，一本。

《石齋霞客唱和詩》，抄，一本。

《張江陵全集》，抄，其子殿元公抄録詩文，均較刊本为少。明本朝諸名人均有題，共有三十二人，真寶貴也。价人公自□中一筆帖式家買得[④]，价銀四兩。廿本。蛀壞甚多，已裱過。

《成親王詩》，抄，一本。

《黄氏日抄》，抄，廿四本。

《曾文正詩》，抄，二本。

---

① 此行天頭有紅筆"×"標記。

② "玄"字缺末筆。

③ "下獄"二字標有"△"標記。

④ "□"字被蟲蛀，疑爲"邑"字。

元刊《易經》,四本。

《舊山樓唱和詩》,一本。

《林屋紀遊詩》,先公著,一本。

《舊山樓詩》,先公著,一本。

《紅豆山莊雜記》,牧齋手筆,四本。

《讀書敏求記》,抄,四本。

《李闖張獻忠逸事》,二本。

《雲南大事記》[1],永歷帝事,抄,著者姓名已挖去,不知何人。二本。

《風倒梧桐記》,抄,一本。

《海角遺編》,抄,二本。

《史閣部遺事》,抄,一本。

《平西王始末志》,抄,著者名挖去,二本。

《記文字獄始末》,抄,同上,二本。

《浣花集》,汲古抄藏本,二本。

《花間集》,抄,一本。

《李秀成事迹》,抄,惠甫贈,僞忠王。一本。

《虞伯生詩》,汲古精抄校,二本。

《蒙韃録》,抄,一本。

《老子翼》,印抄宋本,二本。

《子華子》,抄,鈴山堂印鈔宋本,一本。

《王氏蘭譜》,抄,一本。

元刊《小兒集驗方》,此書失去,忘其名,未知是此否。須查。八本。記得似十本。

《墨娥小録》,抄,二本。

元刊《許魯齋遺書全集》,抄補,四本,又四本。

《野處文集》,抄,汲古精抄本,十本。

《龜溪集》,抄,缺,嚴虞惇補抄全,四本。

《傍秋亭雜記》,一本。

《玫瑰集》,抄,缺。周文子贈,有汲古抄補,廿四本。

---

① "雲"字標有"△"標記,旁題"滇"字。

《鐘鼎篆韻》[①],楊咏春增廣、手鈔,龔孝拱增廣,八本。
《宣和遺事》,蘭雪堂抄本,一本。

(另附信札一份:)
翰卿求書三字,可否
揮賜,不勝幸甚。兹送上,不必汲汲也。
松禪老居士座右。
非昔謹白。

① 此行天頭有紅筆"×"標記。

壺中日記

(清)葉　鈞著

肖　剛整理

整理説明

葉鈞撰《壺中日記》不分卷，清稿本，1 册，每半葉 8 行 30 餘字，紅格，白口，四周單邊。每葉稿紙右下角印有“朗山稿本”四字。天頭及書口位置多有殘缺，且傷字，後經修復。日記内容自嘉慶元年（1796）正月一日始，至嘉慶二年四月二十九日止。

[嘉]慶元年丙辰。余年二十有六。

(鈐"長樂鄭振鐸西諦藏書"朱印。)

……月一日[①],戊申。陰。拜家神竈井、先祖畢,何豈匏來。午後,往眉壽賀歲,歸。《再叠甲寅韻詩》曰:"……身世飲椒時,往事多非今始知。暫客何妨諧近俗,未翁那许學聾癡。晴開……應淺,春入殘年景較遲。此後韶光無限好,莫教閒却只唫詩。"

二日,[己酉]。晴。汪尊香、沈我山、張星垣來。午後,往程姑家賀歲。復到瞿曉江家,手談一局,勝七子。

三日,庚戌。晴。往華氏拜壽。擬進城賀歲,聞不如意事,不果往,歸。同瞿花農舟行至沈我山家,不值。午後,繆溪舟來。傍晚,蔣守愚來對局,勝三十三子。夜,大雨。

四日,辛亥。陰。張星垣來弈棋,勝二子。飯後,同培之坐船進城。泊皋橋堍下,上岸至吴署前,尋桌櫈,復……[直]巷看册結。路遇華六,同往。返至舟中飯畢,約卧時許。培之恐時晏,促起身。至署纔三鼓耳!坐茶室中候之,有老者述越獄斬決事,頗痛快!黎明點名,擠甚!

五日,壬子。陰。因擠甚,仍補到。其中夾帶文字及煙袋、考具擠落夥多,蹂躪不復顧,封門已巳初矣。已冠題:"堯曰:咨,爾舜!由仁義行。"未冠題:"節用而愛人,故曰'仁者無敵'。"詩題:"和氣正調梅",得"和"字。文畢頭牌,出縣二鼓餘矣!走至城下,門者索錢未遂,因羞轉怒,不肯開。傍徨更許,轉至五涇廟,買船坐待天明。腹中饑甚,既倦且凍,生平無此受累也!

[六]日,癸丑。晴。平明船至門首,歸家卧至午,食粥。錢榕亭來,未晤。夜雨。

……,甲寅[②]。陰。顧朗山來,鄭馭成、彦邦來。穆堂遣轎夫傳小塘病故,駭然。作寄李雲門信。飯後,船至楓橋賀歲。、[③]

八日,乙卯,陰。坐轎進城賀歲,午後歸。許香浦來,同至上塘賀歲。

---

① 因後文題"二月一日",故此處當爲"正月一日"。

② 旁邊另有墨筆題"七日甲寅",當爲殘缺後補。

③ 此處"、"及後文"×"、"△"、"○"等均爲原文墨筆標注,或標于天頭,或標于文末,似作統計之用。爲免影響行文,標記于文末則照録,于天頭則注釋説明。

復候淡如，適朗山在，於是香浦邀余等小酌。席間，朗山以柳宗元"絶、滅、雪"韻令余作《釣魚詩》。詩曰："寒江夜清絶，孤艇燈明滅。得鯉三尺長，斫鱠白於雪。"盡歡而散，同朗山歸。夜起風，下雪。

九日，丙辰，風雪不止。午後，覆案出。余輿，培之畏寒，不赴。顧朗山來，拉往小酌。晤楚香、惠菴，更許歸。衝寒過橋，到家嘔吐。

十日，丁巳，陰，寒甚。鈕匪石來。午後，顧朗山、張銀槎來，作新年戲。是日，敬之誕。

十一日，[戊午]。晴，寒未減。鄭定九、震滄來，往候彦邦。知覆題"生而知之者上也，學而知之者"，經題"德惟善政，政在養民"，詩題"風光草際浮"。答拜匪石，不值。飯後，至瞿曉江家，看黄賢書、程文光弈棋，上燈時歸。張星垣在，少頃匪石來。

十二日，[己未]。晴，寒不退。顧春槎父子來，張星垣來。午後，同培之步至瞿曉江家观博。復至顧朗山、黄惠菴、汪蕁香家，皆不值。

十三日，庚申。晴，寒少減。張星垣來。晚，何豈匏、鈕匪石來。

十四日，辛酉。晴。張星垣來。顧朗山、鈕匪石來。

十五日，壬戌。晴。鄭椿亭來。顧朗山、項楚香、張星垣、鈕匪石來。夜，祀先畢，顧潤賫來，談曲子及文史頗暢。復同張星垣往會館看燈，時已二鼓。日間約至朗山家，竟不能踐矣！

十六日，癸亥。晴。至香浦家，不值。到徐澹如家拜壽，晤香浦。同往豈匏家，路過香浦，行中少坐。至豈匏家，飯畢歸，遇鐵簫。至匪石寓中，不值，歸。晚，鐵簫來談詩，極暢適。在豈匏齋閲《朱青湖詩稿》二百餘首，得讀圈句數句，因而及詩。

十七日①，甲子。陰，多風。至朗山家，談及今日將赴棣花書塾，因書四十字《留示同人詩》，曰："不是常離索，安知會面歡。掩関竟寥落，識字分寒酸。久讀《鷦鷯賦》，新耽苜蓿盤。多君能見訪，花木及春看。"歸。飯畢舟來，赴棣花書塾。讀《三元喜讌》詩，惟謝金圃作爲最。夜宿棣花書塾之西廊。

十八日②，乙丑。微雨。學坡出董香光真迹，因論書法。學坡謂："不

---

① 此行天頭有墨筆"△"標記。

② 此行天頭有墨筆"○"標記。

輕作書者享名乃久,可以預定山舟夢樓之身後。”余謂:“不然。香光墨妙不爲少矣,何以至今寶如珙璧?傳之修短,殆别有故耳!豈在是哉?”

十九日[①],丙寅。晴。讀《西都賦》。

二十日[②],[丁卯]。晴。皎甚,始覺有春氣。培之來信,知廿五府試。作札托豈匏轉致澗薲,作陸鐵簫移居詞調,寄《鳳棲梧桐》。曰:“賃得茅檐聊蔽雨[③],書釗清貧容易擔囊去。指似鄰翁留一語,客來問訊無多路。殘雪斜陽明遠樹,樓外春寒且著閒居賦。卧看屋梁高幾許,極邀舊燕移巢住。”傍晚,步至門首,見水紋磷磷、春風浩浩,不覺有感。

廿一日[④],戊辰。晴,多風。讀《東都賦》。

二十二日[⑤],己巳。陰。香浦字來,步余《留示同人詩》,曰:“離家纔數里,底閒説悲歡。移篋出殘稿,檢衣防暮寒。遣愁依筆硯,酬月借栖盤。况有扁舟便,詩成好寄看。”作詞牌謎十一个。午晴,瞿松濤來。歸過銀槎家,會琳坡。到家,李樂亭來。夜雨[⑥]。

二十三日,庚午。晴。至朗山家,晤藹人。到何豈匏家邀千里,不值。至我山家送行。歸,王夢樓在,同至張子元店。飯後,張星垣來,作寄席立軒信。復至朗山家。夜,藹人來。

二十四日,辛未。晴。晨至朗山家,歸,孙筠坡、汪尊香在。聽筠坡講海船事,頗新異。“見海船上大蛇,土人云:‘每船上有之,船靈性也,見則不利于船。’”飯後進城,晤陸鐵簫、王夢樓。夜宿顧春槎家。

二十五日,壬申。晴。進府,正考吴縣。題:“子張問仁章:‘“信次不動以有道乎?”曰:“有。”’”詩:“山下出泉”,得“源”字。文畢出府,四鼓矣。兩宿春槎家。見詩一首,云[⑦]:“良止穹窿勢,有泉流水源。深林自浩藹,至徑听潺湲。往復可洗俗,清芬足漲痕。高底非無自,上下探根原。觀景心能静,凝聲鳥語喧。混混堪瀑布,共樂圣君恩。”殊可噴飯。

二十六日,癸酉。陰。驚蟄。歸家。顧朗山、許香浦來,晤;張銀槎來,不值。邀瞿花農、松濤、黄冬友夜飯。

---

①②④ 此行天頭有墨筆“○”標記。

③ “得茅檐”原作“此三間”,後改。

⑤ 此行天頭有墨筆“△”標記。

⑥ 後原有“是日内子誕。”一句,後被圈去。

⑦ 原文自“云”至“噴飯”被墨筆抹去,然依稀可辨。

二十七日[1],甲戌。晴。至朗山家,晤藹人。歸,鄭椿亭在。到棣花書塾。晚,花農來,拉往夜飯。同閱《夢樓詩集》,觀采茶燈,歸書塾宿[2]。

二十八日[3],乙亥。晴,多風。粥後爲糧事歸,張雙南來。飯後至朗山家,不晤。途遇惠菴、楚香。歸,剃頭。招席樸園,閱立軒家信畢,復至書塾。

二十九日[4],丙子。陰,大風。讀《蕪城賦》。晚,花農來,是日歸。

二月一日[5],丁丑。晴,風息。出初覆案,值路者誤以葉鋆作余名,往復查視,甚費周折。因思去歲科入葉傳鈞,乙卯廣東解元葉鈞[6]。一則多一字,一則竟至相同。今以區區府試,復以聲音、字體相類至生謬誤,豈不可笑? 固無怪人之屢易名字也。至朗山家,歸,鄭椿亭、華六來。飯後,往答松濤、樸園,兼至謝親家處道喜。歸赴棣花書塾。

二日[7],戊寅。晴。阿元送衣服來。富順傳諭明日歸家,至隔河話事。夜晤許萬,持燈返館。

三日,己卯。歸,姚業師在。至方珍上家。樸園來,午後方珍上來。至乾泰號晤崔雲章。晚,張星垣來。是日天燥熱,夜大雷雨。

四日[8],庚辰。大風,雨。拜姚業師。船至書塾,讀《雪賦》。

五日[9],辛巳。晴。讀《月賦》。午後花農來,示余《題顧松交先畫册詩》,曰:"畫手看前輩,林泉暢逸情。橋低月三□,花美一天晴[10]。風勁雲難住,江寬浪易生。此中應有會,我亦羡歸耕。"晚至隔河晤許萬。

六日[11],壬午。晴,有霧,天熱。樸園來,阿元送衣服來,讀《舞鶴賦》。菴蘭持花一枝,形如綴珠,淡緑,氣香,甚甜,名曰"十大功勞花"。出自安徽,亦罕物也。因記以詩,曰:"花非經見更鮮新,韻淡香深恰可人。月榭昏黄千里夢,茗甌淺碧十分春。自矜瘦骨全無俗,誰道芳心尚有塵。知是東皇留史筆,前身第一越功臣。"

七日[12],癸未。晴,天熱,多風,午後凉。高炳送其侄入塾。讀《恨賦》。

---

①③④⑤⑧ 此行天頭有墨筆"△"標記。

② 此處書葉有殘缺,"茶燈,歸書"四字爲殘缺後所補。

⑥ "乙卯"旁原注"科分似有誤。"。

⑦⑨⑪⑫ 此行天頭有墨筆"○"標記。

⑩ "弄"旁又題"聚","天晴"旁又題"村明",似欲改而未定。

八日[①],甲申。陰寒。培之來。作札寄香浦,附《十大功勞花詩》示之。晡時雨。讀《别賦》。至隔河夜話。

九日[②],乙酉。雷雨。讀《文賦》。

十日[③],丙戌。雷雨。讀太冲《咏史》八章。

十一日[④],丁亥。雷雨。讀《延年秋胡詩》《五君咏》。晚至隔河夜話,晤許萬。

十二日[⑤],戊子。陰。春分。讀嗣宗《咏懷》。夜半雷雨,燈下作《春齋雜咏》三絶[⑥]。云:"輕風如剪雨如丝,二月清寒客裡知。墻角踏青閒覓句[⑦],今年春較去年遲。[⑧]""黯黯寒雲隱隱雷,硯山春潤欲生苔。先生不出晴無用,[遮]莫催詩雨又來。""山館無人夜更出,碧天如水氣如秋。東風解釋巡欄意,又放鐘聲出寺樓。"

十三日[⑨],己丑。陰。讀子建《贈白馬》至晚,許萬邀余晤許振。夜飯畢,歸館。夜半,大雷雨。

十四日[⑩],庚寅。雨。阿元送釘鞋來。晚歸,坐船。

十五日,辛卯。晴。黄賢書、張星垣同徐某來,至李樂亭家、姚業師館。午後,花農來。至朗山家,不晤。至樸園寓、崔雲章鋪、曉江家。

十六日,壬辰。晴。崔雲章、張星垣、黄績餘、瞿花農、松濤、鎮江李子[⑪]、汪蓴香來,王夢樓來,寫字[⑫]。至朗山家晤蔚堂、銀槎、駱三,復到蓴香家取香光獎山字。樸園來,同往青蓮室買箋。

十七日,癸巳。晴。黄賢書、張元奎、孫某、韓某、徐某來,作租契。午後,樸園、花農來。至朗山家晤藹人,分題作賦,余拈得"深巷明朝賣杏花",作三段。飯畢歸,微雨。是夜看燈。

十八日[⑬],甲午。雨。至早樸園來,未晤。至夢樓寓索書,還候鐵簫。

---

①②③④⑤⑨　此行天頭有墨筆"○"標記。

⑥　後原有"總記於後"四字,後圈去。

⑦　原作"墻角尋詩憐草色",後改。

⑧　"今年"原作"一簾",後改。"較"原作"色",後改。"去年"原作"入□",後改。

⑩⑬　此行天頭有墨筆"△"標記。

⑪　據後文,當爲"李子泰"。

⑫　後原有"鎮江李子泰"五字,後被圈去。

鐵簫出《徐清渠詩序》《滕王閣新劇》見示，書雜咏三首報之。中途遇雨，至聽默書肆，少憩即歸。船至書塾。晚至隔河話事，晤二許。

十九日[①]，乙未。雨，寒甚。讀樂府《飲馬長城窟行》一、《長歌行》一、班婕妤《怨歌行》一、魏武《短歌行》一、魏文《善哉行》一、《燕歌行》一、子建樂府四篇。

二十日[②]，丙申。陰，寒。讀樂府，鮑明遠樂府八首[③]。沈七來，許香浦來。

二十一日[④]，丁酉。晴陰不定，仍寒。讀《古詩十九首》。

二十二日[⑤]，戊戌。晴陰不定。讀《古詩十九首》。飯後，至隔河晤語。至花農家，不值，歸。

二十三日，己亥。晴。尊祖香巖公忌。至白馬澗掃墓，寫祖塋地圖。

二十四日，庚子。晴，多風。至居家營掃墓。夜雨。得昆山考信已進詩《古鷹化爲鳩賦》，以"因時改舊，春鳥獻鳩"爲韻，"江草乱青袍"五言八韻。"名家臺沼[吾]风流"，得"山"字，七言八韻。

二十五日，辛丑。陰雨。至香浦家，談至下午，歸。未進詩《古養之如春賦》，以"春春萬物，道蕩如之"爲韻，"材霏近雜市廛煙"，"峰"字，七言八韻。"春寒入花骨[⑥]"，五言八韻。

二十六日，壬寅。竟日雨。華三來。"文武之政，地道敏樹，人道敏政，修道以仁，修身以道，取人以身。使天下之人，正己爲不求於人"。"桓三年，齊侯衛侯胥命於蒲"。"百草香心初罥蝶"，得"晴"字。

二十七日，癸卯。晴。清明。至姚業師館、崔雲章店。蔚堂來，夜朗山來。補歲考"二三子！偃之言是也"。□來。

二十八日[⑦]，甲辰。陰，天熱。至程姑家拜壽，赴書塾，讀《離騷》。晚歸。至銀槎、朗山家，俱不值。

二十九日[⑧]，乙巳。雨。至二房拜壽，赴書塾，讀《離騷》。午後大風，涼。半夜，大雷雨。

---

①②④　此行天頭有墨筆"○"標記。

③　原文旁注"號雲瞻"。

⑤⑦⑧　此行天頭有墨筆"△"標記。

⑥　"春"原作"清"，後改。

三十日[①],丙午。陰、寒。讀《離騷》,午後大雷雨,晚歸。至銀槎家,晤耕愚五丈。今歲自驚蟄後雷鳴不時,天氣陰寒,雷愈迅,亦不可解也。

三月一日[②],丁未。陰。早赴書塾,讀《離騷》。

二日,戊申。晴。讀《離騷》,歸[③]。夜雨。至朗山家,復答上海瞿大。

三日,己酉。晴。同培之赴昆山,候舟不至。同張星垣往虎丘,覓船不得。午後喚謝船去,更許到昆。

四日,庚戌。晴。納册結畢,拜穆堂不值。候顧樸園,晤澗蕢、榕亭、南雅諸人。夜雨。是日,船移至望山橋泊。

五日。晴。顧樸園來答,四鼓起身進場。

六日,壬子。晴。長題"武王、周公,亦以新子之國,使畢戰問井地,玉聲如樂",得"如"字。元題"夫凝之顯,一朝而獲十。詩云'不失其馳,至水方流'",得"方"字。吴題"無憂者,子未學禮乎? 丈夫之冠也,琢玉成器",得"琢"字。下午出場,連夜歸。

七日,癸丑。晴。晨到家,賀徐鄰,拜姚業師。張星垣、席樸園、許穆堂來。午後,徐鄰、黄賢書諸人來。

八日,甲寅。晴。張銀槎、姚業師來。至朗山家,不值;至香浦家,晤。往虎丘。同穆堂、丁梧園、方大章、程春湖吊錢處士墓,至二程夫子祠。飯畢歸,至徐鄰弈棋。歸,華[鏡]田在。

九日[④],乙卯。陰,多風。赴書塾。粥後雷雨。夜讀《志異·青梅則》,見喜娘祝髮後,不能自堅其志,不覺有感,書數語於上方。

十日[⑤],丙辰。陰雨。

十一日[⑥],丁巳。晴,多風。阿元來,晚至花農家。

十二日[⑦],戊午。晴。穀雨。讀《後漢書》,晚花農來。

十三日[⑧],己未。晴,風。讀《後漢書》,至隔河夜話[⑨]。

十四日[⑩],庚申。陰。讀《後漢書》,歸。至銀槎家,晤耕愚丈。夜至姚師館。

十五日,辛酉。晴。至朗山家,不晤。就諸士安看癎。蔣守愚來。

---

①②④⑩ 此行天頭有墨筆"△"標記。

③ 旁原有"至銀槎家",後被圈去。

⑤⑥⑦⑧ 此行天頭有墨筆"○"標記。

⑨ "至"前原有"晚"字,後被圈去。

晚服藥。

十六日，壬戌。晴。顧朗山、張銀槎來。午後，復同許香蒲、徐淡如來。晚服張南英藥。

十七日，癸亥。晴。就諸士安、姚履嘉兩處看瘡[①]。是夜雨。

十八日，甲子。晴。

十九日[②]，乙丑。晴。船至書塾，讀《後漢書》。夜雨，鈔《列女傳》一頁。

二十日[③]，丙寅。雨，天寒，晚晴。余患癬及瘡十餘日矣，戲作五古卅韻以自遣。云："癬疥非大患，癰疽豈小劫。縱令一身苦[④]，肯使寸心怯。夏潦受濕蒸，秋燥蘊毒熱。入冬尚斂藏，當春乃發泄。卒起未及防，乍患安知切。筍盤及時薦，茗盞恣意啜。怪人相刺探，冀彼自興滅。袖手漫不治，剥膚禍斯烈。癬既蔓草延，疽復覆盂凸。流濕粘若漿，閉熱堅如鐵。欲就瘍醫謀，先與家人說。舉世無盧扁，斯恙非癥結。聊就石床横，勿用金鎞抉。一夕偶平可，四體盡和悦。豈期怒芽生，復作死灰爇。纍纍索貫珠，片片風吹雪。癢思仙爪搔，痛疑虎牙齧。卧久譬屈蠖，行艱類跛鼈。生憎童稚嗤，弗顧岐黄劣。坦腹傅黄散，攢眉茹苦蘖。尚恐藥餌窮，更戒飲食節。和養計何迂，攻治力弗徹。敗肉空附骨，完膚亦流血[⑤]。疢疾誠消摩，形神遂枯竭。吁嗟心腹憂，輾轉毫芒孽。巨石崩溜穿，長河潰蟻穴。忽微自庸衆，慮遠洵明哲。及病既日深，有技亦多詘。受命雖云固，衛生毋乃拙。負此清净身，效彼廣長舌[⑥]。"

二十一日[⑦]，丁卯。晴。阿元來，鈔《後漢書・列女傳》一頁。

二十二日[⑧]，戊辰。晴。讀《後漢書》。

二十三日[⑨]，己巳。晴，熱。徐澹如、陸鐵簫、許香浦、瞿花農來，暢談。阿元來。

---

① "安"後原有"看瘡，復船至"，後圈去。"兩"原爲"看"，後改。

② 此行天頭有墨筆"△"標記。

③⑦⑧⑨ 此行天頭有墨筆"〇"標記。

④ "令"原作"使"，後改。

⑤ "亦"原作"且"，後改。

⑥ "效"原作"愧"，後改。

二十四日[①],庚午。晴,熱。讀《後漢》。阿元來。夜至花農家。

二十五日[②],辛未。晴,風。是日换季。許萬玉來。

二十六日[③],壬申。晴。讀《後漢書》。至隔河晤許振東、萬玉。

二十七日[④],癸酉。晴。讀《後漢書》。許萬玉招余過話,同至横衖議事。夜雨。

二十八日[⑤],甲戌。午晴。立夏。讀《後漢書》。

二十九日[⑥],乙亥。晴。張雨亭、金城來。至隔河,即歸。飯後,諸人來,議至朗山家晤。至樸園寓。晚,香浦來,漁山、樸園來。

四月初一日,丙子。晴。朗山、樸園來。至樸園寓道喜,過徐鄰,話。午後,至方珍上家、瞿曉江家。晚,姚業師來。至樸園寓,送《贅略紀儀制》。新貴四轎,拿扇燈球起身。彼處先有四人來接,皆峨冠博帶,此亦用四人相送。始到,奏樂請轎。送者辭,接者请;送者固辭,接者固请,乃入。停于中堂迎喜,送者避至書室。外請新貴坐。茶畢,退至書室。少坐,外請拜路頭。插花、披紅而出,彼處命一人同拜,意取成雙也。礼畢,復退至書室。少頃入内,樓下結親,上樓拜床。仍下樓合巹,見外父母[⑦],請送者飲酒。夜深告退以後事,不能復睹,亦不敢復與聞矣!《賀樸園六絶句》,云:"望仙臺上捲簾時,一片明霞映玉姿。遥聽簫聲雲外落,囑教青風去休遲。""鑼鑰玉立影雙雙,照眼分明燭兩行。珮戞花摇同拜起,好風吹送麝蘭香。""乍入蓬萊不自持,羞人争看送杯時。坐來燭底渾無語,聽得宜男撒帳詞。""漏箭丁丁夜已深,紅樓不覺薄寒侵。咕眠湖上孤蓬雨,難拒鴛衾一寸陰。""蓬飄南北滯歸期,幾度風薫蝕夢迷。此日蓉江築仙館,十年前事莫重提。""花事朝陽霞氣新,凝粧都付畫眉人[⑧]。啼鶯空惜韶光去,不識瑶宫别有春。"

二日[⑨],丁丑。晴。至方珍上家、許萬玉家,晤許振東,即赴書塾,讀《後漢書》。

三日[⑩],戊寅。晴。敬之來傳諭,歸。至朗山、珍上家,不值。候豈匏,欲賀千里,聞不在家,乃止。歸遇元豐二張。午後,至行成庄蔣守愚

①②③④⑤ 此行天頭有墨筆"○"標記。

⑥⑨⑩ 此行天頭有墨筆"△"標記。

⑦ "母"後原有"畢",後删去。

⑧ 原作"霜毫初試畫眉人",後改。

家，弈兩局。夜，朗山來。

四日，己卯。陰。至方珍上家，路遇銀槎。至葉遜南家，辭宴不□。至香浦家，路遇，邀至余舍商事。至姚業師館。樸園來，同船至虎丘。下午雨。更許，大醉而歸。

五日①，庚辰。陰。船至書塾。午後，萬玉來。讀《後漢書》。

六日②，辛巳。雨，微寒。讀《後[漢]書》，摘記數條。

七日③，壬午。微雨，寒。讀《尚書疏》。

八日④，癸未。晴。香浦來。

九日⑤，甲申。晴。許氏祖母忌。至隔河晤二許，歸。至朗山家，晤；珍上家，不值；樸園處，晤。飯後，香浦來。公事畢，到館。

十日⑥，乙酉。陰。飯後歸。至銀槎家，不晤。銀槎來。至香浦家，晤。至郁館看劇。雨。

十一日⑦，丙戌。陰。赴書塾，讀《尚書疏》及《全唐詩》。

十二日⑧，丁亥。晴。課同。《幕友六十壽對》："文席好風依蕩沿，壽鄉初日照節枝。"

十三日⑨，戊子。晴。讀《全唐詩》。花農來。《芙蓉問答，效東皋子體四首》⑩："之子問芙蓉：'有花何不及春紅？此日田田纔出水，幾時灼灼始臨風？'芙蓉答之子：'桃李争春心竊恥，待他新曲奏南薰，送我遠香過比沚。'之子問芙蓉：'君能自拔淤泥中，胡爲因人弄春色？恰疑觸熱走秋風。'芙蓉答之子：'我本無心聊爾耳，相看塵網動如煙。獨立冰臺清似水。'"

十四日⑪，己丑。晴，熱，晚雨，霹歷。小滿。課同十二，歸。

十五日⑫，庚寅。雨。至姚業師館。徐鄰來，復至瞿曉江家，歸。船至書塾，讀《全唐詩》。

十六日⑬，辛卯。晴。早至隔河，獨晤許萬，作《禹貢九州詩》七言九律。既畢，啞然自笑。因書四句，曰："久苦經文古，翻爲近體詩。慧心從笑殺，鈍藻或同之。"讀《全唐詩》。夜，月色佳甚。△

---

①⑤⑥⑦⑪⑫　此行天頭有墨筆"△"標記。

②③④⑧⑨⑪⑬　此行天頭有墨筆"○"標記。

⑩　"子"後原有"春桂問答"四字，後删去。

十七日①,壬辰。晴。課同十二。

十八日②,癸巳。晴。課同十二。補録《九州詩》,曰:"壺口岐梁至岳陽,水名恒衛更衡漳。原修陸作覃懷治,島靖夷安皮服章。土德西標知壤白,石形右夾入河黄。賦兼一二田惟五,上古皇都表冀方。"右冀州。"山不詳書水可求,沮灉雷夏九河流。是丘既著蠶桑美,厥貢當勤漆織謀。草木繇條墳土黑,汪洋濟漯達河浮。賦居末等田居六,薄斂先宜正兖州。"右兖州。"經略嵎夷路果夷,達浮汶濟道濰淄。海濱鹽石兼絺枲,岱畎鉛松及檿絲。賦四田三推上品,域青墳白鎮東陲。貢來海錯恬波穩,正是萊夷作牧時。"右青州。"田推第二賦中中,五色仍兼厥土紅。元縞承筐羽畎翟,魚珠浮磬嶧陽桐。淮沂蒙羽山川秀,大野東原草木叢。倘問徐州達河路,不浮淮泗不能通。"右徐州。"彭蠡震澤帶三江,淮海東南地屬揚。齒革羽毛夷服卉,瑶琨篠簜鳥隨陽。塗泥金貝應時出,橘柚天喬行處香。七六賦兼田第九,好沿江海達徐疆。"右揚州。"江漢朝宗覺海寬,沱潛雲夢水俱安。菁茅致敬靈龜巧,箘簵傳名楛矢寒。礪砥石邊杶栝柏,璣纁篚上組砮丹。賦三田八浮逾至,餘貢荆揚想一般。"右荆州。"被菏導孟繼滎波,洛澗伊瀍既入河。高下壤壚分可志,上中田賦互休訛。纊纖挾處堯民暖,磬錯聽來舜樂和。更有漆絺兼枲紵,貢船浮洛豫州多。"右豫州。"岷嶓山下沱潛水,底績和夷蒙蔡平。入渭浮潛衡九曲,因桓逾沔背西傾。五金産利兼懸奏,四獸裘温佐織成。梁土青黎田第七,下中三錯賦仍輕。"右梁州。"雍西弱水去悠哉,漆沮灃涇屬渭隈。玉石貢程分道出,織皮土物獻誠來。風將漸被戎苗叙,山直平通鳥鼠開。六賦一田盈隰野,始知黄壤少污萊。"右雍州。晚到花農家。

十九日③,甲午。晴。課同十二,復録《唐樂府選》。

二十日④,乙未。陰。午刻,緣事歸。先至隔河晤許萬玉,至西山廟朗山家晤。

二十一日⑤,丙申。晴。銀槎、方珍上來,至許萬玉家,赴塾讀《全唐詩》。

廿二日⑥,丁酉。晴。抄《樂府》。

---

①②③⑥ 此行天頭有墨筆"○"標記。

④⑤ 此行天頭有墨筆"△"標記。

廿三日①,戊戌。晴,有雲。抄《樂府》畢,作序一首。至隔河晤許萬。

廿四日②,己亥。晴。讀《全唐詩》。隔河來招作札,邀許振。

廿五日③,庚子。晴。早至隔河,歸。至方珍上家、瞿曉江家。

廿六日,辛丑。晴。至方珍上家、顧朗山家。《贈朗山絶句》,云:"□瑛倚酒太憨生,□□啼紅尚[有]情。一曲艷歌詩一首,果然□□□傾城。④"謂其眷蘇澧蘭也。顧春槎來,二許來,珍上來,同至方右璋家。歸至姚業師館,不值。是日,微雨。

廿七日,壬寅。晴。至姚業師館,晤。同方珍上、二許船至吴署前。事畢,傍晚歸。

廿八日⑤,癸卯。晴。船至書塾。先往隔河晤二許。

廿九日⑥,甲辰。晴。至隔河晤二許。船坘閶門,至長邑前候學坡。坘暮出胥門,下船赴塾。

五月一日⑦,乙巳。晴。芒種。姚洪範來,船歸。至朗山家,晤;曉江家,不值;香浦家,晤淡如、鐵簫。

二日⑧,丙午。雨。至朗山家,晤銀槎;方珍上家,晤;曉江家,晤。黄賢書來。午後,船至書塾。至隔河晤二許。

三日⑨,丁未。雷雨,入夜雨益大。虞三兄忌。是日,服大黄劑。

四日⑩,戊申。雨,午後晴。晚歸。是日,服大黄劑。

五日,己酉。雨。至徐鄰、姚業師館。方珍上、姚業師來。復至徐鄰弈,夜飯後歸。服大黄劑。

六日,庚戌。晴。方珍上來。至朗山家,晤楚香。至萬選庄、瞿曉江家。飯後至香浦家,談至晚。作《破扇詞》:"團扇,團扇,團扇破來秋半。鏡分殘月遠,天袖倚修竹冷煙。煙冷,煙冷,蟋蟀階前人影。"歸。

七日⑪,辛亥。晴。至曉江家、席樸園寓、花農家。赴書塾。香浦來。夜雨。

八日⑫,壬子。晴。起梅。許□來,邀赴話。夜起風。

九日⑬,癸丑。雨。早至隔河,晚歸。

---

①②⑨⑫ 此行天頭有墨筆"○"標記。

③⑤⑥⑦⑧⑩⑪⑬ 此行天頭有墨筆"△"標記。

④ 此詩後被墨筆塗抹,文字不清。

十日[1],甲寅。雨。至香浦家,事畢歸。飯後,許振來,同船至書塾。

十一日[2],乙卯。雨。

十二日[3],丙辰。雨。作説部《金湯》一則。

十三日[4],丁巳。雨。

十四日[5],戊午。雨。許萬玉來,富順來,晚歸。

十五日[6],己未。雨。至朗山家,同返藹人船,晤。候家佩青,歸。船赴塾。

十六日[7],庚申。雨。讀《尚書注疏》以上,《全唐詩》日閲一册。

十七日[8],辛酉。雨。夏至。昨晚對雨偶成一律,云:"江村五月黄梅雨,日日空齋掩暮寒。差喜甕儲新水喫,頻教篋檢舊衣看。經删砌草緑仍遍[9],未放池花紅欲闌[10]。檐馬似知人意懶[11],爲摇清韻續吟翰[12]。

十八日[13],壬戌。晴。唐二來。至隔河晤許振東。至花農家,晤。歸遇銀槎、藹人。到家復至銀槎家,送藹人不及。

十九日,癸亥。雨竟日。坐轎答沈我山,送王夢樓行。晚至朗山家,夜飯後歸。

二十日,甲子。雨竟日。鈕匪石來,晚至朗山家。

廿一日[14],乙丑。晴。答鈕匪石,船至書塾。黄賢書來。夜,大雷雨。

廿二日[15],丙寅。晴,燥。代花農作黄九簫壽詩:"百行云端五福先,先生天與得其全。合□万歲齊看髮,乍投一堂繞膝賢。□藻有源能頌客,仲秋無暑命逢仙。蓬山下索人間筆,不吝高華賦五篇。"

廿三日[16],丁卯。晴。花農字來,次余梅雨詩,曰:"迷離露氣壓闌干,梅雨沈沈五月寒。急霤喧檐如瀑聽,空庭積水當池看。秋分南陌須時落,客阻西窗話夜闌。日似春鶯藏谷裏,此心原不羡高翰。"是日,服大黄劑。

---

①⑤⑥⑬⑭　此行天頭有墨筆"△"標記。

②③④⑦⑧⑮⑯　此行天頭有墨筆"○"標記。

⑨　原作"草經删後緑仍遍",後改。

⑩　原作"花恰開時紅易闌",後改。

⑪　原作"檐馬摇風檐溜滴",後改。

⑫　原作"都持清韻入吟翰",後改爲"故摇清韻入吟翰",後又改。

廿四日[1],戊辰。晴。早,匪石來。同至花農家,飯畢返。至館,趁匪石船歸家,顧如岡在。服大黄劑。夜飯後,匪石復來。

廿五日[2],己巳。晴。尊祖陽生公忌。吴承基來。飯後至朗山家,不值。至樸園寓,兼晤佩青。船至書塾。

廿六日[3],庚午。晴。午後,銀槎來。雷雨。

廿七日[4],辛未。雨,有雷。

廿八日[5],壬申。雨,有雷。隔河送玫瑰醬來。

廿九日[6],癸酉。微雨。晚至隔河。

卅日[7],甲戌。微雨。晚歸。匪石來。是日始浴。

六月一日[8],乙亥。晴。至樸園寓。船赴書塾。札致花農。晚至花農家。夜,雷雨。

二日[9],丙子。晴。小暑。匪石、樸園來。夜雨。浴。

三日[10],丁丑。晴。書匪石扇。富順來。作札致洪瑞人。香浦來。晚,雷雨。

四日[11],戊寅。晴。夜雷雨,大風。浴。

五日[12],己卯。晴。作西湖曲子一則。浴。

六日[13],庚辰。晴。匪石來,歸。浴。

七日[14],辛巳。晴。赴塾。浴。

八日[15],壬午。晴。浴。服石膏劑。

九日[16],癸未。陰,晡時雷、大雨。服石膏劑。

十日[17],甲申。陰。早至隔河,晤許萬。晚雷。浴。

十一日[18],乙酉。陰。隔河送花紅來。浴。

十二日[19],丙戌。晴。作《路飛卿》一則。浴。

十三日[20],丁亥。晴。浴。

十四日[21],戊子。晴。作寒熱竟日。昨晚歸。

十五日,己丑。晴。疾愈。徐鄰、顧潤蕢、鈕匪石來。

十六日[22],庚寅。晴。起伏。船至書塾。浴。

---

①②⑦⑧⑬⑭㉑㉒ 此行天頭有墨筆"△"標記。

③④⑤⑥⑨⑩⑪⑫⑮⑯⑰⑱⑲⑳ 此行天頭有墨筆"○"標記。

十七日[1],辛卯。晴。浴。

十八日[2],壬辰。晴。大暑。浴。

十九日[3],癸巳。晴。晚至隔河晤許萬。浴。

二十日[4],甲午。晴。至果雲當候沈七,至許蘭客表伯家。

廿一日[5],乙未。晴。鈕匪石來,索書扇頭。午後,雷雨。

廿二日[6],丙申。晴。樸園來,作寄小二書。浴。

廿三日[7],丁酉。微雨。作白子虛一則。

廿四日[8],戊戌。晴。同學坡至崇壽觀拈香,候伍氏昆仲,飯畢歸。鈕匪石來。華六、徐鄰來。牙痛。

廿五日[9],己亥。晴。至香浦家、淡如館,晤。船至書塾。是日微雨。牙痛[10]。

廿六日[11],庚子。晴。中伏。牙痛。微有寒熱,即愈。

廿七日[12],辛丑。晴。牙痛稍平。萬玉來,香浦來。晚雷。

廿八日[13],壬寅。陰。和花農咏陳太守家藏寶晋齋荔支石韻,曰:"元龍石癖過元章[14],百尺高樓什襲藏。皴出化工無上圖,洵留墨妙有奇香。離宫窈窕空思漢,法曲流傳也哭唐。何似洞天好清供,衹將詩句歷滄桑。"花農原偶云:"不遺[室吾青]逾常,妙筆面題字亦香。江上應充坡老選,海波疑載鬱林航。千秋異質曾歆米,一騎紅塵免獻楊。欲薦冰盤蘇渴客,望梅衹恨不能嘗。"浴。

廿九日[15],癸卯。晴。晚飯後歸。

七月一日[16],甲辰。晴。至方珍上家,晤二許。至顧朗山家,不值。船赴書塾。夜雷雨。浴。

二日[17],乙巳。晴雨不定。頗有秋意。晡時雷。

三日[18],丙午。晴。至隔河晤二許。

初四日[19],丁未。晴。花農來。

初五日[20],戊申。晴。昨夜夢中作五絶一首,限"風、花、雪、月"四字。云:"既歌白雪曲,復持明月杯。清風如美人,冉冉花間來。"夜雨。

---

①②③④⑤⑥⑦⑪⑫⑬⑰⑱⑲⑳ 此行天頭有墨筆"○"標記。

⑧⑨⑮⑯ 此行天頭有墨筆"△"標記。

⑩ 後原有"微有寒熱"四字,後被圈去。

⑭ "過"原作"似",後改。

初六日①,己酉。晴雨不常。末伏。

初七日②,庚戌。晴。樸園晚至隔河。浴。

初八日③,辛亥。晴。匪石來。晚因内子病歸。匪石來。

初九日,壬子。晴。至鍾醫家。匪石來。

初十日,癸丑。晴。花農、香浦、匪石來。晚至虎丘,赴學坡酌。

十一日,甲寅。晴。

十二日,乙卯。晴。匪石來,徐鄰同程晴岩來。

十三日,丙辰。晴。

十四日,丁巳。晴。吊徐凌霄、孫筠坡世母,賀沈我山壽。

十五日,戊午。晴。匪石來。

十六日,己未。姚業師來。午雷雨。匪石上午來。

十七日,庚申。晴。至匪石寓。匪石來。

十八日,辛酉。晴。至匪石寓。學坡、匪石來。至香浦家。二許來。至方家。

十九日,壬戌。晴。至姚業師館。至方家。

二十日,癸亥。晴。處暑。匪石來。至方家。

廿一日,甲子。晴。至曉江家,同黄賢書弈兩局。

二十二日,乙丑。晴。同培之至學坡館,兼至隔河晤。晌午至虎丘樸園會。

廿三日,丙寅。晴。張琳坡昆仲來,匪石、樸園來。

廿四日,丁亥。晴。至方家,不值。匪石來。

廿五日,戊辰。晴。讀《穆堂詞選》《王子乘遺稿》。

廿六日,己巳。晴。樸園、汪蕁香來,匪石來。

廿七日,庚午。晴。城隍廟進香。至蕘圃家候千里,談極暢,飯後歸。樸園、匪石來。

廿八日,辛未。晴。至西山廟進香。蔚堂、匪石、香浦來。

廿九日,壬申。晴。祖奕長公忌。方珍上來,匪石、蕁香、徐鄰來。和蔚堂《沁園春・咏影詞》云:"五柳先生,形神寂漠,賦詩自憐。記薄醒

---

①② 此行天頭有墨筆"○"標記。

③ 此行天頭有墨筆"△"標記。

殘燭,伴余幽獨。冷冷斜照,與我周旋。鏡裏花枝,畫中人面,默默相看意惘然。卿勞甚,趁晝長無事,且共高眠。東山又下嬋娟,要歷遍虚庭飄若仙。想人情會盡,都忘啼哭。塵客見慣,莫辨嬪妍。傀儡登場,葫蘆依樣,何日歸參面壁禪。空即色,有莊生談幻,揚子談元。"[1]約課《行香子·秋懷詞》云:"月到尊前,蛩在詩先。乍驚寒虚館無眠。自來秋懶,不似今年。奈何湜驄,吴宫屐,越溪船。雲山煙水,佳人何在? 料看花也則悽然。待將心事,都倩鴻傳。有馬卿琴,蘇娘錦,庾郎篇。"晚至方珍上、顧朗山家,皆不值。

八月一日,癸酉。雨。約課《惜秋華·秋蟬詞》云:"一樹殘聲,把人問賸暑[2],因風吟送[3]。向曉破昏,淒淒乍停還弄[4]。高樓有客尋詩,盼古道斜陽荒冢[5]。惜無奈,憑伊喚醒,槐根秋夢。金屋舊時寵,妬參差聲影,羞照雙風。廢苑裏,垣斷處,抱愁窺宋[6]。霞衾獨自難温,想蜕痕抱枯誰共? 偷弄,更催寒細蛩籬空[7]。"學坡昆仲來。

二日,甲戌。有雨。赴戈西疇。沈九來,同虎丘酌。

三日,乙亥。有雨。至姚業師館。

四日,丙子。晴。方珍上來,同坐船至吴邑。前事畢,余至蔚堂家,飯後歸。至春槎家。澗蕢來。夜,匪石來。

五日,丁丑。雨。蕁香來,匪石來,香浦來。同至朗山家觀詞。

六日,戊寅。晴。方珍上來,樸園、匪石來。

七日,己卯。晴。白露。至方珍上家。

八日,庚辰。微雨。至許萬家,晤。至學坡家,趁香浦船歸。匪石、樸園、蕘圃、姚岩兄來。

九日,辛巳。雨。匪石來。

十日,壬午。晴。至瞿曉江家,答唐耀卿。匪石來,許振、瞿花農來。

---

① "元"當作"玄",避諱改字。
② "賸"原作"剩",後改。
③ 原作"因風吟送",後改"送"爲"動",後又改回。
④ "乍停還弄"原作"露凝煙重",後改。
⑤ "斜陽"原作"疲驢",後改。
⑥ 原作"斜照外,盡將愁種",後改爲"□雨遇晴,將愁送",後又改。
⑦ 旁又題"况□柯露濃相重,籬空,訂止蛩蜕痕移共",似改而未定。

十一日，癸未。晴。匪石來，鐵簫、朗山來。

十二日，甲申。晴。飯後，同瞿曉江至虎丘。夜，匪石來，樸園來。

十三日，乙酉。雨。匪石、樸園來。

十四日，丙戌。陰。至匪石寓，晤。匪石、榕亭來。

十五日，丁亥。陰，微雨。徐鄰來弈。飯後，香浦、澹如、千里、聽默、匪石來。夜，朗山來，同至香浦家，二鼓後歸。是日，母誕。

十六日，戊子。陰。至姚業師館、程姑家、華萬選家，問壁二房。

十七日，己丑。雨。至樸園寓、沈我山家。方珍上、顧朗山、匪石來。

十八日，庚寅。晴。沅蘅兄忌。至吴署前，午後歸。

十九日，辛卯。晴。至朗山家、權館下，晚歸。瞿花農來。至曉江家。

二十日，壬辰。晴。至朗山家，午後歸。鈕匪石來。二許來，述署事畢。

廿一日，癸巳。晴。至朗山家。午後雨。香浦來。夜，匪石來。

廿二日，甲午。雨。秋分。至徐鄰、方珍上家、朗山家，午後歸。豈匏、匪石、綬階及南城胡茂甫在。

廿三日，乙未。雨。同匪石、綬階答胡茂甫[1]，復候豈匏，晤聽默、千里。下午，匪石、聽默、千里來，二許來。

廿四日，丙申。晴。方珍上來。至朗山家，夜晚歸。匪石來。

廿五日，丁酉。晴。汪蕁香來，叁局。至朗山家。嘉定吴香岩來。

廿六日，戊戌。晴。至朗山家。

廿七日，己亥。晴。至朗山家。蔚堂、香浦、澹如來，同往祥和館看戲。晤學坡。夜小雨。是日。失壹煙筒。

廿八日，庚子。晴。至朗山家。豈匏、千里來，同朗山至余家。

廿九日，辛丑。晴。至香浦家，晤學坡、清蓮。答黄績佳家，歸。榕亭、朗山來，作《臺城路・咏紅葉》。

卅日，壬寅。晴。香岩公太太潘氏忌。至華萬選家、瞿曉江家。午後，曉江、香浦、朗山來。作《買陂塘・咏白雁》。

九月一日[2]，癸卯。晴。至鍾孝存家、姚業師館、王六姊家。船至書

---

① "同"原作"至朗山家，午後歸。豈匏"，後圈改。"答"原作"及南城"，後圈改。

② 此行天頭有墨筆"△"標記。

塾,贈豈匏《自度曲》,名曰:“清夜霜鐘,種柳隄邊,聽簫橋上,是千古消魂處也。問杜牧歸時,清秋詩句,又添得幾多情話。囑再來,鸚鵡叮嚀。惜別去,燭花低亞。真假,看淚痕羅帕,酒痕羅袖,忍不思量今夜。箇中誰是長情者?況烏啼月落,夢回香冷,都把情牽惹[①]。總教拼却相思,争禁受眼梢看下。言乍洽,笑極天花。境漸佳,[例]餐甘蔗。休罷!過斜陽門巷,芳草天涯,不見舊時車馬。”《買陂塘·咏白雁》云:“耐關山,幾番霜雪,淒淒都上寒雨。數行斜墨書空早,顧影自憐無侶。江南路,最苦是照愁涼月凝愁霧,倦翎且住。看一帶明沙,蘆花點點,飛入不知處。殘陽暮,掠盡荒煙古樹,相逢誰話羈旅。琵琶寫出清商怨。零落至容非故。卿今去,怕別有離宫人試霓裳舞。閒情休訴,但説道孤臣,蒼茫比海,雙聲似余素。”《臺城路·咏紅葉》云:“無端青女偷春色,疏林染教如畫。醉舞空山,笑烘斜照,何物似伊妖冶。曾經驚馬。記子滿陰成,約人佤亞。認否定杖,啼鵑點點淚痕化。霜姿漸看老也,作斷震千縷,背風飛下。艷不能香,輕還有恨,肯受燕猜鶯罵。至溝流赭。怕夢落□在,浪吹萍打。知到誰邊,更將心句寫。”《挽吴慎高》一律云[②]:“一夢騎□不可攀,獨留隱德在人間。敦風化自門之内,尚友求諸漢以還。處世莫如爲喜樂,傳家終喜讀書間。於今伯仲承遺範,空泣西風想玉顏。”《題荷凈納涼時照,調察荷葉杯》云:“雨送一池花氣,涼意,紅影晚粧殘。好風無力度迴欄,自起軸簾看[③]。此際窺人明月,清絶,閒坐對瀟湘。翁應不似少年狂[④],驚睡打鴛鴦。”晚至隔河晤。

二日[⑤],甲辰。陰,午前微雨。晚,高某來,弈兩局。

三日[⑥],乙巳。晴。

四日[⑦],丙午。陰,晚雨。

五日[⑧],丁未。雨,午晴。晚歸,家有客。初四來,□去。○

---

① “都”原作“多”,後改。

② 此處有朱筆“△”標記。

③ “軸”原作“卷”,後改。

④ “應”原作“真”,後改。

⑤⑥⑦ 此行天頭有墨筆“○”標記。

⑧ 此行天頭有墨筆“△”標記。

六日[1],戊申。晴。赴塾。途遇銀槎,至其家,談半晌别。午後雨。作寄夢樓信。至花農家。

七日[2],己酉。晴。寒露。匪石來。

八日[3],庚戌。晴。

九日[4],辛亥。陰,夜雨。戲成《金菊對芙蓉》一首,云:“無雨雲寒,有花山艶,一年好景重陽。美參軍江左,處士柴桑。酒酣慷慨搔雙鬢,呼童負古錦詩囊。如斯佳致,登高望遠,不愧秋光。堪笑吴俗荒唐,學對菊持螯,争買蘭槳。把妖姬載去,狎客携將。越來溪上人年少,空山沸一派笙簧。醉時猶道,儂家不減,東晋疏狂。”

十日[5],壬子。雨,天氣較寒。作詩《寄内索衣》,云:“别館聽秋雨,新凉侵曉知。日來稀問訊,病後好扶持。(時内子肝病纔愈)[6]。倘憐詩骨瘦,衣篋寄休遲[7]。得伴應無悶,(近有閨友探病,故云。)言歸况有期。(内子屢欲歸寧,已□外家,問庭東山,始擇十六日歸寧矣)[8]。”

十一日[9],癸丑。晴。學坡戲代作答詩,余復加改定。云:“風雨夜來急,客寒吾自知。檢箱先料理,扶婢强支持。葛興三秋感,蟲催九月期。偶因無便足,非是故遲遲。”

十二日[10],甲寅。雨。學坡約往山塘看桂,因雨不果。偶成二十八字,云:“風雨昏黄共倚欄,桂花一樹鎖清寒。虚君畫舫休惆悵,知□秋香總一般[11]。”

十三日[12],乙卯。陰。

十四日[13],丙辰。雨,晚晴。歸,匪石來。○

十五日,丁巳。雨。李氏祖母忌。匪石來。代姚業師詩一首,限“溪、西、鷄、奇、啼”。“漁鈎髫年共一溪,高談每到日斜西。平生意氣行空馬,舉世功名舞麾鷄。知我來妨心獨許,似君惟有齒相齊。仙人自奏

①⑬ 此行天頭有墨筆“△”標記。

②③④⑤⑨⑩⑫ 此行天頭有墨筆“○”標記。

⑥ 此後原有“邀伴論□曲,懷歸望水湄(□外家問庭東山,内子擬十六日歸寧。)”,後改詩爲“得伴應無問,言歸况有期”,後又盡皆塗抹。

⑦ “遲”後留空較多,似欲有注。

⑧ 此處多有塗抹。

⑪ 後原有“復□‘知’字韻五律一首。”,後被圈去。

陽春曲,莫笑寒蛩不敢啼。"至業師館。

十六日,戊午。晴。赴東山。晚微雨,大風。匪石亦於是日歸。

十七日,己未。晴。候匪石及陽□客,開益齋賞桂。

十八日,庚申。晴。候翁巷客,同匪石、震滄至翠峰。

十九日,辛酉。晴。翁巷吊喪。

二十日,壬戌。晴。椿亭請往雨花臺小酌。

廿一日,癸亥。晴。匪石請食蟹。

二十二日,甲子。晴。身中不快。

二十三日,乙丑。晴。霜降。歸,一鼓到。

二十四日[①],丙寅。晴。至塾。是日,發寒熱。是日,慎之誕。○

廿五日[②],丁卯。晴。不退熱。敬之來。

廿六日[③],戊辰。晴。不退熱。午後,坐轎歸。請鍾孝存,服藥。銀槎晤。香浦來。日日服藥。

廿七日,己巳。准瘧。自病後,來候之人皆約略記之,其陰晴不盡憶矣,緣此書在館了[④]。

廿八日,庚午。學坡來,晤[⑤]。

廿九日,辛未。服藥。

卅日,壬申。匪石來,晤。

十月初一日,癸酉。澗蕢來。

初二日,甲戌。竹塢二兄忌。香浦來,晤。

初三日,乙亥。豈匏來,晤。

初四日,丙子。晤華三。

初五日,丁丑。

初六日,戊寅。

初七日,己卯。生母親忌。立冬。

初八日,庚辰。學坡來,晤。是日,敬之傳紅。

初九日,辛巳。朗山來。

---

①③ 此行天頭有墨筆"△"標記。

② 此行天頭有墨筆"○"標記。

④⑤ 後有"服藥"二字,後被圈去。

初十日,壬午。晴。是日瘧止。

十一日,癸未。晴。姚業師來,晤。

十二日,甲申。陰,晚微雨。

十三日,乙酉。陰。香浦、朗山來,晤。

十四日,丙戌。晴。匪石來,晤。

十五日,丁亥。晴。匪石、澗薲來,晤。

十六日,戊子。陰。長邑訟事起。許萬來,晤。

十七日,己丑。晴。匪石來,晤。

十八日,庚寅。晴。《寄澹如》云:"澹如今夜愁花燭,定有詩詞滿洞房。惜我病持綺語戒,不能題闋賀新郎。"是日停藥,計共服二十二劑。剃頭。匪石來,晤。

十九日,辛卯。陰雨。銀槎來,晤。

二十日,壬辰。陰雨。許大年來,弈二局。

廿一日,癸巳。雨。轎至學坡家、花農新居、同仁堂。

廿二日,甲午。雨。小雪[1]。學坡、嚴載兄來,留載兄宿。夜風。

廿三日,乙未。風。辦事畢,載兄歸。匪石來。是日,余誕。

廿四日,丙申。晴。至曉江家看戲,瘧復作,即歸。

廿五日,丁酉。雨。香浦、銀槎來,晤。服藥。夜雷。香浦述澹如新婚之語,頗可發噱。

廿六日,戊戌。雨。許萬來,未晤。服藥。匪石來,晤。

廿七日,己亥。雨、雷。服藥。

廿八日,庚子。雨。服藥。匪石來,晤。澹如來,未晤。夜深下雪。偶憶香浦語,戲作《沁園春》一闋,云:"城北徐公,壯始受室,樂而自豪。譬捧持不捨,小兒得餅,摩抄每遍[2],俠士藏刀。慕極成癡,憐多生畏,未羨黄金貯阿嬌。逢人道,怪少年紈絝,只解魂消。(此二句,澹如囑改。本云:"某生平得意,無過前宵。")居然桓孟豐標,(原本云:"甘心拜倒裙腰。")約閫法三章井有條。禁蘇家門巷,詩題感舊,白堤船舫,酒賭分曹。絳帳殷勤,青燈攻苦,博换春風柳色袍。聞斯語,使病夫絶倒,瘧鬼潛逃。

---

① 此爲二十四節氣之"小雪"。

② "抄"原作"挲",後改。

末句余自爲識也!(越二日果愈,故存此以志澹如、香浦之功。)①"

廿九日,辛丑。雨雪。服藥。

十一月初一日,壬寅。晴。匪石來,晤。

初二日,癸卯。陰。匪石來,晤。夜雨雪。以筆撥截,瘧止。

初三日,甲辰。雪②。

初四日,乙巳。晴。匪石、香浦來,晤。

初五日,丙午。晴。澹如來,索《沁園春》詞,并囑改幾句。

初六日,丁未。晴。

初七日,戊申。晴。澗蕢來,晤。是日,培之誕。

初八日,己酉。晴。大雪③。匪石來晤。蔚堂、朗山、澹如、澗蕢、聽默來晤。

初九日,庚戌。晴。剃頭書房。匪石來,晤。

初十日④,辛亥。晴。至姚業師館。船赴塾。至隔河晤許萬。

十一日⑤,壬子。晴。寒熱復作,夜半大風。

十二日⑥,癸丑。晴,風。次蔚堂《玉漏遲》韻:"乍寒還乍熱,都來幾日,幽懷慵寫。蠹帙叢殘,借得不堪酣藉。睡起悄無客到,鎮門捲、夕陽西下。慣被考,驚風砌竹,誤人輕打。多幸唎侶相思,趁茶熟香清,就余閒話。楚楚新詞,一唱韻流騷雅。記省秋蟬感賦,("秋蟬",約課題。)竟善病、生諫同社。今甚晦,湘�爲君重把。"蔚堂原作云:"短檠凝焰夜,蠻箋斜展,相思細寫。別緒欺懷,兩兩並憐無藉。病起支離渡首,料愁聽、蕭蕭葉下⑦。况逢者,釀寒淒雨,諫寮飛打。頻向中裹探人,問翠幄深垂,有誰清話。藥裹書囊,伴侶儘還閑雅。雁老楓殘時遇,又恐負、月期詞社。君倘暇,閒房茗甌同把。"阿元來,寄山信一封。

十三日⑧,甲寅。晴,風。潘氏高祖母忌。敬之來。

---

① "澹如"二字後被圈去。此詞後被塗抹,并在旁寫有"豈有此理"四個大字。

② 後原有"匪石來",後被圈去。

③ 此爲二十四節氣之"大雪"。

④ 此行天頭有墨筆"△"標記。

⑤⑥⑧ 此行天頭有墨筆"○"標記。

⑦ "料"原作"又",後改。

十四日[①],乙卯。晴,風。題學坡《漁牧圖》云:“二俊閑居此幾年,一灣流水數稜田。慣逢牧稚邀占夢[②],偶話漁磯恥賣錢[③]。風雨對床如舊約[④],池塘生草是新篇[⑤]。識君已羨怡怡樂[⑥],今我披圖重黯然[⑦]。”夜,風息。

十五日[⑧],丙辰。晴。匪石來,富順來。

十六日[⑨],丁巳。陰,風。阿元來。

十七日[⑩],戊午。晴,風。阿元來,許萬來。

十八日[⑪],己未。晴,風息。許萬來。作七言長歌三十三韻。寒熱止。

十九日[⑫],庚申。晴。

二十日[⑬],辛酉。晴。富順送易知單來。

廿一日[⑭],壬戌。晴。飯後歸。

廿二日,癸亥。晴。至徐鄰家、姚業師館。徐鄰來,許萬來。銀槎來,同至朗山家,不晤;同至花農家,晤。飯後至匪石寓,途遇匪石,至祥和館。夜,匪石來。

廿三日,甲子。晴。冬至。至姚業師館。二[房]程姑家拜冬。轎至陳媒家,同至新親江家。業師、二房叔侄、陳媒、江親家來答。

廿四日,乙丑。晴。銀槎來,同至銀槎館。午後,業師來,赴趙園花農酌。

廿五日,丙寅。晴。至香浦家,晤澹如,飯後歸。作姚師壽詩五律六首,云:“夫子浩無涯,聲稱吴世嘉。簪纓唐宰相,苗裔帝重華。階擢雙藝秀,門當五柳斜。翛然知命歲,自壽酌留霞。”“英才兼壯志,夙昔畏人先。印曜懸弧日,芹香舞勺年。溟鵬頻挫翮,棧馬盡揮鞭。掉首煙雲外,微名信有天。”“亦知無晚遇[⑮],不分有岐趨。伯樂空遇冀,梁鴻已入吴。還將

---

①⑧⑨⑩⑪⑫⑬ 此行天頭有墨筆“○”標記。

② “慣”原作“偶”,後改。“邀”原作“曾”,後改。

③ “偶”原作“每”,後改。

④ 此句原作“謝守空傳春草句”,後改。

⑤ 此句原作“□仳重感對床眠”,後改。

⑥ 此句原作“輸君常得怡怡樂”,後改。

⑦ “重”原作“益”,後改。

⑭ 此行天頭有墨筆“△”標記。

⑮ “無”原作“稀”,後改。

先覺事,試與後生模。乍許成桃李,清陰滿四隅。""數載留塵□,持經北面師。朽杪勞郢斲,寒谷謝鄒吹。已愧登龍學,仍容刻鵠嗤。應憐事筆硯,壯亦不多時。""[非爲□時似],自然逾親[①]。問今何所務?憂我不惟貧。心較棗形正,言加酒味醇。過門常侍坐,顏貌總如春。""今茲盈五袠,自審向無非。鄭錦從人製,陶杯避客揮。德方偕歲進,何敢與心違。豈不能虛説,徒誇海鶴飛。"

廿六日,丁卯。晴。至業師館。邀香浦、嚴載兄、學坡祥和館看劇。

廿七日[②],戊辰。陰,微雨。至二房、銀槎家,船赴塾。寒熱復作。

廿八日[③],己巳。晴。晚至隔河晤。

廿九日[④],庚午。晴。許萬來,午後富順送易知單來。

卅日[⑤],辛未。陰。

十二月一日[⑥],壬申。晴。敬之來,作朱家角信。戲作《驅瘧詩》云:"何病曾如此病災,經秋涉臘去還來。六時准應銅壺水,二氣交飛玉管灰。文似别愁消未得,甚于窮鬼送仍回。總饒爾輩能威福,其奈書生一味呆。"

二日[⑦],癸酉。陰。富順來。五鼓吐泄。

三日[⑧],甲戌。晴。阿元來。

四日[⑨],乙亥。晴。代學坡挽高怡菴五律四首[⑩],云:"終古誰無死,悲君正壯年。報烏方擇木,將鳳未銜煙。秦客偶諧夢,箕星先着鞭。非余投分切,俯仰亦潸然。""念昔初傾蓋,軒軒倚白雲。到門無風迹,入座有蓮芬。較貌韶相若,星才俊不群。那堪鵬路梗,笑傲一參軍。""中間逾契合,五稔並椽居。絮酒常虛寢,聯吟或漫書。湖船春水活,山騎夕陽疏。指似雲深處,相期此結廬。""何意逢辰歲,微痾竟厄身。問安如昨日,懷舊已陳人。影舞塵生榻,聲淒笛在鄰。鶴魂飛不遠,應戀北堂春。"慎之來。寒熱止。

五日[⑪],丙子。晴,寒。

① 原文僅四字,疑少録一字。

② 此行天頭有墨筆"△"標記。

③④⑤⑥⑦⑧⑨⑪ 此行天頭有墨筆"○"標記。

⑩ 此處有朱筆"△"標記。

六日[1],丁丑。晴,寒。阿元來,得席二信。

七日[2],戊寅。晴,寒,午陰,夜雨。作答席二信,以詩代書。云:"幾夜霜華雁影寒,故人珍重勸加餐。半年一紙三千里,讀了從頭又細看。""同此懷人賦索居,渺愁南雲獨何如。姑蘇亦有臺千尺,不敢登臨衹盼書。""冷吟梅雨掩松関,筆自淒清意自閑。更顧放懷何處得,輸君躍馬看秋山。""客意雖教杜魄知,年年空唱緑楊枝。君今自與春風約,准擬相逢櫻筍時。""阮肇逢仙更别仙,玉苗消息已含煙。料他得得南來騎,笑指梅花早著鞭。""偶發臨溪一樹楓,自携破簾作書傭。極思夢到青雲上,無奈敲魂夜半鐘。""燕地朝看三尺雪,吴江夜走一聲雷。從來南北殊風候,乘興來應敗興回。""病裏面無一句詩,暮雲春樹[費]相思。衹今有意抽吟管,便當寒温問訊翁。"

八日[3],己卯。雨。小寒。

九日[4],庚辰。雨。

十日[5],辛巳。雨。培之字來。(唐二。[6])

十一日[7],壬午。雨。學坡畫梅一枝,戲題絶句。云:"濛濛凍雨撲窗紗,惆悵庭梅未著花。坐久偎燈閒弄筆,忽驚春色一枝斜。"

十二日[8],癸未。雨。

十三日[9],甲申。雨。阿元來。

十四日[10],乙酉。雨。是日,《唐詩小賞》選畢。

十五日[11],丙戌。陰。培之來。

十六日[12],丁亥。陰。作《唐詩小賞》序。夜風。

十七日[13],戊子。晴。秦二送培之字來。午後雨。

十八日[14],己丑。雨。飯後至隔河晤,歸至許香浦家,晤澹如、子仙、蔚堂。

十九日,庚寅。雨。至姚業師館、西山廟前程宏昭家。是日,家嚴誕。

二十日,辛卯。陰。匪石來。下雪。至徐鄰家弈。

廿一日,壬辰。晴。至許萬家,不晤;銀槎家,晤;學坡家,飯歸。△

---

①②③④⑤⑦⑧⑨⑩⑪⑫⑬ 此行天頭有墨筆"○"標記。

⑥ 原文爲小字,從文中内容參考得知,此信爲唐二送來。

⑭ 此行天頭有墨筆"△"標記。

廿二日,癸巳。晴。大寒。復病。

廿三日,甲午。晴。

廿四日,乙未。晴。

廿五日,丙申。晴。香浦來,晤。

廿六日,丁酉。晴。病愈。

廿七日,戊戌。雨。匪石來,晤。

廿八日,己亥。雨。銀槎來,匪石來,晤。

廿九日,庚子。陰。

卅日,辛丑。晴。至尤家、張元奎家、二房拜年。

侘傺無聊,偶[閲]去年日記,計在塾一百廿日,往返家中六十四日,至昆山四日,洞庭山八日;爲内子病五十一日,爲瘧疾四十二日。又除正月歲底二十八日,其餘三十七日無非應酬、慶弔、彌缝是非、陳説交易等事。消磨之間,有賦詩、飲酒、遊山、看劇,時蓋亦無幾。嗚呼!碌碌一年,都無閒静!往者如此,來者可知。塵網攖人,從何打破?

乙巳正月二十三日書。

衣裳白雲,坐卧流水。皮日休句。

左圖且書,右琴與壺。陸龜蒙句。

了事何妨兼市井,成名不必盡英雄。《晋書》。

□觴不借□三斛,□□猶嫌飯一升。《南齊》。

借我酒盃澆塊壘,備君藥籠當消摩。

人生有口唯宜酒。《南齊》。

世事無心且看雲。《晋文》。

卿言未必如鹽酒。《魏書》。

世事還當問蛤蜊。《南史》。

借去異書緣獵酒,邀來佳客當添衣。《南齊》。

笑爾脂膏空自潤。《後漢》。

如余户限亦相安。《宋書》。

嘉慶二年丁巳正月一日,壬寅。晴。余年二十有七。徐鄰來弈。至後街山塘一帶賀歲。夜雨。

二日,癸卯。雨,夜雪。

三日,甲辰。雪。徐鄰來弈。

四日,乙巳。晴。船至楓橋賀歲,在學坡家飯。夜補作《元旦三疊甲寅韻詩》,曰:"一年强半是愁時,病骨逢春暖不知。漸剋酒懷非獨醒,偶嘗書味未全癡。投閒心計人嫌早,適俗因緣自恐遲。七尺大都無寸得,面墻重讀二南詩。"△

五日,丙午。晴。至上塘賀歲。許香浦來,晤。至瞿曉江家夜飯。

六日,丁未。晴。至黄冬友、瞿花農家賀歲。

七日,戊申。晴。立春。至許香浦家夜酌,晤學坡。

八日,己酉。晴。至花農家,鄭椿亭、鳳洲來。夜雨。

九日,庚戌。雨。轎至城中賀歲,晤陸鐵簫、顧雨亭、鄭氏昆仲。繆溪舟家飯。

十日,辛亥。晴。許大年來弈。

十一日,壬子。晴。繆溪舟、鄭氏昆仲叔侄來酌。至顧朗山家,不值。

十二日[①],癸丑。晴。至錢聽默店,遇孫蔚堂。至澹如家飯,晤香浦。復進城至王蕘圃、吴春齋家,赴繆溪舟、郁源館酌。

十三日,甲寅。陰。進城,轉至香浦家飯,晤徐澹如、顧澗蘋,同至虎丘。夜雪。

十四日[②],乙卯。雪,晚晴。鄭椿亭來。夜下雪珠。

十五日,丙辰。雨。轎至繆溪舟家,宿。

十六日,丁巳。雨。補縣試,繆溪舟家宿。

十七日,戊午。雨。轎至孫蔚堂家,晤子仙、四香。

十八日,己未。雨。鈕匪石、徐澹如、顧朗山來。縣試招覆,病不赴。

十九日,庚申。雨。鄭氏昆仲叔侄來。午後寒熱。

二十日,辛酉。陰。顧朗山、許香浦、鈕匪石來。晚,轎至花農家,不值。

二十一日,壬戌。陰。徐澹如來。席樸園自郯城來。船至書塾。晚晴。

---

①② 此行天頭有墨筆"〇"標記。

二十二日,癸亥。晴。雨水。代某作會序,云:"竊聞五倫之道,得友而全;八政之資,惟貨爲急。會以物贈,豈歲時記失載之條;義從利生,實風俗通特疏之秘。既非自余作俑,何妨與衆爲蚨。爰歌《伐木》之詩,便獲同人之卦。與是游者十有六人,有其舉之百五十日。杜陵詩句何嘗暫醉金錢,逸少文章未克盡歡絲竹。當三春之方始,多有[閒]時;信二者之得兼,正須我輩。聊書短引,以志初懷。" □□[嫌]短,重改,今書於左:"竊聞五倫之道,朋友要終;八政之資,食貨居首。歡以酒合,或歲時記偶缺之交;義從利生,實風俗通特疏之秘。眄句吴之佳麗,地集來賓;信泉布之流通,日繁高會。既非自余作俑,譬諸與衆爲蚨。伐木賡詩,同人獲卦。舉以百五十日,統之二十四番。或半或全,數符大易。兼三之象,取一取二。意仿旋宫,隔八而生。凡在素心,各無裒益。其餘舊例,别有規條,推己以及於人。適俗無傷于雅,杜陵詩句尚思暫醉金錢,逸少文章未免興言絲竹。訂十年而相聚,休負嘉辰;兼二者以自豪,正須我輩。聊書短引,用志初懷。"至隔河晤許四,歸過席樸園寓、蔣鐵巖家,皆晤。△

二十三日,甲子。晴。至塾。許四來。

二十四日,乙丑。晴。至戈西疇家,午後歸。瞿花農、何豈匏來。晚至花農家,不值。答候鈕匪石。夜,匪石來。

二十五日,丙寅。晴。至塾。許四來。午後船至東鄉,夜宿昆山。

二十六日,丁卯。晴。至鄉,晤許穆堂。

二十七日,戊辰。陰。歸家,至塾。作吴紱書。《有是園詩》云:"我昔汗漫遊,路逢壺公使。班荆語方外,具聞壺中事。較君有是園,更饒奇逸致。其壺不盈握,中别有天地。時序無寒燠,花木常妍媚。晝夜無晴陰,風月恣娱戲。壺公不治家,室無妻孥累。壺公不善談,門無賓客騎。壺公不讀書,座無筆墨器。所好惟一觴,觴盡陶然醉。醉後神飛[揚],[瞬息入帳]至。醒覺宇宙寬,壺中輒變置。大抵結構法,迥非意造智。圖既不可圖,記又安能記?惜哉有是園!而猶無是異。得境雖云遠,未超塵俗位。孰若壺公壺,竟不勞趨避。寓意亦云達,未離名實義。孰若壺公壺,竟不可思議。世真有是公,願作執鞭吏。君能游其壺,兹園亦可棄。"夜至隔河。△

二十八日,己巳。晴。阿元來。

二十九日,庚午。晴。摘《學而》注疏。

三十日，辛未。陰雨。摘“爲政”注疏。

二月一日，壬申。晴。摘“八佾”“里仁”注疏。

二日，癸酉。陰。摘“公冶長”注疏。午晴。

三日，甲戌。晴。次香浦題予《心賞集》後原韻云：“一編冰雪重吟到，之子風懷亦頗關。夜静抱琴臨曲水，秋空採菊見南山。世無名字何須隱，天與因緣未許閑。爲問淮南桂花落，幾枝留待尚平攀。”至隔河，富順來，歸。轎至花農家。△

四日，乙亥。晴。至花農、香浦家、姚業師館，顧春槎家宿。

五日，丙子。雨。府試，宿顧春艖家。

六日，丁丑。晴。至金家道喜歸，穆堂、朗山來，病不能晤。鄭氏叔侄來。

七日，戊寅。晴。驚蟄。至業師館。疾復作。鄭三來。

八日，己卯。晴。學坡、鄭氏叔侄來。代花農作鄒某八旬壽對[①]，云：“黍谷春明，兔園酒暖；玉鳩朝舞，寶樹雲聯。”

九日，庚辰。晴。夜，轎至花農家。

十日，辛巳。晴。嚴載兄（行二）、花農來。

十一日，壬午。晴。至姚業師館，嚴二來。進城至蔚堂家，晤，南雅同飯。至長邑前，宿顧春槎家。

十二日，癸未。晴。初覆試文畢，作自度曲一闋，名《官柳怨》。云：“一樹青如剪，正依依風致，倦眸重展。遥想張緒當年，靈和舊種多少閑。詩卷又争知，虚擲韶華，聽殘衙鼓，縱纖腰自舞無人見。惟有隔墻明月照，起春情和愁煙一片。爲問依行榆柘，槎枒幾面。任群鴉翻墨，噪枝争宿，不識春深淺。可憐他奚奴鞭馬，瘦生無力，尚柔芽暗吐能如綫。拼教移入河陽，絮雲飛，恨與落花同捲。”夜歸，鈕匪石來。

十三日，甲申。晴。嚴二來。至業師館，瞿曉江、花農家。匪石來。

十四日，乙酉。雨。徐鄰來弈。轎至顧春槎家，宿。

十五日，丙戌。晴，風。府再覆試，夜歸。

十六日[②]，丁亥。晴。汪蕁香來。至何豈匏家飯。香浦、花農、匪石

---

① 此處有朱筆“△”標記。

② 此行天頭有墨筆“○”標記。

來。至業師館,不值。

十七日,戊子。晴。船至塾。許四來。疾作。

十八日,己丑。陰,風。晚,船歸。集城隍廟、湖心亭對云:“元氣爲舟,微風爲柁。我静如鏡,民動如煙。”

十九日,庚寅。陰。

二十日,辛卯。晴。

二十一日,壬辰。晴。

二十二日,癸巳。晴。春分。香浦來,未晤。

二十三日,甲午。雨。曾祖香岩公忌。

二十四日,乙未。陰。學坡來,未晤。

二十五日,丙申。晴。銀槎來,未晤。樸園來,晤。

二十六日,丁酉。雨,即晴。樸園來,晤。

二十七日,戊戌。晴。澗蕡來,未晤。

二十八日,己亥。晴,風。夜雷雨。

二十九日,庚子。晴。

三月一日,辛丑。雨。是日,病愈下樓。徐鄰太翁卒。

二日,壬寅。陰。香浦來。夜雨。

三日,癸卯。雨,下雪珠。

四日,甲辰。晴。至姚業師館。朗山、豈匏來。

五日,乙巳。陰。同培之船至玉山書院,晤穆堂。夜雨。

六日,丙午。雨。院試詩賦。晤子仙。

七日,丁未。陰。晤銀槎。

八日,戊申。陰。清明。

九日,己酉。晴。

十日,庚戌。晴。

十一日,辛亥。晴。院試詩賦招覆。晤雨亭。

十二日,壬子。晴。院試長、元、吴、昆、新五邑。夜雨。

十三日,癸丑。雨。

十四日,甲寅。雨。

十五日,乙卯。陰。

十六日,丙辰。晴。銀槎、慎之來。

十七日,丁巳。送培之進院覆試,同銀槎歸。午後雨。

十八日①,戊午。至姚業師館、香浦家。夜雨。

十九日,己未。晴。銀槎來。至朗山家,不值。至沈松岑家看牡丹、姚業師館。

二十日②,庚申。晴。船至横塘掃墓。送樸園行。

二十一日,辛酉。晴。香浦來,同至伍如川家。飯後晤學坡。

二十二日,壬戌。陰雨,落沙。至俞業師館,瞿花農家飯。同花農歸。至徐澹如館,不值。

二十三日,癸亥。陰。穀雨。至銀槎家,晤。到塾。至隔河晤許四。偶憶在如川齋中同香浦戲次黄筠堂韻七律一章,改録於此:“斷雨零雲夢不香,巫山巫峽總堪傷。鏡中自愛千金笑,簾底誰憐半面粧。泡影水萍圓[處]少,風[情絲柳]繫人長。從他裙屐評花事,祗羨梁家短布裳。”△

二十四日,甲子。陰,天熱。摘“雍也”至“鄉黨”注疏。夜,風、雨。

二十五日,乙丑。雨。摘“先進”至“憲問”注疏。

二十六日③,丙寅。陰雨。學坡邀至祥和館看劇,歸,張銀槎來。

二十七日,丁卯。晴。至塾。香浦來。

二十八日,戊辰。晴。至隔河。△

二十九日,己巳。晴。

三十日,庚午。晴。至隔河,[歸]。△

四月一日④,辛未。晴。學坡來,同至汪三家。

二日,壬申。晴。同内子至洞庭東山。

三日,癸酉。晴。

四日,甲戌。晴。延慶作吊。

五日,乙亥。晴。

六日,丙子。晴。至翁巷拜客,候吴香岩。

七日,丁丑。晴。至施巷作吊,新廟看擡閣。

八日,戊寅。晴。

九日,己卯。雨。立夏。祖母許氏忌。至白沙送葬。

十日,庚辰。晴。至三茅峰。

---

①②③④ 此行天頭有墨筆“○”標記。

十一日,辛巳。晴。至雨花臺。

十二日,壬午。晴,夜雨。

十三日,癸未。雨。

十四日,甲申。晴。

十五日,乙酉。晴。

十六日,丙戌。晴。

十七日,丁亥。晴。同姚同侯歸。夜雨。

十八日,戊子。雨。至姚業師館。

十九日,己丑。雨,晚晴。至塾,至隔河。△

二十日,庚寅。晴。阿元來。

[二十一日],辛卯。晴。

[二十二日,壬辰]。晴。

二十三日,癸巳。陰。唐二來,得立軒信。晚雨。摘"衛靈"至"堯曰"注疏。

二十四日,甲午。雨。温毛、鄭箋注二南、邶。

二十五日,乙未。晴。温毛、鄭箋注鄘、衛、王。方頽山、許香浦、徐澹如、陸鐵簫、張銀槎來。

二十六日,丙申。晴。阿元來。得樸園信。至隔河,作寄内信。温毛、鄭箋注鄭、齊、魏、唐、秦。×

二十七日,丁酉。雨。温毛、鄭箋注陳、檜、曹、豳[①]。

二十八日,戊戌。晴。至蘭客家,未晤。至隔河,札寄香浦《後漢書》。△

二十九日,己亥。晴,晚雨。

【整理者簡介】肖剛,國家圖書館副研究館員,主要從事明清文獻、館史資料等整理研究。

---

① 此行後有長墨丁。

東洲草堂日記

（清）何紹基 著

曹菁菁 整理

整理説明

《東洲草堂日記》，稿本二册，係何紹基親筆日記，首册有何氏題簽《三壬日記》，卷首鈐有"西園居士"印。日記寫於"松竹齋"紅格箋紙之上，裝訂成册，記録了咸豐二年(1852)正月一日至七月二十五日的每日行程，間無中輟。此段日記不見於已刊行之《蝯叟乙未歸湘日記》《何蝯叟日記》。所記始於咸豐二年初在武昌的日常生活，歷數由武昌自水路返京的行程，終於奉召入宫面聖，蓋爲放四川學政前之事。日記中不但詳細記載了水路的行進過程，更提及當時太平天國軍與清軍的種種戰況，並及朝野中種種政事，頗具史料價值。何紹基(1799—1873)，字子貞，號東洲，别號東洲居士，晚號蝯叟。湖南道州(今道縣)人。道光十六年(1836)進士，官翰林院編修、國史館總纂，歷充廣東鄉試考官、提督，視學浙江，擢四川學政，後被罷官。晚年主山東濼源、長沙城南、蘇州揚州諸書院。何紹基出身於書香門第，通經史，擅小學，嗜金石碑版，書法初學顔真卿，又融漢魏而自成一家，尤長草書。何氏是知名的學者、詩人、書法家，有《惜道味齋經説》《東洲草堂詩鈔》《東洲草堂文鈔》《説文段注駁正》等著作傳世。此日記全文行草寫就，可視作何紹基珍貴的墨迹。文中提及諸師友，有生平可考者，隨文出注略加説明，然亦多生平不可考者，不再出注。文中字迹冲淡不可辨識者以"□"代替，以待賢者考識。

咸豐二年壬子正月元旦。在武昌,天陰晴半,晴多些。早晚上供,竟日未出。静山早出拜牌於文廟,因皇亭去年被水冲毁也。大兄、五兄來,大郎同早飯。午後何左卿來話,晚同静山酌,陰寒至晡仍甚,昨夜半後爆竹聲尚暄。

初二日。早晴見日,可快。蘅橋來酌,方兼与静山一洽。午飡後,周家兩郎來。夏鹿笙來,談及陸立夫前輩頗病。杜學使[1]來,余至黄鶴樓茶坐,少憩,風大不能上也。借得左卿棋子,而静山正解此。晚飯後仍象戲一局,静山忽然上酒,余心羡之,略飲數鍾而已。

初三日。先陰後大晴。午間寫大字一陣,無客,晚同静山酌。静翁兩日來甚看書也。

初四日。晨陰,遂竟日,然不大冷。午飯晚飡静山俱來談古。檢書大有清致。郭米山來,一話去。聞前兩日有摺差回,不得家書,甚悶悶。陳陽得李淦書,知子敬[2]十月十三過揚州,由浙西路去長沙。

初五日。早晴見日,旋陰,午後復大晴。晨静,午後出訪數客,晤郭米山、王範初話歸。湯世兄來。海秋長子由京師回家,過此,問知運河中遇子敬。盜風可怕,子敬受驚也。船泊河心,盜未及上耳。米山來圍棋,即同晚飯,静山復與米山象戲而罷。

初六日。陰竟日。殊悶悶。早飯後劉西園來話,静山尚未起也。剃髪。午後出謝數客,晤蘅橋一話,歸。静山同午、晚飯。聞杜雲崇升兵侍。

初七日。陰竟日且冷,睡多坐少。午後回謝湯藻臣。出東門,入東門,至陳氏義庄。義莊者,陳芝楣[3]前輩督兩江時亡,宣宗賜書二大字也。藻臣不在家,即由城内路歸,過蛇山之脊,高處四望,頗佳。下山後復過嶺坡回家。張仲遠持一鏡來,蓋唐後物。静山晚歸,同飯。鐙下寫大字一陣,雨。

初八日。昨雨竟夜,晨未已,雨復竟日。晡間米頭雪一陣,風仍撼窗壁也。今日静山乃翁世伯壽。雖不設壽堂,亦有數客。杜繼園、張仲遠、

---

① 杜翰(1806—1866),字鴻舉,號繼園。山東濱州人。咸豐帝師杜受田之子。道光二十四年(1844)進士,授翰林院庶吉士。後出任内閣學士、禮部侍郎、軍機大臣等職,咸豐十一年(1861)爲"顧命八大臣"之一。道光二十九年(1849)遷任湖北學政,時在武昌。

② 按:子敬爲何紹基弟紹祺之字。

③ 陳鑾(1786—1839),字芝楣,祖籍湖北蕲春,生於武昌江夏,嘉慶二十五年(1820)進士,政治家,書法家。曾任蘇松太道,官至江蘇巡撫,署兩江總督。

張洊山、李紫藩來我屋中看帖畫各件。洊山出示賈似道刻"閣帖"初拓，甚有韻。盤桓竟日，遂同晚飯。繼園借我"黄庭"去，諸君仍燭下看寫字而散。雨住，風仍大。

初九日。晨陰，忽見日，半陰晴，風定，雨奇冷。炭盆手爐復不能離矣。作字不多，不耐煩，看書，少間斷，然精神總不十全也。静山出謝壽，晚歸，同飯，飯後到其齋中爲骨牌戲。亥初睡，時見月，明日晴矣。

初十日。早晴便暖，竟日見日，近來奇事也。早飯後紫藩來話。今日作字，頗有興致。湯藻臣來話，晡出謝客，歸，同静山晚飯後，過其齋中與昆玉閒話。

十一日。晨飯後巳初一刻，冒陰雨出，過江至吴萊庭處。萊庭頗習分書，有樸意。園池小，結構佳，九蓮池地也。看主人吃飯後，同出西門到同善堂，遇兩首事人，一揖，去。坐落頗多，亦閑散精致，惟苦風多耳。有緑萼梅一，梅開未殘，可珍也。又到伯牙臺，無甚趣。風雨漸大，遂急穿城渡江回。萊庭備午飯，不及領矣。到廨，適仲遠來，一話去。静山同飯，余少憩。何左卿來弈，静山留同飯。風雨竟日，不大。

十二日。晨陰甚，毛雨竟日，却不大冷。寫字稍多。午後略怕冷，一陣陰寒也。郭米山來晤，湯藻臣來别。寄回印雲處《文選》及《樵陽經》去。李言齋從家來。静山同晚飯，飯後到齋中話。

十三日。早沈陰風，夜間風已大矣，今日更大，雨隨之，甚冷。遣人送湯大元宵於舟中，亦可念也。静山同午飯。晡，冒雨回，拜王子蘭觀察，坐次頗寒，窗紙不糊之故。晚同大兄、五兄及言齋同酌。酌後，静山歸，仍過其齋話。西望復火起，相去約一里外，久乃息。睡將亥正。

十四日。陰，雨、雪、風兼之，冷可知矣。毫無春氣也。寂寂頗甚。晡時杜繼園送到十二日初十日京信。家中一切如常，可慰。子愚信及時，事頗詳也。惟此係十一月摺差回信，乃十二月摺差帶回。而十二月摺差帶去之信又無回音。何耶？静山同晚飯，風雨夜歇，有月意。

十五日。陰竟日，有雨，時復止耳。早清書，飯後李紫藩來，爲邀段君文波，名學海[1]，南京人，來畫小照。同紫藩午飯後方來畫，頗似拙貌

① 段學海，字文波，上元(今南京)人，流寓大梁(今河南開封)。工寫照，兼善山水、仕女、花卉。見《墨林今話》。

也。文波、紫藩先後去。先是,王子蘭來話一陣。晚同静山酌。此間上元興道喜,來往紛紛,夜間花炮却寥寥也。臨睡時小雨。

十六日。陰竟日,晨静。午刻繼園學使約往劉家靄園便酌。看京鈔,穆蔭升祭酒,大奇。徐松龕[1]得僕少,想見閑味也。静山同晚飯。

十七日。陰更甚,有晝晦意。晨午俱静,晡時常世兄懿麟[2]由利川來一晤。同静山飯,本約常君,不至。

十八日。陰竟日,却亦無雨。真似晝晦矣。豈又水象乎?晨静,飯後出,到集成堂書店,因裝訂《十三經注疏》,復買得《潛研堂全集》,錢八千文,可謂廉矣。金陵公所晤段文波,將小照斟酌一回。過王子蘭話,歸,同静山午飯,得十二月廿六日京信,即前日摺差帶回者,故意遲送數日,可惡也。家中一切平適,可慰。喻壽民乃郎來晤。晚約子蘭、左卿、繼園便飯,偏偏静山有人請也。飯後杜、王先行,與左卿弈,並作京信交左卿,乃郎明日入京帶去。

十九日。早飯後出東門,到洪山約七里。僕輩上塔頂,余看竹。坐觀音堂與老僧話,問有廿年前和尚否,則云無之。蓋甲午冬初曾到此塔上,時有僧説丹田不足不肯奉陪,可一嘆也。回,過長春觀客堂,遇静庵道士,武當山出家,言水路可直至均州。伊曾住京師白雲觀。因言今日燕九,白雲觀正大會也。觀宇頗開敞,然不及洪山寺之居高遠望。回寓,午飯後寫大字一陣,晚同静山飯,有别意。今日似有晴意,然日未出。

廿日。早雨,正卯時開印也。静山早出。陰竟日,時復廉纖。《隸釋》看完一遍,"魏書"草草看,未完也。《舊唐書》聚珍字本雖多錯字,尚爽目。晡時殷小東同年來話,現任均州。序之晚同大兄與静山飯,飯后象戲一局。

廿一日。昨夜雨頗大,至晨未住。早飯後雨歇,午後出太陽一陣,晴不准,奈何。王子蘭來别。晡出送子蘭行,回拜常世兄,訪張仲遠不遇。塗濘頗甚。晚與大兄、静山同飯,静山爲米山交代事晚歸也。看范書起。

廿二日。陰而不雨,時有晴意。何左卿早來話。晨午俱静,晡出到

① 徐松龕即徐繼畬(1795—1873),晚清名臣、學者。

② 常懿麟,生卒年不詳,山西鳳臺增貢,道光二十八年(1848)至咸豐元年(1851)第三十六任利川知縣。

集成書坊。回拜殷小東,遇李虎冰同年,話,歸。静山同晚飯,剃髮。

廿三日。晨大晴。早飯後過江,至四官店巷,回拜劉西園,少坐,游後湖,茶園名六也。新而樸,甚廣,方棹七八十,漸漸飲茶人來,下有雜技各棚,頗有春景,惜湖上光景被水以來,消敗至矣。入街前安巷訪仲安,仍不值,順至五采巷大文堂書坊,買得趙《水經》,三千二百文。大隄口過江歸。巳未初,天復陰。李虎冰來話,晚同静山飯,飲燒酒。不念夜不好睡。切記!

廿四日。晴。静。静山過江敬神去,午後歸。晤羅澹村[1]之堂兄,一話。《道藏輯要》隨手翻閲:《老》《莊》《列》《武侯集》《鄧子集》《陰符》《參同契》俱參入外,多不經之談,湊至百六十本,無謂之至。晚同静翁飯,飯後,倦想睡,言齋來。

廿五日。昨夜好睡得狠,今日晴。晨午静,遣僕輩過江看崇福寺屋。午飯後出,回拜虎冰,一晤。候運謀廖世捕,聞係鹿柴之子,則便相託帶京信也。集成書店少憩,歸。木葦花開。寫大字一陣,静山同晚飯。

廿六日。陰。午後漸晴,午前頗寒也。今日李先生上學,張仲遠、李紫藩結姻,静山作冰去,是好日子也。翁惠農從鄖西來,久話。白髯飄飄有致,蓋有紫桑歸去意。常鏡峰來,欲邀余館其寓,亦可感。午飯後出,到青雲堂買對紙,拜雷震初前輩。於文昌門内知戴雲帆在此過年,恨不得信,不曾一晤。雲帆不復出山,難得見了。文昌門回寓四千二百步,計六里,廖雲臺來晤,風貌酷似乃翁。仲安著人來約,過江往。晚同静山飯。

廿七日。晴,暖甚,然未能卸裘也。早飯后回拜惠農,不值。米山處一話,歸憩劉園。回寓早,寫大字一陣。吴萊庭來,共午飯去。金同心與宋晴初來,携到印雲初十長沙來信。子敬尚未到,有何處耽延,令人懸系。又寫字一陣。檢《清容集》看。晡時米山來,與静山談,交代事即回。晚飯,弈二。

夏口　至　葉家洲　黄州　黄沙港　煤炭洲　武穴　九江　湖口

---

① 羅遵殿(1798—1860),字有光,號澹村,安徽宿松人,清末大臣。道光十五年(1835)進士,直隸即用知縣,歷南樂、唐山、清苑諸縣,冀州直隸州,皆有聲績。擢浙江湖州知府,調杭州,擢湖北安襄鄖荆道。遵殿在浙,以捕盜名。至湖北,檄所屬治團練,楚北民團自此始。

彭澤　東流　安慶　宗陽　大通　荻港　蕪湖　真魚嘴　南京　儀徵　鎮江

以上十八站各九十里。

廿八日。晴且暖,裝書入箱,篆李文恭[①]志銘蓋,即作書寄長沙,並與子敬書。午飯後過翁惠農看馭方鼎,尚有數字不能識。歸,劉西園適去。雷震初前輩來話。胡仲安來與静山商事,仍話於余齋,酌量移居事。惠農送肴,旋攜彝器三事來拓,並邀左卿、静山同晚飯。子正後狂風暴雨一陣,由太暖所致。

廿九日。晴暖,頗静。"左卿送來胡以梅鈔《法議》,蓋亮生鈔《幣芻言》之大略耳。"張洊山來話,同晚飯。惠農來一話,去。胡雲樵記室栗恒來晤,江西人。静山晚出。

卅日。早大晴,然人不甚適,似中受凉,夜間掀被所致。徐石民太守來晤,咏之丈之子,由點牧擢守黄州,略同坐。吕堯仙、孔誠甫、胡潤芝近狀。午飯後,胡仲安來,候静山久不回。何左卿來,移肴酒至,翁惠農、張仲遠、静山同晚飯。杜學使來,一話去。發京信交廖雲臺,説明後有摺差行,中有静山與小素、子愚書。夜雨不大。

二月初一日。黄霧似雨土竟日,南方少見此也。行李過江。午後出謝數客,過鼓樓,登高臺,上題"南樓",蓋古迹也,然無甚佳處,望不甚遠也。仲遠移樽來,左卿、洊山、静山共五人同晚飯。鐙下作書寄子愚,交静山,並寄臘豬頭一個去。

初二日。卯初多起,收檢牀案,静山卯正二刻即行。余赶至江邊,静山船已開,回帆近岸,跳板不穩,余幾落水,可戒也。同静山舟中話,天黄,有風,不甚好。渡至下關,送静山行。余由後湖進街,至沈家廟文感堂書店,少憩,由永甯巷過渡。復上坡,不半里到崇福寺。仲遠、仲安在此相待,久話方去。一切皆兩君安置也。寺中亭院開敞,几案光潔,花木

---

① 李星沅(1797—1851),字子湘,號石梧。湖南湘陰(今爲汨羅)人。清道光進士。曾任兵部尚書、陝西巡撫、陝甘總督、江蘇巡撫、雲貴總督、雲南巡撫、兩江總督等職,有《芋香山館詩文集》《李文恭公奏議》《李文恭公全集》《李星沅日記》等存世。道光三十年(1850)受命前往廣西剿太平軍,翌年 4 月病逝軍中,謚號文恭,葬長沙魏家山。何紹基爲其寫墓志銘蓋上之篆文,寄往葬地長沙。

方滋。游人甚衆，余閉旁門亦自静雅。吴萊庭來話，去。晚獨酌，早睡。午後晴，得京中正月十七日書，一切如前，可慰。子敬十四到杭，計此時想方抵長沙也。

初三日。晴，晨静。午間仲安、萊庭來飯。萊庭携字畫數件來閲。客去，余入城，候渠石臣太守、張仲遠同馬、吴萊庭參軍到書鋪買《珍藝宧書》一部。歸，尋接福庵未得。回寺廳，屋裝板壁。鄧守之來，一話。板壁亥刻始罷。

初四日。陰。晨静。午間出，過渡訪仲安，不值。東行轉北約八里，到郭家巷星垣棧，内間金同心號。回候宋小山，言介山神有靈也，子推尚有後裔。歸，過書店，聚文、聚秀、大文、忠信。又新至德生，甚大本，各處。回寺，外廳有人請客。清書至暮。小山送玻黎十方來。晚飯後仲遠、仲安、萊庭來學館閒話，子初後方散。仲遠借到碑版九包。午間小雨。

初五日。先公忌辰，上供後静，竟日無客，惟左卿著人來候，仲安昨歸病矣。有人送玻黎來也。玉蘭開透，海棠將謝，天太暖之故。余今日脱却皮袍，尚穿皮馬褂。午後寫大字多，爲近日所未有。晴，夜見微月。

初六日。陰，風不大。午間略透日，天色如許，游人略少。著人送《陶詩注》於李石筠司馬，不見上□來。想今日未行。日前説上船必過我也。賣帖梁氏來，無甚佳物，人尚在行。渠石臣太守來話，吴萊庭來晚飯。早著人候仲安，説已好，出門去，其咯血乃時有之，亦不可解。鐙下寫大字一陣。風大起來。

初七日。早陰，風遂竟日。晨静，午間寫大字一兩陣。萊庭同仲安請仲遠與余，先後來，同小舟游接福庵，向北少趣，歸來已暮。遂入席，肴不過爾爾。飯後與仲遠弈。午間鄒、董兩君來，皆鎮江人。又長沙常、毛兩君處萊庭館，亦來候，游未回也。

初八日。陰。晨静。飯後欲渡江去，風長不可渡。旦入城至萊庭處話，回候常義門，過司獄，回候毛棣華，出東門北轉約四五里，至雙街拜史鑾坡前輩。屋在鑒園中，二百年老屋矣。由永平守罷歸。久話，聞某翰經亦回來。由舟回寺，午飯後寫大字一陣。風不息，陰甚，晚遂雨，園景殊勝晴日。

初九日。晨雨住而有殘滴，陰寒頗甚，雨復廉纖。屋中黑，難看字也。輿夫俱攤凉發燒，令服神(曲)【麯】。竟日無一游人。鄭君榮封、馮君明本公請,客有史鸞翁、胡善翁合予五人。鄭君與子敬舊交,散時戌正。

初十日。陰寒頗甚,寫條幅兩次,將廿塊,安得脱裘,方足舒臂也。午飡後,過渡,看仲安病。遇吴崑泉,爲余診脉,言無病而中氣未充,勸服白术,因即試之。仍步回寺。吴萊庭來話,仲安亦來,少坐去,萊庭同晚飯。買成石經卷子畫三段、字一段,尚有趣,向晚天有開意。

十一日。早,大晴,日出。午後仍漸陰起來,張洊山來,同午飯,久談,去。仲安來少憩。晚飯后鐙下寫大字一陣。仲安説有戴姓收藏物送余鑒定,難得。

十二日。陰,雨不大,頗寒。早飡後過渡,回拜馮五、吴崑泉、胡善培,惟鄭祝三得晤。又仲安處一談,到文盛、大文兩書店,歸寺午飯,寂寂成倦,由天陰,寫看俱無味也。晚飯後寫大字一陣。

十三日。陰寒,少味。書箱三隻、志石兩塊,託鄭祝三帶往揚州。送鄧週東《滿江紅》。船上胡善培來晤。鄧守之來話,吴萊庭一晤去。申刻何左卿來,將由此往宜昌查川私,孫符卿大農所差也。其實淮鹽滯銷,由小販賤價所致,與川私無涉。與左卿同酌,仲遠晚來,共飯,飯後弈。酉正,子敬由長沙專脚傳話來,大慰想念。即草一紙交來人,明日早走。與左翁談至子正方睡。

十四日。卯初即起,天未大明,然燭共話。天雨未止,而左卿不能不行,差事遲遲,辰初方行。風風雨雨,竟日不知如何到蔡店也!小憩後寫大字一陣。張洊山來,始知常鏡峰做東而肴酒未至。三人共午飡後,黄桂普、劉仲學來。余同洊山游歸元寺,想到净慈也。入城尋萊庭不遇,少坐,歸。桂普已去,四人同酌,匆匆,三君皆須回城去。余獨晚飯,後寫與子敬信,未罷。

十五日。清明節上供,愴愴南望增痛也。昨信寫完,飯後過襄河送祝三行。尚未上船,至仲安處久坐。家信送李乘時,今日即發。回寺,午飯後寫横直各幅十餘條。陰風大,冷不減冬令,有雪意,晚酌稍温耳。

十六日。風略小些,陰更甚。題洊山《閣帖》忽發大論,草未罷。有貴州荔波令桐鄉巖錤伯牙來晤拜,解鉛泊此。又烏程閔□□來話,乃秀才辦鹽折本將歸者。小雨如絲。萊庭來同午飯,候仲安未至,遂同過渡至仲安處,主人已出去,遂同至寶桂庵,後屋推窗見六也茶園,即後湖也。茶園冷閉,無人到,與首事黄君一話,到三元寺買紙,見壁上有琴仙畫,頗有氣向,係均州人姓王所畫。回過鶴鳴園,未開,聚仙園樓黑,遂至萬全堂王春亭處索酒肴,酌話,周福門司獄亦至,同叙,戌刻方散,然鐙過河回寺。

十七日。陰寒更甚,仍穿上大毛旂子。早飯後奇冷,出至萊庭處久話,遂索午飯。看京報至正月初頭,翁惠農遣人來催回,遂回寺。與惠翁話,携示卷册,册爲王舜耕山水,又元人畫《賢母圖》卷子,畫各奇獸,不知其名。惠農定爲《率舞圖》。惠農飯後久坐去。賣帖人梁姓來話,萊庭送生菜來做,請周福門、鄭小塘、王曉屏從孝感來,五人同酌,戌初散,寫大字一陣,借萊庭處小語,畫横幅挂壁。

十八日。陰寒甚,大毛亦不暖,真奇事也。午後日出無陽氣,奈何。王春亭來晤。

十九日。晴而寒未減也,風仍大耳。晨静,飯後過渡謝客,晤曉屏一話。歸,梁姓帖客來。吴萊庭同午飡,久話去。趙德忠來,乃大姨丈之侄,迴避少愚都轉,來湖北,現署縣丞,聞知大姨姊前年作古,己酉在粤,尚見面也。杜繼園學使出棚考荆州,西正方到此。張仲遠同飯,余亦備數肴,亥刻方散。申時何文舫來話,病漸愈,歸計似決。

廿日。早,學使船已開行。大晴,仍冷。早飯後仲安來少坐,去。閔小圃、戴斗垣同來晤。斗垣聞有收藏,然本地人不知眼力若何。作書寄子敬,由李乘時去。胡栗恒秀才來,同午飯。石大令(小魯)意恭來,由浙江回,即起服入京也。進城訪周司獄,趙縣佐,步到萊庭處,與塾師常君略話,歸晡時,廖雲臺著人來問信,即作寄京信付去。明日摺差行也。晚飯後王曉屏來一話,約遊三山景。

廿一日。陰風,出拜曉屏三山之約。早飯後寫大字一陣。風稍定,遊思大發,遂棹小舟西行四五里至高廟。上坡過十里鋪,又四里到□家園,即三山景也。三山由西來,到此徒寓園中,樹木幽茂,有遠意,雲嵐深處,梅花、書屋、小亭子皆佳,東南角書房尤好,惜去塵市太遠。久憩而行,東北約不三里,至穀子口,即襄河,雇小舟,順流半時到寺。往遠而回近也。適楊性農親家由常德來,遂同午飡,久話去。晚飯後步至仲安處話,頗費力氣,夜路不好走,回寺亥正矣。

廿二日。晴熱,早飯後寫大字一陣,出謝客,至中馬頭,久耽擱,由新街一帶回。劉觀多年伯之侄世杰,候補府經,來晤。客去,寫大字一陣。

晚約守之、萊庭、性農便飯,仲安未到。

廿三日。陰暖,是深春意思。早飯後寫字一陣,入城回候性農,久話。萊庭接差未回,糧道開船而湖南船尚未歸次也。回寺,吳昆泉來看脉,説好去。發長沙信,寄子敬。晚飯後昏昏欲睡,由太暖故。將成雨,能乎?

廿四日。陰,温,細雨時有耳。仲安來同早飡。携戴家帖畫來閲,話後同出,先至戴斗垣茂才處看所藏有宋板《駱義烏[①]集》佳,舊墨亦可玩,到姚家店中,壁間畫頗佳,獨至隄上看古董店,無可入賞者。回謝兩客。萃華寶買對纸歸,寫大字多。翁惠農來飯,弈,雨意作,即去。晚入城,萊庭處飯,同席者性農、曉屏及縣署三友,歸,寫大字。

廿五日。晴,暖,早飯後,吳昆泉來話。客去即出。小船到楊柳口,約行一里後,到晴川閣下,過江,至大隄口,入草湖門。郭米山一話,翁惠農處借畫,開箱有水涵。各處謝,步至趙公館,午飯,與乃郎及李師同席,出晤段文波。過關廟,訪梁帖處,不遇。即過江回寺。楊性農、吳萊庭、王曉屏先在此,宋曉山、章仲甘、鄧守之先後來。曉屏、曉山久坐去,餘皆仲遠所請客。主人上鐙方到,入席後,香油多,余腹痛而退席。散,余自酌,且飯客亦同坐,吟弈相連,至子初方罷,今日其乏矣。寫寄子愚信,交性農,明日起身也。

廿六日。昨夜甚熱,睡少,晨飡後寫大字多。仲安送肴來,同午飯,并過河遊燈草會館,在後湖西南,乃湖州震澤公所,燈草生意爲大宗。余先到,仲安同斗垣後來,同話,歸,晚來共飯。今日身上三棉而已。

廿七日。晴,暖。竟日未出,亦未來一客,少有也。寫横直幅,頗多。米山《論孟求是録》,一日看罷,佳處不少也。酉刻得子敬十八日長沙書。特望我考差也。仲雲斷弦,可愴。

廿八日。早作書覆子敬去。晴,寫大字多。午間萊庭福門來一話,去。晚王曉屏來,聞知李乘時信行,乃孝感人,從前頂黄安吉的,因託帶長沙銀項。今日買箱二隻,每隻三千三百,銅什件在外,又三百餘。

廿九日。晴,暖。早作書,飯後并銀一百,寄子敬,交王曉屏轉致信行,今日即行。過四官店劉西園話,乃距此甚遠,有五六里,回走後湖,至

---

① 按:即駱賓王。

一湖春茶店久憩，西南行乃，至正街姚家鹽店。仲安甫去，與王姓象戲一局而歸。午飡後寫大字多。廳上有人請客，頗鬧。晚間仲安來，萊庭至，因同飯，飯後爲牙牌戲而散。見京鈔，陳子嘉府丞休致亦奇。

三月初一日。陰，晡後晴，不如陰時較爽凉也。檢出仲遠所收北魏造像，重出者卅六種。寫大字多。府學賀蕖塘來晤。王曉屏來一晤，即往萊庭處同晚飯也。夜熱甚，汗多。有人持“宣和草蟲圖”，卷末有蔡京題，時不確。

初二日。晴，大熱如夏，真怪事也。晨静，午飯時仲安來話去。萊庭，福門來索飯，馮五兄來一話，得子敬廿五日長沙信，知粤事復擾及梧州，想仍與廣東合勢耳。兵與勇仇，可慮。晚飯仲安鹽居内吴昆泉、汪俊廷同坐。今日委頓，因昨夜汗多之故。昆泉看脉説毫無毛病。

三日。晴，熱，悶極。若此熱不去，夏間還有世界乎。早飯後困睡。仲安來談，頗快，同午飡，話。俞同甫太守來，同宋曉山來，久話去。史鸞坡來，常鏡峰來，遂同晚飯。得子愚二月十七日書，京察六郎記名滿洲而外止四人，大奇。鏡峰説賽相有文書與制軍。永安賊竄至昭平。現今湖南防堵，故鄉風轉不久矣，奈何。同甫送到子敬寄《陶詩注》兩部。

初四日。早晴，忽轉風。早飯後過河至仲安處話，即往大文堂買得廿板《十三經》。回到姚家店，將飯，張仲遠來請，回寺則仲遠與宋子庭翁在此。萊庭、仲甘後來，同飯。雷風有雨，未大也。申刻子翁欲過江去。仲遠送至江邊，仍回。風轉狂猛矣。縱談至善，同晚飯，常鏡峰亦到，仲遠早晚來也。亥初方散，半夜大風雨。

初五日。大風雨不息。早奠釋服，悲愴不自勝。回想壬寅五月釋服後尚有母可奉也。萬念冰冷，尚復何言。午間寄子敬長沙信。前日所得道州滿爺緘弟信，俱付去，爲家祠賬目殊轇葛耳。晡時寫大字一陣，冷甚。

初六日。風雨作，寒。裘復上身矣，早飯後出，欲回，候于庭、同甫兩翁至江邊，風大不敢過。入東門，至縣署，仲遠、鏡峰俱已過江去。入署，與章仲甘、鄧守之、薛子選久話仲甘案頭。携《望溪集外文》一本歸。過吴萊庭，不值，回寺。午飯後寫大字多。萊庭仲遠先後來，同晚酌。史鸞坡午間携石庵册來索題，金紙，條幅改册者，尚可。

初七日。無雨而陰風，仍冷。送于庭同甫路菜，以代回拜。有風，均過江。而于翁前日過江受寒,今日尚未大愈,老年人雖健亦太恃强矣。王賡廷世兄(臣颺)來晤,蓬心太老師之曾孫也。館仲遠縣署,今鏡峰接請,善畫,學石谷派。言寶安門外西來寺有僧,字惠然,亦能畫。寺中舊藏蓬樵畫頗多,遲日當訪之。得子敬廿八日書,乃自十月後未得京寓信矣。戴斗垣送菜,晚冷甚,獨酌稍解。

初八日。早晴。飯後過江,入文昌門。先至昌華館,馬頭上有庚戌年所鑄鐵牛,蓋以土制水之意也。至水樂街大公館拜王蔭之①鹽道,一話後出。望山門東行,至西來庵訪惠然僧,乃本立第三傳弟子。本立與蓬心先生至好,所藏畫頗多,今被水後少有存矣。一見相得,即以蓬畫一幅相贈,意在多要字耳。久話始行,過江,歸。有風矣。翁惠農來話,一飯去。晚飲渠石臣太守署。亥正回寺,借到京鈔一看,陳茲圃中丞告病,邵又村得吏侍,趙德忠贈《樊敏碑》。

初九日。晨晴,仍冷。早飯後仲安來一話,去。蔭之觀察來話,復邀仲安來,同談鹽務,共午飯,久憩,方去。寫大字多。段文波、鄧守之來話,晚,吴萊庭來,同飯後,乘月影步至仲安處,主人久不回,遂歸。來往過河,頗乏。由今日全未歇著耳。

初十日。早飯後過江,入北門,晤劉子敬前輩。乃郎名輅,字公路,甲辰鄉榜,住劉家園後准提道院。因虧案未完結,故滯此也。由書店一遇,即回。過江到史鷺翁處,留午湌,飯甚香軟。由佘家口過河復過河,回寺。仲安同斗垣來,久話。晚至仲安處飯,萊庭尋來共話而罷,暖甚,夜風,陰尚不甚。

十一日。陰,小雨竟日。午後稍有晴意,竟日無客,漸檢行李,船家有人來約搭船,未即定也。

十二日。晴,陰參半而甚暖。寫大字極多,行李捲定,李乘時雇舦子,每人四千,飯食在内。劉子敬胞弟巽山來話,晚仲安備肴來談,因邀萊庭共飯,飯後出寺門看大月湖光,真好看也。

十三日。陰而不雨。惠然和尚早來一話。寫大字極多,行李收檢

---

① 王東槐(1802—1852),字蔭之,清代山東滕縣人,道光十八年(1838)進士,曾任江西道監察御史、户科給事中、内閣侍讀學士等。後任湖北鹽法道,太平軍攻破武昌,王東槐殉難,謚文直。

齊。俞偉堂來話。即寄京信去。廖雲臺又著人來説明日有摺差。復寄一紙去,并寄子敬信往長沙。胡仲安來,郭米山來。今晨,鏡峰著人送文報。粤西賊猖獗,桂林危急,文報與賽相處不通。程晴翁來調湖北兵,又粤西來要火藥、銃子、火繩各一萬,真急人也。晚飯萊庭處鏡峰同席,酒後寫字。先入城時到鏡翁處話,回寺亥正矣。

十四日。陰。收拾清楚,仍作大字。早飯後余先過河到姚家店歇下。胡仲安在此相候,店中同事汪俊臣、余□□、黄□□、張雨農、□□、宋厚基俱不拘形迹,可由我便也。孔秀、陳鴻押護書箱等,搭住舦子下揚州。午後全下船去。作札寄鄭祝三。羅澹村觀察由襄陽來,泊金隆巷下,即往晤一話,歸。與仲安、俊臣酌。飯後到徽州會館,看廳堂大方宏敞,燈光如晝,有演劇者,爲《朱子慶壽》也。鄧守之、吴萊庭午間先後來晤。

十五日。早起出買靴,一千八百文,甚合脚,又買紙八張補作畫壁也。寫大字多。午初到徽館拜朱子生日。先晤首事,久始得行禮,至未初始上祭。人太雜亂無理,歸。午飯後,王敦五來話。吴萊庭同飯,後去。寫字多極,甚煩,然有極妙筆。晚主人同酌,有能唱曲人,題曲殊妙,孔秀、陳鴻大約開船行矣。夜月佳圓,睡時子正後矣。

十六日。寅正起來,卯初即行,惟汪俊臣起相送。過河到萊庭處飯,飯後送我到江干,有依依意。過江至廣福坊,回候彭子蕃乃郎叔瑋。過趙静山①公館,與李言齋一話,乃郎尚未起也。行至洪山村一里一,始别去,相隨年半亦自有情難舍也。三十里黄家店尖,巳正三刻。尖後六十里郭店宿,酉初三刻。因天色太熱,輿夫歇氣時多,一路苦旱。將到郭店,麥田頗好。一兜兩擔一僕,陳芑步從,可謂輕快。仲安説到洪山相送,竟未及晤。伊今到王蔭之處,想耽閣在彼耳。竟日晴,余换羽纓帽登程。城中實未换記也。新店出江夏界,未到郭店十里。

十七日。寅正起,天明未卯初也。行三十里,華容驛尖,又廿五里,過江,風不小,尚穩。又廿五里,有卅里至城外,登赤壁亭,并至山高月小

① 趙德轍(1811—1872),字守養,號静山,山西解州人,清道光甲午(1834)鄉試,乙未(1835)會試聯中,歷任漢川(湖北省漢川市)知縣、漢陽(湖北省武漢市漢陽區)知縣,漢陽同知、松江(今上海市松江區)知府兼署鹽道糧道,後任職江寧布政使司、按察使,又升任江蘇巡撫、兼理兩江總督。

亭。于清端公初入城,至道署。王子蘭觀察不在家,押護糧船,十一日出門,得晤乃郎,一話。至黄州太守徐碩民署,館我於雪堂。千里河山在眼,地勢宏敞,真勝絶也。未正午飡,話後收檢行李,省去一擔,换兜竿。晚登快哉亭,有畫壁,吴恒甫同坐。月色雖不十分,尚可,此間看月殆妙無比。

十八日。早寄仲安一紙,蓝三帶回,其寄去。晨静。主人起頗遲。早飯後,三人同出城,過江,至武昌縣。西山登最高處,紆曲甚久,下,憩佛堂松风阁上。毀石眼,泉水亦少。下至寒径寺,午飡,久話,仍上九曲亭,有子由記。下山往南行,入縣西門,出北門。東轉至江干,訪怡亭銘石,色古重,斷痕未損。又向前看次山窊尊,二大分書,未曾見拓本也。石洞峰俱奇厚,肩輿過山頭。下船,對岸過曳縴約一時許。到郡城南上坡,回雪堂,已酉初後矣。飯前後寫大字極多,綾卷長三丈,對長一丈五。石民亦好奇古也。出示畫軸,有伯虎、南田畫,藥地字,俱佳,見贈龍友蘭竹,亦妙。余題雪堂聯云:雪壁寫東坡,大好江山,天與此堂占却;春樽開此海,無邊風月,我如孤鶴飛來。九曲亭云:九曲亭幽,賢者静觀天地外;一觴春暮,看山坐攬咏遊間。爲碩民書"投子峰青""十蜀山房""甘雨軒"各扁。睡時寅初矣,寅正後復起,何曾睡著。

十九日。早與碩民、恒甫同飯,後行,一路凉潤山水重複,有湘中光景。四十里過河兩次,到巴河尖。又七十里蘄水縣署宿,將酉正方到,有雨點,惜太少耳。劉仲學方審案,於十五日方由省回任也。署宏敞多樹,惟仲學離家太近,故致住滿。回酌酒,佳,亥正睡,倦甚,因昨日未眠也。

廿日。寅正起,天已明,月色尚在也。仲學亦起,收拾行李,候輿夫頗久,因住北門外店也。主人邀至西南清靈閣前,見層山複水,水自東來,西流至塔下,轉而東,閣前但看見山氣亦秀。聞數十里外有天然石廟,不及往矣。閣屋早麵,汲志靈泉水,佳,别去。卅里至分流鋪憩,又廿里界嶺尖,又卅里西河驛住。午後甚熱,幸尚有風。

廿一日。晨凉,行卅里清水鋪尖,尖次屋極佳,看《公羊》久始行。又卅里至廣濟縣,住,午正後耳。由黄州始,此皆碩民太守發夫送。此間另雇夫走五祖山到九江,每名一千文,説定共六名也。静梳髮,飯後倦,有筍味,佳。夜凉。

廿二日。寅初即起,行時天略明耳,四十里車棚鋪尖,未辰初也。漸看峰巒疊出。午間見南邊諸山,有黄州光景。衆岫参差環峙也,名横當山。未正至五祖山，山高曠而少樹石幽異之趣，意興索然。老僧六也導揖五祖忍禪師像。荒凉，無可游，憩一茶，遂下山，住山下店中。大雨至，可喜。先是未到山已雨，但不似此大。且看畫且剥筍。六也云是山名馮茂山。四祖亦在黄梅雙峰山，距此五十里，已去過。今日共行有百廿里，輿夫甚健。快雨入夜，甚凉。

廿三日。雨欲住未住，時復一陣。卅里黄梅縣西關外尖，又四十里中路庵尖，又五十里孔龍驛宿。到店申正矣。即己酉使粤回尖處也。夜凉雨復來。

廿四日。起頗遲，雷聲殷殷，恐遇雨也。卯初行，一路有小雨。廿里曹家壩吃麵，一飯將就止餓。路長，泥爛一片，無人煙，此間氣象真大難也。尖後路短些，廿里至小市口，過江午正。又西行約二里入北門，城内如曠野，覓三元公館憩止。陳太守出城接差，明日才回。陳樸園[①]大令調南豐，已下船。鄭小萊司馬上未遇，歸寓寫得寄京信一紙。小萊、樸園俱來晤，信交小萊，付馬號去。又到關衙間雙李乘時信行，問知十五日信行，船已於十九日到關，廿日開行。作信一紙寄仲安，轉付子敬。晚買得酒，殊佳。無事，夜雨。

廿五日。早等引路人，久不至。因另雇一人，始行。行過甘棠湖，其人遁去。至八里鋪復雇一人帶至濂溪先生墓叩謁。中間鄭太君墓[②]，先生墓偏左。碑字不好認，細審是“宋知南康軍濂溪周先生墓”。問知近居皆後裔，無讀書者，有武的，比吾州周家坊差遠矣。西至文昌閣，大楓樹二，甚偉。有塾師設村館，姓彭。復東南行，上山澗，澗流石坡，沱直入雲。路至九峰禪林，約十餘里，看馬尾泉發源處，真峻險，困乏矣。與妙圓老僧一話。回至文昌閣午飯。不敢復向天池去，止得仍回十里鋪。東南走吴章嶺，嶺脊北看大江，南看鄱湖，皆如咫尺，一奇境也。下山至積玉橋，住破店，荒矮有甕牖正圓。五更醒，月光穿入到吾枕，亦奇怪。今日共行有七十餘里，午後大晴。

---

① 陳喬樅(1809—1869)，字樸園，一字樹滋，福建閩侯(今福州)人，爲著名儒學家陳壽祺之子。年十七，中舉人。會試不第，逢大挑，詮選爲知縣，分發江西，歷宰分宜、弋陽、德化、南城諸縣，遷袁州、臨江、撫州諸府。用經術飭吏治，居官有聲，其學爲曾國藩所推重。

② 按：周敦頤母親之墓。

廿六日。早起南行卅里至土龍尖,草草甚。又十五里至白鹿洞書院,由大路進去二里餘,便到山寓中,有枕流亭泉,名聖澤書院文會堂。與諸生略叙。將行,有吕生佐清號定臣,聞余問紫霞真人《白鹿洞歌》,乃導至春風樓山長住處,字在板壁上。云石刻在城内愛蓮池也。出至分路鋪,少憩。吕生趕來,携紙筆索書一横卷去,筆有奇意。一路看五老峰及水簾数處。又十五里入南康府北門。住正街路東飯店。午飯已遲。飯後拜李春史大令兆熙,甫接任,明日入署,現任考棚,問知羅椒生[①]門人也。陳梅孫大令同年,已卸事。明日登舟上省,匆匆一話。到府署旁愛蓮池、周子祠,已荒圮。紫霞道人石刻尚好,前有兩大古樹,亭□有張南孫先生碑,知初建於朱子。此地何可殊其圮敗乎！宜此邦人文之衰也。竟日晴熱。

廿七日。早起,出西門,過大王廟,看山見湖,有氣象。冒小雨行廿餘里至歸宗寺,即瞻雲寺也。寺場開敞深邃,後即金輪峰,東偏有右軍閣,此寺本右軍捨宅爲之耶舍始建者。尚有洗墨池。覃溪有歌行書壁板上,又有《石鏡溪記》,言山谷有石鏡溪題名及洪駒父題名。寺僧云:“今字漫漶矣,宋儒書石刻似佳。”出寺東行十餘里至秀峰寺,本即開先寺,心壁[②]迎聖祖駕於江南,御賜改今名,尚有御書《心經》藏寺中。又宋牧仲捐藏地獄實相卷子,乃宋以前筆。牧仲以後名人多題記。余亦向定緣老和尚索筆題數行。此山即香爐峰,亦有漱玉亭,不能去,因雨大也。出寺回店,已未正矣。典史王光傑,號曉峰,廣東人,來候兩次,余因回拜。人風雅,索書多件,留便酌,醉後爲作畫數紙而散。

廿八日。縣令、送夫候頗久。出南門,過湖,至老爺廟,將卅里,上坡,約十里;又過河,至錢公橋,船來遲,久等也。又廿里,至都昌縣。邱小屏兄不見數年矣,即留宿署中,同酌暢話。鐙下作書畫,子初方睡。兩郎出見,甚清雋。

廿九日。黎明起,未寅正也。主人遲起,又留早飡,候輿夫,辰初方

---

① 羅惇衍(1814—1874),字星齋,號椒生,廣東順德人。道光十五年(1835)進士,選翰林院庶吉士,授編修;督四川學政,擢侍講;累遷侍讀學士,太僕寺卿;遷通政使,授左副都御史;擢刑部侍郎,調户部左侍郎,同治元年(1862)升任户部尚書。後因母喪歸里。

② 心壁,即當時開先寺主持,字超淵。

行。小屏發夫七名,每名每站百卅文,三站到饒州,六十里頗大。申正到土橋住,午間仍尖一次,店屋小而黑,幸無雨。午過石牛山脊,有江文忠[1]梓里亭。

卅日。昨夜雨數陣,今早雨頗大,亦遲行。上嶺甚斗。且長十餘里,長山坳尖,又約卅里賴家橋午尖。至趙塘村外分路,正東往饒州,東北往景德鎮。余改由景德,晚住馬尾澗港。今日大約行有八十里。遇雨數次,一路樹木麥氣俱茂盛,秧亦將插滿。此邦信饒也! 人物亦多清秀氣。過便民橋,有乾隆丙戌重建橋碑。過章天渡,船遇水西流,往饒州,未過。河前前有橋,甚長。

四月初一日。早,雨未住。少住,行。大雨,行至田飯尖。又金盆嶺午尖,晚至分水鋪宿。雨時止時作。稼禾茂而泥路爛,難行。竟日約得七十里耳。然此間路頗大也。住處園竹極盛且富鮮蔬,屬浮梁境。夜雨大。

初二日。雨小些,旋止矣。十里至羅家橋,一路李子樹多,似吾道州光景。過橋,又八里,過河,河水即往饒州去的。上坡約五里,至浮梁縣公館借住,早飯後出,看御窰廠新近造棹面大魚缸。前此所希,此外尚照例也。大堂上有乾隆初年榷使唐英對云:“榷水陶煙濯手匠心酬萬一,皇華白髮惜陰循分澹些須。”出至各畫處、燒窯處,真人巧奪天工也。到瓷器街買小餅子十個,回。午熱甚。洗足剃髮,一快。申刻回。謝卓軒大令來,亦奇事。蘇賡堂[2]門生也。共談酌,頗洽,爲齊匪案到此。

初三日。早,雇船下水行,風浪甚大,此水由祁門來,往鄱湖去,水長黄急,然竟日行才百四十里,大約不止此數,上半日向南,下半日向北多。晚泊丁子海,夜風大雨,幸水淺無大浪,然不得佳眠也。今日小滿節,一路山平秀。

初四日。黎明開行,向南,西北風順,辰初到饒州府東門外,泊鄱陽縣。沈槐卿世兄來迎,到署已辰正。槐卿上府未回,候歸,話,同飯,留住。東邊新書齋甚敞雅,午間與邱迪甫太守前輩世兄久話。歸,見廣西忠泉中丞三月初五後摺子,賊到省城,城守堅固,賊已却,大好消息,可

---

① 江萬里(1198—1275),名臨,字子遠,號古心,謚文忠。南康軍都昌人,南宋名臣,《宋史》有傳。

② 蘇廷魁(? —1878),字德輔,又字賡堂,廣東高要(今屬肇慶)人,道光十五年(1835)進士,選庶吉士,授翰林院編修。道光二十二年(1842)遷爲御史。

慰。迪甫來話,同晚酌。張小浦學使差人通候。夜熱,雨。槐卿審案至四鼓,爲命案。

初五日。晴熱,學使處借來京鈔,知勞九加頭品頂帶。午間,槐卿審案甚久。即日前過馬尾港謀死親夫案也。男婦皆幼小,若毫無知識而有此兇慘事,教他不行,如此可歎。看《國朝文録》。酉刻到太守署。迪翁請晚飯,槐翁同坐。寫京信交迪甫寄京。酒後,索纸墨寫大字一陣,歸,卧將子正,甚熱。

初六日。早,點心後,同槐卿出北西門,至芝山寺觀山亭,四面見水,風大奇凉。下山過止水亭,即江文忠故宅處。歸,早飯見省中來文。三月十四日郴州猝被賊破,戕害官民,佔據州城。粵西未可了,復擾湖南。吾州不知如何警動,兵餉又將何從籌畫耶?此間即調兵往袁州一帶防堵去。午間復同槐翁出東門,至薦福寺,尚有竹木,寺宇亦深止,被水多圮剥。兩人久話。午後仍熱,出寺到顔、范二賢祠。到魯公亭下小憩。歸已未正,方午飡。寫大字一陣。小浦學使著人來請,到考院晤話。楊雨泉同年在幕,因共酌。酌後寫大字一陣。别思暢叙,懷慰兼之,歸已子正後,丑初方睡。

初七日。陰,晨略静,飯後寫大字。午間迪翁請去寫字,同飯。小雨一陣,未正歸,憩。學使仍來邀,頗倦,不能往矣。晚同槐翁酌,忽聞訛言,索飯,得不醉,亦佳也。試爲槐翁、湘生畫扇及小幅,以盡餘興。

初八日。晴熱,倦,寫大字不多。午間學使來,槐卿留便酌,久話去。余作詩二首,叙此番聚首光景。槐卿欲作《芝陽話雨圖》也。迪甫來話,余晚至學使處飯。學使昨得信,有渭陽之戚,故不赴府縣席。酒後仍寫大字一陣。雨泉同坐。

初九日。晴,熱。爲槐翁作綾卷,殊偉觀。寫大字竟日,不少。学使行,著人送詩扇去。迪翁來一話。晚間仍來。謝卓軒亦來同飯。昨夜見省信,郴州事已息,不要緊。惟粵西謡言不見佳,得報想來兇也。槐卿爲檢理一切,情意過厚,愧之。

初十日。檢點明白,一飯,起行已辰初矣。與槐兄别後,到迪翁處一話。行,出北門,到四十里亭尖,路甚短。又卅里竇林寺,農家胡姓,住門向北而後屋向南,秋光到枕,一望無際,惜陰雲無好月耳。輿夫經槐卿嚴諭,乃半路漸稀,兩僕仍徒步。余兜子夫六名,餘四包槓,亦疲緩甚。

十一日。黎明起即行，陰風竟日，凉，一路山層田複，水竹林陰，奇好。每橋亭必有碑。所過卧龍橋、桂湖橋、各處俱清幽。太西渡過小河後，仍走李子渡過河，住景德鎮公館。此番回頭路真想不著。公館正在收拾，爲太守迪翁將來此。今日行有九十里，留信與卓軒，并寄槐卿信。夜有月。

十二日早。行二里即會大路，約十里至楊塢尖，屋甚好，茶館鹽豆佳。一路水木清幽，橋亭修潔，卧龍橋不足言矣。午後大熱，尖共三次，過臧家灣，甚喧鬧，鋪店多。又冒熱十五里，至鐵鎖橋宿，後院有園蔬，水聲樹色，移案樹下，酌酒看月，起更始入屋。熱極，多飲，天將變矣。

十三日。早起，仍熱，旋即陰。行十里至嶺脚下土名廖村崗尖，尖後又二三里上嶺，頗陡，而山坡甚整。共八里到山頂，始漸下，下而復上，上而復下，將四十里，大路直入雲際。雨來，一片雲氣濛濛。午正至前八里亭尖，看大雨一陣。屋廊甚雅，久憩，始行至溪西一帶，將十里到一心亭。溪流爲折，橋石隨之，清深古異，非西湖所有。乃從未聞過，乃由少人迹到耳。來往皆商賈。過一心亭後約一二里過山，入祁門界。回水聲如潮，至店鋪埠灘歇，輿夫淋雨，俱濕，止好住此，方申初。今日山上行有四五十里，共約八十里。雨，凉，比炎熱自在些。

十四日早行。復過嶺，名汪石山。此間山俱無正名也。約十五里板溪尖，又卅五里沙雞殿廟東尖。廟祀九相公，甚奇，沙雞何解耶？又過程郙碣憩，又過大祠堂。“楚經世澤”扁額，汪家屋也。約共行八十里，申初入東南上元門，至祁門縣署晤唐魯泉大令。宿於東偏書，晡點晚酌暢話。己酉使粤，往來桐城，魯泉時宰桐城。前年補此邑也。山中夜冷，今日晴。

十五日。竟日困憊，行路積疲不覺也。魯翁行香回，同早飯，午間同麵，有山雞。未正後同小蕎出南門，右轉至岳祠叩謁。壁間有武穆題記石刻，乃紹興元年帶兵過此住東松庵，前往討李成也。對聯有煨芋事，未審出處。余索紙題記數行付寺僧，同出。過東門橋，到東山書院，魯泉新收拾者。養浩齋久坐，到朱文公祠，頗高，眺遠，惜西向，斜照滿堂。歸署，少憩，即飯。主人盛設，殊不安之。至夜月佳。

十六日。五更甚冷。山城景也。晨起，周行東西院署，地甚寬閑，好鋪排幽雅。甘雨亭同早飯，魯翁約午飯，飯後寫大字。岳祠寫“精忠留躅”扁。朱子祠聯云:“集諸儒大成,聖道炳然猶旦晝;幸此賴多士,高山仰止在鄉鄰。”此外,寫字不少,天熱苦無紙耳。晚同魯泉酌,亥正睡。

十七日。五更起,魯泉同早飯,天明行。魯翁爲備夫八名送休寧。出東門,過橋,十里,花橋。又十里,雙忠祠,祀張、許兩公。[①] 又十里,新水鋪尖。又十里,狀元第憩。又十里,楠木嶺。又十里,漁亭小憩,雨來,喫粥一盂。洞庭糯下,頗佳。又廿里,至巖脚住。過楠木嶺,即見香爐峰,以後峰巒活跳,知白岳殊秀異也。冒雨登白岳,上有十里,頗多陡坡。羅汗巖極佳,正殿對香爐峰,有奇氣。由一天門、二天門、三天門方得至。雲海迷茫,樹石竹泉俱好。來往一個半時(晨)【辰】。回店,雨亦住。夾山中道院,各分院落極多極整,進香人住處也。明朝人詩刻多極。夜飯後與輿夫商定,即從此往黄山去,著李海押行李先至休寧。

十八日。早凉,行十五里至山坑,又五里小溪胡家尖,此處無二姓,祠堂甚大,有七哲名家扁。又廿里,至藍田,地方大。又廿里,漁村。又廿里,過小雙嶺,又過大雙嶺,頗陡險,難上下。天氣又熱,至甘村午尖,已申初矣。尖後廿里,至湯口晚宿。

十九日。早行,輿夫迷路,行至雲谷院而返,仍回湯口憩。始往湯池去。路險難行,約有十里至紫雲巖。湯池一浴。入紫雲庵與老僧紫峰話,煮飯吃,爲書聯并示詩曰:“冒雨穿雲不記程,芒鞋踏破萬山輕。此身本自無二垢,無垢今從一濯生。”天雲甚重,不復思登高履險。遂下山,仍由原路,過大小雙嶺,至漁村,已暮,即住矣。蚊蚤甚,不得眠。

廿日。早行,過藍田,未至先尖,因遇大雨也。尖後過藍田,分路東南行。一路水石俱佳。過兩小嶺,午正後至休寧署矣。吴厚存兄别七年矣!暢話。晚同酌,有書記陸月湖同坐。夜不甚適。

廿一日。大不適,吐瀉,兼來途中積受暑濕,得間發作,亦奇也。厚翁説此處卅里至屯溪,即可下船到杭州。唯聞寧波事未靖,甚猖獗,近日無信。南河來合龍,粤西軍事未了,何堪復游此耶?夜未飯,雨至旦不住點。

廿二日。雨不住,人清爽,腹痛未已,時作響也。作書寄槐卿,交來

① 按,雙忠祠奉祀唐代至德二年(757)爲平息安禄山叛軍而壯烈犧牲的張巡、許遠兩位忠臣。

紀閎光帶歸，一路護行，極勤妥也。厚翁出舊墨，甚有古意，兼贈書二種：《詩故考異》、朱廣文《説文》。晡時寫大字一陣。晚爲我特設，不能暢飲，略喫些。憊甚，先睡。月湖及厚存、乃弟英山、乃婿趙子方同坐。

廿三日。夜冷，知將晴矣。今晨雨止，奇凉。早湌後同月湖出東城，五里至萬安街，閱古董店兩處，買得印石一，印盒一，復畫梅。一同至古城巖一遊。登高見水曲山環，殊勝。上有正希先生試心石，惜余足軟，不能上峭壁也。晚獨酌，主人有客。五更三起，腹泄。

廿四日。人適。早飯後與月湖由西門向外，閱古董店，無所見。青藜閣書店買得明板《通典》歸。寫對三付，即疲困，晚與月翁酌，不能飲，病矣。夜仍泄。

廿五日。人憊甚。止好喫素，兩粥兩飯，口中實少味也。主人屢來話，懃摯可念。天雨數日，不見日。與客同困。夜仍泄。

廿六日。不復泄，略適，少力。厚翁爲診脉，無甚病，稍有風濕耳。服藥一副。雨不住。

廿七日。天晴，可喜。人亦較健。早過月湖話。午間寫大字一陣。主人屢來話。仍服藥，不見酒第三日矣。

廿八日。晴雨相間，頗冷。重棉不曾脱，可以行矣。主人固留一日，午間爲侶笙、桐舫、厚翁畫扇爲戲。晚同主人食，蒸鴨殊佳。惟翰音無味，且必由遂安來，此間並雞卵無之也。

廿九日。寅正三刻起，檢行李，卯初早湌，久候主人出，卯正二刻行。肩輿卅餘里，至藤溪巳正矣。梁祥茂骨董店無可觀。午飯後至未正，行李由小船來，英山二兄亦來，約同回蘇州也。余先開行，河小，下水有灘，行速。晚泊，英山未來。今日食枇杷多，腹不泄，亦不甚適。

卅日。早，到浦口，覓小轎入歙縣城，約有八里。入西南門，至天官第，程子漁未歸，乃郎亦不得見。晤管事人葉壽如，一話。行。回船巳初矣。午後過峽口，屬徽州府管。船上每船兩税四文，上水則二百四十。未知名何關也。晚泊處距府百里。竟日陰。晡時大風報雨一陣。雨聲竟夜，蓋淳安地。

五月朔日。竟日東北風，不順灘。上半日多，下半日少。陰而不雨。晚泊嚴州府南，共得二百餘里。舟子夜攤錢，頗可厭，且防小竊。

初二日。雨竟日，南風頗順。巳時到桐廬，買得鰣魚，肉細而少油，每斤八十文。後來活者止四十文,不復能買矣。舟人耽延久,始行。申初過富陽後向南行,風不順,復向北。雨不住,至里山且泊,酉正矣。夜雨,熱。

初三日,雨不止,且行,甚緩。舟人順水,懶摇櫓也。午正二刻,方到江口。吴英山約同至何樞臣行内,少憩即别去。小轎冒雨入城,至杭府署。余菊農不在家,門者拒客,可急。廳上坐,與馬司馬一談,出拜學使吴姓舫師、常南陔中丞前輩。歸,知杭署無處下榻,即住徐讓木錢塘署。與讓木同酌,菊農亦來話。夜倦,甚熱。

初四日,晨起剃髮,冒風頭痛,遂竟日不適。學使師、中丞及梁敬叔、趙南屏、吴子厚又先後來。南屏者,吴師之婿而咏莪之孫。聞知小舫未回,南河不合龍。山東一帶水散漫成災,可慮之至。京鈔知京師亢旱,夷難之奏頗多,於時事何濟耶? 晚飲於中丞處,南陔少子甚穎異,可喜。出示九芝經,九芝同日出院中,各奇異。令合成此龕座也。歸時亥正後。

五日。人略好些,腹中仍時痛。早飯後到杭府。即出清波門,到净慈訪六舟,已退院閉關矣。一見,健如前,縱談金石,宛爾舊歡如昨。寫對數付。覓小舟,同六公携其三侍者遊湖,至聖因寺柳下憩久之。開文瀾閣,入,久憩。有二銅鑪一銅鹿,六舟云係宋德壽宫故物也。樓門不得開,窺瞻書架而出。上船看龍舟,無味甚。余入涌金門,回署。四禪老步歸寺。六公見惠開元造像,有帝后忌辰。和私皇后何人耶? 文後山住,嘉興縣前橋坨下少憩,與讓木一話,晚飲學使師處,梁敬叔、趙南屏、子厚丈同坐。商行大錢以代文銀。歸來亥正。雨夜濕,不好睡,且腹泄。

初六日。晨起,甚倦,且翻書看看。天氣悶熱,午刻,讓木回。今日提軍北上,送行回,同午飯。未初余出,到汪家,陵軒已往淮上,與奮齋一談,菊士不在家。到南陔中丞處看所藏碑帖。《破邪論》《黄庭經》俱古拓。《魯公東方贊》《鶴銘》皆明初拓,可寶。符君爲診脉,言係脾濕,爲酌一方,歸。遇大雨兩次,憩息,回署已昏暮。主人同晚飡,服藥。今日寄京信,交中丞,初八有摺弁行。

初七日。人健些,服藥有效也。早寫大字一陣。趙南屏來話。汪菊士來話。午間至學使師處飯,甚困,歸,少憩。晚出晤李檢齋話。李錦湘、陶珠泉處未晤。

初八日。晨請符惺園同年來看脉,酌方,添用柴胡,因頭痛未愈也。

午間南屏來,同飯。申刻同往擺子門三撥營,朱秋舫大令子賡處看字畫。有王鹿公人物册、惲南田山水册、張擇端《清明上河圖》,競古秀;張樗寮大字册,皆佳。爲題《上清圖》一段。吃麵,歸。南屏同飯,讓木又留一潘君同飯。陶問雲令親由衡州來,湖南情形不了了,人亦少味。孫亦塘來。

初九日。晨寫大字一陣。菊農、檢齋、讓木同請嚴莊寓集,到則嚴莊改潘莊樓。風大而甚熱,無甚趣。同請者敬叔、南屏也。余先歸,甚憊,見客少氣力。晚與讓木酌,談時事頗豪興,知道有濟否?

初十日。晨静,有送書畫者,無可入賞也。午間讓木請到城隍山廟内,晤王安伯,則因新修府城隍,請讓木拈香,即留看劇吃酒也。熱不解,草草散。余先歸,廖梓臣、王雅臺先後來話。晚同讓木酌。晨剃髮。

十一日。早出武林門至縣四房,導我至新馬頭,約三四里方到。又説無船,余獨步至馬頭,遇張春林如意船,遂寄言西行,中人乃來索賞,可厭也。援筆作契,不復强行。十六元寄到揚州。回署已巳刻,路太遠也。汪菊士、智琴和尚同話,六舟贈石屋洞題名,皆所手拓,百餘種。又過鹿春如觀察頻晤之意。客去,寫大字多,且憩。晡時出,同雅臺、梓臣到中丞處看畫數件。亦感冒未愈。過鹿春如話,壁間石齋字、鴻寶畫,皆精。遇雨,歸。同讓木酌,尚不知余將行也。

十二日。晨起,收檢行李。讓木一面即上衙去。余久候未回,止好上船。船人有事不即發,讓木趕來作別,亦好,它人皆未知也。汪老三著人送京信物,來客去,即開船。船上熱。夜泊塘棲,熱,通宵無安放處,苦極。天明後少睡耳。

十三日。半陰晴,好些。午至石門買菜,得冬瓜耳。晚泊毛家汛。熱如昨,苦蚊。距嘉興五十里。

十四日。陰得好,不大熱。午至嘉興。糧艘擁擠總道,泊西水驛,步至嘉興縣前槐塘,下,向山北小門,訪文後山,老病未出。晤少桐四兄,得觀《婁壽碑》,真古異。知鈎本全,非以麻沙拓不能鈎也。本龔定庵物。以此及它物易趙飛燕玉印,此算二百番,可謂奇款。又梁天監小造象,精。元延銷雖有名,不見精確。未正回船即開。晚泊吕家涇,由小河往感澤鎮七里。擬明日看顧子宜家書畫去。

十五日。陰凉,北風。過大顧家不想去矣。船行甚緩,曳縴費力。過平望頗耽閣久,晚泊八尺,有月,上船以來,今日始能看書飲酒。

十六日。陰晴相間。略有順風,午刻到寶帶橋,上坡流覽。前添出護國寺宇一層,便少味矣。看十五年前所書碑,尚無恙,登乙未亭一覽。回船,行遲,申初後到閶門外,泊,上坡,尋吴三英,取書箱回。正誼、紫陽兩書。尋趙伯厚、趙子舟,都未到館,可歎。到洪家,聞子香於前日往揚州,晤乃侄郁臣。見子敬信,五月初三在蕪湖,説月底可到此。甚慰。回船晚飯後,戌正後,子敬忽從北坐小船來泊,弟兄年餘之别,無意聚此,真奇事也。絮語至夜分,始寢。

十七日。早剃髮,同飯後,余上坡尋張雲巖屋宇。住金蘭坡,不在家。程耕義不值。轉履卿得晤,暢話,歸。午飯後王藹亭來,爲子敬公館事,同子敬先出。余後至江橋酒樓,同酌,去。晚歸,頗凉。履翁處見京鈔,(忠)【鍾】泉[①]革職,可惜。惺陔[②]擢粤西撫。今日到處尋字畫看。止履翁處看數件,亦不甚賞心。止掃葉山房買得書畫、《傳習録》耳。與子敬話,至子初睡。師子林多年不到,也還好。

十八日。早飯後上坡,沙皮巷程心柏處看字畫,東坡《常州居住狀》楷迹極佳,《虎跑泉詩墨》却不甚確,此外元明人墨迹多精品。至楊芝士處一話。宋子庭處話,知陳石甫不在家。滄浪亭略憩,回船,同子敬午飧後,小舟携帖畫數件,至虎邱白公祠,新修水閣尤妙。磨墨作書出。雨來,照仿鴻寶枯木竹石,爲子作,可一憎也。回船,余食枇杷後腹不適,見酒飲,將十杯而腹痛不解,食水餃子三個後方妥帖。燈船極盛,真銷金窩也。回船亥正,與子敬少坐即睡。熱不好睡,後好睡。

十九日。早,上坡,到滂熹園買陸《奏議》、江《尚書》。吴步瞻店中買得唐小品一本、石鼓文一本,有《黄庭經》頗佳,未到手。閲古玉數百件,竟少賞心之物。回船巳初,同子敬早飯,題程心柏《讀畫圖》,寫京信一紙。巳正二刻與子敬别,此會又不知何年,能無惆悵耶! 順風到滸墅關,

---

① 即鄒鳴鶴。

② 勞崇光(1802—1867)清朝大臣,字辛階,湖南善化(今長沙市)人。清宣宗道光十二年(1832)進士,選庶吉士,授編修。道光二十一年(1841)出任山西平陽(今臨汾市)知府。後累官冀寧道、廣西按察使。道光二十八年(1848)任廣西布政使。後與提督向榮先後鎮壓李元發起義和修仁(今廣西荔浦縣西南,現屬修仁鎮)等處"天地會"起義。咸豐元年(1851)太平天國起義時,署廣西巡撫,協助賽尚阿會辦軍務,設局開捐,籌措餉需,令各州、府、縣組織團練與農民起義軍作戰。何紹基日記中寫其字作"惺陔""星陔"。

久候不得過，因有一船不服查而大家耽閣，可惡也。開關已申正二刻，行仍順風。夜獨行至無錫泊，亥初矣。夜熱，故不可眠。

廿日。早開行，仍順風，未初至常州西門馬頭泊。見龍舟，華麗而笨，不生動，且不行走，亦奇。上坡，至常州府拜張翼南，久話。吃山東麵。武進縣白筠舫三兄一話，六十六矣，去年尚生一子，甚壯。趙伯厚、汪衡甫都不在家，回船，即開。翼南約便飯，止好負約。難得此順風也。卅里至奔牛泊。今日作信一紙，交翼南寄子敬。

廿一日。早行，早飯後即至丹陽，以後路曲折，南風有不順處。申正到鎮江京口驛泊，步上對河，到山陝會館。此處人呼爲大會館。訪几谷上人不遇，石蓮和尚云伊前日往揚州天寧寺。回船已酉正，移泊江口，夜熱蚊甚，徹夜未著。數日來，僕子俱在船頭睡。

廿二日。寅正二刻開船，帶江二曳，船行過江，入小口未至一刻也。葦河極窄，行入瓜州城。卯正後出大河，過關後早飯。過三灣頗費力。午飯後未刻方到鈔關泊，過關亦累贅。上坡至左御街，尋至鄭祝三處，即住下。孔秀、陳鴻兩僕俱無恙。出候吴平齋。洪子香兄弟未遇。天寧寺訪几谷和尚，説在蓮溪和尚處。一路閲古董店歸。晚約祝兄飯。熱，故不得睡。平齋來話。

廿三日。早倦，不得睡故也。祝三請到萃珍館吃麵。麵味苦色黑不解，所謂可憎也。回，憩。出至平齋處看帖畫，遇袁簡齋之孫，將入京引見，去。午飯後歸。祝三備小舟遊虹橋，至平山堂一帶，熱不解也。歸已昏黑，夜不得睡如昨夜。蓮溪和上來。

廿四日。晨訪几谷、蓮溪兩僧於福因庵，皆善畫。遇吴熙載，一談，歸。蔡潤之、黄受益次第送字畫看，有三百餘件。寫大字一陣。晡時洪子全來，知子香尚未到也。晚同祝三酌。夜得睡，有小雨，凉清耳。

廿五日。早起，爲平齋題天池[①]巨册、石濤溪南八景册、萬年少爲沂公畫四段卷、顧子怡墨蘭卷、惲南田旃林圖卷、元吴承泌志、閻湘書，金冬心花卉卷，共爲七件。其王文肅字卷、祝枝山楷卷非余所喜，故未題。平齋贈我半千[②]畫小册，止一半是半千筆。買成蔡君九德齋字畫：青主册、

① 即徐渭。
② 即龔賢。

石經畫卷、莫雲卿畫卷、冬心梅卷、垢道人畫册、青溪畫幅、王玉燕册,共七件,板橋蘭六幅,議價成而祝三意欲出價,見贈。羅茗香來話,知朱朶山、吴子序、馮敬亭俱在劉心房運使署。巳正二刻仝上舟,與祝三别。作信一紙寄子敬,并存物單到揚州。不得子愚一字,甚念。寫對子十餘付,乃行。風仍順,然拗折多,夜泊露筋祠,少凉,乃睡。

廿六日。晨陰,小雨。早飯後,巳正二刻到高郵州,上坡,入南門,拜默深,不見九年矣。風采如昔,興致照舊。遊山詩甚多,馳驟論議非復從前詩境。汪梅村、龔昌匏俱在,此亦奇。劉申孫者,申受丈之孫,默兄婿,五人同飯。飯後,寫對五付,默兄贈我南園先生畫馬,奇筆也。又有所畫山水,作北派,尤未經見。默兄尤珍之。回船,申初矣。即開行,大北風,不好走。至清水塘,遂泊。作書寄子堅交默深,内有太官兩信。

廿七日。昨夜丑後雷雨,風大且久,可悸。今日晴,不甚熱。順風曳縴,夜泊寶應。三更時有江西糧船失犂,來碰船,幸更夫招呼,得安静。然熱蚊奇苦,不得睡。

廿八日。天明開船後,始略睡。順風頗解炎意。過淮關,略耽閣,因小船遲至也。戌初晚飯後行,至戌正後始到清江浦杯渡庵前泊,遣李淦上坡問汪致軒寓。亥初後,余始上坡。路有五六里,到來鶴寺已亥正後矣。與致軒話,知我道州被粤西賊來,遽至失守。四月廿七日事,可愴可愴。吾宗族親戚、祠堂、書房及墳墓不堪涉想。吾州風俗淳古,不應罹此厄,冀早收復也。話至丑初方睡。

廿九日。寅初後即起,剃髮。楊石卿來話,即同飯,飯時巳正矣。石卿言看嚴問樵處有《雪浪盆》國初來詩老題記甚多也。三人同過河,至張鑒南園寓,有水風,規模嫌小。主人遣人掘藕見餉。午正後過王營,至嚴家行,家人輩護行李早到,聞知陸路雨水不可行,且令到楊莊看船去。與同店恩介亭福話,知乃翁浙江織造,入京,亦在此换船去。聞蔣譽侯親家以侍講放江石遺缺知府,大奇。五月十八日大考翰詹,余乃幸免矣。亥初,李淦、孔秀回,覓船不得。

六月初一日。早,令仍到,遇汪看船去。午正回,寫定兩艙子,一隻,包一切并火食,共四十八千,到通州甚妥。浙織使者今早行矣。午後静。申正往清河署拜吴仲仙同年大令,商量轎子到濟南。至致軒處晚飯,遂宿焉。仲仙處晤于前輩即落任清河,將往徐州去。星使將到,辦災委員甚多。今日起伏,未刻面一陣,聞清江有風,捲屋廿餘間去,亦奇事。

初二日。早起,石卿來話,黄小松初得景初帳構銅拓本册,有覃溪畫心詩,極有趣。兩齊侯罍拓本册,其秋舫所藏器今歸張雲巖者,石卿親手拓之,極精,難得之至。到石卿齋中小坐。雇轎過河到店,行李已上船,惟余轎事未有消息。未初後,縣中人來舊轎架,現收拾。余於申初後過河,至普應寺。寺宇宏敞,然亦熱。石卿做東,汪致軒、高伯平、魯通甫同坐,先寫大字一陣,入席,肴酒俱佳。余傍晚先過河回店,已戌正。開發各帳,俱清。子初睡。李淦、孔秀、李海俱由船護行李去。

初三日。寅初起,收拾,輿夫雇齊,啓行將卯初矣。一轎兩騾,陳鴻、陳芑隨行。晨凉,十八里楊莊尖,又卅里三汊尖。熱矣,午間更熱。又四十里重興宿。到店申正,滄間歇氣時多也。桃源令胡廷陽差候。夜無蚊,好睡,北方如此乎?

初四日。寅初起行,一二里即大明。六十里界牌尖。先是,過河一次,尖後復過河,皆黄河水及雨水所冲浸也。天熱路長。酉正後始到順河集宿。夜仍少蚊,然不如咋之全無。

初五日。天明始行,六七里即過船六塘橋下,黄河溜冲入水,大不好走。橋孔亦有圮者。御詩亭亦漸侈落。共廿五里小尖,又卅五里峒峿驛宿,未初耳。今日半站,輿夫怕熱殊甚。見月三,去三里五華山七星巖,聞説好。

初六日。未寅初即起,行五六里天方明。繞水處時有之,多沙路,好走。卅里,湯店憩。又卅里,巳正到紅花埠住也。是半站,屬郯城,入山東界,麵漸佳矣。聯秀峰方伯住前隔壁店,往候暢談至暮窗,酌樹下,不見九年矣。秀峰同來店。生月來去,其人留心時多非録者,聞麟梅谷、邵又村入軍機。

初七日。子初即起,輿夫忽發憤也。行四十里,天始明,少憩。又十里,郯城縣换錢,出城過問官處。又十里鋪,至傾蓋橋久憩。因騾子來遲也。又卅里,馬閘憩,無店。又十五里,沙墩住。不成店,煮飯吃,無肴,草草甚。今日慈壽日也,愴念何極。夜雨大。

初八日。雨後滿路皆水,輿夫亦困。没得吃。卯初後行,行積水中,水深一二尺不等。廿里至李家莊尖,巳初矣。且憩,曬衣物,大半沾濕,咋日若到此,免得雨阻。今日便可至伴城矣。輿夫懶得可恨,誤却兩天,還要討賞。

初九日。天明行,走東手,上濰縣,路好走。過石河溜,大木人扛輿而過。又過沂河,甚寬且渾。大船均至北河迎欽使去。沂州南關外尖。聞府縣俱接差去,尖後,入南門,出北關,不數里又過河,所遇小河無數,共九十里,約繞道有百餘里。半城湖十二里,爛得很,尚賴增公修墊後好些。然三十餘年未重修也。半城宿。各店俱貼公館條,此店亦係太守公館借住。

初十日。天明行,一片入山路,少人家,多坑坡,不好走,路却不大。四十五里青駝驛尖,論路不過四十里,遇杜怡雨欽使來尖此。小欽差則赫老前輩、喬鶴儔、杜蘭溪也。走訪鶴、蘭,同話,京師尚平,東如常,總苦旱耳。大考信已有,尚無大黜陟。鼎侄婦於四月間得雄,可慰。吾州失守後尚無後文,可爲痛心。尖後四十五里,却不小,過河多,皆山溝水也,岱意到目矣。申正到垛莊,宿沂水營。月色好,有閑意。

十一日。行五里,天明。今日過河無數,路爛不好走。過陶丘河至保德河,尖于大橋下,久憩,晚宿敖陽。共百一十里。酉正後到,天不甚熱,而頗貪瓜果。鄧厚甫車先發九日,尖處相遇,遲遲可想。厚兄由騾轎前行一站去,空院對月酌,甚凉,日來本不熱,時著棉也。鐙下作書寄子敬。

十二日。天明行,廿里至新泰,少憩始行。毓端卿宫詹使閩,已到公館,行六十里矣。與一話。始寄子敬信,交與副考黄黻卿。鴻少相遇于橋下,立話,問吾家一切,略説説遂别。又廿五里翟家莊尖,滿街槐蔭,陰凉,爲登程來第一處。地方官不勸民種樹開溝,此間何不同也。又卅五里楊柳店宿,店有後小院,極敞,燕巢于棚頂,絮話往來有致。乾房錢四百,頗貴,而晚餐莚菜炒肉佳,遂盡燒酒二兩。

十三日。子正起,丑初行,輿夫迷路,向東北,遇引路人帶向西北,然寅正方走十五里,過河多而路却乾。花馬灣久憩。六十里翟家莊尖,又五十里東安南關外宿,才申初已到店。望岱意有雲陰,嶽頂在目,惜不得登也。晡時到岱廟一遊,茶棹滿地,古樹垂陰。天昏黑,不及尋丞相碑等等。回店即飯。月從雲中吐吞。

十四日。丑初,起。丑正後行,輿夫遲來也。一路石徑水溝,不大好走。天大明,卅里新莊少憩。又廿五里,墊莊尖,樹下凉快。又五十五里，途間水溝亂石皆面水所冲，路不大，到章夏才未正二刻。住處即做公館處，主人相識。適陶子立有家人，夏姓，回家，因作一書帶去。晚飯有紹酒。鐙下索畫數件。夜雨雷大，明日恐不成行矣。

十五日。雨住，卯初後行，過山河兩處，溜急可怕。小河數處，沙石連路，泥却少些，三十里開山尖。尖後東北行，路好走。入濟南，西門買靴，至濟東道署，住花思白前輩西廳，極凉敞，二兄及兩郎均見。晚與思白、次江同飯，蓮子藕佳，酒好。看京鈔，知道州失守情形，現在賽、程兩公合辦此。兩公難靠，奈何奈何之。何不令徐仲深[①]、勞星陔來一人耶？大考，蘭簃升學士。吾鄉孫芝房、胡光伯、周吉農、徐壽蘅俱升官，殊爲增色。得軍事早竣，豈不大慶？夜雨凉甚，有秋意。

十六日。早雨，與主人同飯後，出謝客，劉鑒泉方伯及曉川太守、福元修廉訪、司徒芷舲都轉、馮展雲學使俱相晤話，甚暢，惟廉訪方過堂未晤。學使署别將三十年。一切尚如昔。惟我兄弟讀書處種竹作池者已成一片荒地。先公瑞薯書屋扁額亦佚去。舊僕李得現隨展雲，據云此扁爲西關外人偷去矣。同展雲周視蓮葉西齋，坐話。四照樓石鼓尚存，少年與子毅所爲也。歸飯，己未初。大雨，作字一陣，復出拜李與三太守，汪竹千判史。到大明湖。次江到彼相候，同船至鐵公祠、(惠)【彙】泉寺、歷下亭各處，多傾圮，即有重修者，亦不如舊規之幽異，可慨也。歸署已上鐙，思白邀竹千相陪，次江同坐，如昨席間。余不甚適。

十七日。五更忽大吐瀉，以後吐止而瀉不止。昨所謝客今日早都來回候。芷舲談字尤著魔。客去已將午初，少憩，赴方伯席。因曉川病盲，要談不便，罷却。飯，歸。己未正，出西門至趵突泉、燕園兩處，亦迥非昔比。回署後，水瀉不止。晚遂不敢同主人飯。籠餃半盂，瀉竟夜不止。本欲今日行，行不得了。雨復傾盆未已。

十八日。早，思翁請劉君來診，據云脉細，中暑頗重。香薷飲，服後更瀉。憊不能下床，楊石莎來一話，即將往德平去。夜瀉到天明。

十九日。劉君來，仍昨方服一次，不得止。口苦且乾甚。晝夜將五、

---

① 徐廣縉(1797—1869)，字仲升，一字靖侯。安徽太和人，清嘉慶年間進士，選庶吉士。歷任山東，陝西道御史，廣西鄉試正考官，榆林知府，江西總糧道，福建按察使，順天府尹，四川布政使，江寧布政使，雲南巡撫，廣東巡撫，兩廣總督和兩湖總督等。咸豐元年(1851)因剿滅太平軍有功，受封太子太保銜。

十起。今日無雨。

廿日早。余思北方醫者難商量,自知昨方誤矣。請思白請南醫。請來武進鄒君,據云六陰脉象未改,而大受削伐之傷。用六君子加減,合我意。一服後瀉遂減。夜仍苦渴甚。

廿一日。瀉症良已。如昨方略更易,添用川連、黄芩以祛心熱。晚間不復瀉而小便熱極。鄒君晚來診,説仍心熱耳。

廿二日。早,良愈矣。略用清解方,輕輕服之,相安。兩足軟甚,不能步。天陰未雨,立秋節也。連日止食粥及淡飯,不食葷。今日始食鯽魚、火腿,美甚。主人連日關愛之至,時刻來看並閒話。余止卧而答之。又尋古董字畫來看,買得未谷、板橋小件。今日晡間試出,至文寶齋看,得高南阜字卷,有趣。又石卷乃橅本,亦携同來看。

廿三日。早雨,冷甚,未能行也。飯後忽能行,命車來,三空車裝上。思白弟兄復設酒作别。且借衣,關愛周至。又作信寄子愚。午初行,迂道不好走,四十里齊河尖,已申時矣。冒雨行,路忽乾,大路不迂,卅里至晏城住,戌正二刻,尚不大遲。惟車夫索頓飯,竟無可下咽處,可歎也。齊河過河。

廿四日。早起,雨如絲,旋復大,然止好行。五十里禹城橋尖,又五十里廿里鋪宿。泥水甚大,車時時没轂,幸車輕不擱滯耳。然顛兀骨疼,年逾五旬氣象矣。

廿五日。天明行,大晴見日。一路繞道,泥水甚大,五十里曲録店尖,又廿五里黄河涯。又廿五里,天已昏。暮至德州署。汪竹翁得晤,歎叙快慰。惟連日顛兀,兩足難行。止好由此换船。聞景州破,港不可過,即下船亦不能也。李車夫責四十,爲前日鬧郇尖無狀。郇尖郇飯,此風可恨,亦常嚴禁矣。睡時子初後。客屋懸天池石坡牡丹幅佳。

廿六日。晨涼,午熱,飯後同竹叟出城西北尋蘇禄王墓,有永樂十六年御製碑文。復西南,至董子讀書臺,即柳湖書院故址,頗荒狹,而堂前地尚寬也。午風涼爽,飲酒吃水餃,未刻方行。到河邊,看水長情形,看空船隻。竹翁細心之至。入署少憩,寫大字一陣。食西瓜後復寫。令孫聰慧可愛。晚酌,又嫌筵席氣矣。

飯後久話,寢。看京報,查少泉調甘臬,王春厓請用鈔,端王革出御前。

廿七日。早起收拾,與竹千談並早酌。看石齋、得天字,俱佳。辰初揖别上船,船上一切皆竹翁預備。辰正開行。鬥風不好走,下水九十里至桑園,已酉初。止好泊西北方,有雷,陰,夜雨。

廿八日。早,開船數里,大風捲篷,可悸,兼以陣雨過竟日。恰至決口處,浪舂撞甚,勉强移前穩泊。寒來重棉尚怯。夜風稍定。

廿九日。風定些,然竟日仍未歇,皆東北對風也。止見來船張帆快利耳。冷如昨,仍重棉,過連鈕堡頭,人家大有。夜未泊,行至天明,已過滄州廿餘里。晴,有日。

七月初一日。早行後有西南順風,樹桅張帆行,過新集、柳河、過静海,至獨溜泊,約二百六七十里。船亦穩,甚難得。晴竟日,不熱。凉天食西瓜,今日復腹瀉,但不甚耳。戒之。

初二日。舟子贖當,開行少遲。微風順溜七十里。午刻至天津西關外泊,即入城晤錢香士太守,留住署中。少憩,同往城外東北至望海樓,前明南北兩運河會流入海處,一偉觀也。水溜濁急。離海門爲二百里,香士令海門内積蜆殼成峰,上長荆棘,特令培植,乃自然之險。此間河狹溜急,易守,可無洋患也。久話復看荷池,日暮回署。聞王丹厓、朱小驅從京師來,香士因邀小驅及天津令謝雲帆同飯。小驅之晤出於意外,談及沈朗亭放江南正考,都中一切如常。香士與雲帆爲我安排明日轎馬。小驅説有晚香堂可代購。

初三日。早起收拾,爲香士題南園太老師與乃祖望峰太守家書卷。同飯後即顧一轎四馬,過[]縣署,未入,出北門,繞路多,過河而左,復過河而右,皆北運河也。卅里浦口尖,復走有十五里,已未初矣。尖後卅里,甚好走,申正到楊村住,蚊多不得睡。

初四日。陰,時有小雨點。寅正二刻天大明,行廿五里蔡村尖,繞多出五里,避泥水也。又卅五里河西務尖,到朝陽寺裏一看,殿宇頗深,四隅多樹,少古幹耳。輿夫已不願行,强而後可。又卅六里孔家馬頭宿。今日共得一百零五里。天色尚未暮,繞路竟不沾水,聞明日又須上船,變幻不測,悶悶。

初五日。昨一夜雨聲,奈何。早起冒雨出街口上小跨子船,不能昂首,而船價至五十,真居奇也。轎子今回天津去,船行溜急,由卯正至未初到張家灣不止五十里,入小河口後花柳頗佳,水亦平而净矣。到店雇三車即收拾,行已未正。沙窩門走不得,仍北行十二里泥水到通州南關。由城根行至西門外,廿里至定福莊,已晚,且住。石路苦甚,且喜晚晴,若沙窩門可走,今已到家矣。

初六日。寅正二刻行。幸昨夜未雨,石路略可,廿里,辰初至齊化門,辰正至前門,由城根走明城門大街。辰正三刻到家,闔寓平安,惟無復老人可事,慰愴兼至也。子愚因趙家喪事後回,健如昔日。桂兒到館補贍録,亦遲歸。裕曾以五月初三日生,及裕曾都尚結實,大者可知矣。蘭花初開,聞今年燕子亦回屋。晚飯與載芬、蒨園及侄婿吴子進同坐,孔秀忽來,知行李亦於昨日到通州,真奇事。看報,吾郡江華、永明州俱陷賊,匪焰日張。督師何事?時事不堪涉想。

七日。晨起各院步步,家中人尚多早睡。清氣撲人,未免著涼。天氣亦驟冷矣。晨湌後腹中不適,却不瀉,而多走動。午睡一陣,覺佳。晚便適矣。著常貴到務上接行李。歸來知行李未到務。想是通州起身遲了。晡時大雨一陣。蔣婿來晤,梁子恭同年來話。子愚晚仍到趙家,起更後方回。看諸稺設果酒供織女。

初八日。晴竟日。人不健,不可解,口味却好。申刻行李車到。即檢料書帖等出,惟《道州龍爪鷄》淹於運河,爲可惜也。看子愚新買大小《麻姑記》,果佳。問黄正齋要得印綬,交孫雲溪去。黄□□得山東棚考,昆玉俱得差,亦近來佳話,許滇翁父子典試。

初九日。晴。書箱檢清,沈門人史雲來一晤,它客尚未能見。得子敬吴門書,不知其寓何處。寓玄妙觀前也。今日漸健,午間日日食麵,似尚合。見桂兒所買北海《靈巖寺碑》,海内有第二本矣,真奇事。家中《曹植碑》竟無有,望竹千早寄我也。

初十日。陰晴參半,人健不如昨,何也?蔣訔侯親家來話,行期尚未定。作小楷,手顫,試臨《道因碑》,看何如。鐙下作書寄子敬,今日復有褶差帶吴門信到。

十一日。晴陰相間,午間陰甚,却未雨也。五更後,腹瀉二次,想濕積通乎?昨服藥也,夜極好睡。早飯後邊瘦石來話。午後黎越喬來,言湖南苦旱,賊破江華、永明州後,仍棄而回道州,可歎帶兵官聽其來去自如也。閲舊拓《麓山寺碑》并陰,頗有趣。課兒侄女輩作詩好。

十二日。晴。人倦,足比昨軟些,不可解。五更泄腹一次,却好睡。

漸寫字,手尚顫。日來飲食甚得味,而精神未長。濕氣爲患如此。

十三日。早,早飯,卯正上國史館,闻魏供事一切并子愚到館文書,促令即辦。出館到方伯雄處話,陸静軒因病未晤。出城至廠肆,博古齋携歸孫退谷所藏《孟法師碑》,有覃溪、春湖跋,乃宋翻本耳。午飯後復出,至潘師相處。過譽侯親家話,知行期定于廿六日,三娣將帶侄兒女搭幫往蘇州去,離思悵悵。

十四日。陰,時有小雨。潘季玉來話。早飯後看兒輩清包。清理積年外來信札。龍蘭簃學士來話。酉初上供,燒包後見報,知道州已退出,賊匪南去不知所栖止。晚開子敬昔年帶來酒罈,尚苦,新而不和也。自初六日到家舉杯後,七日未沾酒。

十五日晨起。腹泄一次,人好。出至程容伯一話,歸。午間復出,蔡鼎臣、萬藕舲俱來晤,謝公祠小憩,好間敞明亮屋子也。回家,鄧厚甫、朱達卿來話,午飯後人倦甚,晚飯後復腹泄,晚至晨起七次。

十六日。晴,服子愚藥,遍數少些。人仍倦,申初下園途中走動一次,却不泄,酉正到根雲寓,吐兩次,未晚飡,即睡。夜忍渴未沾水米,卯初起,飲小米粥和紅糖,服藥一次。

十七日。卯初二刻行,卯正到内,候至辰正,引見於勤政殿,庶子沈桂芬得講官。初次叩見今上,恨近視不能瞻見也。足軟尚能支。出至根雲寓,客來不絶。早飯後略話。根雲識議大長進,不相見七年矣。午正由園回,未正到家即瀉,困極,著床早睡,未晚飯。服藥。夜間未起,煩渴不安眠耳。

十八日。五鼓起,瀉一次,不是水泄,蓋將愈矣。子愚看脉,仍是疑滯濕結未化,仍用通利之品,竟日未得大解,困甚,著床懶起,時時睡著,夜未飯。

十九日。早,解一次,積穢始下矣。今日爲二娣做五十歲生日,内外略有客,有清音。李九、吴婿盤桓竟日。蔣婿早麵後去。余忌口不酒不麵,足比昨更軟。刻得“盧黄遊人”印。不爲此戲將三十年矣。

廿日。桂兒生日,卅二歲矣。余病已清愈,止苦倦耳。吴婿來同早晚飯。

廿一日。桂兒赴監録科。天陰,時有雨。清出明刻《通典》付裝。午間邵蕙西來話,知昨日旨下袁午橋[①]劾奏定郡王及恒春、書元各款得實,定、恒、書俱嚴議,息肩圓題咏各員俱議處。初意午橋衆爲危之也。此事快人意,言路不至阻塞。

廿二日。陰雨數陣,始服黨蔘、熟地,尚相安也。會館拜曾文恪公生日,令桂兒去。楊敬士來,開知龍石老兄近狀如前。晚雨頗大。

廿三日。晴,冷,題《麓山寺碑》陰,瑣瑣有趣。《通典》清出付裝。萬藕舲來話,午後袁午橋來話。子愚文昌館去,晚歸。吴婿來,課以南嶽開雲詩,甚佳。

廿四日。晴冷,會程容伯、李晤川兩客。人漸健適,脉將復元。蔡鼎臣送到奏摺,伏爲保舉事,奉朱諭:何紹基著於二十六日同候召見。

廿五日早。預備摺片及緑頭牌,剃髪。午飯後赴圍,到根雲處話,留晚湌。後至内閣朝房借住,屋小而静,好睡。

① 袁甲三(1806—1863),字午橋,謚號“端敏”,河南項城人。歷任漕運總督兼江南河道總督,提督八省軍門。

顔脩來日記

（清）顔懋价 著

杜　萌 整理

整理説明

顔懋价，字介子，號五梧居士。清雍正十三年(1735)拔貢，官肥城教諭。著有《佳木堂稿》《煙草亭詩略》等。日記起訖時間爲乾隆十八年(1753)九月至十二月，時顔懋价在京師宋公府邸爲幕賓。所記内容包括朝廷官員任免，科舉題名，并與紀曉嵐、宋弼等文人交遊事等，對於考證清乾隆朝史事、紀曉嵐生平及顔氏宗族人物詩文事迹，皆有一定參考價值。

《顔脩來日記》，乾隆十八年稿本，封面題簽寫作《顔脩來日記》。《北京圖書館古籍善本書目》著録爲《顔修來日記》，清顔光敏撰。《中國古籍善本書目》據題簽"顔崇榘　衡齋　曲阜"，改録爲《顔衡齋日記》，著者顔崇榘。

顔崇榘，乾隆年間恩貢，乾隆四十八年(1783)任山東兖州府四氏學教授。另據此日記所附書籤可知，其兄顔崇槼，乾隆三十五年中舉，時年二十，則乾隆十八年崇槼只三歲，崇榘應亦尚幼，並無撰寫此日記的可能。

顔光敏，字脩來，康熙六年(1667)進士，歷官禮部儀制司主事，吏部考功司郎中，康熙二十五年(1686)卒。山東大學周洪才先生以顔脩來卒於康熙二十五年，本書所記事在乾隆十八年(1753)，故對其著者存疑，委託王紹曾先生向冀淑英先生求證，經冀先生核查確係誤著，然未能考訂此顔氏當爲何人。此書亦見疑於李致忠先生，其《古書版本學概論》一書對此有詳細考述，周氏因此釋疑。李先生認爲，顔光敏(字脩來)卒於康熙二十五年，斷不可能記乾隆年間之事，又日記中再三提及二兄幼客、七弟幼民，與顔光敏兄弟三人名諱排行頗不合。此所謂顔幼客者，是顔光敏之孫，顔肇雍(后避雍正諱改作肇維)之子顔懋僑。又據北圖所藏《顔氏家藏尺牘》中顔氏族人小傳，有顔懋倫者，"運使光猷孫"，有顔懋价者，"懋倫弟"，可知懋倫、懋价均爲顔光猷之孫,顔光敏之侄孫,與幼客懋僑、幼民懋企按家族排行相稱,故有“二兄”“七弟”之謂;顔幼客《懋僑傳》中,有懋价爲作《幼客行狀》之事,與《日記》中“十月二十六日,晚起晴寒,書幼客二兄墓志竟日”,“十月二十七日……書二兄墓志銘畢”的記載相合,由此斷定此日記當爲顔懋价所撰。

注:■爲闕文,字數不等。

乾隆癸酉秋九月壬戌

朔日癸丑。陰涼。明發，青雷别去。中酒作恶。使致曲江書於錢坤貽庶常。同蒙泉、大年朝食。書佩來，景炎且至，語京兆意，因訪濱南索名籍，不得报。謁杜延先孝廉於魏染胡同之阜順客寓，不值。還，過書佩榮陞客寓。微雨，歸乃沐浴。夕食已暮，頗風，沂山來别，因於燈下致唁李習之、居之兄弟生母之喪一書。方理筆墨試縣，忽平則門内火毁白塔，架木頓盡，光燭天，雲氣盡赤，更餘乃息。亦倦不支矣，易袷衣。

甲寅。吏部試。各館謄録舉人、貢監等五百餘人於太和門右。上諭館以大農蔣溥、通政使德通、少司寇李因培典其試。是早殊陰，秋風甚厲，午後風尤烈，雞鳴即不復寐，向曙命燭。起稍食，假車入朝，俟午門内，經時官衆稍集，復搶攘几座，上下良久始定。乃唱名散卷得■無我，然後得正已之盡。獨與景炎蹴坐■之下，驚砂四集，秋日尤炙。向夕完卷，覓車出正陽門。一訪文木工部延壽寺街新居，歸，值生甫、南軒盥沐，立談移時。既去，乃與主人作食蟹之飲，命燭，始飯，因屬校歲山先生《鶴侶堂詩》，不覺二箭而下(李聖木太史苕齋詩，武定瀏佐沛)。

三日，乙卯。未昕酒醒，呼筆柬景炎。曉霽，苦涼，有獨夜入窗盜食，傷茶具。既就縛矣，鞭之而脱，意甚惡之。念景炎必有誤也，乞宋公札徵吉庶常夢熊宅租。午乃如塘子胡同，吊故撫軍通參議岳公之喪。公以前月廿六日卒，至是，公子廷杬、廷楷、廷樞乃使相聞。訪王致原於慕亭，不遇，遂至景炎寓，則果以没時失約。是日鄉闈放諸謄録人出，有焚毁具號二卷，鞫實繫獄，杲谷姨丈、蒙泉踵至，得南河參案邸抄觀之。已而館試案發，取七十八人，景炎録報，至乃大焉。余懊歎，雖得失不足校，獨負京兆意爲憾耳。既具酒晚食，賓臣且至，命燭，歸與主人奕，因及南軒、大年對酒，二鼓。

丙辰。早凉，甚霽。腕疾轉加，靳奴出覓縫人，罷飲藥酒。早飯，書佩來，同南軒、主人、大年爲宣和牌，越更餘始散。鞠慕周法南、野王樊木午過，見訪，晤之曉嵐處，留談良久，乃聞明季壬午河間之難，其族居郡中死者四百餘人，譜無可考，僅存三人，遷獻縣，其譜中載太■。同吕孫諸君食蟹，夜自朔旦，至此書之，忽復夜分夢醒，緒亂不寧。

丁巳。秋晴，涼序逼人，情思悦悦終日。宋公早入朝，倦起理貲斧，乃東濱南楚其几案之賚。既共主人朝食,乃議教習之試,而是日覆校各館謄録,以詔一道及背書論冒不能舉者,點四人,而溧陽監生陳士林代滿洲楊生投試,爲大農所詰,劾繫刑獄。午,理幼客兄弟挽旛,觀曉嵐所論七第詩,閱《周易草習吉録說》。宋公如朱曉園侍御飲席,曉見新月,張雲培來,南軒話良久而去。夜苦凉,主人分惠荔,醉歸。獨校《强恕堂詩》三卷,四箭而下,心氣大敝,遂復不戒于寢。

六日,戊午。陰凉竟日。宋公入直,爲昆圃宫詹祝。倦起,意緒彌惡。劉氏僕徐科返曲答楚源札。獨及大年朝食,使辛貴、牛治如内城三和齋購韡,不得。以盧運使移官兩淮,因東橋南於津門,并致盧公書,復校《强恕堂詩》四卷,不覺已晡。靳奴方瘖疾,乃獨步訪景炎,致旛,不值。歸,過南軒寓,還,同大年夕食小飲,及書佩談,極暮而去。易絮衣。大年疾,主人醉歸自黄氏,積怒孫僕不已。夜生三鼓,卧而聞雨。

己未。聽雨不寐,曉起苦凉,使致長者園額於成敏和尚。將以是日出遊,積雨不果,覽曹邑朱介庵觀察《虚于園詩》。午後坐雨,復選高仲治《强恕堂詩》,逮夜,終第八卷。夕食,陰微解。及大年立話前庭,乃出裘笥。夜復濛雨,主人屬校董總憲默庵先生《柳村詩》。小酌,二鼓。頗發秋疾。

庚申。曉霽旋陰,下髮,微飲。飯後易金,乃治裹餱,繕行李,爲西山之遊。宋公既出,陪朱曉園侍御飲席,獨同大年夕食。假車過操場景炎寓,方與郭映藜對奕,小酌,因話西山之遊,二客欣然願往,固知郭之不果從也。暮益沉陰,郭生别去,又泥途可畏,乃使肩行李,牛廷治、辛貴至,止宿景炎寓。得山東鄉録觀之,取金鄉褚昕等六十九人,屬兖郡者十二人,第七濟寧馬正均,第九鄒縣杜毓林,十二濟寧周裔豊,十七滋陽喬大凱,十九滕縣楊文在,廿一金鄉李林,廿三滋陽張亮,廿八單縣趙之思,卅汶上李大猷,卅一曲阜王士先,四十六滕縣杜炯昕。正均及新城王祖玨皆與余爲同學,而裔豊則同學裔和之弟也。耳字號三人,二十孔毓淼,四十五孔繼灼,五十九孔衍渚,德州則五十六高泓,歷城則第五朱璜,云是景韓同學少弟。因復與景炎對酌,夜話三鼓,既卧,展轉不寐。

辛酉。重陽,同景炎爲西山之遊,朝食,出西便門,過夕月壇,取道阜成門(亦名平則)外八里莊,自田村北行約三十里許,尋香山寺三里而近,以禁地阻還,宿山下南新莊之七聖廟。

明日壬戌。乃自杏子口入山，早飯秘魔巖（一曰秘魔崖），自溝東北遊，過清凉寺、堯覺寺。升高右顧，眺香山、玉泉、萬壽諸峰，及昆明池、海淀都城諸勝，歷歷如畫。西尋獅子窩，入寶珠洞，憩香界寺（故靈感寺），執事僧大如，汶上人。晚宿龍王堂之慧雲寺，是日京兆榜發。

癸亥。景炎不能留，先歸。余獨往山中一日，書七弟幼民墓志。

甲子。寒露，遊大悲寺，像極精嚴。下至雪光寺，聚微寺，飯何家庵山肆。循山麓尋善應寺，觀大松十餘株，問道皇村。夕入平則門，出宣武門返寓，有《西山遊記》一首。

是日出宣武門，遇海陽李四舍人，乃知李仲堅本杞、王致原承廣中式，使過曲江取牖詩，因訪景炎，失意悒甚，爲慰釋而去。然余之不遇，自甲辰及今十一次矣，即京兆之試亦三，故自壬戌迄己巳八年以來，已絶意於此，知有命在，非可强求，反覺泊如耳。比還虎坊橋寓，已暮，書佩在焉。獨進一餐，與宋六丈、主人、大年對酒夜話，月色猶陰。

乙丑。倦起，涵陰作熱，使乞文木牖詩。同宋公、大小阮早飯。午觀順天試録，取宛平余繼紳等二百廿九人。繼紳本姓狄，溧陽人，冒籍順天。八旗滿洲四十四人，漢軍七人，北監順天十八人，山西四人，陝西二人，河南缺，山東十二人：第四武城蘇延，卅五武定李本杞，四十五歷城謝洙，八十六諸城劉墫，百卅五諸城丁熙，百五十七膠州宋牧，百五十八昌邑孫含中，百七十五德州李寧，二百一諸城王癸祥，二百十七歷城王埰，二百廿一惠民王承廣，二百廿四壽張孫苞元，凡三十六人。南監江南省元通州、胡之都等廿七人，浙江杭州吴璠等八人，江西三人，凡三十八人（内官卷二）。福建、廣東、湖南、雲南凡中監四人，順天貝字第三邵文瀏等四十二人（内宛大三十六）。直隸貝字第六定興趙吉芝等六十二人，凡百有四人，奉天家字四人，宣化旦字二人，共二百廿九人。而太平朱裕觀頗後其名，城洲廖友尚、文安紀淑曾并接其範，至景州莫溥，且讀其文，氣不高出流輩也。夕食，書佩來。主人屬重校《秋谷詩》呈盧公，自以失意之餘，重違其旨，故難爲人下也。戒之戒之！暮過景炎，遇寶臣。已而震雷，命燭還。至五道廟遇雨，避南軒寓，良久乃歸。是晚，曲江太史使來索書，夜同宋六丈、主人、大年對酒。

十四日，丙寅。雨霽，宋公入直。早飯，代曲江爲范庶常棫士書屏，因爲書佩之友廷肅、雲如、青岩諸人作書，始見順天魁卷得失，不足授天下士,安得平耶？午作《西山遊記》,不就,南軒晚至,話別,且貽之金,燈下草一詩,并書聯、扇贈之。因獨酌,致王巴縣鳳岩先生書,潦倒放言,不覺五鼓。

望日,丁卯。酉刻,月有食之。使購蟹、酒、雞、彘,祝宋公。明發起,殊陰,送南軒大令之官德陽,自虎坊賈蹇至前門,乃得一車。過播木寓,賀其弟仲堅鄉舉。領膏火於國學。武大司成極理,諸少司丞敏并集,訪章眉山從事、蘇監丞禄成憩宅,直於孔大興,因乞余過孟光弼,少憩張膺萊寓齋,聞翼齋已返蓬萊。既去,飯交道口肆中,入順天司獄謝君署,得落卷而去,因謁孔大興,不值,過留少宰,話良久。午晴,頗熱,定韡三和齋,自闕左門過朝,出正陽門,遇書佩於廊房,歸而汗漬,大苦。待宋公答客還,具飲,已暮。松岩在坐,生甫叔侄過之,食蟹大醉,卧,更餘乃起,就寢。廿五夜書。

戊辰。乃望,是爲宋公五十有一初度。將如通州,迎候盧報孫運使。鐘曉酒醒,命燭,起祝之而去。早陰,因過小市,使人岳通參公子賀王致原鄉舉,不遇。過石居,期余觀伎,會景炎過我,乃歸,具飲,共食。而曲江、書佩、杲谷姨丈并集,卓午始散。時既晴暄,與景炎同年訪石居丈於琉璃廠觀音閣之西巷,不值。晤其五郎及其本京族氏。步歸,漢熱如雨,衣盡濕,辛貴攀絹至,乃理財。夕飯,覓車賀陳紫瀾宫詹。還,謁李京兆鶴峰不遇。歸,復理財。夜分風起作凉,四鼓而雨。

十七日,己巳。陰凉,曉起爲幼客二兄、幼民七弟挽聯,代留少宰、李京兆兩公。復爲留公挽七弟二絶,云:“樂園秋深記薜蘿,君家昆季本無多。哲兄已死君應痛,如此人琴又奈何。”“手不停校硯欲穿,果能好學及先賢。如何髮白還中折,僅比當年逾十年(幼民卒年四十有二)。”既同大年早飯,使取挽播于景炎,致慕亭秋部。午更爲留公挽二兄五古一首:“昔作天姥遊,初識江干客。才思已興公,意氣邁太白。趨庭赤城霞,過泛石梁迹。落筆輕千言,微茫辨律格。阿翁旋量移,言入長安陌。君來侍承明,重聚欣朝夕。柏泉忽被命,倉卒迫行役。交游孰與同,君曰是吾責。士但爲知己,然諾誠不惜。便乃勿踟躕,慷慨理輕策。空山冷巖鼓,惟君慰寂寞。此情古所難,余心實脉脉。既聞宣室召,君亦陟講席。椒園逼禁近,楊扢君所適。一朝蒙顧問,賜和驚奇獲。君時奏數詩,搦管忘踟躇。中使报敕還,還聞天顔懌。長安固名場,異數人膾炙。奈何苜蓿齋，一官始通藉。旋丁阿父變，厄運乃日積。繼此僅一見，傷哉猶負石。蹇而走千里，題壙慰窀穸。云胡未再稔，龍蛇争相阨。才人固無命，予意重疇苦。臨風盡此言，但望秋空碧。”且夕頓甚，苦涼，時作寒雨。迫暮乃食，微飲，與大年談，夜益悶陰。校銀費。二鼓而盡，中宵復雨。

庚午。早涼，獨酌。以蘇監丞使人於孔大興耀南，并如留少宰答指南札於天津。飯後雨晴，乃使致其衣物于盧運使四從子柔來寄之。卓午，膠州宋剡洲長郎來，蒙泉太史乃歸自通州，柔來且至，製額聯絹幅。夕食，如椿樹衚衕吊桐城張掝彤侍講之喪，侍講四子曾敞、曾邠、曾處、曾敷，敞爲辛未檢討。答拜剡洲公子，因遇景炎，乞書額聯，蓋留少宰悉以乞余者。七弟額曰：叢蘭永嘆。還，過吕臨晋書佩公順客寓。生甫來夜話，作“西山遊記”。四鼓倦極，星朗月高，獨酌而卧。

十九日，辛未。晴爽。晨興，代李京兆爲哀挽詩二首，云：“憶爾椒園里，持名出上闕。臣才負國士，天語重儒官。白雪宜春雨，黄羊賜玉盤。一時傳落葉，真欲滿長安。”“苜蓿從吾好，早知教有方。顓門事眭孟，結綬待湘王。道豈徒吟誦，心期變梓桑。衹今獨遺恨，不及竟君長。”又七弟一首，云：絶有清才絶苦吟，久無消息到而今。書生畢竟功名落，去日方思負荷深。道汝從不手釋卷，更誰解與説知音。豈真好學應中折，一萎秋風便不禁。景炎相過，同大年朝食，主人報謁始歸。午日暄和，松岩來，因成倦卧。夕起，取播文木，慕亭不至，脱京兆詩稿，飯水角，同主人庭中立談。及夜，得景炎所書額聯，已而主人出盧公所貽羅酒對之，話通州之遊。殘月既高，半酣始罷，以閣學于敏中爲山東學政，聞直省學政并已得報。

壬申。早陰，旋晴。曉起，以播詩柬青雷。既飯，使靳觀三和齋購韡，不至。探瀓泰主人入都信，始知十月二日駕幸盤山，不復至矣。以京兆播詩柬蒙泉，午作《西山遊記》。向夕，共主人飯，乃聞汀漳道單德謨以六千金納贖，免戍。晚過慕亭，并晤致原，蘇撫莊有恭請開捐例賑淮揚疏，入而河復決陽武東。撫馳奏至，通政使德通劾川督黄廷桂本厢兼置帛匹，不聽。山東官卷三人，吾邑中式王士先，爲崇明鎮王澄從子新入官卷者。夜訂七弟行狀，作西山第一詩，月上乃卧。直省學政順天閣學徐以烜、江蘇閣學夢麟、安徽侍讀良誠、江西理少張映辰、浙江副憲雷𬭎、福建學士汪廷玙、湖北少詹陳浩、湖南學士莊存與、河南通政使孫灝、山西御史歐陽瑾、陝西檢討張拜庚、四川檢討王宬、粤東贊賞陳桂洲、粤西編修徐道基、雲南工科葛峻起、貴州御史李師中。已而貴撫定長疏歐陽瑾貴州任内令拔貢易卷報部爲失實,有旨報罷,以御史蔣元益代之。

廿一日,癸酉。早陰,稍寒,校西山詩。主人如内城謁興縣,獨與大年卯飲。且午,倦卧。書佩來索書幅印記還。辛貴如慶華銀樓。孫七運官米至自通州,使牛治訪賑例于濱南,探許鹿邑。卓午入都,信不得煮藥酒。主人如諸城路雲子太史湯餅會。夕食脂餅,年餘僅見也。夜脱七弟行狀稿,二鼓而畢,微雨。

甲戌。早雨。作西山第二詩,訂七弟狀,質於宋公。明然狀體改作傳。午後雨止,於内下髮,易壁畫及賓嗇主人聯,稍稍理書,同主人夕食,談良久。夜觀《漁洋詩話》,作七弟小傳贊,獨酌。三鼓,倦甚而卧,夜大烈風。

乙亥。仍陰,大風始寒,脱七弟小傳稿。辛貴以陶氏宅租至,作醬瓜早飯。主人如通考館,使靳觀三和齋購靴,以七弟傳質於曉嵐,答魯源書于瓜洲。同主人夕食,以永常爲陝督尹,尹繼善爲河督,策楞爲粤督,攝江督鄂容安,湖督開泰,晋撫胡寶瑔,貴撫定長,并予實授。楊玉皋筮仕祁縣令,晚寒,致麗九司馬書并唁信也。志兄母表,三鼓仍風,獨酌。

丙子。下弦,土王用事。風霽,頗寒。早作西山詩,濱南札致,江南賑濟開例,信食小米粥,甚美。午,成西山第三、四兩詩。曉嵐以七弟傳見過,與蒙泉話,使辛貴於青雷,因校其費。夕同書佩、生甫、主人、大年小集,觀菊有金沙葉、軟枝、桃紅、黄松針、燈下黄、老僧衣數種,然市價每本不過制錢二十餘文。食蟹及醉,濯足而卧,四鼓酒醒不寐,耳鳴甚。緒亂至曉,體大不佳,腕益痛。

丁丑。早霽,殊寒。脱肛頗發。取播于文木,不得。宋公入朝,作寸封。同宋六丈、大年早飯。濱南使送好善樂施減四例至。午觀菊,向暖,乃易腕膏。曾虞臣先生來,致意七弟奠儀,并屬寄鄭荔鄉太守書。孔匏庵咸霑、翰博信夫公子至自里中,得九月六日第九家書,乃聞家龍章姨丈竟以八月廿六日作古,爲之慨然。閲述庵所定治腕丸方及藥酒方,代李鶴峰京兆題二兄挽額,曰:纓緌孰式。及播詩、七弟挽聯。向夕,晚飯與主人論捐例,命燭訪景炎。致江防、魯源、信夫諸札,因賀周文脩五弟裔豊鄉舉。與賓臣話,歸已鐘下。以紫金錠治耳,復閲家書,及巴州叔方其寄札,紅贏亦死,不免意惡。夜作望前日記三則。

廿六日,戊寅。曉起,晴寒。書幼客二兄墓志竟日。得慕亭、青雷旛詩。飯后,濱南來。午日頗暄,燈下復得七弟一聯,以乞曲江太史,云:志晦才奇,聞第五之名何減驃騎;學高類拙,感二難之逝尤痛人琴。夜作九弟家書,三鼓向盡,獨酌。

己卯。霜降,秋氣早凉。已而大風,書二兄墓墓志銘畢,盧運使抱孫赴謁行在,書來督議選詩,主人特持示之。故事,霜降八旗訓兵德勝門外羊神雀,今聞合營盧溝,恨不得一壯觀也。飯後文脩來,復代李京兆書七弟旛詩。午後風差,而塵土猶大,乃覓車賀楊祁縣玉皋于賈家胡同,謁孫端人官贊舉子,不值。賀王封原於毛侍御第,并晤毛公子冠九。及大興新舉冒籍山陰李孝廉者,去至繩近胡同謁李荇千道長。道長年五十,而七子數孫,長子爲刑部郎中,山第四子,以官卷新舉山東鄉試。高深檻曲,菊英方華,供茗極精潔,人生不易也。并晤王顯西同學,乃聞江南試題:"子路宿於石門至自孔氏;夫政也者"二句,"半山之木嘗美矣,湖北題可以爲難矣"二句。

還,過曲江,以七弟聯乞之,至孔十户部寓,訪信夫、咸霑兄弟不值。匏庵以目疾辭,委旛而去。同文脩、竇臣集飲景炎寓,及夜散歸,得九弟重陽書,中夜酒醒,大渴,弛衣不寐,不覺幾曉。

廿八日,庚辰。狂風,晝晦日高,起盥沐。將出,而主人同生甫歸自小市,乃飯。竇臣來復貸金事,假騎謁王少司成,致巴州叔書,不值。過文木工部,遇於書佩。携歸觀之,玉皋、信夫、咸霑、封原來報謁,主人方晏鄧選君,錢編脩,甌、朱兩侍御。獨及大年夕食,將過曉嵐,值其晏客,不果。閽人楊義以醉逐去,暮成舊醉,二鼓乃醒,夜風霽,殊寒。

晦日,辛巳。晨興,復書佩例,再乞止堂圖,書辭致原招,不獲。使靳觀以旛聯等乞留少宰,取靴三和齋不得,訪季考期於虞臣先生。玉皋見訪,因過曉嵐,議淮揚災賑入貲。遇張元禮太史模,歸作九弟書二紙,晚遇濱南,還至景炎。徐州河決,趨虹縣,漂没無置,靳銅沛同知李淳、守備張斌以徇,河督高、張并被嚴旨陪決。夜復作九弟書,三鼓,獨酌而卧。十一月朔夜自丙子追書。

冬十月癸亥

壬午朔。晴,明發不寐。念家園祭掃,久離邱墓,不勝感懷。太廟時享,草就職教諭原委,早飯同宋公飯,會其赴鄧選君飯席,因乞查銓次。復作友靈九弟書及九祖書。夕赴王致原招於慕亭刑部寓。晤汝陽胡秋部祇聞紹南,故丹陽尹之從子,因誦余貢牘,如舊識也。始晤景州張復元司務,及汝陽乙丑傅進士、濟寧壬子孝廉宋畹齋愉、海陽趙生同泠、彤章、周文脩、李文木、任介繁、董曲江、王封原、東寶臣諸君燕集,凡十五人。夜被酒歸,主人亦醉,遂卧。以李京兆因培爲少司馬,聞麗九孔君調官銅沛,始聞小馬劉裕泰被收。

癸未。晴寒。吕臨晋早來,未晤。使解文脩不得。作巴州叔父書。飯後作家書一紙,封原偕海阳赵孝廉、荆園、翕宗見訪,吾兄年友子也。并貽鄉卷而去。復作家書二紙,景炎假《文選》《古歡録》以去。張膺萊、曾南輝至,索書,主人遂陳紫瀾宫詹爲楚。歸乃夕飯,晚至臨晋寓一話。歸復作家書及方其札,謀質,并答婿書。夜頗晴,獨酌,三鼓將昕,忽雨。明年甲戌四月四夜追書。

十一月甲子

朔日壬子。晴寒,曉冰。宋公始以武英殿提調入直,觀江賑新例。蕭沂山來别,共飯而去。午暖,脱肛爲苦。寶臣來,以蒙陰李翔遠庶常夫人鈕氏乞公奠,留話竟日,始食芋。既夕主人歸,乃具食而去。楊祁縣玉皋使餽二金,留别,謝却之。夜乃追書九月下弦日記,始選《精華録》首卷,得大體詩十九首,不覺五箭俱下,微飲而卧。是日探蔣泌陽于粤西會館,已行。

癸丑,早寒。覓車如賈家胡同送楊祁縣行。因過封原,不值。投刺陸大司成,入半截胡同,訪金壇于四舍人華平於乃兄督學公署堂中。御書丙辰雪詩石刻一額,吾鄉賽元調閣學實出耐圃先生門,所書一聯云:學者尊爲泰山北斗,朝士望若景星鄉雲。歸飯,且午。玉典編修以湖南魁星見貽。氣虚秘疾,數日來疲勞過度也。式訓來留竟日。校《精華録》次卷,得古體卅六首。玉皋復來話别,因訪華野先生奏議,同主人、式訓夕食,乃聞生甫是日初度,夜往祝之。偕大年還,頗風,燈下復校《精華録》古體三、四兩卷,四鼓且盡,倦甚而寢。

三日，甲寅。失睡意煩，晨興猶倦，乃理衣笥。主人遂出。卓午，同大年飯，風日猶寒。式訓來柬，南輝于國學得季考卷。覓車入正陽門，至雙輦胡同，賀虞臣曾公擢廣業堂助教。東至大市街北第二巷，謁温鐵庵學士，方歸自湖南典試也，不值。出崇文門，訪杲谷姨丈於王兵馬瑗侶署，僅晤瑗侶，方以小馬劉裕泰案呈吏議，去之。南柳巷慰竇臣子殤，賀周當陽報可。向晚彌寒，歸食已夜，相對不樂。見新月，覽湖南鄉墨，始校《精華録》今體詩，忽復五箭。

乙卯。冬日殊暄，倦甚，未起而鄒縣孟六丈蕙麟訪至，以普瞻表兄長孫襲職，循例入試。既去，腹秘稍可，煩亦頓解。觀紫瓊道人所評蒙泉詩。午，撿《文心雕龍》《夫于亭雜録》。爲式訓從兄耀先作書，聞綦客程念倫且至，理九弟贈服，將命縫人，不果。夕食，微飲，神思頗耗，獨作倦卧，陶助教思深卒於來爽樓故宅。夜理財，風起，擁爐，拆已四下。

丙辰。晴暄如昨。倦起，宋公既入朝，趣食，步如菜市，已設秋決蘆棚。報謁蕙麟丈於興隆店，并晤孟長孫毓瀚，年十七矣。遇虞臣師及孟光弼兼山兩友，去，之玉典編修，觀西城戴進賢所製《日月五星躔度（黄道）圖》，極精。晤昆山王都侄荃，以御史劾阿思哈降，今官寓比鄰。又晤麻哈艾鳳嵓檢討茂，爲玉典年友。過竇臣不遇，話周番陽寓齋，得邸抄觀之，始知戴植三擢惠州守，而王巴縣鳳岩先生復以失察捕役掛吏議，觸塵，步歸頓甚，櫛髮良久。夕食，晚月頗佳，適有筆客求售，與主人議留，乃以紫穎、貂毫、第一枝、太平書畫家、樂晋、唐楷格、魁筆等七種九百枝悉以委余。夜校《精華》近體詩，終六、七兩卷。又已四鼓，復飲藥酒，而足右脛忽作楚，如筋瘀傷，卧後不寧。比曉，鼻口積血如墨，蓋上焦俱動，不覺過勞也。

丁巳。暄暢。晨興濯足，以筆直歸，宋公會去曉嵐。卯飲藥酒少許，過時飢甚，乃復與大年對酒。比待主人歸食，日已中昃，足疾，校《精華録》。式訓來，復爲作書二紙，題"塤篪始奏"一額，遂迫夕食。晚月，得祝張監師顒齋一聯，云：經籍紛綸丹井潤，琴尊蕭散紫芝長。用井大春、元德秀事也。是日朝夕餐，早晚不時，又脾弱，不任勞飢，頓覺胸腹作惡，足痛生，卧不寧。夜校《精華録》第八卷，不能終卷而罷，已復宵分，葭村書至自德州。

七日。戊午，足疾差，晚起，天色含陰，已而晴暢。西市大決，斬劉時達等十三人,内官犯四人,有通倉盜賣官米滿郎中一人,盧魯生子三人,伏誅者二人,絞犯七人,外緩決七人。杲谷姨丈來,卯飲而去。周當陽過之,午,乃同式訓、生甫、主人朝餐,爲戰氏諸書鈐印。子既同生甫、大年、式訓入鮮魚口,因式訓沽飲廣和樓,觀和邸和成班演平齡會,皆孫子不經之事。向夕劇散,同人歸食,已暮,杲谷丈復來訪瑗侶、廷議,夜校《精華録》近體詩,終九、十兩卷。三鼓且盡,心動氣懾,即病噫不止。得式訓鄉卷。

己未。大風,早霜。彙校《精華録》始畢,古體八十四,今體百六十五,凡得詩二百四十九首。蜀道益難,《蠶尾》《南海》諸集頗具其首尾,故名流贈答之什不免掛漏,而紀時紀事多從選録,以備典實,因更請主人訂之。飯後理筆,中昃殊暖,步出則風塵漲塞甚苦,過慕亭不值。至草墻覓車,抵玉典寓,不值。晤其從子友華。去之四川營,謁汝陽胡祇聞秋部,至棉花上二巷,吊蒙陰李翔遠庶常兆鵬夫人鈕氏之喪,過曲江、寶臣、晝山。歸觀漁洋《蠶尾後集》,夕食,杲谷丈復偕王兵馬瑗侶至,覆水莫爲也。夜風蓋號,月色寒芒而已,稍理財,觀書中夜,倦甚遂寢。

庚申。風霽,仍暖。晨興,得送周文脩之官當陽二律。牛奴侵財忤意,宋公以品重蘭臺墨二丸見貽。午暄,脱肛爲苦。李五延齋及其三郎至自孫鎮見訪,遂留寓。于廳事檢文送有道碑,爲監師張顒齋先生作書并題祝聯。主人出謁,歸食已暮。月既上弦,步過慕亭、寶臣,俱不值。還,訪止堂户部一話,以孟表也,普瞻墓銘轉乞海寧。歸,及延齋、喬梓、主人、小阮對酒,夜分被酒酣卧,遂不戒於夢。

十日,辛酉。倦起,益暖。封原來别,以其鄉墨見貽,檢淵明讀《山海經》詩焉,封原書張母趙孺人壽屏短幅。主人入直,乃易腕膏。既同大年朝食,覓車。祝顒齋先生并家乘、家廟碑贈之,晤永嘉陳孝廉六耒光鰲,以教習需宰與顒齋并爲乙卯選拔,因留小酌。南輝及英生傑至,遂去。過曲江不值,晤章邱王穎長,送别封原不遇,與冠九話,報刺陸大司成晃川先生。還,過懋園中書,遇綦容程念倫於道。歸,書文脩詩聯并撿言,乃彙纂《漁洋詩話》爲之作書。暮乃飯,與主人話孫興縣手瘡賜醫,駕掌箭亭較射,燈下書習吉録説,月色甚佳,延齋出示所訂《十番諸詞曲圖譜》,話蒙泉齋中,小酌,夜分。

壬戌。晴暄。稍風。思爲七弟挽詩而曲江太史見過。早飯,鈐詩聯諸印，成七弟哀詞一首。午後下髪，聞馮掌科元欽内艱，蓋馮四明府若渠之本生母也，因往吊之李鐵鍋斜街，遂過玉典寓，復不値，乃一謁海寧公，乞家乘序言，留談甚久，得《湯文正年譜》及疏稿以歸。主人方爲當陽兩封君書壽屏，始具晚食，而延齋父子售珠還，寶臣且至。燈下與程念倫圍棋一局，乃同延齋、喬梓、曉嵐諸君集飲，三鼓而散，復聽延齋吹笛，觀《文正年譜》，四箭而下。

癸亥。晨興浮陰。方理筆笥、籌貲斧，而曉嵐來，迫招圍棋，既盥，往訪曲江不遇，歸至曉嵐與許文木對局，遂留朝餐。更觀念倫文，木奕晡歸，摒擋碑刻，將柬文脩，不果。更過曉嵐，以筆乞之。主人方謙其年友單父江進士等客，暮乃獨進一餐，客散，與延齋夜話主人齋中，而曉嵐以常典吕氏琬及其子元龍孝廉將過屠門，因宋公以乞余讀《文選》六朝詩，燈下成七弟哀詩二律。顒齋先生來報謝，不值。

甲子。大雪節。曉起，以詩聯孟廟碑貂毫二十貼，文脩微飲，假曉嵐車入内城，北風殊寒，訪耀南明府於大興署，不遇。還，過東長安橋，彌望緇塵。歸已竟午，頓甚，微飲，聞延齋、喬梓已返景州。屏侯來，以其鄉卷見貽。觀少陵詩，因易金，稍理財。夕食漸寒，脱肛爲苦。夜月稱皎皎。曉嵐復至，主人過我夜話，獨酌，既望，三鼓且盡。

十四日，乙丑。致齋。以主人、曉嵐有乞，不得已命燭起。稍食，觸寒，假車入内城。故事，光禄歲豕悉殷實，編户典領供億，豕户小馬劉裕泰既藉没，以俞長庚代之，而俞歲供鵝鴨，例得别募，時稱殷實。若柴煙郭、俞珠子、袁珠子、張瘦陳窮，張黑臀、劉白臉、張銅、吕緞鋪、王爐頭、趙煙頭、任花匠、劉米鋪、祝園頭、閆王張等尚二十一户，石道西才三數家，餘悉占籍東城，故向有西貴東富之喻，謂前門左右也。既晤孔大興，至少宰留公第，尚及飯食，啜粥一盂而已。午日晴暄，獨步宜亭，還訪高柳齋，出示近詩，因論吴人金林始榮《精華録箋注》良久。出，西步梁橋堤上，觀踏冰者已數百人。還，同留公夕食，對奕一局，出示《秋懷三絶》及尹少保《南山圖册》。索和更邀柳齋夜話，夜宿宜亭西畔，月寒，獨對彌任，淒其就卧，得秋懷和韻三絶。以勵宗萬爲常少，鶴年爲粤撫，鶴慶爲倉督。南河督臣奏海口沙長，命侍郎三和往測量之，限廿日還。十八夜記。

望日丙寅。五鼓不寐，殘月獨明，命燭即起，尤覺寒冽。

本生母遠諱八載，於兹百感交集，減食終日，月落明發，曙鐘已下，乃覓車如國學。早飯南輝寓齋,晤鑲黄旗尹登阿、英謙齋善、敦復、周殿委,得崇志堂肄業諸生名單觀之。先是,季考取一等湯璟等八人,二等陸森等卅人,余名在第三等百有十人,凡百四十八人甄别被點者四人,崇志堂二雷與李也。是時内班尚十六人,外班十三人,未補二人,畢鎮、掖縣張浩。而蘭溪恩貢葉象龍璣代張膺莱爲班長,入廟拜先祖,復圣位下。是日,上御太和殿,受百官朝,浃辰司成武、曹諸公稍集,從王少司成奉香,謁先師孔子畢,詣彝倫堂西序,目課司成武公命題"鳶飛戾天"二句,而考察期滿教習集八旗弟子覆誦所業,清漢並舉,一堂嘩然。又校射堂外良久乃定,日已内晡,因顒齋先生晤江南年友陳生,日暮完卷,領膏火不得,就雲南新平陳生茂遠延寓齋同殿委粥食。月上夜光如晝,乃覓車投蟠木宿。晤聊城辛酉拔貢李睦庵雲龍,鑲黄旗宗學教習,同青萍、蟠木夜話,三鼓。吉慶爲兩淮巡鹽,調普福長蘆。駕如圓明園。

十六日,丁卯。乃望,曉起甚寒,蟠木既入誠邸,覓車如半壁街賀劉蓮樵户部出牧閩之龍岩,晤其十四從子,而劉十二川原以出。既與龍岩話良久,出宣武門返寓。飯已旁午,以吕孝廉事復曉嵐,已,復假車過曲江,遇海陽堪輿安氏老人,聞孟長孫毓瀚已試吏部襲職,昨來言别。因如興隆店,則及蕙麟丈已行,還,訪表妹婿濟寧孫作舟濟(一字玘瞻)於草場,不值。抵竇臣寓。命縫人爲絮衣,文脩留飲寓齋,作餅食,不覺一飽。晚歸,被酒倦卧,月上復起,與主人對酒,話及夜分。得葭村十月七日書。

戊辰。大風揚塵,晨興稍寒,使靳觀於縫人。卯飲,得和羅浏碧《長河山莊看菊》二詩。早飯已午,濟寧宋孝廉畹齋(壬子)愉見訪,文脩來,菏澤何秋部文炅徵楊公文乾曹州名宦祠詩,公今中丞應琚公父也,中丞謁祠,學政金公德瑛有詩,故有是舉。方患脱肛,而毛侍御鏡圃典閩試歸,見過,稍聞二壩車、羅壩河決狀,十月四日水高,堰不浸者版許。而西北風急翻,堤將陷,淮郡幾不保土耳。上游滂溢,獲全惟徐州,河徙未塞。簡發河員有逐流去者,武英陶溶在焉,然亦悠悠之口也。御史王顯緒奏更變兩淮鹽法,詔以其父柔滋事,切責之,降補主事。主人以詩選第一卷屬覆校之。與懋園爽飲竹葉青酒。客散,晚食,月色頗陰。曉嵐以另事復來,對酒夜談,不覺三鼓,乃易得三和齋暖鞾。

己巳。風止,早寒倦起。微飲,假車報謁鏡圃侍御,以福建魁墨見貽，晤汪督學廷璵令弟。還過曲江，及杲谷丈百順新寓，不值。晨餐，又已中昃，風復大起，乃以述庵所定黄芪、白芍、桂枝、防風、虎骨、歸身一方浸治藥酒。觀《杜詩箋注》及宋繼澄所作《即墨黄進士儀庭宗庠詩序》及諸黄詩，更置簾幕。主人歸，乃夕食，而督責不啻口承，明實慎擇。《鼉尾》未竣，又加以國初五家拾遺，甫釋奔馳，又迫以詩債，才本駑鈍，正不知如何而可。是夜風聲月色皆有寒色，燈下閲《夫于亭稿》畢，獨酌，四鼓，醉中記此。駕還宫。

十九日庚午。早寒，宋公入直，風稍息，始飲虎骨藥酒一過。東小市無所獲，話浙慈會館成敏僧房，遇江寧唐三幕客。歸，及大年早飯，日已中昃，觀《漁洋山人年譜》及王太倉樸所撰《神道碑》，宋冢宰犖所撰墓志銘。時錢直頓平，因以鋌金易得十六緡六百有奇。同主人夕食。取衣縫人，不得。夜理財，獨酌竹葉青酒，月色風寒，乃選《古夫于亭詩》，四箭而下。

辛未。明發犯寒，因曉嵐假車，復如孔大興署，乃聞羅宛平如倫起家。

己酉拔貢，遂詣謁瀓泰主人邸，會已入朝，稍食酒肆。午風浮陰，且晡朝回，見余立門下，亟遣廣武兩金吾趣入殿西掖室。復遇奉恩將軍六宗室厚齋鄂樂舜，遂賜共食。觀西甘澗法天和尚莊山師照，爲冷枚所作，蓋薦青山人及石先生者爲之徵集，諸詩册夥。夜乃得見主人，并遇先后園寢員外、鑲白旗法良，故鞠謙牧太史之居停也，留談良久，止余宿，以行李已送南雍坼下，遂辭去。時供食惟周内侍及周、林二人，又以黄常侍舊識之馬蘭亦漸長矣。覓車久不能待，暗中復覓一車，乃抵南雍，投宿曾南輝寓齋，對酌劇談，不覺夜分。四鼓，烈風達曉。

壬申。曉起祈寒，足爲之僵，風尤凛冽，腕復增痛。晤正白旗漢軍沈生恩亭錫，爲西安副都統之仁子，而劉在園先生之内侄也。既食，寒差，訪葉班長象乾，因過彝倫堂後署，晤金、顧、張、曾諸公，乃得領膏火於禄監丞，覓車而歸。道遇燔木，風土甚苦。既同主人、大年夕食，微飲，頓卧，起覺胸次不舒。觀冬季《爵秩全書》。三鼓記此，復得幼客二兄挽詩二首，不覺四鼓。

癸酉。冰至，甚寒，曉色浮陰。早如小市，得靳奴裘衣一襲，過杲谷姨丈寓，不值。至曲江太史而還。早飯，日中理筆，將柬董公，不果，使人南劉巷，乃得縫人絮衣，失意不樂，脱肛尤苦。晚食，曉嵐來，以大興事厦耳。夜校《蠶尾續集》《後集》凡四卷，大頓苦。四鼓月上，乃卧。

甲戌。晴寒、以冰以冬，至南郊致齋。皇太后萬壽前期朝賀。宋公入朝。頗發氣逆，獨酌而飯。濟寧孫四公子來報謁，未晤。主人既往，玉典陪董觀察思恭讌，以筆百四十束曲江。觸塵。午出，同杲谷姨丈、寶臣夕集當陽寓，晤其六弟裔順調元，而其仲戊午孝廉彝脩、裔良適至，始聞孫四公子作舟濟授官南城兵馬。將話孔户部，不果。夜歸頓卧，更餘酒醒，萬緒紛來。胸腹作惡，心腎不交，不寐至於五鼓。

廿四日，乙亥。早起寒差，以夜失睡氣虚，秘疾甚苦。是早主人晏董觀察思恭，曲江、玉典并過余話，既而觀察去，乃復同董、李二公，鞠庭和庶常集飲。向午，主人以詩選咎余，盛氣相凌，令人敗意。客散，遂成悶卧。夕校徐隱君東癡詩，復得拾遺七首，晚步前庭，獨復自傷，因嘆古人久要之難如此。夜觀姜給事如農所作《董樵傳》，滌足，覆校鄒平張隱君蘭亭詩，終一卷，柝已四下，不寐向曉。

丙子，早陰地潤。太后萬壽正節，宋公入朝，去膏累日，腕疾頗增。而依人足瞻，意不能平，將出，周彝脩見過。既出，乃覓車，賀孫作舟表妹婿於草場景炎故寓，晤北城副指揮、故華陰令仁和姚公，訪宜興儲生上林及孔十户部於魏染，并不值。至玉典編修寓，頗及詩選之役。晤法六兄南野，又訪孝感熊待詔振軒志契於草場口外，辭疾。待詔爲相國賜履子，相國有《學統》一書，少宰留公方輯《名臣言行録》，因屬物色之。歸已日晡，遇查七倫見過，去，乃獲朝食。復校蘭亭詩，上林夕至，毛鏡圃侍御見招，同博白令太倉陸漪亭燦、蒙泉太史、沔陽沙鎮巡檢大興丁繹聲鍠燕集，丁爲紹曾表兄婿，以卓異召對至京。卜夜席散，得毛公所貽山黄小印，被酒而卧，夜終蘭亭二卷。

丁丑，早寒，浮陰，午晴稍暖。駕如天壇齋宫，主人入直。早食，旁午以筆柬南輝，下髮，廳事理筆。向夕，共大年飯，孔户部止堂見訪，乃以表兄普瞻翰博墓志事見復，留話極暮，宋公歸，乃去。燈下理財，草荆石慰狀及第十五家書，觸緒紛然，漏深倦甚，遂復中輟。

戊寅。冬至。晴暢。上親祀南郊。

晨興，曉嵐以光典吕氏名在檄中，倉黄見過，問者尤窘急如不容。既飯，將柬振斗明府，會傳兩京尹已臨關中會館按問，已復傳殷實，各規避不至,乃使致大興札。午後覓車出賀冬節,自顒齋堂師過金志達助教、曲江庶常、鏡圃侍御、至陸大司成。還,過曹少司成,謁海寧私第,因話玉典編修,委百筆而去。訪謝止堂農部,過賓臣。報謁華州王孝廉,小憩郭醉吟寓,得二憲書,遂舍車,步如石居丈一話,投刺王少司成,答拜查七倫于東江太史處。歸,同陸博白及濱州杜襄陽羹臣肅夕讌。襄陽丁巳進士,初宰婁縣,清源先生拔貢年友也。卜夜席散,曉嵐復來,云已按問無明難,平生忠信不見信于人,至聞曾參殺人一語,投袂者紛紛而起,其成不足以爲容,而敗足以爲辱者也,可不慎歟!山東復設教育六十七缺,除舉人借缺外五十二缺,至是壓俸滿六年者且廿九人,復與主人、大年對酒,三鼓更擾,懷家報,極倦而卧,夜夢不成,腕疾滋楚。上御太和殿受百官朝。

廿八日,己卯。早寒浮陰,已而復晴。倦起,使乃還自大興,既得報,微飲。卓午始共宋剡洲長飲。早飯,將柬曉嵐而曉嵐至,因留劇談,曲江且來。晡後客散,方治柬札,楚源至自里中,得十四日第十二家書及樹亭九弟兩信,乃聞子會從伯於十月卅日謝世,服小功,而月之二日寰中兄竟歿,妻弟興端亦以月八日死,無子,念我外舅竟以絶嗣,尤爲慘痛。故舊凋零,兩年之間索然幾盡,能不傷心隱悼?而主人具食闞東,黄鲞爲之不飽,命燭報謁楚源於王寡婦斜街之至極庵,其再從叔劉四户部永鑒之寓也。歸閲家書,夜分,幼客先嫂、七弟元妻并以是十五日遷葬,二兄、七弟遂定十二月十二日葬期,遥念尤爲愴然。

晦日庚辰。早陰,以敝裘使於縫人,乃覆校《蘭亭詩》第三卷。飯後晴,校膠州張山農謙宜《蘭齋詩集》,使徵吉庶常宅租,僅得三金有奇。向夕理財,靳奴侵漁忤意,乃復給僕輩工資,又各有典質,須歸贖鍰也。夕同大年小酌,待宋公歸,乃共食,夜覆校蘭亭詩,終第六卷。主人索水明樓詩《樂圃集》,夫性不善下急,多爲人所忌,於是頗重歸思。觀東谷《金石圖考》,讀《李清祖遺詩》,忽心噤不支,乃以亢肉和酒,少飲而卧。漏已四報,遂復不戒於夢,衰颯可嘆也。

聞池州守王岱被劾,坐職拘繫,貴池縣尉守怒繫尉而走,將訪幕府訟理,而貴池尹以逃告,詔論即決。葉本補山安同知。

時地惟堅冰而氣候殊不嚴寒,旦晚若有微霧,而土疇猶潤。人多有患嗽者,頗望雨雪。衡州守黄岳牧以子晋江、貢生黄文銓懷挾降調,以伊靈阿巡視山東漕務。以江南阜寧等三十一州縣衛被災,詔本年漕籍蠲免有差,賜南河效力雜職千把等月廩,揚、徐、鳳、泗被災處所賑銀,準每石增價二錢,以敷糴食。洪澤堤工坍卸三千余丈,命侍郎嵇璜、德爾敏馳往修之。巡視東城特吞岱,徒交所屬富户,以閻王張四之子及孟四爲義子,狎比大春班戲旦劉三,爲小馬劉裕泰送匾,晏會行止卑污,遣戍遼東。發河庫銀二萬兩,爲舒赫德等脩筑銅山決口獎賞之用。

十二月乙丑

辛巳之朔。沉陰,卓午微霰。五鼓不寐,向曉即起理筆,柬致曉嵐,擁煙微飲。飯後閱邸抄,使靳觀爲縫人。頗發嗽疾,體中不佳,理簡札。向暮夕食,宋公以所選水明樓詩屬校,因録《龍湫》《寶珠》二作,晚戰生欽在至自寧津,主人見過論詩,寢已夜分。

壬午。早起猶陰,已而復晴。得哭寰中兄二律,宋公以介受兹閣學,福冬課諸庶常於教習館。曉入内城,舊暮始歸,因得觀御製《知時草》詩,草名僧息底斡,貢自泰西,是日贈題,其説别載《蛇足續録》。既共大年朝餐,書二兄、七弟挽詩。曉嵐以光禄歲供已歸。袁氏見過,暢談甚久。陸博白見訪,屬致主人别贈,復書寰兄哀詞及和瀏碧長河山莊看菊詩。留少宰使至,遂迫晚食。夜閱《湯文正年譜》,爲《名臣言行録小傳》一首。主人醉歸,自陳中書過談。乃復沉陰,獨酌,三鼓。

癸未。始雪,曉起稍寒。同主人外飲而飯餐,午遂成倦卧。雪中覆校(命宋雪公視興縣疾)《董東湖入山偈》,存《岱遊草》《耦耕堂詩》《賈游草》《還山詩》諸作,及其仲子道東《千仞閣詩》。夕起雪止,頗覺侵寒。脱肛,氣大不舒。舊暮乃飯,夜復閱《潛庵志傳疏稿》,因爲《先祖言行録》一首,更授黄儀庭《鏡巖樓詩》一卷。四箭前而下患噎,輾轉不寐,又狸鬮黄羊,號叫百端,幾于微曙。

四日,甲申。雪霽。早飯竹葉青酒,使訪何禮康音耗於泉州會館。郭臨桂云,寓已二載無消息矣,爲之慨然。既飯,主人如通考館。使購松江箋草,致黄氏大兄慰書。寧津戰欽在見訪,生甫且至,杲谷姨丈過之。卯酒未解,酬對頗煩,倦卧向夕,而大風起矣。停食,頗作氣逆,懶飯。主人歸,共生甫晚食,向夜烈風震號,作簡札,覆校黄鄰庭《澹心寫詩》,黄嶽宗《石語亭詩》,黄朗生《紫雪軒詩》,已復三鼓。新月。

乙酉。仍風，冰至，始作新寒。晨興，主人入朝。微飲，早暮俱供大年飯，使牛奴於國學，以箪復東南輝。孫表妹婿作舟以昨履任南城投刺至，劉户部永鑒來投謁，並來晤。畏寒鍵户，乃作吾兄河南家書。午後風寒不解。主人歸，熊待詔振軒乃來見，答話廳事良久，寒不可支。在而主人復出，風迫暮矣。新月尤寒，夜作龍幸從母燕婿慰狀，因答九弟擀亭二札，致欒園丈隮宵書。四箭而下，參西移矣。始信薰龍。

丙戌。孫冢宰嘉淦卒，遣御前大臣設奠。晴，風止，嚴寒，草思南表叔一札。畏寒微飲，復遇橫逆，徵色發聲，遜受而已，因嘆古人共事任終之難如此。既當食有忤，氣逆復作。復使人于南輝草寄六舅書。腸澼小發。周當陽來別，且饋之金。夕更草沙河書，稍自粥食，乃覓車過豬市，如青華寺街，報謁孫作舟妹婿于南城兵馬署。苦寒特甚，月上乃歸。復校黄子友《晋軒詩》，黄子明《修竹山房詩》，四鼓。以温敏爲詹事。

丁亥。質明。起犯曉寒，覓車如延壽寺街，訪杜襄陽龔臣於文木工部之寓。還，過琉璃廠文與齋，復得憲書二本。以酒果過寳臣寓，餞周當陽介邨之官，遇宋孝廉畹齋愉。歸已日中，蟠木來，既去，乃獨進一餐。報謁戰欽在於天仙庵，因遇曉嵐，計去就，留談良久。暮復脱肛，意緒不佳。更餘稍自粥食，乃得所製故裘，獨步前庭月下，去志彌殷。寒重不任，還復擁爐，再校黄計部振侯《琮屏軒詩》及其子仲宣學士《客堂集》，述令司諭未選詩草、孟二表侄慰書，復作家書，四鼓且盡。是早中衣始著綿，孫兵馬使達歸人信。

蠟日，戊子。五鼓，向夢甚亂，始若在外家，既因吾兄涉大海島至一旅寓，東偏有寳宏廠陳錦茵，遇季姨及他姻親故舊多已下世者。仿佛見兩慈親，如久别乍還，痛難忍。醒而怳怳然，遂不復寐。晨興嚴寒，理製衣，將復命縫人，頗爲意忤。宋公既往吊興縣孫公大年，復中煤患，乃獨飯臘粥，校黄處士子厚《夕霽亭詩》。欽在過我午話，移時，夕乃與蒙泉、大年共食。暮市杏仁于粉房琉璃街口，因夜過杲谷姨丈百順客寓，遇朱天門、周彝脩、豐縣王吏目、西蜀黨生，獨留飲。更餘，步月而歸，展轉頓甚，遂卧，柝聲甫三下也。以蔣溥協辦大學士。擢黄廷桂冢宰，詔勿到職，以少宰鄂彌達攝之。

己丑。早晴寒差，欽在約如東小市，購狐裘不得。過浙慈會館，話成敏禪房，觀又雪和尚像，蓋錢武肅二十四世孫也。遇楚源於豬市口，乃聞其明日歸,曲意大煎迫,遂如前門市佩囊巾帕布屬,經大栅欄以歸。會生甫、欽在、曲江公子方集,始晤孫德陽令弟仲長今莚。時已迫夕,始獨朝餐,微飲倦卧,命燭,乃理笥篋寄物,夜分復總諸札稿,獨盡一尊,漏下五鼓且盡,頓苦不支,乃卧。

庚寅。和暖。宋公以宫贊待命入朝都,未召對,以史編修奕贊補之。明發即起,摒擋諸札信寄物,終朝乃就。既共大年食,中昃,主人歸,乃覓車如玉極庵劉户部寓,送楚源行,托寄弟十五家書,遂如魏染孔户部止堂寓祝徐太夫人。時歆莚已啓賓客,集者三十餘人,瑟眉先生首賓座,若大興王靈石、喬梓梁薌林、相公子啓心編修、通州魏携田中書椿年、惠安陳雲亭中書兆勳,及福山王爲章德圃兄弟并在坐,俱未接談,而雜坐華亭吴孝廉、德清候補助教徐孝廉(方虎先生曾孫)、袁四老者之間。僅與懋園、曉嵐昆仲略道寒暄而已。蒙泉至而旋去,又同鄉萊陽王子常侍御鋌、歷城毛鏡圃侍御、平原董西江庶常、諸城丁瑶圃中書璸、長山袁愚如中書守侗、户部員外曹縣孫履坦應鳳、膠州欒主事廷珍、濟寧李慕亭刑部、惠民李文木工部、長山袁瑞峰主事守儀、菏澤何刑部文昊。供奉梨園則海大農之善慶班,奏《紅梨》《畫林》《單刀》《茶坊》《釵釧》諸雜劇,客履雜沓,無甯居也。夕晏,乃同鏡圃、文木、慕亭諸君及主人共席,稍免異類之苦。復奏《浣紗》《桃花扇》諸劇,及夜月上,席起遂歸。過生甫小談,始閲熊孝廉行略,復讀先公詩,寢已夜分。

十一日,辛卯。仍作暖。晨興,以安溪稼書、國史諸傳柬鏡圃侍御,并問玉典編修。疾腕復作痛,去膏且十許日矣。法南野早來,留飲,仲長且移寓。至孔大興札來,因見其表兄汶上王生寧老。既去乃飯,不覺半酣,與南野論詩被酒,午卧。是早欽在約如東市,不果。使領膏火于國學不得,晡後酒醒,乃以大興過曉嵐一話。歸而主人已飯,獨作晚食,燈下理筆,月色殊皎。更餘,復從仲長、主人、小阮集飲,四鼓酒散,獨坐,月落雞鳴乃寢。

壬辰。早寒。日出即起,主人以蔣大農入閣履任,去内城代昆圃先生、曲江太史,爲漢齡子翁者作書三聯。覓車如文木工部,送杜襄陽羹臣,得遇蟠木,還謁高密胡辰庚吏部星於李鐵鍋斜街,不值。歸,及仲長、大年朝食。欽在來,宋公乃歸,復代曲江爲質夫書聯,則沈廷瑚所乞也。又因鞠庭和庶常爲壽泉作書一紙,王穎長爲明翁者乞書一紙。曲江見過而去，稍理寸封，始與主人異食。已暮，濟寧新拔士宋衣仞振德復見訪，稍話仲長寓齋，月色尤明。大年以羅素文援例輦八千金至。從曉嵐歸自吕氏典肆，燈下爲熊文端公書，乃録與曉嵐、宋公話。夜食糖飴，卧已宵分，夢境遂大顛倒，大苦。四鼓，烈風大作，不寐徹曉。

癸巳。小寒，嚴寒大風。竟日倦起，微飲，主人如庶常館課，飯後仲長來，以貢卷見貽。畏寒杜門，始校籠水趙藴退觀察進美《清止閣詩》，先終其末卷，蓋甲申聞國難後作也。夕食且暮。月上，同大年稍談仲長寓齋。夜理財，三箭而下，復觀《清止閣》諸集自序。獨飲竹葉酒，半酣乃卧。是日復煮虎骨酒，夜風尤寒，喉次不利，時如欲嘔。

十四日，甲午。晨興，風息苦寒，腕疾愈作，乃復飲藥酒。宋公復如内城，再閲《清止閣集》。日中下髮，風猶刺寒，作嚏，而脱肛轉甚。既同仲長報謁宋衣仞於天祥店。過顒齋先生，不值。至曲江太史一話，過南野，還至杲谷丈寓，微飲，而宋畹翁至。歸食已，命燭，同生甫夜話仲長齋，乃校《清止閣》《楚役草》。食醉荔，患嚏不止，鼻瘡如蒸。中夜月色尤明，四鼓始休。曾南輝來歸筆直，不值。

望日乙未。昧爽，命燭起。宋公入直。假車紀四兄，犯曉入内城。風寒稍冽，過虞臣師不值。有復於孔大興，并晤王寧遠。去之國學，訪南輝不遇，乃遇虞師。領膏火於禄監丞不得，因以乞顒齋先生代之，即禄丞亦首肯矣。乃去，飯雍和宫側肆中。謁温鐵庵詹事於東大市坊北東二條胡同，不值。還，出正陽門，過三眼井，訪介繁一話，至寳臣處少憩，謁本堂新補學正陳公焕若璵于海寧公第，猶未歸，公從子也。一話玉典太史，至曉嵐而還，始聞榮王不靖，遣大司馬舒赫德將八旗兵三千防邊，會邊境雪没人道阻，明年乃大興師，而舒輜重已發張家口待命，所過諴和諸邸，簡閲駝馬多已戒嚴。巫魯至自里中，得是月四日第十三家書及吾兄泌陽第六信，擲亭、方其諸札。同主人、大年一飯，夜與懋園、蒙泉奕，出竹葉酒對之，曉嵐在。二鼓既散，復及仲長、主人小酌，因問巫奴家中近事，觸緒紛繁，不覺四鼓，鼻疾小差。

丙申。稍陰，早寒。先君生忌，致齋終日，始聞長孫春中痘殤，不禁黯然。使於顒齋先生，乃知膏火多爲主者侵漁，迄不得給。飯後，以來春教習之試致義年於章眉山從事，使靳觀國學，因訪吴乳婦子瑞臨於欽天監博士傅隆之寓。卓午，豬市口東火，宋衣仞來，稍暖，如厠。曲江太史過之，滌置諸品食器，主人晏瀏遵化、胡吏部諸客夕食，牛奶不稱，使膈氣頗逆，終覺鬱結，忽忽不樂，輒患清涕不止。夜見月暈，聞舒司馬兼程，亟自南河，明日即督師北出矣。作家書，三鼓，寒甚而卧。巫魯假如萬壽山。

丁酉。始望，十七日早寒，仍陰。張檢討、曾廠來謝吊，并示其尊公掮彤侍講行述。朝食，靳奴忤意，氣復作逆。宋公屬爲董少司空邦達書楊霖宰中丞文乾曹州生祠詩。巫魯歸自萬壽山，檢京邸交遊及戚族諸札將寄，歸不覺迫夕。答葭村書於德州。晚微作霧雨，中夜而晴，燈下草柏村叔岳母彭祖家信并答掮亭、方其札。不覺四鼓，頓甚不支。是夕飯後，主人出示明萬曆杭人金瑞雲《蘭竹畫册》，肥本《醴泉銘》及馮益都溥《佳山堂咏史樂府詩》。夜復約與仲長對酒，既醉，更脱家信稿，而月西斜矣。

戊戌。寒差，早晴。摒擋諸供品瓶榼諸寄物，緘諸札信。飯後稍暖，宋公屬代錢稼軒閣學維城作書德州聯句。過午乃遣巫魯歸里，玉典編修來，理酒器，比食已暮。海昌公使致《忠孝家傳序》至，命燭，同蒙泉、曉嵐談，殘月既升，校《清止閣》"白鷺草""白鷺二集""江粤草"三卷已，復四箭而下，苦寒，微酌而卧。

己亥。早寒，復陰。假車詣謝海寧公，已入朝，始通謁其從子國博焕若先生。因致使金，還過草場，遇王瑗侶，留話其寓，歸飯且午，生甫去。復大脱肛爲苦，金志蓬國博夫人劉氏以是月四日卒，訃至。夕食迫暮，夜過天仙庵欽在寓一話。還話仲長齋，校《清止閣》"南征""西征"二草，三鼓，獨酌半酣，烈風徹曉。

庚子。仍大風，嚴寒。畏寒起遲，以大興過曉嵐一話，午始歸食，使靳觀如三和齋爲兄置韡。復苦脱肛，乃理煙草，夕食，爲陸司成皛川先生、鐵道長士雲書德州封安人李氏壽詩，杜門擁煙終日。夜風稍差，略話仲長齋，燈下校《清止閣》"燕市草"畢，滌足，已復四鼓。勤太妃薨，先果邸母也。

辛丑。降冰，風息苦寒，封印，宋公入直。早如小市無所獲，風復稍作。歸及大年朝食，小酌微醺。趙三舍人叔常大經至自德州，亦新拔士，遂止寓焉。欽在以竹葉壜酒見貽，使購新曆及帳例、竹連於琉璃廠。察守軍場租屋於陶氏，乃知其是廿五日别徙。爲曉嵐書予先花燭詞，夕同叔常、仲長、生甫、主人小院集飲滄酒，食灤鯽冰鮮。夜過杲谷丈不值，遇山陰吴縣二王繂客。還，稍話叔常齋，已復同人集飲。三鼓，月上，觀叔常《蔗尾集》詩，聞虞臣先生内艱，夜作家兄泌陽家書，四鼓寒甚而卧。

廿二日，壬寅。曉霽，苦寒倦起。籌艱資，叔常過之，陸大司成覺川先生枉顧。卓午始飯，作第十七家書，使如琉璃廠議家廟碑裝褫。夕乃假車如保安寺街，吊金志達國博夫人劉氏之喪，遇楊吾三中書，謁海昌公第，一話玉典編修，遇其季弟秩斯孝廉。還，過孔止堂户部夜話，屬陳三裕九寄家書及河南韡物。昏黑中歸，飯已，定國、曉嵐、叔常、蒙泉夜話。二鼓，葭村書至自德州，聞振吉、曉嵐締婚。李宰翁昔在京師，額其門曰“賤者居”，望日，封舍亦增一額曰“良者居”，又其門榜一聯云：天下文章盡於是，漫勞車馬駐江干。一夜忽人易“天下”二字爲“紅顔”，而曉嵐少於除夕書“不”字若干，伺人定出，遇“出門見喜”春帖，凡“見”字悉以“不”字易之，自虎坊至豬市幾遍。此與徐文長客蘇州，除夕見“無”字春帖，悉題“閉門家裏坐，禍從天上來”事相類。客散獨坐，夜分大風頓起，天且變矣。

癸卯。晨興，嚴寒風晦竟日。時窮賓因飭品物，使柬曲江、曉嵐。卓午乃飯，覓車如内城便輦胡同，唁虞臣曾公母喪，訃至自浙之西安，十一月十五日也。值其病卧，未晤而還。風土頗苦，歸，晤平原董三拔貢秋原素，爲曲江從曾祖弟，因同蒙泉、叔常、仲長、大年集飲，罷酒共飯而散。夜聞紙爆祀竈，未免鄉懷，復校《清止閣》“庚辰初集”上卷，漏下四鼓，雞已鳴，是晝烈風未止也。聞張諤亭昌亦新貢，至自滕南。

甲辰。明發即起，堅冰在地，風寒尤冽。使如西市備物，稍理几書，因命灑掃授筵。宋公往吊冢宰孫公，而命移發倉儲，積塵滿室，獨治肴品，漉酒以待。曉嵐之辭不至，主人夕歸，乃同曲江、欽在、叔常、仲長、大年集飲，向夜而散，不勝酒力矣。四鼓酒醒，殘月登窗，緒亂不寐。

乙巳。風差，倦起，寒甚。宋公以叔常入直，復使速客。欽在早至，同生甫、仲長、大年集飲羅酒，食鹿脯，嚴寒稍解。將軍場租宅陶氏别移，使牛奴往覘之，則并窗門箢樞，毁略幾盡。主人既歸，時且向晡，夕邀鏡圃侍御、文木工部、玉典編修晏集，獨慕亭辭不至。方與鏡圃奕，彔谷姨丈過之，胡辰庚吏部使致幼客二兄告身至。命燭，席起，毛公去，文木、玉典獨留觀選詩，夜話良久而散。復共大年小談叔常、仲長寓齋，還復檢視應事節目，臚次歲底諸宜，不覺又聞雞唱。徐州二閘決口，同日合瀧奏至，上大悦。鉚工以白雲彝茶、青田印石見貽，同年友任不繫榮仕黔之普安。先是，滿御史方泰言事，值準噶爾受降，使至忤旨，予杖卒，議行之。

廿六日，丙午。曉晴，寒差。方起盥沐，曉嵐來，共蒙泉議復大興，良久而去。主人方掃舍，因擬移榻寓齋右楹，召工糊壁，置粟米盎甕。且午始飯，彔谷姨丈札假狐裘，并違大興表兄王寧遠約，乃過百順店晤之，并晤江西楊治中者，因言衛輝守待補，然年老矣。既與寧遠别，覓車如將軍教場一巷故宅，時陶氏既遷，門窗多懷，登來爽樓，不勝今昔。因訪鞠庭和庶常於新會館，復不值，乃廢然而返。定元旦車御。如厠爲苦，命燭始食，靳奴託病。裱匠始來，三鼓不迄工而罷。主人召，同叔常、仲長小酌夜話，宵分復校《清止閣》初集終卷，頓苦不支，遂夢西僧葬事，駕親臨與泉，跋涉過旃檀，撫碑碣，多非意想，終夜大苦。

丁未。夢醒，倦起早寒。如虎坊橋，至櫻桃斜街，購得書架、皮篋各一具。觀城。費驗封以半。歸，主人不受，因思物色器具，終貽之。歸食已午，冬日殊暄，曾桃林來寓齋。糊壁始竣，屬孫七易金，覓車賀任普安於袁愚谷中書寓，復以二兄告身。過李鐵錫斜街胡辰庚吏部，并不值。有餽主人酒筵者，同叔常、仲長、大年共集，夕食，乃置新架，命燭理書，還之西壁，夜分頓甚，獨酌。

戊申。晴暄。早起，移榻寓齋西偏。下髮，同人始飯，乃命灑掃布置几榻，徙置行笥，掛畫垂簾，竟日始就。夕復同人集飲，夜得寓齋集句云："且住爲德耳，求仁莫近焉。"又"望塵畢竟非名士，獵酒居然號惡賓"。又"凡事常留餘地(《朱子家訓》)，臣本少不如人"(《清止閣》句)。又贈陳焕若師一聯，云："不自知名重，今人覺道尊。"並爲曉嵐作書春聯數紙。漏已四下，乃命沐浴，不覺五鼓雞唱。燈下觀《榕村集》，爲安溪《言行録》一則。

廿九日，己酉。晴暖。早起覓車入内城。是日宋公以歲暮祫祭入直。已歸，乃自西長安門過朝，抵少宰留公第早飯，而留公方以鹿脯、冰魚、雉、兔見餽，未值也。過卜念亭工部，柳齋且至，乃即座，命作其門人福建吴履秦學士誄文一首，又出高其佩指畫《濟渡圖》，命題一絶，云："淡煙野渡晚蒼蒼，一指臨流意渺茫。買得小舟過河去，不須惆悵咏無梁。"遂急别去。由協和門過，朝時各門已懸神荼，而協和門三聯中用"協氣東來，和風南拂"，意他門多仿此也。出正陽門覓車，風土頗甚。夕歸，同寓諸君飯,夜過曉嵐一話,主人怒形於色。燭下糊窗鏡,裁製節柬,復檢陳太邱碑,爲焕若師作書,分給居停家人僕輩歲賞貼寓齋聯,摒擋家刻。四鼓,微飲始卧。禄監丞使送膏火至,明年甲戌人日夜四鼓自丁未書。

庚戌。除日,晴,稍寒。於是余始四十有五初度矣。因人方竊竊私謀祝余,不知余懷之惡也。明發即起逸出,命牛僕備供品,而曉嵐復來餽歲。過任普安,未起,至石居丈寓,復過延壽寺街隆茂酒肆,市毻肩紹酒,使貽胡封司辰庚。以家廟碑、未信堂稿、聯幅等致焕若堂師。粥食周彝脩寓,已午,乃即寶臣齋書賀節名柬。次衢巷道路。逮夕,寶臣歸,爲具水角一飽,報刺海寧司成諸公辭歲,夜過百順店杲谷姨丈寓,遇豐縣王子,爲訂除日詩,而紙爆四起矣。獨留對酌,放歌,約二鼓始歸。是夜罷餐,更不禁,醉中復與同寓蒙泉、叔常、仲長、大年及欽在諸君爲宣和牌戲,不覺丙夜。氣虚如厠,久不能起,已聞爆聲如雨,主人起盥沐,將朝。乃弛衣而卧。甲戌正九日追記。

馮大爺公度次纂

馮恕謹訂。八月初四日星期六下午六鐘潔樽候,座設致美齋。

顔光敏主事　康丁未進
顔光猷運使　康癸丑甲
顔光敩檢討　康戊辰甲
顔懋倫知縣　雍拔
顔懋价教諭　雍拔
顔懋脩　雍副
顔懋企　雍副
顔崇槼知縣　乾卅五庚寅舉
顔崇椝教諭　乾恩貢

顔光敏,康熙進士,官至吏部郎中,年四十四卒。此日記最末言年四十五初度之,年不符則簽題誤矣。

顔光敏、光敩、光猷皆康熙進士,世稱曲阜三顔。

曲阜顔吏部,士人呼爲顔考功,脩來光敏爲本朝山左大詩家,與盛克清止公、宋觀察荔裳琬、新城王考功西樵士禄、司寇漁洋士禛、安丘曹禮部叔六貞吉、諸城李筠林漁村澄中、德州諸刑部方山、重輝田侍郎山薑、馮舍人大木廷櫆,後先并起,各有所就,得無扶同依傍,故諸家以爲難。趙秋谷《談龍録》、秀水朱竹垞彝尊、南海陳元孝恭尹、蒲州吴天章雯及洪昉思皆云然。

《談龍録》又云:"詩家用字最忌鄉音,南中尤甚。"王阮高堂云:"老夫與趙秋谷、顔脩來庶負於傖傖之誚也。"

丙辰丁巳間,高邱宋犖牧仲、郃陽王右旦多華,安邱曹吉叔六,曲阜顔光敏脩來,黄岡葉封井叔,德州田雯子綸,謝重輝千仞,晋江丁煒雁冰及門人江陰曹禾頌嘉,江都汪懋麟季角,號稱十子,詩集刻行於世,曹、顔皆官禮部。《居易録》

顔光敏,字脩來,曲阜人,汶雲裔。康熙丁未進士,庚戌科以禮部主事爲會試同考官。

顔脩來曾孫號運生,即收藏脩來所棄古人書札,副啓千數百通者也。

又顔崇槼,與桂未谷友善,曾序未谷詩集者,崇槼廿舉於鄉,三十官教授,其父名懋企。

《國家圖書館藏未刊稿叢書》總目

日記編

黄陶樓先生日記(全二册)　(清)黄彭年 著　樊長遠等 整理

張叔未日記(外六種)

　　張叔未日記　(清)張廷濟 著　陳紅彦　樊長遠 整理

　　舊山樓日記　(清)趙宗建 著　肖　剛 整理

　　非昔居士日記　(清)趙宗建 著　肖　剛 整理

　　庚子非昔日記　(清)趙宗建 著　肖　剛 整理

　　壺中日記　(清)葉　鈞 著　肖　剛 整理

　　東洲草堂日記　(清)何紹基 著　曹菁菁 整理

　　顔脩來日記　(清)顔懋价 著　杜　萌 整理

笘誃日記　(清)江　標 著　樊長遠 整理

書札編

張蔭桓致劉毓森書札　龔易圖致劉毓森書札　(清)張蔭桓、龔易圖 著
　　董馥榮 整理

袁昶友朋書札(全六册)　(清)袁　昶 輯　謝冬榮等 整理

王懿榮往還書札(外三種)

　　王懿榮往還書札　(清)王懿榮等 著　蘇揚劍 整理

　　藝風堂同人尺牘　(清)惲祖翼等 著　謝冬榮 整理

　　黄子壽先生遺札　(清)黄彭年 著　杜　萌 整理

　　趙宗建友朋書札　(清)趙宗建等 著　彭文芳 整理

葉德輝致松崎鶴雄書札　葉德輝 著　孫　俊 整理

國家圖書館藏清代名家尺牘法書選刊(全十六册)　白謙慎　薛龍春 主編

金石題跋編

國家圖書館未刊石刻題跋輯録　盧芳玉 整理

小蓬萊閣金石目　(清)黄　易 著　盧芳玉 整理

題贊手卷編

明渤海孫氏積善堂題贊手卷　田曉春 整理

中法漢學研究所編

燕京傳薪録

　　——中法漢學研究所未刊稿研究　孫　俊　程天舒　林世田等編著

著作編

周易注疏校勘記(全二册)　(清)阮　元 總纂

讀相臺五經隨筆(全二册)　(清)周廣業 著

經義述聞(全九册)　(清)王引之 著

經義考異　(清)方　邁 著

國語解訂譌(外三種)

　　國語解訂譌　(清)孔繼涵、孔廣栻 輯校

　　白虎通義校稿　(清)吴　騫 輯

　　古小學書鉤沈　(清)陳　鱣 輯

　　聲系　(清)陳　鱣 著

説文解字考異(全五册)　(清)姚文田 輯

四庫全書表注(全二册)　(清)李文田 著

登樓雜記(全三册)　(清)錢　泳 著

蛾術編(全十册)　(清)王鳴盛 著

籀鄦誃雜著(全三册)　(清)王仁俊 著